CUENTOS
INCONCLUSOS

J. R. R. Tolkien

CUENTOS INCONCLUSOS

de Númenor y la Tierra Media

Introducción, comentario, índice y mapas de
CHRISTOPHER TOLKIEN

minotauro

Obra editada en colaboración con Editorial Planeta – España

Título original: *Unfinished Tales of Númenor and Middle-Earth*

J.R.R. Tolkien

Publicado por primera vez en tapa dura por HarperCollinsPublishers en 1992
Publicado por primera vez en Gran Bretaña por George Allen & Unwin 1980

© 1980, The Tolkien Estate Limited and C.R. Tolkien

1980, Mapas de Númenor y El oeste de la Tierra Media al final de la Tercera Edad dibujados por C.R. Tolkien para Unfinished Tales

© Traducción: Rubén Masera

Revisión del texto: Martin Simonson y Nur Ferrante
Revisión de los poemas: Nur Ferrante

© 1995, 2022, Editorial Planeta S.A. – Barcelona, España

y Tolkien ® son marcas registradas de The Tolkien Estate Limited

Derechos reservados

© 2022, Editorial Planeta Mexicana, S.A. de C.V.
Bajo el sello editorial MINOTAURO M.R.
Avenida Presidente Masarik núm. 111,
Piso 2, Polanco V Sección, Miguel Hidalgo
C.P. 11560, Ciudad de México
www.planetadelibros.com.mx

Primera edición impresa en España: septiembre de 2022
ISBN: 978-84-450-1314-4

Primera edición impresa en México: septiembre de 2022
ISBN: 978-607-07-8783-6

Impreso en los talleres de Litográfica Ingramex, S.A. de C.V.
Centeno núm. 162-1, colonia Granjas Esmeralda, Ciudad de México
Impreso en México – *Printed in Mexico*

NOTA

Ha sido necesario distinguir al autor y al editor de diversas maneras en distintas partes del libro, ya que la incidencia de los comentarios varía mucho. El autor aparece con un cuerpo de letra más grande en los textos principales, de principio a fin; si el editor introduce un comentario en alguno de esos textos, su aportación tiene un cuerpo de letra más pequeño y aparece con sangrado (por ejemplo, págs. 458-459). Sin embargo, en *La historia de Galadriel y Celeborn*, donde son predominantes los comentarios del editor, se emplea la sangría francesa. En los «Apéndices» (y también en *La continuación de la historia*, en «Aldarion y Erendis», pág. 239 y ss.) se asigna tanto al autor como al editor un cuerpo de letra más pequeño, y en el caso del autor, sus comentarios aparecen sangrados (por ejemplo, págs. 252-253). Las notas en los textos de los «Apéndices» se presentan como notas a pie en lugar de referencias numeradas; y los comentarios del autor en un momento dado se indican siempre con la fórmula «[Nota del autor]».

INTRODUCCIÓN

Los problemas con que se enfrenta quien tiene la responsabilidad de los escritos de un autor fallecido son difíciles de resolver. Puede que en esta situación, algunas personas decidan que no se publique ninguna clase de material, excepto la obra que esté prácticamente acabada a la muerte del autor. En el caso de los trabajos inéditos de J. R. R. Tolkien quizá ésta parezca a primera vista la medida más adecuada; puesto que él mismo, muy riguroso y exigente con su propia obra, ni siquiera hubiera soñado con permitir la publicación de estas narraciones —aun las más acabadas— sin que pasaran antes por un largo proceso de reelaboración.

Por otra parte, me parece que la naturaleza y el alcance de su capacidad inventiva ponen a sus historias, aun las abandonadas, en una posición peculiar. Que *El Silmarillion* no llegara a conocerse era para mí impensable, a pesar de su estado desordenado, y de las conocidas aunque en gran medida irrealizadas intenciones de transformarlo que tenía mi padre; y en este caso, después de mucho vacilar, me atreví a presentar la obra no en la forma de un estudio histórico, un complejo de textos divergentes eslabonados por comentarios, sino como un cuerpo completo y coherente. Las narraciones comprendidas en este libro, en verdad, pisan un terreno del todo distinto: tomadas en conjunto, no constituyen un todo, y el libro no es nada más que una colección de escritos dispares en forma, intención, acabamiento, y fecha de composición (y también, en el tratamiento que les di), referidos a Númenor y la Tierra Media. Pero el argumento en defensa de su publicación no es por naturaleza distinto, aunque sí de menor fuerza, del que sostuve para justificar la publicación de *El Silmarillion*. Los que nunca hubieran renunciado voluntariamente a ciertas imágenes —Melkor con Ungoliant, cuando juntos contemplan desde la cima de Hyarmentir «los campos y los pastizales de Yavanna, dorados bajo el alto trigo de los dioses»; las sombras que arroja el ejército de Fingolfin al salir por primera vez la luna en el Occidente; Beren, agazapado con la forma de un lobo bajo el trono de Morgoth; o la luz del Silmaril súbitamente revelada en la oscuridad del Bosque de Neldoreth— comprobarán, según creo, que las imperfecciones de forma de estos cuentos quedan con mucho compensadas por la voz de Gandalf (que se oye aquí por última vez) cuando se burla del altivo Saruman en la reunión del Concilio Blanco en el año 2851, o cuando cuenta en Minas Tirith, después de terminada la Guerra del Anillo, cómo llegó a enviar a los Enanos a la celebrada fiesta de Bolsón Cerrado; por la aparición de Ulmo, Señor de las Aguas, al levantarse del mar en Vinyamar; o por la de Mablung de Doriath, escondido «como un ratoncillo bajo la ribera» bajo las ruinas del puente en Nargothrond; o por la muerte de Isildur cuando luchó por salir del lodo del Anduin.

Muchas de las piezas que componen esta colección son desarrollos de temas contados más brevemente, o al menos mencionados, en otros sitios; y hay que decir sin más demora que muchos lectores de *El Señor de los Anillos* no encontrarán satisfactoria gran parte de este libro, pues considerarán que la estructura histórica de la Tierra Media es un medio y no un fin, el modo de la narración y no su objetivo, y tendrán escasos deseos de seguir la exploración por sí misma; no querrán conocer cómo se organizaron los Jinetes de la Marca de Rohan, y de buen grado dejarían en paz a los Hombres Salvajes del Bosque de Drúadan. Mi padre, desde luego, no los consideraría equivocados. Dijo en una carta escrita en marzo de 1955, antes de la publicación del tercer volumen de *El Señor de los Anillos*:

> ¡Ojalá no hubiera prometido que seguirían unos apéndices! Pues creo que su aparición en forma truncada y comprimida no satisfará a nadie: a mí no lo hace, desde luego; es evidente por las cartas que recibo (en cantidad abrumadora) que tampoco satisfará a la gente —sorprendentemente abundante— que gusta de esas cosas; mientras que quienes disfrutan del libro como «historia heroica» solamente, y encuentran en las «perspectivas inexplicadas» parte del efecto literario, con razón no harán caso de los apéndices.
>
> Ahora ya no estoy tan seguro de que la tendencia a tratar toda la obra como una especie de vasto juego sea en verdad acertada; para mí no lo es, desde luego, pues esas cosas me resultan excesiva y fatalmente atractivas. Que tantos lectores clamen por mera «información» o «conocimientos» es, supongo, un tributo al curioso efecto que tiene una historia fundada en una muy minuciosa elaboración de su geografía, su cronología y su lengua.

En una carta del año siguiente escribió:

> ...mientras que muchos como usted solicitan mapas, otros desean indicaciones geológicas más que la situación de los lugares; muchos quieren gramáticas, fonologías y especíme-

nes élficos; algunos métricas y prosodias... Los músicos quieren melodías y notaciones musicales; los arqueólogos, cerámicas y metalurgia; los botánicos una más precisa descripción de los *mellyrn, elanor, niphredil, alfirin, mallos* y *symbelmynë*; los historiadores desean más detalles acerca de la estructura social y política de Gondor; los curiosos quieren información sobre los Aurigas, el Harad, los orígenes de los Enanos, los Hombres Muertos, los Beórnidas y los dos magos desaparecidos (de los cinco mencionados).

Pero sea cual fuere el punto de vista que se adopte sobre esta cuestión, algunos, como yo, encontrarán un mayor valor que la mera revelación de detalles curiosos en el hecho de saber que Vëantur el númenóreano llevó su barca *Entulessë,* «El Regreso», a los Puertos Grises ayudado por los vientos de la primavera del sexcentésimo año de la Segunda Edad; que la tumba de Elendil el Alto fue erigida por Isildur su hijo en la cima de la colina de la almenara de Halifirien; que el Jinete Negro que vieron los hobbits en la neblinosa oscuridad de la orilla opuesta de la Balsadera de Gamoburgo era Khamûl, el jefe de los Espectros del Anillo de Dol Guldur; o aun que el hecho de que Tarannon, duodécimo Rey de Gondor, no tuviera hijos (hecho registrado en un apéndice de *El Señor de los Anillos*) tenía relación con los gatos, hasta ahora enteramente misteriosos, de la Reina Berúthiel.

La construcción del libro ha sido difícil, y el resultado obtenido, algo complejo. Las narraciones son todas «inconclusas», pero en distintos grados, y en distintos sentidos de la palabra; por tanto, han exigido un tratamiento diferente. Más adelante diré algo sobre cada una de ellas, y aquí sólo llamaré la atención sobre algunos rasgos generales.

El más importante es la cuestión de la «coherencia»: el mejor ejemplo es el texto titulado «La historia de Galadriel y

Celeborn». Se trata de un «Cuento inconcluso» en un sentido amplio: no una narración que se interrumpe bruscamente como «De Tuor y su llegada a Gondolin», ni una serie de fragmentos como «Cirion y Eorl», sino una hebra primaria de la historia de la Tierra Media que nunca fue definida con claridad, y que nunca tuvo forma escrita definitiva. La inclusión de las narraciones y esbozos de narraciones inéditas, por tanto, implica la aceptación de la historia no como realidad fija, con existencia independiente que el autor «comunica» (en el «papel» de traductor y redactor), sino como concepción imaginaria en desarrollo y que cambiaba en su mente. Desde el momento en que el autor dejó de publicar él mismo sus obras, después de someterlas a una minuciosa crítica y a un juicio comparativo, el más avanzado conocimiento de la Tierra Media que pueda encontrarse en sus escritos inéditos entra a menudo en conflicto con lo que ya «se sabe»; y los nuevos elementos incorporados al edificio existente contribuyen menos a la historia del mundo inventado que a la historia de su invención. En este libro he aceptado desde el principio que por fuerza ha de ser así; y salvo en relación con detalles menores, tales como cambios de nomenclatura (que hubieran creado una confusión desproporcionada, o la necesidad de una dilucidación desproporcionada) no he cambiado nada para que fuera coherente con la obra ya publicada, y en cambio he llamado la atención en todo momento sobre conflictos y variaciones. Por tanto, en esto, *Cuentos inconclusos* es esencialmente diferente de *El Silmarillion*, en el que un objetivo primordial, pero no exclusivo, era lograr cierta cohesión, tanto interna como externa; y, salvo en unos pocos casos mencionados, he tratado en verdad la forma publicada de *El Silmarillion* como un punto de referencia fijo, al igual que los escritos que mi propio padre publicó, sin tener en cuenta las innumerables decisiones «no autorizadas» que tuve que adoptar entre las variantes y versiones rivales.

El contenido del libro es enteramente narrativo (o descriptivo): he excluido todos los escritos acerca de la Tierra Media o Aman de naturaleza primordialmente filosófica o especulativa, y, donde aparecen tales materias, no les he dado continuidad. Di al texto una estructura sencilla, mediante una división en Partes, que corresponden a las primeras Tres Edades del Mundo; hubo inevitablemente algunas superposiciones, como en el caso de la leyenda de Amroth, y su correspondiente análisis, que figura en «La historia de Galadriel y Celeborn». La cuarta parte es un apéndice, y quizá exija cierta justificación en un libro llamado «Cuentos inconclusos», pues los textos que contiene son ensayos de tipo general, discursivos, con muy pocos elementos narrativos o aun con ninguno. La sección de los Drúedain debió su inclusión original a la historia de «La piedra fiel», que es parte de ella; y esta sección me llevó a incorporar las referencias a los Istari y las *palantíri*, pues éstas (especialmente las primeras) son asuntos por los que mucha gente ha manifestado curiosidad, y este libro pareció un lugar conveniente para exponer lo que queda por decir.

Puede que las notas resulten en algunas partes excesivamente densas, pero se verá que en los casos extremos (como en «El desastre de los Campos Gladios») se deben menos al editor que al autor, que en sus obras tardías tendía a componer de este modo, llevando varios temas al mismo tiempo mediante notas entrelazadas. En todo momento he intentado dejar claro qué es lo que pertenece al editor y qué no. Y a causa de esta abundancia de material original, en las notas y los apéndices, me pareció mejor no restringir las referencias del Índice a los textos en sí, sino cubrir con ellas el libro entero excepto la Introducción.

He supuesto en todo momento por parte del lector una familiaridad suficiente con la obra publicada de mi padre (más específicamente con *El Señor de los Anillos*), pues de lo contrario se habrían agrandado en exceso las aclaraciones editoriales, que para algunos ya serán más que suficientes. No obstante, he incluido cortas notas definitorias en casi todos los artículos más importantes del Índice, con la esperanza de ahorrarle al lector la consulta constante de otros materiales. Si he dado alguna explicación inadecuada o he sido involuntariamente oscuro, la *Guía completa de la Tierra Media* de Robert Foster constituye, como pude comprobarlo mediante una frecuente consulta, una admirable obra de referencia.

Sigue un conjunto de notas primordialmente bibliográficas sobre los diversos textos.

* * *

PRIMERA PARTE

1

De Tuor y su llegada a Gondolin

Mi padre dijo más de una vez que «La caída de Gondolin» era el primero de los cuentos de la Primera Edad que había compuesto, y no hay pruebas de que no sea así. En una carta de 1964 declaró que lo estuvo escribiendo «"en mi cabeza" durante una licencia por enfermedad que le permitió dejar el ejército en 1917», y en otras ocasiones dio como fechas 1916 o 1916-1917. En una carta que me escribió en 1944 decía: «Empecé por primera vez a escribir *[El Silmarillion]* en barracas militares atestadas, llenas de un ruido de gramófonos»; y en verdad algunos versos en los que aparecen los Siete Nombres de Gondolin están garrapateados en el dorso de un pedazo de papel en que se enumera «la cadena de responsabilidades en un batallón». El primer manuscrito existe todavía, y cubre dos pequeños cuadernos de ejercicios escolares; estaba escrito rápidamente con lápiz, y luego reescrito y anotado en parte con tinta. De este texto, mi madre, quizá en 1917, sacó una copia bastante limpia; pero ésta a su vez fue abundantemente corregida en una fecha que me es imposible determinar, pero que puede situarse en 1919-1920, cuando mi padre estaba en Oxford, donde participaba en la composición del Diccionario, por entonces inconcluso. En la primavera de 1920 fue invitado a leer una disertación en el Club de Ensayos de su *college* (Exeter), y allí leyó «La caída de Gondolin». Las notas de lo que intentaba decir a modo de introducción a su «ensayo» todavía existen. En éstas se disculpaba por no haber podido redactar un artículo crítico, y continuaba: «Por tanto, debo leer algo ya escrito y, movido por la desesperación, he recurrido a este Cuento. Por supuesto, nunca había visto antes la luz ... Desde hace algún tiempo, viene gestándose (o más bien construyéndose) en mi mente un ciclo completo de acontecimientos desarrollados en una tierra feérica de mi propia imaginación. Algunos de los episodios han sido apuntados ... Este cuento no es el mejor de ellos, pero es el único hasta ahora que ha sido revisado y que, aunque la revisión sea insuficiente, me atrevo a leer en voz alta».

El cuento de Tuor y los Exiliados de Gondolin (tal y como se titulaba «La caída de Gondolin» en los primeros manuscritos) permaneció inalterado durante muchos años, aunque mi padre, en algún momento, probablemente entre 1926 y 1930, escribió una breve versión resumida de la historia para incorporarla a *El Silmarillion* (título que, entre paréntesis, apareció por primera vez en la carta enviada a *The Observer* del 20 de febrero de 1938); y esta versión se cambió luego de acuerdo con otras alteraciones introducidas en otras partes del libro. Mucho más tarde empezó a trabajar en un relato enteramente modificado, titulado «De Tuor y la caída de Gondolin». Es muy probable que fuera escrito en 1951, cuando *El Señor de los Anillos* estaba terminado, pero la publicación era todavía dudosa. Con profundo cambio de estilo y atmósfera, aunque reteniendo gran parte de la historia escrita en su juventud, «De Tuor y la caída de Gondolin» habría contado con todo detalle la leyenda que constituye el breve capítulo 23 de *El Silmarillion*; pero desdichadamente no avanzó más allá de la llegada de Tuor y Voronwë al último portal y la visión de Gondolin en la lejanía, más allá de la llanura de Tumladen. No se sabe por qué abandonó esta narración.

Éste es el texto que se ofrece aquí. Para evitar confusiones lo he retitulado «De Tuor y su llegada a Gondolin», pues nada dice de la caída de la ciudad. Como siempre ocurre con los escritos de mi padre, hay varias lecturas posibles y, en una breve parte (el pasaje en que Tuor y Voronwë se acercan al río Sirion y lo cruzan), varias versiones excluyentes; por tanto, fue necesario cierto trabajo menor de edición.

Así, pues, es notable el hecho de que la única narración completa escrita nunca por mi padre acerca de la estadía de Tuor en Gondolin, su unión con Idril Celebrindal, el nacimiento de Eärendil, la traición de Maeglin, el saqueo de la ciudad y la huida de los fugitivos —una historia que constituía un elemento fundamental en su concepción de la Primera Edad— fuera la narrativa compuesta en su juventud. No cabe duda, sin embargo, que esa narración (realmente notable) no se presta a ser incluida en este libro. Está escrita en el estilo extremadamente arcaico que mi padre empleaba en ese tiempo, e inevitablemente incorpora concepciones incompatibles con el mundo de *El Señor de los Anillos* y la versión publicada de *El Silmarillion*. Pertenece a la fase más temprana de la mitología, «El Libro de los Cuentos Perdidos», una obra sustancial y de sumo interés para quienes se preocupen por los orígenes de la Tierra Media, pero que, de ser publicado, requiere un largo y complejo trabajo preliminar.

2

La Historia de los Hijos de Húrin

El desarrollo de la leyenda de Túrin Turambar es en ciertos aspectos el más enmarañado y complejo de los elementos narrativos en la historia de la Primera Edad. Como el cuento de Tuor y la caída de Gondolin, retrocede a los comienzos de la misma, y sobrevive en una temprana narración en prosa (uno de los «Cuentos perdidos»), y en un largo poema inconcluso escrito en versos aliterados. Pero mientras que la posterior «versión larga» de «Tuor» nunca progresó demasiado, mi padre casi llegó a completar la «versión larga» de Túrin. Tiene ésta por título «Narn i Hîn Húrin», y es la narración que se ofrece en el presente libro.

Hay sin embargo grandes diferencias en el curso de la larga «Narn», y la forma no es siempre definitiva. En la última parte (desde «La Vuelta de Túrin a Dor-lómin» hasta «La Muerte de Túrin») sólo se ha introducido alguna alteración marginal; mientras que la primera (hasta el final de la estadía de Túrin en Doriath) exigió abundantes revisiones y eliminaciones, y en algunos lugares, un cierto trabajo de condensación, pues los textos originales eran fragmentarios y discontinuos. Pero la parte central de la narración (Túrin entre los forajidos, Mîm el Enano Mezquino, la tierra de Dor-Cúarthol, la muerte de Beleg en manos de Túrin y la vida de Túrin en Nargothrond) planteó un problema de redacción mucho más difícil. La «Narn» se encuentra aquí en su estado menos acabado, y en ciertos pasajes no es más que un esbozo de posibles desarrollos. Mi padre estaba todavía elaborando esta parte cuando decidió abandonar el relato, y no escribiría la versión más breve para *El Silmarillion* hasta que la «Narn» estuvo más desarrollada. En la preparación del texto de *El Silmarillion* tuve necesariamente que recurrir a este mismo material, cuyas variaciones e interrelaciones son de una complejidad extraordinaria.

Para la primera parte de esta sección central, hasta el comienzo de la estadía de Túrin en la morada de Mîm en Amon Rûdh, he compuesto una narración, en la misma escala que otras partes de la «Narn», a partir de los materiales existentes (con una laguna, véanse pág. 158 y nota 12); pero desde ese punto en adelante (véase pág. 245), hasta la llegada de Túrin a Ivrin después de la caída de Nargothrond, no me pareció conveniente intentar lo mismo. Las lagunas de la «Narn» son aquí demasiado grandes, y sólo podían llenarse con el texto publicado de *El Silmarillion;* pero en un Apéndice (págs. 291 y siguientes) cité fragmentos aislados de esta parte de la proyectada ampliación.

En la tercera parte de la «Narn» (que empieza con El regreso de Túrin a Dor-lómin) una comparación con *El Silmarillion* revelará muchas estrechas correspondencias y aun idéntica redacción; mientras que en la primera parte hay dos extensos pasajes que he excluido del presente texto (véanse pág. 99 y nota 1, y pág. 113 y nota 2), pues son variantes muy parecidas de pasajes que aparecen en otro sitio, y se incluyen en la versión publicada de *El Silmarillion.* Este solapamiento e interrelación entre una y otra obra pueden explicarse de distintos modos, desde distintos puntos de vista. Mi padre se complacía en retomar un relato y contarlo en una escala diferente, pero algunos textos no exigían un tratamiento más extenso, pues eran partes de una versión más amplia, y no era necesario volver a escribirlos. Además, cuando todo era todavía fluido, y nada se sabía aún de la organización definitiva de las distintas narraciones, el mismo pasaje podía situarse experimentalmente en cualquiera de ellas. Pero en otro nivel puede haber otra explicación. Leyendas como la de Túrin Turambar habían tenido forma poética mucho tiempo atrás —en este caso, la «Narn i Hîn Húrin» del poeta Dírhavel—, y las de aquellos que más tarde compusieron historias condensadas de los Días Antiguos (lo cual era la idea de *El Silmarillion*) preservaron intactas frases o aun pasajes enteros (especialmente en momentos de gran intensidad retórica, como cuando Túrin le habla a su espada antes de morir).

SEGUNDA PARTE

1

Descripción de la Isla de Númenor

Aunque sean más descriptivos que narrativos, he incluido aquí algunos pasajes sobre Númenor, sobre todo en lo que concierne a la naturaleza física de la Isla, pues clarifica y acompaña de manera natural a la historia de Aldarion y Erendis. Este texto existía sin duda en 1965, y fue probablemente escrito poco antes de esa fecha.

He rehecho el mapa a partir de un pequeño y rápido esbozo de mi padre, pues, según parece, es el único que él hizo de Númenor. Sólo los nombres y los rasgos geográficos presentes en el original se han incorporado en el nuevo mapa. Además, el original muestra otro puerto en la Bahía de Andúnië, no muy lejos hacia el oeste de la misma Andúnië; el nombre no es fácil de leer, pero casi con toda certeza dice *Almaida*. No tengo conocimiento de que aparezca en otra parte.

2

Aldarion y Erendis

Esta historia es la que se halla menos desarrollada de toda esta colección, y en algunos sitios ha exigido un nivel de reelaboración editorial tal que dudé de la conveniencia de incluirla. No obstante, su gran interés por ser la única historia (fuera de registros y anales) que sobrevivió de las largas edades de Númenor, antes del episodio de su caída (la *Akallabêth*) y como historia única por su contenido entre los escritos de mi padre, me convenció de que no sería acertado omitirla en esta colección de *Cuentos inconclusos*.

Para apreciar la necesidad de esta mano editorial, hay que explicar que mi padre recurría abundantemente en la composición de sus relatos a «esbozos de argumentos», prestando escrupulosa atención a la cronología, de modo que dichos esbozos tienen en parte apariencia de anales incluidos en una crónica. En el presente caso hay nada menos que cinco de estos esquemas, que varían constantemente en cuanto a su relativo desarrollo en diferentes momentos, y que con no poca frecuencia se contradicen en general y en los detalles. Pero estos esquemas tendían siempre a convertirse en pura narración, especialmente mediante la introducción de breves pasajes de discurso directo; y en el quinto y último de estos esquemas para la historia de Aldarion y Erendis, el elemento narrativo es tan abundante que el texto alcanza unas sesenta páginas manuscritas.

Este alejamiento del estilo *staccato* para anales en tiempo presente, que luego se transformaba en una escritura auténticamente narrativa, era sin embargo muy gradual a medida que la escritura del esbozo avanzaba; y en la primera parte de la historia he reescrito mucho en un intento de conseguir cierta homogeneidad estilística a lo largo de toda la narración. Esta reescritura es exclusivamente una cuestión de formulaciones y nunca altera significados ni introduce elementos inauténticos.

El último «esquema», el texto que principalmente se ha seguido, se titulaba *La Sombra de la Sombra: el Cuento de la Esposa del Marinero; y el Cuento de la Reina Pastora*. El manuscrito acaba abruptamente, y no puedo explicar con seguridad por qué mi padre lo abandonó. Una copia mecanografiada de enero de 1965 se interrumpe en el mismo punto. Hay también dos páginas mecanografiadas que a mi juicio son los materiales más tardíos del relato. Se trata evidentemente del principio de lo que iba a ser la versión definitiva de la historia, y se reproduce en las páginas 278-281 de esta obra (donde los esbozos del argumento están menos presentes). Se titulaba *Indis i·Kiryamo «La Esposa del Marinero»: un cuento de la antigua Númenórë que habla de los primeros rumores de la Sombra*.

Al final de esta narración (pág. 329) he dado los escasos datos accesibles sobre el desarrollo posterior de esta historia.

3

La Línea de Elros: Reyes de Númenor

Aunque en su forma es un registro dinástico puro, lo he incluido porque constituye un importante documento para la historia de la Segunda Edad, y porque gran parte de los materiales que conciernen a esa Edad aparecen de alguna manera en los textos y comentarios del presente libro. Es un bonito manuscrito, en el que las fechas de los Reyes y las Reinas de Númenor y de sus reinados han sido enmendadas de manera abundante y a veces oscura: he procurado dar la última redacción. El texto introduce varios enigmas cronológicos menores, pero también permite la clarificación de algunos errores aparentes en los Apéndices de *El Señor de los Anillos*.

El cuadro genealógico de las primeras generaciones de la Línea de Elros ha sido tomado de varios cuadros estrechamente relacionados, que cubren el período de la formulación de las leyes de sucesión en Númenor (págs. 334-335). Hay algunas variantes en nombres menores: así, *Vardilmë* aparece también como *Vardilyë*, y *Yávien* como *Yávië*. Creo que las formas que doy en mi cuadro son posteriores.

4

La historia de Galadriel y Celeborn

Esta sección del libro difiere de las demás (salvo las de la Cuarta Parte) en que no hay un texto único, sino más bien un ensayo compuesto de citas. La naturaleza del material obligó a este tratamiento; tal y como queda clarificado a lo largo del ensayo, una historia de Galadriel sólo puede ser la historia de las concepciones cambiantes de mi padre, y la naturaleza «inconclusa» del cuento no es en este caso la de un escrito individual. Me he limitado a la presentación de los escritos inéditos sobre el tema, y me he abstenido de toda exposición acerca de las cuestiones más amplias implicadas en el desarrollo, pues ello habría obligado a analizar toda la relación entre los Valar y los Elfos, desde la decisión inicial (descrita en *El Silmarillion*) de llamar a los Eldar a Valinor, además de otros muchos asuntos, sobre los que mi padre escribió muchas cosas que no se incluyen en este libro.

La leyenda de Galadriel y Celeborn está tan entretejida con otras leyendas e historias —la de Lothlórien y los Elfos Silvanos, la de Amroth y Nimrodel, la de Celebrimbor y la creación de los Anillos de Poder, la de la guerra contra Sauron y la intervención númenóreana— que no puede tratarse aisladamente, de modo que esta sección del libro, junto con sus cinco apéndices, reúne virtualmente todo el material inédito de la historia de la Segunda Edad en la Tierra Media (y la exposición en ciertos pasajes se extiende inevitablemente hasta la Tercera). Se dice en «La Cuenta de los Años» que aparece en el Apéndice B de *El Señor de los Anillos:* «Éstos fueron los años oscuros para los Hombres de la Tierra Media, y los días de gloria de Númenor. Los registros de lo acaecido en la Tierra Media son escasos y breves, y su fecha es a menudo incierta». Pero aun lo que sobrevivió de los «años oscuros» fue modificándose, a medida que se desarrollaban y cambiaban las concepciones de mi padre; y de ningún modo he intentado pulir las incoherencias; al contrario, las he señalado y he llamado la atención sobre ellas.

Desde luego, las versiones divergentes no siempre piden un tratamiento vinculado al intento de establecer cuál fue la original; y mi padre como «autor» o «inventor» no siempre se distingue, en este domino, del «cronista» de antiguas tradiciones, perpetuadas en distintas formas, en distintos pueblos, a lo largo de muchos años (cuando Frodo encontró a Galadriel en Lórien, habían transcurrido más de sesenta siglos desde que ella había atravesado las Montañas Azules rumbo al este, abandonando las ruinas de Beleriand). «De esto se dicen dos cosas, aunque cuál sea la verdadera sólo lo saben los Sabios que ya han partido.»

Durante sus últimos años mi padre escribía mucho acerca de la etimología de los nombres de la Tierra Media. Estos ensayos, de carácter muy discursivo, incorporan no pocas leyendas e historias; pero como se subordinaban al propósito filológico fundamental, y se las mencionaba como de paso, fue necesario extractarlas. Ésa es la razón por la cual esta parte del libro está compuesta en gran medida por citas cortas, con material del mismo tipo incluido también en los Apéndices.

TERCERA PARTE

1

El desastre de los Campos Gladios

Ésta es una narración «tardía», lo que sólo significa que a falta de indicaciones relativas a fechas exactas, pertenece al último período en que mi padre escribió sobre la Tierra Media, al igual que «Cirion y Eorl», «Las Batallas de los Vados del Isen», «los Drúedain» y los extractos de los ensayos filológicos que forman parte de «La historia de Galadriel y Celeborn», y no al tiempo de la publicación de *El Señor de los Anillos* y los años que la siguieron. Hay dos versiones: una mecanografiada muy corregida de la totalidad (claramente corresponde a la primera etapa de la composición) y otra mecanografiada limpia, que incorpora numerosos cambios y se interrumpe en el punto en que Elendur insta a Isildur a huir. Aquí la mano correctora tuvo poco que hacer.

2

Cirion y Eorl y la amistad de Gondor y Rohan

Considero que estos fragmentos pertenecen al mismo período que «El desastre de los Campos Gladios», cuando mi padre estaba sumamente interesado en la historia temprana de Gondor y Rohan; estaban destinados sin duda a constituir una historia sustancial, que desarrollaría en detalle las crónicas sumarias que se ofrecen en el Apéndice A de *El Señor de los Anillos*. El material pertenece a una primera etapa de la composición, muy desordenada, plagada de variantes, interrumpida por anotaciones rápidas en parte ilegibles.

3

La aventura de Erebor

En una carta escrita en 1964 mi padre decía:

Hay, por supuesto, muchos eslabones entre *El hobbit* y *El Señor de los Anillos* que no están bien expuestos. Fueron en su mayoría escritos o esbozados, pero eliminados luego para aligerar la narrativa: tales como los viajes de exploración de Gandalf y sus relaciones con Aragorn y Gondor; todos los movimientos de Gollum hasta que se refugió en Moria, etcétera. De hecho, redacté un relato completo de lo que verdaderamente sucedió antes de la visita de Gandalf a Bilbo y la subsiguiente «Fiesta Inesperada», tal como el mismo Gandalf la vio. Iba a haber sido incorporado en una conversación retrospectiva mantenida en Minas Tirith; pero hubo que eliminarlo, y sólo aparece en forma abreviada en el Apéndice A, aunque allí no se mencionan las dificultades que Gandalf tuvo con Thorin.

El relato de Gandalf es el que aparece aquí. La compleja situación textual se describe en el Apéndice, donde incorporo sustanciales extractos de una versión anterior.

4

La búsqueda del Anillo

Hay abundante material escrito en relación con los acontecimientos del año 3018 de la Tercera Edad, acontecimientos que se citan en otras partes, como «La Cuenta de los Años» y los informes de Gandalf y otros en el Concilio de Elrond; y estos escritos son sin duda los «esbozados» a que se refiere la carta. Les he dado el título de «La búsqueda del Anillo». Los manuscritos en sí, que se encuentran en un gran aunque no excepcional estado de confusión, se describen en «La Tercera Edad». Pero cabe mencionar aquí la cuestión de la fecha (pues creo que todos pertenecen al mismo período, incluyendo «Sobre Gandalf, Saruman y la Comarca», presentados como la tercera parte de esta sección). Fueron escritos después de la publicación de *El Señor de los Anillos*, pues hay referencias a la paginación del texto impreso; pero difieren en las fechas de las que se indican para ciertos acontecimientos en «La Cuenta de los Años» del Apéndice B. Es obvio que se escribieron después de la publicación del primer volumen, pero antes de la del tercero, que contenía los Apéndices.

5

Las batallas de los Vados del Isen

Este texto, junto con la crónica de la organización militar de los Rohirrim y la historia de Isengard que se da en el Apéndice del mismo, pertenece a un grupo de escritos tardíos, dedicados a un estricto análisis histórico. Presentaba relativamente pocas dificultades de tipo textual, y sólo está inconcluso en el sentido más directo del término.

CUARTA PARTE

1

Los Drúedain

Hacia el final de su vida, mi padre reveló muchas más cosas acerca de los Hombres Salvajes del Bosque Drúadan y las estatuas de los Hombres Púkel en el camino que ascendía a El Sagrario. La narración que se ofrece aquí, en la que aparecen los Drúedain, que vivían en Beleriand durante la Primera Edad, y que contiene la historia de «La Piedra Fiel», fue extraída de un largo ensayo discursivo e inconcluso que se refiere sobre todo a las interrelaciones de las lenguas de la Tierra Media. Como se verá, los Drúedain se remontarían a la historia de edades más tempranas; pero no hay huella de esto en la versión publicada de *El Silmarillion*.

2

Los Istari

Poco después de la decisión de publicar *El Señor de los Anillos*, se propuso que hubiera un índice al final del tercer volumen, y parece que mi padre empezó a trabajar en él en el verano de 1954, cuando los dos primeros volúmenes ya se habían impreso. Escribió sobre el asunto en una carta de 1956: «Se había previsto un índice de nombres cuya interpretación etimológica proporcionaría un amplio vocabulario élfico. [...] Trabajé en él durante meses y preparé un índice de los dos primeros volúmenes [ésa fue la causa principal del retraso del volumen III] hasta que fue evidente que el tamaño y el costo serían ruinosos».

Por tanto, no hubo índice para *El Señor de los Anillos* hasta la segunda edición de 1966, pero el inacabado borrador original de mi padre había sido preservado. De él extraje el plan para el índice de *El Silmarillion*, con traducción de los nombres y breves notas explicativas, y también, tanto en *El Silmarillion* como en el índice del presente libro, ciertas traducciones, y la formulación de algunas de las «definiciones». De él proviene también el «El ensayo sobre los Istari» con que se abre esta sección del libro: una nota que por su longitud escapa a las características del índice original, pero que no es ajena a la manera en que a menudo trabajaba mi padre.

Para otras citas en esta sección, he dado en el texto mismo las indicaciones de fecha disponibles.

3

Las palantíri

Para la segunda edición de *El Señor de los Anillos* (1966) mi padre hizo correcciones sustanciales a un pasaje de *Las Dos Torres* (III, 11) que concierne a «La *palantír*» y algunas otras en el mismo sentido en *El Retorno del Rey*, V, 7, «La Pira de Denethor», aunque estas correcciones no se incorporaron al libro hasta la segunda impresión de la edición revisada (1967). Esta sección del presente libro se basa en los escritos sobre las *palantíri* asociados a esta revisión; no hice más que montarlos en un único texto.

* * *

El mapa de la Tierra Media

Mi primera intención fue incluir en este libro el mapa que acompaña a *El Señor de los Anillos*, añadiendo algunos nombres; pero después de reflexionar me pareció mejor copiar el mapa original, y tener así la oportunidad de poner remedio a algunos defectos menores (poner remedio a los mayores estaba fuera de mi alcance). Por tanto, lo he vuelto a dibujar con bastante exactitud, en una escala reducida una vez más a la mitad (es decir, la escala del nuevo mapa es una vez y media mayor del primer mapa publicado). La superficie mostrada es más pequeña, pero los únicos puntos que se pierden son los

Puertos de Umbar y el Cabo de Forochel.* Esto permitió un tipo de letra diferente y más grande, con lo que se gana mucho en claridad.

Se incluyen en él los nombres geográficos más importantes que se mencionan en este libro, pero no en *El Señor de los Anillos*, tales como *Lond Daer, Drúwaith Iaur, Edhellond, los Bajíos* y *Grislin*; y unos pocos más que podrían o tendrían que haber estado en el mapa original, tales como los ríos *Harnen* y *Carnen, Annúminas, Folde Este, Folde Oeste* y las *Montañas de Angmar*. La inclusión errónea de *Rhudaur* sólo se ha corregido mediante la adición de *Cardolan* y *Arthedain,* y he puesto la pequeña isla de *Himling,* cerca de la lejana costa noroccidental, que aparece en un boceto trazado por mi padre, y en mi propio primer borrador. *Himling* fue la primera forma de *Himring* (la gran colina sobre la que Maedhros, hijo de Fëanor, tenía su fortaleza en *El Silmarillion*) y aunque el hecho no se menciona en sitio alguno, es evidente que la cima de Himring se levantaba por encima de las aguas que cubrieron la anegada Beleriand. A cierta distancia hacia el oeste había una isla más grande llamada *Tol Fuin,* sin duda la parte más elevada de *Taur-nu-Fuin*. En general, aunque no en todos los casos, he preferido el nombre sindarin (cuando era conocido), pero de ordinario he dado también la traducción del nombre cuando se lo utiliza muchas veces. De hecho, puede observarse que «El Yermo del Norte», señalado

---

* Poca duda me cabe ahora de que el agua señalada en mi mapa original como «La Bahía de Hielo de Forochel» era en realidad sólo una pequeña parte de la Bahía (descrita en el Apéndice A, I, iii de *El Señor de los Anillos* como «inmensa») que se extendía mucho más hacia el noroeste: las costas septentrionales u occidentales formaban el gran Cabo de Forochel, cuya punta, sin nombre, aparece en mi mapa original. En uno de los esbozos trazados por mi padre, la costa septentrional de la Tierra Media se extiende en una gran curva hacia el este-noreste, desde el Cabo; el punto septentrional extremo se encuentra a unas 700 millas al norte de Carn Dûm.

en el encabezamiento de mi mapa original, parece haber sido un equivalente de *Forodwaith*.*

Me pareció conveniente señalar todo el recorrido del Gran Camino que une Arnor y Gondor, aunque el curso entre Edoras y los Vados del Isen es conjetural (como lo es también la situación exacta de Lond Daer y Edhellond).

Por último querría subrayar que la reproducción minuciosa del estilo y los detalles (además de la nomenclatura y la tipografía) del mapa que tracé deprisa hace veinticinco años no significa que la concepción o ejecución hayan sido excelentes. Durante mucho tiempo lamenté que mi padre no lo hubiera reemplazado él mismo. No obstante, tal como resultaron las cosas, a pesar de todos sus defectos y rarezas, se convirtió en «el Mapa», y mi propio padre no dejó de utilizarlo desde entonces (aunque señalaba a menudo sus insuficiencias). Los varios esbozos de mapas que él llegó a trazar, y en los que se basaba el mío, son ahora parte de la historia de la composición de *El Señor de los Anillos*. Por tanto, me pareció mejor, en la medida en que se extiende el alcance de mi contribución a estos asuntos, conservar mi trazado original, puesto que al menos reproduce con bastante fidelidad la estructura de las concepciones de mi padre.

---

* *Forodwaith* aparece sólo una vez en *El Señor de los Anillos* (Apéndice A, I, iii), y se refiere allí a los antiguos habitantes de las Tierras Septentrionales, de los que los Hombres de las Nieves eran un resto; pero la palabra sindarin (*g*)*waith* se utilizaba para designar a la vez una región y a quienes la habitaban (cf. *Enedwaith*). En uno de los esbozos de mi padre *Forodwaith* parece equivaler al «Yermo del Norte», y en otro se traduce como «Tierra del Norte».

PRIMERA PARTE
LA PRIMERA EDAD

1

DE TUOR Y SU LLEGADA A GONDOLIN

Rían, esposa de Huor, vivía con el pueblo de la Casa de Hador; pero cuando llegó a Dor-lómin el rumor de la Nirnaeth Arnoediad, y sin embargo no tuvo nuevas de su señor, empezó a desesperar y echó a andar sola por lugares salvajes. Allí habría perecido, pero los Elfos Grises acudieron en su ayuda. Porque este pueblo tenía una morada en las montañas al oeste del Lago Mithrim; y allí la condujeron y dio allí a luz a un hijo antes de que terminara el Año de la Lamentación.

Y Rían dijo a los Elfos: —Sea llamado *Tuor,* porque ése es el nombre que le dio su padre antes de que la guerra se interpusiera entre nosotros. Y os ruego que lo criéis y lo mantengáis oculto a vuestro cuidado; porque preveo que será ocasión de un gran bien para los Elfos y para los Hombres. Pero yo he de ir en busca de Huor, mi señor.

Entonces los Elfos se apiadaron de ella; pero un tal Annael, el único de ese pueblo que había vuelto de la Nirnaeth, le dijo:

—Ay, señora, se ha sabido que Huor cayó junto a Húrin, su hermano; y yace, según creo, en el gran montón de muertos que los Orcos han levantado en el campo de batalla.

Por tanto, Rían se puso en camino y abandonó la morada de los Elfos y atravesó la tierra de Mithrim y llegó por fin a la

Haudh-en-Ndengin en el yermo de Anfauglith, y allí se tendió y murió. Pero los Elfos cuidaron del pequeño hijo de Huor, y Tuor creció entre ellos; y era blanco de cara y de cabellos dorados, como los parientes de su padre, y se hizo fuerte y alto y valiente, y como había sido criado por los Elfos tenía conocimientos y habilidad semejantes a los de los príncipes de los Edain antes de que la ruina asolara el Norte.

* * *

Pero con el paso de los años, la vida de los habitantes de Hithlum que quedaban todavía, Elfos u Hombres, fue volviéndose más dura y peligrosa. Porque como en otra parte se cuenta, Morgoth quebrantó la promesa que había hecho a los Orientales, les negó las ricas tierras de Beleriand que habían codiciado, y llevó a este pueblo malvado a Hithlum y les ordenó morar allí. Y aunque ya no amaban a Morgoth, lo servían aún por miedo, y odiaban a todo el pueblo de los Elfos; y despreciaron al resto de la Casa de Hador (ancianos y mujeres y niños en su mayoría) y los oprimieron, y desposaron a las mujeres por la fuerza, y tomaron tierras y bienes y esclavizaron a sus hijos. Los Orcos iban de un lado a otro por el país y perseguían a los Elfos demorados hasta las fortalezas de las montañas, y se llevaban a muchos cautivos a las minas de Angband para que trabajaran allí como esclavos de Morgoth.

Por tanto, Annael condujo a su pequeño pueblo a las cuevas de Androth, y allí tuvieron una vida dura y fatigosa, hasta que Tuor cumplió dieciséis años y fue hábil en el manejo de las armas, el hacha y el arco de los Elfos Grises; y el corazón se le enardeció al escuchar la historia de las penurias de los suyos y deseó ponerse en camino para vengarse de los Orcos y los Orientales. Pero Annael se lo prohibió.

—Lejos de aquí, según creo, te aguarda tu destino, Tuor hijo de Huor —dijo—. Y esta tierra no se verá libre de la sombra de Morgoth en tanto la misma Thangorodrim no sea derribada. Por tanto, al final hemos resuelto abandonarla y partir hacia el sur; y tú vendrás con nosotros.

—Pero ¿cómo escaparemos a la red de nuestros enemigos? Porque sin duda la marcha de un número tan crecido no pasará inadvertida.

—No avanzaremos al descubierto —dijo Annael—, y si la fortuna nos acompaña, llegaremos al camino secreto que llamamos Annon-in-Gelydh, la Puerta de los Noldor; porque fue construido con la habilidad de ese pueblo, mucho tiempo atrás, en días de Turgon.

Al oír ese nombre Tuor se sobresaltó, aunque no supo por qué; e interrogó a Annael acerca de Turgon.

—Es un hijo de Fingolfin —dijo Annael— y es ahora considerado Alto Rey de los Noldor desde la caída de Fingon. Porque vive todavía, el más temido de los enemigos de Morgoth, y escapó de la ruina de la Nirnaeth cuando Húrin de Dor-lómin y Huor, tu padre, defendieron tras él el Paso del Sirion.

—Entonces iré en busca de Turgon —replicó Tuor—; porque sin duda me ayudará en consideración a mi padre.

—No podrás —dijo Annael—. Porque la fortaleza de Turgon está oculta a los ojos de los Elfos y de los Hombres, y no sabemos dónde se encuentra. De entre los Noldor, quizá, algunos conocen el camino, pero no lo revelan a nadie. No obstante, si quieres hablar con ellos, acompáñame como te dije; porque en los puertos lejanos del Sur es posible que te topes con viajeros que vengan del Reino Escondido.

Así fue que los Elfos abandonaron las cuevas de Androth, y Tuor los acompañó. Pero el enemigo vigilaba sus moradas y no tardó en advertir la partida de los Elfos; y no se habían alejado mucho de las colinas cuando fueron atacados por una gran fuerza de Orcos y Orientales, y quedaron esparcidos por todas partes mientras huían hacia la caída de la noche. Pero el corazón de Tuor ardió con el fuego de la batalla, y se negó a huir, y aunque no era más que un niño blandía el hacha igual que su padre antes que él, y se mantuvo firme durante mucho tiempo y mató a muchos de los que le atacaron; pero por fin fue superado y hecho cautivo y llevado ante Lorgan el Oriental. Ahora bien, este tal Lorgan era considerado el capitán de los Orientales y pretendía regir toda Dor-lómin como feudo de Morgoth; e hizo de Tuor su esclavo. Dura y amarga fue entonces la vida de Tuor; porque complacía a Lorgan darle un tratamiento más cruel todavía que el acostumbrado por ser del linaje de los antiguos señores, y pretendía quebrantar, si podía, el orgullo de la Casa de Hador. Pero Tuor fue prudente, y soportó todos los dolores y contratiempos con vigilante paciencia; de modo que con el tiempo su suerte se alivió un tanto, y al menos no pereció de hambre como les ocurría a muchos de los desdichados esclavos de Lorgan. Porque tenía habilidad y fuerza y Lorgan alimentaba bien a sus bestias de carga mientras eran jóvenes y podían trabajar.

Pero al cabo de tres años de servidumbre Tuor vio por fin una oportunidad de huir. Había crecido mucho en estatura, y era ahora más alto y más rápido que ninguno de los Orientales; y habiendo sido enviado junto con otros esclavos a hacer un trabajo en los bosques, se volvió de pronto contra los guardias y los mató con un hacha y escapó a las colinas. Los Orientales lo persiguieron con perros, pero de nada sirvió; porque casi todos los perros de Lorgan eran amigos de Tuor, y si lo alcanzaban, jugaban con él, y volvían a su casa cuando él así lo ordenaba. De este modo regresó por fin a las cuevas de Androth y se quedó allí viviendo solo. Y durante cuatro años fue un proscrito en la tierra paterna, torvo y solitario; y era temido, porque salía con frecuencia y mataba a muchos de los Orientales con los que se topaba. Entonces se puso un alto precio a su cabeza; pero nadie se atrevía a acercarse a su escondite, aun con fuerzas numerosas, pues temían a los Elfos y esquivaban las cuevas donde habían habitado. Sin embargo, se dice que las expediciones de Tuor no tenían como propósito la venganza, sino que buscaba sin cesar la Puerta de los Noldor, de la que había hablado Annael. Pero no la encontró, porque no sabía dónde buscar, y los pocos Elfos que habitaban aún en las montañas no habían oído hablar de ella.

Ahora bien, Tuor sabía que, aunque la fortuna aún lo favoreciese, los días de un proscrito están contados, y son siempre pocos y sin esperanza. Tampoco estaba dispuesto a vivir siempre como un hombre salvaje en las colinas desnudas, y el corazón lo instaba sin descanso a grandes hazañas. En esto, según se dice, se manifestó el poder de Ulmo. Porque recogía nuevas de todo lo que sucedía en Beleriand, y cada corriente que fluía desde la Tierra Media hacia el Gran Mar era para él un mensajero, tanto de ida como de vuelta; y mantenía también amistad, como antaño, con Círdan y los Carpinteros de Barcos en las Bocas del Sirion.[1] Y por ese entonces, Ulmo atendía sobre todo al destino de la Casa de Hador, porque se proponía que ellos desempeñaran un importante papel en sus planes de socorrer a los Exiliados; y conocía perfectamente el infortunio de Tuor, porque en verdad Annael y muchos de los suyos habían logrado huir de Dor-lómin y habían llegado por fin al encuentro de Círdan en el lejano Sur.

Así fue que un día a principios del año (veintitrés años habían transcurrido desde la Nirnaeth) Tuor estaba sentado junto a un manantial que brotaba cerca de las puertas de la cueva donde él vivía; y miraba en el oeste una nubosa puesta de sol. Entonces, de pronto, el corazón le dijo que ya no seguiría esperando, sino que se pondría en pie y partiría.

—¡Abandonaré ahora las tierras grises de mi linaje que ya no existe —exclamó— e iré en busca de mi destino! Pero ¿a dónde encaminarme? Mucho tiempo he buscado la Puerta y no la he encontrado.

Entonces cogió el arpa que siempre llevaba consigo, pues era hábil en el tañido de sus cuerdas, y sin tener en cuenta el peligro de su clara voz solitaria en el yermo, cantó una canción élfica del Norte para animar los corazones. Y mientras cantaba, la fuente a sus pies empezó a bullir con gran incremento de agua, y desbordó, y un riachuelo corrió ruidoso ante él por la rocosa ladera de la colina. Y Tuor lo tomó como un signo y se puso de pie sin demora y lo siguió. De este modo descendió de las altas colinas de Mithrim y salió a la planicie de Dor-lómin al norte; y el riacho crecía sin cesar mientras él avanzaba hacia el oeste, hasta que al cabo de tres días pudo divisar en el oeste las prolongadas crestas grises de Ered Lómin que en esas regiones se extienden hacia el norte y el sur cercando las lejanas riberas de las Costas Occidentales. Hasta esas colinas nunca había llegado Tuor en sus viajes.

La tierra se había vuelto más quebrada y rocosa otra vez al acercarse a las colinas, y pronto empezó a elevarse ante los pies de Tuor, y la corriente descendió por un lecho hendido. Pero a la luz penumbrosa del atardecer del tercer día, Tuor encontró ante sí un muro de roca, y había en él una abertura como un gran arco; y la corriente pasó por allí y se perdió. Se afligió entonces Tuor y dijo:

—¡Así pues, mi esperanza me ha engañado! El signo de las colinas sólo me ha traído a un oscuro fin en medio de la tierra de mis enemigos. —Y con el corazón apagado se sentó entre las rocas en la alta orilla de la corriente, manteniéndose alerta a lo largo de una amarga noche sin fuego; porque era todavía el mes de Súlimë y ni el menor estremecimiento de primavera había llegado a esa lejana tierra septentrional, y un viento cortante soplaba desde el este.

Pero mientras la luz del sol naciente brillaba pálida en las lejanas nieblas de Mithrim, Tuor oyó voces, y al mirar hacia abajo vio con sorpresa a dos Elfos que vadeaban el agua poco profunda; y cuando subían por los escalones cortados en la orilla rocosa, Tuor se puso de pie y los llamó. Ellos enseguida desenvainaron las brillantes espadas y se abalanzaron sobre él. Entonces él vio que llevaban una capa gris, pero debajo iban vestidos de cota de malla; y se maravilló, porque eran más hermosos y fieros, a causa de la luz que tenían en los ojos, que nadie del pueblo de los Elfos que hubiera visto antes. Se irguió en toda su estatura y los esperó; pero cuando ellos vieron que no esgrimía arma alguna, sino que allí, de pie y solo, los saludaba en lengua élfica, envainaron las espadas y le hablaron con cortesía. Y uno de ellos dijo:

—Gelmir y Arminas somos, del pueblo de Finarfin. ¿No eres uno de los Edain de antaño que vivían en estas tierras antes de la Nirnaeth? Y en verdad del linaje de Hador y Húrin me pareces; porque tal te declara el oro de tus cabellos.

Y Tuor respondió:

—Sí, yo soy Tuor, hijo de Huor, hijo de Galdor, hijo de Hador; pero ahora por fin quiero abandonar esta tierra donde soy un proscrito y sin parientes.

—Entonces —dijo Gelmir—, si quieres huir y encontrar los puertos del Sur, ya tus pies te han puesto en el buen camino.

—Así me pareció —dijo Tuor—. Porque seguí a una súbita fuente de agua en las colinas hasta que se unió a esta corriente traidora. Pero ahora no sé a dónde dirigirme, porque ha desaparecido en la oscuridad.

—A través de la oscuridad es posible llegar a la luz —dijo Gelmir.

—No obstante es preferible andar bajo el sol mientras uno pueda —dijo Tuor—. Pero como sois de ese pueblo, decidme si podéis dónde se encuentra la Puerta de los Noldor. Porque la he buscado mucho, desde que Annael de los Elfos Grises, mi padre adoptivo, me habló de ella.

Entonces los Elfos rieron y dijeron:

—Tu búsqueda ha llegado a su fin; porque nosotros mismos acabamos de pasar esa Puerta. ¡Allí está, delante de ti! —Y señalaron el arco por donde fluía el agua.— ¡Ven pues! A través de la oscuridad llegarás a la luz. Pondremos tus pies en el camino, pero no nos es posible conducirte hasta muy lejos; porque se nos ha encomendado un recado urgente y regresamos a la tierra de la que huimos.

—Pero no temas —dijo Gelmir—: tienes escrito en la frente un alto destino, que te llevará lejos de estas tierras, lejos en verdad de la Tierra Media, según me parece.

Entonces Tuor descendió los escalones tras los Noldor y vadeó el agua fría, hasta que entraron en la oscuridad más allá del arco de piedra. Y entonces Gelmir sacó una de esas lámparas por las que los Noldor tenían renombre; porque se habían hecho antaño en Valinor, y ni el viento ni el agua las apagaban, y cuando se descubrían irradiaban una clara luz azulina desde una llama encerrada en cristal blanco.[2] Ahora, a la luz que Gelmir sostenía por encima de su cabeza, Tuor vio que el río empezaba de pronto a descender por una suave pendiente y entraba en un gran túnel, pero junto al lecho cortado en la roca había largos tramos de peldaños que descendían y se adelantaban hasta una profunda lobreguez más allá de los rayos de la lámpara.

Cuando llegaron al pie de los rápidos, se encontraron bajo una gran bóveda de roca, y allí el río se precipitaba por una abrupta pendiente con un gran ruido que resonaba en la cúpula, y seguía luego bajo otro arco y volvía a desaparecer en un túnel más profundo. Junto a la cascada los Noldor se detuvieron y se despidieron de Tuor.

—Ahora debemos volvernos y seguir nuestro camino con la mayor prisa —dijo Gelmir—; porque asuntos de gran peligro se agitan en Beleriand.

—¿Es, pues, la hora en que Turgon ha de salir? —preguntó Tuor.

Entonces los Elfos lo miraron con gran asombro.

—Ése es un asunto que concierne a los Noldor más que a los hijos de los Hombres —dijo Arminas—. ¿Qué sabes tú de Turgon?

—Poco —dijo Tuor—, salvo que mi padre lo ayudó a escapar de la Nirnaeth y que en la fortaleza escondida de Turgon vive la esperanza de los Noldor. Sin embargo, aunque no sé por qué, tengo siempre su nombre en el corazón y me sube a los labios. Y si de mí dependiese, iría a buscarlo en vez de seguir este oscuro camino de temor. A no ser, quizá, que esta ruta secreta sea el camino a su morada.

—¿Quién puede decirlo? —respondió el Elfo—. Porque así como se esconde la morada de Turgon se esconden también los caminos que llevan a ella. Yo no los conozco, aunque los he buscado mucho tiempo. Sin embargo, si los conociera, no te los revelaría a ti ni a ninguno de entre los Hombres.

Pero Gelmir dijo:

—No obstante he oído que tu Casa goza del favor del Señor de las Aguas. Y si sus designios te llevan a Turgon, entonces sin duda llegarás ante él tomes el camino que tomes. ¡Sigue ahora el camino por el que las aguas te han traído desde las colinas, y no temas! No andarás mucho tiempo en la oscuridad. ¡Adiós! Y no creas que nuestro encuentro haya sido casual; porque el Habitante de las Honduras tiene todavía mucha influencia en esta tierra. *Anar kaluva tielyanna!* [3]

Con eso los Noldor se volvieron y ascendieron de vuelta las largas escaleras; pero Tuor permaneció inmóvil hasta que la luz de la lámpara desapareció, y se quedó solo en una oscuridad más profunda que la noche en medio de las cascadas rugientes. Entonces, haciendo de tripas corazón, apoyó la mano izquierda sobre el muro rocoso y tanteó el camino, lentamente en un comienzo, y luego con mayor rapidez al ir acostumbrándose a la oscuridad y no encontrar nada que lo estorbara. Y después de lo que pareció un largo rato, cuando estaba fatigado, pero sin ganas de descansar en el negro túnel, vio una luz a lo lejos por delante de él; y apresurándose llegó a una alta y estrecha hendedura y siguió la ruidosa corriente entre los muros inclinados hasta salir a una tarde dorada. Porque había llegado a un profundo y escarpado barranco que avanzaba derecho hacia el Oeste; y ante él el sol poniente bajaba por un cielo claro, brillaba en el barranco y encendía las paredes con un fuego amarillo, y las aguas del río resplandecían como oro al romper en espuma sobre muchas piedras refulgentes.

En ese sitio profundo Tuor avanzaba ahora con gran esperanza y deleite, y encontró un sendero bajo el muro austral, donde había una orilla larga y estrecha. Y cuando llegó la noche y el río siguió adelante invisible, excepto por el brillo de las estrellas altas que se reflejaban en aguas oscuras, descansó y durmió; porque no sentía temor junto al agua por la que corría el poder de Ulmo.

Con la llegada del día siguió caminando, sin prisa. El sol se levantaba a sus espaldas y se ponía delante de él, y donde el agua se quebraba en espuma entre las piedras o se precipitaba en súbitas caídas, en la mañana y en la tarde se tejían arco iris por encima de la corriente. Por tanto, le dio al barranco el nombre de Cirith Ninniach.

Así viajó Tuor lentamente tres días bebiendo el agua fría, pero sin deseo de tomar alimento alguno, aunque había muchos peces que resplandecían como el oro y la plata o lucían los colores del arco iris en la espuma. Y al cuarto día el canal se ensanchó, y los muros se hicieron más bajos y menos escarpados; pero el río corría más profundo y con más fuerza, porque unas altas colinas avanzaban ahora a cada lado, y vertían nuevas aguas en Cirith Ninniach en cascadas de un resplandor tenue. Allí se quedó Tuor largo rato sentado, contemplando los remolinos de la corriente y escuchando aquella voz interminable hasta que la noche volvió otra vez y las estrellas brillaron frías y blancas en la oscura ruta del cielo. Entonces Tuor levantó la voz y pulsó las cuerdas del arpa, y por encima del ruido del agua el sonido de la canción y las dulces vibraciones del arpa resonaron en la piedra y se multiplicaron, y se extendieron sonoras por las montañas envueltas en noche, hasta que toda la tierra vacía se llenó de música bajo las estrellas. Porque aunque no lo sabía, Tuor había llegado a las Montañas del Eco de Lammoth junto al Estuario de Drengist. Allí había desembarcado Fëanor en otro tiempo, y las voces de sus huestes crecieron hasta convertirse en un poderoso clamor sobre las costas del Norte antes del nacimiento de la Luna.[4]

Entonces Tuor, lleno de asombro, dejó de cantar y lentamente la música se desvaneció en las colinas y hubo silencio. Y entonces, en medio del silencio oyó arriba en el aire un grito extraño; y no lo reconoció. Ora decía:

—Es la voz de un duende. —O:— No, es una bestezuela gimiendo en el yermo. —Y luego, al oírla otra vez, dijo:— Seguramente es el grito de un ave nocturna que no conozco.

—Y le pareció un sonido luctuoso, y no obstante deseaba escucharlo y seguirlo, porque el sonido lo llamaba, no sabía a dónde.

Por la mañana siguiente oyó la misma voz, y alzando la mirada vio tres grandes aves blancas que batían sus alas en vuelo por el barranco en contra del viento del oeste, y las alas vigorosas les brillaban al sol recién nacido, y al pasar sobre él se oyó de nuevo su lamentosa llamada. Así, por primera vez, Tuor vio las grandes gaviotas, amadas de los Teleri. Se alzó entonces para seguirlas, y queriendo observar hacia dónde volaban trepó la ladera de la izquierda y se irguió en la cima y sintió contra la cara un fuerte viento venido del Oeste; y los cabellos se le agitaban. Y bebió profundamente ese aire nuevo y dijo:

—¡Esto anima el corazón como un sorbo de vino fresco! —Pero no sabía que el viento llegaba reciente del Gran Mar.

Ahora bien, Tuor se puso en marcha una vez más en busca de las gaviotas, caminando muy por encima del río; y mientras avanzaba, los lados del barranco se iban uniendo otra vez, y así llegó a un estrecho canal, lleno del gran estrépito del agua. Y al mirar hacia abajo, le pareció que estaba viendo una gran maravilla; porque una salvaje marejada avanzaba por el estrecho y luchaba contra el río, que seguía precipitándose hacia adelante, y una ola como un muro se levantó casi hasta el borde del acantilado, coronada de crestas de espuma que volaban al viento. Entonces el río fue empujado hacia atrás y la marejada avanzó rugiente por el canal anegándolo con aguas profundas, y las piedras pasaban rodando como truenos. Así la llamada de las aves marinas salvó a Tuor de la muerte en la marea alta; y era ésta muy grande por causa de la estación del año y del fuerte viento que soplaba del mar.

Pero la furia de las extrañas aguas desanimó a Tuor, que se volvió y se alejó hacia el sur, de modo que no llegó a las largas costas del Estuario de Drengist, sino que erró aún algunos días por un páramo áspero despojado de árboles; y un viento que venía del mar barría este campo, y todo lo que allí crecía, hierba o arbusto, se inclinaba hacia el alba porque prevalecía el viento del Oeste. De este modo Tuor llegó a los bordes de Nevrast, donde otrora había morado Turgon; y por fin, sin advertirlo (porque las cimas del acantilado donde terminaba la tierra eran más altas que las cuestas que había por detrás) llegó súbitamente al borde negro de la Tierra Media y vio el Gran Mar, Belegaer Sin Orillas. Y a esa hora el sol descendía más allá de los márgenes del mundo como una llamarada poderosa; y Tuor se irguió sobre el acantilado con los brazos extendidos y una gran nostalgia le ganó el corazón. Se dice que fue el primero de los Hombres en llegar al Gran Mar, y que nadie, salvo los Eldar, sintió nunca tan profundamente el anhelo que él despierta.

Tuor se demoró varios días en Nevrast, y le pareció bien hacerlo porque esa tierra, protegida por montañas del Norte y el Este y próxima al mar, era de clima más dulce y templado que las llanuras de Hithlum. Hacía mucho que estaba acostumbrado a vivir como cazador solitario en las tierras salvajes y no le faltó alimento; porque la primavera se afanaba en Nevrast, y el aire se llenaba de ruido de pájaros, tanto de los que moraban en multitudes en las costas como los que abundaban en los marjales de Linaewen en medio de las tierras bajas; pero en aquellos días no se oían en todas aquellas soledades voces de Elfos ni de Hombres.

Llegó Tuor hasta los bordes de la gran laguna, pero las vastas ciénagas y los apretados bosques de juncos que se extendían en derredor le impedían alcanzar las aguas; y no tardó en volverse y regresar a las costas, porque el Mar lo atraía, y no estaba dispuesto a quedarse mucho tiempo donde no pudiera oír el sonido de las olas. Y en esas costas Tuor encontró por vez primera huellas de los Noldor de antaño. Porque entre los altos acantilados abiertos por las aguas al sur de Drengist había muchas ensenadas y calas con playas de arena blanca entre las negras piedras resplandecientes, y Tuor descubrió a menudo escaleras tortuosas talladas en la piedra viva que descendían hasta esos lugares; y junto al borde del agua había muelles en ruinas construidos con grandes bloques de piedra sacados de los acantilados, donde antaño se amarraban los navíos de los Elfos. En esas regiones Tuor se quedó mucho tiempo contemplando el mar siempre cambiante, mientras el año se consumía lentamente, dejando atrás la primavera y el verano, y la oscuridad crecía en Beleriand, y el otoño del aciago destino de Nargothrond estaba acercándose.

Y, quizá, los pájaros vieron desde lejos el fiero invierno que se aproximaba;[5] porque los que acostumbraban a migrar hacia el sur se agruparon temprano para partir, y los que solían habitar en el norte volvieron de sus hogares a Nevrast. Y un día, mientras Tuor estaba sentado en la costa, oyó un sibilante batir de grandes alas y miró hacia arriba y vio siete cisnes blancos que volaban en una rápida cuña hacia el sur. Pero cuando estuvieron sobre él, giraron y descendieron de pronto y se dejaron caer ruidosamente salpicando agua.

Ahora bien, Tuor amaba a los cisnes, a los que había conocido en los estanques grises de Mithrim; y el cisne además había sido el símbolo de Annael y su familia adoptiva. Se puso en pie por tanto para saludar a las aves y las llamó maravillado al ver que eran de mayor tamaño y más orgullosas que ninguna otra de su especie que hubiera visto nunca; pero ellas batieron las alas y emitieron ásperos gritos como si estuvieran enfadadas con él y quisieran echarlo de la costa. Luego, con gran ruido, se alzaron otra vez de las aguas y volaron por encima de la cabeza de Tuor, de modo que el aleteo sopló sobre él como un viento sibilante; y girando en un amplio círculo subieron por el aire y se alejaron hacia el sur.

Entonces Tuor exclamó en voz alta:

—¡He aquí otro signo de que me he demorado demasiado tiempo! —Y enseguida trepó a la cima del acantilado y allí vio todavía a los cisnes que giraban en las alturas; pero, cuando se volvió hacia el sur y empezó a seguirlos, desaparecieron volando rápidamente.

Tuor viajó hacia el sur a lo largo de la costa durante siete días completos, y cada día lo despertaba un batir de alas sobre él en el alba, y cada día los cisnes avanzaban volando mientras él los seguía. Y mientras andaba, los altos acantilados se hacían más bajos y las cimas se cubrían de hierbas altas y florecidas; y hacia el este había bosques que amarilleaban con el desgaste del año. Pero por delante de él, cada vez más cerca, veía una línea de altas colinas que le cerraban el camino y se extendían hacia el oeste hasta terminar en una alta montaña: una torre oscura y tocada de nubes, asentada sobre hombros poderosos por encima de un gran cabo verde que se adentraba en el mar.

Esas colinas grises eran en verdad las estribaciones occidentales de Ered Wethrin, el cerco septentrional de Beleriand, y la montaña era el Monte Taras, la más occidental de las torres de esa tierra y lo primero que veía el marinero desde millas de mar adentro al acercarse a las costas mortales. Turgon había morado en otro tiempo bajo las prolongadas laderas, en las salas de Vinyamar, las más antiguas obras de mampostería de cuantas levantaran los Noldor en las tierras del exilio. Allí se alzaba todavía, desolada pero perdurable, alta sobre amplias terrazas que miraban al mar. Los años no la habían sacudido, y los servidores de Morgoth no se habían fijado en ella;

pero el viento y la lluvia y la escarcha la habían esculpido, y sobre la albardilla de los muros y las grandes tejas de la techumbre crecían frondosas plantas de un verde grisáceo que, viviendo del aire salino, medraban aun en las hendeduras de la piedra estéril.

Llegó entonces Tuor a las ruinas de un camino perdido, pasó entre montículos verdes y piedras inclinadas, y de ese modo llegó, cuando menguaba el día, a la vieja sala con los patios altos y barridos por el viento. Ninguna sombra de temor o mal acechaba allí, pero se vio sobrecogido al pensar en los que habían vivido allí y ahora habían partido sin que nadie supiera dónde: el orgulloso pueblo, inmortal pero condenado, venido desde mucho más allá del Mar. Y se volvió y miró, como los ojos de ellos habían mirado a menudo, el resplandor de las aguas inquietas que se perdían a lo lejos. Entonces se volvió otra vez y vio que los cisnes se habían posado en la terraza más alta, delante de la puerta occidental de la sala; y batieron las alas y a Tuor le pareció que le hacían señas de que entrase. Entonces Tuor subió por las anchas escaleras, ahora medio ocultas entre la armería y el musgo florecido y pasó bajo el poderoso dintel y penetró en las sombras de la casa de Turgon; y llegó por fin a una sala de altas columnas. Si grande había parecido desde fuera, ahora vasta y magnífica le pareció desde dentro, y por respetuoso temor no quiso despertarla con los ecos de su vacío. Nada podía ver allí salvo, en el extremo oriental, un alto asiento sobre un estrado, y tan sigilosamente como pudo se acercó a él; pero el sonido de sus pies resonaba sobre el suelo pavimentado como los pasos del destino, y los ecos corrían delante de él por los pasillos de columnas.

Al llegar delante de la gran silla en la penumbra y ver que estaba tallada en una única piedra y cubierta de signos extraños, el sol poniente llegó al nivel de una alta ventana bajo el faldón occidental y un haz de luz impactó en el muro que tenía enfrente y resplandeció como sobre metal bruñido. Entonces Tuor, maravillado, vio que en el muro de detrás del trono colgaban un escudo y una magnífica cota de malla y un yelmo y una larga espada envainada. La cota resplandecía como labrada en plata sin mácula, y el rayo de sol la doraba con chispas de oro. Pero el escudo le pareció extraño a Tuor, pues era largo y ahusado; y su campo era azul y el emblema grabado en el centro era el ala blanca de un cisne. Entonces Tuor habló, y su voz resonó como un desafío en la techumbre:

—Por esta señal tomaré estas armas para mí y sobre mí cargaré el destino que deparen.[6] —Y levantó el escudo y lo encontró más liviano y fácil de manejar de lo que había supuesto; porque parecía que estaba hecho de madera, pero con suma habilidad los Elfos herreros lo habían cubierto de láminas de metal, fuertes y sin embargo delgadas como hojuelas, por lo que se había protegido de la carcoma y del desgaste del tiempo.

Entonces Tuor se puso la cota y se cubrió la cabeza con el yelmo y se ciñó la espada; negros eran la vaina y el cinturón con hebilla de plata. Así armado salió de la sala de Turgon y se mantuvo erguido en las altas terrazas de Taras a la luz roja del sol. Nadie había allí que lo viera mientras miraba hacia el oeste, resplandeciente de plata y de oro, y no sabía él que en aquel momento lucía como uno de los Poderosos del Oeste, capaz de ser el padre de los reyes de los Reyes de los Hombres más allá del Mar; y ése era en verdad su destino;[7] pero al tomar las armas un cambio había ocurrido en Tuor hijo de Huor, y el corazón le creció dentro del pecho. Y cuando salió por las puertas los cisnes le rindieron homenaje, y arrancándose cada uno una gran pluma del ala se la ofrecieron tendiendo los largos cuellos sobre la piedra ante los pies de Tuor; y él tomó las siete plumas y las puso en la cresta del yelmo, y enseguida los cisnes levantaron vuelo y se alejaron hacia el norte a la luz del sol poniente, y Tuor ya no los vio más.

Tuor sintió entonces que sus pies lo llevaban a la playa y descendió las largas escaleras hasta una amplia orilla, en el lado septentrional de Taras-ness; y mientras caminaba vio que el sol se hundía en una gran nube negra que asomaba sobre el mar cada vez más oscuro; y el aire se enfrió, y hubo una agitación y un murmullo como de una tormenta que acecha. Y Tuor estaba en la orilla y el sol parecía un incendio humeante tras la amenaza del cielo; y le pareció que una gran ola se alzaba en la lejanía y avanzaba hacia tierra, pero el asombro lo retuvo y permaneció allí inmóvil. Y la ola avanzó hacia él y había sobre ella algo semejante a una neblina de sombra. Entonces, de pronto, se encrespó y se quebró y se precipitó hacia adelante en largos brazos de espuma; pero allí donde se había roto se erguía oscura sobre el fondo de la tormenta en alza una forma viviente de gran altura y majestad.

Entonces Tuor se inclinó reverente, porque le pareció que contemplaba a un rey poderoso. Llevaba una gran corona que parecía de plata y de la que le caían los largos cabellos como una espuma que brillaba pálida en el crepúsculo; y al echar atrás el manto gris que lo cubría como una bruma, ¡oh, maravilla!, estaba vestido con una cota refulgente que se le ajustaba como las escamas de un pez poderoso y con una túnica de color verde profundo que resplandecía y titilaba como los fuegos marinos mientras él caminaba a paso largo y lento hacia la orilla. De esta manera el Habitante de las Profundidades, a quien los Noldor llaman Ulmo, Señor de las Aguas, se manifestó ante Tuor, hijo de Huor, de la casa de Hador bajo Vinyamar.

No puso pie en la costa, y hundido hasta las rodillas en el mar sombrío, le habló a Tuor, y por la luz de sus ojos y el sonido de su voz profunda, que parecía provenir de los cimientos del mundo, el miedo ganó a Tuor, que se arrojó de bruces sobre la arena.

—¡Levántate, Tuor, hijo de Huor! —dijo Ulmo—. No temas mi cólera, aunque mucho tiempo te llamé sin que me escucharas; y habiéndote puesto por fin en camino, te retrasaste en el viaje hacia aquí. Tenías que haber llegado en primavera; pero ahora un fiero invierno vendrá pronto desde las tierras del Enemigo. Debes aprender a obrar más deprisa, y el camino placentero que tenía designado para ti ha de cambiarse. Porque mis consejos han sido despreciados,[8] y un gran mal se arrastra por el Valle del Sirion y ya una hueste de enemigos se ha interpuesto entre tú y tu meta.

—¿Y cuál es mi meta, Señor? —preguntó Tuor.

—La que tu corazón siempre ha buscado —respondió Ulmo—: encontrar a Turgon y contemplar la ciudad escondida. Porque te has ataviado de ese modo para ser mi mensajero, con las armas que desde hace mucho tenía dispuestas para ti. Pero ahora has de atravesar el peligro sin que nadie te vea. Envuélvete por tanto en esta capa y no te la quites hasta que hayas llegado al final del viaje.

Entonces le pareció a Tuor que Ulmo partía su manto gris y le arrojaba un trozo que al caer sobre él fue como una gran capa con la que podía envolverse enteramente, desde la cabeza a los pies.

—De ese modo caminarás bajo mi sombra —dijo Ulmo—. Pero no te demores más; porque la sombra no resistirá en las tierras de Anar y en los fuegos de Melkor. ¿Llevarás mi recado?

—Lo haré, Señor —dijo Tuor.

—Entonces pondré palabras en tu boca que dirás a Turgon —dijo Ulmo—. Pero primero he de enseñarte, y oirás algunas cosas que no ha oído nunca Hombre alguno, no, ni siquiera los poderosos de entre los Eldar. —Y Ulmo le habló a Tuor de Valinor y de su oscurecimiento, y del Exilio de los Noldor y la Maldición de Mandos y del ocultamiento del Reino Bendecido.— Pero ten en cuenta —le dijo— que en la armadura del Hado (como los Hijos de la Tierra lo llaman) hay siempre una fisura y en los muros del Destino una brecha hasta la plena consumación que vosotros llamáis el Fin. Así será mientras yo persista, una voz secreta que contradice y una luz donde se decretó la oscuridad. Por tanto, aunque en los días de esta oscuridad parezca oponerme a la voluntad de mis hermanos, los Señores del Oeste, ésa es la parte que me corresponde entre ellos y para la que fui designado antes de la hechura del Mundo. Pero el Destino es fuerte y la sombra del Enemigo se alarga; y yo estoy disminuido; en la Tierra Media ya no soy más que un secreto susurro. Las aguas que manan hacia el oeste menguan, y las fuentes están envenenadas, y mi poder se retira de la tierra; porque los Elfos y los Hombres ya no me ven ni me oyen por causa del poder de Melkor. Y ahora la Maldición de Mandos se precipita hacia su consumación, y todas las obras de los Noldor perecerán, y todas las esperanzas que abrigaron se desmoronarán. Sólo queda la última esperanza, la esperanza que no han previsto ni preparado. Y esa esperanza radica en ti; porque así yo lo he decidido.

—¿Entonces Turgon no se opondrá a Morgoth como todos los Eldar lo esperan todavía? —preguntó Tuor—. ¿Y qué queréis vos de mí, Señor, si llego ahora ante Turgon? Porque aunque estoy en verdad dispuesto a hacer como mi padre, y apoyar a ese rey en su necesidad, no obstante de poco serviré, un mero hombre mortal, entre tantos y tan valientes miembros del Alto Pueblo del Oeste.

—Si decidí enviarte, Tuor hijo de Huor, no creas que tu espada es indigna de la misión. Porque los Elfos recordarán siempre el valor de los Edain, mientras las edades se prolonguen, maravillados de que diesen su vida sin dudarlo, teniendo tan poco de ella en la tierra. Pero no te envío sólo por tu valor, sino para llevar al mundo una esperanza que tú ahora no alcanzas a ver, y una luz que horadará la oscuridad.

Y mientras Ulmo decía estas cosas, el murmullo de la tormenta creció hasta convertirse en un gran aullido, y el viento se levantó, y el cielo se volvió negro; y el manto del Señor de las Aguas se extendió como una nube flotante.

—Vete ahora —le dijo Ulmo—. ¡No sea que el Mar te devore! Porque Ossë obedece la voluntad de Mandos y está airado, pues es sirviente del Destino.

—Sea como vos mandáis —dijo Tuor—. Pero si escapo del Destino, ¿qué palabras le diré a Turgon?

—Si llegas ante él —respondió Ulmo—, las palabras aparecerán en tu mente, y tu boca hablará como yo quiera. ¡Habla y no temas! Y en adelante haz lo que tu corazón y tu valor te dicten. Lleva siempre mi manto, porque así estarás protegido. Salvaré a uno de la cólera de Ossë, y te lo enviaré, y de ese modo tendrás guía: sí, el último marinero del último navío que irá hacia el Occidente, hasta la elevación de la Estrella. ¡Vuelve ahora a tierra!

Entonces estalló un trueno y un relámpago resplandeció sobre el mar; y Tuor vio a Ulmo de pie entre las olas como una torre de plata que titilara con llamas refulgentes; y gritó contra el viento:

—¡Ya parto, Señor! Pero ahora mi corazón siente nostalgia del Mar.

Y entonces Ulmo alzó un cuerno poderoso y sopló una única gran nota, ante la cual el rugido de la tormenta parecía una ráfaga de viento sobre un lago. Y cuando oyó esa nota, y fue rodeado por ella, y con ella colmado, le pareció a Tuor que las costas de la Tierra Media se desvanecían, y contempló todas las aguas del mundo en una gran visión: desde las venas de las tierras hasta las desembocaduras de los ríos, y desde las riberas y los estuarios hasta las profundidades. Al Gran Mar lo vio a través de sus inquietas regiones, habitadas de formas extrañas, aun hasta los abismos privados de luz, en los que en medio de la sempiterna oscuridad resonaban voces terribles para los oídos mortales. Las planicies inconmensurables las contempló con la rápida mirada de los Valar; se extendían en calma bajo la mirada de Anar, o resplandecían bajo la Luna cornamentada o se alzaban en montañas de cólera que rompían sobre las Islas Sombrías,[9] hasta que a lo lejos, en el límite de la visión, y más allá de incontables leguas, atisbó una montaña que se levantaba a alturas a las que no alcanzaba su mente, hasta tocar una nube brillante, y a sus pies brillaban tenuemente las largas olas. Y mientras se esforzaba por oír el sonido de esas olas lejanas, y por ver con mayor claridad esa luz distante, la nota murió, y Tuor se encontró bajo los truenos de la tormenta, y un relámpago de múltiples brazos rasgó los cielos por encima de él. Y Ulmo se había ido, y en el mar tumultuoso las salvajes olas de Ossë chocaban contra los muros de Nevrast.

Entonces Tuor huyó de la furia del mar, y con trabajo consiguió volver por el camino a las altas terrazas; porque el viento lo llevaba contra el acantilado, y cuando llegó a la cima lo hizo caer de rodillas. Por tanto, entró de nuevo a la oscura sala abandonada en busca de protección, y permaneció sentado toda la noche en el asiento de piedra de Turgon. Aun las columnas temblaban por la violencia de la tormenta, y le pareció a Tuor que el viento estaba lleno de lamentos y de gritos frenéticos. No obstante, la fatiga lo venció a ratos, y durmió perturbado por sueños, de los que ningún recuerdo le quedó en la vigilia, salvo uno: la visión de una isla, y en medio de ella había una escarpada montaña, y detrás de ella se ponía el sol, y las sombras cubrían el cielo; pero por encima de la montaña brillaba una única estrella deslumbrante.

Después de este sueño, Tuor durmió profundamente, porque antes de que la noche hubiera terminado, la tormenta se alejó arrastrando consigo los nubarrones negros hacia el Oriente del mundo. Despertó por fin a una luz grisácea, y se levantó y abandonó el alto asiento, y cuando bajó a la sala en penumbras vio que estaba llena de aves marinas ahuyentadas por la tormenta; y salió mientras las últimas estrellas se desvanecían en el Oeste ante la llegada del día. Entonces vio que las grandes olas de la noche habían avanzado mucho tierra adentro, y habían arrojado sus crestas por encima de la cima de los acantilados, y guijarros del mar y algas cubrían aun las terrazas delante de las puertas. Y al mirar desde la terraza más baja, Tuor vio, apoyado contra el muro, entre piedras y despojos del mar, a un Elfo que vestía una capa gris empapada de agua marina. Sentado, en silencio, miraba más allá de la ruina de las playas las largas lomas de las olas. Todo estaba quieto, y no había otro sonido que el de la impetuosa marejada.

Al ver Tuor la silenciosa figura gris, recordó las palabras de Ulmo y le vino a los labios un nombre que nadie le había enseñado, y dijo en alta voz:

—¡Bienvenido, Voronwë! Te esperaba.[10]

Entonces el Elfo se volvió y miró hacia arriba, y Tuor se encontró con la penetrante mirada de unos ojos grises como el mar, y supo que pertenecía al alto pueblo de los Noldor.

Pero hubo miedo y asombro en la mirada del Elfo cuando vio a Tuor erguido en el muro por encima de él, vestido con una gran capa que era como una sombra, cubriéndole una malla élfica que asomaba resplandeciente en el pecho.

Así permanecieron un momento, examinándose las caras, y entonces el Elfo se puso en pie y se inclinó ante Tuor.

—¿Quién sois, señor? —preguntó—. Durante mucho tiempo he luchado contra el implacable mar. Decidme: ¿ha habido grandes nuevas desde que abandoné la tierra? ¿Fue vencida la Sombra? ¿Ha salido el Pueblo Escondido?

—No —respondió Tuor—. La Sombra se alarga, y los Escondidos permanecen escondidos.

Entonces Voronwë se quedó mirándolo largo tiempo en silencio.

—Pero ¿quién sois? —volvió a preguntar—. Porque hace muchos años que mi pueblo abandonó estas tierras, y ninguno de ellos ha morado aquí desde entonces. Y ahora advierto que a pesar de vuestro atuendo no sois uno de ellos, como yo pensaba, sino que pertenecéis a la raza de los Hombres.

—Así es —dijo Tuor—. ¿Y no eres tú el último marinero del último navío en salir en busca del Oeste desde los Puertos de Círdan?

—Lo soy, en efecto —dijo el Elfo—. Voronwë, hijo de Aranwë. Pero cómo conocéis mi nombre y mi destino, no lo entiendo.

—Los conozco porque el Señor de las Aguas habló conmigo la víspera —respondió Tuor—, y dijo que te salvaría de la cólera de Ossë, y que te enviaría aquí con el fin de que fueras mi guía.

Entonces con miedo y asombro Voronwë exclamó:

—¿Habéis hablado con Ulmo el Poderoso? ¡Grandes han de ser entonces en verdad vuestro valor y vuestro destino! Pero ¿a dónde habré de guiaros, señor? Porque de seguro sois un rey de Hombres, y muchos han de obedecer vuestra palabra.

—No, soy un esclavo fugado —dijo Tuor—, y soy un proscrito solitario en una tierra desierta. Pero tengo un recado para Turgon, el Rey Escondido. ¿Sabes por qué camino llegar a él?

—En estos malhadados días, muchos de los proscritos y esclavos no nacieron en esa condición —respondió Voronwë—. Un señor de Hombres sois por derecho, según me parece. Pero, aun cuando fuerais el más digno de todo vuestro pueblo, no tendríais derecho a ir en busca de Turgon, y vano sería que lo intentaseis. Porque aun cuando yo os condujera hasta sus puertas, no podríais entrar.

—No te pido que me lleves sino hasta esas puertas —dijo Tuor—. Allí el Destino luchará con los Designios de Ulmo. Y si Turgon no me recibe, mi misión habrá acabado, y el Destino será el que prevalezca. Pero en cuanto a mi derecho de ir en busca de Turgon: yo soy Tuor, hijo de Huor y pariente de Húrin, nombres que Turgon no habrá de olvidar. Y lo busco también por orden de Ulmo. ¿Habrá de olvidar Turgon lo que éste le dijo antaño: «Recuerda que la última esperanza de los Noldor ha de llegar del Mar»? O también: «Cuando el peligro esté cerca, uno vendrá de Nevrast para advertírtelo.»[11] Yo soy el que había de venir, y estoy así investido con las armas que me estaban destinadas.

Tuor se maravilló de oírse a sí mismo hablar de ese modo, porque las palabras que Ulmo le dijo a Turgon al partir de Nevrast no le eran conocidas de antemano, ni a nadie salvo al Pueblo Escondido. Por lo mismo, tanto más asombrado estaba Voronwë; pero se volvió y miró el Mar y suspiró.

—¡Ay! —dijo—. No querría volver nunca. Y a menudo he prometido en las profundidades del mar que si alguna vez pusiera el pie otra vez en tierra, moraría en paz lejos de la Sombra del Norte, o junto a los Puertos de Círdan, o quizá en los bellos prados de Nan-tathren, donde la primavera es más dulce que los deseos del corazón. Pero si el mal ha crecido desde que partí de viaje y el peligro definitivo acecha a mi pueblo, entonces debo regresar a él. —Se volvió hacia Tuor.— Os guiaré hasta las puertas escondidas —dijo—, porque los prudentes no han de desoír los consejos de Ulmo.

—Entonces marcharemos juntos como se nos ha aconsejado —dijo Tuor—. Pero ¡no te aflijas, Voronwë! Porque mi corazón me dice que tu largo camino te conducirá lejos de la Sombra, y que tu esperanza volverá al Mar.[12]

—Y también la vuestra —dijo Voronwë—. Pero ahora tenemos que abandonarlo e ir deprisa.

—Sí —dijo Tuor—. Pero ¿a dónde me llevarás y a qué distancia? ¿No hemos de pensar primero cómo viajaremos por las tierras salvajes, o si el camino es largo, cómo pasar el invierno sin abrigo?

Pero Voronwë no dio una respuesta clara acerca del camino.

—Vos conocéis la fortaleza de los Hombres —dijo—. En cuanto a mí, pertenezco a los Noldor, y grande ha de ser el hambre y frío el invierno que maten al pariente de los que atravesaron el Hielo Crujiente. ¿Cómo creéis que pudimos aguantar durante días incontables en los yermos salados del mar? ¿Y no habéis oído del pan de viaje de los Elfos? Aún conservo el que todos los marineros guardan hasta el final. —Entonces le mostró bajo la capa una cartera sellada sujeta con una hebilla al cinturón.— Ni el agua ni el tiempo lo dañan en tanto esté sellado. Pero hemos de racionarlo hasta que sea mucha la necesidad; y sin duda un proscrito y cazador habrá de encontrar otro alimento antes de que el año empeore.

—Quizá —dijo Tuor—. Pero no en todas las tierras es posible cazar sin riesgo, por abundantes que sean las presas. Y los cazadores se demoran en los caminos.

Entonces Tuor y Voronwë se dispusieron a partir. Tuor llevó consigo el pequeño arco y las flechas que traía además de las armas encontradas en la sala; pero la lanza sobre la que estaba escrito su nombre en runas élficas del Norte la colgó del muro en señal de que había pasado por allí. No tenía armas Voronwë, salvo una corta espada.

Antes de que el día hubiera avanzado mucho abandonaron la antigua vivienda de Turgon, y Voronwë guio a Tuor hacia el oeste de las empinadas cuestas de Taras, y a través del gran cabo. Allí en otro tiempo había pasado el camino desde Nevrast a Brithombar, que no era ahora sino una huella verde entre viejos terraplenes cubiertos de hierba. Así llegaron a Beleriand y la región septentrional de las Falas; y volviéndose hacia el este, buscaron las oscuras estribaciones de Ered Wethrin, y allí encontraron refugio y descansaron hasta que el día se desvaneció en el crepúsculo. Porque aunque las antiguas moradas de los Falathrim, Brithombar y Eglarest, estaban todavía lejos, allí moraban Orcos ahora, y toda la tierra estaba infestada de espías de Morgoth: temía éste los barcos de Círdan que llegaban a veces patrullando las costas y se unían a las huestes enviadas desde Nargothrond.

Mientras estaban allí sentados, envueltos en sus capas como sombras bajo las colinas, Tuor y Voronwë conversaron juntos durante mucho tiempo. Y Tuor interrogó a Voronwë acerca de Turgon, pero poco hablaba Voronwë de tales asuntos; prefería hablar de las moradas de la Isla de Balar y de la Lisgardh, la tierra de los juncos en las Bocas del Sirion.

—Allí crece ahora el número de los Eldar —dijo—, de ambos linajes, porque cada vez son más numerosos los que huyen hasta allí por miedo de Morgoth, cansados de la guerra. Pero no abandoné yo a mi pueblo por propia decisión. Porque después de la Bragollach y el fin del Sitio de Angband,

por primera vez abrigó el corazón de Turgon la duda de que
quizá Morgoth fuera demasiado fuerte. Ese año envió a unos
pocos, los primeros que atravesaron las puertas desde dentro;
sólo unos pocos, en una misión secreta. Fueron Sirion abajo
hasta las costas próximas a las Bocas, y allí construyeron barcos. Pero de nada les sirvió, salvo tan sólo para llegar a la gran
Isla de Balar y establecer allí viviendas solitarias, lejos del alcance de Morgoth. Porque los Noldor no dominan el arte de
construir barcos que resistan mucho tiempo las olas de Belegaer el Grande.[13]

»Pero cuando más tarde Turgon se enteró de los ataques
de las Falas y del saqueo de los antiguos Puertos de los Carpinteros de Barcos que se encuentran allá lejos delante de nosotros, y se dijo que Círdan había salvado a unos pocos y
navegado con ellos hacia el sur a la Bahía de Balar, volvió a
enviar a un grupo de mensajeros. Eso fue poco tiempo atrás;
no obstante, en mi memoria parece la más larga porción de
mi vida. Porque yo fui uno de los que envió, cuando era joven
en años entre los Eldar. Nací aquí en la Tierra Media en el
país de Nevrast. Mi madre pertenecía a los Elfos Grises de las
Falas, y era pariente del mismo Círdan; hubo mucha mezcla
de pueblos en Nevrast, durante los primeros años del reinado
de Turgon, y yo tengo el corazón marino del pueblo de mi
madre. Por tanto, yo estuve entre los escogidos, puesto que
nuestro recado era para Círdan, que nos ayudara en la construcción de barcos, con el fin de que algún mensaje y ruego
de auxilio pudiera llegar a los Señores del Oeste antes de que
todo se perdiera. Pero me demoré en el camino. Porque había
visto poco de la Tierra Media y llegamos a Nan-tathren en la
primavera del año. Amable al corazón es esa tierra como veréis si alguna vez seguís hacia el sur por los caminos que siguen el curso del Sirion. Allí se encuentra la cura a toda

nostalgia del mar, salvo para aquellos a quienes no suelta el Destino. Allí Ulmo no es más que un servidor de Yavanna, y la tierra ha dado vida a cosas hermosas que los corazones de las duras montañas del Norte no pueden imaginar. En esa tierra el Narog se une al Sirion, y ya no se apresuran, sino que fluyen anchos y tranquilos por los prados vivientes; y todo alrededor del río brillante crecen lirios cárdenos como un bosque florecido, y la hierba está llena de flores como gemas, como campanas, como llamas rojas y doradas, como estrellas multicolores en un firmamento verde. Sin embargo, los más bellos de todos son los sauces de Nan-tathren, de verde pálido, o plateados en el viento, y el murmullo de sus hojas innumerables es un hechizo de música: día y noche pasaban incontables en un abrir y cerrar de ojos mientras yo me hundía silencioso hasta las rodillas en la hierba y escuchaba. Allí quedé encantado y olvidé el Mar en mi corazón. Por allí erré dando nombre a flores nuevas o yaciendo entre sueños en medio del canto de los pájaros y el zumbido de las abejas, olvidando a todos mis parientes, fueran los barcos de los Teleri o las espadas de los Noldor, pero ésa no era la voluntad de mi destino. O quizá fuera el mismo Señor de las Aguas; porque era muy fuerte en esa tierra.

»Así me vino al corazón la idea de construir una balsa con ramas de sauce y trasladarme por el brillante seno del Sirion; y así lo hice, y así fui llevado. Porque un día, mientras estaba en medio del río, un repentino golpe de viento me atrapó, y me arrastró fuera de la Tierra de los Sauces hacia el Mar. De este modo llegué el último de entre los mensajeros junto a Círdan; y de los siete barcos que construyó a pedido de Turgon todos menos uno estaban plenamente acabados. Y uno por uno se hicieron a la mar hacia el Oeste, y ninguno ha vuelto nunca ni ha habido noticias de ellos.

»Pero el aire salino del mar agitaba de nuevo el corazón del linaje de mi madre en mi pecho, y me regocijé en las olas aprendiendo toda la ciencia del mar como si la tuviera ya almacenada en mi mente. De modo que cuando el último barco, el mayor de ellos, estuvo preparado, yo estaba ansioso por partir y me decía a mí mismo: "Si son ciertas las palabras de los Noldor, hay entonces en el Oeste prados con los que la Tierra de los Sauces no puede compararse. Allí nunca nada se marchita ni tiene fin la primavera. Y quizá aun yo, Voronwë, pueda llegar allí. Y en el peor de los casos errar por las aguas es mucho mejor que la Sombra del Norte". Y no tenía miedo, porque no hay agua que pueda anegar los barcos de los Teleri.

»Pero el Gran Mar es terrible, Tuor, hijo de Huor; y odia a los Noldor, porque cumple el Destino de los Valar. En ese mar hay peores cosas que hundirse en el abismo y perecer: odio y soledad y locura; terror del viento y el tumulto, y silencio y sombras en las que toda esperanza se pierde y todas las formas vivientes se apagan. Y baña muchas costas extrañas y malignas, y lo infestan muchas islas de miedo y peligro. No he de oscurecer tu corazón, hijo de la Tierra Media, con la historia de mis trabajos durante siete años en el Gran Mar, desde el Norte hasta el Sur, pero nunca hacia el Oeste. Porque éste permanece cerrado para nosotros.

»Por fin, completamente desesperados, fatigados del mundo entero, dimos la vuelta y huimos del hado que nos había perdonado durante tanto tiempo, sólo para golpearnos más duramente. Porque cuando divisamos una montaña desde lejos y yo exclamé: "¡Mirad! Allí está Taras y la tierra que me vio nacer", el viento despertó, y grandes nubes cargadas de truenos vinieron desde el Oeste. Entonces las olas nos persiguieron como criaturas vivas llenas de malicia, y los rayos nos hirieron; y cuando estuvimos reducidos a un casco indefenso, los mares saltaron furiosos sobre nosotros. Pero, como veis, yo fui salvado; porque me pareció que a mí acudía una ola, más grande, y sin embargo más calma que todas las otras, y me cogió y me levantó del barco, y me transportó alto sobre sus hombros, y precipitándose a tierra me arrojó sobre la hierba, retirándose luego y descendiendo por el acantilado como una gran cascada. Allí estaba desde hacía una hora todavía aturdido por el mar, cuando vinisteis a mi encuentro. Y siento todavía el miedo que produce, y la amarga pérdida de los amigos que me acompañaron tanto tiempo y hasta tan lejos, más allá de la vista de las tierras mortales.

Voronwë suspiró y continuó en voz baja, como si se hablara a sí mismo:

—Pero muy brillantes eran las estrellas sobre el margen del mundo cuando a veces se partían las nubes que ocultaban el Oeste. No obstante, si vimos sólo nubes más remotas, o atisbamos en verdad, como lo han sostenido algunos, las Montañas de las Pelóri en torno a las playas perdidas de nuestra antigua patria, no lo sé. Lejos, muy lejos se levantan, y nadie de las tierras mortales volverá nunca a ellas, según creo.

—Entonces Voronwë guardó silencio; porque había llegado la noche y las estrellas brillaban blancas y frías.

Poco después Tuor y Voronwë se levantaron y volvieron sus espaldas al mar, e iniciaron su largo viaje en la oscuridad; del cual hay poco que decir, pues la sombra de Ulmo estaba sobre Tuor, y nadie los vio pasar por bosque o por piedra, por campo o por cenagal, entre la puesta y la salida del sol. Pero siempre avanzaban precavidos evitando a los cazadores de ojos nocturnos de Morgoth y esquivando los caminos transitados de los Elfos y los Hombres. Voronwë escogía el camino y Tuor lo seguía. No hacía éste preguntas vanas, pero no dejaba de advertir que marchaban siempre hacia el este a lo largo de las fronteras de las montañas cada vez más altas, y que nunca se volvían hacia el sur, lo cual lo asombró, porque creía, como la mayor parte de los Hombres y los Elfos, que Turgon moraba lejos de las batallas del Norte.

Lentamente avanzaban en el crepúsculo y en la noche por las tierras salvajes sin caminos, y el fiero invierno descendía rápido desde el reino de Morgoth. A pesar del abrigo que procuraban las montañas, los vientos eran fuertes y amargos, y pronto la nieve cubrió espesa las alturas, o caía en remolinos en los pasos, y sobre los bosques de Núath antes de que los árboles perdieran del todo sus hojas marchitas.[14] Así, a pesar de haberse puesto en camino antes de mediados de Narquelië, llegó Hísimë con sus intensas heladas mientras se acercaban todavía a las Fuentes del Narog.

Allí al cabo de una noche fatigosa, hicieron alto a la luz gris del alba; y Voronwë estaba desanimado y miraba alrededor de sí con aflicción y temor. Donde otrora había estado el hermoso estanque de Ivrin, en su gran cuenco de piedra abierto por la caída de las aguas, y todo alrededor había sido una hondonada cubierta de árboles bajo las colinas, veía ahora una tierra mancillada y desolada. Los árboles estaban quemados o arrancados de raíz; y los bordes rocosos del estanque estaban rotos, de modo que las aguas de Ivrin se extendían en un gran pantano estéril entre las ruinas. Todo era ahora un cenagal de lodo congelado, y un hedor de corrupción cubría el suelo como una niebla inmunda.

—¡Ay! ¿Ha llegado el mal incluso hasta aquí? —exclamó Voronwë—. Otrora este sitio estaba lejos de la amenaza de Angband; pero los dedos de Morgoth llegan cada vez más lejos.

—Es lo que Ulmo me dijo —recordó Tuor—: «Las fuentes están envenenadas, y mi poder se retira de la tierra».

—Sin embargo —dijo Voronwë—, un mal ha estado aquí de fuerza más grande que la de los Orcos. El miedo se demora en este sitio. —Y examinó a su alrededor los bordes del cenagal hasta que de repente se detuvo y gritó:— ¡Sí, un gran mal! —E hizo señas a Tuor, y Tuor al acercarse vio una gran hendedura, como un surco que avanzaba hacia el sur, y a cada lado, ora borrosas, ora firme y claramente selladas por las heladas, las huellas de unas grandes garras.— ¡Mirad! —dijo Voronwë, con la cara pálida de repugnancia y miedo—. ¡Aquí estuvo hace no mucho el Gran Gusano de Angband, la más fiera de todas las criaturas del Enemigo! Mucho se ha retrasado ya el recado que tenemos para Turgon. Es necesario darse prisa.

Mientras así hablaba, oyeron un grito en los bosques, y se quedaron inmóviles como piedras grises, escuchando. Pero la voz era una hermosa voz, aunque apenada, y parecía decir un nombre como quien busca a alguien que se ha perdido. Y mientras aguardaban, una figura surgió de entre los árboles, y vieron que era un hombre alto armado, vestido de negro, con una larga espada desenvainada; y se asombraron, porque la hoja de la espada era también negra, pero el filo brillaba claro y frío. Tenía el dolor grabado en la cara, y cuando vio la ruina de Ivrin clamó en alta voz apenado, diciendo:

—¡Ivrin, Faelivrin! ¡Gwindor y Beleg! Aquí una vez fui curado. Pero ahora, nunca más beberé el trago de la paz.

Entonces se volvió rápido hacia el Norte como quien persigue a alguien o tiene un cometido de gran prisa, y lo oyeron gritar «Faelivrin, Finduilas!» hasta que la voz se perdió en los bosques.[15] Pero ellos no sabían que Nargothrond había caído y que éste era Túrin, hijo de Húrin, la Espada Negra. Así, sólo por un momento, y nunca más, se cruzaron los caminos de estos dos parientes, Túrin y Tuor.

Cuando la Espada Negra hubo pasado, Tuor y Voronwë siguieron adelante por un rato, aunque ya era de día; porque el recuerdo de la desdicha de Túrin les pesaba, y no podían soportar quedarse junto a la profanación de Ivrin. Pero no tardaron en buscar un sitio donde ocultarse, porque toda la tierra estaba llena ahora de presagios de mal. Durmieron poco e intranquilos, y cuando transcurrió el día y cayeron las sombras, empezó a nevar, y con la noche llegó una mordiente escarcha. En adelante la nieve y el hielo no cedieron nunca y durante cinco meses el Fiero Invierno, mucho tiempo recordado, tuvo sometido el Norte. Ahora el frío atormentaba a Tuor y a Voronwë, y temían que la nieve los revelara a sus enemigos, o que pudieran caer en peligros ocultos traicioneramente enmascarados. Nueve días siguieron adelante, de manera cada vez más lenta y penosa, y Voronwë se desvió algo hacia el norte, hasta que cruzaron los tres afluentes del Teiglin; y luego se encaminó otra vez hacia el este abandonando las montañas, y avanzó precavido, hasta que pasaron el Glithui y llegaron a la corriente del Malduin, que estaba cubierto de hielo negro.[16]

Entonces Tuor le dijo a Voronwë:

—Fiera es esta helada y la muerte ya camina cerca de mí, aunque no de ti. —Pues se encontraban ahora en un verdadero aprieto: hacía ya mucho que no conseguían alimento en las tierras salvajes, y el pan de viaje menguaba; y tenían frío y estaban fatigados.

—Malo es estar atrapados entre la Maldición de los Valar y la Malicia del Enemigo —dijo Voronwë—. ¿He escapado de las bocas del mar para acabar sepultado bajo la nieve?

Pero Tuor dijo:

—¿Cuánto tenemos que avanzar todavía? Porque, Voronwë, ya no has de tener secretos para mí. ¿Me llevas por camino directo, y a dónde? Pues si tengo que consumir mis últimas fuerzas, quiero saber al menos con qué beneficio.

—Os he conducido tan directamente como me pareció prudente —respondió Voronwë—. Sabed pues ahora que Turgon habita aún en el norte de la tierra de los Eldar, aunque pocas gentes lo creen. Ya estamos cerca de él. No obstante, hay todavía muchas leguas que recorrer, aun a vuelo de pájaro; todavía hemos de cruzar el Sirion y quizá encontremos grandes males en el camino. Porque llegaremos pronto al Camino que otrora descendía desde la Minas del Rey Finrod hasta Nargothrond.[17] Por allí andan y vigilan los sirvientes del Enemigo.

—Me tenía por el más resistente de los Hombres —dijo Tuor—, y he soportado muchas penurias de invierno en las montañas; pero entonces tenía al menos una cueva para abrigarme, y fuego, y dudo ahora que las fuerzas me alcancen para seguir así mucho más, hambriento y con un tiempo tan fiero. Pero continuemos mientras sea posible, antes de que la esperanza se agote.

—No tenemos otra elección —dijo Voronwë—, salvo la de yacer aquí tendidos y aguardar el sueño de la nieve.

Por tanto, todo ese amargo día avanzaron trabajosamente, pensando menos en el peligro del enemigo que en el invierno; pero a medida que seguían adelante no era tanta la nieve con que se topaban, pues iban nuevamente hacia el sur, descendiendo por el Valle del Sirion, y las Montañas de Dor-lómin quedaron muy atrás. Bajo las sombras cada vez más espesas del atardecer llegaron al Camino al pie de una elevación arbolada. De pronto escucharon voces, y al mirar cautelosos por entre los árboles, vieron abajo una luz roja. Una compañía de Orcos había acampado en medio del camino, apiñados en torno a una gran hoguera de leña.

—*Gurth an Glamhoth!* —masculló Tuor—.[18] ¡La espada saldrá ahora de debajo de la capa! Arriesgaré la vida por apoderarme de ese fuego, y aun la carne de Orcos sería un regalo.

—¡No! —dijo Voronwë—. En esta misión sólo la capa es de utilidad. Tenéis que renunciar al fuego, si no queréis renunciar a Turgon. Esta banda no está sola en estos parajes salvajes: ¿tus ojos mortales no pueden distinguir las llamas distantes de otros puestos al norte y al sur? Un tumulto atraería sobre nosotros a todo un ejército. ¡Escúchame, Tuor! Va contra la ley del Reino Escondido acercarse a las puertas con enemigos a tus talones; y esa ley no quebrantaré, ni por orden de Ulmo ni por la muerte. Alerta a los Orcos y te abandono.

—Los dejaré estar entonces —dijo Tuor—. Pero viva yo para ver el día en que no tenga que esquivar a un puñado de Orcos como perro acobardado.

—¡Ven, pues! —dijo Voronwë—. No discutas más o nos olfatearán. ¡Sígueme!

Se arrastró entonces por entre los árboles, marchando hacia el sur con el viento, seguido por Tuor, hasta que estuvieron a mitad de camino entre el primer fuego de los Orcos y el siguiente, también plantado sobre el camino. Allí Voronwë se detuvo largo rato, escuchando.

—No oigo a nadie que se mueva en el camino —dijo—, pero no sabemos qué puede acechar en las sombras. —Atisbó en la penumbra y se estremeció.— Hay un mal que se percibe en el aire —musitó—. ¡Ay! Más allá se encuentra la tierra de nuestra misión y nuestra esperanza de vida, pero la muerte camina por el medio.

—La muerte nos rodea por todas partes —dijo Tuor—. Pero sólo me quedan fuerzas para el camino más corto. Aquí he de cruzar o perecer. Confiaré en el manto de Ulmo, y también a ti te cubrirá. ¡Ahora seré yo el que conduzca!

Así diciendo, se deslizó hasta el borde del camino, y abrazando allí a Voronwë arrojó sobre ambos los pliegues de la capa gris del Señor de las Aguas, y se adelantó.

Todo estaba en silencio. El viento frío suspiraba barriendo el antiguo camino, y luego también él calló. En la pausa, Tuor advirtió un cambio en el aire, como si el aliento de la tierra de Morgoth hubiera cesado un momento, y una brisa leve que parecía un recuerdo del Mar vino desde el Oeste. Como una neblina gris en el viento cruzaron el pavimento empedrado y penetraron en la maleza por el borde oriental.

De pronto, desde muy cerca, se oyó un grito salvaje, y muchos otros le respondieron a lo largo de los bordes del camino. Un cuerno áspero resonó y se oyó un ruido de pies a la carrera. Pero Tuor no se detuvo. Había aprendido lo suficiente de la lengua de los Orcos durante su cautiverio como para conocer el significado de esos gritos: los guardias los habían olfateado y los habían oído, aunque no podían verlos. Se había desatado la caza. Desesperadamente tropezó y se arrastró junto con Voronwë, trepando por una prolongada cuesta cubierta de una espesura de tojos y arándanos, entre nudosos serbales y abedules enanos. En la cima de la cuesta se detuvieron escuchando los gritos detrás de ellos, y el ruido de los matorrales aplastados por los Orcos.

Junto a ellos había una roca que se alzaba sobre una maraña de brezos y zarzas, y por debajo había una guarida como la que habría buscado y anhelado una bestia perseguida para evitar la caza, o por lo menos para vender cara su vida, de espaldas a la piedra. Tuor arrastró a Voronwë hacia abajo a la sombra oscura, y uno junto al otro, cubiertos por la capa gris, yacieron mientras jadeaban como zorros cansados. Ni una palabra hablaron; eran todo oídos.

Los gritos de los cazadores se hicieron más débiles; porque los Orcos nunca se internaban demasiado en tierras salvajes a un lado y otro del camino, y se contentaban con patrullar el camino en una y otra dirección. Poco se cuidaban de los fugitivos perdidos, pero temían a los espías y a los exploradores de las fuerzas enemigas; porque Morgoth había montado una guardia en la ruta no para atrapar a Tuor y a Voronwë (de quienes nada sabía aún), ni a nadie que viniera del Oeste, sino para vigilar a la Espada Negra por temor de que escapara y siguiera a los cautivos de Nargothrond, quizá buscando la ayuda de las gentes de Doriath.

Llegó la noche y un triste silencio pesó otra vez sobre las tierras desoladas. Cansado y agotado, Tuor durmió bajo la capa de Ulmo; pero Voronwë se arrastró y se mantuvo erguido como una piedra, silencioso, inmóvil, penetrando las sombras con sus ojos de Elfo. Al romper el día despertó a Tuor, y arrastrándose fuera de la guarida vio que en verdad el mal tiempo había remitido por un momento y que las nubes negras se habían retirado. El alba era roja y alcanzaba a ver a lo lejos la cima de unas extrañas montañas que resplandecían al fuego del este.

Entonces Voronwë dijo en voz baja:

—*Alae! Ered en Echoriath, ered e·mbar nín!*[19] —Porque sabía que estaba contemplando las Montañas Circundantes y los muros del reino de Turgon. Por debajo de ellos, hacia el este, en un valle profundo y oscuro, corría Sirion el bello, renombrado en los cantos; y más allá, envuelta en niebla, ascendía una tierra gris desde el río hasta las colinas quebradas al pie de las montañas.— Allí se encuentra Dimbar —dijo Voronwë—. ¡Ojalá ya hubiéramos llegado! Porque rara vez nuestros enemigos se aventuran hasta allí. O así era al menos cuando el poder de Ulmo dominaba Sirion. Pero todo puede haber cambiado ahora;[20] salvo el peligro que presenta el río: ya corre profundo y rápido, y es peligroso de cruzar aun para los Eldar. Pero te he conducido bien; porque allí, aunque algo hacia el sur, refulge el Vado de Brithiach, donde el Camino del Este, que antaño venía desde el lejano Taras en el Oeste, atravesaba el río. Nadie ahora se atreve a utilizarlo, salvo en caso de desesperada necesidad, ni elfo ni hombre ni orco, pues el camino conduce a Dungortheb y la tierra de terror entre el Gorgoroth y la Cintura de Melian; y desde hace ya mucho se ha confundido con los matorrales, y no es más que una huella cubierta de malezas y espinosas plantas rastreras.[21]

Entonces Tuor miró hacia donde señalaba Voronwë, y vio a lo lejos un resplandor de aguas abiertas a la escasa luz del amanecer; pero más allá asomaba el oscuro Bosque de Brethil que ascendía hacia las distantes tierras elevadas del sur. Avanzaron con cautela por la ladera del valle, y al fin llegaron al antiguo camino que bajaba desde el cruce de caminos en los bordes de Brethil, donde cruzaba el camino de Nargothrond. Entonces Tuor vio que estaban cerca del Sirion. Las orillas de la profunda garganta se apartaban en aquel sitio, y las aguas, interceptadas por grandes desechos de piedras,[22] se extendían en amplios bajíos, donde murmuraban unos ansiosos arroyos. Un poco más allá, el río se recogía otra vez y, excavando un nuevo lecho, seguía fluyendo hacia el bosque, y se desvanecía a lo lejos en una niebla profunda que la mirada de Tuor no podía penetrar; porque allí estaba, aunque él no lo sabía, la frontera septentrional de Doriath, a la sombra de la Cintura de Melian.

Inmediatamente Tuor quiso ir de prisa hacia el vado, pero Voronwë se lo impidió diciendo:

—No podemos cruzar el Brithiach en pleno día, mientras haya una posibilidad de que estén persiguiéndonos.

—¿Nos sentaremos entonces aquí hasta pudrirnos? —le dijo Tuor—. Porque esa duda persistirá mientras dure el reino de Morgoth. ¡Ven! Bajo la sombra de la capa de Ulmo tenemos que seguir adelante.

Aún Voronwë vacilaba y miraba atrás hacia el oeste; pero el sendero estaba desierto y todo en derredor había silencio salvo por el murmullo del agua. Miró a lo alto y el cielo estaba gris y vacío, porque ni siquiera se movían los pájaros. Y de pronto la cara se le iluminó de alegría y exclamó en voz alta:

—¡Todo está bien! Los enemigos del Enemigo guardan todavía el Brithiach. Los Orcos no nos seguirán hasta aquí; y bajo la capa podemos cruzar ahora, ya sin miedo.

—¿Qué nuevas cosas has visto? —preguntó Tuor.

—¡Muy corta es la vista de los Hombres Mortales! —dijo Voronwë—. Veo las águilas de las Crissaegrim, y vienen hacia aquí. ¡Observa un momento!

Entonces Tuor se quedó mirando fijamente; y al momento vio en lo alto a tres formas que batían unas fuertes alas y descendían de los picos distantes, coronados otra vez de nubes. Lentamente bajaban en grandes círculos, y luego se lanzaron de pronto sobre los viajeros, pero antes de que Voronwë pudiera llamarlas, giraron veloces y se alejaron volando hacia el norte a lo largo de la línea del río.

—Vayamos ahora —dijo Voronwë—. Si hay un Orco en las cercanías estará acobardado, con las narices aplastadas contra el suelo, hasta que se hayan alejado las águilas.

Descendieron deprisa por una larga cuesta y cruzaron el Brithiach, andando a menudo con los pies secos sobre bancos de guijarros, o vadeando los bajíos con agua que sólo les llegaba hasta las rodillas. Fría y clara era el agua, y había hielo sobre los estanques poco profundos, donde las corrientes errantes habían perdido el camino entre las piedras; pero nunca, ni siquiera en el Fiero Invierno de la Caída de Nargothrond, pudo el mortal aliento del Norte helar el flujo central del Sirion.[23]

Al otro extremo del vado, llegaron a una cañada que parecía el lecho de una antigua corriente, y en la que ya no fluía agua alguna; no obstante, según parecía, un torrente había abierto un profundo canal, descendiendo del norte de las montañas de las Echoriath y transportando desde allí todas las piedras del Brithiach al Sirion.

—¡Por fin la encontramos después de agotada toda esperanza! —exclamó Voronwë—. ¡Mira! Aquí está la desembocadura del Río Seco y éste es el camino que hemos de tomar.[24]

Entonces entraron en la cañada, de laderas cada vez más altas a medida que giraba hacia el norte, donde el terreno era más empinado. Y Tuor tropezaba en la penumbra, entre las piedras que cubrían el lecho.

—Si esto es un camino —dijo—, no es bondadoso con el viajero fatigado.

—Sin embargo, es el camino que lleva a Turgon —dijo Voronwë.

—Tanto más me maravillo entonces —le dijo Tuor— de que el acceso permanezca abierto y sin guardia. Me figuraba que encontraría un gran portal poderosamente guardado.

—Espera y verás —dijo Voronwë—. Éste es sólo el comienzo. Lo llamé un camino; sin embargo, nadie lo ha recorrido durante más de trescientos años, salvo mensajeros, pocos y en secreto, y todo el arte de los Noldor se ha concentrado en ocultarlo desde que lo tomó el Pueblo Escondido. ¿Permanece abierto, dices? ¿Lo habríais conocido si no hubieras tenido a alguien del Reino Escondido como guía? ¿O habríais pensado que no era sino la obra del viento y de las aguas de las tierras salvajes? ¿Acaso no has visto las águilas? Son el pueblo de Thorondor que vivieron otrora en el mismo Thangorodrim antes de que Morgoth cobrara tanto poder, y viven ahora en las Montañas de Turgon desde la caída de Fingolfin.[25] Aparte de los Noldor, sólo ellas conocen el Reino Escondido, y guardan los cielos por encima de él, aunque hasta ahora ningún sirviente del Enemigo se ha atrevido a ascender a las alturas del aire; y llevan al Rey muchas nuevas de todo lo que se mueve en las tierras de fuera. Si hubiéramos sido Orcos, no te quepa duda de que se nos hubieran echado encima y nos habrían arrojado sobre rocas despiadadas.

—No lo dudo —dijo Tuor—. Pero me pregunto también si la noticia de nuestra llegada no le llegará a Turgon antes que nosotros. Y sólo tú puedes decir si eso es bueno o malo.

—Ni bueno ni malo —dijo Voronwë—. Porque no podemos atravesar las Puertas Guardadas inadvertidos, se nos espere o no; y si llegamos allí, los guardianes no necesitarán que se les advierta que no somos Orcos. Pero para pasar necesitaremos de mejores argumentos. Porque no sabes, Tuor, a qué peligro estaremos expuestos entonces. No me culpes como quien está desprevenido de lo que pueda ocurrir. ¡Que se manifieste en verdad el poder del Señor de las Aguas! Porque sólo por esa esperanza he consentido en ser tu guía, y si falla, con más seguridad moriremos entonces que por todos los peligros de las tierras salvajes y el invierno.

Pero Tuor le dijo:

—¡Déjate de pronósticos! La muerte en las tierras salvajes es segura; y la muerte ante las Puertas es para mí dudosa todavía, a pesar de todas tus palabras. ¡Adelante, condúceme!

Muchas millas avanzaron con trabajo por las piedras del Río Seco, hasta que ya no pudieron más, y la noche derramó oscuridad sobre la cañada profunda; treparon entonces a la orilla oriental y llegaron a las colinas derrumbadas al pie de las montañas. Y al mirar arriba, Tuor vio que se elevaban como ninguna otra montaña que hubiera visto nunca; porque las laderas eran como muros escarpados, cada uno apilado por detrás y por encima del anterior, como si fueran grandes torres y precipicios escalonados. Pero el día se había desvanecido, y todas las tierras estaban grises y neblinosas, y la sombra amortajaba el Valle del Sirion. Entonces Voronwë lo llevó a una cueva poco profunda, que se abría en la ladera de una colina sobre las solitarias cuestas de Dimbar, y se metieron dentro arrastrándose, y allí se quedaron escondidos; y se comieron los últimos mendrugos de alimento, y tenían frío y estaban cansados, pero no durmieron. Así llegaron Tuor y Voronwë a las torres de las Echoriath y al umbral de Turgon, en el crepúsculo del décimo octavo día de Hísimë, el trigésimo séptimo de su viaje, y por el poder de Ulmo escaparon tanto del Destino como de la Malicia.

Cuando el primer resplandor del día se filtró gris a través de las nieblas de Dimbar, volvieron arrastrándose al Río Seco, y pronto el curso se desvió hacia el este, serpenteando en ascenso por entre los muros mismos de las montañas; y delante de ellos había un gran precipicio escarpado que se levantaba de pronto en una pendiente cubierta de una enmarañada maleza de espinos. En esa maleza penetraba el pétreo canal y allí estaba todavía oscuro como la noche; e hicieron alto, porque los espinos crecían espesos a ambos lados del lecho, y las ramas entrelazadas formaban una densa techumbre, de modo que Tuor y Voronwë a menudo tenían que arrastrarse como animales que vuelven furtivos a su guarida subterránea.

Pero por último, cuando con gran esfuerzo llegaron al pie mismo del acantilado, encontraron una falla, parecida a la boca de un túnel abierto en la dura roca por aguas que fluyeran del corazón de las montañas. Penetraron por ella y dentro no había ninguna luz, pero Voronwë avanzó sin vacilar; Tuor lo seguía con una mano apoyada en el hombro de Voronwë, e inclinándose un poco pues el techo era bajo. Así, por un tiem-

po anduvieron a ciegas, paso a paso, hasta que sintieron que el
suelo se había nivelado y ya no había pedruscos sueltos. Entonces hicieron alto y respiraron profundamente, escuchando. El
aire parecía puro, fresco, y se dieron cuenta de que tenían un
amplio espacio a su alrededor y encima de ellos; pero todo era
silencio, y ni siquiera podía oírse el goteo del agua. Le pareció
a Tuor que Voronwë estaba perturbado y perplejo, y le susurró:

—¿Dónde están las Puertas Guardadas? ¿O es que en verdad las hemos pasado ya?

—No —dijo Voronwë—. Pero me entran dudas, porque
es extraño que hayamos podido llegar hasta aquí sin ser estor-
bados. Me temo un ataque en la oscuridad.

Pero sus susurros despertaron los ecos dormidos y se
agrandaron y se multiplicaron y recorrieron el techo y las paredes invisibles, siseando y murmurando como el sonido de
muchas voces furtivas. Y cuando los ecos morían en la piedra,
Tuor oyó desde el corazón de la oscuridad una voz que hablaba en lenguas élficas: primero en la alta lengua de los Noldor,
que no conocía; y luego en la lengua de Beleriand, aunque era
una variante que le resultaba algo extraña, como las de un
pueblo que hace mucho tiempo se separó de sus hermanos.[26]

—¡Alto! —le decía—. ¡No os mováis! O moriréis, seáis
amigos o enemigos.

—Somos amigos —dijo Voronwë.

—Entonces haced lo que se os ordene —les dijo la voz.

El eco de las voces se apagó en el silencio. Voronwë y Tuor
permanecieron inmóviles, y le pareció a Tuor que transcurrían muchos lentos minutos, y sintió un miedo en el corazón, diferente de los peligros que había vivido en el viaje.
Entonces se oyó un ruido de pasos, que creció hasta parecer
casi las pisotadas de la marcha de unos trolls en aquel lugar
hueco. De repente, alguien descubrió una lámpara élfica, y

los brillantes rayos enfocaron primero a Voronwë, pero Tuor no pudo ver nada más que una estrella deslumbrante en la sombra; y supo que mientras ese rayo lo iluminara no podría moverse para huir ni avanzar.

Por un momento fueron mantenidos así en el ojo de la luz, y luego la voz volvió a hablar diciendo:

—¡Mostrad vuestras caras! —Y Voronwë echó atrás la capucha y la cara resplandeció en el haz de luz, clara y dura, como grabada en piedra; y su belleza maravilló a Tuor. Entonces habló con orgullo diciendo:— ¿No conoces a quien estás mirando? Soy Voronwë, hijo de Aranwë, de la Casa de Fingolfin. ¿O al cabo de unos pocos años se me ha olvidado en mi propia tierra? Mucho más allá de los confines de la Tierra Media he viajado, pero aún recuerdo tu voz, Elemmakil.

—Entonces recordará también Voronwë las leyes de su tierra —dijo la voz—. Puesto que partió por mandato, tiene derecho a retornar. Pero no a traer aquí a forastero alguno. Por esa acción pierde todo derecho, y ha de ser llevado prisionero ante el juicio del rey. En cuanto al forastero, será muerto o mantenido cautivo según el juicio de la Guardia. Traedlo aquí para que yo pueda juzgar.

Entonces Voronwë condujo a Tuor a la luz, y entretanto muchos noldor vestidos de malla y armados avanzaron de la oscuridad, y los rodearon con espadas desenvainadas. Y Elemmakil, capitán de la Guardia, que portaba la lámpara brillante, los miró larga y detenidamente.

—Esto es extraño en ti, Voronwë —dijo—. Hemos sido amigos durante mucho tiempo. ¿Por qué, entonces, me pones así tan cruelmente entre la ley y la amistad? Si hubieras traído aquí a un intruso de alguna de las otras casas de los noldor, ya habría sido bastante. Pero has traído al conocimiento del Camino a un Hombre mortal, porque veo en sus ojos a qué linaje pertenece. No obstante jamás podrá partir en libertad, puesto que conoce el secreto; y como a alguien de linaje extraño que ha osado entrar, tendría que matarlo... aun cuando fuera tu queridísimo amigo.

—En las vastas tierras de fuera, Elemmakil, muchas cosas extrañas pueden acaecerle a uno, y misiones inesperadas pueden imponérsele —contestó Voronwë—. Otro será el viajero al volver que el que partió. Lo que he hecho lo he hecho por un mandato más grande que la ley de la Guardia. El Rey tan sólo ha de juzgarme, y a aquel que viene conmigo.

Entonces habló Tuor y ya no sintió miedo.

—Vengo con Voronwë, hijo de Aranwë, porque el Señor de las Aguas lo designó para que me guiara. Con este fin fue librado de la Condenación de los Valar y de la cólera del Mar. Porque traigo un recado de Ulmo para el hijo de Fingolfin y con él hablaré.

Entonces Elemmakil miró con asombro a Tuor.

—¿Quién eres, pues? ¿Y de dónde vienes?

—Soy Tuor, hijo de Huor, de la Casa de Hador y del linaje de Húrin, y estos nombres, me dicen, no son desconocidos en el Reino Escondido. He pasado desde Nevrast por muchos peligros para encontrarlo.

—¿Desde Nevrast? —preguntó Elemmakil—. Se dice que nadie vive allí desde la partida de nuestro pueblo.

—Y en verdad es así —respondió Tuor—. Vacíos y helados están los patios de Vinyamar. No obstante, de allí vengo. Llevadme ahora ante el que construyó esas estancias de antaño.

—En asuntos de tanta gravedad no me cabe decidir —dijo Elemmakil—. Por tanto, he de llevarte a la luz donde más sea revelado y te entregaré a la Guardia del Gran Portal.

Entonces dio voces de mando y Tuor y Voronwë fueron rodeados de altos guardianes, dos por delante y tres por detrás de ellos; y el capitán los llevó desde la caverna de la Guardia Exterior y entraron, según parecía, a un pasaje recto, y por allí anduvieron largo rato por un suelo nivelado hasta que una pálida luz brilló delante de ellos. Así llegaron por fin a un amplio arco con altas columnas a cada lado, talladas en la roca, y en el medio había una puerta levadiza de barras de madera cruzadas, maravillosamente talladas y tachonadas con clavos de acero.

Elemmakil lo tocó, y el portal se alzó en silencio y siguieron adelante; y Tuor vio que se encontraban en el extremo de un barranco. Nunca había visto nada igual ni había alcanzado a imaginarlo, aunque tanto había andado por las inhóspitas montañas del Norte; porque junto al Orfalch Echor, el Cirith Ninniach no era sino una grieta en la roca. Aquí las manos de los mismos Valar, durante las antiguas guerras de los inicios del mundo, habían separado las grandes montañas por la fuerza, y los lados de la hendedura eran escarpados, como si hubieran sido abiertos con un hacha, y se alzaban a alturas incalculables. Allí arriba a lo lejos corría una cinta de cielo, y sobre su profundo azul se recortaban unas cumbres oscuras y unos pináculos dentados, remotos, pero duros, crueles como lanzas. Demasiado altos eran esos muros poderosos para que el sol del invierno llegara a dominarlos, y aunque era ahora pleno día, unas estrellas pálidas titilaban sobre las cimas de las montañas, y abajo todo estaba en penumbra, salvo por la pálida luz de las lámparas colocadas junto al camino ascendente. Porque el suelo del barranco subía empinado hacia el este, y a la izquierda Tuor vio junto al lecho de la corriente un ancho camino pavimentado de piedras, que ascendía serpenteando hasta desvanecerse en la sombra.

—Habéis atravesado la Primera Puerta, la Puerta de Madera —dijo Elemmakil—. Ése es el camino. Tenemos que apresurarnos.

Cuán largo era aquel profundo camino, Tuor no podía saberlo, y mientras miraba fijamente hacia adelante, un gran cansancio lo ganó, como una nube. Un viento helado siseaba sobre la cara de las piedras, y él se envolvió en la capa.

—¡Frío sopla el viento del Reino Escondido! —dijo.

—Sí, en verdad —dijo Voronwë—; a un forastero podría parecerle que el orgullo ha vuelto despiadados a los servidores de Turgon. Largas y duras parecen las leguas de las Siete Puertas al hambriento y al cansado del viaje.

—Si nuestra ley fuera menos severa, hace ya mucho que la astucia y el odio nos habrían descubierto y destruido. Eso bien lo sabéis —dijo Elemmakil—. Pero no somos despiadados. Aquí no hay alimentos y el forastero no puede volver a cruzar la puerta, una vez que la ha franqueado. Tened, pues, un poco de paciencia y en la Segunda Puerta encontraréis alivio.

—Bien está —dijo Tuor, y avanzó como se le había dicho. Al cabo de un rato se volvió y vio que sólo Elemmakil junto con Voronwë lo seguían—. No hacen falta más guardianes —dijo Elemmakil leyéndole el pensamiento—. Del Orfalch no puede escapar ni elfo ni hombre y no hay camino de vuelta.

De este modo ascendieron el camino empinado, a veces por largas escaleras, otras por cuestas ondulantes bajo la intimidante sombra del acantilado, hasta que a una media legua más o menos de la Puerta de Madera, Tuor vio que el camino estaba bloqueado por un gran muro que cruzaba el barranco de lado a lado, con robustas torres de piedra en cada extremo. En la pared había una gran arcada sobre el camino, pero parecía que los albañiles la habían cerrado con una única poderosa piedra. Cuando se acercaron, la oscura y pulida superficie resplandecía a la luz de una lámpara blanca que colgaba en el medio del arco.

—Aquí se encuentra la Segunda Puerta, la Puerta de Piedra —dijo Elemmakil y yendo hacia él le dio un ligero empellón. La piedra giró sobre un pivote invisible hasta que los enfrentó de canto, dejando abierto el camino a un lado y a otro; y ellos pasaron y entraron en un patio donde había muchos guardianes armados vestidos de gris. Nadie dijo nada, pero Elemmakil condujo a los que custodiaba a una cámara bajo la torre septentrional; y allí se les llevó alimentos y vino y se les permitió descansar un momento.

—Escaso puede parecer el alimento —dijo Elemmakil a Tuor—. Pero si lo que pretendes resulta verdadero, a partir de ahora esta falta se te compensará con creces.

—Es bastante —le dijo Tuor—. Débil sería el corazón que necesitara remedio mejor. —Y en verdad tal alivio recibió de la bebida y la comida de los Noldor, que pronto estuvo dispuesto a partir otra vez.

Al cabo de un corto trecho se toparon con un muro más alto todavía y más fuerte que el anterior, y en él se abría la Tercera Puerta, la Puerta de Bronce: un gran portal de dos hojas recubiertas de escudos y placas de bronce en los que había grabados muchas figuras y signos extraños. Sobre el muro, por encima del dintel, había tres torres cuadradas, techadas y revestidas de cobre, que (por algún recurso de hábil herrería) brillaba siempre y resplandecía como fuego a los rayos de las lámparas rojas, alineadas como antorchas a lo largo del muro. Otra vez silenciosos cruzaron la puerta y vieron en el patio del otro lado una compañía de guardianes todavía mayor, con cotas de malla que fulguraban como fuego opacado; y las hojas de las hachas eran rojas. Del linaje de los sindar de Nevrast eran la mayoría de los que guardaban esta puerta.

Llegaron entonces a lo más trabajoso del camino, porque en medio del Orfalch la cuesta era empinada como en ningún otro sitio, y mientras subían Tuor vio el más poderoso de los muros, que se levantaba oscuro sobre él. Así, por fin, se acercaron la Cuarta Puerta, la Puerta de Hierro Entrelazado. Alto y negro era el muro y ninguna lámpara lo iluminaba. Sobre él había cuatro torres de hierro, y entre las dos del medio asomaba la figura de un águila enorme forjada en hierro, a semejanza del mismo Rey Thorondor cuando bajando de los cielos más altos se posa sobre la cima de una montaña. Pero cuando Tuor estuvo frente a la puerta, asombrado, tuvo la impresión de que estaba mirando a través de las ramas y los troncos de unos árboles imperecederos un pálido claro de la Luna. Porque una luz venía a través de las tracerías de la puerta, forjadas y batidas en forma de árboles, con raíces retorcidas y ramas entretejidas cargadas de hojas y de flores. Y al pasar al otro lado vio cómo esto era posible; porque la puerta era de un grosor considerable, y no había un solo enrejado, sino tres en sucesión, puestos de tal modo que para quien venía por medio del camino eran parte del conjunto; pero la luz de más allá era la luz del día.

Porque habían subido ahora hasta una gran altura por sobre las tierras bajas donde habían iniciado el camino, y más allá de la Puerta de Hierro el camino era casi llano. Además, habían atravesado la corona y el corazón de las Echoriath, y las torres de las montañas se precipitaban ahora bajando y transformándose en colinas, y el desfiladero se ensanchaba y los lados se volvían menos escarpados. Las amplias laderas estaban cubiertas de nieve, y la luz del cielo reflejada en la nieve llegaba como la luz blanca de la luna a través de una neblina brillante que flotaba en el aire.

Pasaron entonces entre las filas de la Guardia de Hierro que estaba detrás de la Puerta; sus mantos, mallas y largos escudos eran negros; y las viseras de pico de águila de los cascos les cubrían las caras. Entonces Elemmakil fue delante y ellos

lo siguieron hasta la pálida luz; y Tuor vio junto al camino
hierba en la que resplandecían como estrellas las blancas flores de *uilos,* la memoriaviva que no conoce estaciones y que
jamás se marchita;[27] y así, maravillado y con el corazón aliviado, fue conducido a la Puerta de Plata.

El muro de la Quinta Puerta estaba construido de mármol blanco, y era bajo y macizo, y el parapeto era un enrejado
de plata entre cinco grandes globos de mármol; y había allí
muchos arqueros vestidos de blanco. La puerta tenía la forma
de tres cuartas partes de un círculo, y estaba hecha de plata y
de perlas de Nevrast a semejanza de la Luna; pero sobre la
Puerta, sobre el globo central, se levantaba la imagen del Árbol Blanco de Telperion, forjada de plata y malaquita, con
flores hechas con grandes perlas de Balar.[28] Y más allá de la
Puerta, en un amplio patio pavimentado de mármol verde y
blanco, había arqueros con malla de plata y yelmos de cresta
blanca, un centenar de ellos a cada lado. Entonces Elemmakil
condujo a Tuor y a Voronwë a través de las filas silenciosas y
entraron en un largo camino blanco que llevaba derecho a la
Sexta Puerta; y mientras avanzaban, la extensión de hierba
que crecía a la vera del camino se hacía más ancha, y entre las
blancas estrellas de *uilos,* se abrían muchas flores menudas,
como ojos de oro.

Así llegaron a la Puerta Dorada, la última de las antiguas
puertas de Turgon construidas que fueron forjadas antes de la
Nirnaeth; y era muy semejante a la Puerta de Plata, salvo que el
muro estaba hecho de mármol amarillo y los globos y el parapeto eran de oro rojo; y había seis globos, y en medio, sobre una
pirámide dorada, se levantaba la imagen de Laurelin, el Árbol
del Sol, con flores de topacio labradas en largos racimos, engar-
zados en cadenas de oro. Y la propia Puerta estaba adornada
con discos de oro de múltiples rayos, a semejanza del Sol, en-

garzados en medio de figuras de granate y topacio y diamantes amarillos. En el patio del otro lado había trescientos arqueros con largos arcos, y las cotas de malla eran doradas, y unas largas plumas doradas les coronaban los yelmos; y los grandes escudos redondos eran rojos como llamas de fuego.

Ahora el sol bañaba el camino que tenían por delante, porque los muros de las colinas eran bajos a cada lado, y verdes, salvo por la nieve que cubría las cimas; y Elemmakil avanzó de prisa porque se acercaban a la Séptima Puerta, llamada la Grande, la Puerta de Acero que Maeglin labró después de volver de la Nirnaeth, a través de la amplia entrada al Orfalch Echor.

No había allí ningún muro, pero a cada lado se levantaban dos torres redondas de gran altura, con múltiples ventanas escalonadas en siete plantas que culminaban en una torrecilla de acero brillante, y entre las torres había un poderoso cerco de acero que no se oxidaba, y resplandecía frío y blanco. Había siete grandes columnas de acero, con la altura y la circunferencia de árboles jóvenes y fuertes, pero terminadas en una punta cruel afilada como una aguja; y entre las columnas había siete travesaños de acero, y en cada espacio siete veces siete varas de acero verticales, acabadas en anchas hojas como de lanza. Pero en el centro, sobre la columna central y la más grande, se levantaba una poderosa imagen del yelmo real de Turgon: la Corona del Reino Escondido, enteramente engarzada de diamantes.

No veía Tuor puerta ni portal en este poderoso seto de acero, pero al acercarse a través de los espacios entre las barras, le pareció ver una súbita luz deslumbrante, y tuvo que escudarse los ojos y detenerse inmóvil de miedo y maravilla. Pero Elemmakil avanzó y ninguna puerta se abrió; pero golpeó una barra y el cerco resonó como un arpa de múltiples cuerdas que emitió unas claras notas armoniosas que fueron repitiéndose de torre en torre.

Enseguida salieron jinetes de las torres, pero delante de los de la torre septentrional venía uno montado en un caballo blanco; y desmontó y avanzó hacia ellos. Y alto y noble como era Elemmakil, más alto y más señorial todavía era Ecthelion, Señor de las Fuentes, que en aquellos tiempos era Guardián de la Gran Puerta.[29] Vestía enteramente de plata, y sobre el yelmo resplandeciente llevaba una punta de acero terminado en un diamante; y cuando el escudero le tomó el escudo, éste brilló como cubierto de gotas de lluvia, que eran en verdad un millar de tachones de cristal de roca.

Elemmakil lo saludó y dijo:

—He traído aquí a Voronwë Aranwion, que vuelve de Balar; y he aquí el extranjero que él ha conducido y que exige ver al Rey.

Entonces Ecthelion se volvió hacia Tuor, pero éste se envolvió en su capa y guardó silencio frente a él; y le pareció a Voronwë que una neblina cubría a Tuor y que había crecido en estatura, de modo que el extremo de la capucha sobrepasaba el yelmo del señor élfico, como si fuera la cresta gris de una ola marina que se precipita a tierra. Pero Ecthelion posó su brillante mirada sobre Tuor y al cabo de un silencio habló gravemente diciendo:[30]

—Has llegado hasta la Última Puerta. Has de saber que ningún extranjero que la atraviese volverá a salir otra vez, salvo por la puerta de la muerte.

—¡No pronuncies augurios ominosos! Si el mensajero del Señor de las Aguas pasa por esa puerta, todos los que aquí moran han de ir tras él. Señor de las Fuentes: ¡no estorbes al mensajero del Señor de las Aguas!

Entonces Voronwë y todos los que estaban cerca volvieron a mirar a Tuor con asombro, maravillados de sus palabras y su voz.

Y a Voronwë le pareció como si oyera una gran voz, pero como de alguien que clama desde lejos. Pero Tuor tuvo la impresión de que se oía a sí mismo como si otro hablara por su boca.

Por un tiempo Ecthelion se mantuvo en silencio mirando a Tuor, y poco a poco un temor reverente le asomó a la cara, como si en la sombra gris de la capa de Tuor viera visiones distantes. Luego se inclinó ante él y fue hacia el cerco y puso sus manos sobre él, y las puertas se abrieron hacia adentro a ambos lados de la columna de la Corona. Entonces Tuor pasó entre ellas, y llegando a un elevado prado que daba sobre el valle, contempló Gondolin en medio de la nieve blanca. Y tan maravillado quedó que durante largo rato no pudo mirar nada más; porque tenía ante él por fin la visión de su deseo, nacido de sueños de anhelo.

Así se mantuvo erguido sin pronunciar palabra. Silenciosas a ambos lados formaban las huestes del ejército de Gondolin; todas las siete clases de las Siete Puertas estaban representadas en él; pero los capitanes iban montados en caballos blancos y grises. Entonces, mientras miraban a Tuor asombrados, a éste se le cayó la capa, y apareció ante ellos vestido con la poderosa librea de Nevrast. Y muchos había allí que habían visto al mismo Turgon poner esos adornos sobre la pared, detrás del Alto Asiento de Vinyamar.

Entonces Ecthelion dijo por fin:

—Ya no hace falta otra prueba; y aun el nombre que reivindica, como hijo de Huor, importa menos que esta clara verdad: es el mismo Ulmo quien lo envía.[31]

NOTAS

1. En *El Silmarillion* pág. 287 se dice que cuando los Puertos de Brithombar y Eglarest fueron destruidos en el año que siguió a la Nirnaeth Arnoediad, los Elfos de las Falas que escaparon fueron con Círdan a la Isla de Balar, «y construyeron un refugio para todo aquel que pudiera llegar hasta allí; porque se establecieron también en las Bocas del Sirion, y allí muchas naves ligeras y rápidas estaban escondidas en ensenadas y aguas donde los juncos eran densos como un bosque».

2. Hay en otro sitio referencia a las lámparas de brillo azul de los elfos noldorin, aunque no se las menciona en el texto publicado de *El Silmarillion*. En las versiones anteriores del cuento de Túrin, Gwindor, el elfo de Nargothrond que escapó de Angband y fue encontrado por Beleg en el bosque de Taur-nu-Fuin, poseía una de estas lámparas (puede vérsela en la pintura que mi padre hizo de ese encuentro; véase *Pinturas y dibujos de J. R. R. Tolkien,* 1979, n.º 37); y fue la lámpara de Gwindor, volcada y destapada de modo que saliera la luz, la que le mostró a Túrin la cara de Beleg, a quien acababa de matar. En una nota sobre la historia de Gwindor se las llama «lámparas Fëanorianas», de las que ni los Noldor siquiera tenían el secreto; y se las describe allí como «cristales colgados de una fina red de cadenillas que brillan constantemente con una azul irradiación interior».

3. «El sol iluminará tu sendero.» En la historia mucho más breve que se cuenta en *El Silmarillion* no se dice cómo Tuor encontró la Puerta de los Noldor ni se hace mención de los Elfos Gelmir y Arminas. Aparecen sin embargo en el cuento de Túrin *(El Silmarillion* p. 311*)* como los mensajeros que llevaron a Nargothrond la advertencia de Ulmo; y se dice que pertenecían al pueblo de Angrod, hijo de Finarfin, que después de la Dagor

Bragollach vivió en el sur con Círdan el Carpintero de Barcos. En una versión más larga de la historia de su llegada a Nargothrond, Arminas, que compara a Túrin desfavorablemente con su pariente, dice haber encontrado a Tuor «en los yermos de Dor-lómin»; véase pág. 293.

4. En *El Silmarillion,* pág. 111 se dice que cuando Morgoth y Ungoliant lucharon en esta región por la posesión de los Silmarils, «Morgoth lanzó un grito terrible cuyos ecos resonaron en las montañas. Fue así que esa región se llamó Lammoth; porque esos ecos permanecieron allí para siempre, y despertaban cada vez que alguien gritaba en aquella tierra, y todas las tierras yermas entre las colinas y el mar se llenaban de un clamor de voces angustiadas». Aquí, en cambio, se da a entender que cualquier sonido emitido allí se magnificaba de por sí; y esta idea está también claramente presente en el capítulo 13 de *El Silmarillion,* donde dice (en un pasaje muy similar a éste): «Y al poner pie los Noldor en la playa, sus gritos chocaron con las colinas y se multiplicaron, de modo que un clamor de incontables voces poderosas llegó a todas las costas del Norte». Parece que de acuerdo con la primera de estas «tradiciones», Lammoth y Ered Lómin (Montañas del Eco) se llamaron así por retener el eco del espantoso grito de Morgoth, enredado en las telas de Ungoliant; mientras que, según la otra, los nombres describen sencillamente la naturaleza de los sonidos en esa región.

5. Cf. *El Silmarillion* pág. 316*:* «Y Túrin se apresuraba por los senderos que llevaban al norte, a través de las tierras ahora desoladas entre el Narog y el Teiglin, y el Fiero Invierno le salió al encuentro; porque ese año nevó antes de que terminara el otoño, y la primavera llegó tardía y fría».

6. En *El Silmarillion* pág. 180 se dice que cuando Ulmo se le apareció a Turgon en Vinyamar y le ordenó que fuera a Gondolin, le dijo: «"Puede que el Hado de los Noldor te alcance también a ti antes del fin, y que la traición despierte dentro de tus muros. Entonces habrá peligro de fuego. Pero si este peligro acecha en verdad, entonces vendrá a alertarte uno de Nevrast, y de él,

más allá de la ruina y del fuego, recibiréis esperanzas los Elfos y los Hombres. Por tanto, deja en esta casa una armadura y una espada para que él las encuentre, y de ese modo lo conocerás y no serás engañado." Y Ulmo le declaró a Turgon de qué especie y tamaño tenían que ser el yelmo y la cota de malla y la espada que dejaría en la ciudad».

7. Tuor fue el padre de Eärendil, padre a su vez de Elros Tar-Minyatur, el primer Rey de Númenor.

8. Esto debe de referirse a la advertencia de Ulmo llevada a Nargothrond por Gelmir y Arminas; véase pág. 260 y siguientes.

9. Las Islas Sombrías son probablemente las Islas Encantadas descritas al final del cap. 11 de *El Silmarillion,* que «se extendieron como una red por los Mares Sombríos desde el norte hasta el sur» en tiempos del Ocultamiento de Valinor.

10. Cf. *El Silmarillion* pág. 288: «A petición de Turgon [después de la Nirnaeth Arnoediad], Círdan construyó siete rápidos barcos, y navegaron hacia el Occidente; pero no hubo nunca noticias de ellos en Balar, salvo de uno, y fue el último. Los marineros de ese barco se esforzaron largo tiempo en el mar y, por último, al volver desesperados, naufragaron en una gran tormenta a la vista de las costas de la Tierra Media; pero uno de ellos fue salvado por Ulmo de la ira de Ossë, y las olas lo sostuvieron y lo arrojaron a las costas de Nevrast. Se llamaba Voronwë; y era uno de los mensajeros que Turgon había enviado desde Gondolin».

11. Las palabras que Ulmo dirige a Turgon aparecen en *El Silmarillion,* cap. 15, en la siguiente forma: «Recuerda que la verdadera esperanza de los Noldor está en el Occidente y viene del Mar» y «Pero si este peligro acecha en verdad, entonces vendrá a alertarte uno de Nevrast».

12. Nada se dice en *El Silmarillion* de la posterior suerte de Voronwë después de volver a Gondolin con Tuor; pero en la historia original («De Tuor y los exiliados de Gondolin») él era uno de los que escaparon del saqueo de la ciudad, tal y como implican las palabras que Tuor pronuncia aquí.

13. Cf. *El Silmarillion* pág. 232: «[Turgon] creía también que el
    fin del Sitio era el principio de la caída de los Noldor, a no ser
    que llegara ayuda; y envió compañías de los Gondolindrim en
    secreto a las Bocas del Sirion y a la Isla de Balar. Allí, por ór-
    denes de Turgon, construyeron embarcaciones y navegaron al
    extremo Occidente en busca de Valinor, para pedir el perdón
    y la ayuda de los Valar; y rogaron a las aves del mar que los
    guiasen. Pero los mares eran bravos y vastos, y estaban envuel-
    tos en sombras y hechizos; y Valinor estaba oculta. Por tanto,
    ninguno de los mensajeros de Turgon llegó al Occidente, y
    muchos se perdieron y pocos regresaron».

    En uno de los «textos constitutivos» de *El Silmarillion* se dice
    que aunque los Noldor «no dominaban el arte de la construcción
    de barcos y todos los navíos que construían naufragaban o eran
    repelidos por los vientos», no obstante después de la Dagor Bra-
    gollach «Turgon siempre mantuvo un refugio secreto en la Isla
    de Balar», y cuando después de la Nirnaeth Arnoediad, Círdan y
    el resto de su pueblo huyeron de Brithombar y Eglarest a Balar,
    «se mezclaron allí con los del puesto de avanzada de Turgon».
    Pero este elemento de la historia fue eliminado y, de este modo,
    en el texto publicado de *El Silmarillion* no hay referencia a que
    los Elfos de Gondolin se hubieran establecido en Balar.

14. Los bosques de Núath no se mencionan en *El Silmarillion*, y
    tampoco están señalados en el mapa que lo acompaña. Se ex-
    tendían hacia el oeste desde el curso superior del Narog hasta
    las fuentes del río Nenning.

15. Cf. *El Silmarillion*: «Finduilas, hija del Rey Orodreth, lo reco-
    noció [a Gwindor] y le dio la bienvenida, pues lo había amado
    antes de la Nirnaeth, y muy grande fue el amor que la belleza
    de Finduilas despertó en Gwindor, y la llamó Faelivrin: la luz
    del sol sobre los Estanques de Ivrin».

16. El río Glithui no se menciona en *El Silmarillion* y no lleva
    nombre, aunque aparezca en el mapa como un afluente del
    Teiglin que desemboca en ese río algo al norte del sitio en que
    desemboca el Malduin.

17. Hay referencia a este camino en *El Silmarillion*: «El antiguo camino que atraviesa el largo desfiladero del Sirion, pasaron la isla donde se había levantado Minas Tirith de Finrod, y de allí atravesaron la tierra que se extiende entre el Malduin y el Sirion, y siguieron por las lindes de Brethil hasta los Cruces del Teiglin».

18. «¡Muerte a los *Glamhoth*!» Este nombre, aunque no aparece en *El Silmarillion* ni en *El Señor de los Anillos*, era un término general con el que se designaba en sindarin a los Orcos. La significación es «horda estruendosa», «hueste en tumulto»; cf. la espada de Gandalf *Glamdring*, y *Tol-in-Gaurhoth*, la Isla de (la hueste de) los Licántropos.

19. *Echoriath:* las Montañas Circundantes en torno a la llanura de Gondolin. *ered e·mbar nín:* las montañas de mi patria.

20. En *El Silmarillion*, pág. 294 Beleg de Doriath dijo a Túrin (unos años antes del transcurso de la presente historia) que los Orcos habían abierto un camino a través del Paso de Anach, «y Dimbar, que solía vivir en paz, cae ahora bajo la Mano Negra».

21. Por este camino Maeglin y Aredhel huyeron a Gondolin perseguidos por Eöl (*El Silmarillion,* cap. 16); y más tarde Celegorm y Curufin lo tomaron cuando fueron expulsados de Nargothrond *(ibid.)* Sólo en el presente texto se menciona que se prolongaba hacia el oeste hasta la antigua morada de Turgon en Vinyamar bajo el Monte Taras; y su curso deja de señalarse en el mapa a partir de su unión con el viejo camino del sur a Nargothrond al borde noroeste de Brethil.

22. El nombre *Brithiach* contiene el elemento *brith*, «grava», como también en el río *Brithon* y el puerto de *Brithombar*.

23. En una versión paralela de este texto en este punto de la historia, casi sin duda rechazada en favor de la impresa, los viajeros no cruzaban el Sirion por el Vado de Brithiach, sino que llegaban al río varias leguas más al norte. «Avanzaron por un fatigoso camino hasta la orilla del río y allí exclamó Voronwë:

—¡Mira una maravilla! El bien y el mal pronostica a la vez. El Sirion está congelado, aunque no hay historia que cuente cosa semejante desde la llegada de los Eldar desde el este. Así podremos pasar y ahorrarnos muchas leguas fatigosas, demasiado prolongadas para nuestras fuerzas. No obstante, así también otros habrán pasado o podrán hacerlo.» Cruzaron el río sobre el hielo sin estorbo y «de este modo los designios de Ulmo obtuvieron provecho de la malicia del Enemigo, pues se acortó el camino, y cuando ya estaban sin esperanza y sin fuerzas, Tuor y Voronwë llegaron por fin al Río Seco, donde sale de las faldas de las montañas».

24. Cf. *El Silmarillion* pág. 179: «Pero había un camino profundo que discurría bajo las montañas, excavado en la oscuridad del mundo por las aguas que iban a reunirse con las corrientes del Sirion; y este camino encontró Turgon, y así llegó a la llanura verde en medio de las montañas, y vio la colina-isla que se levantaba allí de piedra lisa y dura; pues el valle había sido un gran lago en días antiguos».

25. No se dice en *El Silmarillion* que las grandes águilas hubieran morado nunca en Thangorodrim. En el capítulo 13, Manwë «había enviado a la raza de las Águilas a habitar en los riscos del norte y vigilar a Morgoth»; mientras que en el capítulo 18, Thorondor «se precipitó desde su nido en las cumbres de las Crissaegrim» para rescatar el cuerpo de Fingolfin ante las puertas de Angband. Cf. también *El Retorno del Rey,* VI, 4: «El viejo Thorondor, aquel que en los tiempos en que la Tierra Media era joven, construía sus nidos en los picos inaccesibles de las Montañas Circundantes». Es muy probable que la idea de que Thorondor hubiera habitado antes en Thangorodrim, que aparece también en un texto temprano de *El Silmarillion*, fuera luego abandonada.

26. En *El Silmarillion* no se dice nada específico acerca del lenguaje de los Elfos de Gondolin; pero este pasaje sugiere que para algunos de ellos la alta lengua (quenya) era de uso corriente. Se afirma en un ensayo lingüístico posterior que el quenya se utilizaba diariamente en la casa de Turgon, y era la lengua de infancia de Eärendil; pero que «para la mayor parte del pue-

blo de Gondolin se había convertido en una lengua libresca, y, como los otros Noldor, utilizaban el sindarin como lengua cotidiana». Cf. *El Silmarillion* pág. 186: después del edicto de Thingol «los Exiliados adoptaron la lengua sindarin en la vida cotidiana, y la alta lengua del Oeste sólo fue hablada por los Señores de los Noldor y entre ellos. No obstante, esa lengua sobrevivió siempre como el lenguaje del conocimiento, en cualquier lugar donde habitara algún Noldor».

27. Éstas eran las flores que crecían en abundancia en los túmulos sepulcrales de los Reyes de Rohan bajo Edoras, y que Gandalf llamó en la lengua de los Rohirrim *simbelmynë* (en su traducción al inglés antiguo), esto es, «memoriaviva», «pues florecen en todas las estaciones del año y crecen donde descansan los muertos» (*El Señor de los Anillos III, Las Dos Torres,* III, 6). El nombre élfico *uilos* sólo aparece en este pasaje, pero la palabra se encuentra también en *Amon Uilos,* como el nombre quenya *Oiolossë* («Blanca-nieve-eterna», la Montaña de Manwë) se traducía al sindarin. En «Cirion y Eorl» a la flor se le da otro nombre élfico: *alfirin* (pág. 475).

28. En *El Silmarillion* pág. 129 se dice que Thingol recompensó a los Enanos de Belegost con profusión de perlas: «Éstas se las había dado Círdan, pues se recogían en abundancia en los bajíos en torno a la Isla de Balar».

29. Ecthelion de las Fuentes se menciona en *El Silmarillion* como uno de los capitanes de Turgon que después de la Nirnaeth Arnoediad guardó los flancos del ejército de Gondolin en su retirada a lo largo del Sirion, y como el matador de Gothmog, Señor de los Balrogs, quien lo mató a su vez en el ataque de la ciudad.

30. En este punto cesa el manuscrito cuidadosamente escrito, aunque muy corregido, y el resto de la narración está garrapateado deprisa en un pedazo de papel.

31. Aquí finalmente la narración llega a su término, y sólo restan algunos apuntes apresurados que señalan el curso de la historia.

Tuor pregunta el nombre de la Ciudad y se le dan sus siete nombres. (Es notable, y sin duda intencional, que el nombre de Gondolin no se utilice una sola vez hasta el final de la historia; siempre se la llama el Reino Escondido o la Ciudad Escondida.) Ecthelion da órdenes de que se dé la señal, y en las torres de la Gran Puerta se soplan unas trompetas que resuenan en las colinas. Al cabo de un silencio, se escuchan las trompetas que respondían desde los muros de la ciudad. Se traen caballos (un caballo tordo para Tuor) y cabalgan hacia Gondolin.

Iba a haber seguido una descripción de Gondolin, de las escaleras hasta la alta plataforma y de las grandes puertas; de los montículos (la lectura de esta palabra no es segura) de *mellyrn*, los abedules y árboles de hoja perenne; de la plaza de la Fuente, la torre del Rey construida sobre una base con soportales, la casa del Rey y el estandarte de Fingolfin. Entonces aparecería el mismo Turgon, «el más alto de todos los Hijos del Mundo, salvo Thingol», con una espada blanca y dorada en una vaina de marfil, y daría la bienvenida a Tuor. Se vería a Maeglin de pie a la derecha del trono, y a Idril, la hija del Rey, sentada a la izquierda; y Tuor pronunciaría el mensaje de Ulmo o bien «a oídos de todos» o bien «en la cámara del consejo».

Otras notas dispersas indican que habría una descripción de Gondolin tal como Tuor la vio desde lejos; que la capa de Ulmo se desvanecería cuando Tuor diera su mensaje a Turgon; que se explicaría por qué no había Reina en Gondolin; y que se pondría de relieve cuando Tuor viera por primera vez a Idril o en algún punto anterior de la historia, que aquél había visto a pocas mujeres en su vida. La mayor parte de las mujeres y todos los niños de la compañía de Annael en Mithrim habían sido enviados al sur; y durante el cautiverio Tuor había visto sólo a las mujeres orgullosas y bárbaras de los Orientales, que lo trataban como a un animal, o a las desdichadas esclavas obligadas a trabajar desde la infancia, por las que no sentía sino piedad.

Ha de observarse que las posteriores menciones de los *mellyrn* en Númenor, Lindon y Lothlórien no sugieren, aunque tampoco niegan, que esos árboles crecieran en Gondolin en los Días Antiguos (págs. 117-118), y que la esposa de Turgon, Elenwë, había sucumbido mucho antes, en la travesía del Helcaraxë emprendida por las huestes de Fingolfin (véase *El Silmarillion* pág. 193).

2

NARN I HÎN HÚRIN

LA HISTORIA DE LOS HIJOS DE HÚRIN

La infancia de Túrin

Hador Cabeza de Oro era un señor de los Edain y bienamado de los Eldar. Vivió mientras duraron sus días al servicio del señorío de Fingolfin, que le concedió vastas tierras en la región de Hithlum llamada Dor-lómin. Su hija Glóredhel se casó con Haldir, hijo de Halmir, señor de los Hombres de Brethil; y en la misma celebración su hijo Galdor el Alto se casó con Hareth, hija de Halmir.

Galdor y Hareth tuvieron dos hijos: Húrin y Huor. Húrin era tres años mayor, pero de menor talla que otros hombres de su estirpe; en esto salió al pueblo de su madre, pero en todo lo demás era como Hador, su abuelo, de tez clara y de cabellos dorados, fuerte de cuerpo y de ánimo orgulloso. Pero el fuego en él ardía sin pausa, y tenía mucha fuerza de voluntad. De todos los Hombres del Norte, nadie conocía como él los designios de los Noldor. Huor, su hermano, era alto, el más alto de todos los Edain, salvo su propio hijo Tuor, y muy veloz en la carrera; pero si la carrera era dura y prolongada, Húrin era quien primero llegaba a la meta, porque tanto se esforzaba al final como al principio. Había un gran amor entre los dos hermanos y rara vez se separaron en su juventud.

Húrin se casó con Morwen, la hija de Baragund, hijo de Bregolas, de la Casa de Bëor; y era por tanto pariente cercana de Beren el Manco. Morwen, alta y de cabellos oscuros, tenía tanta luz en la mirada y un rostro tan hermoso que los Hombres la llamaban Eledhwen, la de élfica belleza; pero era de temple algo severo y orgullosa. Los pesares de la Casa de Bëor le entristecieron el corazón; porque llegó como exiliada a Dor-lómin desde Dorthonion después del desastre de la Bragollach.

Túrin fue el nombre del hijo mayor de Húrin y Morwen, y nació en el año en que Beren llegó a Doriath y encontró a Lúthien Tinúviel, hija de Thingol. Morwen le dio a Húrin también una hija, y la llamó Urwen; pero todos los que la conocieron en los pocos años que vivió le dieron el nombre de Lalaith, que significa «Risa».

Huor se casó con Rían, la prima de Morwen; era la hija de Belegund, hijo de Bregolas. El duro destino hizo que naciera en esos días de aflicción, porque era gentil de ánimo y no le gustaba la caza ni la guerra. Amaba en cambio los árboles y las flores silvestres, y era cantante y hacedora de cantos. Sólo llevaba dos meses casada con Huor cuando él partió con su hermano a la Nirnaeth Arnoediad, y no volvió a verlo nunca.[1]

En los años que siguieron a la Dagor Bragollach y la caída de Fingolfin, la sombra del miedo de Morgoth se hizo más larga. Pero en el año cuatrocientos noventa y seis después del retorno de los Noldor a la Tierra Media hubo una nueva esperanza entre los Elfos y los Hombres; porque corrió el rumor entre ellos de las hazañas de Beren y Lúthien y de la vergüenza sufrida por Morgoth, estando en el mismo trono de Angband, y algunos decían que Beren y Lúthien vivían aún, o que habían regresado de entre los Muertos. En aquel mismo año los grandes designios de Maedhros estaban casi acabados, y con las renovadas fuerzas de los Eldar y los Edain, el avance de Morgoth se detuvo, y los Orcos fueron expulsados de Beleriand. Entonces algunos empezaron a hablar de las victorias por venir y de una revancha inminente de la batalla de Bragollach cuando Maedhros condujera las huestes unidas, y expulsara a Morgoth bajo tierra, y sellara las Puertas de Angband.

Pero los más juiciosos estaban aún intranquilos, temiendo que Maedhros revelara sus fuerzas crecientes demasiado pronto y que se le diera tiempo a Morgoth de armarse contra él.

—Siempre se habrá de incubar algún nuevo mal en Angband más allá de las sospechas de los Elfos y de los Hombres —decían.

Y en el otoño de ese año, como para corroborar estas palabras, vino un viento maligno desde el norte bajo cielos cargados. El Hálito Maléfico se lo llamó, porque era pestilente; y muchos enfermaron y murieron en el otoño del año en las tierras septentrionales que bordeaban la Anfauglith, y eran en su mayoría los niños o los jóvenes que crecían en las casas de los Hombres.

En ese año Túrin, hijo de Húrin, tenía tan sólo cinco años, y Urwen, su hermana, tenía tres años al empezar la primavera. Cuando corría por los campos, los cabellos de la niña eran como los lirios amarillos en la hierba, y su risa era como el sonido del alegre arroyo que bajaba cantando de las colinas y pasaba junto a la casa de su padre. Nen Lalaith se llamaba la corriente, y por ella toda la gente de los alrededores llamó Lalaith a la niña, que les alegró los corazones mientras estuvo entre ellos.

Pero a Túrin no lo amaban tanto. Era de cabellos oscuros, como la madre, y prometía tener la misma disposición de ánimo; porque no era alegre y hablaba poco, aunque había aprendido a hablar muy temprano, y pareció siempre mayor de lo que era. Tardaba Túrin en olvidar la injusticia o la burla; pero también ardía en él el fuego de su padre, y podía ser brusco y violento. No obstante, era compasivo, y el dolor o la tristeza de las criaturas vivientes lo movían a las lágrimas; y también en esto era como su padre, porque Morwen era severa con los demás tanto como consigo misma. Amaba a su madre porque ella le hablaba de un modo directo y sencillo; pero a su padre lo veía poco, pues Húrin pasaba a menudo largas temporadas fuera de su hogar, con el ejército de Fingon que guardaba las fronteras orientales de Hithlum, y cuando volvía, su rápido discurso, salpicado de bromas y de palabras extrañas y de doble sentido, lo desconcertaba y lo inquietaba. En ese tiempo todo el calor de su corazón lo volcaba en Lalaith, su hermana; pero rara vez jugaba con ella y prefería observarla sin que ella se diera cuenta, y vigilarla mientras la niña corría por la hierba o bajo los árboles, y cantaba las canciones que los niños de los Edain inventaran mucho tiempo atrás, cuando todavía la lengua de los Elfos era nueva en sus labios.

—Lalaith es bella como una niña elfa —decía Húrin a Morwen—; pero más efímera, ¡ay! Y por ello más bella, quizá, o más cara. —Y, Túrin, al escuchar esas palabras, meditaba sobre ellas, pero no las entendía. Porque no había visto nunca a un niño elfo. Ninguno de los Eldar vivía en ese tiempo en las tierras de su padre, y sólo en una ocasión los había visto, cuando el Rey Fingon y muchos de sus señores habían cabalgado por Dor-lómin y habían cruzado el puente de Nen Lalaith, resplandecientes en blanco y plata.

Pero antes que terminase el año, se reveló la verdad de las palabras de su padre; porque el Hálito Maléfico llegó a Dor-lómin, y Túrin enfermó, y yació largo tiempo afiebrado

y perseguido por un sueño tenebroso. Y cuando curó, porque
tal era su destino y la fuerza de vida que había en él, preguntó
por Lalaith. Pero el aya le respondió:

—No hables ya de Lalaith, hijo de Húrin; pero de tu hermana Urwen debes pedir nuevas a tu madre.

Y cuando Morwen vino a verlo, Túrin le dijo:

—Ya no estoy enfermo y deseo ver a Urwen; pero ¿por qué
no debo decir nunca más Lalaith?

—Porque Urwen está muerta y ya no hay risa en esta casa
—respondió ella—. Pero tú vives, hijo de Morwen; y también
el Enemigo que nos ha hecho esto.

No intentó darle más consuelo que el que ella misma se
daba; porque guardaba el dolor en el silencio y la frialdad de
su corazón. Pero Húrin se lamentó abiertamente, y tomó el
arpa y habría querido componer una endecha; pero no pudo y
rompió el arpa, y saliendo fuera extendió las manos hacia el
Norte, gritando:

—¡Oh, tú, que desfiguras la Tierra Media, querría toparme cara a cara contigo y desfigurarte como lo hizo mi señor
Fingolfin!

Y Túrin lloró amargamente solo por la noche, aunque
nunca más pronunció ante Morwen el nombre de su hermana. A un solo amigo se volvió por entonces, y a él le habló de
su dolor y del vacío de la casa. Este amigo se llamaba Sador,
un criado al servicio de Húrin; era tullido y se lo tenía en
poco. Había sido leñador y por mala suerte o torpeza el hacha
le había rebanado el pie derecho y la pierna sin pie se le había
marchitado; y Túrin lo llamaba Labadal, que significa «Paticojo», aunque el nombre no disgustaba a Sador, pues le era
atribuido por piedad y no por desprecio. Sador trabajaba en
las casas anexas, construyendo o arreglando cosas de escaso
valor que se precisaban en la casa central, porque tenía cierta

habilidad para trabajar la madera; y Túrin le buscaba lo que le hacía falta, para ahorrarle esfuerzos a su pierna; y a veces se llevaba en secreto alguna herramienta o trozo de madera que encontraba abandonada, si pensaba que podría serle de utilidad a su amigo. Entonces Sador sonreía y le pedía que devolviera los regalos.

—Da con prodigalidad, pero da sólo lo tuyo —decía. Recompensaba en la medida de sus fuerzas la bondad del niño, y tallaba para él figuras de hombres y de animales; pero Túrin se deleitaba sobre todo con las historias de Sador, que había sido joven en los días de la Bragollach y gustaba de rememorar los breves días en que había sido un hombre entero, antes de la mutilación.

—Ésa fue una gran batalla, según dicen, hijo de Húrin. Fui convocado en el apremio de aquel año y abandoné mis tareas en el bosque; pero no estuve en la Bragollach; donde habría podido ganarme mi herida con más honor. Porque llegamos demasiado tarde, salvo para cargar de regreso el catafalco del viejo señor Hador, que cayó entre los de la guardia del Rey Fingolfin. Fui soldado después, y estuve en Eithel Sirion, el gran fuerte de los reyes élficos, durante muchos años; o así parece ahora, pues los años aburridos transcurridos desde entonces poco tienen que los destaque. En Eithel Sirion estaba yo cuando el Rey Negro lo atacó, y Galdor, el padre de tu padre, era allí el capitán en sustitución del Rey. Fue muerto en ese ataque; y vi a tu padre tomar para sí el señorío y el mando, aunque apenas había alcanzado la edad viril. Había un fuego en él que le calentaba la espada en la mano, según dicen. Tras él empujamos a los Orcos a la arena; y desde entonces nunca se han atrevido a dejarse ver cerca de los muros. Pero, ¡ay!, mi amor por la guerra se había saciado, pues había visto bastantes heridas y sangre derramada; y obtuve permiso para volver a los bosques que tanto echaba de menos. Y allí recibí mi herida; porque un hombre que huye de lo que teme a menudo comprueba que sólo ha tomado un atajo para salirle al encuentro.

De este modo le hablaba Sador a Túrin a medida que éste iba creciendo; y Túrin empezó a hacer muchas preguntas que a Sador le era difícil responder, pensando que otros más afines podían instruirlo. Y un día Túrin le preguntó:

—¿Se asemejaba Lalaith en verdad a una niña elfa como mi padre decía? Y ¿a qué se refería cuando afirmó que era más efímera?

—Se parecía mucho —dijo Sador—, porque en su primera juventud los hijos de los Hombres y los de los Elfos tienen un aspecto muy parecido. Pero los hijos de los Hombres crecen más deprisa, y su juventud pasa pronto; tal es nuestro destino.

Entonces Túrin le preguntó:

—¿Qué es el destino?

—En cuanto al destino de los Hombres —dijo Sador— tienes que preguntar a los que son más sabios que Labadal. Pero como todos pueden ver, nos cansamos pronto, y morimos; y por desgracia muchos encuentran la muerte todavía más pronto. Pero los Elfos no se fatigan, y no mueren, salvo a causa de una gran herida. De lesiones y penas que matarían a los hombres, ellos pueden curarse; y aun cuando sus cuerpos se arruinen, pueden volver, dicen algunos. No sucede lo mismo con nosotros.

—¿Entonces Lalaith no ha de retornar? —preguntó Túrin—. ¿A dónde ha ido?

—No ha de retornar —dijo Sador—. Pero a dónde ha ido, ningún hombre lo sabe; o yo no lo sé.

—¿Ha sido siempre así? ¿O somos víctimas de un maleficio del Rey malvado, quizá, como el Hálito Maléfico?

—No lo sé. Una oscuridad hay por detrás de nosotros, y de ella nos han llegado muy pocos cuentos. Puede que los padres de nuestros padres tuvieran cosas que decir, pero no las contaron. Aun sus nombres están olvidados. Las Montañas se interponen entre nosotros y la vida de donde vinieron, huyendo de algo que ya nadie conoce.

—¿Tenían miedo?

—Puede ser —dijo Sador—. Puede ser que hayamos huido del temor de la Oscuridad sólo para hallarla delante de nosotros, y no tengamos otro sitio a dónde huir, salvo el Mar.

—Nosotros ya no tenemos miedo —dijo Túrin—, no todos. Mi padre no tiene miedo y yo tampoco lo tendré; o al menos, como mi madre, tendré miedo, pero no dejaré que se note.

Le pareció entonces a Sador que los ojos de Túrin no eran los ojos de un niño y pensó: «El dolor es como una piedra de afilar para un temple duro». Pero en voz alta, dijo:

—Hijo de Húrin y de Morwen, Labadal no sabe qué será de tu corazón; pero rara vez y a muy pocos mostrarás lo que hay en él.

Entonces Túrin dijo:

—Quizá sea mejor no decir lo que se desea, si no se lo puede obtener. Pero yo deseo, Labadal, ser uno de los Eldar. Entonces Lalaith podría regresar y yo estaría aquí todavía aunque ella hubiera recorrido un largo camino. Marcharé como soldado de un rey Elfo tan pronto como pueda, al igual que tú, Labadal.

—Puedes aprender mucho de ellos —dijo Sador, y suspiró—. Son un pueblo bello y maravilloso, y tienen poder sobre el corazón de los Hombres. Y sin embargo a veces me parece que habría sido mejor que nunca nos hubiéramos topado con ellos, y que hubiéramos transitado caminos más humildes.

Porque tienen un conocimiento que se remonta a tiempos muy antiguos; y son orgullosos y resistentes. A la luz de los Elfos parecemos gente apagada, o ardemos con una llama demasiado viva que se consume con rapidez, y el peso de nuestro destino nos abruma todavía más.

—Pero mi padre les ama —dijo Túrin— y no es feliz sin ellos. Dice que hemos aprendido de ellos casi todo cuanto sabemos, y que así nos hemos convertido en un pueblo más noble; y dice que los Hombres que han cruzado últimamente las Montañas apenas son mejores que los Orcos.

—Eso es verdad —respondió Sador—; verdad, al menos de algunos de nosotros. Pero el ascenso es penoso, y de la cima es fácil caer a lo más bajo.

Por este tiempo Túrin tenía casi ocho años, en el mes de Gwaeron según cómputo de los Edain, en el año que no puede olvidarse. Había ya rumores entre los mayores y se hablaba de una concentración de armas y reclutamientos de fuerzas, de los que nada supo Túrin; y Húrin, que conocía el coraje y la lengua prudente de Morwen, le hablaba a menudo de los designios de los reyes élficos y de lo que podría acaecer, para bien o para mal. Tenía esperanza en el corazón, y poco temía los resultados de la batalla; porque no le parecía que fuerza alguna de la Tierra Media pudiese superar el poder y el esplendor de los Eldar.

—Han visto la Luz del Oeste —decía— y al final la oscuridad ha de huir ante sus rostros.

Morwen no lo contradecía; porque en compañía de Húrin el fruto de la esperanza siempre parecía lo más probable. Pero también en su estirpe había gente que conocía la tradición élfica, y a sí misma se decía:

—Y sin embargo, ¿acaso no han abandonado la Luz y ya no pueden volver a ella? Puede que los Señores del Oeste no pien-

sen más en ellos, y si es así, ¿cómo los Primeros Nacidos podrían vencer a uno de los Poderes?

Ni la sombra de una duda semejante parecía perturbar a
Húrin Thalion; no obstante, una mañana de la primavera de
ese año despertó apesadumbrado como de un sueño agitado y
una nube apagaba su brillante ánimo ese día; y al anochecer
dijo de pronto:

—Cuando sea convocado, Morwen Eledhwen, dejaré a tu
cuidado al heredero de la Casa de Hador. La vida de los Hombres es corta, y llena de infortunios, aun en tiempos de paz.

—Eso ha sido así siempre —respondió ella—. Pero ¿qué
hay en tus palabras?

—Prudencia, no duda —dijo Húrin; no obstante, parecía
perturbado—. Pero quien mira adelante, ha de ver esto: que
las cosas no han de permanecer siempre así. Será ésta una
gran conmoción, y una de las partes caerá más bajo de lo que
está ahora. Si son los reyes de los Elfos los que caen, no ha de
irles bien a los Edain; y nosotros somos los que vivimos más
cerca del Enemigo. Pero si van mal las cosas, no te diré: «¡No
tengas miedo!» Porque tú temes lo que ha de ser temido, y
sólo eso; y el miedo no te acongoja. Pero te digo: «¡No esperes!» Yo volveré a ti como pueda, pero ¡no esperes! Ve al sur
tan deprisa como te sea posible; yo iré detrás y te encontraré
aunque tenga que registrar toda Beleriand.

—Beleriand es grande y no hay hogar en ella para los exiliados —dijo Morwen—. ¿A dónde he de huir con pocos o
con muchos?

Entonces Húrin meditó un rato en silencio.

—En Brethil están los parientes de mi madre —dijo—.
Eso está a unas treinta leguas a vuelo de águila.

—Si llega en verdad semejante futuro aciago, ¿qué ayuda
podría esperarse de los Hombres? —dijo Morwen—. La Casa

de Bëor ha caído. Si cae la gran Casa de Hador, ¿a qué agujeros se arrastrará el pequeño Pueblo de Haleth?

—Son pocos y sin muchas luces, pero no dudes de su valor —dijo Húrin—. ¿Dónde, si no, podría haber esperanzas?

—No hablas de Gondolin —dijo Morwen.

—No, porque ese nombre nunca ha pasado por mis labios
—dijo Húrin—. No obstante es cierto lo que has oído: he estado allí. Pero te digo ahora con verdad lo que nunca le dije a
nadie ni le diré a nadie en el futuro: no sé dónde se encuentra.

—Pero lo adivinas, y lo que adivinas no está lejos de la
verdad, según creo —dijo Morwen.

—Puede que así sea —dijo Húrin—. Pero a menos que el
mismo Turgon me libre de mi juramento, no puedo decir lo
que adivino, ni siquiera a ti; y por tanto tu búsqueda resultaría
inútil. Pero si hablara, para mi vergüenza, en el mejor de los
casos sólo llegarías ante una puerta cerrada; porque a no ser que
Turgon salga a la guerra (y de eso nada se ha oído hasta ahora,
ni hay esperanzas de que así ocurra) nadie podrá entrar.

—Entonces, si no hay esperanzas en tus parientes y tus
amigos te niegan —dijo Morwen—, he de concebir mis propios designios; y a mí me viene la idea de Doriath. De todas
las defensas, la Cintura de Melian ha de ser la última en rom-
perse, según creo; y la Casa de Bëor no ha de ser despreciada
en Doriath. ¿No soy ahora pariente del rey? Porque Beren,
hijo de Barahir, era nieto de Bregor, como lo era también mi
padre.

—Mi corazón no se inclina a Thingol —dijo Húrin—. El
Rey Fingon no recibirá ayuda alguna de él; y no sé qué sombra me oscurece el espíritu cuando se nombra a Doriath.

—Al oír el nombre de Brethil también mi corazón se oscurece —dijo Morwen.

Entonces de súbito Húrin se echó a reír, y dijo:

—Aquí estamos, discutiendo cosas que están fuera de nuestro alcance, y sombras alimentadas en sueños. No irán tan mal las cosas; pero si así ocurre en verdad, a tu coraje y tu juicio todo queda encomendado. Haz entonces lo que tu corazón te dicte; pero hazlo pronto. Y si alcanzamos nuestra meta, los reyes de los Elfos están decididos a devolver todos los feudos de la casa de Bëor a sus herederos; y nuestro hijo recibirá una gran herencia.

Esa noche Túrin despertó a medias, y le pareció que su padre y su madre estaban junto a él y lo miraban a la luz de las velas que llevaban consigo; pero no pudo verles la cara.

La mañana del día del cumpleaños de Túrin, Húrin le dio a su hijo un regalo, un cuchillo labrado por los Elfos, y la empuñadura y la vaina eran negras y de plata; y le dijo:

—Heredero de la Casa de Hador, he aquí un regalo por tu día. Pero, ¡ten cuidado! Es una hoja amarga y el acero sirve sólo a quienes sean capaces de esgrimirlo. Tiene tantas ganas de cortarte tu propia mano como otra cosa cualquiera. —Y poniendo a Túrin sobre una mesa, besó a su hijo y dijo:— Ya me sobrepasas, hijo de Morwen; pronto serás igualmente alto sobre tus propios pies. Ese día muchos serán los que teman tu hoja.

Entonces Túrin salió corriendo de la estancia y se fue solo, y en su corazón había un calor como el del sol sobre la tierra fría que hace brotar la vida. Se repitió a sí mismo las palabras de su padre, Heredero de la Casa de Hador; pero otras palabras le vinieron también a la mente: Da con prodigalidad, pero da sólo lo tuyo. Y fue al encuentro de Sador, y exclamó:

—¡Labadal, es mi cumpleaños, el cumpleaños del heredero de la Casa de Hador! Y te he traído un regalo para señalar el día. He aquí un cuchillo como el que tú necesitas; cortará lo que quieras, tan delgado como un cabello.

Entonces Sador se sintió turbado, porque sabía muy bien que Túrin había recibido él mismo el cuchillo ese día pero los hombres consideraban una grave falta rechazar un regalo dado por cualquiera, libremente. Le habló gravemente:

—Vienes de una estirpe generosa, Túrin, hijo de Húrin. No he hecho nada para merecer tu cuchillo, ni espero hacerlo en los días que me restan; pero lo que pueda hacer, lo haré.

—Y cuando Sador sacó el cuchillo de la vaina, dijo:— Es éste un regalo, en verdad: una hoja de acero élfico. Mucho tiempo he echado en falta tocarla.

Húrin no tardó en notar que Túrin no llevaba el cuchillo, y le preguntó si su advertencia lo había asustado. Entonces Túrin contestó:

—No, le di el cuchillo a Sador el carpintero.

—¿Desprecias pues el regalo de tu padre? —preguntó Morwen; entonces respondió Túrin: —No; pero amo a Sador y siento piedad por él.

Entonces Húrin dijo:

—Tres regalos tenías para dar, Túrin: amor, piedad, y el cuchillo, de todos el menos valioso.

—Sin embargo, dudo que Sador los merezca —dijo Morwen—. Se ha mutilado a sí mismo por torpeza y es lento en el trabajo, porque gasta gran parte del tiempo en bagatelas innecesarias.

—Aun así, concédele piedad —dijo Húrin—. Una mano honesta y un corazón sincero pueden equivocarse; y el daño recibido puede ser más duro de sobrellevar que la obra de un enemigo.

—Pero ahora tendrás que esperar un tiempo, antes de tener una nueva hoja —dijo Morwen—. De ese modo el regalo será un verdadero regalo y a tus propias expensas.

No obstante, Túrin vio que Sador fue tratado con más benevolencia desde entonces, y se le encomendó la hechura de una gran silla para que el señor se sentara en ella en la sala.

Llegó una brillante mañana del mes de Lothron en que Túrin fue despertado por súbitas trompetas; y corriendo a las puertas, vio en el patio a muchos hombres de a pie o a caballo, y todos plenamente armados como si fueran a partir a la guerra. Allí también estaba Húrin, y les hablaba a los hombres y les daba órdenes; y Túrin se enteró de que ese día partían para Barad Eithel. Éstos eran los guardias y los hombres de la Casa de Húrin; pero todos los hombres de sus tierras habían sido convocados. Algunos habían partido ya con Huor, hermano de su padre; y muchos otros se unirían al Señor de Dor-lómin en el camino e irían tras su estandarte a la gran congregación del Rey.

Entonces Morwen se despidió de Húrin sin derramar lágrimas; y dijo:

—Guardaré lo que me dejas en custodia, tanto lo que es, como lo que será.

Y Húrin le respondió:

—Adiós, Señora de Dor-lómin; cabalgamos ahora con más esperanzas que hayamos conocido nunca antes. ¡Pensemos que cuando llegue el solsticio de invierno la fiesta será más alegre que todas cuantas hayamos gozado en todos nuestros años de vida, a la que seguirá una primavera libre de temores! —Luego puso a Túrin sobre sus hombros y gritó a sus gentes:— ¡Que el heredero de la Casa de Hador vea la luz de vuestras espadas! —Y el sol resplandeció sobre cincuenta hojas, y en el patio resonó el grito de guerra de los Edain del Norte:— *Lacho calad! Drego morn!* ¡Llamee el Día! ¡Huya la Noche!

Entonces por fin Húrin montó de un salto, y el estandarte dorado se desplegó en el aire, y las trompetas cantaron nuevamente en la mañana; y así partió Húrin Thalion a la carrera hacia la Nirnaeth Arnoediad.

Pero Morwen y Túrin se quedaron inmóviles ante las puertas hasta que a lo lejos oyeron la débil llamada de un único cuerno en el viento: Húrin estaba más allá de la cima de la colina, desde donde ya no podía ver su casa.

Las palabras de Húrin y de Morgoth

Muchos cantos cantan los Elfos, y muchas historias cuentan de la Nirnaeth Arnoediad, la Batalla de las Lágrimas Innumerables, en la que cayó Fingon, y se marchitó la flor de los Eldar. Si todo se contara, la vida de un hombre no bastaría para escucharlo;[2] pero ahora ha de contarse solamente lo que le acaeció a Húrin, hijo de Galdor, Señor de Dor-lómin, cuando junto al arroyo de Rivil al final fue atrapado vivo por orden de Morgoth, y conducido a Angband.

Húrin fue llevado ante Morgoth, porque Morgoth sabía, por sus artes y sus espías, que Húrin tenía amistad con el Rey de Gondolin; e intentó intimidarlo con su mirada. Pero no era posible todavía intimidar a Húrin, y desafió a Morgoth. Por tanto, Morgoth lo hizo encadenar y le dio lento tormento; pero al cabo de un tiempo le ofreció la posibilidad de elegir entre la libertad de ir a donde le placiera, o recibir poder y rango como el mayor de los capitanes de Morgoth, con tal de que revelase dónde tenía Turgon su fortaleza y todo lo que supiese sobre los designios del Rey. Pero Húrin el Firme se mofó de él diciendo:

—Eres ciego, Morgoth Bauglir, y ciego serás siempre, pues ves tan sólo la oscuridad. No conoces lo que gobierna el corazón de los Hombres, y si lo conocieras, no podrías darlo.

Pero necio es quien acepta lo que ofrece Morgoth. Primero te quedarías con el precio y luego faltarías a tu promesa; y yo sólo recibiría la muerte si te dijera lo que pides.

Entonces Morgoth rio y dijo:

—Todavía puede que me pidas la muerte como una merced. —Entonces llevó a Húrin a la Haudh-en-Nirnaeth, que por entonces estaba recién construida, y estaba impregnada del hedor de la muerte; y Morgoth lo puso en lo más alto en la cima y le ordenó que mirara al Oeste, hacia Hithlum, y que pensara en su esposa y en su hijo y en el resto de los suyos.— Porque moran ahora en mi reino —dijo Morgoth—, y dependen de mi misericordia.

—No tienes ninguna —respondió Húrin—. Y no llegarás por ellos a Turgon; porque ellos no conocen sus secretos.

Entonces Morgoth fue dominado por la cólera, y dijo:

—Todavía he de tenerte a ti y a los de tu maldita casa; y os quebrantará mi voluntad aunque estuvierais hechos de acero. —Y alzó una larga espada que allí había y la quebró ante los ojos de Húrin, y un fragmento le hirió la cara; pero Húrin no se estremeció. Entonces Morgoth, extendiendo sus largos brazos hacia Dor-lómin, maldijo a Húrin y a Morwen y a su prole diciendo:— ¡Mira! La sombra de mi pensamiento estará dondequiera que vayan, y mi odio los perseguirá hasta los confines del mundo.

Pero Húrin dijo:

—Hablas en vano. Porque no puedes verlos ni gobernarlos desde lejos: no mientras conserves estas formas y desees aún ser un Rey visible en la tierra.

Entonces Morgoth se volvió a Húrin y dijo:

—¡Necio, pequeño entre los Hombres, que son lo más ínfimo entre todos cuantos hablan! ¿Has visto a los Valar o medido el poder de Manwë y Varda? ¿Conoces el alcance de sus

pensamientos? ¿O crees, quizá, que su pensamiento puede
llegar a ti y que han de escudarte desde lejos?

—No lo sé —dijo Húrin—. Pero bien pudiera ser así, si
ellos lo quisieran. Porque el Rey Mayor no ha de ser destrona-
do mientras Arda perdure.

—Tú lo has dicho —dijo Morgoth—. Yo soy el Rey Mayor: Melkor, el primero y más poderoso de los Valar, que fue
antes que el mundo, y que hizo el mundo. La sombra de mi
propósito se extiende sobre Arda, y todo lo que hay en ella
cede lenta e irremediablemente a mi voluntad. Pero sobre todos los que tú ames mi pensamiento pesará como una nube
fatídica, y los envolverá en oscuridad y desesperanza. Dondequiera que vayan, se levantará el mal. Toda vez que hablen,
sus palabras tendrán designios torcidos. Todo lo que hagan se
volverá contra ellos. Morirán sin esperanza, maldiciendo a la
vez la vida y la muerte.

Pero Húrin respondió:

—¿Olvidas con quién hablas? Las mismas cosas dijiste
hace mucho a nuestros padres; pero escapamos de tu sombra.
Y ahora tenemos conocimiento de ti, porque hemos contem-
plado las caras de los que han visto la luz, y hemos escuchado
las voces de los que han hablado con Manwë. Antes que Arda
fuiste, pero otros también; y tú no hiciste Arda. Ni tampoco
eres el más poderoso; porque has malgastado tu fuerza en ti
mismo y la has prodigado en tu propio vacío. No eres más
que un esclavo de los Valar, un esclavo fugitivo, y las cadenas
todavía te esperan.

—Te has aprendido las lecciones de tus amos de memoria
—dijo Morgoth—. Pero de nada te servirá un conocimiento
tan infantil ahora que todos han huido.

—Esto último te diré entonces, esclavo Morgoth —dijo
Húrin—, y no proviene de la ciencia de los Eldar, sino que

me aparece en el corazón en esta hora. No eres el Señor de los Hombres y no lo serás, aunque toda Arda y el Menel caigan bajo tu dominio. No perseguirás a los que te rechazan más allá de los Círculos del Mundo.

—Más allá de los Círculos del Mundo no los perseguiré —dijo Morgoth— porque allí está la Nada. Pero dentro de ellos no se me escaparán en tanto no entren en la Nada.

—Mientes —dijo Húrin.

—Ya lo verás, y confesarás que no miento —dijo Morgoth. Y llevando a Húrin de nuevo a Angband, lo sentó en una silla de piedra sobre un sitio elevado de Thangorodrim, desde donde podía ver a lo lejos la tierra de Hithlum al oeste y las tierras de Beleriand al sur. Allí quedó sujeto por el poder de Morgoth; y Morgoth, de pie al lado de él, lo maldijo otra vez y le impuso su poder de manera que Húrin no podía ni moverse ni morir, en tanto Morgoth no lo liberara.

—Ahora quédate ahí sentado —dijo Morgoth—, y contempla las tierras donde aquellos que me has entregado conocerán el mal y la desesperación. Porque has osado burlarte de mí y has cuestionado el poder de Melkor, Amo de los destinos de Arda. Por tanto, con mis ojos verás y con mis oídos oirás, y nada te será ocultado.

La partida de Túrin

Tres hombres solamente encontraron por fin el camino de regreso a Brethil, a través de Taur-nu-Fuin, una ruta peligrosa; y cuando Glóredhel, hija de Hador, supo de la caída de Haldir, se apenó y murió.

A Dor-lómin no llegaban nuevas. Rían, esposa de Huor, huyó perturbada a las tierras salvajes; pero recibió la ayuda de

los Elfos Grises de las colinas de Mithrim, y cuando Tuor nació, ellos lo criaron. Pero Rían fue al Haudh-en-Nirnaeth, y
allí se tendió en el suelo y murió.

Morwen Eledhwen permaneció en Hithlum, silenciosa y
entristecida. Su hijo Túrin sólo había alcanzado el noveno
año de vida, y ella estaba de nuevo encinta. Eran los suyos
días de pesadumbre. Numerosos Orientales habían invadido
la tierra, y trataron cruelmente al pueblo de Hador, y les quitaron todo cuanto tenían, y los sometieron a esclavitud. Se
llevaron consigo a toda la gente de la tierra patria de Húrin
que podía trabajar o servir a algún propósito, aun a las niñas
y los niños, y a los viejos los mataron o los abandonaron para
que murieran de hambre. Pero todavía no se atrevieron a poner manos sobre la Señora de Dor-lómin o a echarla de su
casa; porque la voz corría entre ellos de que era peligrosa, una
bruja que tenía trato con los demonios blancos: porque así
llamaban ellos a los Elfos, a quienes odiaban, pero a quienes
todavía más temían.[3] Por esta razón también temían y evitaban las montañas, en las que muchos de los Eldar se habían
refugiado, especialmente al sur de la tierra; y después de saquear y expoliar, los Orientales se retiraron al norte. Porque la
casa de Húrin se levantaba en el sureste de Dor-lómin y las
montañas estaban cerca de ella; Nen Lalaith en verdad descendía de una fuente bajo la sombra de Amon Darthir, cuya
cresta quedaba partida por un desfiladero de escarpadas paredes. Por este desfiladero los osados podían cruzar Ered Wethrin, y descender por la vertiente del Glithui a Beleriand.
Pero esto no lo sabían los Orientales, ni tampoco Morgoth;
porque todo ese país, mientras duró la Casa de Fingolfin, estaba a salvo de Morgoth, y nunca ninguno de sus sirvientes
iba allí. Confiaba en que Ered Wethrin era un muro inexpugnable, tanto para los que pretendieran escapar desde el norte

como para quienes quisieran atacar desde el sur; y no había en
verdad otro pasaje para los que no tuvieran alas entre Serech y
el lejano oeste donde Dor-lómin limitaba con Nevrast.

Así sucedió que después de las primeras correrías, Morwen
fue dejada en paz, aunque había hombres que acechaban en
los bosques, y era peligroso arriesgarse muy lejos. Sador el carpintero y unos pocos viejos y viejas aún estaban bajo la protección de Morwen, y Túrin, a quien no dejaba salir del patio
enclaustrado. Pero la casa de Húrin no tardó en empezar a de-
teriorarse, y aunque Morwen trabajaba duro, estaba reducida a
la pobreza y habría pasado hambre si no hubiera sido por la
ayuda que le enviaba en secreto Aerin, pariente de Húrin; porque un tal Brodda, uno de los Orientales, la había tomado
como esposa por la fuerza. La limosna le era amarga a
Morwen, pero aceptaba esta ayuda por Túrin y el vástago no
nacido aún, y porque, como decía ella, le venía de lo que le
pertenecía. Porque era este tal Brodda quien se había apoderado de la gente, los bienes y el ganado de la tierra de Húrin, y se
los había llevado a su propia casa. Era un hombre audaz, pero
poco considerado entre los suyos antes de llegar a Hithlum; y
así, ávido de riqueza, estaba dispuesto a hacerse con tierras que
otros de su especie no codiciaban. A Morwen la había visto
una vez cuando en una correría había cabalgado hasta la casa
de ella; pero ella le había inspirado un gran temor. Le pareció
que había visto los ojos de un demonio blanco; fue poseído por
un miedo mortal de que un gran mal le ocurriera, y no saqueó
la casa ni descubrió a Túrin; de no haber sido así, corta habría
sido la vida del heredero del legítimo señor.

Brodda convirtió en esclavos a los Cabezas de Paja, como
llamaba al pueblo de Hador, y los puso a construir un palacio
de madera en las tierras que se extendían al norte de la casa de
Húrin; y guardaba a los esclavos detrás de una empalizada,

como si fueran ganado en un establo, pero mal protegido.
Entre ellos había algunos que aún no se habían acobardado, y
estaban dispuestos a ayudar a la Señora de Dor-lómin incluso
aunque fuera arriesgado, y de ellos llegaban en secreto nuevas
de la tierra a Morwen, aunque había pocas esperanzas en esas
noticias. Pero Brodda tomó a Aerin como esposa y no como
esclava, porque había pocas mujeres entre los de su propia comitiva, y ninguna que pudiera compararse con las hijas de los
Edain; y tenía esperanzas de convertirse en un señor de esa
tierra y tener un heredero que le sucediera.

De lo que había acaecido o lo que podría acaecer en los
días por venir, Morwen le decía poco a Túrin; y él temía romper su silencio con preguntas. Cuando los Orientales llegaron
por primera vez a Dor-lómin, le había preguntado:

—¿Cuándo volverá mi padre para echar de aquí a estos
feos ladrones? ¿Por qué no vuelve?

Y Morwen le había respondido:

—No lo sé. Puede que lo hayan matado, o que lo tengan
cautivo; o también puede que haya sido arrastrado lejos, y que
no pueda abrirse paso hasta nosotros, entre los enemigos que
nos rodean.

—Entonces creo que está muerto —dijo Túrin, y ante su
madre contuvo las lágrimas—; porque nadie podría impedirle que volviera a ayudarnos, si estuviera vivo.

—No creo que ninguna de esas dos cosas sea cierta, hijo
mío —dijo Morwen.

Con el paso del tiempo el temor por su hijo Túrin, heredero
de Dor-lómin y de Ladros, oscurecía el corazón de Morwen;
porque no veía otra esperanza para él que la de convertirse en
esclavo de los Orientales antes de crecer mucho más. Por tanto,
recordó las palabras intercambiadas con Húrin y su pensamiento se volvió otra vez hacia Doriath; y resolvió por fin

enviar a Túrin allí en secreto, si le era posible, y rogarle al Rey Thingol que le diera cobijo. Y mientras estaba sentada pensando en cómo hacerlo, oyó claramente en su pensamiento la voz de Húrin que le decía: «¡Ve deprisa! ¡No me esperes!». Pero ya el parto se avecinaba, y el camino sería duro y peligroso; cuantos más fueran, menores serían las posibilidades de escapar. Y el corazón la engañaba todavía con esperanzas inconfesadas; y en el fondo de su ser creía que Húrin no estaba muerto, y aguardaba el sonido de sus pasos en la insomne vela de la noche, o despertaba creyendo que había oído en el patio el relincho de Arroch, el caballo de Húrin. Además, aunque estaba dispuesta a que su hijo se criara en recintos ajenos, según la costumbre de la época, todavía no estaba dispuesta a renunciar a su orgullo y vivir de la limosna, aunque fuera la de un rey. Por tanto, la voz de Húrin, o el recuerdo de su voz, no fue escuchada, y así se tejió la primera hebra del destino de Túrin.

Ya terminaba el otoño del Año de la Lamentación antes que Morwen se decidiera, y entonces tuvo prisa; porque el tiempo en que era posible viajar era breve, pero temía que Túrin fuera atrapado si esperaba a que el invierno acabara. Los Orientales merodeaban en derredor del patio enclaustrado y espiaban la casa. Por tanto, le dijo repentinamente a Túrin:

—Tu padre no viene. De modo que has de partir, y deprisa. Así lo habría deseado él.

—¿Partir? —exclamó Túrin—. ¿A dónde partiremos? ¿Por encima de las Montañas?

—Sí —dijo Morwen—, por encima de las Montañas, hacia el sur. El sur... quizá haya allí alguna esperanza. Pero no hablé de nosotros, hijo mío. Tú has de partir; yo me quedaré.

—¡No puedo partir solo! —dijo Túrin—. No te dejaré. ¿Por qué no podemos irnos juntos?

—Yo no puedo ir —dijo Morwen—. Pero no partirás solo. Enviaré a Gethron contigo, y también a Grithnir quizá.

—¿No enviarás a Labadal? —preguntó Túrin.

—No, pues Sador es cojo —dijo Morwen—, y el camino será duro. Y como eres mi hijo y éstos son días sombríos, hablaré sin rodeos: puede que mueras en el camino. El año ya está avanzado. Pero si te quedas, tu fin será peor todavía: te convertirás en esclavo. Si deseas convertirte en un hombre, cuando tengas edad para serlo, harás lo que te digo, con valor.

—Pero ¿te dejaré sola con Sador y Ragnir el ciego y las viejas? —dijo Túrin—. ¿No dijo mi padre que era yo el heredero de Hador? El heredero ha de quedarse en la casa de Hador, y defenderla. ¡Ojalá tuviera ahora mi cuchillo!

—El heredero tendría que quedarse, pero no puede hacerlo —dijo Morwen—. Pero puede retornar un día. Ahora, ¡ánimo! Yo te seguiré si las cosas empeoran; si puedo.

—Pero ¿cómo me encontrarás, perdido en el desierto? —dijo Túrin; y de pronto el corazón le flaqueó y se echó a llorar abiertamente.

—Cuanto más lloriquees, otras cosas te encontrarán primero —dijo Morwen—. Pero yo sé a dónde vas, y si llegas allí y allí te quedas, te encontraré, si puedo. Porque te envío al Rey Thingol de Doriath. ¿No prefieres ser huésped de un rey antes que un esclavo?

—No lo sé —respondió Túrin—. No sé qué es un esclavo.

—Te envío lejos para que no tengas que aprenderlo —respondió Morwen. Entonces puso a Túrin delante de ella y le miró los ojos como si estuviera tratando de leer en ellos un acertijo—. Es duro, Túrin, hijo mío —dijo por fin—. No para ti solamente. Me es difícil en días tan sombríos decidir lo que más conviene. Pero hago lo que me parece correcto; pues

¿por qué, si no, iba a separarme de lo más caro de cuanto me queda?

Ya no hablaron más de esto, y Túrin estaba afligido y desconcertado. A la mañana fue en busca de Sador, que había estado cortando maderas para el fuego. Les quedaba poca leña, pues no se atrevían a errar por los bosques, y estaba ahora inclinado sobre la muleta, mirando la gran silla inacabada de Húrin, que había sido arrojada a un rincón.

—Tendré que destruirla —dijo—, pues en estos días sólo pueden atenderse las más extremas necesidades.

—No la rompas todavía —dijo Túrin—. Quizá vuelva a casa y entonces le gustará ver lo que has hecho para él en su ausencia.

—Las falsas esperanzas son más peligrosas que el miedo —dijo Sador—, y no nos mantendrán abrigados este invierno. —Acarició las talladuras de la madera y suspiró.— He perdido el tiempo —dijo—, aunque las horas transcurrieron placenteras. Pero este tipo de cosas tienen corta vida; y la alegría de hacerlas es su único fin verdadero, supongo. Y ahora bien puedo devolverte tu regalo.

Túrin extendió la mano, pero la retiró deprisa.

—Los hombres no recuperan lo que regalan —dijo.

—Pero si es mío, ¿no puedo darlo a quien yo quiera? —dijo Sador.

—Sí —dijo Túrin—, salvo a mí. Mas ¿por qué querrías darlo?

—No tengo esperanzas de utilizarlo en tareas dignas —le dijo Sador—. No hay otro trabajo para Labadal, en los días por venir, que el trabajo de esclavo.

—¿Qué es un esclavo? —preguntó Túrin.

—Un hombre que fue un hombre, pero que es tratado como una bestia —respondió Sador—. Que es alimentado sólo para que se mantenga vivo, que es mantenido vivo sólo para trabajar, que trabaja sólo por miedo al dolor o a la muerte. Y de estos bandidos puede recibir el dolor y la muerte sólo por diversión. He oído que escogen a algunos de los más ligeros de pies y les dan caza con perros. Han aprendido más deprisa de los Orcos que nosotros de la Hermosa Gente.

—Ahora entiendo mejor las cosas —dijo Túrin.

—Es una lástima que tengas que entenderlas tan temprano —dijo Sador; luego, viendo la extraña mirada de Túrin—: ¿Qué es lo que entiendes ahora?

—Por qué quiere alejarme mi madre —dijo Túrin con los ojos llenos de lágrimas.

—¡Ah! —exclamó Sador, y musitó para sí: —¿Por qué con tanto retraso? —Luego, volviéndose hacia Túrin, dijo:— No me parece ésa una noticia para derramar lágrimas. Pero no has de hablar en voz alta de los designios de tu madre con Labadal ni con nadie. Ahora todas las paredes y los cercados tienen orejas, orejas que no crecen en nobles cabezas.

—¡Pero yo tengo que hablar con alguien! —dijo Túrin—. Siempre te he contado cosas. No quiero dejarte, Labadal. No quiero dejar esta casa ni a mi madre.

—Pero si no lo haces —dijo Sador—, pronto la Casa de Hador habrá llegado a su fin para siempre, como ya habrás comprendido. Labadal no quiere que te vayas; pero Sador, servidor de Húrin, se sentirá más feliz cuando el hijo de Húrin esté fuera del alcance de los Orientales. Bien, bien, es imposible evitarlo: tenemos que despedirnos. ¿No quieres tomar mi cuchillo como regalo de despedida?

—¡No! —dijo Túrin—. Voy con los Elfos, con el Rey de Doriath, dice mi madre. Allí tendré cosas como ésa. Pero no podré enviarte regalos, Labadal. Estaré lejos y completamente solo. —Entonces Túrin lloró; pero Sador le dijo:

—¡Vaya, pues! ¿Dónde está el hijo de Húrin? Porque no hace mucho le oí decir: «Marcharé como soldado de un rey Elfo tan pronto como pueda». Entonces Túrin contuvo las lágrimas y dijo:

—Muy bien, si ésas fueron las palabras del hijo de Húrin, ha de ser fiel a ellas y macharse. Pero cada vez que digo que haré esto o lo otro, parece muy diferente llegado el momento. Ahora me voy de mala gana. He de tener cuidado y no volver a decir esas cosas.

—Sería mejor, en verdad —dijo Sador—. Es lo que la mayoría de los hombres enseñan y pocos aprenden. Dejemos en paz los días que aún no atisbamos. El de hoy es más que suficiente.

* * *

Ahora bien, Túrin se preparó para el viaje y se despidió de su madre, y partió en secreto con sus dos compañeros. Pero cuando éstos le dijeron que se diera la vuelta para contemplar la casa paterna, la angustia de la separación lo hirió como una espada, y gritó:

—¡Morwen, Morwen! ¿Cuándo te volveré a ver?

Pero Morwen, de pie en el umbral, oyó el eco de ese grito en las colinas boscosas y se aferró al pilar de la puerta hasta que los dedos se le desgarraron. Ésta fue la primera de las penas de Túrin.

A principios del año que siguió a la partida de Túrin, Morwen dio a luz a una niña y la llamó Nienor, que significa «Luto»; pero Túrin estaba ya lejos cuando ella nació. Largo y penoso fue el camino de Túrin, porque el poder de Morgoth se había extendido lejos; pero tenía como guías a Gethron y Grithnir, que habían sido jóvenes en los días de Hador, y aunque ahora eran viejos, eran valientes y conocían bien las tierras, porque habían viajado a menudo por Beleriand en otros tiempos. Así, ayudados por el destino y su propio coraje, cruzaron las Montañas Sombrías, y llegados al Valle del Sirion, penetraron en el Bosque de Brethil; y por fin, cansados y macilentos, llegaron a los confines de Doriath. Pero allí se desconcertaron, y se enredaron en los laberintos de la Reina, y erraron perdidos por el bosque sin senderos hasta que ya no tuvieron nada para comer. Allí estuvieron cerca de la muerte, porque el invierno descendía frío desde el Norte; pero no era tan leve el destino de Túrin. Mientras yacían sumidos en la desesperación, oyeron el sonido de un cuerno. Beleg Arcofirme cazaba en esa región, porque vivía cerca de la frontera de Doriath, y era quien mejor conocía los bosques en aquel tiempo. Oyó sus gritos y acudió a ellos, y cuando les hubo dado de comer y de beber, se enteró de sus nombres y de dónde venían, y se llenó de asombro y de piedad. Y contempló con agrado a Túrin, porque tenía la belleza de su madre y los ojos de su padre, y era lozano y fuerte.

—¿Qué don querrías del Rey Thingol? —le preguntó Beleg al muchacho.

—Ser uno de sus caballeros para cabalgar contra Morgoth y vengar a mi padre —dijo Túrin.

—Eso bien puede ser cuando los años te hayan fortificado —dijo Beleg—. Porque aunque eres todavía pequeño, tienes la actitud de un hombre valiente, digno hijo de Húrin el Firme, si ello fuera posible. —Porque el nombre de Húrin era honrado en toda la tierra de los Elfos. Por tanto, de buen grado Beleg sirvió de guía a los viajeros, y los llevó a la morada que compartía por entonces con otros cazadores, y allí recibieron albergue mientras un mensajero se encaminaba a Menegroth. Y cuando llegó la noticia de que Thingol y Melian recibirían al hijo de Húrin y a sus custodios, Beleg los condujo por caminos secretos al Reino Escondido.

Así llegó Túrin al gran puente que cruzaba el Esgalduin, y pasó por las puertas de las estancias de Thingol; y, niño aún, contempló las maravillas de Menegroth que ningún Hombre mortal había visto antes, salvo Beren. Entonces Gethron comunicó el mensaje de Morwen a Thingol y Melian; y Thingol los recibió con bondad y puso a Túrin sobre su rodilla en honor a Húrin, el más poderoso de entre los Hombres, y de Beren, su pariente. Y todos los que estaban presentes se maravillaron, porque era signo de que Thingol aceptaba a Túrin como hijo adoptivo; y eso no era cosa que hicieran los reyes por aquel entonces, ni lo hizo nunca otra vez un señor Elfo con Hombre alguno. Entonces Thingol le dijo:

—Aquí, hijo de Húrin, tendrás tu hogar; y durante toda tu vida se te tendrá por hijo mío, aunque seas Hombre. Se te impartirá una sabiduría mucho mayor que la de los Hombres mortales, y pondremos armas de los Elfos en tus manos. Quizá llegue el tiempo en que reconquistes las tierras de tu padre en Hithlum; pero quédate ahora aquí, bienamado.

Así empezó la estadía de Túrin en Doriath. Durante un tiempo se quedaron con él Gethron y Grithnir, sus custodios, aunque anhelaban volver otra vez con su señora en Dorlómin. Entonces la vejez y la enfermedad ganaron a Grithnir, y se quedó junto a Túrin hasta que murió; pero Gethron partió, y Thingol envió con él a una escolta que lo guiara y protegiera, y llevaban unas palabras de Thingol para Morwen. Llegaron por fin a la casa de Húrin, y cuando Morwen supo que Túrin había sido recibido con honor en las estancias de Thingol, tuvo menos pena; y los Elfos llevaban también ricos regalos de Melian, y un mensaje por el que se la invitaba a volver con el pueblo de Thingol a Doriath. Porque Melian era sabia y previsora, y esperaba de ese modo evitar el mal que se preparaba en el pensamiento de Morgoth. Pero Morwen no quiso abandonar su casa, porque su corazón no había cambiado, y conservaba todo su orgullo; además Nienor era una niña de pecho. Por tanto, despidió a los Elfos de Doriath con agradecimiento, y les dio como regalo las últimas pequeñas cosas de oro que aún conservaba, ocultando la pobreza que la afligía; y les pidió que le llevaran a Thingol el Yelmo de Hador. Pero Túrin esperaba ansioso el regreso de los mensajeros de Thingol; y cuando éstos volvieron solos, huyó a los bosques y lloró, porque conocía la invitación de Melian, y había tenido esperanzas de que Morwen viniera. Ésta fue la segunda pena de Túrin.

Cuando los mensajeros le comunicaron la respuesta de Morwen, Melian comprendió sus intenciones y se apiadó de ella; y vio que no era fácil evitar el hado que ella presentía.

El Yelmo de Hador fue puesto en manos de Thingol. Ese yelmo estaba hecho de acero gris y adornado de oro, y había runas de victoria grabadas en él. Tenía un poder que protegía a quien lo llevara de heridas y de muerte, porque la espada que en él diera se quebraría, y el dardo que le golpeara caería a un lado. Había sido hecho por Telchar, el renombrado herrero de Nogrod. Tenía una visera (como las que los Enanos usan en sus fraguas para protegerse los ojos), y la cara de quien lo llevase metería miedo en el corazón de cuantos la vieran, pero en cambio estaría protegida del dardo y del fuego. En la cresta tenía montada la imagen dorada y desafiante de la cabeza de Glaurung el dragón; porque el yelmo había sido fabricado poco después de que Glaurung saliera por primera vez de las puertas de Morgoth. A menudo Hador, y Galdor después de él, lo habían llevado en la guerra; y los corazones de las huestes de Hithlum se enardecían cuando lo veían sobresalir en medio de la batalla, y gritaban:

—¡De más valor es el Dragón de Dor-lómin que el gusano dorado de Angband!

Pero en verdad este yelmo no había sido hecho para Hombres, sino para Azaghâl, Señor de Belegost, que fue muerto por Glaurung en el Año de la Lamentación.[4] Azaghâl se lo dio a Maedhros como galardón por haberle salvado la vida y por el tesoro que había guardado cuando los Orcos lo atacaron en el Camino de los Enanos en Beleriand Oriental.[5] Maedhros lo envió luego como regalo a Fingon, con quien intercambiaba a menudo señales de amistad, al recordar cómo Fingon había ahuyentado a Glaurung a Angband. Pero en toda Hithlum no había cabeza ni hombros lo bastante robustos como para soportar el yelmo de los Enanos, salvo los de Hador y su hijo Galdor. Fingon, por tanto, se lo dio a Hador cuando éste recibió el señorío de Dor-lómin. Por mala suerte Galdor no lo llevaba cuando defendía Eithel Sirion, porque el ataque fue repentino y acudió con la cabeza descubierta a los muros, y una flecha disparada por los Orcos le atravesó un ojo. Pero Húrin no podía llevar el yelmo con facilidad, y de cualquier modo no quería usarlo, pues decía:

—Prefiero mirar a mis enemigos con mi propio rostro.
—No obstante, consideraba el yelmo entre las mayores heredades de su casa.

Ahora bien, Thingol tenía en Menegroth inmensas armerías, repletas de una gran riqueza en armas: mallas labradas en metal como escamas de peces, y brillantes como el agua a la luz de la luna; espadas y hachas, escudos y yelmos forjados por el mismo Telchar o por su maestro Gamil Zirack el viejo, o por herreros Elfos todavía más hábiles. Porque algunas cosas las había recibido como regalos traídos de Valinor, y eran obra de Fëanor, el maestro herrero, cuyo arte nunca ha sido igualado desde que el mundo es mundo. No obstante, Thingol sostuvo el Yelmo de Hador como si sus propios tesoros fueran escasos, y habló con palabras corteses diciendo:

—Orgullosa sería la cabeza que llevaba este yelmo, que era de los progenitores de Húrin.

Entonces se le ocurrió una idea, y llamó a Túrin y le dijo que Morwen le había enviado a su hijo una cosa de gran poder, la heredad de sus padres.

—Recibe ahora la Cabeza del Dragón del Norte —dijo—, y cuando llegue el día, llévala para bien. —Pero Túrin era demasiado pequeño todavía para levantar el yelmo, y no hizo caso de él por la pena que tenía en el corazón.

Túrin en Doriath

Durante sus años de infancia en Doriath, Túrin era vigilado por Melian, aunque rara vez la veía. Pero había una doncella llamada Nellas que vivía en los bosques; y a pedido de Melian, seguía los pasos de Túrin por si se extraviaba en el bosque, y a menudo lo encontraba allí como si fuera por casualidad. De Nellas, Túrin aprendió mucho sobre las costumbres y las criaturas silvestres de Doriath, y ella le enseñó a hablar la lengua sindarin según la manera del viejo reino, más antigua, más cortés y más rica en hermosas palabras.[6] Así, por un breve tiempo, se le aligeró el ánimo, hasta que la sombra lo oprimió otra vez, y esa amistad se desvaneció como una mañana de primavera. Porque Nellas no iba a Menegroth, y no estaba nunca dispuesta a andar bajo techos de piedra; de modo que cuando la niñez de Túrin quedó atrás, y dedicó sus pensamientos a los asuntos de los hombres, la vio cada vez

con menor frecuencia, y por último dejó de buscarla. Pero ella
lo vigilaba todavía, aunque ahora se mantenía oculta.[7]

Nueve años vivió Túrin en las estancias de Menegroth.
Tenía el corazón y los pensamientos puestos siempre en los
suyos, y de vez en cuando le traían alguna noticia, que lo con-
solaba. Porque Thingol enviaba mensajeros a Morwen con
tanta frecuencia como le era posible, y ella enviaba palabras
para su hijo; así supo Túrin que su hermana Nienor crecía en
belleza, una flor en el gris del Norte, y la pesadumbre de
Morwen había aliviado. Y Túrin creció en estatura hasta que
fue alto entre los Hombres, y su fuerza y temeridad alcanzaron renombre en el reino de Thingol. En esos años obtuvo
muchos conocimientos, y escuchaba con ansia las historias de
los días antiguos; y se volvió pensativo y parco en palabras. A
menudo Beleg Arcofirme iba a Menegroth en su busca, y lo
conducía lejos por el campo enseñándole las destrezas necesarias para la vida en el bosque y el manejo del arco y (lo que a
él más le gustaba) el manejo de la espada; pero en las artesanías de la fabricación no era tan hábil, pues no medía bien sus
propias fuerzas, y con frecuencia estropeaba lo que hacía con
algún golpe súbito. En otros asuntos tampoco la fortuna le
era propicia, de modo que lo que se proponía a menudo no
llegaba a buen término, y no obtenía lo que deseaba; tampoco
hacía amigos fácilmente, pues no era alegre y rara vez reía, y
una sombra envolvía su juventud. No obstante, era amado y
estimado por quienes lo conocían bien, y recibía todos los honores de hijo adoptivo del Rey.

Sin embargo, había uno que le envidiaba este honor, cada
vez más a medida que Túrin se hacía hombre: Saeros, hijo de
Ithilbor, lo llamaban. Era uno de los Nandor que se habían
refugiado en Doriath después de la caída de su señor Denethor en Amon Ereb, en la primera batalla de Beleriand. Estos

Elfos vivían casi todos en Arthórien, entre el Aros y el Celon, en el este de Doriath, cruzando a veces el Celon para errar por las tierras desiertas del otro lado; y no eran amigos de los Edain desde que éstos atravesaron Ossiriand y se establecieron en Estolad. Pero Saeros moraba sobre todo en Menegroth, y se ganó la estima del rey; y era orgulloso, y trataba con altivez a los que consideraba de menor condición y valor que él. Se hizo amigo de Daeron el trovador,[8] porque también él era hábil para el canto; y no sentía amor alguno por los Hombres, y menos todavía por cualquiera que fuese pariente de Beren Erchamion.

—¿No es extraño —decía— que esta tierra acoja a otro miembro de esa desdichada raza? ¿No hizo el otro ya bastante daño a Doriath? —Por tanto, miraba a Túrin y todo lo que hacía con desaprobación, aprovechando cada ocasión para hablar mal de él; pero sus palabras eran arteras y escondía su malicia. Si se encontraba con Túrin a solas, le hablaba con altivez y le mostraba claramente su desprecio; y Túrin estaba cansándose de él, aunque por mucho tiempo contestó con el silencio a sus torcidas palabras, porque Saeros era grande entre los del pueblo de Doriath y consejero del Rey. Pero el silencio de Túrin displacía a Saeros tanto como lo que decía.

En el año que Túrin cumplió diecisiete años, se le reavivó la pena; porque en ese tiempo dejó de recibir noticias de su hogar. Año a año había crecido el poder de Morgoth, y toda Hithlum estaba ahora bajo su sombra. Sin duda sabía mucho de lo que hacía la linaje de Húrin, y no los molestó por un tiempo, a la espera de la consumación de sus designios; pero ahora había apostado una estrecha vigilancia en todos los pasos de las Montañas Sombrías, para que nadie pudiera salir de

Hithlum ni entrar en ella, salvo con gran peligro, y los orcos pululaban alrededor de las fuentes del Narog y del Teiglin, y por el curso superior de las aguas del Sirion. Así, llegó un momento en que los mensajeros de Thingol ya no volvieron, y él no estuvo dispuesto a enviar a ningún otro. Siempre se había mostrado reacio a que alguien se alejara más allá de las fronteras protegidas, y en nada había demostrado mejor voluntad a Húrin y a su linaje que en el hecho de haber enviado a gentes de su pueblo por los peligrosos caminos que conducían a Morwen en Dor-lómin.

Pues bien, el corazón de Túrin se llenó de pesadumbre al no saber qué nuevo mal acechaba, y temiendo que un hado desdichado se cerniera sobre Morwen y Nienor; y por muchos días permaneció sentado en silencio, pensando en la caída de la Casa de Hador y de los Hombres del Norte. Luego se puso en pie y fue en busca de Thingol; y lo encontró sentado junto con Melian bajo Hírilorn, la gran haya de Menegroth.

Thingol miró a Túrin asombrado al ver de pronto frente a él, en lugar de su niño adoptivo, a un Hombre y a un extraño, alto, de oscuros cabellos, que lo miraba con ojos profundos en una cara blanca. Entonces Túrin le pidió a Thingol cota de malla, espada y escudo, y reclamó el Yelmo del Dragón de Dor-lómin; y el rey le concedió lo que pedía diciendo:

—Te asignaré un lugar entre mis caballeros de la espada; porque la espada será siempre tu arma. Con ellos puedes aprender a guerrear en las fronteras, si tal es tu deseo.

Pero Túrin dijo:

—Mi corazón me insta a ir más allá de las fronteras de Doriath; antes prefiero atacar las fuerzas del Enemigo, que defender los confines de esta tierra.

—Entonces has de partir solo —dijo Thingol—. El papel que desempeñe mi pueblo en la guerra con Angband, lo dicto según mi mejor parecer, Túrin, hijo de Húrin. No he de enviar ahora fuerzas de armas de Doriath; ni en tiempo alguno que pueda prever todavía.

—Pero eres libre de ir a donde te plazca, hijo de Morwen —dijo Melian—. La Cintura de Melian no estorba la partida de los que entraron en ella con nuestro permiso.

—A no ser que un buen consejo te retenga —le dijo Thingol.

—¿Cuál es vuestro consejo, señor? —preguntó Túrin.

—En estatura pareces un Hombre —respondió Thingol—, pero sin embargo no has alcanzado todavía la plenitud de la edad. Cuando ese momento llegue, entonces quizá puedas recordar a los tuyos; pero hay poca esperanza de que un Hombre solo pueda hacer más contra el Señor Oscuro que ayudar a la defensa de los señores Elfos, en tanto ella pueda durar.

Entonces Túrin dijo:

—Beren, mi pariente, hizo más.

—Beren, y también Lúthien —dijo Melian—. Pero eres en exceso audaz al hablarle así al padre de Lúthien. No es tan alto tu destino, según creo, Túrin, hijo de Morwen, aunque tu hado esté entretejido con el del pueblo de los Elfos, para bien o para mal. Vigílate a ti mismo, para que no sea para mal. —Luego, al cabo de un silencio, habló otra vez diciendo:— Vete ahora, hijo adoptivo; y escucha el consejo del rey. No obstante, no creo que permanezcas mucho con nosotros en Doriath después de que seas un verdadero hombre. En días por venir, recuerda las palabras de Melian, será para tu bien: teme tanto al calor como al frío de tu corazón.

Entonces Túrin hizo una reverencia y se despidió. Y poco después se puso el Yelmo del Dragón, y se armó, y se dirigió a las fronteras septentrionales donde se unió a los guerreros Elfos, que estaban ocupados en una guerra incesante con los Orcos y todos los sirvientes y las criaturas de Morgoth. Así, aún apenas salido de la niñez, su fuerza y su coraje fueron puestos a prueba; y recordando los males sufridos por los suyos, era siempre el primero en hechos de atrevimiento, y recibió muchas heridas de lanza y de flecha y de las torcidas espadas de los Orcos. Pero su hado lo libró de la muerte; y la nueva corrió entre los bosques y se oyó más allá de Doriath: el Yelmo del Dragón de Dor-lómin había vuelto a verse. Entonces muchos se asombraron diciendo:

—¿Es posible que el espíritu de Hador o de Galdor el Alto haya vuelto de entre los muertos? ¿O en verdad Húrin de Hithlum ha escapado de los fosos de Angband?

En ese tiempo sólo uno era más poderoso que Túrin entre los guardianes de la frontera de Thingol, y ése era Beleg Cúthalion; y Beleg y Túrin eran compañeros en todos los peligros; y juntos se alejaban internándose a lo largo y a lo ancho de los vastos bosques.

Así transcurrieron tres años, y en ese tiempo Túrin iba rara vez a las estancias de Thingol; y ya no cuidaba ni su aspecto ni sus vestiduras, y llevaba los cabellos desgreñados, y la cota de malla cubierta de una capa gris y desgastada por la intemperie. Pero sucedió en el tercer verano, cuando Túrin tenía veinte años, que deseando descansar y necesitado de ciertos trabajos de herrería para la reparación de sus armas, llegó inesperadamente a Menegroth al caer la tarde; y entró en la sala. Thingol no se encontraba allí, porque había salido a la floresta en compañía de Melian, tal y como le encantaba hacer a veces en pleno verano. Túrin se dirigió a un asiento inadvertidamente, porque estaba fatigado por el viaje y ensimismado en sus pensamientos; y por mala suerte se acercó a una mesa entre los mayores del reino y se sentó precisamente en el sitio que acostumbraba ocupar Saeros. Éste, que llegó tarde, se enfadó creyendo que Túrin lo había hecho por orgullo y con intención de ofenderlo; y no disminuyó su enfado el hecho de que los que había allí sentados no rechazaran a Túrin, sino que le dieran la bienvenida.

Por un rato Saeros fingió un igual talante y ocupó otro asiento a la mesa enfrente de Túrin.

—Rara vez el guardián de la frontera nos favorece con su compañía —dijo—, y de buen grado le cedo mi asiento de costumbre, por la oportunidad de conversar con él. —Y muchas otras cosas le dijo a Túrin, pidiéndole nuevas sobre la frontera, y que le contara sus hazañas en las tierras salvajes; pero aunque sus palabras parecían amables, el tono de burla era evidente. Entonces Túrin se cansó y miró alrededor y conoció la amargura del exilio; y a pesar de la luz y las risas de las estancias élficas, sus pensamientos se volvieron a Beleg y a la vida que con él llevaba en los bosques, y de allí, más lejos todavía, a Morwen en Dor-lómin en casa de su padre; y frunció el entrecejo, tan negros eran entonces sus pensamientos, y nada contestó a Saeros. Y éste, creyendo que el mal gesto estaba dirigido a él, ya no reprimió su enfado; y tomó un peine de oro y lo arrojó delante de Túrin diciendo:— Sin duda, Hombre de Hithlum, viniste deprisa a esta mesa y es posible disculpar el mal estado de tu capa; pero no es necesario que dejes tus cabellos desatendidos como un matorral de zarzas. Y quizá, si tuvieras los oídos destapados, oirías mejor lo que se te dice.

Túrin no dijo nada, pero volvió los ojos a Saeros y había una chispa en su negrura. Pero Saeros no hizo caso de la advertencia y devolvió la mirada con desprecio, diciendo de modo que todos pudieran oírlo:

—Si los Hombres de Hithlum son tan salvajes y fieros, ¿cómo serán las mujeres de esa tierra? ¿Correrán como los ciervos, vestidas sólo con sus cabellos?

Entonces Túrin alzó una copa y la arrojó a la cara de Saeros, que cayó hacia atrás con gran daño; y Túrin desenvainó la espa-

da y lo habría atacado si Mablung el Cazador, que estaba junto a
él, no lo hubiese retenido. Entonces Saeros, poniéndose en pie,
escupió sangre sobre la mesa, y habló desde una boca quebrada:

—¿Cuánto tiempo daremos albergue a este hombre salvaje de los bosques?[9] ¿Quién está al mando aquí esta noche? La
ley del Rey es dura para quien hiere a sus súbditos en las salas
del palacio; y para quienes desenvainan la espada la proscrip-
ción es la menor condena. ¡Fuera de la sala podría responder-
te, hombre salvaje de los bosques!

Pero cuando Túrin vio la sangre sobre la mesa, el ánimo se
le enfrió; y librándose de Mablung, abandonó la sala sin decir
una palabra.

Entonces Mablung dijo a Saeros:

—¿Qué mosca te ha picado esta noche? Por este mal te
hago responsable; y puede que la ley del Rey juzgue que una
boca quebrada es una justa retribución por tus provocaciones.

—Si el cachorro ha recibido ofensa, que la exponga al juicio del Rey —contestó Saeros—. Pero aquí es inexcusable
desenvainar espadas. Fuera de la sala, si el salvaje me desafía,
lo mataré.

—Eso me parece menos probable —replicó Mablung—,
pero será una mala cosa que cualquiera de los dos muera, más
propia de Angband que de Doriath, y provocará un mal aún
mayor. En verdad creo que parte de la sombra del Norte nos
ha alcanzado hoy. Ten cuidado, Saeros, hijo de Ithilbor, no
sea que la voluntad de Morgoth obre en tu orgullo, y recuerda
que perteneces a los Eldar.

—No lo olvido —dijo Saeros; pero no se apaciguó, y a
medida que pasaba la noche, su malicia crecía, y se sintió aún
más ofendido.

Por la mañana, cuando Túrin se disponía a abandonar
Menegroth para volver a las fronteras septentrionales, Saeros

lo abordó corriendo tras él, esgrimiendo una espada y con un escudo en el brazo. Pero Túrin, alerta, entrenado en la vida de las tierras salvajes, lo vio con el rabillo del ojo, y saltando a un lado, desenvainó con prontitud y se volvió hacia su enemigo.

—¡Morwen —gritó—, quien se haya burlado de ti pagará su escarnio! —Y hendió el escudo de Saeros y entonces lucharon juntos con rápidas espadas. Pero Túrin había pasado largo tiempo en dura escuela, y se había vuelto tan ágil como cualquier Elfo, pero más fuerte. Pronto dominó el lance, e hiriendo el brazo con que Saeros sostenía la espada, lo tuvo a su merced. Entonces puso el pie sobre la espada que Saeros había dejado caer.— Saeros —dijo—, tienes una larga carrera por delante, y tus ropas serán un estorbo; el pelo te bastará. —Y arrojándolo por tierra, lo desnudó, y Saeros sintió la gran fuerza de Túrin, y tuvo miedo. Pero Túrin dejó que se pusiera en pie:— ¡Corre! —le gritó—. ¡Corre! Y a no ser que seas tan veloz como el ciervo, te ensartaré por detrás. —Y Saeros corrió internándose en el bosque, pidiendo frenéticamente socorro; pero Túrin lo perseguía como un sabueso, y comoquiera que Saeros corriera o girara, tenía siempre la espada detrás de él, urgiéndolo a seguir adelante.

Los gritos de Saeros atrajeron a muchos otros a la cacería, pero sólo los más rápidos de entre ellos podían mantenerse a la par de los corredores. Mablung era quien iba adelante, y tenía la mente turbada, porque aunque la provocación le había parecido mal, «malicia que despierta a la mañana es regocijo para Morgoth antes que caiga la tarde»; y se tenía además por ofensa avergonzar a nadie del pueblo de los Elfos sin que el asunto fuera sometido a juicio. Nadie sabía todavía entonces que Saeros había sido el primero en atacar a Túrin y que lo habría matado de haberle sido posible.

—¡Detente, detente, Túrin! —gritó—. ¡Ésta es acción de Orcos en los bosques! —Pero Túrin le contestó:— ¡Acción de Orcos en los bosques por palabras de Orcos en la sala! —Y corrió otra vez en pos de Saeros; y éste, desesperando de recibir ayuda y creyendo que la muerte lo seguía de cerca por detrás, continuó corriendo hasta que llegó de pronto al borde donde una corriente que alimentaba al Esgalduin fluía a través de unas rocas afiladas por una hendedura y haría falta un salto de ciervo para salvarlo. Allí Saeros, empujado por el gran temor que sentía, intentó saltar; pero el pie le resbaló en la orilla opuesta y cayó lanzando un grito, y su cuerpo se quebró sobre una gran roca que había en el agua. Así terminó su vida en Doriath; y Mandos lo retendría durante mucho tiempo.

Túrin miró el cuerpo que yacía en la corriente y pensó: «¡Desdichado necio! Desde aquí lo habría dejado volver andando a Menegroth. Ha puesto ahora sobre mí una culpa inmerecida». Y se volvió y miró sombrío a Mablung y a sus compañeros que ahora llegaban y se detenían junto a él en la orilla. Luego, al cabo de un silencio, Mablung dijo:

— ¡Ay! Pero vuelve ahora con nosotros, Túrin, que el Rey ha de juzgar estos hechos.

Pero Túrin dijo:

—Si el Rey fuera justo, me juzgaría inocente. Pero ¿no era éste uno de sus consejeros? ¿Por qué un rey justo habría de tener por amigo un corazón malicioso? Abjuro de su ley y de su juicio.

—Tus palabras son insensatas —dijo Mablung, aunque en su corazón sentía piedad por Túrin—. No te conviertas en un vagabundo. Te ruego que nos acompañes de regreso, como amigo. Y habrá otros testimonios. Cuando el Rey sepa la verdad, puedes esperar su perdón.

Pero Túrin estaba cansado de las estancias de los Elfos y temía ser retenido en cautiverio; y le dijo a Mablung:

—Me niego a lo que me pides. No he de buscar el perdón de Thingol por nada; e iré ahora a donde su justicia no pueda alcanzarme. No tienes sino dos opciones: dejarme ir en libertad o matarme, si eso conviene a tu ley. Porque sois muy pocos para atraparme vivo.

Vieron en sus ojos que lo que decía era verdad, y lo dejaron partir; y Mablung dijo:

—Una muerte ya es bastante.

—Yo no la quise, pero no guardo duelo por ella —dijo Túrin—. Que Mandos le juzgue justamente; y si alguna vez vuelve a las tierras de los vivos, ojalá tenga más tino. ¡Adiós!

—Vete en libertad —dijo Mablung—, pues tal es tu deseo. Pero no tengo esperanzas de nada bueno si te vas de este modo. Tienes una sombra en el corazón. Espero que no esté aún más oscuro cuando volvamos a vernos.

No contestó Túrin a eso, sino que los dejó y se fue deprisa sin que nadie supiera a dónde.

Se dice que cuando Túrin no regresó a las fronteras septentrionales de Doriath, y no se tenía de él noticia alguna, Beleg Arcofirme fue personalmente a buscarlo a Menegroth; y con pesadumbre en el corazón escuchó la historia de la huida de Túrin. Poco después, Thingol y Melian volvieron a sus estancias, porque ya menguaba el verano; y cuando el Rey se enteró de lo que había sucedido, se sentó en su gran trono en la sala de Menegroth y a su alrededor estaban todos los señores y los consejeros de Doriath.

Entonces todo se investigó y se dijo, hasta las palabras de despedida de Túrin; y por último Thingol suspiró y dijo:

—¡Ay! ¿Cómo se ha infiltrado esta sombra en mi reino? Tenía a Saeros por fiel y prudente; pero si viviera conocería mi cólera, pues fue maligna su provocación, y lo culpo de todo lo que sucedió en la sala. En esto tiene Túrin mi perdón. Pero haber avergonzado a Saeros y haberlo perseguido hasta su muerte son males mayores que la ofensa, y estos hechos no puedo pasarlos por alto. Son señal de un corazón duro y orgulloso. —Entonces Thingol guardó silencio, pero por fin volvió a hablar con tristeza.— No hay gratitud en éste, mi hijo adoptivo, y es Hombre en exceso orgulloso para su condición. ¿Cómo he de albergar a alguien que me desprecia y desprecia mi ley, o perdonar a quien no se arrepiente? Por tanto, he de desterrar a Túrin, hijo de Húrin, del reino de Doriath. Si intenta volver, me será traído para que lo juzgue; y hasta que no pida perdón a mis pies, no será ya hijo mío. Si alguien considera esto injusto, que hable.

Hubo silencio en la sala, y Thingol levantó la mano para pronunciar su sentencia. Pero en ese momento Beleg entró deprisa y gritó:

—¡Señor! ¿Puedo hablar?

—Llegas tarde —dijo Thingol—. ¿No fuiste invitado con los demás?

—Es cierto, señor —respondió Beleg—, pero me retrasé; buscaba a alguien que conocía. Traigo ahora por fin un testigo que debe ser escuchado antes que dictéis vuestra sentencia.

—Todos los que tenían algo que decir fueron convocados —dijo el Rey—. ¿Qué puede decir él ahora que tenga más peso que los testimonios que ya he escuchado?

—Vos juzgaréis cuando lo hayáis oído —dijo Beleg—. Concededme esto, si he merecido alguna vez vuestra gracia.

—Te está concedido —dijo Thingol.

Entonces Beleg salió, y trajo de la mano a la doncella Nellas, que vivía en los bosques y jamás iba a Menegroth; y ella tenía miedo, tanto de la gran sala con columnas como del techo de piedra, y también de los muchos ojos que la miraban. Y cuando Thingol le pidió que hablase, dijo:

—Señor, estaba yo sentada en un árbol... —Pero luego vaciló en respetuoso temor ante el Rey, y no le fue posible decir nada más.

Se sonrió el Rey entonces y dijo:

—Otros han hecho lo mismo, pero no sintieron necesidad de venir a decírmelo.

—Otros lo han hecho en verdad —dijo ella, animada por la sonrisa—. ¡Aun Lúthien! En ella estaba pensando esa mañana, y en Beren, el Hombre.

A eso Thingol no contestó y no siguió sonriendo, sino que esperó a que Nellas continuara hablando.

—Porque Túrin me recordó a Beren —dijo por fin—. Son parientes, según se me ha dicho, y algunos pueden ver este parentesco: los que miran de cerca.

Entonces Thingol se impacientó.

—Es posible que así sea —dijo—. Pero Túrin, hijo de Húrin, se ha ido menospreciando el respeto que me debe, y ya no lo verás para leer en él su parentesco. Porque ahora pronunciaré mi sentencia.

—¡Señor Rey! —exclamó ella entonces—. Tened paciencia conmigo y dejadme hablar primero. Estaba sentada en un árbol para ver partir a Túrin; y vi a Saeros salir del bosque con espada y escudo y saltar sobre Túrin, que estaba desprevenido.

Hubo entonces un murmullo y el Rey levantó la mano:

—Traes a mis oídos nuevas más graves que lo que parecía probable. Ahora ten cuidado con todo lo que vayas a decir; porque ésta es una corte de justicia.

—Así me lo ha dicho Beleg —respondió ella—, y sólo por eso me he atrevido a venir aquí, para que Túrin no fuera juzgado mal. Es valiente, pero también piadoso. Lucharon, señor, esos dos, hasta que Túrin despojó a Saeros de espada y escudo; pero no lo mató. Por tanto, no creo que quisiera poner fin a su vida. Si Saeros fue sometido a la vergüenza, era una vergüenza que se había ganado.

—A mí me corresponde juzgar —dijo Thingol—. Pero lo que has dicho gobernará mi juicio. —Entonces interrogó a Nellas con detalle; y por fin se volvió a Mablung diciendo:— Me extraña que Túrin no te haya dicho nada de esto.

—Pues no lo hizo —dijo Mablung—. Y si hubiera hablado de ello, otras habrían sido mis palabras de despedida.

—Y otra será mi sentencia ahora —dijo Thingol—. ¡Escuchadme! La falta que pudo haber en Túrin la perdono, pues ha sido ofendido y provocado. Y dado que fue en verdad, como él lo dijo, uno de los miembros de mi consejo el que lo maltrató, no ha de buscar él este perdón, sino que yo se lo enviaré dondequiera pueda encontrárselo; y lo traeré de nuevo con honores a mis estancias.

Pero cuando esta sentencia fue pronunciada, Nellas de pronto se echó a llorar.

—¿Dónde podrá encontrárselo? —dijo—. Ha abandonado nuestra tierra y el mundo es ancho.

—Será buscado —dijo Thingol. Entonces se puso en pie, y Beleg se llevó a Nellas de Menegroth; y le dijo: —No llores; porque si Túrin vive todavía y anda por las tierras salvajes, lo encontraré aunque fracasen todos los demás.

Al día siguiente Beleg fue ante Thingol y Melian y el Rey le dijo:

—Aconséjame, Beleg; porque estoy apenado. Recibí al hijo de Húrin como hijo propio, y así ha de seguir siendo, a no ser que el mismo Húrin vuelva de las sombras a reclamar lo suyo. No quiero que nadie diga que Túrin fuera echado con injusticia a las tierras salvajes y de buen grado lo recibiría de nuevo; porque lo quise bien.

Y Beleg respondió:

—Buscaré a Túrin hasta que lo encuentre, y lo traeré de nuevo si puedo; porque también yo lo quiero. —Luego partió y a través de Beleriand buscó en vano noticias de Túrin, sometiéndose a muchos peligros; y pasó ese invierno y también la primavera que lo siguió.

Túrin entre los forajidos

Aquí la historia vuelve a Túrin. Éste, creyéndose un proscrito perseguido por el rey, no volvió con Beleg a las fronteras septentrionales de Doriath, sino que partió hacia el oeste, y abandonando en secreto el Reino Guardado, se dirigió a los bosques al sur del Teiglin. Allí, antes de la Nirnaeth, muchos Hombres habían morado en granjas aisladas; eran en su mayoría del pueblo de Haleth, pero no tenían señor alguno y vivían de la caza y también de la agricultura, criando cerdos con bellotas y despejando terrenos en los bosques, que luego cercaban para protegerse de la fauna silvestre. Pero la mayoría de ellos había sido por entonces aniquilada o había huido a Brethil, y toda esa región vivía en el temor de los Orcos y los forajidos. Porque en ese tiempo de ruina hombres sin casa y desesperados, despojos de batallas y derrotas en tierras devastadas, extraviaron la buena senda, y algunos eran hombres que habían huido a las tierras salvajes, perseguidos por sus malas acciones. Cazaban y recolectaban los alimentos que podían; pero en invierno, cuando los acosaba el hambre, eran tan temibles como los lobos, y aquellos que todavía defendían sus casas los llamaban Gaurwaith, los Licántropos. Unos cincuenta de esos hombres se habían unido en una banda, y erraban en los bosques más allá de las fronteras occidentales de Doriath; y apenas eran menos odiados que los Orcos, porque había entre ellos gente descastada, dura de corazón, que guardaban rencor a los de su propia especie. El más torvo entre ellos era uno llamado Andróg, que había sido perseguido en Dor-lómin por haber dado muerte a una mujer; y otros también provenían de esa tierra: el viejo Algund, el de más edad de la banda, que había huido de la Nirnaeth, y Forweg, como se llamaba a sí mismo, el capitán de la banda, un hombre de cabellos rubios y ojos brillantes de mirada huidiza, corpulento y audaz, pero renegado de las costumbres de los Edain de la Casa de Hador. Se habían vuelto muy cautelosos y ponían exploradores o guardianes a su alrededor, moviéndose o descansando; y de ese modo se percataron rápidamente de Túrin cuando se extravió por las tierras que ellos frecuentaban. Le siguieron el rastro y lo rodearon; y de pronto, al salir a un claro junto a un arroyo, Túrin se encontró dentro de un círculo de hombres con arcos tensos y espadas desenvainadas.

Entonces Túrin se detuvo, pero no mostró ningún temor.

—¿Quiénes sois? —preguntó—. Creí que sólo los Orcos asaltaban a los Hombres; pero veo que estaba equivocado.

—Quizá tengas que lamentar el error —le dijo Forweg—, porque ésta es nuestra guarida, y no permitimos que otros Hombres entren en ella. Les cobramos la vida como prenda, a no ser que lleguen a pagar un rescate.

Entonces Túrin rio.

—No obtendréis un rescate de mí —dijo—, descastado y proscrito. Podréis registrarme cuando esté muerto, pero os costará caro comprobar la verdad de mis palabras.

No obstante, su muerte parecía cercana, porque muchas flechas se apoyaban en las cuerdas a la espera de la orden del capitán; y ninguno de sus enemigos estaba al alcance de un salto con la espada esgrimida. Pero Túrin, que vio unas piedras a sus pies junto a la orilla del arroyo, se inclinó repentinamente; y en ese instante uno de los hombres, enfadado por sus palabras, le disparó una flecha. Pero ésta pasó volando sobre Túrin, que, levantándose de un salto, arrojó una piedra con gran fuerza y puntería, y el arquero cayó con el cráneo roto.

—Vivo podría seros de mayor utilidad en lugar de ese desdichado —dijo Túrin; y volviéndose a Forweg, dijo: —Si eres el capitán, no deberías permitir que tus hombres disparen sin que se les dé la orden.

—No lo permito —dijo Forweg—; pero la reprimenda no se ha hecho esperar. Te aceptaré en su lugar si haces más caso de mis palabras.

Entonces dos de los forajidos clamaron contra Túrin, y uno era un amigo del hombre caído. Ulrad se llamaba.

—Extraño modo de ingresar en un grupo de compañeros —dijo—, matando a uno de sus mejores hombres.

—No sin desafío —le dijo Túrin—. Pero ¡venid, pues! Os haré frente a los dos juntos, con armas o la sola fuerza; y entonces veréis si no soy apto para reemplazar a uno de vuestros mejores hombres.

Entonces avanzó hacia ellos; pero Ulrad se retiró y no quiso pelear. El otro arrojó su arco y miró a Túrin de arriba abajo; y este hombre era Andróg de Dor-lómin.

—No puedo rivalizar contigo —dijo por fin sacudiendo la cabeza—. No creo que haya nadie aquí que pueda. Por mi parte, puedes unirte a nosotros. Pero hay algo de extraño en tu apariencia; eres un hombre peligroso. ¿Cómo te llamas?

—Me llamo Neithan el Agraviado —dijo Túrin, y Neithan lo llamaron en adelante los forajidos; pero aunque les dijo que había sufrido una injusticia (y a cualquiera que declarara lo mismo, siempre le prestaba un oído demasiado atento), no reveló nada más acerca de su vida y su patria. No obstante, ellos advirtieron que había caído de una posición elevada, y que aunque no tenía otra cosa que sus armas, éstas eran de hechura élfica. Pronto se ganó el aprecio de todos, porque era fuerte y valiente, y conocía más que ellos de los bosques, y confiaban en él, porque no era codicioso y pensaba poco en sí mismo; pero le tenían miedo por causa de sus súbitas cóleras, que rara vez entendían. A Doriath, Túrin no podía volver, o su orgullo no se lo permitía; y nadie era admitido en Nargothrond desde la caída de Felagund. Al pueblo menor de Haleth en Brethil, no se dignaba ir; y a Dor-lómin no se atrevía, pues estaba estrechamente vigilado, y pensaba que un hombre solo en aquel tiempo no podía atravesar los pasos de las Montañas de la Sombra. Por tanto, Túrin se quedó con los forajidos, pues la compañía de cualquier hombre hacía más soportables las asperezas de las tierras salvajes y como deseaba vivir y no podía estar luchando siempre con ellos, no se empeñó demasiado en impedirles sus malas acciones. No obstante, a veces la piedad y la vergüenza despertaban en él, y estallaba entonces en una cólera peligrosa. Así vivió hasta el final de ese año, y soportó las privaciones y el hambre del invierno, hasta que llegó el Despertar, y después una hermosa primavera.

Ahora bien, en los bosques al sur del Teiglin, como ya se ha dicho, vivían todavía algunos Hombres, resistentes y cautelosos, aunque en número escaso. A pesar de que no querían a los *gaurwaith*, y no sentían por ellos ninguna piedad, en el crudo invierno ponían los alimentos que les sobraban donde los *gaurwaith* pudieran encontrarlos; y así esperaban evitar el ataque de la banda de hambrientos. Pero obtenían menos gratitud de los forajidos que de las bestias y las aves, y eran sobre todo los perros y las cercas los que los defendían. Porque cada granja tenía grandes setos alrededor de los terrenos despejados, y alrededor de las casas había una zanja y una empalizada; y había senderos entre las distintas granjas, y los hombres podían pedir ayuda en momentos de necesidad haciendo sonar un cuerno.

Pero cuando llegaba la primavera, era peligroso para los *gaurwaith* demorarse cerca de las casas de los Hombres del Bosque, que solían reunirse para perseguirlos; y por tanto a Túrin le extrañaba que Forweg no llevara la banda a otro sitio. Había más caza y alimento y menos peligro en el Sur, donde ya no quedaban hombres. Entonces un día Túrin echó en falta a Forweg y también a Andróg, su amigo; y preguntó dónde estaban, pero sus compañeros se rieron.

—Ocupándose de sus propios asuntos, supongo —dijo Ulrad—. Volverán pronto, y entonces nos pondremos en marcha. Deprisa, quizá; porque seremos afortunados si no traen tras ellos las abejas de las colmenas.

El sol brillaba y las jóvenes hojas verdeaban; y Túrin se cansó del sórdido campamento de los forajidos, y se alejó a solas por el bosque. A pesar de sí mismo recordaba el Reino Escondido, y le parecía oír el nombre de las flores de Doriath como ecos de una vieja lengua casi olvidada. Pero de pronto oyó gritos, y de una espesura de avellanos salió corriendo una joven; tenía la ropa desgarrada por los espinos, y estaba muy asustada, y tropezó y cayó al suelo jadeando. Entonces Túrin saltó hacia la espesura con la espada desenvainada, y derribó a un hombre que salía de ella a la carrera; y sólo en el momento mismo de asestar el golpe, vio que era Forweg.

Pero mientras miraba asombrado la sangre sobre la hierba, apareció Andróg y se detuvo también, atónito.

—¡Una mala obra, Neithan! —exclamó y desenvainó la espada; pero el ánimo de Túrin se había enfriado, y dijo a Andróg: —¿Dónde están pues los orcos? ¿Los habéis dejado atrás para socorrerla?

—¿Orcos? —le dijo Andróg—. ¡Necio! Y te haces llamar un forajido. Un forajido no conoce otra ley que la de la necesidad. Ocúpate de la tuya, Neithan, y deja que nosotros nos hagamos cargo de la nuestra.

—Eso haré —dijo Túrin—. Pero hoy nuestros caminos se han cruzado. Me dejarás a mí a esta mujer, o te unirás a Forweg.

Andróg rio.

—Si así está la cosa, haz como quieras —dijo—. No pretendo medirme a solas contigo, pero puede que nuestros compañeros tomen a mal esta muerte.

Entonces la mujer se puso en pie y puso una mano sobre el brazo de Túrin. Miró la sangre y miró a Túrin, y había alegría en sus ojos.

—¡Matadlo, señor! ¡Matadlo también a él! Y luego venid conmigo. Si traéis sus cabezas, Larnach, mi padre, no protestará. Por dos «cabezas de lobo» ha recompensado bien a los hombres.

Pero Túrin le preguntó a Andróg:

—¿Queda lejos su casa?

—A una milla, poco más o menos —respondió—, en una granja cercada en aquella dirección. Ella se estaba paseando fuera.

—Vuelve, pues, deprisa —dijo Túrin volviéndose a la mujer—. Dile a tu padre que te guarde mejor. Pero no cortaré las cabezas de mis compañeros para comprar su favor ni el de nadie.

Entonces envainó la espada.

—¡Ven! —le dijo a Andróg—. Volveremos. Pero si quieres dar sepultura a tu capitán, tendrás que hacerlo solo. Date prisa, pues puede cundir la alarma. ¡Trae sus armas!

Entonces Túrin siguió su camino sin decir ya nada más, y Andróg lo miró partir, y frunció el entrecejo como quien trata de resolver un acertijo.

Cuando Túrin volvió al campamento de los forajidos, los encontró inquietos e incómodos; porque habían permanecido ya mucho tiempo en un mismo sitio, cerca de granjas bien guardadas, y murmuraban en contra de Forweg.

—Corre riesgos a nuestras expensas —decían—; y otros pueden tener que pagar por sus placeres.

—Entonces escoged un nuevo capitán —dijo Túrin irguiéndose delante de ellos—. Forweg ya no puede conduciros porque está muerto.

—¿Cómo lo sabes? —preguntó Ulrad—. ¿Has buscado miel en la misma colmena? ¿Lo han picado las abejas?

—No —dijo Túrin—. Una picadura bastó. Yo lo he matado. Pero he perdonado a Andróg y pronto volverá. —Entonces contó todo lo acaecido, reprochando a los que cometían tales acciones; y mientras todavía estaba hablando, volvió Andróg cargando las armas de Forweg.— ¡Mira, Neithan! —exclamó—. No ha cundido la alarma. Quizá ella tiene esperanzas de volver a encontrarte.

—Si te burlas de mí —dijo Túrin—, lamentaré haberle escatimado tu cabeza. Cuenta ahora tu historia, y sé breve.

Entonces Andróg contó sin faltar demasiado a la verdad todo cuanto había sucedido.

—Ahora me pregunto qué asunto tendría Neithan allí —dijo—. No parece que fuera el mismo que el nuestro. Porque cuando yo aparecí, ya había matado a Forweg. A la mujer eso la alegró, y le ofreció ir con él pidiéndole nuestras cabezas como precio nupcial. Pero él no la quiso y la despidió; de modo que no sé adivinar qué tendría en contra del capitán. Me dejó la cabeza sobre los hombros, lo cual le agradezco, aunque me intriga.

—Niego entonces tu pretensión de pertenecer al Pueblo de Hador —dijo Túrin—. A Uldor el Maldito perteneces más bien, y deberías prestar tus servicios en Angband. Pero ¡escuchadme ahora! —exclamó dirigiéndose a todos—. Os doy dos opciones. Me escogeréis como capitán en lugar de Forweg, o de lo contrario tendréis que dejarme partir. Yo gobernaré ahora esta comunidad, o la abandonaré. Pero si deseáis matarme, ¡intentadlo! Lucharé con todos vosotros hasta que esté muerto... o estéis muertos vosotros.

Entonces muchos hombres cogieron sus armas, pero Andróg gritó:

—¡No! La cabeza que él no rebanó no carece de juicio. Si luchamos, más de uno morirá innecesariamente antes de que matemos al mejor hombre que hay entre nosotros. —Entonces se echó a reír.— Tal y como sucedió cuando se unió a nosotros, sucede ahora otra vez. Mata para hacerse un hueco. Si salió bien la primera vez, puede pasar lo mismo ahora; y puede conducirnos a una mejor fortuna que el mero merodear por estercoleros ajenos.

Y el viejo Algund dijo:

—El mejor de entre nosotros. Tiempo hubo en que habríamos hecho lo mismo si nos hubiéramos atrevido; pero hemos olvidado mucho. Quizá al final nos conduzca a casa.

Se le ocurrió entonces a Túrin que a partir de esa pequeña banda, podría conquistar un libre señorío propio. Pero miró a Algund y Andróg y dijo:

—¿A casa, dices? Altas y frías se interponen las Montañas de la Sombra. Detrás de ellas está el pueblo de Uldor, y en derredor las legiones de Angband. Si tales cosas no os amilanan, siete veces siete hombres, puede que entonces os conduzca a casa. Pero ¿hasta dónde, antes de morir?

Todos guardaron silencio. Entonces Túrin habló otra vez.

—¿Me escogéis como vuestro capitán? Entonces os conduciré primero a las tierras salvajes, lejos de las casas de los Hombres. Quizá allí encontremos mejor fortuna, quizá no; pero al menos no nos ganaremos el odio de los de nuestra propia especie.

Entonces todos los que pertenecían a la Casa de Hador lo rodearon y lo escogieron como capitán; y los demás, no de tan buen grado, los imitaron. E inmediatamente se los llevó lejos de ese país.[10]

Muchos mensajeros había enviado Thingol en busca de Túrin dentro de Doriath y en las tierras cercanas a las fronteras; pero en el año que siguió a su huida lo buscaron en vano, porque nadie sabía ni podía adivinar que estuviera con los forajidos y los enemigos de los Hombres. Cuando llegó el invierno, volvieron ante el rey, todos excepto Beleg. Cuando todos los demás hubieron partido, continuó buscando, solo.

Pero en Dimbar, y a lo largo de las fronteras septentrionales de Doriath, las cosas no marchaban bien. El Yelmo del Dragón ya no se veía en la batalla, y también se echaba en falta a Arcofirme; y los sirvientes de Morgoth se envalentonaron, y crecían de continuo en número y atrevimiento. El invierno llegó y pasó, y con la primavera se renovaron los ataques: Dimbar fue invadida y los Hombres de Brethil tenían miedo, porque el mal rondaba ahora en todas las fronteras, salvo en la del sur.

Había transcurrido ya casi un año desde la huida de Túrin, y todavía Beleg lo buscaba, con esperanzas cada vez más escasas. Fue hacia el norte en el curso de sus viajes, a los Cruces del Teiglin, y allí, al oír malas nuevas de una nueva incursión de orcos venidos de Taur-nu-Fuin, se volvió y llegó por casualidad a las casas de los Hombres del Bosque poco después de que Túrin abandonara esa región. Allí escuchó una extraña historia que circulaba entre ellos. Un hombre alto y de noble porte, o un guerrero Elfo según algunos, había aparecido en los bosques y había matado a uno de los *gaurwaith* y rescatado a la hija de Larnach, a quien perseguían.

—Era un hombre orgulloso —dijo la hija de Larnach a Beleg—, con ojos muy brillantes que apenas se dignaron mirarme. No obstante llamaba compañeros a los Licántropos, y no dio muerte a otro que allí se encontraba, y éste lo conocía por su nombre. Neithan, lo llamó.

—¿Puedes descifrar este acertijo? —preguntó Larnach al elfo.

—Sí, puedo, desdichadamente —dijo Beleg—. El hombre de quien me habláis es uno que yo busco. —Nada más les dijo de Túrin, pero les advirtió del mal que crecía en el Norte.— Pronto los Orcos asolarán esta región con fuerzas demasiado grandes como para que podáis resistiros —dijo—. Ha llegado el año en que tendréis que sacrificar vuestra libertad o vuestras vidas. ¡Id a Brethil mientras todavía hay tiempo!

Entonces Beleg siguió deprisa su camino, y buscó las guaridas de los forajidos, y signos que pudieran indicarle a dónde iban. No tardó en encontrar estos signos; pero Túrin llevaba varios días de ventaja y marchaba muy rápido temiendo la persecución de los Hombres del Bosque, y utilizaba todas las artes de que disponía para derrotar o desorientar a cualquiera que intentase seguirlos. Rara vez permanecían dos noches en el mismo campamento, y dejaban pocas huellas. Así fue que aun Beleg los buscó en vano. Guiado por signos que podía leer, o por los rumores sobre el paso de hombres entre las criaturas silvestres con las que podía hablar, se acercaba a menudo a ellos, pero cuando llegaba, la guarida estaba siempre desierta; porque mantenían una guardia alrededor, de día y de noche, y al menor rumor de que alguien se aproximaba levantaban el campamento deprisa y se iban.

—¡Ay! —exclamó— ¡Demasiado bien enseñé a este hijo de Hombres las artes de los bosques y los campos! Casi podría pensarse que es ésta una banda de Elfos. —Pero ellos, a su vez, sabían que un infatigable perseguidor al que no podían ver les seguía la pista, y no podían esquivarlo, y se inquietaron.[11]

Poco después, como Beleg había temido, los orcos atravesaron el Brithiach, y al ser resistidos con todas las fuerzas que pudo reunir Handir de Brethil, se encaminaron hacia el sur por los Cruces del Teiglin en busca de botín. Muchos de los Hombres del Bosque habían seguido el consejo de Beleg y habían enviado a sus mujeres y a sus hijos a pedir refugio en Brethil. Éstos y sus escoltas escaparon atravesando a tiempo los Cruces; pero los hombres armados que iban detrás fueron alcanzados por los orcos y cayeron derrotados. Unos pocos se abrieron camino luchando, y llegaron a Brethil, pero muchos fueron muertos o hechos prisioneros; y los orcos asaltaron las granjas y las saquearon y las incendiaron. Después se volvieron hacia el oeste en busca del Camino, porque deseaban ahora regresar al Norte tan pronto como pudieran junto con los cautivos y el botín.

Pero los exploradores de los forajidos no tardaron en enterarse de la presencia de ellos; y aunque poco se cuidaban de los cautivos, codiciaban el botín tomado a los Hombres del Bosque. A Túrin le parecía peligroso manifestarse a los orcos antes de saber cuántos eran; pero los forajidos no le hicieron caso, porque tenían necesidad de muchas cosas en las tierras salvajes, y algunos empezaban a lamentar que estuviera al mando. Por tanto, escogiendo a un tal Orleg como único compañero, Túrin fue a espiar a los orcos; y dejando el mando de la banda a Andróg, le encomendó que se mantuviera cerca y bien escondido hasta que volvieran.

Ahora bien, la hueste de los orcos era mucho más numerosa que la banda de los forajidos, pero se encontraban en tierras

que muy pocas veces habían osado invadir, y sabían también
que más allá del Camino estaba la Talath Dirnen, la Planicie
Guardada, en la que vigilaban los exploradores y los espías de
Nargothrond; y presintiendo el peligro, avanzaban con pre-
caución, y los exploradores avanzaban como animales, regis-
trando cada árbol a ambos lados de las filas de la marcha. Así
fue como Túrin y Orleg fueron descubiertos, porque tres exploradores tropezaron con su escondite; y aunque mataron a
dos, el tercero escapó gritando:

—*Golug! Golug!* —Ahora bien, ése era el nombre con que
designaban a los Noldor. Inmediatamente el bosque se llenó
de orcos que ampliaban la zona de búsqueda en silencio y lo
registraban a todo lo largo y todo lo ancho. Entonces Túrin,
viendo que había pocas esperanzas de escapar, pensó que al
menos podía tratar de engañarlos y alejarlos del escondite de
sus hombres; y dándose cuenta por el grito de *Golug!* que tenían miedo de los espías de Nargothrond, huyó con Orleg
hacia el oeste. Fueron perseguidos inmediatamente, pero por
muchos giros y quiebros que hicieran, al fin tuvieron que salir
del bosque. Allí fueron descubiertos, y cuando trataban de
cruzar el Camino, Orleg fue alcanzado por muchas flechas.
Pero a Túrin lo salvó la malla élfica y consiguió escapar solo
en las tierras salvajes del otro lado, y por su rapidez y habilidad eludió a sus enemigos internándose en tierras lejanas y
desconocidas para él. Entonces los orcos, temiendo provocar a
los elfos de Nargothrond, dieron muerte a los cautivos y se
dirigieron rápidamente al Norte.

Ahora bien, cuando tres días hubieron transcurrido, y Túrin y Orleg no regresaban, algunos de los forajidos quisieron
abandonar la caverna en la que se escondían; pero Andróg se
opuso. Y mientras estaban en medio de este debate, de pronto
una figura gris se irguió ante ellos. Beleg los había encontrado

por fin. Avanzó sin arma alguna en las manos y mostrando las palmas; pero ellos dieron un salto de miedo, y Andróg, acercándosele por detrás, le echó un lazo corredizo y tiró de él amarrándole fuertemente los brazos.

—Si no queréis huéspedes, tendríais que mantener una mejor vigilancia —dijo Beleg—. ¿Por qué me dais esta bienvenida? Vengo como amigo y sólo busco a un amigo. Sé que lo llamáis Neithan.

—No se encuentra aquí —dijo Ulrad—, pero a menos que nos espíes desde hace tiempo, ¿cómo sabes su nombre?

—Ésta es la sombra que nos viene siguiendo los pasos —dijo Andróg—. Ahora quizá nos enteremos de sus verdaderos propósitos. —Y ordenó que ataran a Beleg a un árbol junto a la caverna; y cuando estuvo bien amarrado de manos y de pies, lo interrogaron. Pero a todas sus preguntas Beleg daba sólo una respuesta:— He sido amigo de este Neithan desde que por primera vez lo encontré en los bosques, y no era entonces más que un niño. Sólo lo busco por cariño y para darle buenas nuevas.

—Matémosle y librémonos del espía —dijo Andróg, colérico, y miró con codicia el arco de Beleg, porque él mismo era un arquero. Pero otros menos duros de corazón hablaron contra él, y Algund le dijo:— El capitán todavía puede volver, y te arrepentirás si se entera de que le has robado a un amigo junto con buenas nuevas.

—No doy crédito a las palabras de este Elfo —dijo Andróg—. Es un espía del Rey de Doriath. Pero si tiene en verdad nuevas, que nos las diga; y juzgaremos si ellas justifican que lo dejemos vivir.

—Esperaré a vuestro capitán —dijo Beleg.

—Te quedarás ahí hasta que hables —le dijo Andróg.

Entonces, a instancias de Andróg, dejaron a Beleg atado

al árbol sin alimentos ni agua; y se sentaron cerca comiendo y bebiendo, pero él ya no les habló más. Cuando dos días y dos noches hubieron pasado de este modo, sintieron enfado y temor, y estaban ansiosos por partir; y la mayoría estaba ahora dispuesta a dar muerte al Elfo. Así que avanzó la noche, se reunieron a su alrededor, y Ulrad trajo un tizón del pequeño fuego que ardía junto a la boca de la caverna. Pero en ese mismo momento regresó Túrin. Llegando en silencio, como era su costumbre, se detuvo en las sombras más allá del anillo de hombres, y vio la cara macilenta de Beleg a la luz del tizón.

Entonces se sintió como herido por una flecha, y como la escarcha que se derrite súbitamente, lágrimas por mucho tiempo retenidas le llenaron los ojos. Dio un salto y se acercó corriendo al árbol.

—¡Beleg, Beleg! —gritó—. ¿Cómo has llegado hasta aquí? ¿Y por qué te encuentras de ese modo? —Sin demora cortó las ligaduras de su amigo y Beleg cayó hacia adelante en sus brazos.

Cuando Túrin hubo escuchado todo lo que los hombres estuvieron dispuestos a decir, sintió enfado y pena; pero en un principio sólo prestó atención a Beleg. Mientras lo atendía con toda la habilidad de que era capaz, pensó en la vida que llevaba en el bosque, y su enfado se volvió contra él mismo. Porque muchos forasteros habían muerto al ser sorprendidos cerca de la guarida de los forajidos, o emboscados por ellos, y él no lo había impedido; y a menudo él mismo había hablado mal del Rey Thingol y de los Elfos Grises, por lo que tenía parte de la culpa si se los trataba como a enemigos. Entonces con amargura se volvió a los hombres.

—Habéis sido crueles —dijo—, y lo habéis sido sin necesidad. Nunca hasta ahora hemos dado tormento a un prisionero; pero la vida que llevamos hace que nos comportemos como orcos. Todas nuestras acciones han carecido de ley y de fruto; sólo a nosotros nos han servido y han alimentado el odio en nuestros corazones.

Pero Andróg dijo:

—¿A quién hemos de servir, sino a nosotros mismos? ¿A quién hemos de amar cuando todos nos odian?

—Mis manos, por lo menos, no se levantarán otra vez contra Elfos u Hombres —dijo Túrin—. Angband ya tiene bastantes sirvientes. Si otros no hacen este voto conmigo, partiré solo.

Entonces Beleg abrió los ojos y levantó la cabeza.

—¡Solo no! —dijo—. Ahora por fin puedo comunicarte las nuevas que te traigo. No eres un proscrito, y Neithan no es nombre adecuado para ti. La falta que se vio en ti está perdonada. Un año has sido buscado para devolverte el honor y al servicio del rey. Durante demasiado tiempo se ha echado de menos el Yelmo del Dragón.

Pero Túrin no dio muestras de alegría al escuchar las nuevas, y se quedó sentado largo tiempo en silencio; porque al escuchar las palabras de Beleg una sombra había caído otra vez sobre él.

—Dejemos que transcurra esta noche —dijo por fin—. Luego decidiré. Sea como fuere, hemos de abandonar mañana esta guarida; porque no todos los que nos siguen nos desean el bien.

—No, ninguno —dijo Andróg, y echó a Beleg una mirada torcida.

A la mañana, Beleg, que se había curado pronto de las heridas como les sucedía a los Elfos de antaño, habló aparte con Túrin.

—Esperaba más alegría de mis nuevas —dijo—. ¿Entiendo que volverás a Doriath? —Y rogó de mil maneras a Túrin que lo hiciera; pero cuanto más insistía, más se oponía Túrin.

No obstante, interrogó a Beleg con detalle acerca de la sentencia de Thingol. Entonces Beleg le dijo todo lo que sabía, y por fin Túrin dijo:— Entonces Mablung demostró que era mi amigo, como parecía antaño.

—Amigo de la verdad, más bien —dijo Beleg—, y eso fue lo mejor, al fin y al cabo. Pero ¿por qué, Túrin, no le dijiste que Saeros te había atacado? De haberlo hecho, muy diferentes habrían sido las cosas. Y —dijo mirando a los hombres que yacían tendidos frente a la caverna— mantendrías el yelmo todavía en alto, y no habrías caído en esto.

—Es posible, si lo llamas caída —dijo Túrin—. Puede ser. Pero así sucedió todo; y las palabras se me trabaron en la garganta. Me miraba con aire de reprobación, sin hacerme preguntas, por un hecho que yo no había cometido. Mi corazón de Hombre era orgulloso, como lo dijo el rey elfo. Y todavía lo es, Beleg Cúthalion. No soporto la idea de regresar a Menegroth y ser mirado con piedad y perdón como un niño descarriado que ha vuelto a la buena senda. Yo tendría que conceder el perdón, en lugar de recibirlo. Y no soy ya un niño, sino un hombre, según ocurre con mi especie; y un hombre endurecido por el destino.

Entonces Beleg se sintió perturbado.

—¿Qué harás entonces? —preguntó.

—Ir en libertad —dijo Túrin—, como me deseó Mablung al despedirnos. La gracia de Thingol no se extenderá hasta abarcar a los compañeros de mi caída; pero no me separaré de ellos ahora, si ellos no quieren separarse de mí. Les amo a mi manera, aun a los peores de entre ellos, un poco. Son de mi propia especie, y en cada uno de ellos hay algo de bueno que podría fructificar. Creo que se quedarán conmigo.

—Ves con ojos diferentes de los míos —dijo Beleg—. Si tratas de separarlos del mal, te abandonarán. Dudo de ellos, de uno sobre todo.

—¿Cómo ha de juzgar un Elfo a los Hombres? —dijo Túrin.

—Como juzga todas las acciones, realizadas por cualquiera —respondió Beleg, pero ya no dijo más, y no habló de la malicia de Andróg, principal responsable del maltrato al que había sido sometido; pues al advertir el estado de ánimo de Túrin temió que no le creyera y que dañaría así la vieja amistad que había entre ellos, empujándolo a recaer en malas acciones.

—Cuando dices ir en libertad, Túrin, mi amigo —dijo—, ¿a qué te refieres?

—Tendré a mis propios hombres y haré la guerra a mi propio modo —respondió Túrin—. Pero en esto, cuando menos, ha cambiado mi corazón: me arrepiento de todos los golpes que hemos dado, salvo los asestados contra el Enemigo de los Hombres y de los Elfos. Y, sobre todo, querría tenerte junto a mí. ¡Quédate conmigo!

—Si me quedara contigo, el amor sería mi guía, no la sabiduría —dijo Beleg—. El corazón me advierte que deberíamos volver a Doriath.

—No obstante, no iré allí —dijo Túrin.

Entonces Beleg intentó una vez más persuadirlo de que volviera a ponerse al servicio del Rey Thingol, diciendo que había una gran necesidad de fuerza y valor en las fronteras septentrionales de Doriath, y le habló de las nuevas incursiones de los orcos, que descendían a Dimbar desde Taur-nu-Fuin por el Paso de Anach. Pero de nada sirvieron sus palabras, y por fin dijo:

—Te has llamado a ti mismo un hombre endurecido, Túrin. Eres duro en verdad, y terco. A mí me toca ahora. Si quieres en verdad tener al Arcofirme junto a ti, búscame en Dimbar; porque allí volveré.

Entonces Túrin se quedó sentado en silencio y luchó con

su orgullo, que no le permitía volver; y meditó sobre los años que habían quedado atrás. Pero saliendo de pronto de sus pensamientos dijo a Beleg:

—La doncella elfa a la que te referiste: le estoy en deuda por su oportuno testimonio; sin embargo, no la recuerdo. ¿Por qué vigilaba mis idas y venidas?

Entonces Beleg lo miró de un modo extraño.

—¡Por qué, en verdad! —dijo—. Túrin, ¿has vivido siempre con tu corazón y la mitad de la mente ausentes? Andabas con Nellas por los bosques de Doriath cuando eras un niño.

—Eso fue hace mucho —dijo Túrin—. O así de distante me parece mi infancia ahora, y una neblina envuelve todo, salvo el recuerdo de la casa de mi padre en Dor-lómin. Pero ¿por qué habría yo andado con una doncella elfa?

—Para aprender lo que ella pudiera enseñarte, quizá —dijo Beleg—. ¡Ay, hijo de los Hombres, hay otras penas en la Tierra Media que las tuyas, y hay heridas que no abren las armas! En verdad, empiezo a pensar que los Elfos y los Hombres no deberían conocerse ni mezclarse.

Túrin no dijo nada, pero miró largo tiempo la cara de Beleg como si quisiera leer en ella el enigma de sus palabras. Pero Nellas de Doriath no volvió a verlo, y la sombra de Túrin se alejó de ella.[12]

De Mîm el Enano

Después de la partida de Beleg (en el segundo verano tras la huida de Túrin de Doriath),[13] no les fue bien a los forajidos. Llovió cuando no debía, y los orcos, en números más crecidos que nunca, venían desde el Norte y a lo largo del viejo Camino del Sur cruzando el Teiglin, e infestaban todos los bosques sobre las fronteras occidentales de Doriath. Apenas había momentos de seguridad o descanso para la banda de Túrin, que huía más de lo que cazaba.

Una noche, mientras acechaban en medio de la oscuridad sin fuego, Túrin pensó en la vida que había tenido hasta entonces, y le pareció que podía mejorarse. «He de encontrar algún refugio seguro —pensó— y reunir provisiones contra el invierno y el hambre.» Y al día siguiente condujo lejos a sus hombres, más lejos de lo que habían estado nunca del Teiglin y de las fronteras de Doriath. Al cabo de tres días de viaje, se detuvieron en la linde occidental de los bosques del Valle del Sirion. Allí la tierra se hacía más seca y más desnuda a medida que empezaba a ascender hacia los páramos.

Poco después, un día de lluvia en que la luz grisácea menguaba, Túrin y sus hombres hallaron refugio en un matorral de acebos; y en derredor se extendía un espacio vacío de árboles, en el que había muchas grandes piedras inclinadas, o caídas unas sobre otras. Todo estaba en silencio, excepto por las gotas que caían de las hojas. De pronto un hombre que estaba de guardia dio la alarma, y saliendo del refugio vieron a tres figuras encapuchadas, vestidas de gris, que andaban furtivas entre las piedras. Cada uno cargaba un gran saco, pero, a pesar de ello, iban deprisa.

Túrin les dio la voz de alto, y los hombres corrieron detrás como perros; pero los encapuchados continuaron su camino, y aunque Andróg les disparaba flechas, dos de ellos se desvanecieron en el crepúsculo. Uno quedó atrás, pues era más lento o cargaba un peso mayor; y pronto fue alcanzado y derribado y sujetado por muchas manos, aunque se debatía y mordía como una bestia. Pero llegó Túrin y reprendió a sus hombres.

—¿Qué tenéis ahí? ¿Qué necesidad hay de ser tan feroces? Es viejo y pequeño. ¿Qué mal hay en él?

—Muerde —dijo Andróg mostrándole una mano que sangraba—. Es un orco, o algo emparentado con los Orcos. ¿Lo matamos?

—No se merece menos por frustrar nuestras esperanzas —dijo otro, que se había apoderado del saco—. No hay aquí nada más que raíces y piedrecitas.

—No —replicó Túrin—, tiene barba. No es más que un enano, me parece. Dejadlo que se ponga en pie y que hable.

Así fue cómo Mîm entró en la Historia de los Hijos de Húrin. Porque se irguió con dificultad sobre sus rodillas a los pies de Túrin y suplicó que le perdonaran la vida.

—Soy viejo —dijo— y pobre. Sólo un enano como decís, y no un Orco. Mîm es mi nombre. No dejéis que me maten, señor, sin causa alguna, como lo harían los Orcos.

Entonces Túrin se apiadó de él en su corazón, pero dijo:

—Pareces pobre, Mîm, en efecto, aunque esto es extraño en un enano; pero nosotros lo somos más todavía, me parece: hombres sin casa ni amigos. Si dijera que no te vamos a perdonar por piedad solamente, pues nuestra necesidad es grande, ¿qué rescate ofrecerías?

—No sé qué deseáis, señor —dijo Mîm precavido.

—En este momento, bastante poco —dijo Túrin mirando amargamente alrededor con los ojos nublados de lluvia—. Un sitio seguro donde dormir al abrigo de los húmedos bosques. Sin duda cuentas con eso para ti.

—Así es —dijo Mîm—; pero no puedo darlo en rescate. Soy demasiado viejo para vivir bajo el cielo.

—No es necesario que envejezcas más —dijo Andróg, avanzando con un cuchillo en la mano que no tenía herida—. Yo puedo prevenirlo.

—¡Señor! —gritó Mîm muy asustado—. Si yo pierdo la vida, vosotros perderéis la morada; porque no la encontraréis sin Mîm. No puedo dárosla, pero la compartiré. Hay más espacio en ella que el que hubo otrora: son tantos los que se han ido para siempre. —Y se echó a llorar.

—Se te perdona la vida, Mîm —dijo Túrin.

—Hasta que lleguemos a su guarida al menos —dijo Andróg.

Pero Túrin se volvió hacia él y dijo:

—Si Mîm nos lleva a su morada sin engaño y la morada es buena, habrá pagado rescate por su vida, y ningún hombre de los que me siguen lo matará. Esto lo juro.

Entonces Mîm enlazó con sus brazos las rodillas de Túrin diciendo:

—Mîm será vuestro amigo, señor. Al principio creí que erais un elfo por vuestra lengua y vuestra voz; pero si sois un hombre, mejor. A Mîm no le gustan los Elfos.

—¿Dónde se encuentra esa casa tuya? —preguntó Andróg—. Tendrá que ser buena, en verdad, si Andróg ha de compartirla con un Enano. Porque a Andróg no le gustan los Enanos. No hay mucho de bueno en las historias de esa raza que mi pueblo trajo del Este.

—Juzga mi casa cuando la veas —dijo Mîm—. Pero necesitaréis luz para el camino, Hombres de pies torpes. Volveré pronto y os guiaré.

—¡No, no! —dijo Andróg—. No permitirás esto, ¿no es cierto, capitán? Nunca volverías a ver al viejo bribón.

—Está oscureciendo —dijo Túrin—. Que nos deje alguna señal. ¿Te guardaremos el saco con su contenido, Mîm?

Pero entonces el enano cayó de rodillas, otra vez muy perturbado.

—Si Mîm no tuviera intención de volver, no volvería por un viejo saco de raíces —dijo—. Volveré. ¡Dejadme partir!

—No lo haré —dijo Túrin—. Si no quieres separarte de

tu saco, has de permanecer con él. Una noche bajo los árboles quizá haga que te apiades de nosotros. —Pero observó, y también los demás, que Mîm daba más importancia a su cargamento de lo que parecía tener, a primera vista.

Condujeron al viejo Enano a su miserable campamento, y mientras él andaba, mascullaba cosas en una lengua extraña que un antiguo odio volvía áspera; pero cuando le amarraron las piernas, se calló de repente. Y los que estaban de guardia lo vieron sentado toda la noche, silencioso e inmóvil como una piedra, salvo sus ojos insomnes que resplandecían mientras erraban por la oscuridad.

Antes del amanecer amainó la lluvia, y un viento agitó los árboles. El alba llegó más brillante que en los últimos días, y los aires ligeros del Sur despejaron el cielo, pálido y claro en torno al sol naciente. Mîm seguía sentado sin moverse y parecía como muerto; porque ahora tenía cerrados los pesados párpados, y la luz de la mañana lo mostraba marchito y empequeñecido por la vejez. Túrin se levantó y lo miró.

—Hay suficiente luz ahora —dijo.

Entonces Mîm abrió los ojos y señaló sus ligaduras; y cuando lo desataron, habló con fiereza:

—¡Enteraos de esto, necios! —dijo—. ¡No amarréis jamás a un Enano! No podrá perdonarlo. No deseo morir, pero el corazón me arde por lo que habéis hecho. Me arrepiento de lo que os he prometido.

—Pero yo no —dijo Túrin—. Me conducirás a tu casa. Hasta entonces, no hablaremos de muerte. Ésa es mi voluntad. —Miró fijamente los ojos del enano, y Mîm no pudo soportarlo; pocos eran en verdad los que podían desafiar la mirada de Túrin cuando había en ella decisión o cólera. No tardó en volver la cabeza y se puso en pie.— ¡Seguidme, señor! —dijo.

—¡Bien! —dijo Túrin—. Pero ahora añadiré esto: comprendo tu orgullo. Puede que mueras, pero no volveré a amarrarte.

Entonces Mîm los llevó de nuevo al lugar donde lo habían capturado y señaló hacia el oeste.

—¡Allí está mi casa! —dijo—. La habréis visto a menudo, supongo, porque es elevada. Sharbhund la llamábamos antes de que los Elfos cambiaran todos los nombres. —Entonces vieron que estaba señalando Amon Rûdh, la Colina Calva, cuya cabeza desnuda dominaba muchas leguas de las tierras salvajes.

—La hemos visto, pero nunca de cerca —dijo Andróg—. Porque ¿qué guarida segura puede haber allí, o agua o cualquier otra cosa que necesitemos? Adiviné que habría alguna trampa. ¿Acaso los hombres se esconden en la cima de las montañas?

—Una vista amplia puede resultar más segura que acechar en las sombras —dijo Túrin—. Amon Rûdh domina grandes distancias. Bien, Mîm, iré a ver qué puedes ofrecer. ¿Cuánto nos llevará a nosotros, hombres de pies torpes, llegar allí?

—Todo este día hasta que anochezca —respondió Mîm.

La compañía se puso en camino hacia el oeste, y Túrin iba a la cabeza con Mîm a su lado. Caminaban cautelosos cuando abandonaron el bosque, pero toda la tierra estaba desierta y en silencio. Pasaron por encima de las rocas caídas y comenzaron a escalar; porque Amon Rûdh estaba en el extremo este de los altos páramos que se alzaban entre los valles del Sirion y el Narog, y la cima se levantaba más de mil pies por encima del baldío pedregoso. Sobre la ladera oriental un terreno quebrantado ascendía lentamente entre espesuras aisladas de abedules y serbales, y viejos árboles de espinos arraigados en la roca. En las laderas bajas de Amon Rûdh crecían malezas de *aeglos;* pero la escarpada cabeza gris estaba desnuda, salvo por el *seregon* rojo que cubría la piedra.[14]

Cuando caía la tarde, los forajidos se acercaron al pie de la montaña. Llegaban ahora desde el norte, porque por ese camino los había conducido Mîm, y la luz del sol poniente caía sobre la cima de Amon Rûdh y el *seregon* estaba plenamente florecido.

—¡Mirad! Hay sangre en la cima de la montaña —dijo Andróg.

—Aún no —dijo Túrin.

El sol se ponía y la luz declinaba en las hondonadas. La montaña se levantaba ahora por delante y por encima de ellos, y se preguntaban qué necesidad había de guía para llegar a una meta tan evidente. Pero mientras Mîm los conducía y empezaron a ascender las últimas cuestas empinadas, advirtieron que seguía algún sendero por signos secretos o por una vieja costumbre. El sendero serpenteaba de continuo, y si miraban de costado veían unos valles oscuros, que se abrían a un lado y a otro, o que la tierra descendía a baldíos de piedra gris con aberturas o pendientes y agujeros ocultos por arbustos y espinos. Allí, sin guía, habrían tenido que esforzarse y trepar durante muchos días para encontrar un camino.

Al fin llegaron a un terreno más empinado, pero menos irregular. Pasaron bajo la sombra de unos viejos serbales a pasadizos formados por *aeglos* de patas largas, donde la penumbra exhalaba un dulce aroma.[15] Entonces, de repente, encontraron ante ellos un muro de piedra, liso y escarpado, que se alzaba como una torre en el crepúsculo.

—¿Es ésta la puerta de tu casa? —preguntó Túrin—. A los Enanos les encanta la piedra, según dicen. —Se acercó a Mîm por temor de que éste les hiciese, en el último momento, alguna jugarreta.

—No la puerta de la casa, sino el portón del patio —dijo

Mîm. Entonces se volvió a la derecha a lo largo del pie del acantilado, y al cabo de veinte pasos se detuvo de súbito; y Túrin vio que por obra de manos o del tiempo había una falla en la piedra, donde las dos caras del muro se superponían, y entre ellas, a la izquierda, había una abertura. Unas plantas colgantes arraigadas en grietas que había en lo alto disimulaban la entrada, y dentro había un empinado sendero de piedra que ascendía en la oscuridad. De él brotaba agua, y todo estaba muy húmedo. Uno por uno fueron entrando en fila. En la cima el sendero doblaba a la derecha, y otra vez al sur, y a través de una maleza de espinos llegaba a una planicie verde, y desaparecía luego en las sombras. Habían llegado a la casa de Mîm, Bar-en-Nibin-noeg,[16] que sólo se recordaba en las antiguas historias de Doriath y Nargothrond, y que ningún hombre había visto. Pero caía la noche, y el este estaba iluminado de estrellas, y no podían ver todavía la forma de ese extraño lugar.

Amon Rûdh tenía una corona: una gran masa parecida a una escarpada gorra de piedra, con una cima chata y desnuda. Sobre el lado norte había una terraza nivelada y casi cuadrada, que no podía verse desde abajo; porque detrás de ella se levantaba la corona de la montaña como un muro, y las vertientes este y oeste eran unos riscos escarpados. Sólo aquellos que conocieran el camino[17] podían llegar a ella con comodidad desde el norte, por donde ellos habían venido. Desde la hendedura salía una senda hacia un bosquecillo de abedules enanos, que crecían en torno a un límpido estanque en una cuenca abierta en la roca. A este estanque lo alimentaba una fuente, que manaba al pie del muro que tenía por detrás, y por un arroyuelo se vertía como una hebra blanca sobre el borde occidental de la terraza. Detrás de la pantalla de árboles, cerca de la fuente y entre dos altos contrafuertes de roca, había una cueva. No parecía más que una gruta poco profunda, con un arco bajo y quebrado; pero había sido excavada y horadada profundamente en la montaña por las manos lentas de los Enanos Mezquinos, en el curso de los largos años que allí habían vivido, sin que los Elfos Grises de los bosques vinieran a perturbarlos.

A través de la profunda penumbra Mîm los condujo más allá del estanque, donde ahora se reflejaban las pálidas estrellas entre las sombras de los abedules. A la entrada de la cueva, se volvió e hizo una reverencia a Túrin.

—Entrad —dijo— a Bar-en-Danwedh, la Casa del Rescate; porque así se llamará ahora.

—Puede que así sea —dijo Túrin—. Miraré primero.
—Entonces entró con Mîm, y los otros, al ver que no mostraba ningún temor, lo siguieron, aun Andróg, el que más desconfiaba del Enano. Pronto se encontraron en una negra oscuridad; pero Mîm batió palmas y una lucecita apareció de súbito en un rincón; y desde un pasaje en el fondo de la gruta exterior, avanzó otro Enano que llevaba una pequeña antorcha.

—¡Ja! ¡Erré el tiro, tal como lo temía! —dijo Andróg. Pero Mîm habló con el otro deprisa en su propia áspera lengua, y perturbado o enfadado por lo que estaba oyendo, se precipitó en el pasaje y desapareció. Entonces Andróg quiso tomar la delantera—. ¡Ataquemos primero! —dijo—. Puede haber todo un enjambre, pero son pequeños.

—Tres solamente, me parece —dijo Túrin; y emprendió la marcha, mientras detrás de él los forajidos avanzaban vacilando, palpando las rugosas paredes. Muchas veces el pasaje doblaba abruptamente a un lado y a otro; pero por fin, una luz tenue brilló delante, y llegaron a una estancia pequeña pero alta, iluminada pálidamente por unas lámparas que colgaban de delgadas cadenas desde el techo en sombras. Mîm no se encontraba allí, pero era posible oír su voz, y guiado por ella, Túrin llegó a la puerta de una habitación que se abría al fondo de la estancia. Miró dentro y vio a Mîm arrodillado en el suelo. Junto a él estaba en silencio el enano con la antorcha; pero sobre un lecho de piedra junto a la pared más lejana, yacía otro.

—¡Khîm, Khîm, Khîm! —gemía el viejo enano mesándose la barba.

—No todas tus flechas volaron en vano —dijo Túrin a Andróg—. Pero es probable que de ésta te arrepientas. Sueltas flechas demasiado a la ligera; pero también es probable que no vivas lo suficiente como para corregirte. —Luego, entrando lentamente, Túrin se puso detrás de Mîm y le habló.— ¿Qué ocurre, Mîm? —dijo—. Conozco algunas artes curativas. ¿Puedo ayudarte?

Mîm volvió la cabeza y había una luz roja en sus ojos.

—No, a no ser que puedas volver el tiempo atrás, y cortar luego las crueles manos de tus hombres —respondió—. Éste es mi hijo, atravesado por una flecha. Está ahora más allá de toda palabra. Murió al ponerse el sol. Tus ligaduras me impidieron curarlo.

Otra vez la piedad, demasiado tiempo petrificada, inundó el corazón de Túrin como agua brotada de una roca.

—¡Ay! —dijo—. Haría volver atrás esa flecha si pudiera. Ahora Bar-en-Danwedh, la Casa del Rescate, se llamará ésta en verdad. Porque vivamos en ella o no, me tendré por tu deudor; y si alguna vez llego a poseer alguna fortuna, te pagaré un rescate en oro macizo por tu hijo, en señal de dolor, aunque eso no devolverá la alegría que ha perdido tu corazón.

Entonces Mîm se puso en pie y miró largo tiempo a Túrin.

—Te escucho —dijo—. Hablas como un señor enano de antaño, y eso me maravilla. Mi corazón está ahora más sereno, aunque no complacido. Por tanto, pagaré mi propio rescate: puedes vivir aquí si quieres. Pero esto agregaré: el que disparó ese tiro ha de romper su arco y sus flechas y las ha de poner a los pies de mi hijo; y nunca más ha de cargar arco ni flechas. Si lo hace, morirá. De este modo lo maldigo.

Andróg tuvo miedo cuando oyó esa maldición; y aunque lo hizo de muy mala gana, quebró su arco y sus flechas y las puso a los pies del enano muerto. Pero cuando salió de la cámara, miró con malignidad a Mîm y murmuró:

—Dicen que la maldición de un enano no ceja jamás; pero la de un Hombre también puede llegar a destino. ¡Que muera con la garganta atravesada por un dardo![18]

* * *

Esa noche durmieron en la sala, y tardaron en conciliar el sueño a causa de los lamentos de Mîm y de Ibun, el otro hijo de Mîm. No supieron cuándo se callaron, pero cuando despertaron, los enanos se habían ido, y una piedra cerraba la cámara. El día estaba nuevamente hermoso, y al sol de la mañana los forajidos se lavaron en el estanque y se prepararon los alimentos de los que disponían; y mientras estaban comiendo Mîm apareció delante de ellos.

Hizo una reverencia ante Túrin.

—Se ha ido y todo está terminado —dijo—. Yace con sus padres. Volvemos ahora a la vida que nos queda, aunque los días que tengamos por delante sean breves. ¿Te complace la casa de Mîm? ¿Está pagado y aceptado el rescate?

—Lo está —dijo Túrin.

—Entonces todo te pertenece y puedes ordenar tu vivienda a tu antojo, salvo la cámara que está cerrada: nadie la abrirá salvo yo.

—Te escuchamos —dijo Túrin—. En cuanto a nuestra

vida aquí, está segura, o así lo parece al menos; pero tenemos que conseguir alimentos y otras cosas. ¿Cómo saldremos? O, mejor aún, ¿cómo hemos de volver?

La risa gutural de Mîm despertó la inquietud en ellos.

—¿Temes haber seguido a una araña hasta el centro de la tela? —dijo—. ¡Mîm no devora Hombres! Y mal se las vería una araña con treinta avispas al mismo tiempo. Vosotros estáis armados, tenedlo en cuenta, y yo estoy aquí desnudo. No; debemos compartir, vosotros y yo: casa, alimento y fuego, y quizá otras ganancias. La casa, creo, la guardaréis y la mantendréis en secreto por vuestro bien, aun cuando conozcáis el camino por el que se sale y se vuelve. Lo conoceréis con el tiempo. Pero entretanto Mîm debe guiaros, o Ibun, su hijo.

Lo aceptó así Túrin y dio las gracias a Mîm, y la mayor parte de sus hombres estuvieron conformes; porque bajo el sol de la mañana, todavía alto en el cielo, parecía un lugar hermoso para vivir. Sólo Andróg no estaba satisfecho.

—Cuanto antes seamos dueños de nuestras entradas y salidas, mejor que mejor —dijo—. Nunca habíamos puesto nuestra ventura en manos de un prisionero ofendido.

Ese día descansaron y limpiaron las armas y compusieron sus enseres; porque tenían alimentos que les durarían un día o dos todavía, y Mîm sumaba lo suyo a lo que poseían. Les prestó tres grandes ollas y también fuego; y trajo un saco.

—Basura —dijo—. Indigna de robo. Sólo raíces silvestres.

Pero una vez cocinadas, esas raíces resultaron muy buenas, algo semejantes al pan; y los forajidos se alegraron, porque durante mucho tiempo carecieron de pan, salvo cuando podían robarlo.

—Los Elfos Salvajes no las conocen; los Elfos Grises no las han encontrado; los orgullosos de allende el Mar son demasiado orgullosos para cavar —dijo Mîm.

—¿Cómo se llaman? —preguntó Túrin.

Mîm lo miró de soslayo.

—No tienen nombre, salvo en la lengua de los Enanos, que mantenemos en secreto —dijo—. Y no enseñamos a los Hombres a encontrarlas, porque los Hombres son codiciosos y derrochadores y acabarían con todas las plantas; en cambio ahora pasan junto a ellas mientras andan a tropiezos por las tierras salvajes. No sabréis más por mí; pero podéis hacer uso de mi liberalidad en tanto habléis con educación y no espiéis ni robéis. —Entonces echó otra risa gutural.— Tienen un gran valor —dijo—. Más que el oro en el hambre del invierno, porque pueden atesorarse como las nueces de una ardilla y ya empezábamos su almacenaje con las primeras maduras. Pero sois tontos si creéis que no habría estado dispuesto a perder una pequeña cantidad ni siquiera por salvar la vida.

—Te escucho —dijo Ulrad, que había examinado el saco cuando capturaron a Mîm—. No obstante, no quisiste separarte de él, y tus palabras me intrigan más todavía.

Mîm se volvió y lo miró sombrío.

—Tú eres uno de los tontos que la primavera no lloraría si murieras en invierno —dijo—. Había dado mi palabra, y por tanto habría vuelto, lo quisiera o no, con saco o sin él. ¡Que un hombre sin ley ni fe piense lo que quiera! Pero no me agrada que unos malvados me quiten por la fuerza lo que es mío, aunque sólo fuera una tirilla para atar los zapatos. Recuerdo muy bien que tus manos estaban entre las que me amarraron y me impidieron volver a hablar con mi hijo. Cuando saque el pan de la tierra de mi almacén, a ti no te daré nada, y si lo comes, será por la generosidad de tus compañeros, no la mía.

Entonces Mîm se apartó; pero Ulrad, que se había amilanado ante su ira, habló a sus espaldas:

—¡Altivas palabras! Pero el viejo bribón tenía otras cosas

en el saco, de forma parecida, sólo que más duras y pesadas. Quizá haya otras cosas en las tierras salvajes, además del pan de la tierra, que los Elfos no han encontrado y los Hombres no deben conocer.[19]

—Quizá sea así —dijo Túrin—. No obstante, el enano dijo la verdad sobre un punto al menos: cuando te llamó tonto. ¿Por qué has de dar voz a tus pensamientos? El silencio, si las buenas palabras se te atragantan, serviría mejor a todos nuestros fines.

Ese día transcurrió en paz, y ninguno de los forajidos tuvo deseos de salir. Túrin se paseó largo tiempo por el verde césped de la terraza, de un extremo al otro; y miró hacia el este y el oeste y el norte, y se asombró al ver cuán distante se extendía la vista en el aire claro. Miró hacia el norte y divisó el Bosque de Brethil, que verdeaba en las laderas de Amon Obel en medio de esa tierra, y hacia allí volvía la mirada una y otra vez, y no sabía por qué; porque antes el corazón llevaba su mirada hacia el noroeste, donde al cabo de una legua tras otra, sobre los bordes del cielo, le parecía poder divisar las Montañas de la Sombra, los muros de su hogar. Pero al caer la tarde Túrin miró en el oeste el cielo del crepúsculo, mientras el sol rojo descendía por las nieblas sobre las costas distantes, y el Valle del Narog, que yacía profundo en las sombras.

Así empezó la estadía de Túrin, hijo de Húrin, en las salas de Mîm, en Bar-en-Danwedh, la Casa del Rescate.

Para la historia de Túrin, desde su llegada a Bar-en-Danwedh hasta la caída de Nargothrond, véase El Silmarillion *págs. 204-15, y más adelante el Apéndice de «Narn i Hîn Húrin» pág. 166 y siguientes.*

La vuelta de Túrin a Dor-lómin

Por fin, fatigado por la prisa y el largo camino (porque durante más de cuarenta leguas había viajado sin descanso), Túrin llegó junto con los primeros hielos del invierno a los estanques de Ivrin, donde antes había conseguido curarse. Pero no eran ahora más que lodo congelado, y ya no le fue posible beber allí.

Llegó luego a los pasos por los que se accedía a Dor-lómin;[20] y la nieve venía amarga desde el Norte, y los caminos eran fríos y peligrosos. Aunque habían transcurrido veintitrés años desde que había pisado esa senda, la tenía grabada en el corazón, tanto había sido el dolor de cada paso que lo separaba de Morwen. Así, por fin, volvió a la tierra de su infancia. Estaba lóbrega y desnuda; y la gente era allí escasa y ruda, y hablaba el lenguaje áspero de los Orientales, y la vieja lengua se había convertido en la lengua de los siervos o de los enemigos.

Por tanto Túrin avanzó cauteloso, encapuchado y en silencio, y llegó por fin a la casa que buscaba. Se alzaba vacía y oscura, y no había ninguna criatura viva cerca; porque Morwen había partido, y Brodda, el Intruso (el que había desposado por la fuerza a Aerin, pariente de Húrin), había saqueado la casa y se había llevado todo lo que quedaba de bienes y sirvientes. La casa de Brodda era la que más cerca estaba de la vieja casa de Húrin, y hacia allí se encaminó Túrin, agotado por el viaje y la pena, para pedir albergue; y le fue concedido, porque Aerin todavía conservaba allí algunas de las bondadosas prácticas de antaño. Se le dio un asiento junto al fuego entre los sirvientes y unos pocos vagabundos casi tan tristes y cansados como él; y pidió noticias de la tierra.

Entonces los allí reunidos guardaron silencio, y algunos se alejaron y miraron con desconfianza al forastero. Pero un viejo vagabundo con una muleta, dijo:

—Si por fuerza tienes que hablar en la vieja lengua, hazlo más despacio y no pidas noticias. ¿Quieres que te azoten por bribón o te cuelguen por espía? Porque bien puede que seas alguna de las dos cosas por tu aspecto. Lo que quiere decir —y acercándose le habló al oído a Túrin— una de las buenas gentes de antaño que vino con Hador en los días dorados, antes que las cabezas tuvieran pelo de lobo. Algunos aquí son de esa especie, aunque convertidos en esclavos y mendigos, y si no fuera por la Señora Aerin no estarían junto a este fuego ni recibirían este caldo. ¿De dónde eres y qué nuevas traes?

—Hubo una señora llamada Morwen —contestó Túrin—, y hace mucho tiempo viví en su casa. Allí fui, después de haber viajado muy lejos, en busca de bienvenida, pero ya no quedaba ni gente ni fuego.

—Ni los ha habido durante todo este largo año y todavía más —respondió el viejo—. Aunque ya desde la guerra mortal no abundaron en esa casa la gente y el fuego. Porque ella era de la gente de antaño; como sin duda sabes, la viuda de nuestro señor, Húrin, hijo de Galdor. No obstante, no se atrevieron a tocarla, porque le tenían miedo; orgullosa y bella como una reina antes de que el dolor la marcara. Bruja la llamaban, y la evitaban. Bruja: no significa sino «amiga de los Elfos» en la nueva lengua. Sin embargo, la despojaron de todo. A menudo ella y su hija habrían pasado hambre si no hubiera sido por la Señora Aerin. Las ayudaba en secreto, se dice, y por eso el palurdo de Brodda, su marido por necesidad, la golpeaba a menudo.

—¿Y todo este largo año y más? —preguntó Túrin—. ¿Están muertas o han sido convertidas en esclavas? ¿O han sido atacadas por los Orcos?

—No se sabe de cierto —dijo el viejo—. Pero se ha ido con su hija; y este tal Brodda ha saqueado la casa y se ha apoderado del resto de los bienes. Ni un perro queda siquiera, y los hombres que quedaban fueron convertidos en esclavos; salvo algunos que se han vuelto mendigos, como yo. Yo, Sador el Cojo, la serví muchos años, y al gran Amo antes: si no fuera por un hacha maldita en los bosques hace ya mucho tiempo, yacería ahora en el Gran Túmulo. Bien recuerdo el día en que el hijo de Húrin fue enviado lejos, y cómo lloraba; y ella, después de que el niño se hubo marchado. Fue al Reino Escondido, según dijeron.

De pronto el viejo calló y miró a Túrin con aire dubitativo.

—Soy viejo y un charlatán —dijo—. ¡No me hagas caso! Es agradable hablar la vieja lengua con alguien que la habla tan bien como en tiempos pasados; pero son tiempos difíciles y hay que tener cautela. No todos los que hablan la noble lengua tienen noble el corazón.

—En verdad —dijo Túrin—. Mi corazón está lóbrego. Pero si temes que sea un espía del Norte o del Este, tienes ahora menos sabiduría que la que tuviste antaño, ¡Sador Labadal!

El viejo lo miró boquiabierto; luego, temblando, habló:

—¡Ven afuera! Hace más frío, pero hay menos peligro. Tú hablas muy alto y yo demasiado para estar en casa de un Oriental.

Cuando los dos hubieron salido al patio, aferró la capa de Túrin.

—Hace mucho viviste en esa casa, dices. Señor Túrin, hijo de Húrin, ¿por qué has regresado? Mis ojos se han abierto, y mis oídos, por fin; tienes la voz de tu padre. Pero sólo el joven Túrin me dio siempre ese nombre: Labadal. No lo hacía con malicia: éramos amigos felices en esos días. ¿Qué busca él aquí ahora? Pocos somos los que quedamos; y somos viejos e inermes. Más felices son los que yacen en el Gran Túmulo.

—No he venido aquí con idea de matar —dijo Túrin—, aunque tus palabras hayan despertado ese deseo en mí ahora, Labadal. Pero tendrá que esperar. Vine en busca de la Señora Morwen y de Nienor. ¿Qué puedes decirme, y deprisa?

—Poco, señor —dijo Sador—. Partieron en secreto. Se rumoreaba que el Señor Túrin las había llamado; porque no dudábamos por entonces de que se hubiera vuelto grande, un rey o un señor en algún país del sur. Pero parece que no es así.

—No es así —respondió Túrin—. Un señor fui en un país del sur, aunque ahora soy un vagabundo. Pero yo no las llamé.

—Entonces no sé qué puedo decirte —replicó Sador—. Pero seguramente la Señora Aerin lo sabrá, no tengo ninguna duda. Ella conocía todos los designios de tu madre.

—¿Cómo puedo llegar a ella?

—Eso no lo sé. Le costaría gran pena si se la sorprendiera susurrando a la puerta con un desdichado vagabundo del pueblo derrotado, si fuera posible hacerle llegar un mensaje. Y un mendigo como tú no podrá acercarse mucho por la sala hasta la mesa encumbrada antes de que los Orientales lo atrapen y lo echen a golpes o algo todavía peor.

Entonces Túrin gritó encolerizado:

—¿Que no puedo yo andar por la sala de Brodda sin que me golpeen? ¡Ven y lo verás!

Entró entonces en la sala, echó hacia atrás la capucha, y arrojando a un lado todo lo que encontró al paso avanzó a grandes zancadas hacia la mesa a la que estaban sentados el amo de la casa y su esposa y otros señores Orientales. Enseguida algunos acudieron para atraparlo, pero él los arrojó al suelo y gritó:

—¿Nadie gobierna esta casa o es una guarida de orcos? ¿Dónde está el amo?

Entonces Brodda se puso en pie iracundo:

—Yo gobierno esta casa —dijo.

Pero antes de que pudiera decir más, dijo Túrin:

—Entonces no has aprendido la cortesía que había en esta tierra antes de que tú llegaras. ¿Se estila ahora que los hombres permitan que los lacayos maltraten a los parientes de sus esposas? Eso soy, y tengo un recado para la Señora Aerin. ¿Me acercaré sin trabas o lo haré a mi manera?

—¡Acércate! —dijo Brodda y frunció el entrecejo; pero Aerin palideció.

Entonces con largos pasos Túrin se acercó a la mesa encumbrada y se mantuvo erguido ante ella e hizo luego una reverencia.

—Perdón, Señora Aerin —dijo—, que irrumpa de este modo ante vos; pero el cometido que tengo es urgente y con él vengo de lejos. Busco a Morwen, Señora de Dor-lómin, y a Nienor, su hija. Pero la casa de Morwen está vacía y ha sido saqueada. ¿Qué podéis decirme?

—Nada —dijo Aerin con gran temor, porque Brodda la vigilaba de cerca—. Nada, salvo que se ha ido.

—Eso no lo creo —dijo Túrin.

Entonces Brodda se adelantó de un salto, y una ira de embriaguez le enrojecía la cara.

—¡Basta! —gritó—. ¿He de oír cómo contradice a mi esposa un mendigo que habla una lengua de siervos? No existe una Señora de Dor-lómin. En cuanto a Morwen, era del pueblo de los esclavos, y huyó como una esclava. ¡Haz tú lo mismo y rápido, o te haré colgar de un árbol!

Entonces Túrin saltó sobre él y desenvainó la espada negra, y tomó a Brodda por los cabellos y le echó la cabeza hacia atrás.

—¡Que nadie se mueva —dijo— o esta cabeza abandonará sus hombros! Señora Aerin, os pediría perdón una vez más si no pensara que este patán no os ha hecho nada más que daño. Pero ¡hablad ahora y no me lo neguéis! ¿No soy acaso Túrin, Señor de Dor-lómin? ¿No tengo mando sobre vos?

—Lo tenéis —respondió ella.

—¿Quién ha saqueado la casa de Morwen?

—Brodda.

—¿Cuándo partió ella y hacia dónde?

—Hace un año y tres meses —dijo Aerin—. El Amo Brodda y otros venidos del Este la oprimían con crueldad. Hace mucho había sido invitada al Reino Escondido, y allí fue por fin. Porque por un tiempo las tierras intermedias quedaron libres de mal, gracias a las proezas de la Espada Negra en el sur del país, según se dice; pero eso ahora ha acabado. Esperaba encontrar allí a su hijo, aguardándola. Pero si vos sois él, me temo que todo ha salido torcido.

Entonces Túrin rio con amargura.

—¿Torcido, torcido? —gritó—. Sí, siempre torcido: ¡encorvado como Morgoth! —Y repentinamente una cólera negra lo sacudió; y se le abrieron los ojos, y las últimas hebras del hechizo de Glaurung se rompieron al fin, y conoció las mentiras con que había sido engañado.— ¿He sido embaucado para que viniera aquí a morir con deshonra en lugar de terminar con valentía ante las Puertas de Nargothrond? —Y le pareció oír los gritos de Finduilas en la noche de más allá de la sala.

—¡No seré yo quien muera primero aquí! —exclamó. Y sujetó a Brodda, e impulsado por la fuerza de su gran ira angustiosa, lo levantó en alto y lo sacudió como si fuera un perro—. ¿Morwen del pueblo de esclavos, has dicho? ¡Tú, hijo de la vileza, ladrón, esclavo de esclavos! —Entonces arrojó a Brodda de cabeza por encima de su propia mesa, a la cara de un Oriental que se levantaba para atacarlo.

En esa caída el cuello de Brodda se quebró; y Túrin saltó detrás de él y mató a tres más que habían retrocedido, porque no tenían armas. Hubo un tumulto en la sala. Los Orientales sentados a la mesa habrían atacado a Túrin, pero había allí muchos otros, del viejo pueblo de Dor-lómin: durante mucho tiempo habían sido sirvientes domesticados, pero ahora se ponían de pie con gritos de rebeldía. No tardó en estallar una gran pelea en la sala, y aunque los esclavos sólo disponían de cuchillos de mesa y otras cosas semejantes contra las dagas y las espadas, muchos de ambos bandos murieron enseguida, antes de que Túrin saltara entre ellos y matara al último de los Orientales que quedaba en la sala.

Entonces descansó, apoyándose contra una columna y el fuego de la cólera quedó en cenizas. Pero el viejo Sador se arrastró hacia él y lo asió por las rodillas, porque estaba herido de muerte.

—Tres veces siete años y más todavía fue mucho tiempo a la espera de esta hora —dijo—. ¡Pero ahora vete, vete, señor! Vete y no vuelvas, si no traes contigo fuerzas poderosas. Levantarán la tierra contra ti. Muchos han huido de la sala. Vete o tendrás aquí tu fin. ¡Adiós! —Y con esto Sador se deslizó al suelo y murió.

—Habla con la verdad de la muerte —dijo Aerin—. Os enterasteis de lo que queríais. ¡Ahora, marchaos, deprisa! Pero id primero ante Morwen y consoladla; de lo contrario, me será difícil perdonaros toda la destrucción que habéis traído aquí. Porque aunque mala era mi vida, me habéis traído la muerte con vuestra violencia. Los Orientales se vengarán esta noche en todos los que estaban aquí. Precipitadas son vuestras acciones, hijo de Húrin, como si fuerais todavía el niño que conocí en otro tiempo.

—Y débil corazón es el vuestro, Aerin, hija de Indor,

como lo era cuando os llamaba tía, y un perro alborotador os asustó —dijo Túrin—. Fuisteis hecha para un mundo más dulce. Pero ¡venid! Os llevaré a Morwen.

—La nieve cubre el país, pero es más espesa todavía sobre mi cabeza —respondió ella—. En las tierras salvajes moriría tan pronto como con los brutales Orientales. No podéis componer lo que habéis hecho. ¡Marchaos! Si os quedáis todo será peor y Morwen os perdería sin objeto alguno. ¡Marchaos, os lo ruego!

Entonces Túrin le hizo una profunda reverencia, y se volvió, y abandonó la sala de Brodda; y los rebeldes que aún tenían fuerzas lo siguieron. Huyeron hacia las montañas, porque algunos de entre ellos conocían bien los caminos, y bendijeron la nieve que caía detrás y borraba sus huellas. De este modo, aunque pronto se organizó la persecución, con muchos hombres y perros y relinchos de caballos, escaparon hacia el sur, entre las colinas. Entonces, al mirar atrás, vieron una luz roja a lo lejos en la tierra que acababan de abandonar.

—Han prendido fuego a la sala —dijo Túrin—. ¿Con qué fin?

—¿«Han»? No, señor, «ha»: ella lo ha hecho, según creo —dijo uno de nombre Asgon—. Muchos hombres de armas interpretan mal la paciencia y la quietud. Ella hizo mucho bien entre nosotros, pero a un alto precio. No era débil de corazón, y la paciencia un día se acaba.

Ahora bien, algunos de los más resistentes, capaces de soportar el invierno, se quedaron con Túrin, y lo condujeron por extraños senderos a un refugio en las montañas, una caverna conocida de los proscritos y los vagabundos; y había allí escondidos algunos alimentos. Esperaron dentro de la caverna hasta que cesó la nieve, y luego le dieron comida y lo llevaron a un paso poco transitado que conducía hacia el sur, al Valle del Sirion, donde aún no había nieve. En el camino de descenso se separaron.

—Adiós, Señor de Dor-lómin —le dijo Asgon—. Pero no nos olvidéis. Ahora seremos hombres perseguidos; y el Pueblo de los Lobos será más cruel por causa de vuestra venida. Por tanto, marchaos, y no volváis si no traéis fuerzas para liberarnos. ¡Adiós!

La llegada de Túrin a Brethil

Entonces Túrin descendió hacia el Sirion, con la mente desgarrada. Porque le parecía que mientras antes había tenido por delante dos amargas opciones, ahora tenía tres, y su pueblo oprimido, al que sólo había traído más dolor, clamaba por él. Sólo un consuelo le quedaba: que más allá de toda duda, Morwen y Nienor, hacía ya mucho tiempo, habían llegado a Doriath, y sólo por las proezas de la Espada Negra de Nargothrond, que había librado de peligros el camino. Y dijo en sus pensamientos: «¿A qué sitio mejor podría haberlas llevado si yo hubiera venido más pronto? Si la Cintura de Melian se rompe, entonces todo está perdido. No, es mejor así; porque por causa de mi cólera y mis acciones precipitadas, arrojo una sombra dondequiera que voy. ¡Que Melian las ayude! Y las dejaré en paz, sin que la sombra las alcance por un tiempo».

Pero demasiado tarde buscó Túrin a Finduilas, rondando los bosques bajo las crestas de Ered Wethrin, salvaje y cauteloso como un animal; y registró todos los caminos que conducían hacia el norte al Paso del Sirion. Demasiado tarde. Porque todas las sendas habían sido borradas por las lluvias y las nieves. Pero así fue como Túrin, al descender por el Teiglin, se topó con algunos del Pueblo de Haleth, que vivían en el Bosque de Brethil. A causa de la guerra eran ahora un pueblo poco numeroso, y vivían casi todos en secreto, dentro de una empalizada sobre Amon Obel, en lo profundo del bosque. Ephel Brandir se llamaba ese sitio; porque Brandir, hijo de Handir, era ahora el señor del lugar, desde que mataran a su padre. Y Brandir no era hombre de guerra, pues cojeaba de una pierna que se le había roto por accidente en la infancia; y era además de ánimo gentil, y amaba más la madera que el metal, y el conocimiento de las cosas que crecen en la tierra más que cualquier otro saber.

Pero algunos de los Hombres del Bosque perseguían todavía a los orcos en sus fronteras, y así fue como Túrin, al llegar allí, oyó el ruido de una refriega. Se apresuró hacia ésta, y al acercarse cauteloso entre los árboles vio a unos pocos hombres rodeados de orcos. Se defendían desesperadamente de espaldas a un grupo de árboles que crecía en un claro, pero había muchos orcos, y los hombres tenían pocas esperanzas de escapar sin ayuda. Por tanto, invisible entre los matorrales, Túrin hizo un gran ruido pisoteando y quebrando, y gritó luego con grandes voces, como si condujera a toda una compañía:

—¡Ja! ¡Pues aquí están! ¡Seguidme todos! ¡Adelante y a matar!

Entonces muchos orcos miraron atrás, amilanados, y Túrin emergió de un salto haciendo señas, como si otros hombres lo siguiesen, y esgrimiendo a Gurthang, cuyos filos chisporroteaban como llamas. Demasiado bien conocían los orcos esa hoja, y aun antes de que Túrin saltara entre ellos, muchos se dispersaron y huyeron. Entonces los Hombres del Bosque corrieron al encuentro de Túrin, y juntos persiguieron a los orcos hasta el río: pocos lo cruzaron.

Por último se detuvieron en la orilla, y Dorlas, el jefe de los Hombres del Bosque, dijo:

—Rápido sois en la persecución, señor; pero vuestros hombres son lentos en seguiros.

—No —dijo Túrin—, todos corremos como un único hombre y jamás nos separamos.

Entonces los Hombres de Brethil se echaron a reír, y dijeron:

—Bien, uno solo de esta especie vale por muchos. Tenemos una gran deuda de agradecimiento con vos. Pero ¿quién sois y qué hacéis aquí?

—No hago sino ejercer mi oficio, que es el de matar orcos —dijo Túrin—. Y vivo donde mi oficio me lo exige. Soy el Hombre Salvaje de los Bosques.

—Entonces venid y vivid con nosotros —dijeron—. Porque nosotros vivimos en los bosques y necesitamos un artesano como vos. ¡Seríais bienvenido!

Entonces Túrin los miró de manera extraña y dijo:

— ¿Entonces aún hay gente que soporte mi oscura presencia en sus casas? Pero, amigos, tengo aún por delante un penoso cometido: encontrar a Finduilas, hija de Orodreth de Nargothrond, o, al menos, saber nuevas de ella. ¡Ay! Muchas semanas han transcurrido desde que fue llevada desde Nargothrond, pero todavía he de ir en su busca.

Entonces los hombres de Brethil lo miraron apiadados, y Dorlas dijo:

—No la busques más. Porque una hueste de orcos vino de Nargothrond hacia los Cruces del Teiglin, y nosotros estábamos advertidos desde hacía ya mucho: marchaban lentamente a causa del número de cautivos que escoltaban. Entonces pensamos en tener nuestra pequeña participación en la guerra, y tendimos una emboscada a los Orcos con todos los arqueros que pudimos reunir, esperando poder salvar a algunos prisioneros. Pero, ¡ay!, no bien fueron atacados, los inmundos Orcos mataron primero a las mujeres cautivas; y a la hija de Orodreth la clavaron en un árbol con una lanza.

Túrin quedó como herido de muerte.

—¿Cómo lo sabes? —preguntó.

—Porque ella me habló antes de morir —dijo Dorlas—. Nos miró como si buscara a uno que esperara ver, y dijo: «Mormegil. Decid a Mormegil que Finduilas está aquí». No dijo más. Pero por causa de sus últimas palabras le dimos sepultura donde murió. Yace en un túmulo junto al Teiglin. Fue un mes atrás.

—Llevadme allí —dijo Túrin; y lo llevaron a un montículo junto a los Cruces del Teiglin. Allí él se tendió en el suelo, y una oscuridad cayó sobre él, de modo que los demás creyeron que había muerto. Pero Dorlas lo miró de cerca y se volvió hacia sus hombres y dijo—: ¡Demasiado tarde! Es ésta una lamentable ocasión. Pero ¡mirad!; aquí yace el mismo Mormegil, el gran capitán de Nargothrond. Por su espada tuvimos que haberlo conocido, como lo conocieron los orcos. —Porque la fama de la Espada Negra del Sur había viajado lejos a lo largo y a lo ancho, aun hasta las profundidades del bosque.

Entonces lo alzaron con reverencia y lo llevaron hasta Ephel Brandir; y Brandir salió a encontrarlos y se asombró al ver el féretro que cargaban. Entonces, retirando el paño que lo cubría, examinó la cara de Túrin, hijo de Húrin; y una oscura sombra le ganó el corazón.

—¡Oh, crueles Hombres de Haleth! —exclamó—. ¿Por qué arrebatasteis a este hombre de la muerte? Con gran trabajo trajisteis aquí la causa final de nuestra ruina.

—Por el contrario, es el Mormegil de Nargothrond,[21] un poderoso matador de Orcos, y nos será de gran ayuda si vive. Y si así no fuera, ¿habríamos de dejar a un hombre caído de dolor yacer como carroña a la vera del camino?

—No, en verdad —dijo Brandir—. El destino no lo quiso así. —Y llevó a Túrin a su casa y lo atendió con cuidado.

Pero cuando Túrin salió al fin de la oscuridad, la primavera había vuelto; y despertó y vio el sol sobre los capullos verdes. Entonces el coraje de la Casa de Hador despertó también en él, y se levantó y dijo de corazón:

—Todos mis hechos y mis días pasados fueron oscuros y llenos de maldad. Pero un nuevo día ha llegado. Aquí me quedaré, y renuncio a mi nombre y a mi linaje; y así me libraré quizá de mi sombra, o al menos no caerá sobre los que amo.

Por tanto, tomó un nuevo nombre, y se llamó a sí mismo Turambar, que en la alta lengua de los Elfos significa Amo del Destino; y vivió entre los Hombres del Bosque y fue amado por ellos, y les pidió que olvidaran su nombre de antes, y lo consideraran nacido en Brethil. No obstante, el cambio de nombre no pudo cambiar del todo su temperamento, ni hacerle olvidar las penas provocadas por los sirvientes de Morgoth; e iba a perseguir a los orcos en compañía de unos pocos que compartían sus sentimientos, aunque esto disgustaba a Brandir. Pues esperaba proteger a su pueblo con el silencio y el secreto.

—Ya no existe el Mormegil —decía—, pero tened cuidado, no sea que el valor de Turambar provoque la venganza contra Brethil.

Por tanto Turambar guardó la espada negra y no la llevó más a la batalla, y prefirió el arco y la lanza. Pero no soportaba que los orcos utilizaran los Cruces del Teiglin o se acercaran al montículo donde yacía Finduilas. Haudh-en-Elleth se llamaba, el Túmulo de la Doncella Elfa, y pronto los orcos aprendieron a temer ese sitio, y lo evitaban. Y Dorlas dijo a Turambar: —Has renunciado a tu nombre, pero eres todavía la Espada Negra; y ¿no dice el rumor que era en verdad el hijo de Húrin de Dor-lómin, señor de la Casa de Hador?

Y Turambar contestó:

—Así he oído decir. Pero no lo difundas, te ruego, si te tienes por mi amigo.

El viaje de Morwen y Nienor a Nargothrond

Cuando el Fiero Invierno acabó, nuevas noticias de Nargothrond llegaron a Doriath. Porque algunos que escaparon del saqueo y habían sobrevivido al invierno en las tierras salvajes, llegaron por fin en busca de refugio junto con Thingol, y los guardianes de la frontera los condujeron ante el Rey. Y algunos dijeron que todos los enemigos se habían retirado hacia el norte, y otros que Glaurung moraba todavía en las salas de Felagund; y algunos decían que el Mormegil había muerto, y otros, que estaba sometido a un hechizo del Dragón, y que se encontraba allí todavía, tieso como una estatua. Pero todos declararon que ya se sabía en Nargothrond, antes del fin, que la Espada Negra no era otro que Túrin, hijo de Húrin de Dor-lómin.

Grandes fueron entonces el miedo y la pena de Morwen y de Nienor; y Morwen dijo:

—¡Esta duda es obra del mismo Morgoth! ¿No podemos saber la verdad y conocer claramente lo peor que tendremos que soportar?

Ahora bien, el mismo Thingol tenía grandes deseos de saber más acerca del hado de Nargothrond, y tenía ya en mente enviar a algunos que se acercasen cautelosamente hasta allí, pero él estaba convencido de que Túrin había muerto, o que era imposible rescatarlo, y temía la hora en que Morwen lo supiera con toda certeza. Por tanto, le dijo:

—Éste es un asunto peligroso, Señora de Dor-lómin, y

requiere un tiempo de reflexión. Puede ser en verdad obra de Morgoth, para arrastrarnos a la precipitación.

Pero Morwen, enloquecida, gritó:

—¡Precipitación, señor! Si mi hijo merodea hambriento por los bosques, si vive encadenado, si su cuerpo yace insepulto, me precipitaría. No perdería ni una hora en ir a buscarlo.

—Señora de Dor-lómin —dijo Thingol—, ése por cierto no sería el deseo del hijo de Húrin. Pensaría que mejor os encontráis aquí que en cualquier otro sitio: bajo la protección de Melian. Por consideración a Húrin y por la que le tengo a Túrin, no permitiré que vayáis por ahí errante en estos días de oscuro peligro.

—No apartasteis a Túrin del peligro, pero a mí queréis apartarme de Túrin —gritó Morwen—. ¡Bajo la protección de Melian! Sí, prisionera de la Cintura. Mucho tiempo dudé antes de entrar en ella, y ahora lo deploro.

—No, puesto que así habláis, Señora de Dor-lómin —dijo Thingol—, sabed esto: la Cintura está abierta. Libre vinisteis aquí; libre os quedaréis... o partiréis.

Entonces Melian, que había permanecido en silencio, habló:

—No te vayas de aquí, Morwen. Una verdad dijiste: esta duda viene de Morgoth. Si te vas, te vas por voluntad suya.

—El miedo de Morgoth no me impedirá acudir a la llamada de mi sangre —respondió Morwen—. Pero si teméis por mí, señor, prestadme entonces a algunos de los vuestros.

—Yo no mando sobre vos —dijo Thingol—. Pero mi gente me pertenece y aquí mando yo. Los enviaré según lo crea conveniente.

Entonces Morwen ya no dijo nada y se echó a llorar; y se apartó de la presencia del Rey. Thingol tenía un peso en el corazón, porque le parecía que el ánimo de Morwen era aciago; y le preguntó a Melian si no podía retenerla con su poder.

—Contra un mal que viene mucho puedo hacer —respondió ella—. Pero contra la partida de los que quieren marcharse, nada. Esa parte te incumbe. Si ha de ser retenida aquí, tendrás que hacerlo por la fuerza. No obstante, de ese modo corres el peligro de que pierda la razón.

Entonces Morwen fue al encuentro de Nienor y le dijo:

—Adiós, hija de Húrin. Parto en busca de mi hijo, o de noticias ciertas sobre él, pues aquí nadie hará nada, hasta que sea demasiado tarde. Aguárdame aquí por si regreso.

Entonces Nienor, asustada y afligida, quiso retenerla, pero Morwen no contestó, y fue a su cámara; y cuando llegó la mañana, había montado a caballo y se había ido.

Ahora bien, Thingol había ordenado que nadie la detuviera, y que no pareciese que estaban vigilándola. Pero tan pronto como ella se marchó, reunió a una compañía de los más audaces y hábiles de entre los guardianes de las fronteras, y puso a Mablung al mando.

—Ahora seguidla velozmente —dijo—, pero no permitáis que ella os vea. Y cuando llegue a las tierras salvajes, si el peligro amenaza, entonces mostraos; y si se resiste a volver, protegedla como podáis. Pero quiero que algunos de vosotros os adelantéis tanto como sea posible, y averigüéis todo lo que podáis.

Así fue que Thingol envió a una compañía más numerosa que la que había previsto en un principio, y había diez jinetes entre ellos con caballos de reserva. Siguieron a Morwen y ella se encaminó hacia el sur a través de Region, y así llegó a orillas del Sirion sobre las Lagunas del Crepúsculo; allí se detuvo, porque el Sirion era ancho y precipitado, y ella no conocía el camino. Por tanto, los guardias tuvieron por fuerza que mostrarse; y Morwen dijo:

—¿Quiere Thingol retenerme? ¿O me envía retrasada la ayuda que me negó?

—Ambas cosas —le respondió Mablung—. ¿No queréis regresar?

—¡No! —dijo ella.

—Entonces he de ayudaros —dijo Mablung—, aunque sea en contra de mi propia voluntad. Amplio y profundo es aquí el Sirion, y es peligroso atravesarlo a nado, para hombres o para animales.

—Entonces llevadme por donde lo cruzan los Elfos —dijo Morwen—; de lo contrario, lo intentaré nadando.

Por tanto, Mablung la condujo a las Lagunas del Crepúsculo. Allí, entre los arroyos y los juncos de la orilla oriental, se guardaban unas balsas escondidas; porque de ese modo los mensajeros iban y venían entre Thingol y sus parientes de Nargothrond.[22] Entonces esperaron un tiempo hasta que aclaró el cielo estrellado, y cruzaron por entre las blancas neblinas antes del amanecer. Y cuando el sol se alzó rojo más allá de las Montañas Azules, y un fuerte viento matinal sopló y dispersó las nieblas, los guardias llegaron a la costa occidental y abandonaron la Cintura de Melian. Eran altos Elfos de Doriath, vestidos de gris, y una capa les cubría la cota de malla. Morwen los observaba desde la balsa, mientras ellos avanzaban en silencio, y entonces, de pronto, lanzó un grito, y señaló al último de la compañía.

—¿De dónde viene él? —preguntó—. Tres veces diez vinisteis a mí. ¡Tres veces diez y una más bajáis a tierra!

Entonces los otros se volvieron y vieron que el sol resplandecía sobre una cabeza de oro: porque era Nienor, y el viento le había volado el capuchón. Así se reveló que había venido siguiendo a la compañía y se había unido a ellos en la oscuridad, antes de que cruzaran el río. Estaban consternados y ninguno más que Morwen.

—¡Vuelve, vuelve! ¡Te lo ordeno! —gritó.

—Si la esposa de Húrin puede acudir contra todo consejo a la llamada de la sangre —dijo Nienor—, también puede hacerlo su hija. Luto me llamaste; pero no guardaré luto sola, por padre, hermano y madre. Y de los tres sólo a ti he conocido, y por encima de todos te amo. Y nada que tú no temas, temo yo.

En verdad, poco temor se le veía, en la cara o el porte. Parecía alta y fuerte, porque los de la Casa de Hador eran de gran estatura, y así vestida con el traje de los Elfos no deslucía junto a los guardias, siendo sólo más pequeña que los más altos de entre ellos.

—¿Qué pretendes? —preguntó Morwen.

—Ir a donde tú vayas —dijo Nienor—. Esta decisión te ofrezco en verdad. Llevarme de regreso y entregarme a la protección de Melian; porque no es atinado desatender su consejo. O saber que iré a afrontar el peligro si tú lo haces. —Porque en verdad Nienor había ido allí, sobre todo, con la esperanza de que por temor y amor hacia ella, su madre regresaría; y la mente de Morwen estaba en verdad desgarrada.

—Una cosa es rechazar consejos —dijo—. Otra desobedecer la orden de tu madre. ¡Vuelve inmediatamente!

—No —dijo Nienor—. Hace ya mucho que dejé de ser una niña. Tengo voluntad y juicio propios, aunque hasta ahora no se hayan opuesto a los tuyos. Voy contigo. Con preferencia a Doriath, por veneración a los que la gobiernan; pero si no, entonces al oeste. En verdad, si alguna de las dos debe ir allí, soy yo, que tengo plenitud de fuerzas.

Entonces Morwen vio en los ojos grises de Nienor la firmeza de Húrin; y vaciló; pero no pudo sobreponerse a su propio orgullo, y no quiso (aun tras aquellas hermosas palabras) que pareciese que su hija la llevaría de regreso, como una persona vieja e incapaz.

—Seguiré mi camino, como me lo había propuesto —dijo—. Ven tú también, pero en contra de mi voluntad.

—Así sea —dijo Nienor.

Entonces Mablung dijo a su compañía:

—En verdad, es por falta de tino, no de coraje, que la gente de Húrin lleva la aflicción a los demás. Lo mismo sucede con Túrin; sin embargo, no con sus antecesores. Pero ahora son todos gente aciaga, y no me gusta. Más temo esta misión que el Rey nos encomienda, que ir a la caza del lobo. ¿Qué hacer?

Pero Morwen, que ya había cruzado el agua y estaba ahora cerca, oyó sus últimas palabras.

—Haz lo que el Rey te ordena —le dijo—. Busca noticias de Nargothrond y de Túrin. Con ese fin estamos aquí todos juntos.

—Hay mucho que andar todavía y es peligroso —dijo Mablung—. Si habéis de seguir adelante, ambas montaréis e iréis entre los jinetes, sin apartaros de ellos.

Así fue que en la plenitud del día se pusieron en marcha, y abandonaron lenta y cautelosamente la región de juncos y de sauces bajos, y llegaron a los bosques grises que cubrían gran parte de la planicie austral antes de llegar a Nargothrond. Todo el día se dirigieron hacia el oeste, y no vieron sino desolación, y no oyeron nada; porque las tierras estaban en silencio, y le parecía a Mablung que un peligro los amenazaba en aquellos parajes. Ese mismo camino había recorrido Beren años atrás, y entonces en los bosques habían acechado los ojos de los perseguidores; pero ahora todo el pueblo del Narog había partido, y los orcos, según parecía, no habían llegado aún tan al sur. Esa noche acamparon en el bosque gris sin luz ni fuego.

Los dos días siguientes continuaron avanzando, y al caer la tarde del tercer día tras la partida del Sirion, llegaron al otro lado de la planicie, y se acercaron a la orilla oriental del Narog. Tan grande fue el desasosiego de Mablung que le rogó a Morwen que no siguieran adelante. Pero ella se rio y dijo:

—Ya pronto tendrás el placer de librarte de nosotras, como es bastante probable. Pero has de soportarnos todavía un poco más. Estamos demasiado cerca ahora para que el miedo nos haga retroceder.

Entonces Mablung exclamó:

—¡Aciagas sois las dos, y temerarias! No ayudáis en la búsqueda de noticias, sino que al contrario, la entorpecéis. ¡Escuchadme ahora! Se me ordenó no reteneros por la fuerza; pero se me ordenó también protegeros, como fuera posible. En este trance sólo una cosa puedo hacer. Y os protegeré. Mañana os conduciré a Amon Ethir, la Colina de los Centinelas, que se encuentra cerca; y allí estaréis custodiadas, y no seguiréis avanzando, en tanto yo mande aquí.

Ahora bien, Amon Ethir era un montículo de la altura de una colina que mucho tiempo atrás Felagund había hecho levantar con gran esfuerzo en la planicie, delante de sus Puertas, una legua al este del Narog. Estaba poblada de árboles, salvo en la cima, desde donde se alcanzaba a ver el lejano horizonte, y todos los caminos que conducían al gran puente de Nargothrond, y las tierras del entorno. A esta colina llegaron ya avanzada la mañana, y la escalaron desde el este. Entonces, al mirar hacia las Altas Faroth, pardas y desnudas más allá del río,[23] Mablung vio, con la vista penetrante de los Elfos, las terrazas de Nargothrond sobre la empinada orilla occidental, y como un pequeño boquete negro en los muros formados por las colinas, las Puertas abiertas de Felagund. Pero no oyó sonido alguno y no vio signos del enemigo ni señales del Dragón, salvo del incendio que había provocado el día del saqueo, junto a las Puertas. Todo estaba en silencio bajo un sol pálido.

Ahora bien, Mablung, como había dicho, ordenó a sus diez jinetes que mantuvieran a Morwen y a Nienor en la cima de la colina, y que no se movieran de allí en tanto él no regresara, a no ser que se presentara un gran peligro: y si eso ocurría, los jinetes debían poner a Morwen y Nienor en medio de ellos y huir tan deprisa como les fuera posible, hacia el este, a Doriath, enviando por delante a uno de ellos para que llevara las nuevas y buscara ayuda.

Entonces Mablung reunió a los otros veinte, y descendieron sigilosamente la colina; y luego llegando a los campos hacia el este donde los árboles eran escasos, se dispersaron, y cada cual continuó su propio camino, atrevidos, pero cautelosos, hacia las orillas del Narog. El propio Mablung tomó el camino del medio dirigiéndose al puente, y así llegó a la cabeza del puente, y lo encontró derrumbado; y el río corría salvaje al fondo de la profunda garganta tras las lluvias que habían caído en el lejano norte, espumoso y rugiente entre las piedras caídas.

Pero Glaurung estaba allí echado, a la sombra del gran pasaje que conducía al interior desde las Puertas derribadas, y hacía ya mucho que había advertido la presencia de los espías, aunque muy pocos ojos en la Tierra Media habrían sido capaces de divisarlos. Pero la mirada de sus ojos fieros era más aguda que la de las águilas, y superaba el largo alcance de la vista de los Elfos; y en verdad sabía también que algunos habían quedado atrás, y que esperaban sobre la cima desnuda de Amon Ethir.

Así pues, mientras Mablung se deslizaba entre las rocas, tratando de ver si podría cruzar el salvaje río aprovechando las piedras caídas del puente, Glaurung avanzó de pronto con una gran bocanada de fuego, y descendió arrastrándose a la corriente. Hubo entonces un prolongado siseo, y se levantaron unos vastos vapores, y Mablung y los que lo seguían quedaron envueltos en una nube cegadora y un hedor inmundo; y la mayoría huyó a tientas hacia la Colina de los Centinelas. Pero mientras Glaurung estaba cruzando el Narog, Mablung se hizo a un lado y se ocultó bajo una roca, y allí se quedó; porque pensó que aún tenía un cometido que cumplir. Sabía ahora con certeza que Glaurung moraba en Nargothrond, pero se le había pedido también que averiguara la verdad acerca del hijo de Húrin, si le era posible; y por tanto, con firmeza de corazón, se proponía cruzar el río en cuanto Glaurung se marchase de allí, y registrar las estancias de Felagund. Porque pensaba que todo lo que podía hacerse para la protección de Morwen y Nienor ya había sido hecho: seguramente habrían advertido la aparición de Glaurung, y los jinetes debían de estar ya a toda carrera camino de Doriath.

Glaurung, por tanto, pasó junto a Mablung como una vasta forma en la niebla; y avanzó rápidamente, porque era un poderoso Gusano, pero también ágil. Entonces Mablung vadeó tras él el Narog con gran riesgo; pero los guardianes apostados en Amon Ethir vieron al Dragón y quedaron consternados. Inmediatamente ordenaron a Morwen y a Nienor que montaran sin discusión alguna, y se dispusieron a huir hacia el este. Pero cuando descendieron de la colina a la planicie, un mal viento sopló los vastos vapores sobre ellos, trayendo un hedor que los caballos no soportaron. Cegados por la niebla, y despavoridos por el inmundo olor del Dragón, los caballos no tardaron en volverse ingobernables y se precipitaron desbocados de aquí para allí; y los guardianes se dispersaron y fueron lanzados contra los árboles, y cayeron malheridos, y se buscaban en vano unos a otros. El relincho de los caballos y los gritos de los jinetes llegaron a oídos de Glaurung; y se sintió muy complacido.

Uno de los jinetes elfos, que luchaba con su caballo en la niebla, vio pasar cerca de la Señora Morwen, un espectro gris sobre un corcel enloquecido; pero ella se desvaneció en la niebla gritando «Nienor», y ya no volvieron a verla.

Pero cuando el terror ciego ganó a los jinetes, el caballo desbocado de Nienor tropezó de pronto, y la echó a tierra. Cayó suavemente sobre la hierba y no se lastimó; pero cuando se puso de pie, estaba sola: perdida en la neblina sin caballo ni compañía. No le flaqueó el corazón, y reflexionó un momento; y le pareció inútil acudir a esta llamada o a aquella otra, porque los gritos la rodeaban por todas partes, aunque cada vez más débiles. Le pareció mejor entonces buscar otra vez la colina: allí sin duda iría Mablung antes de partir, aunque sólo fuera para asegurarse de que ninguno de los suyos quedaba abandonado.

Por tanto, andando a la ventura, encontró la colina, que en verdad estaba cerca; y lentamente ascendió por el sendero del este. Y a medida que ascendía, la niebla se hacía menos densa, hasta que llegó por fin hasta la cima desnuda a pleno sol. Entonces avanzó un paso y miró hacia el oeste. Y allí, delante de ella, se alzaba la gran cabeza de Glaurung, que había trepado al mismo tiempo por el otro lado; y antes de darse cuenta sus ojos encontraron los de Glaurung, y eran ojos terribles en los que moraba el fiero espíritu de Morgoth, su amo.

Entonces Nienor luchó contra Glaurung, pues era de voluntad firme, pero él dirigió sus poderes contra ella.

—¿Qué buscas aquí? —preguntó.

Y obligada a responder, ella contestó:

—Busco a un tal Túrin que vivió aquí un tiempo. Pero está muerto, quizá.

—No lo sé —dijo Glaurung—. Quedó aquí para defender a las mujeres y a los débiles; pero cuando yo llegué, él desertó y huyó. Jactancioso, aunque cobarde, según parece. ¿Por qué buscas a alguien de esa especie?

—Mientes —dijo Nienor—. Los hijos de Húrin al menos no son cobardes. No te tememos.

Entonces Glaurung rio, porque así se reveló la hija de Húrin a su malicia.

—Entonces sois necios, tú y tu hermano —dijo—. Y tu jactancia será vana. Porque ¡yo soy Glaurung!

Entonces atrajo la mirada de ella a la suya, y la voluntad de Nienor desmayó. Y le pareció que el sol enfermaba, y que todo se hacía opaco en torno a ella; y lentamente una gran oscuridad fue rodeándola, y en esa oscuridad se abría el vacío; no supo nada, y no oyó nada, y no recordaba nada.

Largo tiempo exploró Mablung las estancias de Nargothrond, tan bien como pudo en medio de la oscuridad y el hedor; pero no encontró allí ningún ser viviente: nada se movía entre los huesos, y nadie respondía a sus llamadas. Por fin, abatido por el horror del sitio, y temiendo el regreso de Glaurung, volvió a las Puertas. El sol se ponía en el oeste, y las oscuras sombras de las Faroth cubrían por detrás las terrazas y el salvaje río allá abajo; pero a lo lejos, al pie de Amon Ethir, creyó divisar la forma maligna del Dragón. Más duro y más peligroso fue volver a cruzar el Narog deprisa y con miedo; y apenas había alcanzado la orilla oriental, y se había ocultado arrastrándose junto a la ribera, cuando Glaurung se acercó. Pero avanzaba lento ahora, y sigiloso; porque había consumido sus fuegos; había prodigado un gran poder y ahora necesitaba descansar y dormir en la oscuridad. Así, serpenteó en el agua, y se escurrió hasta las Puertas como una víbora de color ceniciento, dejando un viscoso rastro en el suelo con el vientre.

Pero se volvió antes de entrar, y miró atrás hacia el este, y emitió la risa de Morgoth, apagada, pero horrible, como un eco de malicia llegado de las negras profundidades lejanas. Y esta voz, fría y baja, siguió a la risa:

—¡Ahí estás como un ratoncillo bajo la ribera, Mablung el poderoso! Mal cumples con los cometidos de Thingol. ¡Ve deprisa ahora a la colina y verás lo que ha sido de las que tenías a tu cargo!

Enseguida Glaurung entró en su guarida, y el sol se ocultó, y la tarde gris se enfrió sobre los campos. Pero Mablung fue deprisa a Amon Ethir; y cuando llegó a la cima, las estrellas brillaban en el este. Contra ellas vio una figura oscura y erguida, inmóvil como una estatua de piedra. Así estaba Nienor, y no oyó nada de lo que él le dijo, ni le respondió. Pero cuando por fin él le tomó la mano, se puso en movimiento, y permitió que él se la llevase; y mientras la sujetaba, ella caminaba, pero si la soltaba, se detenía.

Muy grandes fueron entonces el dolor y el desconcierto de Mablung; pero no tenía otro remedio que conducir de ese modo a Nienor por el largo camino hacia el este, sin ayuda ni compañía. Así avanzaron andando como sonámbulos hasta la planicie envuelta en las sombras de la noche. Y cuando volvió la mañana, Nienor tropezó y cayó, y quedó allí tendida inmóvil; y Mablung, desesperado, se sentó junto a ella.

—No por nada tenía yo miedo de este cometido —dijo—. Porque será el último para mí, según parece. Con esta desdichada hija de los Hombres pereceré en las tierras salvajes, y mi nombre será despreciado en Doriath: si es que alguna vez en verdad llega alguna nueva de nuestra suerte. Todos los demás han muerto, sin duda, y sólo ella fue perdonada, pero no por piedad.

Así fueron encontrados por tres de la compañía que habían huido del Narog a la llegada de Glaurung. Después de mucho errar, cuando se aligeró la niebla, habían vuelto a la colina; y encontrándola vacía, habían decidido retomar el camino de Doriath. A Mablung entonces le volvió la esperanza; y se pusieron en marcha ahora todos juntos, hacia el norte y el este; porque no había camino de regreso a Doriath en el sur, y desde la caída de Nargothrond, se les había prohibido a los guardianes de la balsa que cruzaran a nadie, salvo los que vinieran desde dentro.

Lento era el viaje, como ocurre con los que arrastran tras ellos a un niño cansado. Pero a medida que se alejaban de Nargothrond y se acercaban a Doriath, Nienor iba recuperando poco a poco las fuerzas, y caminaba hora tras hora, sumisa, llevada de la mano. No obstante, sus ojos, abiertos de par en par, no veían nada, y sus oídos no oían ninguna palabra, y sus labios no pronunciaban ninguna palabra.

Y entonces, por fin, al cabo de muchos días, llegaron cerca de la frontera occidental de Doriath, algo al sur del Teiglin; porque tenían intención de cruzar los cercos de la pequeña tierra de Thingol más allá del Sirion, y llegar así al puente protegido, cerca de la desembocadura del Esgalduin. Allí se detuvieron un tiempo; e hicieron que Nienor se acostase sobre un lecho de hierbas, y ella cerró los ojos como no lo había hecho hasta entonces, y pareció que dormía. Entonces los elfos descansaron también, y la fatiga los volvió imprudentes. Y una banda de orcos cazadores, de las que por entonces merodeaban a menudo en esa región, tan cerca de la Cintura de Doriath como osaban hacerlo, los sorprendió desprevenidos. De pronto, en medio de la refriega, Nienor se incorporó de un salto, como quien despierta por una alarma en la noche, y lanzando un grito, se internó corriendo entre los árboles. Entonces los orcos se volvieron y la persiguieron, y los elfos fueron detrás. Pero Nienor había sufrido un extraño cambio y los superaba ahora a todos en la carrera, precipitándose como un ciervo en la espesura, con los cabellos flameantes al viento. Mablung y sus compañeros alcanzaron enseguida a los orcos, y los mataron a todos, y siguieron adelante. Pero para entonces Nienor había desaparecido como un espectro; y ni rastro de ella encontraron, aunque estuvieron buscándola durante muchos días.

Entonces, por fin, Mablung volvió a Doriath abrumado de dolor y de vergüenza.

—Escoged a otro jefe para vuestros cazadores, señor —le dijo al Rey—. Porque yo estoy deshonrado.

Pero Melian dijo:

—No es así, Mablung. Hiciste lo que pudiste, y ningún otro de entre los servidores del Rey habría hecho tanto. Pero por mala suerte tuviste que enfrentar un poder excesivo para ti; excesivo en verdad para todos los que ahora habitan en la Tierra Media.

—Te he enviado en busca de noticias y las has traído —dijo Thingol—. No es tu culpa que aquellos a quienes las noticias tocan más de cerca no estén aquí para escucharlas. Doloroso es en verdad este fin de todo el linaje de Húrin, pero nadie podría atribuírtelo.

Porque no sólo Nienor se había internado enloquecida en los bosques; también Morwen se había perdido. Nunca entonces ni después, ni en Doriath ni en Dor-lómin, se supo algo cierto de lo que fue de ella. No obstante, Mablung no se dio descanso, y con una pequeña compañía se encaminó a las tierras salvajes, y durante tres años erró muy lejos, desde Ered Wethrin hasta las Bocas del Sirion, en busca de señales, o noticias de las desaparecidas.

Nienor en Brethil

En cuanto a Nienor, corrió por el bosque oyendo a sus espaldas los gritos de persecución; y la ropa se le desgarró, e iba librándose de ella a medida que huía, hasta que corrió desnuda; y todo ese día siguió corriendo, como un animal perseguido a punto de desfallecer, y que no se atreve a detenerse a recobrar el aliento. Pero de pronto, al atardecer, pareció que recobraba el juicio. Se detuvo un instante, como asombrada, y enseguida, en un desmayo de completo agotamiento, cayó en medio de una profunda maleza de helechos como si un golpe la hubiera derribado. Y allí, en medio del viejo helechal y las frescas frondas de la primavera, yació y durmió olvidada de todo.

A la mañana despertó y se regocijó en la luz como quien por primera vez es llamado a la vida; y todas las cosas que veía le parecían nuevas y extrañas, y no tenía nombres para ellas. Porque detrás de ella sólo había un oscuro vacío, a través del cual no le llegaba ningún recuerdo de lo que había sabido, ni el eco de una palabra. Sólo recordaba una sombra de miedo y por tanto era precavida, y buscaba siempre escondites; subía a los árboles o se deslizaba entre las malezas, rápida como una ardilla o un zorro, si algún sonido o una sombra la asustaban; y desde allí espiaba largo rato entre las hojas antes de partir.

Así, siguiendo por el camino por el que había corrido antes, llegó al río Teiglin y calmó su sed: pero no encontró alimento, ni sabía cómo buscarlo, y tenía hambre y frío. Y como los árboles del otro lado de la corriente parecían más densos y más oscuros (como lo eran en realidad, pues se trataba de las lindes del Bosque de Brethil), cruzó por fin las aguas y llegó a un montículo verde sobre el que se dejó caer: porque estaba agotada, y le parecía que la oscuridad que había dejado atrás estaba envolviéndola de nuevo, y que el sol se oscurecía.

Pero en realidad era una negra tormenta que venía del sur, cargada de relámpagos y de grandes lluvias; y Nienor estaba allí, acurrucada, aterrorizada por los truenos, y la oscura lluvia hería su desnudez.

Ahora bien, sucedió que algunos Hombres del Bosque de Brethil volvían a esa hora de una incursión contra los orcos, apresurándose por los Cruces del Teiglin hacia un refugio de las cercanías; y bajo la luz de un relámpago, la Haud-en-Elleth quedó iluminada como por una llamarada blanca. Entonces Turambar, que conducía a los hombres, se sobresaltó y se cubrió los ojos, y se echó a temblar; porque le pareció que había visto el espectro de una doncella asesinada sobre la tumba de Finduilas.

Pero uno de los hombres corrió hacia el montículo y lo llamó:

—¡Acudid, señor! ¡Hay una joven tendida aquí, y está viva! —Y Turambar acudió y la alzó, y el agua caía de los cabellos empapados de Nienor, pero ella cerró los ojos, y se estremeció, y dejó de resistirse. Entonces Turambar, maravillándose de verla así desnuda, la envolvió en su capa y la llevó en brazos a la cabaña de los cazadores en los bosques. Allí encendieron un fuego y la cubrieron con mantas, y ella abrió los ojos y los miró; y cuando su mirada se posó en Turambar, una luz le iluminó la cara, y tendió una mano hacia él, porque le pareció que por fin había encontrado algo que venía buscando en la oscuridad, y se sintió consolada. Pero Turambar le tomó la mano y se sonrió y dijo:

—Pues bien, señora, ¿no nos diréis vuestro nombre y vuestro linaje y qué mal os ha acaecido?

Entonces ella sacudió la cabeza y no dijo nada, pero se echó a llorar; y ellos ya no la molestaron hasta que hubo comido los alimentos que pudieron procurarle. Y cuando hubo

comido, suspiró, y puso su mano otra vez en la de Turambar;
y él dijo:

—Con nosotros no corréis peligro. Aquí podéis descansar
esta noche, y a la mañana os conduciremos a nuestras casas, en
las partes altas del bosque. Pero querríamos conocer vuestro
nombre, para que así quizá podamos encontrar a vuestros parientes, y llevarles noticias de vos. ¿No queréis decírnoslo?

Pero ella tampoco respondió esta vez, y lloró.

—¡Tranquilizaos! —dijo Turambar—. Puede que la historia sea demasiado triste para contarla ahora. Pero os daré un
nombre y os llamaré Níniel, Doncella de las Lágrimas. —Y al
oír ese nombre ella alzó los ojos y sacudió la cabeza, pero
dijo:— Níniel. —Y ésa fue la primera palabra que pronunció
después de hundirse en la oscuridad, y desde entonces ése
siempre fue su nombre entre los Hombres del Bosque.

A la mañana llevaron a Níniel a Ephel Brandir, y el camino ascendía empinado hacia Amon Obel, hasta que llegaba a
un sitio en que cruzaba la precipitada corriente del Celebros.
Allí se había construido un puente de madera, y debajo el torrente caía sobre un borde de roca desgastada, y descendía espumoso varios peldaños, y más allá caía en cascada en un
cuenco rocoso; y todo el aire estaba lleno de un rocío que era
como una llovizna. Había un amplio prado en la parte superior de las cascadas, y a su alrededor crecían unos abedules,
pero desde el puente se alcanzaban a ver en el horizonte los
barrancos del Teiglin, a unas dos millas hacia el oeste. Allí el
aire era fresco, y los viajeros descansaban en verano, y bebían
agua fría. Dimrost, la Escalera Lluviosa, se llamaban esas cascadas, pero después de ese día se llamaron Nen Girith, Agua
Estremecida; porque cuando Turambar y sus hombres se detuvieron allí, Níniel tuvo frío, y se puso a temblar, y no pudieron darle calor ni consuelo.[24] Por tanto, emprendieron otra

vez la marcha, precipitadamente, pero antes de llegar a Ephel Brandir, Níniel tenía fiebre, y deliraba.

Mucho tiempo estuvo enferma y confinada a la cama, y Brandir recurrió a toda su habilidad para curarla, y las mujeres de los leñadores la vigilaban de noche y de día. Pero sólo cuando Turambar estaba cerca de ella, daba muestras de paz o dormía sin quejarse; y esto observaron todos los que la cuidaban: durante todo el tiempo que le duró la fiebre, aunque a menudo se la veía muy perturbada, nunca murmuró una palabra en la lengua de los Elfos o la de los Hombres. Y cuando lentamente recobró la salud, y empezó a andar y comer nuevamente, las mujeres de Brethil tuvieron que enseñarle a hablar como a un niño, palabra por palabra. Pero en este aprendizaje era rápida, y se deleitaba en él, como quien vuelve a encontrar grandes y pequeños tesoros que se habían perdido; y cuando hubo aprendido bastante como para conversar con sus amigos, decía:

—¿Cuál es el nombre de esa cosa? Porque en mi oscuridad lo he perdido. —Y cuando fue capaz de andar otra vez, buscaba la casa de Brandir; porque quería aprender enseguida los nombres de todas las criaturas vivientes, y él sabía mucho de esos asuntos; y solían ir juntos de paseo por los jardines y los claros del bosque.

Entonces Brandir fue enamorándose de ella; y cuando ella se recuperó le ofrecía el brazo para contrarrestar su cojera, y lo llamaba hermano. Pero su corazón estaba entregado a Turambar, y sólo sonreía cuando lo veía llegar, y sólo reía cuando él hablaba alegremente.

Un atardecer de aquel otoño dorado estaban sentados juntos, y el sol fulguraba sobre la ladera de la colina y las casas de Ephel Brandir, y había una profunda quietud. Entonces Níniel le dijo:

—De todas las cosas he preguntado el nombre, salvo el tuyo. ¿Cómo te llamas?

—Turambar —respondió él.

Entonces ella hizo una pausa, como si escuchara un eco; pero dijo:

—¿Y qué significa ese nombre? ¿O es sólo tu nombre?

—Significa —dijo él— Amo de la Sombra Oscura. Porque yo también, Níniel, tuve mi oscuridad, en la que perdí cosas queridas; pero ahora creo haberla vencido.

—¿Y también huiste de ella corriendo hasta llegar a estos hermosos bosques? —preguntó ella—. ¿Y cuándo escapaste, Turambar?

—Sí —respondió él—, hui durante muchos años. Y escapé cuando tú escapaste. Porque estaba oscuro cuando viniste, Níniel, pero desde entonces ha habido luz. Y me parece que lo que he buscado durante tanto tiempo, en vano, ha venido a mí. —Y cuando regresaba a su casa en el crepúsculo, se dijo a sí mismo:— ¡Haudh-en-Elleth! Vino desde el montículo verde. ¿Es ése un signo? Y ¿cómo he de interpretarlo?

Ahora bien, el año dorado se desvaneció al fin, y dio paso a un invierno suave, y luego siguió otro año luminoso. Hubo paz en Brethil, y los Hombres del Bosque se mantenían tranquilos, y no se alejaban, y no tenían noticias de las tierras de alrededor. Porque en ese tiempo los Orcos avanzaban hacia el sur, hasta el oscuro reino de Glaurung, o eran enviados a espiar las fronteras de Doriath, evitando los Cruces del Teiglin, e iban hacia el oeste mucho más allá del río.

Y ahora Níniel estaba del todo recuperada y se había vuelto hermosa y fuerte; y Turambar ya no se contuvo y la pidió en matrimonio. Entonces Níniel sintió alegría; pero cuando Brandir lo supo, se le sobrecogió el corazón, y le dijo:

—¡No te apresures! No pienses que es falta de bondad de mi parte si te aconsejo esperar.

—Todo lo que haces es con bondad —dijo ella—. Pero, ¿por qué, entonces, me das ese consejo, sabio hermano mío?

—¿Sabio hermano? —respondió él—. Hermano cojo más bien, ni amado ni amable. Y apenas sé por qué. No obstante, hay una sombra sobre ese hombre y tengo miedo.

—Hubo una sombra —dijo Níniel—, porque él así me lo dijo. Pero escapó de ella, al igual que yo. Y ¿no es acaso digno de amor? Y aunque ahora sea hombre de paz, ¿no fue uno de los más grandes capitanes, de quien todos nuestros enemigos huían al verlo?

—¿Quién te lo ha dicho? —preguntó Brandir.

—Dorlas —dijo ella—. ¿No dice la verdad?

—La dice, por cierto —dijo Brandir, pero estaba descontento, porque Dorlas encabezaba el partido que deseaba hacer la guerra a los Orcos. Y, no obstante, buscaba todavía razones para demorar a Níniel; y dijo, por tanto: —La verdad, pero no toda la verdad; porque fue capitán de Nargothrond, y llegó antes del Norte, y era (se dice) hijo de Húrin de Dor-lómin, de la guerrera Casa de Hador. —Y Brandir, al ver la sombra que pasó por la cara de Níniel al oír ese nombre, la interpretó mal, y continuó: —Desde luego, Níniel, bien puedes creer que alguien como él no tardará en volver a la guerra, lejos de esta tierra quizá. Y si fuera así, ¿lo soportarías? Ten cuidado, porque pronostico que si Turambar vuelve a la batalla, entonces vencerá la Sombra en lugar de él.

—Mal lo soportaría —respondió ella—, pero soltera no mejor que casada. Y una esposa, quizá, sería más capaz de retenerlo, y mantener alejada la sombra. —No obstante, las palabras de Brandir la perturbaron, y le pidió a Turambar que aguardara todavía un tiempo. Y él quedó asombrado y abatido; pero cuando supo por Níniel que Brandir le había aconsejado esperar, se sintió disgustado.

Pero cuando llegó la primavera siguiente, le dijo a Níniel:

—El tiempo pasa. Hemos esperado, y ahora ya no seguiré esperando. Haz lo que tu corazón te dicte, mi muy cara Níniel, pero ten en cuenta: ésta es la elección que tengo por delante. Volveré ahora a hacer la guerra en las tierras salvajes; o me casaré contigo y ya no volveré a guerrear, salvo sólo en tu defensa, si algún mal irrumpe en nuestra casa.

Y la alegría de Níniel fue grande en verdad, y empeñó su palabra de compromiso, y en mitad del verano se casaron; y los Hombres del Bosque celebraron una gran fiesta y les dieron una hermosa casa que levantaron para ellos en Amon Obel. Allí vivieron felices, pero Brandir se sentía perturbado, y la sombra le pesó aún más en el corazón.

La llegada de Glaurung

Ahora bien, el poder y la malicia de Glaurung crecieron deprisa, y se hinchó y reunió Orcos a su alrededor, y gobernó como un Rey Dragón, y todo el antiguo reino de Nargothrond estaba bajo su poder. Y antes de que ese año terminara, el tercero de la estadía de Turambar entre los Hombres del Bosque, empezó a atacar aquellas tierras, que durante un tiempo habían tenido paz; porque era bien conocido de Glaurung y de su Amo que en Brethil habitaban todavía unos pocos hombres libres, los últimos de las Tres Casas que habían desafiado el poder del Norte. Y esto no lo toleraban; porque era propósito de Morgoth someter a toda Beleriand, y registrar hasta el último de sus rincones, para que no hubiera ser vivo en agujeros o escondites que no fuera su esclavo. Por tanto, poco importaba que Glaurung adivinara dónde estaba

escondido Túrin, o que (como sostienen algunos) hubiera logrado por entonces escapar al ojo del Mal que lo perseguía. Porque
en última instancia los consejos de Brandir fueron vanos, y en
última instancia sólo le quedaban dos opciones a Turambar: permanecer inactivo hasta que fuese encontrado y acosado como
una rata; o salir pronto a la batalla y mostrarse.

Pero cuando por primera vez llegaron a Ephel Brandir las
nuevas de la llegada de los orcos, Turambar no salió al campo
de batalla e hizo caso de los ruegos de Níniel. Porque ella dijo:

—No han atacado todavía nuestras casas, como tú mismo
dijiste. Se cuenta que los orcos no son muchos. Y Dorlas me
dijo que antes de que tú llegaras, esas refriegas no eran infrecuentes, y que los Hombres del Bosque los mantenían a raya.

Pero los Hombres del Bosque fueron derrotados, porque
estos orcos eran de una raza maligna, feroces y astutos; y venían en verdad con el propósito de invadir el Bosque de Brethil, no como en ocasiones anteriores, cuando pasaban por
sus lindes con otros cometidos, o iban de cacería en grupos
pequeños. Por tanto, Dorlas y sus hombres fueron rechazados
con muchas pérdidas, y los orcos cruzaron el Teiglin y se internaron profundamente en los bosques. Y Dorlas se presentó
ante Turambar y le mostró sus heridas, y dijo:

—Ved, señor, el tiempo de la necesidad nos ha llegado,
después de una falsa paz, como yo lo tenía predicho. ¿No pe-
disteis ser considerado uno de nuestro pueblo y no un forastero? ¿No es este peligro el vuestro también? Porque nuestras
casas no permanecerán ocultas si los orcos se adentran más en
nuestras tierras.

Por tanto, Turambar se puso en marcha y esgrimió de
nuevo su espada Gurthang, y fue a la guerra; y cuando los
Hombres del Bosque lo supieron, cobraron nuevos ánimos y
acudieron a él, hasta que contó con la fuerza de muchos cen-

tenares. Entonces avanzaron por los bosques y mataron a todos los orcos que merodeaban allí, y los colgaron de los árboles que crecían cerca de los Cruces de Teiglin. Y cuando llegó una nueva hueste de orcos, les tendieron una trampa, y sorprendidos a la vez por el número de Hombres del Bosque y por el terror de la Espada Negra que había vuelto, fueron dispersados y matados en gran cantidad. Entonces los Hombres del Bosque levantaron grandes piras y quemaron los cuerpos de los soldados de Morgoth en montones, y el humo de la venganza se alzó negro por el cielo, y el viento lo arrastró hacia el oeste. Pero sólo unos pocos supervivientes regresaron a Nargothrond con estas nuevas.

Entonces Glaurung se encolerizó realmente; pero por un tiempo permaneció inmóvil, y reflexionó sobre lo que había escuchado. Así, el invierno transcurrió en paz, y los hombres decían:

—Grande es la Espada Negra de Brethil, porque todos nuestros enemigos están derrotados. —Y Níniel se consoló y regocijó con el renombre de Turambar; pero él continuaba encerrado en sus propios pensamientos, y decía en su corazón:— La suerte está echada. Viene ahora la prueba en que se justificará mi atrevimiento, o acabará conmigo. Ya no he de huir. Turambar seré en verdad, y por mi propia voluntad y mis proezas superaré mi destino... o caeré. Pero caído o a caballo, cuando menos mataré a Glaurung.

No obstante, estaba nervioso, y envió lejos a hombres osados, como exploradores. Porque en verdad, aunque ninguna palabra había sido dicha, ordenaba ahora las cosas a su antojo, como si él fuera el señor de Brethil, y nadie hacía caso de Brandir.

La primavera llegó cargada de esperanzas, y los hombres cantaban en sus faenas. Pero en esa primavera Níniel concibió, y palideció, y se marchitó, y toda su felicidad fue apagada. Y no tardaron en llegar extrañas nuevas de los hombres que habían ido más allá del Teiglin: había un gran incendio a lo lejos en los bosques de la planicie de Nargothrond, y los hombres se preguntaban qué podría significar.

Poco después llegaron nuevos mensajes: que los fuegos se dirigían siempre hacia el norte, y que en verdad Glaurung era el que los encendía. Porque había abandonado Nargothrond con algún propósito. Entonces los más tontos o los más esperanzados decían:

—Su ejército está destruido y ahora por fin recobra el tino y vuelve al sitio del que salió. —Y otros decían:— Esperemos que pase de largo junto a nosotros. —Pero Turambar no tenía esa esperanza, y sabía que Glaurung venía a buscarlo. Por tanto, aunque ocultaba su preocupación a Níniel, reflexionaba día y noche sobre la decisión que tendría que tomar; y la primavera se hizo verano.

Un día, dos hombres volvieron aterrados a Ephel Brandir, porque habían visto al mismísimo Gran Gusano.

—En verdad, señor —dijeron a Turambar—, se acerca ahora al Teiglin, y no se desvía. Yace en medio de un gran incendio y los árboles echan humo alrededor. Exhala un hedor que apenas puede soportarse. Y su paso inmundo ha desolado todas las largas leguas que recorrió desde Nargothrond, en una línea que no se tuerce, nos parece, sino que se dirige directamente hacia nosotros. ¿Qué hemos de hacer?

—Poco —dijo Turambar—, pero sobre ese poco he reflexionado ya. Las nuevas que me traéis antes son de esperanza porque si en verdad se acerca recto, como decís, y no tuerce el camino, tengo preparado un consejo para vuestros bravos corazones. —Los hombres quedaron intrigados, porque Turambar no dijo nada más. Pero, en ese momento, la firmeza de su actitud[25] animó los corazones de todos.

* * *

El curso del Teiglin bajaba del siguiente modo. Descendía desde Ered Wethrin, rápido como el Narog, pero en un principio entre orillas bajas, hasta que después de los Cruces, fortalecido por la afluencia de otras corrientes, se abría camino por las estribaciones de las tierras altas del Bosque de Brethil. A partir de allí corría entre profundas hondonadas, cuyos altos costados eran como muros de roca; y confinadas en el fondo, las aguas se adelantaban con gran fuerza y estruendo. Y en el camino de Glaurung se abría una de esas gargantas, de ningún modo la más profunda, pero sí la más estrecha, al norte de la afluencia del Celebros. Por tanto Turambar escogió a tres hombres atrevidos para que desde la orilla vigilaran los movimientos del Dragón; y él se dirigió a caballo a las altas cataratas de Nen Girith, donde las noticias podían llegarle deprisa, y desde donde era posible ver a gran distancia.

Pero primero reunió a los Hombres del Bosque en Ephel Brandir y les habló diciendo:

—Hombres de Brethil, un peligro mortal nos acecha que sólo con gran osadía puede evitarse. Pero en este asunto el número de hombres de nada nos vale; tenemos que recurrir a la astucia y esperar lo mejor. Si atacáramos al Dragón con todas nuestras fuerzas, como si se tratara de una banda de orcos, no haríamos más que entregarnos todos a la muerte, y dejar sin defensa a nuestras esposas y nuestros parientes. Por tanto, digo que tenéis que quedaros aquí y prepararos para la huida. Porque si Glaurung llega, abandonaréis este sitio y os dispersaréis a lo largo y a lo ancho; y de ese modo algunos podrán escapar y vivir. Porque está claro que si puede, vendrá a nuestra fortaleza, y a nuestras casas, y las destruirá junto con todo lo que vea; pero no se quedará aquí. Tiene su tesoro en Norgothrond, y allí están las profundas estancias en las que puede yacer con seguridad, y medrar.

Entonces los hombres quedaron consternados y completamente abatidos, pues confiaban en Turambar, y habían esperado palabras más animosas. Pero él dijo:

—Eso sólo en el peor de los casos. Y no ocurrirá si mi decisión y mi fortuna me responden. Porque no creo que este Dragón sea invencible, aunque crezca con los años en fuerza y malicia. Sé algo de él. Su poder depende más del mal espíritu que lo habita que de la fuerza de su cuerpo, por grande que ésta sea. Porque, escuchad ahora esta historia que me contó uno que fue testigo en el año de la Nirnaeth, cuando yo y la mayor parte de los que me escuchan éramos todavía niños. En ese campo los Enanos le opusieron resistencia, y Azaghâl de Belegost lo hirió tan profundamente que el Dragón escapó de regreso a Angband. Pero ésta es una espina más aguda y más larga que el cuchillo de Azaghâl.

Y Turambar desenvainó Gurthang y dio una estocada en el aire por encima de su cabeza, y les pareció a los que miraban que una llama surgía de la mano de Turambar y se elevaba muchos pies en el aire. Entonces todos se unieron en un grito:

—¡La Espina Negra de Brethil!

—La Espina Negra de Brethil —dijo Turambar—: bien puede temerla. Porque sabed esto: es el destino de este Dragón (y de toda su especie, según se dice) que por dura que sea su armadura de cuerno, más todavía que el hierro, tiene por debajo el vientre de una serpiente. Por tanto, Hombres de Brethil, voy ahora en busca del vientre de Glaurung, por los medios de que pueda disponer. ¿Quiénes serán mis compañeros? Sólo necesito a unos pocos de brazo fuerte y corazón todavía más fuerte.

Entonces Dorlas se adelantó y dijo:

—Iré con vos, señor; porque siempre prefiero salir al encuentro del enemigo que esperarle.

Pero ningún otro respondió tan deprisa a la llamada, porque les pesaba el temor a Glaurung, y la historia de los exploradores que lo habían visto se había difundido y había crecido en el camino. Entonces Dorlas exclamó:

—Escuchad, Hombres de Brethil, se ha visto claramente que para el mal de los tiempos que corren los designios de Brandir eran vanos. No hay modo de escapar escondiéndose. ¿Ninguno de vosotros ocupará el lugar del hijo de Handir para que la Casa de Haleth no quede reducida a la vergüenza? —De esta manera Brandir, que estaba sentado en el alto asiento del señor de la asamblea, sin que nadie le hicera caso, fue despreciado, y sintió amargura en el corazón; porque Turambar no reprimió a Dorlas. Pero un tal Hunthor, pariente de Brandir, se puso en pie y dijo:— Haces mal, Dorlas, en hablar así para vergüenza de nuestro señor, cuyos miembros por mala fortuna no pueden hacer lo que le pide el corazón. ¡Cuidado, no sea que lo contrario te ocurra a ti, venida la ocasión! Y ¿cómo puede decirse que sus designios fueran vanos cuando nunca se siguieron? Tú, su vasallo, siempre los menospreciaste. Te digo que Glaurung viene ahora a nosotros, como antes a Nargothrond, porque nuestros hechos nos han traicionado, tal y como él lo temía. Pero como la desdicha nos ha llegado ahora, con vuestra venia, hijo de Handir, iré yo en nombre de la casa de Haleth.

Entonces Turambar dijo:

—¡Tres son bastantes! A vosotros dos llevo conmigo. Señor, no es menosprecio. Pero hemos de acudir con gran prisa y nuestra misión requiere miembros fuertes. Considero que vuestro lugar está con vuestro pueblo. Porque sois sabio y sabéis curarlo; y es posible que haya gran necesidad de sabiduría y curaciones antes de no mucho. —Pero estas palabras, aunque dichas con cortesía, no consiguieron otra cosa que amargar a Brandir todavía más, y dijo a Hunthor:— Ve, pues, pero no con mi venia. Porque en este hombre hay una sombra, y te conducirá a la perdición.

Ahora bien, Turambar tenía prisa por partir; pero cuando fue a Níniel para despedirse, ella se aferró a él con fuerza llorando desesperadamente.

—¡No te vayas, Turambar, te lo ruego! —dijo—. ¡No desafíes a la sombra de la que huiste! ¡No, no, sigue huyendo todavía, y llévame lejos contigo!

—Níniel, mi muy amada —respondió él—, no podemos seguir huyendo, tú y yo. Estamos confinados en esta tierra. Y aun si me fuera, abandonando al pueblo que nos dio su amistad, sólo podría llevarte a las tierras salvajes, sin protección, y eso significaría tu muerte y la muerte de nuestro hijo. Un centenar de leguas nos separan de cualquier tierra que aún esté fuera del alcance de la Sombra. Pero, reanima tu corazón, Níniel. Porque esto te digo: ni tú ni yo seremos muertos por el Dragón, ni por ningún enemigo del Norte. —Entonces Níniel dejó de llorar y guardó silencio, pero su beso fue frío cuando se separaron.

Entonces Turambar, junto con Dorlas y Hunthor, se puso rápidamente en marcha hacia Nen Girith, y cuando llegaron allí, el sol ya se ponía, y se habían alargado las sombras; y los dos últimos exploradores los aguardaban en el sitio.

—No venís demasiado pronto, señor —dijeron—. Porque el Dragón ha llegado, y cuando nos íbamos ya había alcanzado las orillas del Teiglin, y sus ojos miraban relumbrantes por encima del agua. Avanza de noche, y hemos de intentar algún golpe antes de que amanezca.

Turambar miró por encima de las cascadas del Celebros y vio el sol que llegaba a su ocaso; unas negras espirales de humo se levantaban de los bordes del río.

—No hay tiempo que perder —dijo—; no obstante, éstas

son buenas noticias. Porque mi temor era que se desviara; y si se dirigiera al norte y llegara a los Cruces, y así al viejo camino de las tierras bajas, nuestra esperanza habría acabado. Pero alguna furia de orgullo y malicia lo impulsa a avanzar en línea recta. —Pero mientras hablaba, se sintió intrigado y se dijo:— ¿O será quizá que aun uno tan maligno y feroz evite los Cruces al igual que los Orcos? ¡Haudh-en-Elleth! ¿Todavía se interpone Finduilas a mi destino?

Entonces se volvió hacia sus compañeros y dijo:

—Esta tarea tenemos ahora por delante. Hemos de esperar un poco todavía; porque adelantarnos sería en este caso tan malo como la excesiva tardanza. Pero llega el crespúsculo, y es hora de descender con todo sigilo hacia el Teiglin. Pero, ¡cuidado!, porque los oídos de Glaurung son tan agudos como su mirada, y son letales. Si llegamos al río sin ser advertidos, hemos de bajar a la garganta y cruzar las aguas, y así llegar al camino que él tomará al ponerse en movimiento.

—Pero ¿cómo puede avanzar de ese modo? —dijo Dorlas —. Puede que sea ágil, pero es también un gran Dragón, y ¿cómo ha de descender por un acantilado y ascender del otro lado, cuando una parte tendrá que estar ascendiendo antes que la otra haya descendido del todo? Y si es capaz de hacerlo, ¿de qué nos servirá a nosotros estar abajo en las aguas torrentosas?

—Quizá pueda hacerlo —respondió Turambar— y si en verdad lo hace, será para nuestra desdicha. Pero es mi esperanza, por lo que de él sabemos, y por el sitio en que ahora se encuentra, que su propósito sea otro. Ha llegado al borde de Cabed-en-Aras, el abismo que un ciervo, como tú contaste, franqueó una vez de un salto huyendo de los cazadores de Haleth. Tan grande es ahora, que creo que intentará lo mismo. Ésa es nuestra esperanza, y hemos de confiar en ella.

El corazón de Dorlas se sobrecogió al oír estas palabras; porque conocía mejor que nadie toda la tierra de Brethil, y Cabed-en-Aras era un sitio sumamente lóbrego. El lado este era un acantilado escarpado de unos cuarenta pies, desnudo, pero coronado de árboles en la cima; en el otro lado, la orilla era algo menos escarpada y de menor altura, cubierta de árboles colgantes y de malezas, pero entre ambas orillas el agua se precipitaba con furia sobre las rocas, y aunque un hombre audaz y de pie seguro podría vadearla de día, era peligroso intentarlo de noche. Pero ése era el designio de Turambar, y era inútil contradecirlo.

Por tanto, se pusieron en camino en el crepúsculo, y no fueron directamente al encuentro del Dragón, y tomaron primero el camino a los Cruces; entonces, antes de llegar hasta allí, se volvieron hacia el sur por una senda estrecha, y penetraron en la penumbra de los bosques por el Teiglin.[26] Y mientras se acercaban paso a paso a Cabed-en-Aras, deteniéndose a menudo para escuchar, el olor de un incendio los alcanzó, y un hedor les hizo daño. Pero todo estaba envuelto en un silencio mortal, y el aire no se movía. Las primeras estrellas brillaban en el Este detrás de ellos, y unas tenues espirales de humo ascendían derechas y sin vacilación sobre el fondo de la última luz del oeste.

Ahora bien, tras la partida de Turambar, Níniel permaneció de pie, callada como una piedra; pero Brandir se le acercó y dijo:

—Níniel, no temas lo peor hasta que sea preciso. Pero ¿no te había aconsejado esperar?

—Lo hiciste —respondió ella—. No obstante, ¿de qué me habría servido ahora? Porque el amor puede aguardar y sufrir sin matrimonio.

—Eso lo sé —dijo Brandir—. Pero el matrimonio no es por nada.

—Llevo dos meses preñada de su hijo —dijo Níniel—. Pero no me parece que mi temor a perderlo sea mi carga más pesada. No te entiendo.

—Tampoco yo me entiendo —dijo él—. Pero tengo miedo.

—¡Vaya consuelo que me das! —exclamó ella—. Pero Brandir, amigo: soltera o casada, madre o doncella, el miedo que siento es insoportable. El Amo del Destino ha ido a desafiar a su destino, lejos de aquí, y ¿cómo podría quedarme esperando la lenta llegada de las noticias, buenas o malas? Esta noche, quizá, se encuentre con el Dragón, y ¿cómo he de pasar, de pie o sentada, estas horas espantosas?

—No lo sé —dijo él—, pero de algún modo las horas tienen que pasar, para ti y para las esposas de los que fueron con él.

—¡Hagan ellas lo que su corazón les dicte! —gritó Níniel—. En cuanto a mí, partiré. No se interpondrán las millas entre mí y el peligro de mi señor. ¡Partiré al encuentro de las noticias!

Entonces el miedo de Brandir se ennegreció al oír estas palabras, y exclamó:

—No lo harás si puedo evitarlo. Porque así pondrás a todos en peligro. Las millas que se interponen pueden dar tiempo a escapar, si algo malo ocurre.

—Si algo malo ocurre, no querré escapar —dijo Níniel—. Y ahora tu sabiduría resulta vana, y no estorbarás mi camino. —Y se irguió ante el pueblo que estaba todavía reunido en el sitio abierto del Ephel, y gritó:— ¡Hombres de Brethil! No esperaré aquí. Si mi señor fracasa, es vana toda esperanza. Vuestros campos y bosques serán quemados por completo, y todas vuestras casas quedarán reducidas a negras cenizas, y ninguno, ninguno escapará. Por tanto, ¿por qué demorarnos aquí? Ahora parto al encuentro de las noticias, y lo que el destino me depare. ¡Que los que piensen igual vengan conmigo!

Entonces muchos estuvieron dispuestos a ir con ella: las esposas de Dorlas y de Hunthor, porque aquellos a los que amaban habían partido con Turambar; otros por piedad a Níniel y el deseo de ayudarla; y otros muchos, temerarios e inconscientes (sabiendo muy poco del mal), seducidos por la fama del Dragón, fueron con ella con la esperanza de ver hechos extraños y gloriosos. Porque en verdad, en su imaginación la Espada Negra había alcanzado una estatura tal, que pocos creían que Glaurung pudiera derrotarla. Por tanto, no tardaron en ponerse en camino, una gran compañía, e ir al encuentro de un peligro del que no sabían nada; y avanzando sin darse mucho descanso, por fin llegaron, fatigados, a Nen Girith, a la caída de la noche, poco después de que Turambar abandonara el sitio. Pero la noche es un frío consejero, y muchos ahora se asombraban de su propia precipitación; y cuando se enteraron por los exploradores que allí habían quedado de que Glaurung estaba muy cerca, y el desesperado propósito de Turambar, sus corazones desfallecieron y no se atrevieron a seguir avanzando. Algunos miraban hacia Cabed-en-Aras con ojos ansiosos, pero nada podían ver, ni oír, salvo la fría voz de las cascadas. Y Níniel se sentó apartada, y un gran estremecimiento la sobrecogió.

* * *

Cuando Níniel y su compañía hubieron partido, Brandir dijo a los que quedaban:

—¡Mirad cómo se me menosprecia, y cómo se desdeñan mis consejos! Que Turambar sea nombrado vuestro señor, puesto que ya me ha arrebatado toda autoridad. Porque aquí renuncio tanto a mi señorío como a mi pueblo. ¡Que nadie vuelva a pedirme nunca consejo, ni curación! —Y rompió el báculo. A sí mismo se dijo: «Ahora nada me queda, salvo el amor que siento por Níniel: por tanto a donde vaya, con tino o locura, ahí he de ir yo. En esta hora oscura nada puede preverse; pero quizá incluso yo pueda ayudarle a esquivar el mal, si me encuentro cerca».

Se ciñó por tanto una corta espada, como rara vez lo había hecho antes, y cogió su muleta, y avanzó tan deprisa como le fue posible, dejando atrás las puertas del Ephel, y renqueando en pos de los demás por el largo sendero que llegaba a la frontera occidental de Brethil.

La muerte de Glaurung

Por fin, cuando la noche ya se cerraba sobre la tierra, Turambar y sus compañeros llegaron a Cabed-en-Aras, y se alegraron del gran estruendo que hacían las aguas; porque a pesar de prometer un descenso peligroso, acallaba también todo otro ruido. Entonces Dorlas los condujo un tanto hacia el sur, y descendieron por una hendedura hasta el pie del acantilado; pero allí el corazón le flaqueó, porque en el río había muchas rocas y grandes piedras, y el agua se precipitaba alrededor de ellas, rechinando los dientes.

—Éste es un camino seguro a la muerte —dijo Dorlas.

—Es el único camino, a la muerte o a la vida —dijo Turambar—, y la demora no lo volverá más esperanzado. Por tanto, ¡seguidme! —Y avanzó delante de ellos, y por habilidad y osadía, o por suerte, llegó al otro extremo, y en la profunda oscuridad se volvió para ver quién venía detrás. Una forma oscura estaba a su lado.— ¿Dorlas? —preguntó.

—No, soy yo —dijo Hunthor—. Dorlas no se atrevió a intentar la travesía. Porque un hombre puede amar la guerra, y sin embargo tener miedo de muchas cosas. Está sentado temblando en la orilla, supongo; y que la vergüenza lo gane por las palabras que dirigió a mi pariente.

Entonces Turambar y Hunthor descansaron un momento, pero pronto les enfrió la noche, porque ambos estaban empapados, y empezaron a buscar un camino hacia el norte, siguiendo el curso del río, que los llevara a Glaurung. Allí la garganta se volvía más oscura y estrecha, y mientras avanzaban a tientas, vieron una luz temblorosa por encima de ellos, como de llamas bajas, y oyeron los gruñidos del Gran Gusano, que dormía vigilante. Entonces buscaron un camino de ascenso que los acercara al borde; porque su única esperanza residía en sorprender al enemigo. Pero tan inmundo era ahora el hedor, que se sintieron mareados, y resbalaban al trepar, y se aferraban a los troncos de los árboles, y vomitaban, olvidados en su miseria de todo temor, salvo el de caer entre los dientes del Teiglin.

Entonces Turambar dijo a Hunthor:

—Gastamos en vano las fuerzas que ya se nos agotan. Porque en tanto no estemos seguros de por dónde cruzará el Dragón, de nada nos sirve trepar.

—Pero cuando lo sepamos —dijo Hunthor—, no tendremos tiempo de buscar cómo salir del abismo.

—Es cierto —dijo Turambar—. Pero donde todo depende de la suerte, en la suerte hemos de confiar. —Se detuvieron, por tanto, y esperaron, y desde la oscura garganta vieron una estrella blanca que se deslizaba a través de la estrecha franja de cielo; y entonces, lentamente, Turambar se hundió en un sueño en el que tenía un único cuidado: aferrarse, aunque una negra corriente lo arrastraba y le roía los miembros.

De pronto hubo un gran estruendo, y las paredes del abismo se estremecieron y resonaron. Turambar despertó y dijo a Hunthor:

—Se mueve. Ha llegado la hora. ¡Hiere hondo, porque somos sólo dos, y tenemos que herir por tres!

Y así empezó el ataque de Glaurung a Brethil; y todo sucedió en gran parte como lo había esperado Turambar. Porque ahora el Dragón se arrastraba pesadamente hacia el borde del acantilado, y no se volvió, sino que se preparó a saltar por encima del abismo apoyándose en las grandes patas delanteras. El terror llegó con él, porque no empezó a cruzar justo por encima de los hombres, sino algo hacia el norte, y los que lo miraban desde abajo podían ver la enorme sombra de su cabeza recortada sobre las estrellas; y abría las mandíbulas, y tenía siete lenguas de fuego. De pronto emitió una llameante bocanada, de modo que toda la hondonada se iluminó de rojo, y unas sombras negras volaron entre las rocas; pero los árboles delante de él se marchitaron, y se desvanecieron en humo, y las piedras cayeron al río. Y entonces se lanzó hacia adelante, y se aferró al acantilado del otro extremo con sus garras poderosas, y empezó a arrastrarse a través del abismo.

Ahora era necesario ser audaz y rápido, porque aunque Turambar y Hunthor no se encontraban en el paso de Glaurung, y habían escapado a la bocanada de fuego, tenían que alcanzarlo antes de que terminara de cruzar, de lo contrario todo habría sido en vano. Sin hacer caso del peligro, Turambar trepó a gatas a lo largo del borde del agua hasta quedar por debajo del Dragón; pero el calor y el hedor eran allí tan horribles que se tambaleó, y habría caído si Hunthor, que lo había seguido valientemente por detrás, no lo hubiera tomado por el brazo, ayudándolo a recobrar el equilibrio.

—¡Gran corazón! —le dijo Turambar—. ¡Feliz la elección que te hizo mi compañero! —Pero mientras hablaba, una gran piedra que se había desprendido arriba cayó y golpeó a Hunthor en la cabeza, precipitándolo a las aguas que corrían debajo, y así llegó a su fin quien no era el menos valiente de la Casa de Haleth. Entonces Turambar gritó:— ¡Ay! ¡Es peligroso andar a mi sombra! ¿Por qué busqué ayuda? Porque ahora te encuentras solo, ¡oh, Amo del Destino!, como sabías sin duda que ocurriría. Ahora ¡toca vencer solo!

Entonces recurrió a toda su voluntad y a todo el odio que sentía por el Dragón y su Amo, y le pareció que de pronto tenía una fuerza de corazón y de cuerpo que no había conocido antes; y trepó el acantilado piedra por piedra y raíz por raíz, hasta que se aferró por fin a un árbol delgado que crecía bajo el borde del abismo, y aunque la copa estaba chamuscada, aún se mantenía firme sobre sus raíces. Y mientras Turambar intentaba afirmarse en la horqueta de las ramas, la parte media del Dragón pasó sobre él, y descendió hasta casi tocarle la cabeza. Pálido y rugoso era el vientre, cubierto por un humor viscoso y gris, al que se habían adherido toda clase de inmundicias; y hedía a muerte. Entonces Turambar desenvainó la Espada Negra de Beleg, y arremetió con ella hacia arriba, con todo el poder de su brazo y de su odio, y la hoja mortal, larga y codiciosa, penetró en el vientre hasta la empuñadura.

Entonces Glaurung, sintiéndose tocado de muerte, lanzó un grito que sacudió todos los bosques, y los guardianes de Nen Girith se espantaron. Turambar quedó aturdido, como si le hubieran asestado un golpe, y resbaló, y tuvo que soltar la espada, que quedó clavada en el vientre del Dragón. Porque Glaurung, en un poderoso espasmo, curvó todo el cuerpo estremecido y lo lanzó sobre el abismo, y allí, sobre la otra orilla, se retorció en convulsiones agónicas, aullando, azotando el aire

hasta que abrió un espacio de estragos alrededor, y yació allí
por fin en medio del humo y de la ruina, y quedó inmóvil.

Ahora bien, Turambar se había aferrado a las raíces del
árbol, aturdido y casi desvanecido. Pero luchó contra sí mismo y se sostuvo, y a medias deslizándose y a medias sujetán-
dose, descendió al río e intentó otra vez el peligroso cruce,
arrastrándose a veces sobre las manos y los pies, enceguecido
por la espuma, hasta que por fin consiguió llegar al otro lado
y ascendió trabajosamente a lo largo de la hendedura por la
que habían bajado antes. Así llegó por fin al sitio en que agonizaba el Dragón, y contempló implacable al enemigo herido
de muerte, y se sintió complacido.

Allí yacía Glaurung con las fauces abiertas; pero todos sus
fuegos estaban agotados, y tenía cerrados los ojos malignos.
Todo su cuerpo estaba extendido sobre uno de sus flancos, y
la empuñadura de Gurthang le sobresalía del vientre. Entonces Turambar sintió que el corazón se le animaba en el pecho,
y aunque el Dragón respiraba todavía, quiso recobrar la espada, pues si antes la había apreciado mucho, valía ahora para él
más que todo el tesoro de Nargothrond. Ciertas resultaron las
palabras que se dijeron cuando fue forjada: nadie, ni grande
ni pequeño, sobreviviría después que ella hubiera mordido.

Por tanto, yendo hacia su enemigo, le apoyó el pie en el
vientre, y tomando a Gurthang por la empuñadura, tiró con
todas sus fuerzas. Y gritó burlándose de las palabras de
Glaurung en Nargothrond:

—¡Salve, Gusano de Morgoth! ¡Bien hallado, otra vez!
¡Muere ahora, y que te lleve la oscuridad! Así queda vengado
Túrin, hijo de Húrin. —Entonces arrancó la espada, y un
chorro de sangre negra brotó y le bañó la mano, y el veneno
le quemó la carne, y lanzó un grito de dolor. Entonces
Glaurung se movió y abrió los ojos ominosos, y miró a Tu-

rambar con tal malicia que le pareció a éste que una flecha lo había atravesado, y por eso y por el dolor de su mano, cayó desvanecido, y yació como muerto junto al Dragón, tendido sobre la espada.

Ahora bien, los gritos de Glaurung habían llegado a Nen Girith, y el pánico cundió entre todos; y cuando los guardianes vieron desde lejos las devastaciones y quemaduras producidas por el Dragón en su agonía, creyeron que estaba pisoteando y destruyendo a los que lo habían atacado. Entonces en verdad desearon que las millas que los separaban de aquel sitio fueran más largas; pero no se atrevían a abandonar el lugar elevado donde se habían reunido, porque recordaban las palabras de Turambar: si Glaurung vencía, iría primero a Ephel Brandir. Por tanto esperaban aterrados algún signo de movimiento; pero nadie era bastante osado como para descender e ir en busca de noticias al lugar de la batalla. Y Níniel estaba sentada y no se movía, aunque temblaba de pies a cabeza. Pero cuando oyó la voz de Glaurung, el corazón le murió por dentro, y sintió que la oscuridad volvía a invadirla.

Así la encontró Brandir. Porque llegó finalmente al puente del Celebros, lento y fatigado; todo el camino había avanzado solo, cojeando con su muleta, y se encontraba a cinco leguas cuando menos de su casa. El temor por Níniel lo había impulsado, y ahora las noticias que escuchaba no eran peores que las que había temido. «El Dragón ha cruzado el río —le dijeron los hombres—, y parece que la Espada Negra ha muerto, y también los que fueron con ella.» Entonces Brandir, estando junto a Níniel, adivinó su desdicha y la compadeció; y sin embargo pensó: «La Espada Negra está muerta y Níniel vive». Y se estremeció, porque de pronto le pareció que hacía frío junto a las aguas de Nen Girith; y envolvió a Níniel con su capa. Pero no supo qué decirle, y ella no hablaba.

El tiempo transcurría, y todavía Brandir guardaba silencio junto a Níniel, atisbando la noche y escuchando, pero no podía ver nada ni oír nada, salvo el ruido de las cataratas de Nen Girith, y pensó: «Seguramente Glaurung habrá avanzado sobre Brethil». Pero ya no sentía lástima por su pueblo, necios todos, que habían desdeñado los consejos que él les daba, y lo habían menospreciado. «Que vaya el Dragón a Amon Obel, y así tendré tiempo de escapar, de llevarme a Níniel lejos.» No sabía dónde, porque nunca había viajado fuera de Brethil.

Por fin se inclinó y tocó el brazo de Níniel, y le dijo:

—¡El tiempo pasa, Níniel! ¡Ven! Es tiempo de partir. Si quieres, yo te llevaré.

Entonces, en silencio, ella se levantó, y le tomó la mano, y cruzaron el puente y fueron por el sendero que conducía a los Cruces del Teiglin. Pero los que los vieron moverse como sombras en la oscuridad, no sabían quiénes eran, ni les importaba. Y cuando hubieron avanzado un trecho entre los árboles silenciosos, la luna se alzó más allá de Amon Obel, y una luz gris iluminó los claros del bosque. Entonces Níniel se detuvo y preguntó a Brandir:

—¿Es éste el camino?

Y él respondió:

—¿Cuál es el camino? Porque todas nuestras esperanzas en Brethil han terminado. No hay ningún camino, excepto aquel que nos lleve a alejarnos deprisa del Dragón, y escapar mientras haya todavía tiempo.

Níniel lo miró asombrada y dijo:

—¿No te has ofrecido a llevarme hasta él? ¿O pretendes engañarme? La Espada Negra era mi amado y mi marido, y sólo para encontrarlo he venido aquí. ¿Cómo se te puede ocurrir otra cosa? Haz ahora lo que quieras, pero yo he de darme prisa.

Y como Brandir quedó por un momento desconcertado, ella se alejó de él rápidamente, y él gritó llamándola:

—¡Espera, Níniel! ¡No vayas sola! No sabes qué podrás encontrar. ¡Iré contigo! —Pero ella no le hizo caso, y avanzaba como si le ardiera la sangre, que poco antes tenía helada; y aunque él se apresuraba tanto como podía, ella no tardó en alejarse y desaparecer. Entonces él maldijo su destino y su debilidad; pero no se volvió.

Ahora la luna se alzaba blanca en el cielo, y estaba casi llena, y mientras Níniel descendía de las tierras altas hacia las tierras junto al río, le pareció que recordaba el lugar, y sintió miedo. Porque había llegado a los Cruces del Teiglin, y allí, delante de ella, se levantaba Haudh-en-Elleth, pálido a la luz de la luna, atravesado por una sombra negra; y un gran temor emanaba del montículo.

Entonces se volvió con un grito y huyó hacia el sur a lo largo del río, y arrojó lejos la capa mientras corría, como si se deshiciera de una sombra que se le adhería al cuerpo, y debajo estaba toda vestida de blanco, y resplandecía a la luz de la luna mientras escapaba entre los árboles. Así la vio Brandir desde la ladera de la colina, y se volvió para cruzársele en el camino, si le era posible; y encontrando por suerte el estrecho sendero que había utilizado Turambar, y que se alejaba del camino más transitado descendiendo por la cuesta escarpada al encuentro del río en el sur, llegó muy cerca de ella por detrás. Pero aunque la llamó, ella no le hizo caso, o no lo oyó, y pronto desapareció otra vez; y así se acercaron a los bosques junto a Cabed-en-Aras y al sitio de la agonía de Glaurung.

La luna se encontraba entonces en el sur, despojada de nubes, y la luz era fría y clara. Al llegar al borde de la devastación producida por Glaurung, Níniel vio el cuerpo del Dragón, y su vientre gris al resplandor de la luna; pero junto a él estaba tendido un hombre. Entonces, olvidando el miedo, corrió entre los vestigios humeantes y así llegó junto a Turambar. Estaba caído de lado, sobre la espada, pero su cara tenía la palidez de la muerte a la luz blanquecina. Entonces ella se arrojó junto a él, llorando, y lo besó; y le pareció que respiraba débilmente, pero creyó que eso no era más que una falsa esperanza, porque estaba frío, y no se movía, ni le respondía. Y mientras lo acariciaba, vio que tenía la mano negra como si se la hubiera chamuscado, y se la bañó con lágrimas; y arrancándose una tira del vestido le vendó la mano. Pero él siguió sin moverse, y Níniel lo besó otra vez y clamó en voz alta:

—¡Turambar, Turambar, vuelve! ¡Escúchame! ¡Despierta! Porque soy Níniel. El Dragón está muerto, muerto, y yo estoy sola aquí a tu lado. —Pero él no respondió.

Brandir oyó los gritos, porque había llegado al borde de la devastación; pero mientras avanzaba hacia Níniel, se detuvo y permaneció inmóvil. Porque al grito de Níniel, Glaurung se movió por última vez, y un estremecimiento le recorrió todo el cuerpo; y entreabrió los ojos espantosos en los que brillaba la luz de la luna, y dijo con voz jadeante:

—¡Salve, Nienor, hija de Húrin! Volvemos a encontrarnos antes del final. Te doy la alegre nueva de que por fin has encontrado a tu hermano. Y lo conocerás ahora: ¡es quien apuñala en la noche, traiciona a sus enemigos, no guarda fidelidad a sus amigos, y es una maldición para los de su casa, Túrin, hijo de Húrin! Pero el peor de sus hechos lo sentirás dentro de ti.

Entonces Nienor se quedó allí como aturdida, pero Glaurung murió; y con su muerte el velo de su malicia se desprendió de ella. Y ella recordó claramente todo su pasado, de día en día, y las cosas que le habían ocurrido desde que yaciera en Haudh-en-Elleth. Y el cuerpo se le estremeció de horror y de angustia. Pero Brandir, que lo había oído todo, se sintió sobrecogido y se apoyó en un árbol.

Entonces, súbitamente, Nienor se puso en pie de un salto, y se irguió pálida como un espectro a la luz de la luna, y mirando a Túrin, gritó:

—¡Adiós, oh, dos veces amado! *A Túrin Turambar turún' ambartanen:* ¡Amo del destino, por el destino dominado! ¡Dichoso de ti, que estás muerto! —Enseguida, enloquecida de dolor y de espanto, se alejó frenética de aquel sitio; y Brandir tropezaba tras ella gritando: — ¡Espera! ¡Espera, Níniel!

Ella se detuvo un momento mirando atrás con ojos fijos.

—¿Esperar? —gritó—. ¿Esperar? Ése fue siempre tu consejo. ¡Ojalá lo hubiera seguido! Pero ahora es demasiado tarde. Y ahora ya no esperaré en la Tierra Media. —Y siguió corriendo por delante de él.[27]

Rápidamente llegó al borde de Cabed-en-Aras, y allí se detuvo y contempló las estruendosas aguas gritando:

—¡Aguas, aguas! Recibid ahora a Níniel Nienor, hija de Húrin! ¡Luto, Luto, hija de Morwen! ¡Recibidme y llevadme al Mar! —Entonces se arrojó desde lo alto de la orilla: un blanco resplandor se hundió en el torbellino oscuro, y un grito se perdió entre los rugidos del río.

Las aguas del Teiglin siguieron fluyendo, pero Cabed-en-Aras dejó de existir: Cabed Naeramarth la llamaron después los hombres; porque los ciervos ya no volvieron a saltar allí, y toda criatura viva la evitaba, y los hombres no se acercaban a sus orillas. El último de los hombres que escrutó su oscuridad fue Brandir, hijo de Handir; y se apartó horrorizado, porque le flaqueó el corazón, y aunque ahora odiaba su vida, no fue capaz de darse allí la muerte que deseaba.[28] Entonces sus pensamientos volvieron a Túrin Turambar, y exclamó:

—¿Siento por ti odio o siento piedad? Pero estás muerto.

No te debo las gracias, depredador de todo lo que tuve o deseé haber tenido. Pero mi pueblo está endeudado contigo. Es conveniente que por mí lo sepan.

Y así inició el camino de regreso a Nen Girith, renqueando, y esquivó el sitio en que yacía el Dragón con un escalofrío; y mientras ascendía el empinado camino de regreso, vio a un hombre que atisbaba entre los árboles, y al verlo retrocedió. Pero pudo verle la cara a la luz de la luna que se ponía.

—¡Ja, Dorlas! —exclamó—. ¿Qué nuevas tienes? ¿Cómo has salido con vida? Y ¿qué es de mi pariente?

—No lo sé —respondió Dorlas con hosquedad.

—Pues eso es raro —dijo Brandir.

—Si quieres saberlo —dijo Dorlas—, la Espada Negra pretendía que vadeáramos los rápidos del Teiglin en la oscuridad. ¿Es raro que no me fuera posible hacerlo? En el manejo del hacha soy mejor que algunos, pero no tengo patas de cabra.

—Entonces, ¿fueron al encuentro del Dragón sin ti? —preguntó Brandir—. Pero ¿y cuándo cruzó? Al menos te habrás quedado cerca para ver lo que sucedía.

Pero Dorlas no respondió, y se quedó mirando a Brandir con ojos de odio. Entonces Brandir comprendió, al fin, dándose cuenta de que este hombre había abandonado a sus compañeros, y que, humillado y avergonzado, se había escondido en los bosques.

—¡Que la vergüenza caiga sobre ti, Dorlas! —dijo—. Eres el instigador de nuestros males: incitaste a la Espada Negra, atrajiste al Dragón sobre nosotros, fuiste causa de que se me menospreciara y llevaste a Hunthor a la muerte para luego huir y esconderte en el bosque. —Y mientras hablaba, se le ocurrió otro pensamiento, y dijo con gran cólera:— ¿Por qué no trajiste noticias? Hubiera sido tu penitencia menor. Si lo hubieras hecho, la Señora Níniel no tendría que haber ido a buscarlas. No habría sido necesario que nunca viera al Dragón. Ahora estaría con vida. Dorlas, ¡te odio!

—¡Guárdate tu odio! —dijo Dorlas—. Es tan débil como todos tus designios. Si no hubiera sido por mí, los Orcos te habrían colgado como un espantajo en tu propio huerto. ¡El que se esconde eres tú! —Y entonces, la vergüenza se le convirtió en ira, y amagó un golpe a Brandir con su gran puño, y así terminó su vida antes de que una mirada de perplejidad abandonara sus ojos: porque Brandir desenvainó la espada, y le dio con ella una estocada de muerte. Por un momento, se quedó allí, temblando, mirando la sangre; y luego dejó caer la espada, se volvió, y siguió su camino, encorvado sobre la muleta.

Cuando Brandir llegó a Nen Girith, la luna pálida había partido y ya se desvanecía la noche; la mañana se abría en el Este. La gente que estaba allí todavía encogida junto al puente lo vio llegar como una sombra gris en el alba, y algunos le gritaron desde lejos, asombrados:

—¿Dónde has estado? ¿La has visto? Porque la Señora Níniel se ha ido.

—Sí, se ha ido —dijo—. ¡Se ha ido, se ha ido para nunca más volver! Pero he venido para traeros noticias. ¡Escuchad ahora, pueblo de Brethil, y decid si hubo jamás una historia como la que os cuento! El Dragón está muerto, pero muerto está también Turambar, a su lado. Y ésas son buenas noticias: sí, ambas son buenas, en verdad.

Entonces la gente murmuró, asombrada ante sus palabras, y algunos dijeron que se había vuelto loco; pero Brandir gritó:

—¡Escuchadme hasta el fin! Níniel también está muerta, Níniel, la bella, a la que todos amabais, a la que yo amaba más que a nadie. Saltó desde el borde del Salto del Ciervo,[29] y los dientes del Teiglin la atraparon. Se ha ido, aborreciendo la luz del día. Porque de esto se enteró antes de huir: hijos de Húrin eran ambos, hermana y hermano. El Mormegil era su nombre, Turambar se llamó a sí mismo ocultando el pasado: Túrin, hijo de Húrin. Níniel la llamamos nosotros desconociendo su pasado: Nienor era hija de Húrin. A Brethil trajeron la sombra de un destino oscuro. Y el destino de ambos se cumplió aquí, y esta tierra no volverá nunca a estar libre de dolor. ¡No la llaméis Brethil, no la llaméis la tierra de los Halethrim, sino *Sarch nia Hîn Húrin,* Sepulcro de los Hijos de Húrin!

Entonces, aunque no entendía todavía cómo este mal había ocurrido, la gente se echó a llorar allí donde se encontraba, y algunos decían:

—Un sepulcro hay en el Teiglin para Níniel la bienamada, un sepulcro habrá para Turambar, el más valiente de los hombres. No dejaremos que nuestro libertador yazga bajo el cielo. Vayamos en su busca.

La muerte de Túrin

Ahora bien, mientras Níniel huía, Túrin se movió, y en la profunda oscuridad le pareció que ella lo llamaba a lo lejos; pero cuando Glaurung murió, salió del negro desmayo y volvió a respirar profundamente, y luego suspiró y cayó en un sueño de gran fatiga. Pero antes del amanecer hizo mucho frío, y se volvió en sueños, y la empuñadura de Gurthang se le hundió en un costado, y de pronto despertó. Ya se iba la noche, y en el aire había un hálito de la mañana; y se puso en pie de un salto recordando su victoria y el veneno que le quemaba la mano. La levantó, y se la miró y quedó maravillado. Porque la tenía envuelta en un trozo de tela blanca todavía húmeda y ya no le dolía; y dijo para sí: «¿Por qué alguien habría de atenderme de este modo, y sin embargo me dejaría abandonado en el frío en medio de la devastación, y el hedor del Dragón? ¿Qué cosas extrañas han ocurrido?».

Entonces dio voces, pero no hubo respuesta. Todo estaba sumido en la oscuridad y la lobreguez de alrededor, y una emanación de muerte flotaba en el aire. Se agachó y levantó la espada, y estaba intacta, y la luz del filo no había declinado.

—¡Inmundo era el veneno de Glaurung —dijo—, pero tú eres más fuerte que yo, Gurthang! Te bebes toda la sangre. Tuya es la victoria. Pero ¡ven! He de ir en busca de ayuda. Mi cuerpo está cansado y siento frío en los huesos.

Entonces volvió la espalda a Glaurung, dejando que se pudriera allí; pero a medida que se alejaba, cada paso se le hacía más pesado, y pensó: «En Nen Girith quizá encuentre a algún explorador que me esté esperando. Pero querría llegar pronto a mi casa y sentir las gentiles manos de Níniel y recibir los hábiles cuidados de Brandir». Y así, por fin, andando con fatiga, apoyado en Gurthang, a través de la luz gris de las primeras horas de la mañana, llegó a Nen Girith, y cuando los hombres se ponían en camino en busca de su cuerpo, se les presentó delante erguido.

Entonces ellos retrocedieron aterrados, creyendo que era el espíritu de Túrin, que no tenía descanso, y las mujeres gimieron y se cubrieron el rostro. Pero él dijo:

—¡No, no lloréis, por el contrario, alegraos! ¡Mirad! ¿Acaso no estoy vivo? Y ¿no he dado muerte al Dragón que tanto temíais?

Entonces ellos se volvieron a Brandir y exclamaron:

—¡Tú y tus falsas historias! ¡Decirnos que estaba muerto! ¿No dijimos acaso que te habías vuelto loco? —Pero Brandir estaba espantado y miraba con miedo en los ojos, y no decía nada.

Pero Túrin le dijo:

—¿Eras tú el que estuvo allí y me atendió la mano? Te lo

agradezco. Pero tu habilidad te está faltando si no te es posible distinguir el desmayo de la muerte. —Entonces se volvió a la gente:— No le habléis así, necios de vosotros. ¿Quién podría haberlo hecho mejor? Al menos, él tuvo el ánimo de acudir al sitio de la batalla, mientras vosotros os lamentabais.

»Pero ahora, hijo de Handir, ¡anímate! Hay más cosas de las que quiero enterarme. ¿Por qué estáis aquí tú y toda esta gente que dejé en Ephel? Si yo enfrento un peligro de muerte por vosotros, ¿no he de ser obedecido cuando parto? Y ¿dónde está Níniel? Cuando menos espero que no la hayáis traído, y que la hayáis dejado en mi casa, encomendada al cuidado de hombres fieles.

Y como nadie le respondiera:

—¡Vamos, decid! ¿Dónde está Níniel? —gritó—. Porque a ella quiero ver primero; y a ella primero le contaré la historia de los hechos de esta noche.

Pero todos apartaban la cara, y Brandir dijo por fin:

—Níniel no está aquí.

—Mejor así —dijo él—. Entonces iré a mi casa. ¿Hay un caballo que me lleve? O una litera sería más apropiada. Mis trabajos me han agotado.

—¡No, no! —dijo Brandir lleno de angustia—. Tu casa está vacía. Níniel no está allí. Ha muerto.

Pero una de las mujeres, la esposa de Dorlas, que sentía poco cariño por Brandir, gritó con voz aguda:

—¡No le hagáis caso, señor! Porque está loco. Llegó gritando que vos habíais muerto y llamó a eso una buena noticia. Pero vivís. ¿Por qué entonces habría de ser cierta esta historia de que Níniel ha muerto y cosas peores aún?

Entonces Túrin avanzó a grandes zancadas sobre Brandir.

—¿De modo que mi muerte era una buena noticia? —gritó—. Sí, tú siempre me guardaste rencor por ella, lo sé. Ahora está muerta, dices. ¿Y cosas peores aún? ¿Qué mentira has concebido en tu malicia, Pata Coja? ¿Querrías matarnos con tu lengua inmunda ya que no puedes blandir otra arma?

Entonces la ira ahogó la piedad en el corazón de Brandir, y gritó:

—¿Loco? ¡No, tú eres el loco, Espada Negra del negro destino! ¡Y toda esta gente es necia! ¡Yo no miento! ¡Níniel está muerta, muerta, muerta! ¡Búscala en el Teiglin!

Entonces Túrin se detuvo, frío.

—¿Cómo lo sabes? —preguntó lentamente—. ¿De qué modo maquinaste la historia?

—Lo sé porque la vi saltar —respondió Brandir—. Pero la maquinación fue tuya. Huyó de ti, Túrin, hijo de Húrin, y al Cabed-en-Aras se arrojó, para no verte nunca más. ¡Níniel! ¿Níniel? No, Nienor, hija de Húrin.

Entonces Túrin lo aferró por los hombros y lo sacudió; porque en estas palabras oía que los pasos del destino lo alcanzaban, pero en su horror y su furia no quiso escucharlos, como una bestia herida de muerte que daña todo lo que tiene cerca.

—Sí, soy Túrin, hijo de Húrin —gritó—. De modo que ya lo habías adivinado desde mucho tiempo atrás. Pero nada sabes de Nienor, mi hermana. ¡Nada! Ella vive en el Reino Escondido, y está a salvo. Ésa es una mentira pergeñada por tu mente vil, para enloquecerme y enloquecer a mi esposa. Malvado cojo... ¿quieres acosarnos a ambos hasta la muerte?

Pero Brandir se arrancó de sus manos.

—¡No me toques! —dijo—. ¡Quédate con tus devaneos! La que llamas tu esposa fue hacia ti y te cuidó, y tú no respondiste a su llamada. Pero uno respondió por ti. Glaurung, el Dragón, que según creo os hechizó a ambos para que no escaparais a vuestro destino. Así habló antes de sucumbir:

«Nienor, hija de Húrin, he aquí a tu hermano: traidor con sus enemigos, infiel con sus amigos, maldición para su casa, Túrin, hijo de Húrin». —Entonces una risa aciaga asaltó a Brandir. —En su lecho de muerte los hombres hablan con verdad, según cuentan —dijo, carcajeándose—. ¡Y también los Dragones, parece! ¡Túrin, hijo de Húrin, una maldición sobre tu casa y sobre todos los que te acogen!

Entonces Túrin esgrimió a Gurthang y una luz fiera le fulguraba en los ojos.

—¿Y qué se dirá de ti, Pata Coja? —dijo lentamente—. ¿Quién le dijo en secreto y a mis espaldas mi verdadero nombre? ¿Quién la llevó ante la malicia del Dragón? ¿Quién estaba a su lado y la dejó morir? ¿Quién vino aquí deprisa a hacer público este horror? ¿Quién se exulta a mis expensas? ¿Hablan los hombres con verdad antes de morir? Pues entonces habla ahora, rápido.

Entonces Brandir, viendo su propia muerte en los ojos de Túrin, se mantuvo inmóvil y no flaqueó, aunque no tenía otra arma que la muleta; y dijo:

—Todo lo que ha acaecido es historia larga de contar, y estoy cansado de ti. Pero me calumnias, hijo de Túrin. ¿Te calumnió Glaurung a ti? Si me matas, todos verán que no lo hizo. Pero no tengo miedo de morir, porque entonces iré al encuentro de Níniel, a quien amaba, y quizá la vuelva a encontrar más allá del Mar.

—¡Al encuentro de Níniel! —gritó Túrin—. ¡No, a Glaurung encontrarás, y juntos concebiréis mentiras! ¡Dormirás con el Gusano, el compañero de tu alma, y os pudriréis en una misma oscuridad! —Y alzando a Gurthang, hendió con ella a Brandir, y lo hirió de muerte. Pero la gente apartó la mirada, y cuando Túrin se volvió y abandonó Nen Girith, todos huían aterrados.

Entonces Túrin avanzó como quien ha perdido el juicio por los bosques salvajes, ora maldiciendo la Tierra Media y la vida de los Hombres, ora llamando a Níniel. Pero cuando por fin la locura de su dolor lo abandonó, se sentó un momento y meditó sobre todas sus acciones, y se oyó a sí mismo exclamar:

—¡Vive en el Reino Escondido y está a salvo! —Y pensó que ahora, aunque toda su vida estaba en ruinas, tenía que ir allí; porque las mentiras de Glaurung siempre lo habían extraviado. Por tanto, se puso de pie y fue hacia los Cruces del Teiglin, y al pasar junto a Haudh-en-Elleth, exclamó:— Amargamente he pagado, ¡oh, Finduilas!, haber hecho caso del Dragón. ¡Aconséjame ahora!

Pero mientras así gritaba vio a doce cazadores bien armados que vadeaban el Teiglin, y eran Elfos; y cuando se acercaron, reconoció a uno de ellos, porque era Mablung, cazador mayor de Thingol. Y Mablung lo saludó gritando:

—¡Túrin! Nos encontramos por fin. Te estaba buscando y me alegro de encontrarte vivo, aunque los años han sido gravosos para ti.

—¡Gravosos! —dijo Túrin—. Sí, como los pies de Morgoth. Pero si te alegras de encontrarme vivo, serás el único en la Tierra Media. ¿Por qué te alegras?

—Porque eras honrado entre nosotros —respondió Mablung—; y aunque escapaste de muchos peligros, temí por ti al final. Vi la salida de Glaurung y pensé que había cumplido su funesto propósito y volvía con su Amo. Pero se encaminó a Brethil y al mismo tiempo supe por viajeros que la Espada Negra de Nargothrond había aparecido allí otra vez, y que los Orcos evitaban la región como a la muerte. Entonces tuve miedo y me dije: «¡Ay! Glaurung se atreve a ir adonde no se atreven los Orcos, en busca de Túrin». Por tanto vine aquí tan deprisa como me fue posible para advertirte y ayudarte.

—Deprisa, pero no lo bastante —dijo Túrin—. Glaurung está muerto.

Entonces los Elfos lo miraron maravillados y dijeron:

—¡Has dado muerte al Gran Gusano! ¡Alabado por siempre será tu nombre entre los Elfos y los Hombres!

—Me trae sin cuidado —dijo Túrin—. Porque también está muerto mi corazón. Pero como venís de Doriath, dadme noticias de mis parientes. Porque se me dijo en Dor-lómin que habían huido al Reino Escondido.

Los Elfos no respondieron, pero por fin Mablung dijo:

—Así lo hicieron, en verdad, en el año antes de la aparición del Dragón. Pero por desgracia, ya no están allí. —Entonces el corazón de Túrin se detuvo, escuchando los pasos del destino que lo perseguían hasta el fin.— ¡Sigue hablando! —gritó—. ¡Y no te demores!

—Fueron a las tierras salvajes en tu busca —dijo Mablung—. Fue en oposición a todo consejo; pero insistieron en ir a Nargothrond cuando se supo que tú eras la Espada Negra; y Glaurung apareció, y todos los que las custodiaban se dispersaron. A Morwen nadie la ha visto desde ese día; pero un hechizo había enmudecido a Nienor, que huyó hacia el norte y se perdió. —Entonces, para asombro de los Elfos, Túrin rio con fuerte y aguda risa.— ¡Bonita broma, ésta! —gritó—. ¡Oh, la hermosa Nienor! De modo que huyó de Doriath al encuentro del Dragón, y del Dragón a mi encuentro. ¡Qué dulce gracia de la fortuna! Era parda como una baya, oscuros sus cabellos, pequeña y esbelta como una elfa, nadie podía confundirla.

Entonces se desconcertó Mablung, y dijo:

—Pero aquí hay un error. No era así tu hermana. Era alta, y de ojos azules y de oro fino los cabellos: la imagen misma de Húrin, su padre en forma femenina. ¡No pudiste haberla visto!

—¿No? ¿No pude haberla visto, Mablung? —gritó Túrin—. Pero... ¡no! Porque, ¿sabes?, ¡soy ciego! ¿No lo sabías? ¡Ciego, ciego, y ando a tientas desde la infancia en las oscuras nieblas de Morgoth! Por tanto, ¡dejadme! ¡Idos, idos! ¡Volved a Doriath, y ojalá el invierno la marchite! ¡Maldita sea Menegroth! ¡Y maldito sea tu cometido! Esto sólo faltaba. ¡Ahora llega la noche!

Entonces huyó de ellos como el viento, y todos quedaron pasmados de asombro y de temor. Pero Mablung dijo:

—Algo extraño y espantoso ha sucedido de lo que nosotros nada sabemos. Sigámoslo y ayudémoslo si nos es posible: porque ahora corre como uno poseído y sin juicio.

Pero Túrin se les adelantó mucho, y llegó a Cabed-en-Aras, y se detuvo; y oyó el rugido del agua y vio que todos los árboles que crecían en las cercanías y a lo lejos se habían marchitado, y las hojas secas y luctuosas caían como si el invierno hubiera llegado en los primeros días del verano.

—¡Cabed-en-Aras, Cabed Naeramarth! —gritó—. No mancillaré tus aguas en las que se bañó Níniel. Porque todas mis acciones han sido malas, y la última la peor.

Entonces desenvainó la espada y dijo:

—¡Salve, Gurthang, hierro de la muerte, sólo tú quedas ahora! Pero ¿qué señor o lealtad conoces salvo la mano que te esgrime? ¡No haces ascos a sangre alguna! ¿Recibirás a Túrin Turambar? ¿Me matarás deprisa?

Y en la hoja resonó una fría voz:

—Sí, beberé tu sangre para olvidar así la sangre de Beleg, mi amo, y la sangre de Brandir, derramada injustamente. Te mataré deprisa.

Entonces Túrin aseguró la empuñadura en el suelo y se arrojó sobre la punta de Gurthang, y la hoja negra le arrebató la vida.

Pero Mablung llegó y miró la espantosa forma de Glaurung que yacía muerto y miró a Túrin y se sintió apenado pensando en Húrin, tal como lo había visto en la Nirnaeth Arnoediad, y en el terrible destino de la casa de Túrin. Y mientras los elfos estaban allí, llegaron hombres desde Nen Girith a mirar el Dragón, y cuando vieron cuál había sido el fin de la vida de Túrin Turambar, se echaron a llorar; y los Elfos, enterándose por fin del sentido de las palabras de Túrin, se sintieron espantados. Entonces Mablung dijo amargamente:

—También yo he sido atrapado en el destino de los Hijos de Húrin, y así, con palabras, he dado muerte a quien amaba.

Entonces levantaron a Túrin y vieron que la espada se había partido. Así acababa todo lo que había poseído en vida.

Con el trabajo de muchas manos recogieron leña, y la apilaron e hicieron una gran fogata, y destruyeron el cuerpo del Dragón, hasta que no fue sino unas negras cenizas, y golpearon sus huesos hasta que quedaron confundidos con el polvo, y el sitio de la cremación fue siempre en adelante desnudo y baldío. Pero a Túrin lo colocaron sobre un alto túmulo levantado en el lugar donde había caído, y los fragmentos de Gurthang fueron puestos a su lado. Y cuando todo estuvo terminado y los cantores de los Elfos y de los Hombres hubieron compuesto un lamento en el que se hablaba del valor de Turambar y de la belleza de Níniel, trajeron una gran lápida gris que se colocó sobre el túmulo; y sobre ella los Elfos grabaron en las runas de Doriath:

TÚRIN TURAMBAR DAGNIR GLAURUNGA

y debajo escribieron también:

NIENOR NÍNIEL

Pero ella no estaba allí, ni nunca se supo adónde la habían llevado las frías aguas del Teiglin.

Así termina la Historia de los Hijos de Húrin, la más larga de las baladas de Beleriand.

NOTAS

En una nota introductoria que se encuentra en diversas formas se dice que aunque escrita en lengua élfica y con abundantes referencias a las tradiciones de los Elfos, en especial de Doriath, la «Narn i Hîn Húrin» fue obra de un poeta del Pueblo de los Hombres, Dírhavel, que vivió en los Puertos del Sirion en los días de Eärendil, y allí recogió todas las noticias que pudo sobre la Casa de Hador, provinieran de Hombres o de Elfos, supervivientes y fugitivos de Dor-lómin, de Nargothrond, de Gondolin o de Doriath. En una versión de esa nota se dice que el mismo Dírhavel pertenecía a la Casa de Hador. Esta balada, la más larga de todas las de Beleriand, fue lo único que compuso, pero los Eldar le concedieron gran valor, pues Dírhavel empleó en ella la lengua de los Elfos Grises con suma habilidad. Utilizó el tipo de verso élfico llamado *Minlamed thent / estent*, antaño propio de la *narn* (historia contada en verso, pero para ser proclamada y no cantada). Dírhavel pereció cuando los Hijos de Fëanor atacaron los Puertos del Sirion.

1. En este punto del texto de la «Narn» hay un pasaje en que se describe la estadía de Húrin y Huor en Gondolin. Reproduce muy de cerca la historia que se cuenta en uno de los «textos constitutivos» de *El Silmarillion*, tanto, que no es sino una variante de ella, por lo que no la repito aquí. La historia puede leerse en *El Silmarillion*.

2. En este punto del texto de la «Narn» aparece un pasaje en el que se describe la Nirnaeth Arnoediad, que excluyo por la misma razón expuesta en la nota 1; véase *El Silmarillion*. Págs. 281-286.

3. En otra versión del texto se dice explícitamente que Morwen tuvo trato con los Eldar, que moraban secretamente en las montañas, no muy lejos de su casa. «Pero no les era posible darle noticia alguna. Nadie había visto caer a Húrin. "No estaba cerca de Fingon —decían—; fue rechazado hacia el sur con

Turgon, pero si alguno de los suyos escapó, estaba a la zaga del ejército de Gondolin. Pero, ¿quién sabe? Porque los Orcos han apilado juntos a todos los muertos, y cualquier búsqueda sería vana, aun cuando alguien se atreviera a ir al Haudh-en-Nirnaeth."»

4. Compárese esta descripción del Yelmo de Hador con las «grandes máscaras de espantosa apariencia» que llevaban los Enanos de Belegost en la Nirnaeth Arnoediad, que de tanto «les fueron de provecho frente a los dragones» *(El Silmarillion)*. Túrin llevó una máscara de Enanos cuando salió a la batalla de Nargothrond, «y los enemigos huían delante de su cara». Véase además el Apéndice de la «Narn» más adelante.

5. En ningún otro sitio se menciona la incursión de los orcos en el Este de Beleriand, en la que Maedhros salva a Azaghâl.

6. Mi padre observó en otro lugar que el lenguaje de Doriath, tanto el de los Reyes como el de los súbditos, era en los días de Túrin más antiguo que el que se utilizaba en otros sitios; y también que Mîm observó (aunque los escritos que se refieren a Mîm no lo mencionen) que lo único de lo que Túrin no pudo deshacerse, a pesar de su mala relación con Doriath, fue del lenguaje que había aprendido durante su tutelaje en el lugar.

7. Una nota marginal en un texto dice aquí: «Siempre buscó en las caras de todas las mujeres, la cara de Lalaith».

8. En una variante de esta parte de la narración se dice que Saeros era pariente de Daeron, y en otra, su hermano; el texto impreso es probablemente el último.

9. *Woodwose*: «hombre salvaje de los bosques»; véase nota 14 de «Los Drúedain».

10. En una variante de esta parte de la historia Túrin declaró su verdadero nombre a los forajidos; y sostuvo que, siendo por derecho señor y juez del Pueblo de Hador, había matado a Forweg con justicia, dado que éste era un hombre de Dor-lómin. Entonces Algund, el viejo forajido que había descendido por el Sirion huyendo de la Nirnaeth Arnoediad, dijo que desde hacía mucho los ojos de Túrin le recordaban los de otro del que no guardaba memoria,

pero que ahora reconocía en él al hijo de Húrin. «—Pero era un hombre de menor talla, pequeño comparado con los de su pueblo, aunque ardía un fuego en él; y tenía cabellos de color de oro rojo. Tú eres moreno y alto. Veo a tu madre en ti, ahora que te miro más de cerca; ella pertenecía al pueblo de Bëor. Me pregunto cuál fue su suerte. —No lo sé —dijo Túrin—. No llegan nuevas desde el Norte.» En esta versión fue el conocimiento de que Neithan era Túrin, hijo de Húrin, lo que hizo que los forajidos, originarios de Dor-lómin, lo aceptaran como jefe de la banda.

11. Las últimas versiones escritas de esta parte de la historia concuerdan en que cuando Túrin se convirtió en capitán de la banda de forajidos, los llevó lejos de las casas de los Hombres del Bosque, al sur del Teiglin, y que Beleg llegó allí poco después de que ellos hubieran partido; pero la geografía no resulta clara, y los movimientos de los forajidos no coinciden. Parece necesario suponer, dado el desarrollo posterior de la narración, que permanecieron en el Valle del Sirion, y que en verdad no estaban lejos del sitio en que solían merodear cuando los orcos atacaron los dominios de los Hombres del Bosque. En una versión provisional, fueron hacia el sur y llegaron al país «por encima del Aelin-uial y los Marjales del Sirion»; pero como los hombres no estaban satisfechos de esa «tierra desprotegida», Túrin se convenció de que debía conducirlos de vuelta a las tierras boscosas al sur del Teiglin, donde los había encontrado por primera vez. Esto se adecuaría a las exigencias de la narración.

12. En *El Silmarillion* la historia continúa con el adiós de Beleg a Túrin, la extraña presciencia de Túrin de que su suerte lo llevaría a Amon Rûdh, la llegada de Beleg a Menegroth (donde recibió la espada Anglachel de Thingol y el *lembas* de Melian), y su retorno a la guerra contra los orcos en Dimbar. Estos hechos no aparecen en ningún otro texto, y aquí se omite el pasaje.

13. Túrin huyó de Doriath en el verano; pasó el otoño y el invierno entre los forajidos, y mató a Forweg y se convirtió en capitán de la banda en la primavera del año siguiente. Los acontecimientos que se describen aquí ocurrieron durante el verano del mismo año.

14. Se dice que el *aeglos,* «espino de las nieves», era como *la aulaga* (tojo), sólo que más grande y con flores blancas. *Aeglos* era también el nombre de la lanza de Gil-galad. El *seregon,* «sangre de piedra», era una planta de la especie llamada en inglés *«stone-crop»* (uva cana), cuyas flores eran de un color rojo profundo.

15. Del mismo modo, las matas de aulaga de flores amarillas, que Frodo, Sam y Gollum encontraron en Ithilien, eran «delgadas y desgarbadas abajo, pero espesas arriba», de modo que podían andar erguidos entre ellas «atravesando largos pasillos secos», y tenían flores que «centelleaban en la penumbra y despedían una fragancia suave y delicada» (véase *Las Dos Torres,* IV, 7).

16. En otros sitios el nombre sindarin con que se designa a los Enanos Mezquinos es *Noegyth Nibin* (en *El Silmarillion.* pág. 299) y *Nibin-Nogrim.* Los «páramos que separan los Valles del Sirion y el Narog», al nordeste de Nargothrond (pág. 297) reciben más de una vez el nombre de los Páramos de los Nibin-noeg (o variantes del mismo).

17. El alto acantilado que Mîm les hizo atravesar por la hendedura que él llamó «el portón del patio», era (según parece) el borde septentrional del saliente; los acantilados de los lados oriental y occidental eran mucho más escarpados.

18. La maldición de Andróg aparece también en esta forma: «Ojalá le falte un arco a la hora de la muerte». Tal como sucedieron las cosas, Mîm encontró la muerte en manos de Húrin ante las Puertas de Nargothrond (véase *El Silmarillion,* pág. 339-340).

19. No se explica el misterio de las otras cosas que había en el saco de Mîm. La única otra mención del tema es una nota garrapateada deprisa que sugiere que había lingotes de oro, disimulados como raíces, y se refiere al hecho de que Mîm buscaba viejos tesoros en una casa de enanos cerca de las «piedras planas». Sin duda eran las que en el texto (págs. 161) se mencionan como «grandes piedras inclinadas, o caídas unas sobre otras», en el sitio donde Mîm fue capturado. Pero en ninguna parte hay indicios del papel que desempeñaría este tesoro en la historia de Bar-en-Danwedh.

20. Se dice en la pág. 118 que el paso sobre la ladera de Amon Dar-thir era el único «entre Serech y el lejano oeste donde Dor-ló-min limitaba con Nevrast».

21. En la historia, tal como se cuenta en *El Silmarillion* (pág. 319), el mal presagio de Brandir ocurre después de haber escuchado «las nuevas que Dorlas le llevaba», y por tanto (según parece), después de saber que el hombre transportado en la litera era la Espada Negra de Nargothrond, de quien se decía que era hijo de Húrin de Dor-lómin.

22. Véase pág. 251, donde se menciona que Orodreth intercambia-ba mensajes con Thingol «por vías secretas».

23. En *El Silmarillion* se dice que las Altas Faroth o Taur-en-Fa-roth son «vastas y boscosas tierras altas». La descripción que se da de ellas aquí como pardas y desnudas se refiere quizá a que acababa de empezar la primavera, y los árboles estaban despro-vistos de hojas.

24. Podría suponerse que sólo cuando todo estuvo terminado, y Túrin y Nienor muertos, se recordaron los estremecimientos de Nienor, y se descubrió qué significaban, y se le dio a Dimrost el nuevo nombre de Nen Girith; pero Nen Girith es el nombre que se utiliza a lo largo de la leyenda.

25. Si la intención de Glaurung hubiera sido en verdad volver a Ang-band, podría suponerse que hubiera tomado el viejo camino a los Cruces del Teiglin, no tan apartado del que lo llevó a Cabed-en-Aras. Quizá pueda conjeturarse que volvería a Angband por el mismo camino que tomó para ir al sur hacia Nargothrond, remontando el Narog hacia Ivrin. Cf. también las palabras de Mablung (pág. 237): «Vi la salida de Glaurung y pensé que... volvía con su Amo. Pero se encaminó a Brethil...».

    Cuando Turambar dijo tener la esperanza de que Glaurung seguiría derecho y no se desviaría, se refería a que si el Dragón subía por el Teiglin hasta los Cruces, podría entrar en Brethil sin necesidad de cruzar la garganta, donde sería vulnerable: véanse las palabras que dirige a los hombres en Nen Girith, pág. 212.

26. No he encontrado mapa alguno que ilustre la idea de mi padre sobre la topografía de estos sitios, pero el esbozo que sigue corresponde al menos a las referencias mencionadas en la narración:

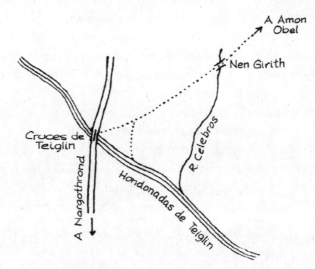

27. Las frases «se alejó frenética de aquel sitio» y «siguió corriendo por delante de él» sugieren que había cierta distancia entre el lugar en que Túrin yacía junto al cadáver del Dragón y el borde de la garganta. Quizá el salto de muerte del Dragón lo llevara un poco más allá del borde.

28. Más adelante en la narración (pág. 229) el mismo Túrin, antes de morir, llamó al sitio Cabed Naeramarth, y puede suponerse que este nombre se convirtió en tradición debido a sus últimas palabras.

Aquí, y también en *El Silmarillion,* la aparente discrepancia de que Brandir aparece como el último hombre que contempla Cabed-en-Aras, cuando Túrin llega poco después, como también lo hacen los elfos y todos aquellos que erigieron el túmulo funerario sobre los despojos del héroe, quizá se explique tomando las palabras de la «Narn» sobre Brandir en un sentido estrecho: en realidad fue el último hombre que «contempló su oscuridad». Era intención de mi padre alterar la narración de modo que Túrin se quitara la vida no en Cabed-en-Aras, sino sobre el montículo de Finduilas, junto a los Cruces del Teiglin; pero nunca llegó a darle forma escrita.

29. De esto parece desprenderse que «El Salto del Ciervo» era el nombre original del sitio y, en realidad, el significado de Cabed-en-Aras.

APÉNDICE

Desde el punto de la historia en que Túrin y sus hombres se establecen en la antigua morada de los Enanos Mezquinos en Amon Rûdh, no hay ningún relato detallado hasta que la «Narn» retoma el viaje de Túrin hacia el norte, después de la caída de Nargothrond. Sin embargo, a partir de muchos esbozos provisionales o exploratorios y notas, es posible atisbar algunos episodios más allá del relato resumido que se ofrece en *El Silmarillion,* y aun algunos pasajes completos, breves y coherentes que hubieran podido ser parte de la «Narn».

Un fragmento aislado cuenta la vida de los forajidos en Amon Rûdh, después de que se establecieran allí, e incluye una descripción de Bar-en-Danwedh.

Durante un buen tiempo a los forajidos las cosas no les iban nada mal. Los alimentos no escaseaban y estaban bien resguardados, en un lugar caliente y seco, con espacio suficiente y aun de sobra; porque descubrieron que las cavernas podían cobijar a un centenar de hombres, y más todavía si era necesario. Más adentro había otra estancia. Tenía un hogar a un lado, y el humo escapaba por una hendedura en la roca hasta una grieta astutamente oculta en la ladera de la colina. Había también otras muchas cámaras, a las que se llegaba desde las estancias o por un pasaje entre ellas, algunas destinadas a viviendas, y otras a talleres o almacenes. Mîm tenía en almacenaje más artes que ellos, y muchas vasijas y cofres de piedra y madera que parecían muy antiguos. Pero la mayoría de esas cámaras estaban ahora vacías: en los armarios colgaban hachas y otras herramientas, polvorientas y oxidadas; las estanterías y las alacenas estaban vacías, y las herrerías ociosas. Salvo una: era un cuarto reducido al que se accedía desde la estancia interior de la caverna, y que tenía un hogar que compartía chimenea con el de la estancia. Allí trabajaba Mîm a veces, pero no permitía que nadie lo acompañase.

Durante el resto del año no hicieron más incursiones, y si salían para cazar o recolectar alimentos, iban casi siempre en pequeños grupos. Pero durante mucho tiempo, con excepción de Túrin y no más de seis de sus hombres, les fue difícil encontrar el camino de regreso. No obstante, al ver que algunos eran capaces de llegar a la guarida sin ayuda de Mîm, apostaron un guardián de día y de noche cerca de la hendedura en el muro septentrional. Del sur no esperaban enemigos, pues no había por qué temer que nadie escalara Amon Rûdh por ese lado; pero de día había casi siempre un guardián sobre la cima, desde donde podía divisar los alrededores a gran distancia. Aunque la cima era escarpada, se podía llegar a ella, pues al este de la boca de la caverna se habían tallado unos peldaños en la roca, que llevaban a una parte de la ladera donde un hombre podía trepar sin ayuda.

Así avanzó el año sin daño ni alarma. Pero a medida que pasaban los días, y el estanque se volvió gris y frío, y los abedules quedaron desnudos, y volvieron las grandes lluvias, los hombres tuvieron que quedarse más tiempo al abrigo de las cavernas. Y pronto se cansaron de la oscuridad bajo la colina, o de la penumbra en las estancias; y a la mayoría les parecía que la vida sería mejor si no tuvieran que compartirla con Mîm. Con demasiada frecuencia surgía de algún rincón oscuro o una puerta cuando creían que estaba en otro sitio; y cuando Mîm estaba cerca, se sentían incómodos, y empezaron a hablarse entre ellos en voz baja.

No obstante, y a los hombres les parecía extraño, Túrin era distinto; se mostraba cada vez más amistoso con el enano, y le prestaba cada vez más atención. Durante todo el invierno, permanecería durante horas sentado con Mîm, escuchando sus cuentos y la historia de su vida; y Túrin no lo reprendía si hablaba mal de los Eldar. Mîm parecía complacido y se mostraba muy amable con Túrin. Sólo permitía que él le visitara en la herrería de vez en cuando, y allí hablaban los dos en voz baja. Menos complacidos estaban los hombres; y Andróg miraba todo con ojos celosos.

El texto que sigue en *El Silmarillion* no indica cómo Beleg encontró el camino a Bar-en-Danwedh: «apareció de súbito entre ellos» «en el sombrío crepúsculo de un día de invierno». En otros breves esbozos se dice que por la imprevisión de los forajidos, los alimentos escasearon en Bar-en-Danwedh durante el invierno, y Mîm les escatimaba las raíces comestibles que guardaba en los almacenes; por tanto, a comienzos del año salieron del refugio en una partida de caza. Beleg, que se aproximaba a Amon Rûdh, encontró sus huellas, y o bien las siguió hasta un campamento en el que se vieron obligados a refugiarse a causa de una súbita tormenta de nieve, o bien fue tras ellos cuando regresaban a Bar-en-Danwedh, donde entró sin ser visto.

Por ese tiempo, Andróg, que buscaba el almacén de alimentos secreto de Mîm, se perdió en las cavernas y encontró una escalera escondida que llevaba a la cima plana de Amon Rûdh (fue por esta escalera que algunos de los forajidos huyeron de Bar-en-Danwedh cuando fue atacada por los Orcos. (Véase *El Silmarillion,* pág. 298). Y ya durante la incursión que acaba de mencionarse, o en una ocasión posterior, Andróg, que llevaba arco y flechas en desafío de la maldición de Mîm, fue herido por una flecha envenenada; sólo en una de las varias referencias a este hecho se dice que fue una flecha disparada por Orcos.

Beleg curó a Andróg de esta herida, pero sin embargo no por eso confió Andróg más en el elfo; y el odio que experimentaba Mîm por Beleg se acrecentó más todavía, pues Beleg había «deshecho» la maldición. —Volverá a morder —dijo. Se le ocurrió a Mîm que si comía el *lembas* de Melian recobraría la juventud y las fuerzas; y como no podía llegar a apoderarse de ellos furtivamente, fingió estar enfermo y rogó a su enemigo que se lo diera. Cuando Beleg se negó, el odio de

Mîm quedó sellado, tanto más porque Túrin amaba al elfo.

 Puede mencionarse aquí que cuando Beleg sacó el *lembas* de su saco (véase *El Silmarillion*), Túrin lo rechazó:

Las hojas de plata lucían rojas a la luz del fuego; y cuando Túrin vio el sello, se le oscurecieron los ojos.

—¿Qué tienes ahí? —preguntó.

—El mayor don que alguien que aún te ama tiene para dar —respondió Beleg—. He aquí el *lembas,* el pan del camino de los Eldar, que ningún Hombre ha probado todavía.

—El yelmo de mis padres lo recibo de buen grado —dijo Túrin—, porque tú lo guardaste; pero nada quiero recibir de Doriath.

—Entonces envía allí tu espada y tus armas —dijo Beleg—. Y también los conocimientos y la comida que recibiste en tu juventud. Y que tus hombres mueran en el desierto para complacer tu talante. Sin embargo, este pan del camino fue un regalo para mí y no para ti, y puedo hacer de él lo que se me antoje. No lo comas si no te pasa de la garganta; pero puede haber otros más hambrientos y menos orgullosos.

Entonces Túrin se avergonzó, y el *lembas,* olvidó su orgullo.

Hay algunas otras noticias fragmentarias sobre Dor-Cúarthol, la Tierra del Arco y el Yelmo, donde Beleg y Túrin se convirtieron, desde el fuerte de Amon Rûdh, en los capitanes de un gran ejército en las tierras al sur del Teiglin (véase *El Silmarillion*).

Túrin recibió de buen grado a todos los que acudieron a él, pero por consejo de Beleg no admitió a ningún recién llegado en su refugio de Amon Rûdh (que se llamaba ahora Echad i Sedryn, Campamento de los Fieles); el camino para llegar allí sólo los de la Vieja Compañía lo conocían, y nadie más era admitido. Pero otros campamentos y fuertes protegidos se establecieron en derredor: en el bosque del este, o en las tierras altas, o en los marjales del sur, desde Methed-en-Glad («el Fin del Bosque») hasta Bar-erib, a algunas leguas al sur de Amon Rûdh; y desde todos esos lugares los hombres podían divisar la cima de Amon Rûdh, y por señales recibían noticias y órdenes.

De ese modo, antes de terminar el verano, los secuaces de Túrin se convirtieron en una gran fuerza; y el poder de Angband fue rechazado. Pero esto llegó a saberse aun en Nargothrond, y muchos se impacientaron allí, diciendo que si un forajido podía infligir tales daños al enemigo, qué no podría hacer entonces el Señor del Narog. Pero Orodreth no alteró sus designios. En todo seguía a Thingol, con quien intercambiaba mensajes por vías secretas; y era él un señor sabio, de acuerdo con la sabiduría de los que se preocupan en primer término por su propio pueblo, y tratan de averiguar durante cuánto tiempo podrán preservar la vida y las propiedades de los suyos contra la codicia del Norte. Por tanto, no permitió que nadie fuera al encuentro de Túrin, y envió mensajeros para decirle que en todas sus acciones y planes de guerra, no debía poner el pie en tierra de Nargothrond, ni rechazar hacia allí a los Orcos. Pero ofrecía a los Dos Capitanes cualquier otra ayuda, que fuera en armas, y esto, se dice, de acuerdo con lo que sugerían Thingol y Melian.

Se subraya repetidamente que Beleg se opuso en todo momento a los planes generales de Túrin, aunque no dejó de apoyarlo; que le parecía que el Yelmo del Dragón había hecho en Túrin un efecto que no era el esperado; y que preveía con ánimo turbio lo que acarrearían los días por venir. Se conservan fragmentos de sus diálogos con Túrin acerca de estos asuntos. En uno de ellos los dos están sentados en la fortaleza de Echad i Sedryn, y Túrin le dice a Beleg:

—¿Por qué estás triste y pensativo? ¿No va todo bien desde que volviste a mí? ¿No ha resultado buena mi decisión?

—Todo va bien ahora —dijo Beleg—. Nuestros enemigos están aún sorprendidos y atemorizados. Y aún nos esperan días felices, por el momento.

—¿Y después?

—El invierno. Y después un año más para quienes estén todavía con vida.

—¿Y después?

—La ira de Angband. Hemos quemado la yema de los dedos de la Mano Negra... sólo eso. No se retirará.

—Pero ¿no es la ira de Angband nuestro fin y deleite? —dijo Túrin—. ¿Qué más quieres que haga?

—Lo sabes perfectamente bien —dijo Beleg—. Pero de ese camino me has prohibido hablar. Pero escúchame ahora. El señor de un gran ejército tiene muchas necesidades. Ha de contar con un refugio seguro; y ha de tener riquezas y mucha gente cuyo trabajo no sea la guerra. Con el número crece la necesidad de alimentos, más que los que las tierras salvajes procuran; y así el secreto ya no puede guardarse. Amon Rûdh es un buen sitio para unos pocos... tiene ojos y oídos. Pero se levanta en un sitio solitario, y se divisa desde lejos; y no es necesaria una gran fuerza para rodearlo.

—No obstante, seré el capitán de mi propio ejército —dijo Túrin—, y si caigo, caigo. Aquí intercepto el camino de Morgoth, y mientras yo esté aquí él no podrá tomar la ruta del sur. Por ello Nargothrond me debe algún agradecimiento; y aun ayudar con cosas necesarias.

En otro breve pasaje, Túrin replica a las advertencias de Beleg sobre la fragilidad de su poder:

—Quiero regir una tierra; pero no ésta. Aquí sólo quiero reunir fuerzas. Hacia la tierra de mi padre en Dor-lómin se vuelca mi corazón, y allí iré cuando pueda.

Se afirma también que por un tiempo Morgoth retiró su mano, y sólo llevó a cabo ataques fingidos, «para que por una fácil victoria la confianza de estos rebeldes se volviera presuntuosa; como de hecho sucedió».

Andróg vuelve a aparecer en un esbozo del ataque a Amon Rûdh. Sólo entonces le reveló a Túrin la existencia de la escalera interior; y fue uno de los que por esa vía llegó a la cima. Se dice que allí luchó con más valentía que nadie, pero cayó por fin mortalmente herido por una flecha; y así se cumplió la maldición de Mîm.

A la historia que se cuenta en *El Silmarillion* sobre el viaje de Beleg en busca de Túrin, el encuentro con Gwindor en Taur-nu-Fuin, el rescate de Túrin y la muerte de Beleg a manos de Túrin, no hay nada de importancia que agregar. En cuanto a la «lámpara Fëanoriana» de resplandor azulino que poseía Gwindor, y el papel que ésta desempeñaba en una versión de la historia, véase página 90, nota 2.

Es oportuno mencionar aquí que mi padre tenía intención de prolongar la historia del Yelmo del Dragón de Dor-lómin hasta el período de la estadía de Túrin en Nargothrond, y aún más; pero esto nunca se incorporó a las narraciones. En las versiones existentes, el Yelmo desaparece con el fin de Dor-Cúarthol, en la destrucción de la fortaleza de los forajidos en Amon Rûdh; pero de algún modo volvería a aparecer en posesión de Túrin en Nargothrond. Sólo podría haber ido a parar allí si los orcos que llevaban a Túrin a Angband lo hubieran transportado. Pero esta recuperación del Yelmo, cuando Beleg y Gwindor rescataron a Túrin, habría exigido cierto desarrollo de la historia en ese punto.

Un fragmento aislado cuenta que Túrin no quería llevar nuevamente el Yelmo en Nargothrond «temiendo que lo delatara»; pero que lo llevó cuando fue a la Batalla de Tumhalad (*El Silmarillion* dice que tenía puesta la máscara de enano que encontrara en las armerías de Nargothrond). Esta nota continúa así:

Por temor al Yelmo todos los enemigos lo evitaban, y fue así como salió ileso de ese campo mortal, y regresó a Nargothrond llevando el Yelmo del Dragón. Glaurung, deseoso de arrebatar a Túrin la ayuda y protección del Yelmo (puesto que él mismo lo temía), lo provocó diciendo que seguramente Túrin se declaraba vasallo y servidor de Morgoth, puesto que llevaba su imagen en la cresta del Yelmo.

Pero Túrin respondió:

—Mientes y lo sabes. Porque esta imagen fue hecha para tu escarnio; y mientras haya quien la lleve, siempre te morderá la duda de que sea él quien te lleve al encuentro con tu destino.

—Entonces he de aguardar a un poseedor de otro nombre

—dijo Glaurung—; porque a Túrin, hijo de Húrin, no le tengo miedo. Muy distinta es la verdad. Porque no tiene el atrevimiento de mirarme cara a cara abiertamente.

Y en verdad tan grande era el terror que el Dragón provocaba, que Túrin no se atrevía a mirarlo directamente a los ojos, y había mantenido baja la visera del Yelmo, y durante el intercambio de palabras no había mirado más arriba de los pies de Glaurung. Pero así desafiado, con precipitación y orgullo, levantó la visera, y clavó la vista en los ojos del Dragón.

En otro sitio hay una nota en la que se dice que cuando Morwen oyó en Doriath que el Yelmo del Dragón había aparecido en la Batalla de Tumhalad, supo que el rumor no mentía, que el Mormegil era en realidad Túrin, su hijo.

Por último, se sugiere que Túrin había de llevar el Yelmo cuando matara a Glaurung, y que en ese momento provocaría al Dragón con las palabras que éste le dirigiera en Nargothrond sobre «un amo de otro nombre»; pero no hay indicio de cómo se hubiera desarrollado la historia para hacer esto posible.

Hay un texto que describe la naturaleza y la sustancia de la oposición de Gwindor a la política seguida por Túrin en Nargothrond, a la que hay sólo una breve referencia en *El Silmarillion*. Este fragmento no es en verdad un relato completo, pero puede reconstruirse así:

Gwindor hablaba siempre contra Túrin en el consejo del Rey, diciendo que él había estado en Angband, y que algo conocía del poder de Morgoth y sus designios.

—Las pequeñas victorias nada valdrán a largo plazo —decía—, pues así es como Morgoth se entera de dónde se encuentran los más audaces de sus enemigos, y reúne fuerzas suficientes para aniquilarlos. Hizo falta todo el poder de los Elfos y de los Edain unidos sólo para contenerlo, y para ganar el respiro de un estado de sitio; un largo respiro en verdad, pero que duraría sólo lo que quisiera Morgoth hasta que decidió romper el asedio, y nunca podremos volver a montar una unión semejante. Únicamente en el secreto hay ahora esperanzas; hasta que lleguen los Valar.

—¡Los Valar! —exclamó entonces Túrin—. Os han abandonado, y desprecian a los Hombres. ¿De qué sirve mirar al Oeste más allá del Mar infinito? Sólo hay un Vala que nos importa, y ése es Morgoth; y si al final no podemos vencerlo, podemos cuando menos hacerle daño y estorbarlo. Porque una victoria es una victoria, aunque parezca pequeña, y tiene valor más allá de sus consecuencias finales. Porque también es eficaz ahora; porque si no se hace nada por detenerlo, toda Beleriand estará bajo su sombra antes de que transcurran muchos años, y uno por uno os hará salir de vuestros escondites. ¿Y entonces qué? Un resto lamentable huirá hacia el sur y hacia el oeste, y vivirá acobardado a orillas del Mar, atrapado entre Morgoth y Ossë. Es mejor, por tanto, vivir un tiempo de gloria, aunque sea efímero; porque no será peor el final. Habláis de secreto y decís que sólo en él hay esperanzas; pero si pudierais tender emboscadas y atacar a todo explorador y espía de Morgoth, hasta el último y el más pequeño, para que nadie pudiera llevar las nuevas de vuelta a Angband, por eso mismo se enteraría de que vivís y adivinaría dónde. Y esto digo también: aunque los Hombres tienen poca vida en comparación con los Elfos, de buen grado la perderían en la batalla antes que huir o someterse. El desafío de Húrin Thalion es una gran hazaña; y aunque Morgoth mate al héroe, no puede hacer que la hazaña no haya ocurrido. Incluso los Señores del Oeste lo honrarían. Y ¿no está acaso escrita en la historia de Arda, que ni Morgoth ni Manwë pueden borrar?

—Hablas de elevados asuntos —respondió Gwindor—, y está claro que has vivido entre los Eldar. Pero una oscuridad hay en ti si mencionas juntos a Morgoth y Manwë, o si hablas de los Valar como si fueran enemigos de los Elfos o de los Hombres; porque los Valar no menosprecian a nadie y menos todavía a los Hijos de Ilúvatar. Tampoco conoces todas las esperanzas de los Eldar. Según una profecía conocida entre nosotros un día llegará un mensajero de la Tierra Media, atravesará las sombras e irá a Valinor, y Manwë lo escuchará, y Mandos se aplacará. ¿No hemos de preservar la simiente de los Noldor y también la de los Edain hasta ese momento? Y Círdan vive ahora en el Sur, y allí construye barcos; pero ¿qué sabes tú de barcos o del mar? Piensas en ti mismo y en tu propia gloria; y nos pides que cada cual haga lo mismo; pero nosotros hemos de pensar en otros tanto como en nosotros, porque no todos pueden luchar y caer, y tenemos que protegerlos de la guerra y la ruina mientras podamos.

—Entonces envíalos a tus barcos mientras haya tiempo todavía —dijo Túrin.

—No se separarán de nosotros —dijo Gwindor—, aun cuando Círdan pudiera mantenerlos. Tenemos que vivir juntos tanto como podamos, y no cortejar a la muerte.

—A todo eso ya he contestado —dijo Túrin—. Valiente defensa de la frontera y duros golpes al enemigo antes de que se rehaga: esas medidas son la única vía, no hay mejor esperanza si queréis vivir mucho tiempo juntos. Y esos de los que hablas, ¿aman más a los que se esconden en los bosques, de caza siempre como los lobos, que al que se pone el yelmo y se arma con el escudo decorado y rechaza al enemigo aunque sea mayor que todo su ejército? Al menos las mujeres de los Edain, no. No impidieron que sus hombres fueran a la Nirnaeth Arnoediad.

—Pero sufrieron mayores daños que si esa guerra no se hubiera librado.

El amor de Finduilas por Túrin también tenía que haberse tratado en más detalle:

Finduilas, la hija de Orodreth, tenía los cabellos dorados como los miembros de la casa de Finarfin; y Túrin empezó a sentirse complacido cuando la veía, o ella lo acompañaba; porque le recordaba a las gentes de su familia y las mujeres de Dor-lómin en casa de su padre. Al principio sólo se encontraba con ella en presencia de Gwindor; pero al cabo de un tiempo ella lo buscaba, y se encontraban a veces a solas, aunque esto parecía suceder por casualidad. Entonces ella le hacía preguntas acerca de los Edain, a quienes había visto poco y rara vez, y acerca de su país y su gente.

Entonces Túrin hablaba libremente con ella acerca de esos asuntos, aunque nunca mencionó el nombre de la tierra en que había nacido, ni el de ninguno de sus parientes; y en una ocasión le dijo:

—Tuve una hermana, Lalaith, o así al menos yo la llamaba; y tú hiciste que me acordara de ella. Pero Lalaith era una niña, una flor amarilla en la hierba verde de la primavera; y si hubiera vivido, quizá la pena la habría deslucido. Pero tú eres como una reina, y como un árbol dorado; me gustaría tener una hermana tan hermosa.

—Pero tú eres como un rey —dijo ella—, parecido a los señores del pueblo de Fingolfin; me gustaría tener un hermano tan valiente. Y no creo que Agarwaen sea tu verdadero nombre, y tampoco es adecuado para ti, Adanedhel. Yo te llamo Thurin el Secreto.

Túrin se sobresaltó, pero dijo:

—Ése no es mi nombre; y no soy rey, pues todos nuestros reyes son de los Eldar, y yo no lo soy.

Ahora bien, Túrin observó que la amistad que le había mostrado Gwindor empezaba a enfriarse; y le asombró también que, aunque al principio había soportado bien el dolor y el horror de Angband, ahora parecía recaer otra vez en la preocupación y la pena. Y pensó: quizá lo ofenda que me oponga a sus designios y lo haya derrotado; ojalá no fuera así. Porque amaba a Gwindor, que le había servido de guía y lo había curado, y se compadecía mucho de él. Pero en esos días se apagó también el esplendor de Finduilas, los pasos se le hicieron más lentos y la cara más grave, y Túrin, al darse cuenta, creyó que las palabras de Gwindor habían puesto en ella el temor a lo que podría llegar a pasar.

En verdad la mente de Finduilas estaba desgarrada. Porque respetaba a Gwindor y sentía lástima por él, y no deseaba añadir ni siquiera una lágrima a su sufrimiento; pero a pesar de ella el amor que tenía por Túrin crecía día a día, y pensaba en Beren y Lúthien. ¡Pero Túrin no era como Beren! Él no la despreciaba, y disfrutaba siempre de su compañía. Sin embargo, sabía que él no la amaba con el tipo de amor que ella quería. Tenía la mente y el corazón en otro sitio, junto a ríos de lejanas primaveras.

Entonces Túrin le habló a Finduilas y le dijo:

—No dejes que las palabras de Gwindor te atemoricen. Él ha

sufrido en la oscuridad de Angband; y es triste para uno tan valiente estar así tullido y decaído. Necesita alegría alrededor y un tiempo más largo para curarse.

—Lo sé muy bien —dijo ella.

—Pero conquistaremos ese tiempo para él —dijo Túrin—. ¡Nargothrond resistirá! Nunca volverá Morgoth el Cobarde a salir de Angband, y ha de depender totalmente de sus siervos; así lo dice Melian de Doriath. Ellos son los dedos de sus manos; y nosotros los heriremos y se los cortaremos hasta que retire las garras. ¡Nargothrond resistirá!

—Quizá —dijo Finduilas—. Resistirá si tú eres capaz de conseguirlo. Pero ten cuidado, Adanedhel, el corazón se me llena de pesadumbre cuando vas a la batalla, y temo que Nargothrond se quede sin ti.

Y poco después Túrin fue al encuentro de Gwindor y le dijo:

—Gwindor, querido amigo, otra vez te gana la tristeza; ¡evítalo! Porque tu corazón está en las casas de tus parientes y a la luz de Finduilas.

Entonces Gwindor se quedó mirando fijamente a Túrin, pero no habló, y se le oscureció la cara.

—¿Por qué me miras así? —preguntó Túrin—. A menudo me has mirado de un modo extraño, últimamente. ¿En qué te he ofendido? Me he opuesto a tus designios; pero es preciso que el hombre dé voz a lo que concibe, y no disimular la verdad a causa de un asunto privado. Querría que opináramos a una; porque tengo contigo una gran deuda y no la olvidaré.

—¿No la olvidarás? —dijo Gwindor—. Sin embargo, tus acciones y tus consejos han cambiado mi hogar y a los míos. Tu sombra se extiende sobre ellos. ¿Por qué he de estar contento cuando me has quitado todo?

Pero Túrin no comprendió estas palabras, y pensó sólo que Gwindor estaba celoso por el sitio que él ocupaba en el corazón y en los designios del Rey.

Sigue un pasaje en el que Gwindor previene a Finduilas contra el amor que ella siente por Túrin, diciéndole quién es en realidad; reproduce muy de cerca el texto de *El Silmarillion*. Pero después de las palabras de Gwindor, la respuesta de Finduilas es más extensa que en la otra versión:

—Tienes los ojos velados, Gwindor —dijo ella—. No ves ni entiendes lo que aquí ocurre. ¿He de someterme a la doble vergüenza de revelarte la verdad? Porque te amo, Gwindor, y me avergüenza no amarte más todavía, pero hay para mí un amor más grande, del que no puedo escapar. No lo he buscado, y desearía apartarme de él. Pero si tengo lástima de tus heridas, ten tú lástima de las mías. Túrin no me ama; ni me amará.

—Dices eso —dijo Gwindor— para librar de culpa al que amas. ¿Por qué te busca y se pasa las horas sentado contigo, y siempre vuelve más feliz?

—Porque también él necesita consuelo —dijo Finduilas—, y está lejos de los suyos. Vosotros tenéis cada uno vuestras propias necesidades. Pero ¿y Finduilas? ¿No basta que deba confesarte que no soy amada, sino que además dices que lo digo para engañar?

—No, a una mujer no se la engaña fácilmente en tales casos —dijo Gwindor—. Ni tampoco hay muchos que nieguen que son amados, si eso es cierto.

—Si uno de nosotros tres es infiel, soy yo: pero no voluntariamente. Pero ¿qué es de tu suerte y de los rumores acerca de Angband? ¿Qué de la muerte y la destrucción? El Adanedhel es poderoso en la historia del Mundo, y alcanzará en estatura al mismo Morgoth, en un venidero día lejano.

—Es orgulloso —dijo Gwindor.

—Pero también es clemente —dijo Finduilas—. No está despierto todavía, pero la piedad puede tocarle el corazón, y nunca lo negará. Quizá la piedad sea la única vía de acceso al corazón de Túrin, pero no siente piedad por mí. Me reverencia, ¡como si yo fuera a la vez su madre y una reina!

Tal vez Finduilas hablara con verdad, pues veía con los ojos agudos de los Eldar. Y Túrin, que no sabía lo que había sucedido entre Gwindor y Finduilas, se mostraba cada vez más dulce a medida que ella entristecía. Pero en una ocasión Finduilas le dijo:

—Thurin Adanedhel, ¿por qué me ocultaste tu nombre? Si hubiera sabido quién eras, no te habría honrado menos, pero habría comprendido mejor tu pena.

—¿Qué quieres decir? —preguntó él—. ¿Por quién me tomas?

—Eres Túrin, hijo de Húrin Thalion, capitán del Norte.

Entonces Túrin reprochó a Gwindor haber revelado su verdadero nombre, como se cuenta en *El Silmarillion*, pág. 308-309.

Otro pasaje, de esta misma parte de la narración, tiene una forma más acabada que la que se ofrece en *El Silmarillion* (de la batalla de Tumhalad y el saqueo de Nargothrond no hay ningún otro relato; mientras que los diálogos entre Túrin y el Dragón están tan desarrollados en *El Silmarillion* que no parece probable que pudieran haber sido ampliados). Este pasaje es un relato mucho más extenso acerca de la llegada de los Elfos Gelmir y Arminas a Nargothrond, en el año de su caída (*El Silmarillion* 311-312). Para el encuentro anterior con Tuor en Dor-lómin, al que aquí se hace referencia, véanse págs. 41-44.

En la primavera llegaron dos Elfos, y dijeron llamarse Gelmir y Arminas, del pueblo de Finarfin, y que traían un mensaje al Señor de Nargothrond. Fueron llevados ante Túrin; pero Gelmir dijo:

—Es con Orodreth, hijo de Finarfin, con quien queremos hablar.

Y cuando Orodreth se presentó, Gelmir le dijo:

—Señor, éramos del pueblo de Angrod, y hemos errado mucho desde la Dagor Bragollach; pero últimamente hemos vivido entre los compañeros de Círdan, junto a las Bocas del Sirion. Y nos llamó un día, y nos envió a vos; porque se le apareció Ulmo mismo, el Señor de las Aguas, y le advirtió del gran peligro que acecha a Nargothrond.

Pero Orodreth era precavido y contestó:

—¿Por qué entonces venís aquí desde el Norte? ¿O quizá tenéis también otros cometidos entre manos?

Entonces Arminas dijo:

—Señor, siempre desde la Nirnaeth he buscado el reino escondido de Turgon, y no lo he encontrado; y temo que esta búsqueda haya retrasado en exceso el mensaje que os traigo. Porque Círdan nos envió en barco a lo largo de la costa, para ganar en secreto y rapidez, y desembarcamos en Drengist. Pero entre la gente marinera había algunos que habían venido al sur en años pasados, como mensajeros de Turgon, y me pareció por la cautela con que hablaban que quizá Turgon viva todavía en el Norte, y no en el Sur, como muchos creen. Pero no hemos encontrado signo ni rumor de lo que buscábamos.

—¿Por qué buscáis a Turgon? —le preguntó Orodreth.

—Porque se dice que su reino será el que resistirá más tiempo a Morgoth —respondió Arminas. Y esas palabras le parecieron ominosas a Orodreth, y se sintió disgustado.

—Entonces no os demoréis en Nargothrond —dijo— porque aquí no oiréis noticias de Turgon. Y no necesito a nadie para saber que Nargothrond está en peligro.

—No os enfadéis, señor —dijo Gelmir—, si contestamos vuestras preguntas con verdad. Y habernos apartado del camino directo no ha sido sin fruto, porque hemos dejado atrás a vuestros más alejados exploradores; hemos atravesado Dor-lómin, y todas las tierras bajo las estribaciones de Ered Wethrin, y hemos explorado el Paso del Sirion espiando los senderos del Enemigo. Hay una gran concentración de orcos y criaturas malignas en esas regiones, y un ejército está reuniéndose en la Isla de Sauron.

—Lo sé —dijo Túrin—. Vuestras nuevas huelen a viejo. Si el mensaje de Círdan tenía algún objeto, debió haber llegado antes.

—Al menos, señor, escucharéis el mensaje ahora —dijo Gelmir a Orodreth—. ¡Escuchad las palabras del Señor de las Aguas! Así le habló a Círdan el Carpintero de Barcos: «El Mal del Norte ha contaminado las fuentes del Sirion, y mi poder se retira de los dedos de las aguas que fluyen. Pero una cosa peor ha de acaecer todavía. Decid, por tanto, al Señor de Nargothrond: Cerrad las puertas de la fortaleza y no salgáis. Arrojad las piedras de vuestro orgullo al río sonoro, para que el mal reptante no encuentre las puertas».

Estas palabras le parecieron aciagas a Orodreth y como siempre hacía, se volvió a Túrin para oír su consejo. Pero Túrin desconfiaba de los mensajeros y dijo con desdén:

—¿Qué sabe Círdan de las guerras de quienes vivimos cerca del Enemigo? ¡Que el marinero cuide de sus barcos! Pero si en verdad el Señor de las Aguas nos da su consejo, que hable más claramente. Porque de otro modo nos parecerá más atinado reunir nuestras fuerzas e ir con nuestros cuerpos al encuentro del enemigo, antes que se acerque demasiado.

Entonces Gelmir se inclinó ante Orodreth y dijo:

—Hablé como se me ordenó que lo hiciera, señor. —Y se apartó. Pero Arminas dijo a Túrin:— ¿Eres en verdad de la Casa de Hador, como oí decir?

—Aquí me llamo Agarwaen, la Espada Negra de Nargothrond —dijo Túrin—. Mucho te dedicas a lo que se habla en secreto, según parece, amigo Arminas; y no conviene que el secreto de Turgon te sea revelado; de lo contrario no tardaría en llegar a oídos de Angband. El nombre de un hombre es cosa que le pertenece, y si se entera el hijo de Húrin de que lo has traicionado, cuando él prefiere ocultarse, ¡que Morgoth te atrape y te queme la lengua!

Entonces la negra cólera de Túrin consternó a Arminas; pero Gelmir dijo:

—No lo traicionaremos, Agarwaen. ¿Acaso no estamos reunidos en consejo, y tras puertas cerradas, donde el lenguaje puede ser más directo? Y Arminas hizo esa pregunta, me parece, porque es sabido de todos los que viven junto al Mar que Ulmo siente gran amor por la Casa de Hador, y algunos dicen que Húrin y su hermano Huor fueron una vez al Reino Escondido.

—Si fuera así, no habría hablado de eso con nadie, ni con los grandes ni con los pequeños, y menos aún con su hijo que era sólo un niño —respondió Túrin—. Por tanto, no creo que Arminas me haya hecho esa pregunta esperando saber algo de Turgon. Desconfío de los mensajeros de desdicha.

—¡Guárdate la desconfianza! —dijo Arminas con enfado—. Gelmir se equivoca. Te hice esa pregunta porque dudé de lo que aquí se cree; pues no pareces en verdad de la Casa de Hador, sea cual fuere tu nombre.

—¿Y qué sabes de ellos? —preguntó Túrin.

—A Húrin lo he visto —respondió Arminas—, y a sus padres antes que a él. Y en las ruinas de Dor-lómin me encontré con Tuor, hijo de Huor, hermano de Húrin; y él es como sus padres, pero tú no.

—Quizá sea así —dijo Túrin—, aunque de Tuor nunca oí antes de ahora. Pero si mis cabellos son oscuros y no dorados, de eso no me avergüenzo. Porque no soy el primero de los hijos que se asemeja a su madre; y yo desciendo a través de Morwen Eledhwen de la Casa de Bëor y los parientes de Beren Camlost.

—No me refería a la diferencia entre el negro y el oro —dijo Arminas—. Pero otros de la Casa de Hador se conducen de otra manera, y Tuor entre ellos. Porque tienen maneras corteses, y escuchan los buenos consejos, y reverencian a los Señores del Oeste. Pero tú, según parece, sólo recibes consejo de ti mismo o de tu espada; y hablas con altivez. Y te digo, Agarwaen Mormegil, que si así lo haces, otro será tu destino que el que pueda pretender un descendiente de las Casas de Hador y de Bëor.

—Otro siempre ha sido —respondió Túrin—. Y si, como parece, he de soportar el odio de Morgoth a causa del valor de mi padre, ¿he de soportar también las provocaciones de un agorero fugitivo, aunque pretenda ser pariente de reyes? Te lo aconsejo: vuelve a la seguridad de las costas del Mar.

Entonces Gelmir y Arminas partieron, y volvieron al Sur; y a pesar de las pullas de Túrin, de buen grado habrían aguardado la batalla junto a sus parientes, y sólo partieron porque Círdan les había pedido, por orden de Ulmo, que le llevaran la respuesta de

Nargothrond. Y Orodreth se sintió muy perturbado por las palabras de los mensajeros; y el ánimo de Túrin se volvió todavía más fiero y de ningún modo quiso escuchar los consejos de Orodreth, y menos que nada consintió en que se derribara el puente. Porque eso, al menos, de las palabras de Ulmo, había sido leído con verdad.

En ningún sitio se explica por qué Gelmir y Arminas, que tenían un mensaje urgente que llevar a Nargothrond, fueron enviados por Círdan a lo largo de la costa hasta el Estuario de Drengist. Arminas dice que fue para ganar en secreto y rapidez; pero mayor habría sido el secreto sin duda si hubiera llevado a cabo el viaje remontando el Narog desde el Sur. Es posible suponer que Círdan lo hizo obedeciendo la orden de Ulmo (para que así pudieran encontrarse con Tuor en Dor-lómin, y guiarlo a través de la puerta de los Noldor), pero no hay sugerencias de esto en ninguna parte.

SEGUNDA PARTE
LA SEGUNDA EDAD

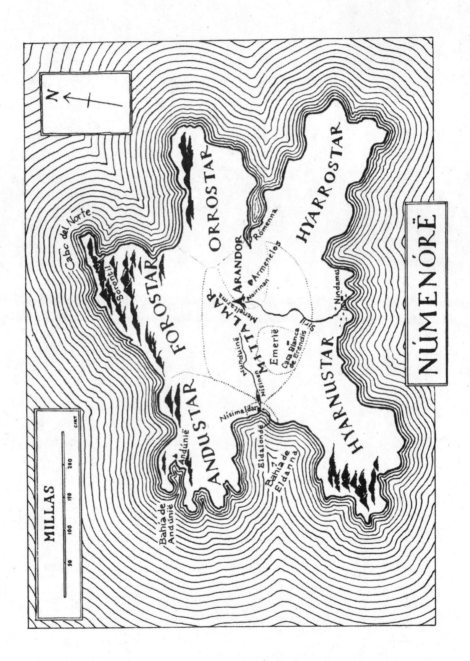

NÚMENÓRE

1

UNA DESCRIPCIÓN
DE LA ISLA DE NÚMENOR

La relación de la Isla de Númenor que aquí sigue se basa en descripciones y mapas rudimentarios que durante mucho tiempo se preservaron en los archivos de los Reyes de Gondor. Éstos no representan en verdad sino una pequeña parte de todo lo que alguna vez se escribió, pues los hombres eruditos de Númenor compusieron muchos tratados de historia natural y geografía; pero éstos, al igual que casi cualquier otro rastro de las artes y las ciencias de la época del auge de Númenor, desaparecieron en el gran Hundimiento.

Aun los documentos preservados en Gondor o en Imladris (donde los tesoros que se habían preservado de los reyes númenóreanos del Norte fueron depositados al cuidado de Elrond) se perdieron o fueron destruidos por negligencia. Porque aunque los supervivientes que se establecieron en la Tierra Media sentían «nostalgia», como ellos decían, por *Akallabêth,* la Caída, y aun al cabo de prolongadas edades nunca dejaron de considerarse en cierto sentido exiliados, cuando fue evidente que la Tierra del Don les había sido quitada y que Númenor había desaparecido para siempre, únicamente unos pocos consideraron que el estudio de lo que quedaba de su historia servía para algo y no sólo era causa de lamentaciones inútiles. En edades posteriores, en términos generales sólo se recordaba la historia de Ar-Pharazôn y de su flota impía.

El perímetro de la tierra de Númenor se asemejaba a una estrella de cinco puntas o pentágono, con una porción central de unas doscientas cincuenta millas de norte a sur y de este a oeste, a partir de la cual se extendían cinco grandes promontorios peninsulares. Estos promontorios se consideraban regiones separadas, y se llamaban Forostar (Tierras Septentrionales), Andustar (Tierras Occidentales), Hyarnustar (Tierras Suroccidentales), Hyarrostar (Tierras Australes) y Orrostar (Tierras Orientales). La porción central se llamaba Mittalmar (Tierra Adentro), y no tenía costa, salvo los terrenos en torno a Rómenna y la cabeza del estuario. Sin embargo, una pequeña parte de Mittalmar estaba separada del resto, y se llamaba Arandor, la Tierra del Rey. En Arandor se encontraban el puerto de Rómenna, el Meneltarma, y Armenelos, la Ciudad de los Reyes; y siempre fue la región más populosa de Númenor.

La Mittalmar se levantaba por encima de los promontorios (sin tener en cuenta la altura de sus montañas y colinas); era una región poblada de hierba y colinas bajas, y tenía pocos árboles. Cerca del centro de Mittalmar se alzaba la elevada montaña llamada Meneltarma, Pilar de los Cielos, consagrada a la veneración de Eru Ilúvatar. Aunque la parte inferior de la ladera de la montaña era suave y cubierta de hierba, se iba elevando cada vez más escarpada, y la cima no podía escalarse; pero se construyó sobre ella un serpenteante camino en espiral que empezaba al pie en el sur y terminaba bajo el borde de la cima al norte. Porque la cima era algo aplanada y hundida, y podía dar cabida a una gran multitud, pero nadie puso el pie en ella en toda la historia de Númenor. Ni un edificio, ni un altar, ni siquiera una pila de piedras sin ornamentos se alzó nunca allí; y ninguna otra cosa que se asemejara a un templo tuvieron nunca los Númenóreanos en los días de gracia, hasta la llegada de Sauron. Nunca se habían llevado allí herramientas o armas; y nadie podía hablar allí, salvo el Rey. Tres veces al año hablaba el Rey: la oración a la llegada del año en la *Erukyermë* en los primeros días de la primavera, la alabanza de Eru Ilúvatar en la *Erulaitalë* a mitad del verano, y la acción de gracias que se le consagraba en la *Eruhantalë* a fines de otoño. En estas ocasiones el Rey ascendía la montaña a pie, seguido por la muchedumbre del pueblo, vestido de blanco y enguirnaldado, pero en silencio. En otras ocasiones se permitía que los del pueblo ascendieran solos o en grupos; pero se dice que el silencio era tan grande, que ni siquiera un extranjero que nada supiera de Númenor y de su historia, si hubiera sido transportado allí, se habría atrevido a hablar en voz alta. Ninguna ave llegaba allí nunca, excepto las águilas. Si alguien se aproximaba a la cima, tres águilas aparecían inmediatamente y se posaban sobre tres rocas cerca del borde occidental; pero en el tiempo de las Tres Oraciones no descendían, y se mantenían en el cielo volando en círculos sobre el pueblo. Se las llamaba los Testigos de Manwë, y se creía que éste las enviaba desde Aman para vigilar la Montaña Sagrada y toda la tierra en derredor.

La base del Meneltarma se mezclaba suavemente con la planicie circundante, pero cinco largas crestas de escasa altura se extendían a modo de raíces, apuntando hacia los cinco promontorios de la tierra; y éstas se llamaban Tarmasundar, las Raíces del Pilar. A lo largo del filo de la cresta suroeste, el camino ascendente se aproximaba a la montaña, y entre esta cresta y la del sureste, la tierra descendía en un valle poco profundo. Lo llamaban Noirinan, el Valle de las Tumbas, porque en la base rocosa de la montaña había cámaras abiertas que guardaban las tumbas de los Reyes y las Reinas de Númenor.

Pero Mittalmar era principalmente una región de pastoreo. En el suroeste había vastas extensiones de pastos ondulantes; y allí, en la Emerië, se encontraba la región principal de los Pastores.

La Forostar era la parte menos fértil; pedregosa, con pocos árboles, aunque en las laderas occidentales de los altos páramos, cubiertos de brezos, había bosques de abetos y alerces. Hacia el Cabo Norte, la tierra se alzaba en riscos abruptos, y allí el gran Sorontil se elevaba desde el mar en tremendos acantilados. Aquí anidaban numerosas águilas; y en esta región, Tar-Meneldur Elentirmo levantó una alta torre desde la que se podían observar los movimientos de las estrellas.

La Andustar era también pedregosa en la región septentrional, y tenía altos bosques de abetos que miraban al mar. Tres pequeñas bahías se abrían al oeste en las tierras altas; pero aquí los acantilados no se alzaban en muchos sitios al borde del mar, sino sobre terrazas escalonadas. La que estaba más al norte se llamaba la Bahía de Andúnië, porque allí se encontraba el gran puerto de Andúnië (Puesta de sol) con la ciudad junto a la costa y muchas otras moradas que ascendían las escarpadas cuestas por detrás. Pero gran parte del sur de Andustar era fértil, y también allí había grandes bosques de hayas y abedules en lo más alto de la región, y bosques de robles y olmos en los valles más bajos. Entre los promontorios de Andustar y Hyarnustar se encontraba la gran Bahía llamada Eldanna, porque miraba hacia Eressëa; y las tierras de alrededor, al abrigo de los vientos del norte y abiertas a los mares del occidente, eran cálidas y de lluvias frecuentes. En el centro de la Bahía de Eldanna estaba el más hermoso de todos los puertos de Númenor, Eldalondë el Verde; y era allí, en días tempranos, donde iban más a menudo los rápidos navíos blancos de los Eldar de Eressëa.

En torno a ese lugar, desde las cuestas que daban al mar y adentrándose mucho en tierra, crecían los árboles siempre verdes y fragantes traídos del Oeste, y tanto medraban allí que el sitio, decían los Eldar, era casi tan bello como un puerto de Eressëa. Eran la mayor delicia de Númenor, y se los recordó en muchos cantos después de haber perecido para siempre, porque eran pocos los que florecieron alguna vez al este de la Tierra del Don: *oiolairë* y *lairelossë, nessamelda, vardarianna, taniquelassë* y *yavannamírë,* con frutos esféricos de color escarlata. De las flores, las hojas y las cortezas de esos árboles emanaban unos dulces aromas que se confundían y perfumaban todo el país, y los llamaban Nísimaldar, los Árboles Fragantes. Plantaron muchos de ellos en otras regiones de Númenor, y allí se desarrollaron, aunque no con tanta abundancia. Pero sólo allí crecía el poderoso árbol dorado, el *malinornë,* que al cabo de cinco siglos alcanzaba una altura apenas menor que en la misma Eressëa. La corteza era plateada y lisa, pero las ramas se alzaban ligeramente como las del haya; aunque tenía siempre un solo tronco. Las hojas, también como las del haya, pero de mayor tamaño, eran de color verde pálido en la parte superior, pero plateadas por debajo, y resplandecían al sol; no caían en otoño, y eran entonces de un pálido color oro. En primavera los capullos dorados se arracimaban como cerezas, y en verano florecían; y tan pronto como se abrían las flores, las hojas caían; de modo que durante la primavera y el verano un bosquecillo de *malinorni* estaba alfombrado y techado de oro, pero sus columnas eran de plata gris.[1] El fruto era una nuez con cáscara de plata; y Tar-Aldarion, sexto Rey de Númenor, le regaló algunos al Rey Gil-galad de Lindon. No echaron raíces en esa tierra; pero Gil-galad se los dio a su pariente Galadriel, y por el poder de ella, crecieron y florecieron en la tierra protegida de Lothlórien junto al Río Anduin hasta que los Altos Elfos abandonaron la Tierra Media; pero nunca alcanzaron la altura ni la circunferencia de los que crecían en Númenor.

El río Nunduinë desembocaba en el mar en Eldalondë, y de camino alimentaba el pequeño lago de Nísinen, así llamado por la abundancia de malezas y flores perfumadas que crecían en las orillas.

La Hyarnustar era también una región montañosa en la parte occidental, con picos elevados en el oeste y el sur, pero en las tierras cálidas y fértiles del este había grandes viñedos. Entre los promontorios de la Hyarnustar y la Hyarrostar había una amplia extensión de tierra, y en esas amplias orillas el mar se confundía con la tierra suavemente, como en ningún otro sitio de Númenor. Allí manaba el Siril, el río principal del país (porque todos los demás, salvo el Nunduinë en el oeste, eran cortos y rápidos torrentes que se precipitaban hacia el mar). El Siril nacía bajo el Meneltarma en el valle de Noirinan, y fluía por Mittalmar hacia el sur, y se convertía en el curso inferior en una corriente lenta y serpenteante. Desembocaba por fin en el mar entre anchos marjales cubiertos de juncos, y sus muchas pequeñas bocas se abrían paso a través de vastas extensiones de arena, y a los lados, a lo largo de muchas millas, había amplias playas de arena blanca y guijarros grises, y allí era donde vivían casi todos los que se dedicaban a la pesca, en aldeas levantadas en tierra firme entre marjales y lagunas, de las que la principal era Nindamos.

En la Hyarrostar crecían en abundancia árboles de múltiples especies, y entre ellos el *laurinquë,* que deleitaba a todos por sus flores, pero no tenía ninguna otra utilidad. Se lo llamaba así a causa de sus largos racimos de pendientes flores amarillas; y algunos que habían oído a los Eldar hablar de Laurelin, el Árbol Dorado de Valinor, creían que provenía de ese gran Árbol, cuyas semillas habían sido llevadas allí por los

Eldar; pero no era así. Desde los días de Tar-Aldarion hubo en la Hyarrostar grandes plantaciones, que proporcionaban madera para la construcción de barcos.

La Orrostar eran tierras menos cálidas, pero estaban protegidas de los fríos vientos del nordeste por las tierras altas que se alzaban en el extremo del promontorio; y las regiones internas de las Orrostar eran tierras de cereales, especialmente las que estaban cerca de Arandor.

Tal era la Isla de Númenor, como si la hubieran levantado desde el fondo del mar, pero inclinada hacia el sur y algo hacia el este; y con excepción del sur, la tierra descendía al mar en escarpados acantilados. En Númenor las aves que habitaban cerca del mar y nadaban o se zambullían en él eran incontables. Los marineros decían que aun si fueran ciegos, sabrían que sus naves se acercaban a Númenor a causa del gran clamor de las aves de la costa; y cuando alguna nave aparecía en el horizonte, las aves marinas alzaban vuelo y revoloteaban en lo alto, como en señal de feliz bienvenida, pues nunca se las mataba o molestaba con intención. Algunas acompañaban a las naves en sus viajes, aun a las que iban a la Tierra Media. En el interior de Númenor las aves eran también innumerables, desde los *kirinki*, no mayores que los reyezuelos, pero de cuerpo escarlata, con un trino agudo apenas perceptible para el oído humano, hasta las grandes águilas consagradas a Manwë y jamás perseguidas hasta que comenzaron los días del mal y el odio a los Valar. Durante dos mil años, desde los días de Elros Tar-Minyatur hasta el tiempo de Tar-Ancalimon, hijo de Tar-Atanamir, hubo en la cúspide de la torre del palacio del Rey en Armenelos un nido de águilas donde una pareja vivía de la generosidad del Rey.

En Númenor todos viajaban de un sitio a otro montados a caballo; porque los Númenóreanos, tanto los hombres como las mujeres, eran apasionados jinetes, y toda la gente de la tie-

rra amaba los caballos y los trataba con respeto y los albergaba
noblemente. Se los adiestraba para que escucharan y contesta-
ran llamadas venidas de lejos, y se dice en viejas historias que
cuando había gran amor entre los jinetes, hombres y mujeres,
y sus corceles favoritos, éstos podían ser convocados en momentos de necesidad con sólo el pensamiento. Por tanto, los
caminos de Númenor, en su mayoría, no estaban pavimenta-
dos, y se los construía y se los cuidaba para las cabalgaduras,
pues los coches y los carruajes se utilizaban poco en los primeros siglos, y los cargamentos pesados eran transportados
por mar. El principal camino y el más antiguo, adecuado para
las ruedas de los carruajes, iba del puerto principal, Rómenna,
en el este, hasta la ciudad real de Armenelos, y de allí al Valle
de las Tumbas y el Meneltarma; y el camino no tardó en ampliarse hacia Ondosto, dentro de los límites de la Forostar, y
desde allí hasta Andúnië en el oeste. Por esta ruta pasaban los
carromatos, cargados de piedras de las tierras septentrionales,
muy apreciadas en la construcción, y de maderas, que abundaban en las tierras occidentales.

Los Edain llevaron consigo a Númenor el conocimiento
de múltiples artesanías, y a muchos artesanos que habían
aprendido de los Eldar, además de las ciencias y tradiciones
que les eran propias. Pero pudieron transportar pocos materiales salvo los destinados a las herramientas de sus artesanías;
y, durante mucho tiempo, todos los metales de Númenor fueron metales preciosos. Pues los Eldar habían traído muchos
tesoros de oro y plata y también gemas; pero no encontraron
esas cosas en Númenor. Las amaban por su belleza, y en días
posteriores fue este amor lo que por primera vez despertó en
ellos la codicia, cuando cayeron bajo el poder de la Sombra y
se volvieron orgullosos e injustos en su trato con las gentes
pequeñas de la Tierra Media. De los Elfos de Eressëa, en los

tiempos en que eran amigos, recibieron regalos en oro y plata y joyas; pero en los primeros siglos estas cosas fueron raras y muy apreciadas, hasta que el poder de los Reyes llegó a las costas orientales de la Tierra Media.

Algunos metales descubrieron en Númenor, y a medida que se hacían más hábiles en minería y fundición y herrería, los objetos de hierro y de cobre se convirtieron en cosas corrientes. Entre los artífices de los Edain se contaban forjadores de armas, e, instruidos por los Noldor, llegaron a forjar excelentes espadas, hojas de hacha, y cabezas de lanza y cuchillos. El Gremio de los Forjadores de Armas hacía todavía espadas para preservar la tradición artesanal, pero dedicaban casi todo el tiempo a la fabricación de herramientas de uso pacífico. El Rey y la mayor parte de los grandes capitanes tenían espadas, pero recibidas como herencia de familia;[2] y alguna vez todavía regalaban una espada a sus herederos. Se forjaba una espada nueva para dársela al Heredero del Rey el día en que se le confiriera el título. Pero nadie llevaba espadas en Númenor, y durante largos años fueron pocas en verdad las armas de intención guerrera que allí se hicieron. Tenían hachas y lanzas y arcos, y disparar con arco de a pie o a caballo era deporte y pasatiempo importante de los Númenóreanos. En días posteriores, en las guerras de la Tierra Media, los arcos más temidos fueron los de los Númenóreanos. «Los Hombres del Mar —se decía— envían por delante de ellos una gran nube, como una lluvia de serpientes o un granizo negro acerado.» Y en esos días las cohortes de los Arqueros del Rey utilizaban arcos de acero hueco, con flechas de plumas negras de una ana de largo desde la punta a la hendedura.

Pero durante mucho tiempo los tripulantes de las grandes naves Númenóreanas andaban sin armas entre los hombres de la Tierra Media; y aunque tenían hachas y arcos a bordo para derribar árboles e ir de caza en las salvajes costas que no tenían dueño, no los llevaban consigo cuando buscaban la compañía de los hombres del país. Fue en verdad lamentable, cuando la Sombra barrió las costas y los hombres de quienes se habían hecho amigos se volvieron temerosos y hostiles, que el hierro fuera utilizado contra ellos por las mismas gentes a quienes habían instruido.

Más que cualquier otra cosa, los hombres fuertes de Númenor se deleitaban en el Mar, en nadar, en zambullirse, o en competir en pequeños navíos de remo o vela. Los más osados del pueblo eran los pescadores; los peces abundaban en las costas, y siempre fueron el alimento principal de Númenor; y todas las ciudades de mayor población estaban situadas junto a las costas. Entre los pescadores se escogían los Navegantes, que con el paso de los años fueron ganando en importancia y consideración. Se dice que cuando los Edain se hicieron a la vela por primera vez en el Gran Mar en pos de la Estrella de Númenor, los barcos élficos que los llevaban estaban timoneados y capitaneados por los Eldar que Círdan había designado; y después de que los timoneles élficos partieran llevándose consigo la mayor parte de las naves, transcurrió mucho tiempo antes de que los Númenóreanos se aventuraran solos a alta mar. Pero había entre ellos carpinteros de barcos que habían recibido instrucción de los Eldar; y mediante el estudio y el ingenio perfeccionaron su arte hasta que se atrevieron a adentrarse cada vez más en las aguas profundas. Cuando hubieron transcurrido seiscientos años a partir del principio de la Segunda Edad, Vëantur, Capitán de las Naves del Rey en tiempos de Tar-Elendil, viajó por primera vez a la Tierra Media. Llevó su barco *Entulessë* (que significa «Retorno») a Mithlond con los vientos de la primavera que soplaban desde el oeste, y retornó en el otoño del siguiente año. En adelante los viajes por mar se convirtieron en la principal empresa para el atrevimiento y la osadía de los hombres de

Númenor; y Aldarion, hijo de Meneldur, cuya esposa era hija de Vëantur, creó el Gremio de los Aventureros, al que se unieron todos los marineros probados de Númenor, como se cuenta en la historia que aquí sigue.

NOTAS

1. Esta descripción de los *mellyrn* se asemeja mucho a la que da Legolas a sus compañeros cuando se acercan a Lothlórien (*La Comunidad del Anillo*, II, 6).

2. La espada del Rey era en verdad Aranrúth, la espada de Elu Thingol de Doriath en Beleriand, que había recibido Elros de Elwing, su madre. Entre las cosas heredadas se contaban también el Anillo de Barahir, la gran Hacha de Tuor, padre de Eärendil, y el Arco de Bregor de la Casa de Bëor. Sólo el Anillo de Barahir, padre de Beren el Manco, sobrevivió a la Caída; porque Tar-Elendil se lo dio a su hija Silmarien y fue preservado en la Casa de los Señores de Andúnië, de los cuales el último fue Elendil el Fiel, que huyó del desastre de Númenor a la Tierra Media. [Nota del autor.]

    La historia del Anillo de Barahir se cuenta en *El Silmarillion*, capítulo 19, y su historia posterior en *El Señor de los Anillos*, Apéndice A (I, III y V). «La gran Hacha de Tuor» no se menciona en *El Silmarillion*, pero se la nombra y se la describe en la primera versión de «La caída de Gondolin» (1916-1917, pág. iv), donde se dice que en Gondolin, Tuor prefería llevar un hacha a una espada, y que la llamaba, en la lengua del pueblo de Gondolin, *Dramborleg*. En una lista de nombres que acompaña al cuento, *Dramborleg* se traduce como «Golpe Afilado»: «el hacha de Tuor, que golpea dejando una profunda abolladura, como una maza, y que a la vez hiende como una espada».

2

ALDARION Y ERENDIS

LA ESPOSA DEL MARINERO

Meneldur era el hijo de Tar-Elendil, el cuarto Rey de Númenor. Era el tercero de la prole del Rey, porque tenía dos hermanas mayores llamadas Silmarien e Isilmë. La mayor estaba casada con Elatan de Andúnië, y su hijo era Valandil, Señor de Andúnië, de quien procedió mucho después el linaje de los Reyes de Gondor y Arnor en la Tierra Media.

Meneldur era hombre de ánimo gentil, nada orgulloso, que prefería los ejercicios del pensamiento a los del cuerpo. Amaba profundamente la tierra de Númenor y todas las cosas que había en ella, pero no hacía ningún caso del Mar circundante, porque su mente miraba más allá de la Tierra Media: estaba enamorado de las estrellas y de los cielos. Estudiaba todas las tradiciones de los Eldar y los Edain acerca de Eä y las profundidades que rodean el Reino de Arda, y se deleitaba en la contemplación de las estrellas. Levantó una torre en la Forostar (la región septentrional de la isla), donde los aires eran más claros, y por la noche escrutaba desde esa torre el firmamento y observaba todos los movimientos de las luces que pueblan el cielo.[1]

Cuando Meneldur recibió el Cetro, abandonó, porque estaba obligado a ello, la Forostar, y vivió en la gran casa de los

Reyes en Armenelos. Fue un rey bondadoso y sabio, aunque nunca dejó de echar en falta los días en que podía aprender algo nuevo de los conocimientos celestes. La esposa de Meneldur era una mujer de gran belleza, de nombre Almarian. Era hija de Vëantur, Capitán de las Naves del Rey en los días de Tar-Elendil; y aunque no amaba el mar y los barcos más que la mayor parte de las mujeres del país, su hijo se asemejaba más a Vëantur, el padre de ella, que a Meneldur.

El hijo de Meneldur y Almarian era Anardil, que alcanzó después renombre entre los Reyes de Númenor como Tar-Aldarion. Tenía dos hermanas menores que él: Ailinel y Almiel, de las cuales la mayor se casó con Orchaldor, descendiente de la Casa de Hador, hijo de Hatholdir, que era además íntimo amigo de Meneldur; y el hijo de Orchaldor y Ailinel era Soronto, que entra más tarde en la historia.[2]

Aldarion, porque así se lo llama en todos los relatos, no tardó en convertirse en un hombre de gran estatura, fuerte y vigoroso de mente y de cuerpo, de cabellos dorados como su madre, pronto para la risa y generoso, pero más orgulloso que su padre y más inclinado a hacer su propia voluntad. Desde un principio amó el Mar, y tenía afición al arte de la construcción de barcos. No le atraía la parte septentrional de la isla, y cuando el padre se lo permitía se pasaba todo el tiempo en las costas del mar, especialmente cerca de Rómenna, donde se encontraban el puerto principal de Númenor, el más grande astillero y los más hábiles carpinteros de barcos. Su padre no le estorbó esta afición durante muchos años, complacido en que Aldarion hubiera encontrado un modo de ejercitar su vigor, y trabajo para su mente y su mano.

Aldarion era muy querido de Vëantur, el padre de su madre, y se quedaba a menudo en la casa de Vëantur, en la orilla austral del estuario de Rómenna. Esa casa tenía su propio muelle, en el que había anclados muchos pequeños barcos, pues Vëantur nunca viajaba por tierra si podía hacerlo por mar; y allí, de niño, aprendió Aldarion a remar, y más adelante a manejar las velas. Y era todavía muy joven cuando ya capitaneaba un barco de muchos tripulantes y navegaba de puerto a puerto.

Sucedió una vez que Vëantur dijo a su nieto:

—Anardilya, se acerca la primavera y también el día de tu mayoría de edad (porque ese abril Aldarion cumpliría veinticinco años). Tengo en mente un modo de celebrarlo de manera adecuada. Soy mucho más mayor que tú y no creo que vaya a tener muchas veces el ánimo de abandonar mi hermosa casa y las bendecidas costas de Númenor; pero al menos quiero recorrer otra vez el Gran Mar y hacer frente al viento del Norte y del Este. Este año me acompañarás e iremos a Mithlond y veremos las altas montañas azules de la Tierra Media, y a sus pies la verde tierra de los Eldar. Una cálida bienvenida recibirás de Círdan el Carpintero de Barcos y del Rey Gil-galad. Habla de esto con tu padre.[3]

Cuando Aldarion habló de esta aventura, y pidió licencia para partir en cuanto los vientos de primavera fueran favorables, no se sintió Meneldur inclinado a concederla. Tuvo un escalofrío, como si su corazón adivinara qué más había en eso de lo que su mente era capaz de prever. Pero cuando vio la cara ansiosa de su hijo, no dejó entrever nada de lo que sentía.

—Haz lo que tu corazón te dicte, *onya* —dijo—. Te echaré mucho en falta; pero con Vëantur como capitán y la gracia de los Valar, viviré en la esperanza de tu retorno. Pero no te enamores de las Grandes Tierras, pues un día serás Rey y Padre de esta Isla.

Así fue que una hermosa mañana de sol y viento blanco, en la brillante primavera del año setecientos veinticinco de la Segunda Edad, el hijo del Heredero del Rey de Númenor[4] se hizo a la mar desde tierra; y antes de que el día acabara, la vio hundirse resplandeciente en el mar, y lo último de todo el pico del Meneltarma, como un dedo oscuro recortado sobre el cielo del atardecer.

Se dice que el mismo Aldarion escribió crónicas de todos sus viajes a la Tierra Media, y se preservaron largo tiempo en Rómenna, aunque después se perdieron. De este primer viaje poco se sabe, salvo que trabó amistad con Círdan y Gil-galad, y recorrió Lindon y el oeste de Eriador, y se maravilló de todo lo que veía. Tardó más de dos años en regresar, y Meneldur se sentía sumamente intranquilo. Se dice que retrasó la vuelta porque quiso aprender todo lo que pudiera de Círdan, tanto de la construcción y la administración de navíos, como del levantamiento de muros que contuviesen el hambre del mar.

Hubo gran alegría en Rómenna y Armenelos cuando los hombres vieron el gran barco *Númerrámar* (que significa «Alas del Oeste») adelantarse sobre las olas con velas doradas, enrojecidas por el sol poniente. El verano había terminado y la *Eruhantalë* estaba cerca.[5] Le pareció a Meneldur, cuando dio la bienvenida a su hijo en casa de Vëantur, que había crecido en estatura y que sus ojos eran más brillantes; pero miraba a lo lejos.

—¿Qué viste, *onya*, en tus largos viajes, que prevalece ahora en tu memoria?

Pero Aldarion, que miraba al este hacia la noche, guardó silencio. Por fin respondió, pero en voz baja, como quien se habla a sí mismo:

—¿El bello pueblo de los Elfos? ¿Las verdes costas? ¿Las montañas coronadas de nubes? ¿Las regiones de nieblas y de sombras más allá de toda conjetura? No lo sé. —Calló, y

Meneldur supo que no había dicho todo. Porque Aldarion se había enamorado del Gran Mar y de un barco solitario que navegara lejos de la tierra, llevado con gorja espumosa por los vientos hacia costas y puertos insospechados; y este amor y este deseo no los abandonaría nunca hasta el fin de su vida.

Vëantur no volvió a alejarse de Númenor; pero regaló la *Númerrámar* a Aldarion. A los tres años, Aldarion pidió permiso para partir otra vez y se dirigió a Lindon. Estuvo tres años ausente; y no mucho después emprendió otro viaje que duró cuatro años, porque se dice que ya no le contentaba navegar a Mithlond, y que empezó a explorar las costas hacia el sur, más allá de las desembocaduras del Baranduin y el Gwathló y el Angren, y bordeó el cabo oscuro de Ras Morthil y vio la gran Bahía de Belfalas, y las montañas del país de Amroth donde viven todavía los Elfos Nandor.[6]

Cuando ya tenía treinta y nueve años, Aldarion regresó a Númenor trayendo regalos de Gil-galad a su padre; porque al año siguiente, como por largo tiempo lo había proclamado, Tar-Elendil cedió el Cetro en favor de su hijo, y Tar-Meneldur se convirtió en Rey. Entonces Aldarion decidió quedarse allí un tiempo para consuelo de su padre; y en esos días llevó a la práctica los conocimientos que había obtenido de Círdan sobre la construcción de navíos, concibiendo muchas cosas nuevas de su propia cosecha, y también puso hombres a trabajar en la mejora de puertos y de muelles, porque siempre tenía ganas de construir barcos cada vez más grandes. Pero la nostalgia del mar lo asaltó de nuevo, y partió una y otra vez de Númenor; y su mente concebía ahora aventuras que no podían alcanzarse con la tripulación de un solo barco. Por tanto, creó el Gremio de los Aventureros, que tuvo después mucho renombre; a esa hermandad se unieron los más audaces y los más ansiosos marineros, y aun los jóvenes de las regiones del interior de Númenor intentaban que se los admitiera en la hermandad, y a Aldarion lo llamaron el Gran Capitán. En ese tiempo, puesto que no tenía inclinación a vivir en tierra en Armenelos, hizo construir un barco que le sirviera de morada; y por tanto lo llamó *Eämbar*; y en ocasiones iba en él de un puerto de Númenor a otro, aunque la mayor parte del tiempo permanecía anclado en Tol Uinen: una pequeña isla en la bahía de Rómenna que había sido colocada allí por Uinen, la Señora de los Mares.[7] En *Eämbar* estaba la sede de los Aventureros, y allí se guardaban las crónicas de los grandes viajes;[8] porque Tar-Meneldur miraba con frialdad las empresas de su hijo y no le gustaba escuchar la historia de sus viajes, pues creía que sembraba las semillas de la inquietud y del deseo de posesión de otras tierras.

En ese tiempo, Aldarion se apartó de su padre, y dejó de hablar abiertamente de sus designios y deseos; pero Almarian, la Reina, apoyaba a su hijo en todo cuanto hacía, y Meneldur tuvo que tolerar por fuerza que las cosas siguieran su curso. Porque los Aventureros aumentaban en número y también en la estima de los hombres, y los llamaban *Uinendili,* los enamorados de Uinen; y no fue ya fácil reprochar o estorbar a su Capitán. Los barcos de los Númenóreanos se hicieron cada vez más grandes y de mayor calado en esos días, hasta que pudieron emprender largos viajes llevando a muchos hombres y vastos cargamentos; y Aldarion a menudo estaba largo tiempo ausente de Númenor. Tar-Meneldur siempre se oponía a su hijo y restringió la tala de árboles en Númenor destinados a la construcción de barcos; y se le ocurrió entonces a Aldarion encontrar madera en la Tierra Media y buscar allí un puerto para la reparación de sus barcos. En sus viajes a lo largo de las costas contemplaba con maravilla los grandes bosques; y en la desembocadura del río que los Númenóreanos llamaron Gwathir, el Río de Sombra, fundó Vinyalondë, el Puerto Nuevo.[9]

Pero cuando casi habían transcurrido ochocientos años desde el comienzo de la Segunda Edad, Tar-Meneldur ordenó a su hijo que permaneciera en Númenor e interrumpiera por un tiempo sus viajes hacia el este; porque deseaba proclamar a Aldarion Heredero del Rey, como lo habían hecho siempre los Reyes anteriores, cuando el Heredero alcanzaba esa edad. Entonces Meneldur y su hijo se reconciliaron por un tiempo, y hubo paz entre ellos; y entre fiestas y celebraciones, a los cien años de edad, Aldarion fue proclamado Heredero, y recibió de su padre el título y poder de Señor de las Naves y Puertos de Númenor. A los festejos de Armenelos acudió un tal Beregar, que vivía en el oeste de la Isla, y con él iba su hija Erendis. Allí la reina Almarian advirtió la belleza de Erendis, una belleza que rara vez se veía en Númenor; porque Beregar provenía de la Casa de Bëor por una antigua ascendencia, aunque no pertenecía al linaje real de Elros, y Erendis tenía cabellos oscuros, una gracia esbelta y los claros ojos grises de su familia.[10] Pero Erendis vio a Aldarion, cuando éste pasó cabalgando, y por la belleza y esplendor de su porte apenas pudo ver otra cosa. Luego Erendis se incorporó al séquito de la Reina y ganó también el favor del Rey; pero poco vio de Aldarion, quien estaba ocupado cuidando de los bosques, para asegurarse de que en el futuro no faltase madera en Númenor. Antes de que transcurriera mucho tiempo, los marineros del Gremio de los Aventureros empezaron a inquietarse, pues les disgustaba viajar más brevemente y con menos frecuencia al mando de capitanes menores; y cuando hubieron pasado seis años desde la proclamación del Heredero del Rey, Aldarion decidió navegar una vez más a la Tierra Media. Sólo a regañadientes obtuvo la licencia del Rey, quien pretendía que se quedara en Númenor y buscara esposa; y se hizo a la mar en la primavera de ese año. Pero al ir a despedirse de su madre, vio a Erendis en medio del séquito de la Reina; y al mirar su belleza, adivinó la fuerza que ella ocultaba.

Entonces Almarian le dijo:

—¿Es preciso que partas otra vez, Aldarion, hijo mío? ¿No hay nada que te retenga en la más bella de las tierras mortales?

—Aún no —respondió él—; pero hay cosas más bellas en Armenelos que las que puedan encontrarse en otros sitios, aun en las tierras de los Eldar. Pero los marineros somos gente desgarrada, siempre en guerra con nosotros mismos; y el deseo del Mar todavía me posee.

Erendis creyó que esas palabras habían sido pronunciadas también para sus oídos; y desde ese momento el corazón se le volcó en favor de Aldarion, aunque no con esperanzas. En esos días no era necesario, por ley o por costumbre, que los de la casa real, aun el Heredero del Rey, tuvieran que casarse sólo con los descendientes de Elros Tar-Minyatur; pero Erendis pensaba que la posición de Aldarion era demasiado alta. Sin embargo, nunca en adelante miró con interés a ningún otro hombre, y disuadía a quienes la pretendían.

Siete años transcurrieron antes de que Aldarion regresara trayendo consigo plata y oro; y habló con su padre de sus viajes y peripecias. Pero Meneldur dijo:

—Habría preferido tenerte a mi lado a cualquier noticia o regalo de las Tierras Brunas. Eso incumbe a los mercaderes o exploradores, no al Heredero del Rey. ¿De qué nos sirve el oro y la plata sino para sustituir con orgullo lo que igual serviría? Lo que la casa del Rey necesita es un hombre que conozca y ame la tierra y el pueblo que ha de gobernar.

—¿No estudio yo a los hombres todos los días de mi vida? —dijo Aldarion—. Puedo conducirlos y gobernarlos a voluntad.

—Di más bien a algunos hombres, a los que son de tu mismo temple —respondió el Rey—. Hay también mujeres en Númenor, apenas más escasas que los hombres; y salvo tu madre, a la que sí puedes conducir a voluntad, ¿qué sabes de ellas? No obstante, un día tendrás que casarte.

—¡Un día! —dijo Aldarion—. Pero no antes de que quiera hacerlo; y aún más tarde si alguien pretendiera empujarme al matrimonio. Otras cosas tengo que hacer que me parecen más urgentes, y más necesarias. «Fría es la vida de la mujer de un navegante»; y el navegante decidido, que no está atado a la costa, va más lejos y aprende mejor a vérselas con el mar.

—Más lejos, pero no con mayor provecho —dijo Meneldur—. Y no hay que «vérselas con el mar». ¿Olvidas que los Edain vivimos aquí por gracia de los Señores del Oeste, que Uinen nos ayuda, que Ossë se contiene para favorecernos? Nuestros barcos están protegidos, y otras manos los guían, que no las nuestras. No seas tan orgulloso o nos abandonará la gracia; y no presumas que alcanzará a los que se arriesgan sin necesidad sobre las rocas de costas extrañas o en las tierras de hombres de mentes oscuras.

—¿De qué sirve entonces la gracia otorgada a nuestros barcos —dijo Aldarion— si no han de navegar hacia costa alguna, ni han de buscar nada no visto antes?

Ya no habló con su padre de esos asuntos, y desde entonces se pasó los días a bordo del barco *Eämbar* en compañía de los Aventureros, y en la construcción del navío más grande que se hubiera conocido nunca: a ese navío lo llamó *Palarran*, el Errante Lejano. No obstante, ahora se encontraba frecuentemente con Erendis (y era así por designio de la Reina); y el Rey, al enterarse de estos encuentros, se preocupó, aunque no se sintió disgustado.

—Mejor sería curar a Aldarion de su inquietud —dijo— antes de que gane el corazón de alguna mujer.

—Pero ¿cómo pretendes curarlo si no es por amor? —dijo la Reina.

—Erendis es joven todavía —dijo Meneldur.

Pero la Reina respondió:

—El linaje de Erendis no es de vida tan larga como la que se les concede a los descendientes de Elros; y el corazón de ella ya tiene dueño.[11]

Ahora bien, cuando el gran barco *Palarran* estuvo terminado, Aldarion quiso partir otra vez. Entonces Meneldur se encolerizó, aunque, persuadido por la Reina, no recurrió al poder real para retenerlo. Ha de contarse aquí que era costumbre en Númenor que cuando un barco partía por el Gran Mar a la Tierra Media, una mujer, casi siempre del linaje del capitán, colocara en la proa del navío la Rama Verde del Retorno; y se la cortaba del árbol *oiolairë,* que significa «Verano Eterno», que los Eldar dieran a los Númenóreanos,[12] diciendo que ellos la ponían en sus propios barcos en señal de amistad con Ossë y Uinen. Las hojas de ese árbol eran siempre verdes, lustrosas y fragantes; y medraba en el aire del mar. Pero Meneldur prohibió que la Reina y las hermanas de Aldarion llevaran la rama de *oiolairë* a Rómenna, donde se encontraba el *Palarran,* diciendo que le negaba la bendición a su hijo, que partía en contra de su voluntad; y entonces Aldarion dijo:

—Si he de partir sin bendición ni rama, así lo haré.

Entonces la Reina se sintió apenada; pero Erendis le dijo:

—*Tarinya,* si cortáis la rama del árbol de los Elfos, yo la llevaré al puerto; porque el Rey no ha prohibido que yo lo haga.

A los marineros les parecía mala señal que el capitán debiera partir de ese modo; pero cuando todo estuvo dispuesto,

y los hombres se preparaban para levar anclas, Erendis llegó
allí, aunque poco le gustaban el ruido y la agitación del gran
puerto y los gritos de las gaviotas. Aldarion la saludó con
asombro y alegría; y ella dijo:

—He traído la Rama del Retorno, señor: de parte de la
Reina.

—¿De parte de la Reina? —preguntó Aldarion con tono
alterado.

—Sí, señor —dijo ella—; pero le pedí permiso para traer-
la yo misma. Otros además de vuestro linaje se alegrarán de
vuestro regreso; ¡y que volváis pronto!

En esa ocasión miró Aldarion a Erendis por primera vez
con amor; y largo tiempo se quedó a popa mirando atrás
mientras el *Palarran* se adentraba en el mar. Se dice que se
apresuró a regresar y estuvo ausente menos tiempo que el planeado; y al volver trajo regalos para la Reina y para las damas
de su comitiva, pero el más rico regalo lo trajo para Erendis, y
era un diamante. Fríos fueron los saludos intercambiados entre el Rey y su hijo; y Meneldur le reprochó que dar semejante
regalo era impropio para el Heredero del Rey, a no ser que
fuera un regalo de compromiso, y exigió que Aldarion pusiera
en claro sus intenciones.

—En gratitud lo traje —dijo él— por un corazón cálido
en medio de la frialdad de otros.

—Puede que los corazones fríos que van y vienen no ani-
men a los otros a que den calor —dijo Meneldur; y una vez
más instó a Aldarion a que pensara en el matrimonio, aunque
no habló de Erendis. Pero Aldarion no quiso escucharlo, pues
siempre cuando la gente más quería influir en él, más se oponía; y tratando ahora a Erendis con mayor frialdad, se decidió
a abandonar Númenor y continuar sus proyectos en Vinyalondë. La vida en tierra le era tediosa, pues a bordo de su bar-

co no estaba sometido a ninguna voluntad ajena, y los Aventureros que lo acompañaban no conocían más que el amor y la admiración por el Gran Capitán. Pero ahora Meneldur prohibió que partiera; y Aldarion, antes de que el invierno hubiera acabado por completo, se hizo a la mar con una flota de siete navíos y la mayor parte de los Aventureros, desafiando al Rey. La Reina no se atrevió a enfrentar la cólera de Meneldur; pero por la noche una mujer envuelta en una capa fue al puerto con una rama y la puso en manos de Aldarion diciendo:

—Esto viene de parte de la Señora de las Tierras del Oeste (porque ése era el nombre que daban a Erendis) —y desapareció en la oscuridad.

Ante la abierta rebeldía de Aldarion, el Rey le quitó los poderes que le había concedido, como Señor de las Naves y los Puertos de Númenor; e hizo que se cerrara el Gremio de los Aventureros en *Eämbar,* y que se clausuraran los astilleros de Rómenna, y prohibió la tala de árboles para la construcción de barcos. Cinco años transcurrieron; y Aldarion regresó con nueve barcos, porque dos habían sido construidos en Vinyalondë, y estaban cargados de maderas preciosas cortadas en los bosques de la costa de la Tierra Media. La cólera de Aldarion fue grande cuando se enteró de lo que habían hecho; y a su padre le dijo:

—Si no soy bienvenido en Númenor, y no hay trabajo para mis manos y mis barcos no pueden ser reparados en sus puertos, me iré otra vez y muy pronto; porque los vientos han sido rudos,[13] y necesito reparar mis averías. ¿No tiene el hijo del Rey otra cosa que hacer más que examinar las caras de las mujeres en busca de una esposa? Emprendí el trabajo de la silvicultura y he sido prudente en él; habrá más madera en Númenor antes del fin de mis días que hoy bajo tu cetro. —Y fiel a su palabra, Aldarion partió otra vez ese mismo año con tres barcos y los más audaces de los Aventureros, y se fueron sin bendiciones ni ramas; porque Meneldur prohibió que las mujeres de su casa y las de los Aventureros se acercaran a los muelles, e implantó una guardia alrededor de Rómenna.

En ese viaje Aldarion estuvo tanto tiempo ausente que la gente empezó a temer por él; y el mismo Meneldur estaba intranquilo a pesar de la gracia de los Valar, que había protegido siempre los barcos de Númenor.[14] Cuando habían transcurrido diez años desde la partida, Erendis por fin desesperó, y creyendo que había ocurrido algún desastre o que Aldarion había decidido quedarse en la Tierra Media, y también para escapar al asedio de los pretendientes, pidió licencia a la Reina, y dejando Armenelos volvió a las Tierras del Oeste. Pero al cabo de otros cuatro años, Aldarion regresó por fin, y sus barcos habían sido castigados y maltratados por los mares. Había navegado primero hasta el puerto de Vinyalondë, y desde allí había emprendido un gran viaje a lo largo de la costa, hacia el sur, mucho más allá de sitio alguno alcanzado todavía por los barcos númenóreanos; pero al volver hacia el norte se topó con vientos contrarios y grandes tormentas, y escapando apenas del naufragio en el Harad, encontró Vinyalondë barrido por el mar y saqueado por hombres hostiles. Tres veces fuertes vientos venidos del Oeste le impidieron que cruzara el Gran Mar, y su propio barco fue alcanzado por un rayo y desarbolado; y sólo con trabajo y fatiga en las aguas profundas logró al fin volver a puerto en Númenor. Muy grande fue el consuelo de Meneldur cuando volvió Aldarion; pero le reprendió que se hubiera rebelado contra su rey y su padre y abandonara la protección de los Valar, arriesgando que la ira de Ossë despertara y se volviera no sólo contra él sino también contra los hombres fieles que lo acompañaban.

Entonces Aldarion enmendó su temple, y recibió el perdón de Meneldur, que le restituyó el Señorío de las Naves y los Puertos y le concedió además el título de Amo de los Bosques.

Aldarion lamentó que Erendis se hubiera marchado de Armenelos, pero era demasiado orgulloso para ir a buscarla; y en verdad no podía hacerlo, salvo para pedirla en matrimonio, y aún no estaba dispuesto a atarse a nadie. Trató de reparar el abandono en que habían caído tantas cosas durante su larga ausencia, porque había estado fuera casi veinte años; y en ese tiempo llevó a cabo grandes trabajos en los puertos, especialmente en Rómenna. Comprobó que se habían derribado muchos árboles para hacer casas y otras cosas, pero no habían pensado en el futuro, y poco habían plantado para reemplazar lo que faltaba; y viajó por Númenor de un extremo a otro examinando él mismo el estado de los bosques.

Cabalgando un día por los bosques de las Tierras del Oeste vio a una mujer de cabellos oscuros que flotaban al viento, envuelta en una capa verde abrochada al cuello con una joya brillante; y la tomó por una de los Eldar que iban a veces a esas partes de la Isla. Pero ella se aproximó y él vio que era Erendis, y que la joya era la que él le había dado; entonces conoció de súbito el amor que tenía por ella, y sintió el vacío de sus días. Erendis palideció al verlo y quiso alejarse a la carrera, pero él fue demasiado veloz y le dijo:

—¡Bien merezco que huyas de mí, que he huido tanto y tan lejos! Pero ahora perdóname y quédate. —Entonces cabalgaron juntos a la casa de Beregar, el padre de ella, y allí Aldarion expuso claramente su deseo de comprometerse con Erendis; pero ahora Erendis se mostró renuente, aunque de acuerdo con las costumbres y la vida de su pueblo era ya tiempo de que se casase. El amor que sentía por él no había disminuido, y tampoco se negaba por coquetería; pero temía ahora que en la batalla que se libraría entre ella y el Mar por la posesión de Aldarion, no saliera vencedora. Erendis nunca se conformaba con menos de todo, porque para ella era lo mismo que nada; y temerosa del Mar y culpando a todos los barcos de la tala de árboles, decidió que tendría que infligir al Mar una derrota definitiva o ella misma sería derrotada.

Pero Aldarion cortejó a Erendis con asiduidad, y dondequiera que fuera ella, allí iba también él; descuidó los puertos y los astilleros y todos los asuntos del Gremio de los Aventureros; no derribó árboles y se dedicó sólo a plantarlos, y tuvo más alegría en esos días que en cualquier tiempo del pasado, aunque no lo supo hasta que miró atrás cuando ya la vejez había empezado. Por fin intentó persuadir a Erendis para que navegara con él en un viaje alrededor de la Isla en el barco *Eämbar,* porque habían transcurrido cien años desde que Aldarion fundara el Gremio de los Aventureros, y habría festejos en todos los puertos de Númenor. A esto consintió Erendis, ocultando su disgusto y su temor; y partieron desde Rómenna y llegaron a Andúnië en el oeste de la Isla. Allí Valandil, Señor de Andúnië y pariente cercano de Aldarion,[15] celebraba una gran fiesta; y en esa fiesta bebió a la salud de Erendis llamándola *Uinéniel,* Hija de Uinen, la nueva Señora del Mar. Pero Erendis, que estaba sentada al lado de la esposa de Valandil, dijo en voz alta:

—¡No me llaméis así! No soy hija de Uinen: ella es más bien mi enemiga.

Después, por un tiempo la duda asaltó otra vez a Erendis, porque Aldarion volvió a pensar en las obras de Rómenna y se dedicó a levantar grandes rompeolas y construir una torre en Tol Uinen: *Calmindon,* la Torre de la Luz. Pero cuando esos trabajos concluyeron, Aldarion volvió a Erendis y le pidió que se casara con él; no obstante, ella se disculpó diciendo:

—He viajado con vos en barco, señor. Antes que os dé mi respuesta, ¿no viajaréis conmigo en tierra a los sitios que amo? Conocéis muy poco de este país para alguien que ha de ser Rey. —Por tanto, partieron juntos y llegaron a Enerië, donde el viento mecía los prados de hierba, y pastoreaban las ovejas de Númenor; y vieron las casas blancas de los granjeros y de los pastores, y oyeron el balido de los rebaños.

Allí Erendis habló a Aldarion y le dijo:

—¡Aquí estaría yo en paz!

—Viviréis donde queráis como esposa del Heredero del Rey —dijo Aldarion—. Y como Reina en muchas hermosas casas, según vuestros deseos.

—Cuando seáis Rey, yo seré vieja —dijo Erendis—. ¿Dónde vivirá entretanto el Heredero del Rey?

—Con su esposa —le dijo Aldarion— cuando sus trabajos se lo permitan, si ella no pudiera compartirlos.

—Yo no compartiré mi esposo con la Señora Uinen —dijo Erendis.

—Eso es hablar retorcido —replicó Aldarion—. Igualmente podría yo decir que no quiero compartir mi esposa con el Señor Oromë de los Bosques porque ella ama los árboles silvestres.

—Está claro que no —dijo Erendis—, porque talaríais cualquier bosque como regalo para Uinen, si se os ocurre.

—Nombrad el árbol que améis y se mantendrá en pie hasta morir.

—Amo todos los que crecen en esta Isla —respondió Erendis.

Entonces siguieron cabalgando largo rato en silencio; y después de ese día se separaron, y Erendis volvió a la casa de su padre. A él no le dijo nada, pero a su madre Núneth le contó las palabras que había habido entre ella y Aldarion.

—Todo o nada, Erendis —dijo Núneth—. Así eras de niña. Pero amas a ese hombre, y es un gran hombre, aparte del rango que ocupa; y no destruirás en ti el amor que le tienes sin hacerte mucho daño. Una mujer ha de compartir el amor de su marido con su trabajo y el fuego que la habita, o bien convertirlo en algo que no se puede amar. Pero dudo que entiendas alguna vez tal consejo. Lo deploro, sin embargo, porque ya es tiempo de que estuvieras casada; y habiendo dado al mundo una hermosa hija, había concebido esperanzas de que me dieras hermosos nietos; tampoco me desagradaría que fueran criados en la casa del Rey.

Este consejo no conmovió la mente de Erendis; no obstante, comprobó que el corazón no le obedecía, y que sus días estaban vacíos: más vacíos que en los tiempos en que Aldarion estaba ausente. Porque él residía todavía en Númenor, y sin embargo pasaban los días, y él no volvió nunca más al oeste.

Ahora bien, Almarian, la Reina, enterada por Núneth de lo ocurrido, y temiendo que Aldarion buscara consuelo en nuevos viajes (porque hacía ya mucho que estaba en tierra), envió un mensaje a Erendis diciéndole que volviera a Armenelos; y Erendis, instada por Núneth y por su propio corazón, hizo lo que se le pedía. Allí se reconcilió con Aldarion; y en la primavera de ese año, cuando había llegado el tiempo de la *Erukyermë*, ascendieron con la comitiva del Rey a la cima del Meneltarma, que era el Monte Sagrado de los Númenóreanos.[16] Cuando todos hubieron bajado otra vez, Aldarion y Erendis se demoraron en la cima; y miraron allá abajo toda la extensión de la Isla de Oesternesse, verde en primavera, y contemplaron el resplandor de la luz en el Oeste, donde se encontraba la lejana Avallónë,[17] y las sombras en el Este sobre el Gran Mar; y el Menel se levantaba azul sobre ellos. No hablaron, porque nadie, salvo sólo el Rey, hablaba en la altura del

Meneltarma; pero cuando descendieron, Erendis se detuvo un momento mirando hacia Emerië, y más allá, hacia los bosques de su patria.

—¿No amáis la Yôzâyan? —preguntó.

—La amo, desde luego —contestó él—, aunque creo que vos lo ponéis en duda. Porque pienso también en lo que puede ser en tiempos por venir, y en la esperanza y el esplendor de su pueblo; y creo que un regalo no ha de mantenerse ocioso en el tesoro.

Pero Erendis lo contradijo diciendo:

—Regalos como los que vienen de los Valar y, por mediación de ellos, del Único, han de amarse por sí mismos ahora y en todos los ahoras. No han de darse en trueque para obtener más o algo mejor. Los Edain siguen siendo Hombres mortales, Aldarion, por más ilustres que parezcan, y no podemos vivir en el tiempo por venir, no sea que perdamos éste ahora por un fantasma de nuestra propia invención. —Y tomando bruscamente la joya que llevaba en la garganta, le preguntó:— ¿Querrías que vendiera esto para comprarme otros bienes que deseo?

—¡No! —dijo él—. Pero no lo tienes guardado en el tesoro. Sin embargo, creo que lo estimas demasiado; porque desluce junto a la luz de tus ojos.

Entonces le besó los ojos y en ese momento ella dejó de tener miedo y lo aceptó; y se dieron palabra de matrimonio en el sendero empinado del Meneltarma.

Entonces volvieron a Armenelos, y Aldarion presentó a Erendis a Tar-Meneldur como la prometida del Heredero del Rey; y el Rey se regocijó y hubo alegría en la ciudad y en toda la Isla. Como regalo de casamiento, Meneldur dio a Erendis una gran extensión de tierra en Emerië, y allí hizo construir para ella una casa blanca. Pero Aldarion le dijo:

—Otras joyas tengo yo atesoradas, regalos de reyes de tierras lejanas a las que los barcos de Númenor han prestado ayuda. Tengo gemas tan verdes como la luz del sol en las hojas de los árboles que amas.

—¡No! —dijo Erendis—. He recibido ya mi regalo de casamiento, aunque llegó adelantado. Es la única joya que tengo o que quiero tener; y la pondré más alto todavía. —Entonces él vio que ella había engarzado la gema blanca en una redecilla de plata, como una estrella; y cuando ella se lo pidió, él se la sujetó en la frente. La llevó ella así muchos años, hasta que acaeció la desgracia; y alcanzó renombre en todas partes como Tar-Elestirnë, la Señora de la Frente Estrellada.[18] Así hubo por un tiempo paz y alegría en Armenelos, en la casa del Rey y en toda la Isla, y está registrado en los libros antiguos que los frutos abundaron en el verano tardío de aquel año, que fue el ochocientos cincuenta y cuatro de la Segunda Edad.

Pero de todas las gentes sólo los marineros del Gremio de los Aventureros no estaban contentos. Durante quince años Aldarion se había quedado en Númenor, y no condujo ninguna expedición al extranjero; y aunque había capitanes valientes que habían sido formados por él, estos capitanes no tenían ni la riqueza ni la autoridad del hijo del Rey, y los viajes eran entonces menos frecuentes y más breves; y rara vez iban más allá de la tierra de Gil-galad. Además, la madera no abundaba ya en los astilleros, porque Aldarion descuidaba los bosques; y los Aventureros le rogaron que volviera a trabajar otra vez. Aldarion atendió este ruego, y al principio Erendis iba con él a los bosques; pero la entristecía ver cómo derribaban los árboles en su momento de mayor esplendor, y cómo luego los cortaban y aserraban. Por tanto, muy pronto Aldarion iba solo, y ya no estuvieron tanto juntos.

Ahora bien, llegó el año en que todos esperaban el casamiento del Heredero del Rey, porque no era costumbre que el compromiso durara mucho más de tres años. Una mañana de esa primavera, Aldarion cabalgó desde el puerto de Andúnië por el camino que llevaba a la casa de Beregar; porque había sido invitado a ir, y Erendis había ido antes que él por los caminos del interior. Cuando llegó a la cima del gran risco que dominaba la región y protegía el puerto desde el norte, se volvió y miró el mar. Soplaba un viento del oeste, como ocurría a menudo en esa estación, amado por los que soñaban con navegar a la Tierra Media, y unas olas de crestas blancas avanzaban hacia la costa. Entonces, de súbito, la nostalgia por el mar lo asaltó como si una gran mano le aferrara la garganta, y el corazón le latió con fuerza, y se quedó sin aliento. Luchó por dominarse y al fin se volvió y se puso otra vez en marcha, y decidió tomar el camino a través del bosque en que había visto cabalgar a Erendis y la había confundido con una Eldar, hacía ya quince años. Casi la buscó para verla una vez más; pero ella no estaba allí, y el deseo de verle la cara le apremió, de modo que llegó a la casa de Beregar antes de caer la noche.

Allí ella lo recibió de buen grado, y él estaba feliz, pero no dijo nada acerca de la boda, aunque todos pensaban que para eso había venido a las Tierras del Oeste. Con el paso de los días, Erendis observó que cuando estaban en compañía de gentes que hablaban y reían, Aldarion a menudo guardaba silencio; y si lo miraba de pronto, veía que él le clavaba los ojos. Entonces se le sobrecogió el corazón; porque los ojos azules de Aldarion le parecieron ahora grises y fríos, aunque con una especie de hambre en la mirada. Era una mirada que había visto antes, con demasiada frecuencia, y le dio miedo lo que parecía pronosticar; pero calló. Y Núneth, que había advertido todo lo que sucedía, se alegró; porque «las palabras pueden abrir heridas», como decía ella.

Al cabo de un tiempo, Aldarion y Erendis volvieron cabalgando a Armenelos, y a medida que se alejaban del mar, él se iba alegrando otra vez. Sin embargo, nada dijo a Erendis de aquello que lo perturbaba: porque en verdad estaba en guerra consigo mismo, y no sabía qué hacer.

Así avanzó el año, y Aldarion no decía nada, ni del mar ni de la boda; pero iba con frecuencia a Rómenna y pasaba el tiempo en compañía de los Aventureros. Por fin, cuando llegó el año siguiente, el Rey le pidió que lo visitara, y hubo paz entre ellos y ninguna nube empañó el afecto que se tenían.

—Hijo mío —dijo Tar-Meneldur—, ¿cuándo me darás la hija que desde hace tanto deseo? Más de tres años han pasado ya, y ése es tiempo más que suficiente. Me asombra que puedas soportar semejante demora.

Entonces Aldarion guardó silencio, pero finalmente dijo:

—Me ha dado otra vez esa nostalgia, Atarinya. Dieciocho años son un ayuno muy largo. Apenas puedo estarme quieto en la cama, o sostenerme sobre un caballo, y el pedregoso suelo duro me lastima los pies.

Entonces Meneldur se afligió, y compadeció a su hijo; pero no entendía por qué estaba perturbado, pues a él nunca le había gustado navegar, y le dijo:

—¡Ay! Pero estás comprometido. Y por las leyes de Númenor y el recto juicio de los Eldar y los Edain, un hombre no puede tener dos esposas. No puedes desposarte con la Mar, pues tu novia es Erendis.

Entonces a Aldarion se le endureció el corazón, porque esas palabras le recordaron su conversación con Erendis al pasar por Emerië; y pensó (aunque no era cierto) que ella había hablado con el Rey. Tal era siempre el temple de Aldarion;

si creía que otros se unían para incitarlo a tomar cierto camino, enseguida se apartaba de él.

—Los herreros pueden forjar, y los jinetes cabalgar, y los mineros cavar, aunque estén casados —dijo—. ¿Por qué no han de poder navegar los marineros?

—Si los herreros se pasaran cinco años sobre el yunque, no habría muchas esposas de herreros —dijo el Rey—. Y no son muchas las esposas de los marineros, y soportan lo que deben, porque tal es la vida y la necesidad que ellas tienen. El Heredero del Rey no es marinero de oficio ni por necesidad.

—Hay otras necesidades además de la de ganarse el pan cotidiano —dijo Aldarion—. Y aún tengo muchos años por delante.

—No, no —dijo Meneldur—, das por descontada la gracia; Erendis tiene menos esperanzas que tú, y los años son más rápidos para ella. No pertenece a la Línea de Elros; y ya hace mucho tiempo que viene amándote.

—Se mantuvo apartada casi doce años cuando yo sólo pensaba en ella —dijo Aldarion—. No pido un tercio de ese tiempo.

—Ella no estaba comprometida entonces —dijo Meneldur—. Pero ahora ninguno de los dos es libre. Y si se mantuvo apartada, no dudo de que fuera por miedo a lo que ahora parece probable que ocurra, si no consigues dominarte. De algún modo llegaste a acallar ese miedo; y aunque no hayas hablado con claridad, estás sin embargo obligado, creo yo.

Entonces Aldarion dijo con enojo:

—Sería mejor que yo mismo hablara con mi novia y no por interpósita persona. —Y dejó a su padre. No mucho después le habló a Erendis de su deseo de viajar otra vez por sobre las vastas aguas, y de que había perdido el sueño y el descanso. Pero ella se mantuvo sentada, pálida y en silencio. Por fin dijo: —Creí que veníais a hablar de nuestra boda.

—Lo haré —dijo Aldarion—. Será no bien regrese, si aguardáis. —Pero al ver dolor en la cara de Erendis, se sintió conmovido, y tuvo un pensamiento—. Será ahora —dijo—. Será antes de que este año acabe. Y entonces haré una nave como nunca se ha hecho, la casa de una Reina sobre las aguas. Y navegaréis conmigo, Erendis, por gracia de los Valar, de Yavanna y de Oromë, a quienes amáis; navegaréis a tierras donde os mostraré florestas como no habéis visto nunca, donde aun ahora cantan los Eldar; o bosques más extensos que Númenor, libres y salvajes desde el principio de los días, donde todavía puede escucharse el gran cuerno de Oromë, el Señor.

Pero Erendis lloró.

—No, Aldarion —dijo—. Me alegro de que el mundo aún tenga cosas como esas de que habláis; pero yo nunca las veré. Porque no lo deseo: mi corazón pertenece a los bosques de Númenor. ¡Ay, ay!, si por amor a vos me embarcara, no volvería. Está más allá de mis fuerzas soportarlo; y si no viera la tierra, moriría. El Mar me odia; y ahora se venga de que os apartara de él, aunque yo huyera de vos. ¡Idos, mi señor! Pero tened piedad, y no tardéis tantos años como ya antes perdí.

Entonces Aldarion se sintió desconcertado; porque había hablado con su padre dominado por la cólera, y ella le hablaba ahora con amor. No se hizo a la mar ese año; pero no tuvo paz ni alegría.

—Ella morirá si no ve la tierra —dijo—. Pronto moriré yo si la sigo viendo. Por tanto, si hemos de pasar algunos años juntos, es preciso que parta, y pronto. —Y se preparó para hacerse a la mar en primavera; y entre los que estaban enterados en la Isla, los Aventureros fueron los únicos que se pusieron contentos. Se tripularon tres navíos, y zarparon de la desembocadura del Víressë. Erendis misma puso la rama verde de *oiolairë* en la proa del *Palarran* y ocultó sus lágrimas, hasta que la nave dejó atrás los nuevos rompeolas del puerto.

Seis años y más transcurrieron antes que Aldarion regresara a Númenor. Descubrió entonces que aun Almarian la Reina lo recibía fríamente, y que los Aventureros no eran estimados como antes; porque los hombres pensaban que Aldarion había tratado mal a Erendis. Pero en verdad había tardado más de lo que se había propuesto; porque había encontrado el puerto de Vinyalondë completamente en ruinas, y los mares desencadenados habían reducido a nada los trabajos de reparación. Los hombres de cerca de las costas estaban tomando miedo a los Númenóreanos, o se habían vuelto abiertamente hostiles; y Aldarion escuchó rumores de cierto señor de la Tierra Media que odiaba a los hombres de los barcos. Luego, cuando quiso volver, un gran viento se levantó del sur y fue arrastrado muy lejos hacia el norte. Se demoró un tiempo en Mithlond, pero cuando los barcos se hicieron a la mar, fueron arrastrados otra vez hacia el norte, a una región solitaria de hielos peligrosos, y tuvieron frío. Por fin el mar y el viento cedieron, pero cuando Aldarion miró nostálgico desde la proa del *Palarran* y vio a los lejos el Meneltarma, vio también la rama verde y advirtió que se había marchitado. Se sintió consternado entonces, pues una rama de *oiolairë* nunca se marchitaba, mientras la bañara el rocío.

—Se ha congelado, Capitán —dijo un marinero que se encontraba a su lado—. Ha hecho demasiado frío. Me alegra volver a ver el Pilar.

Cuando Aldarion buscó a Erendis, ella lo miró profundamente, pero no se le acercó; y él estuvo un rato de pie sin saber qué decir, cosa que nunca le ocurría.

—Sentaos, mi señor —dijo Erendis—, y contadme primero todos vuestros hechos. ¡Mucho tenéis que haber visto en tan largos años!

Entonces Aldarion empezó a hablar, vacilando, y ella seguía sentada mientras él contaba la historia de sus pruebas y demoras; y cuando hubo acabado, ella dijo:

—Agradezco a los Valar por cuya gracia habéis vuelto al fin. Pero también les agradezco no haber ido con vos; porque me habría marchitado más pronto que cualquier rama verde.

—Tu rama verde no se acercó voluntariamente al frío glacial —respondió él—. Pero rechazadme ahora, si queréis, y creo que nadie os culpará. Aunque ¿no hay esperanzas de que tu amor sea más resistente que la bella *oiolairë*?

—Las hay, sí —dijo Erendis—. No se ha enfriado hasta encontrar la muerte, Aldarion. ¡Ay!, ¿cómo rechazaros cuando os veo retornar tan hermoso como el sol después del invierno?

—Pues que empiecen ahora la primavera y el verano —dijo Aldarion.

—Y que el invierno no vuelva —dijo Erendis.

Entonces, con gran alegría de Meneldur y Almarian, la boda del Heredero del Rey se proclamó para la primavera próxima; y se celebró puntualmente. En el año ochocientos setenta de la Segunda Edad, Aldarion y Erendis se casaron en Armenelos, y en todas las casas hubo música; y en las calles cantaban los hombres y las mujeres. Y después el Heredero del Rey y su novia cabalgaron con gran placer por toda la Isla, hasta que llegaron a Andúnië en el solsticio del verano, y allí Valandil, Señor de Andúnië, preparó la última fiesta; y toda la gente de las Tierras del Oeste estaba allí reunida por amor a Erendis y por el orgullo de que la Reina de Númenor hubiera nacido entre ellos.

En la mañana antes de la fiesta, Aldarion miró por la ventana del dormitorio que daba al mar del oeste.

—¡Mira, Erendis! —exclamó—. Un barco que viene hacia el puerto a toda vela; y no es un barco de Númenor, sino de una especie que ni tú ni yo abordaremos nunca, aun cuando lo deseáramos. —Entonces miró Erendis y vio una alta nave blanca, envuelta en una nube de aves blancas que volaban al sol; y las velas resplandecían de plata, y la proa se acercaba a puerto abriendo un surco de espuma. Así prestaban los Eldar su gracia a la boda de Erendis, por amor al pueblo de las Tierras del Oeste, a quienes tenían en particular amistad.[19] El barco venía cargado de flores para adorno de la fiesta, de modo que cuando todos estuvieron allí reunidos, llegada la noche, fueron coronados con el *elanor*[20] y la dulce *lissuin*, cuya fragancia apacigua el corazón. Y también habían traído trovadores que recordaban los cantos de los Elfos y los Hombres en los días de Nargothrond y Gondolin, en tiempos lejanos; y muchos de los Eldar, altos y bellos, se sentaron entre los Hombres a la mesa. Pero las gentes de Andúnië que los vieron dijeron que ninguno igualaba en belleza a Erendis; y dijeron que los ojos de Erendis eran tan brillantes como los ojos de Morwen Eledhwen de antaño,[21] o aun los de Avallónë.

Muchos regalos también trajeron los Eldar. A Aldarion, un árbol joven de corteza blanca como la nieve, y de tallo recto, fuerte y flexible como el acero; pero no tenía hojas todavía.

—Os lo agradezco —dijo Aldarion a los Elfos—. La madera de un árbol semejante ha de ser preciosa en verdad.

—Quizá, no lo sabemos —dijeron ellos—. Nunca hemos cortado ninguno. Da hojas refrescantes en verano y flores en invierno. Es por eso que nosotros lo apreciamos.

A Erendis le habían traído un par de pájaros grises con picos y patas dorados. Cantaban dulcemente el uno para el

otro con múltiples cadencias nunca repetidas en el largo tré-
molo de la canción; pero si se los separaba, volaban enseguida
a encontrarse, y no cantaban si se los mantenía apartados.

—¿Cómo he de cuidarlos? —preguntó Erendis.

—Dejadlos volar en libertad —respondieron los Eldar—.
Porque les hemos hablado y les hemos dicho vuestro nombre;
y se quedarán allí donde esté vuestra casa. Se aparejan para
toda la vida. Quizá así habrá muchos pájaros que canten en
los jardines de vuestros hijos.

Esa noche Erendis despertó y una dulce fragancia entraba
por la celosía entreabierta; pero la noche era clara, pues la
luna llena se acercaba al oeste. Entonces, dejando el lecho,
Erendis miró fuera y vio toda la tierra dormida en un baño de
plata; pero los dos pájaros estaban allí, juntos, posados en el
antepecho de la ventana.

Cuando los festejos acabaron, Aldarion y Erendis fueron
por un tiempo a la casa de ella; y otra vez los pájaros volvieron
a posarse en el antepecho de la ventana de Erendis. Por fin se
despidieron de Beregar y Núneth, y volvieron cabalgando a
Armenelos; porque allí deseaba el Rey que viviera el Heredero, y había una casa preparada para ellos en medio de un jardín de árboles. Allí plantaron el árbol de los Elfos, y en sus
ramas cantaban los pájaros que ellos les regalaran.

Dos años más tarde Erendis concibió, y en la primavera del
año siguiente dio a Aldarion una hija. Aun recién nacida era
maravillosamente bella, y aumentó en belleza al crecer: la mujer más hermosa, según cuentan las historias de antaño, nunca nacida en la Línea de Elros, salvo Ar-Zimraphel, la última.
Cuando tuvieron que darle nombre, la llamaron Ancalimë.
En el fondo, Erendis estaba complacida, porque pensaba:

—Con seguridad Aldarion querrá ahora un hijo que lo herede; y se quedará conmigo mucho tiempo todavía. —Porque en secreto tenía aún miedo del Mar, y del poder que éste tenía sobre el corazón de Aldarion, y aunque se esforzaba por ocultarlo y no rehuía hablar con él de sus viejas aventuras y de sus esperanzas y designios, vigilaba celosamente si visitaba su casa en el barco, o si pasaba mucho tiempo en compañía de los Aventureros. Una vez le pidió Aldarion que subiera a bordo del *Eämbar,* pero al entrever fugazmente una expresión de reticencia en los ojos de ella, nunca más volvió a pedírselo. No era infundado el temor de Erendis. Cuando hubo pasado cinco años en tierra, Aldarion empezó a ocuparse otra vez del Señorío de los Bosques, y a menudo se pasaba muchos días fuera de la casa. Había ahora en verdad madera suficiente en Númenor (sobre todo como consecuencia de la prudencia de Aldarion); pero como la población era ahora más numerosa, siempre se necesitaba madera para la construcción y otros asuntos. Porque en aquellos días antiguos, aunque muchos tenían gran habilidad con la piedra y los metales (pues los Edain de antaño habían aprendido de los Noldor), a los Númenóreanos les encantaban los objetos hechos de madera, para utilizarlos en la vida cotidiana o por la belleza de la talladura. En ese tiempo, Aldarion volvió a pensar en el futuro, plantando cada vez que había tala, e hizo crecer nuevos bosques en todos los sitios en que la tierra era apta para el crecimiento de árboles de diferentes especies. Fue entonces cuando se lo conoció más ampliamente como Aldarion, nombre por el que se lo recuerda entre los que tuvieron el cetro en Númenor. No obstante, a muchos, además de a Erendis, les parecía que no amaba demasiado a los árboles por sí mismos, y que los estimaba sobre todo por la madera que habría de servir a sus designios.

Algo bastante parecido le ocurría con el Mar. Porque como se lo había dicho Núneth a Erendis mucho antes:

—A los barcos, puede que los ame, hija mía, como obras de la mente y la mano del hombre; pero no creo que sean los vientos ni las vastas aguas lo que así le quema el corazón, ni siquiera la vista de tierras extranjeras, sino un calor que tiene en la mente o algún sueño que lo persigue. —Y puede que en eso no estuviera muy lejos de la verdad; pues Aldarion era hombre de gran previsión y pensaba en los días futuros en que el pueblo necesitaría más espacio y mayor riqueza; y aunque no fuera plenamente consciente de ello, soñaba con la gloria de Númenor y el poder de sus reyes, y buscaba los peldaños por los que podría ascender a un dominio más amplio. Así fue como, al cabo de un tiempo, abandonó otra vez la silvicultura para dedicarse a la construcción de barcos, y tuvo la visión de un poderoso navío-castillo, con altos mástiles y grandes velas como nubes, capaz de cargar a hombres y provisiones como para una ciudad. Entonces en los astilleros de Rómenna se afanaron las sierras y los martillos, mientras que en medio de muchas naves más pequeñas las costillas de un enorme casco iban cobrando forma; y todos se asombraban y maravillaban. *Turuphanto*, la Ballena de Madera, lo llamaron, pero no era ése su nombre.

Erendis supo estas cosas, aunque Aldarion no se las había contado, y se sintió inquieta. Por tanto, un día le dijo:

—¿Qué es todo eso que se oye de barcos, Señor de los Puertos? ¿No tenemos suficientes? ¿A cuántos hermosos árboles se les ha quitado la vida este año? —Hablaba a la ligera y sonreía.

—El hombre en tierra en algo ha de ocuparse —respondió él—, aunque tenga una bella esposa. Los árboles crecen y los árboles caen. Planto más que los que son derribados. —

También él hablaba en tono ligero, pero no la miraba a los ojos, y no volvieron a hablar de esas cosas.

Pero cuando Ancalimë tenía casi cuatro años, Aldarion le declaró por fin abiertamente a Erendis su deseo de volver a la mar. Ella se quedó sentada en silencio, pues él no había dicho nada que ella ya no supiera; y de nada servían las palabras. Aldarion se demoró hasta el cumpleaños de Ancalimë, y le prestó mucha atención ese día. La niña reía y estaba contenta, al contrario de lo que ocurría con otras gentes de la casa; y cuando la llevaron a la cama, le preguntó a su padre:

—¿Adónde iremos este verano, *tatanya*? Me gustaría ver la casa blanca del país de las ovejas, del que *mamil* me habla. —Aldarion no respondió; y al día siguiente abandonó la casa y se ausentó durante varios días. Cuando todo estuvo preparado, regresó y se despidió de Erendis. Y a pesar de ella, los ojos se le llenaron de lágrimas. Él se apenó, pero también se sintió incómodo, pues estaba decidido, y se le había endurecido el corazón—. ¡Vamos, Erendis! —dijo—. Ocho años me he quedado. No podéis retener para siempre con dulces lazos al hijo del Rey, que lleva la sangre de Tuor y Eärendil. Y no voy al encuentro de la muerte. Pronto volveré.

—¿Pronto? —dijo ella—. Pero los años son implacables y no los traeréis de vuelta con vos. Y los míos son menos que los vuestros. Mi juventud se va; y ¿dónde están mis hijos y dónde vuestro heredero? Durante mucho tiempo y demasiado a menudo ha estado frío mi lecho últimamente.[22]

—A menudo, últimamente, creí que así lo preferíais —dijo Aldarion—. Pero no nos enfademos, aunque no seamos del mismo parecer. Miraos en el espejo, Erendis. Sois hermosa, y la sombra de la vejez ni siquiera os ha tocado. Tenéis tiempo de sobra para mi profunda necesidad. ¡Dos años! ¡Dos años es todo lo que pido!

Pero Erendis respondió:

—Decid más bien: «Dos años es lo que me tomaré, lo queráis o no». ¡Tomad los dos años, pues! Pero no más. El hijo de un Rey de la sangre de Eärendil ha de ser también un hombre de palabra.

A la mañana siguiente Aldarion se fue deprisa. Levantó a Ancalimë en brazos y la besó, pero aunque ella se le aferró al cuello, la dejó rápidamente y se alejó cabalgando a toda carrera. Poco después el gran barco abandonó Rómenna. *Hirilondë* lo llamó, el Descubridor de Puertos; pero abandonó Númenor sin la bendición de Tar-Meneldur; y Erendis no fue a poner la Rama Verde del Retorno, ni tampoco la envió al puerto. La cara de Aldarion estaba sombría y preocupada mientras en proa miraba la gran rama de *oiolairë* puesta allí por la esposa del capitán; pero no miró atrás hasta que el Meneltarma se perdió en el crepúsculo.

Todo ese día se quedó Erendis en su habitación a solas, entristecida; pero en lo profundo de su corazón sentía un dolor nuevo, de frío enojo, y su amor por Aldarion estaba gravemente herido. Odiaba al Mar; y ahora, ni siquiera quería mirar a los árboles, que antes había amado, pues le recordaban los mástiles de los grandes navíos. Por tanto, antes de no mucho, abandonó Armenelos y fue a Emerië, en medio de la Isla, donde siempre, lejos y cerca, el balido de las ovejas flotaba en el viento.

—Me es más dulce a los oídos que el chillido de las gaviotas —dijo sentada a la puerta de la casa blanca, el regalo del Rey que se levantaba sobre una cuesta de cara al oeste, con extensos prados en derredor que se unían sin muros ni setos con los pastizales. Allí llevó a Ancalimë, y no tenían otra compañía que ellas mismas. Porque los sirvientes de la casa de Erendis eran todos mujeres; y trataba siempre de amoldar la mente de su hija para que fuera como la suya, y se alimentase de la misma amargura que ella sentía hacia los hombres. Ancalimë en verdad rara vez veía a un hombre, pues Erendis no recibía a nadie, y sus pocos granjeros y pastores vivían en una casa apartada. Otros hombres no iban allí, salvo rara vez algún mensajero del Rey; y éste no tardaba en marcharse a la carrera, pues los hombres creían sentir en esa casa un frío que los impulsaba a alejarse, y mientras se encontraban dentro, se sentían obligados a hablar medio en susurros.

Una mañana, poco después de llegar Erendis a Emerië, despertó con el canto de unos pájaros, y allí, en el antepecho de la ventana, estaban los pájaros de los Elfos que durante mucho tiempo habían vivido en el jardín de Armenelos, pero que ella había dejado olvidados.

—Pobrecitos, tontos, ¡marchaos de aquí! —dijo—. Éste no es sitio para una alegría como la vuestra.

Entonces los pájaros dejaron de cantar y se alejaron volando hacia los árboles; tres veces revolotearon sobre los tejados y luego partieron hacia el oeste. Esa noche se posaron en el antepecho de la ventana de la cámara del padre de Erendis, donde ella había dormido con Aldarion después de la fiesta celebrada en Andúnië; y allí los encontraron Núneth y Beregar en la mañana del día siguiente. Pero cuando Núneth les tendió la mano, levantaron vuelo bruscamente y se alejaron deprisa, y ella se quedó mirándolos hasta que se convirtieron en unas motas a la luz del sol, precipitados hacia el mar, de regreso a la tierra de la que venían.

—Él se ha ido otra vez, entonces, y la ha dejado —dijo Núneth.

—¿Por qué no ha enviado un mensaje? —preguntó Beregar—. ¿O por qué no ha venido a casa?

—Este mensaje es más que suficiente —dijo Núneth—. Porque ha rechazado a los pájaros de los Elfos, lo que ha estado mal de parte de ella. No pronostica nada bueno. ¿Por qué, por qué, hija mía? Sin duda sabías a lo que tenías que enfrentarte. Pero déjala tranquila, Beregar, dondequiera que esté. Ésta ya no es su casa, y aquí no encontrará cura. Él volverá. Que entonces los Valar le den sabiduría a Erendis... ¡o al menos un poco de astucia!

Cuando llegó el segundo año de la partida de Aldarion, por deseo del Rey, Erendis ordenó que la casa de Armenelos fuera equipada y preparada; pero ella no hizo ningún preparativo para volver. Al Rey le envió una respuesta diciendo:

—Iré si me lo ordenáis, *atar aranya*. Pero ¿es mi deber ahora apresurarme? ¿No habrá tiempo bastante cuando la vela se divise en el Este? Y a sí misma se dijo: «¿Hará el Rey que espere en los muelles como la novia de un marinero? Ojalá lo fuera, pero ya no lo soy. He desempeñado ese papel hasta el fin».

Pero transcurrió ese año y no se divisó vela alguna; y el año siguiente llegó y se desvaneció en el otoño. Entonces Erendis se volvió dura y silenciosa. Ordenó que cerraran la casa de Armenelos, y jamás se alejaba más que unas horas de la casa de Emerië. El amor que tenía lo daba todo a su hija, y se aferraba a ella, y no permitía que Ancalimë se alejase de su lado, ni siquiera para visitar a Núneth y al linaje de las Tierras del Oeste. Toda enseñanza la recibía Ancalimë de su madre; y aprendió a escribir, a leer y a hablar bien la lengua élfica con Erendis, según la manera en que la empleaban los hombres elevados de Númenor. Porque en las Tierras del Oeste, en casas como la de Beregar, era usada como lengua común, y Erendis hablaba rara vez númenóreano, que era la lengua preferida de Aldarion. Mucho también aprendió Ancalimë de Númenor y de los días antiguos en los libros y pergaminos que había en la casa y que ella podía entender; y a veces oía también historias de otra especie, de la gente y del país, en boca de las mujeres de la casa, aunque de esto Erendis nada sabía. Pero las mujeres hablaban con la niña con cautela, pues le tenían miedo a Erendis; y en la casa blanca de Emerië, Ancalimë apenas oía risas. Era una casa silenciosa y no había música en ella, como si allí hubiera muerto alguien poco tiempo atrás; porque era costumbre en Númenor, en aquellos días, que los hombres tocaran los instrumentos, y la música que escuchaba Ancalimë en su infancia era lo que cantaban las mujeres mientras trabajaban al aire libre, lejos de los oídos de la Blanca Señora de Emerië. Pero ahora Ancalimë tenía siete años, y cada vez que se lo permitían, salía de la casa e iba a los amplios prados donde podía correr en libertad; y a veces iba en compañía de una pastora cuidando de las ovejas y comiendo bajo el cielo.

Un día del verano de ese año, un niño pequeño, aunque mayor que ella, fue a la casa con un recado de las granjas distantes; y Ancalimë se le acercó mientras él comía un pedazo de pan y bebía de una jarra de leche en el patio de atrás de la casa. Él la miró sin interés y siguió bebiendo. Luego dejó la jarra a un lado.

—Sigue mirando si quieres, ojazos —dijo—. Eres una niña bonita, pero demasiado delgada. ¿Quieres comer? —Sacó una hogaza de la bolsa.

—¡Vete, Îbal! —gritó una vieja que salía por la puerta de la lechería—. ¡Y usa tus largas piernas o habrás olvidado el mensaje que te di para tu madre, aun antes de llegar a casa!

—¡No hace falta un perro guardián donde tú estás, madre Zamîn! —gritó el niño, y con un ladrido y un salto pasó por sobre el portalón y bajó corriendo la colina. Zamîn era una vieja campesina de lengua suelta, a quien nadie amilanaba fácilmente, ni siquiera la Señora Blanca.

—¿Qué era esa criatura ruidosa? —preguntó Ancalimë.

—Un niño —dijo Zamîn—, si sabes qué es eso. Aunque ¿cómo habrías de saberlo? Son criaturas que comen y rompen cosas, más que nada. Ése está siempre comiendo... pero no en vano. Un magnífico muchachón encontrará el padre cuando regrese; aunque si tarda demasiado, apenas lo conocerá. Lo mismo podría decir de otros.

—¿Entonces el niño también tiene padre? —preguntó Ancalimë.

—Desde luego —dijo Zamîn—. Ulbar, uno de los pastores del gran señor del sur: el Señor de las Ovejas lo llamamos, un pariente del Rey.

—Entonces, ¿por qué el padre del niño no está en casa?

—¿Por qué, *hérinkë*? —dijo Zamîn—. Porque oyó hablar de esos Aventureros y se unió a ellos y se fue de viaje con tu padre, el señor Aldarion, aunque sólo los Valar saben adónde o por qué.

Esa noche Ancalimë preguntó de pronto a su madre:

—¿Mi padre se llama también el Señor Aldarion?

—Así se llamaba —respondió Erendis—. Pero ¿por qué lo preguntas? —Hablaba en un tono tranquilo y desinteresado, pero por dentro estaba asombrada y perturbada, porque nunca hasta entonces habían intercambiado una palabra sobre Aldarion.

Ancalimë no contestó la pregunta.

—¿Y cuándo volverá? —dijo.

—¡No me lo preguntes! —dijo Erendis—. No lo sé. Nunca, quizá. Pero no te preocupes, porque tienes una madre, y ella no te abandonará mientras tú la ames.

Ancalimë no volvió a hablar de su padre.

Los días pasaron trayendo otro año, y luego otro; esa primavera Ancalimë cumplió nueve años. Los corderos nacieron y crecieron; llegó el tiempo de la esquila y pasó; un verano ardiente quemó la hierba. El otoño se deshizo en lluvia. Y entonces, empujado sobre las aguas grises por un viento nuboso, volvió *Hirilondë* trayendo a Aldarion a Rómenna; y se envió la noticia a Emerië, pero Erendis no hizo ningún comentario. No había nadie en los muelles que saludara a los recién llegados. Aldarion cabalgó en la lluvia a Armenelos, y encontró la casa cerrada. Se sintió consternado, pero no preguntó nada a nadie; primero buscaría al Rey, porque, según creía, tenía mucho que decirle.

No encontró su bienvenida más cálida de lo que esperaba; y Meneldur le habló como un Rey que cuestiona la conducta de un capitán.

—Has estado fuera mucho tiempo —dijo fríamente—. Han pasado más de tres años desde la fecha en que prometiste volver.

—¡Ay! —dijo Aldarion—. Aun yo me he cansado del mar, y por mucho tiempo mi corazón echó de menos el Oeste. Pero me he demorado en contra de mi propia voluntad. Hay mucho por hacer. Y todo sale mal en mi ausencia.

—No lo dudo —dijo Meneldur—. Comprobarás que lo mismo sucede en tu propio país, me temo.

—Eso espero enderezarlo —dijo Aldarion—. Pero el mundo está cambiando otra vez. Han transcurrido cerca de mil años desde que los Señores del Oeste lucharon contra Angband; y esos días están olvidados o envueltos en confusas leyendas entre los Hombres de la Tierra Media. La inquietud y el miedo acosan otra vez a esos hombres. Tengo que hablar contigo y darte cuenta de mis hechos y de lo que debería hacerse.

—Y lo harás —dijo Meneldur—. En verdad, no espero menos. Pero hay otros asuntos que juzgo más importantes.

«Que el Rey gobierne bien su propia casa antes de corregir a los demás», se dice. Eso es válido para todos los hombres. Te daré ahora un consejo, hijo de Meneldur. Tú también tienes una vida propia. Has descuidado siempre la mitad de ti mismo. A ti ahora te digo: ¡ve a tu casa!

Aldarion se quedó de súbito inmóvil y el rostro grave.

—Si lo sabes, dímelo —dijo—: ¿Dónde está mi casa?

—Donde está tu esposa —dijo Meneldur—. No has cumplido la palabra que le diste, fuera por necesidad o no. Vive ahora en Emerië, en su propia casa, lejos del mar. Allí has de ir enseguida.

—Si me hubiera dejado algún mensaje diciéndome dónde encontrarla, habría ido directamente desde el puerto —dijo Aldarion—. Pero cuando menos, no tengo ahora que pedir noticias a los extraños. —Se volvió entonces para irse, pero enseguida dijo, deteniéndose un instante: —El Capitán Aldarion ha olvidado algo que pertenece a su otra mitad, y que en su confusión también considera urgente. Tiene una carta que ha de entregar al Rey en Armenelos. —Y dándosela a Meneldur, hizo una reverencia y abandonó la cámara; y en menos de una hora montó a caballo y emprendió el viaje, aunque ya caía la noche. Con él no llevaba sino dos compañeros, hombres de su barco: Henderch, de las Tierras del Oeste, y Ulbar, nativo de Emerië.

Cabalgando rápidamente, llegaron al caer la noche del siguiente día, y hombres y caballos estaban cansados. Fría y blanca lucía la casa sobre la colina al último resplandor del sol bajo las nubes. Cuando Aldarion la vio, a lo lejos, hizo sonar el cuerno para anunciarse.

Cuando saltó del caballo en el patio anterior, vio a Erendis: vestida de blanco esperaba en los escalones que ascendían hacia las columnas, delante de las puertas. Se mantenía erguida, pero al acercarse, él vio que estaba pálida, y que los ojos le brillaban demasiado.

—Llegáis tarde, mi señor —dijo—. Hacía ya mucho que había dejado de esperaros. Temo que no hay una bienvenida preparada para vos, como la hubiera habido en otro tiempo.

—Los marineros se contentan fácilmente —dijo Aldarion.

—Está bien que así sea —dijo ella; y se volvió a la casa y lo dejó. Entonces dos mujeres avanzaron y una anciana descendió la escalinata. Cuando Aldarion entró, dijo ella en voz alta para que él pudiera oírla: —No hay alojamiento para vosotros aquí. ¡Id a la casa al pie de la colina!

—No, Zamîn —le dijo Ulbar—. No me quedaré. Voy a mi casa con la venia del Señor Aldarion. ¿Está todo bien allí?

—Bastante bien —dijo ella—. Tu hijo ha comido hasta olvidarte. Pero ¡ve y encuentra tus propias respuestas! Estarás allí más abrigado que tu Capitán.

Erendis no se hizo presente a la mesa donde unas mujeres sirvieron a Aldarion una cena tardía en una cámara apartada. Pero antes de que él hubiera acabado, ella entró y dijo delante de las mujeres:

—Estaréis cansado, mi señor, después de tanta prisa. Se os ha aprontado un cuarto de huéspedes, y está a vuestra disposición. Mis mujeres os asistirán. Si tenéis frío, pedidles que enciendan un fuego.

Aldarion no contestó. Fue temprano al dormitorio y como en verdad estaba cansado, se echó en la cama y olvidó pronto las sombras de la Tierra Media y de Númenor en un sueño profundo. Pero con el canto del gallo despertó con gran inquietud y enfado. Se levantó de inmediato y pensó en abandonar la casa sin ruido: encontraría a Henderch, su hombre de confianza, y a los caballos, e irían a casa de su pariente, Hallatan, el señor pastor de Hyarastorni. Más tarde convocaría a Erendis con su hija a Armenelos y ya no tendría más tratos en terreno de ella. Pero mientras iba hacia las puertas, Erendis se le acercó. No se había acostado esa noche y se detuvo ante él, en el umbral.

—Os vais más deprisa de lo que habéis venido, mi señor —dijo—. Espero que como marinero no hayáis encontrado demasiado fastidiosa esta casa de mujeres, y por eso os vais así antes de resolver vuestros asuntos. En verdad, ¿qué asunto os trajo aquí? ¿Puedo saberlo antes de que os vayáis?

—Se me dijo en Armenelos que mi esposa estaba aquí, y que había traído aquí a mi hija —respondió él—. En cuanto a mi esposa, estaba equivocado, según parece, pero ¿no tengo yo una hija?

—La teníais hace algunos años —dijo ella—. Pero mi hija no se ha levantado todavía.

—Que se levante entonces mientras voy en busca de mi caballo —dijo Aldarion.

Erendis habría querido evitar el encuentro de Aldarion y Ancalimë en esa ocasión, pero temía ir demasiado lejos y perder el favor del Rey, y el Consejo[23] ya había expresado su descontento por el hecho de que la niña fuera criada en el campo. Por tanto, cuando Aldarion volvió a caballo junto con Henderch, Ancalimë estaba junto a su madre en el umbral. Se mantenía erguida y rígida como su madre, y no lo saludó en ningún momento cuando él desmontó y subió por las escaleras hacia ella.

—¿Quién sois? —preguntó—. ¿Y por qué me ordenáis levantarme tan temprano, antes de que haya movimiento en la casa?

Aldarion la miró atentamente, y aunque tenía una expresión severa, se sonreía por dentro: porque veía en ella a su propia hija más que a la de Erendis, a pesar de la educación que había recibido.

—Me conocisteis una vez, Señora Ancalimë —le dijo—, pero no importa. Hoy no soy más que un mensajero venido de Armenelos para recordaros que sois la hija del Heredero del Rey; y (hasta donde alcanzo a verlo ahora) que seréis su Heredera llegado el momento. No siempre viviréis aquí. Volved ahora a vuestro lecho, mi Señora, hasta que vuestra doncella se despierte, si queréis. Tengo prisa por ver al Rey. ¡Adiós! —Besó la mano de Ancalimë y descendió las escaleras; luego montó y se alejó a la carrera saludando con la mano.

Erendis, sola a la ventana, lo vio cabalgar colina abajo, y advirtió que se dirigía a Hyarastorni y no a Armenelos. Entonces lloró de pena, pero más todavía de rabia. Había esperado imponer alguna penitencia, que pudiera retirar después de que Aldarion le pidiera perdón; pero él la había tratado como si ella fuera la única culpable, y no la había tenido en cuenta delante de su hija. Demasiado tarde recordaba las palabras que le dijera Núneth mucho tiempo atrás, y veía a Aldarion ahora como a alguien grande e indomable, impulsado por una fiera determinación, aún más peligroso cuando actuaba con frialdad. Se levantó, apartándose de la ventana, pensando en sus agravios.

—¡Peligroso! —dijo—. Soy acero difícil de doblegar. Así lo comprobaría él, aun cuando fuera Rey de Númenor.

Aldarion cabalgó a Hyarastorni, la casa de Hallatan, su primo; porque tenía intención de descansar allí un tiempo y reflexionar. Cuando estuvo cerca, oyó el sonido de música, y descubrió que los pastores celebraban alegremente el regreso a casa de Ulbar con muchas maravillosas historias y regalos; y la esposa de Ulbar, enguirnaldada, bailaba con él al son de los caramillos. En un principio nadie advirtió la presencia de Aldarion, aún a caballo, que los observaba con una sonrisa; pero de pronto Ulbar exclamó:

—¡El Gran Capitán! —e Îbal, su hijo, corrió hacia los estribos de Aldarion—. ¡Señor Capitán! —clamó.

—¿De qué se trata? Tengo prisa —dijo Aldarion; porque había cambiado de humor, y sentía enfado y amargura.

—Sólo quiero preguntar —dijo el niño— qué edad ha de tener un hombre para que pueda hacerse a la mar en un barco como mi padre.

—La edad de las montañas y ninguna otra esperanza en la vida —dijo Aldarion—. ¡O cuando se lo diga el corazón! Pero tu madre, hijo de Ulbar, ¿no ha de darme la bienvenida?

Cuando la esposa de Ulbar se aproximó, Aldarion le tomó la mano.

—¿Querrás recibir esto de mí? —dijo—. No es más que una pequeña retribución por los seis años de ayuda de un buen hombre que tú me diste. —Y de un saquito bajo la capa sacó una joya roja como el fuego, engarzada sobre una banda de oro, y se la puso en la mano.— Viene del Rey de los Elfos —dijo—. Pero la considerará en buenas manos cuando yo se lo diga. —Entonces Aldarion se despidió de la gente allí reunida y se alejó cabalgando, sin deseos ya de quedarse en aquella casa. Cuando Hallatan se enteró de la extraña llegada y la precipitada partida de Aldarion, se quedó perplejo, hasta que otras noticias recorrieron el campo.

Aldarion todavía no estaba muy lejos de Hyarastorni, cuando se detuvo de pronto y habló con Henderch, su compañero.

—Sea cual fuere la bienvenida que te espere en el Oeste, amigo, no te apartaré de ella. Ve a tu casa con mi agradecimiento. Deseo viajar solo.

—No es conveniente, Señor Capitán —dijo Henderch.

—Tienes razón —dijo Aldarion—. Pero así son las cosas. ¡Adiós!

Y prosiguió cabalgando solo hacia Armenelos, y nunca más puso el pie en Emerië.

Cuando Aldarion abandonó la cámara, Meneldur miró con asombro la carta que su hijo le había dado; porque vio que provenía del Rey Gil-galad de Lindon. Estaba sellada y tenía su emblema de estrellas blancas sobre un círculo azul.[24] En el borde exterior estaba escrito:

Entregada en Mithlond en manos del Señor Aldarion, Heredero del Rey de Númenor, para ser entregada personalmente al Alto Rey en Armenelos.

Entonces Meneldur rompió el sello y leyó:

Ereinion Gil-galad, hijo de Fingon, a Tar-Meneldur de la línea de Eärendil, salve: los Valar os guarden y que no haya sombras en la Isla de los Reyes.

Hace ya mucho que os debo agradecimiento por haberme enviado tantas veces a vuestro hijo Anardil Aldarion: a quien considero el más grande Amigo de los Elfos que hay ahora entre los Hombres. En esta ocasión os pido perdón por haberlo retenido demasiado; porque yo tenía gran necesidad del conocimiento de los Hombres y de sus lenguas que sólo él posee. Ha desafiado múltiples peligros para traerme su consejo. De mi necesidad, él os dirá algo; no obstante, no llega a advertir claramente el tamaño de esa necesidad, pues es joven y tiene muchas esperanzas. Por tanto, escribo esto sólo para los ojos del Rey de Númenórë.

Una nueva sombra se levanta en el Este. No se trata de la tiranía de Hombres malvados, como cree vuestro hijo; un servidor de Morgoth está moviéndose, y criaturas malignas han despertado otra vez. Cada año el Mal gana en fuerza, pues la mayor parte de los Hombres están dispuestos a servirlo. No pasará mucho tiempo, según mi parecer, antes de que la amenaza sea excesiva para los Eldar, que no podrán oponérsele sin ayuda. Por tanto, cada vez que veo una de las altas naves de los Reyes de los Hombres, mi corazón se apacigua. Y ahora tengo la audacia de solicitar vuestra asistencia. Si os sobran fuerzas de Hombres, prestádmelas, os lo ruego.

Vuestro hijo os informará, si queréis, de todas nuestras razones. Pero en resumen su consejo (siempre atinado) es que cuando sobrevenga el ataque, como sobrevendrá sin duda alguna, hemos de intentar la defensa de las Tierras del Oeste, donde moran los Eldar y los Hombres de vuestra raza cuyos corazones no están todavía oscurecidos. Cuando menos hemos de defender Eriador y las orillas de los largos ríos al oeste de las montañas que llamamos Hithaeglir: nuestra principal defensa. Pero en ese muro de montañas hay una gran brecha hacia el sur en la tierra de Calenardhon; y por esa vía puede llegar la invasión del Este. Ya el enemigo se acerca arrastrándose hacia allí a lo largo de la costa. Podríamos defender Eriador e impedir el asalto si tuviéramos alguna plaza fuerte en la costa cercana.

Todo esto, el Señor Aldarion lo ha comprendido hace años. En Vinyalondë, junto a la desembocadura del Gwathló, trabajó mucho tiempo en la construcción de un gran puerto fortificado, seguro contra lo que venga por tierra y por mar; pero estas grandes obras han resultado inútiles. Conoce bien tales asuntos, porque mucho ha aprendido de Círdan, y comprende mejor que nadie las necesidades de vuestros grandes navíos. Pero nunca tuvo hombres suficientes; mientras que a Círdan no le sobran los artífices ni los albañiles.

El Rey conocerá sus propias necesidades; pero si escucha con favor al Señor Aldarion y lo apoya en todo lo posible, habrá un poco más de esperanza en el mundo. Los recuerdos de la Primera Edad no son claros, y todas las cosas están enfriándose en la Tierra Media. Que no se desvanezca también la vieja amistad de los Eldar y los Dúnedain.

¡Escuchad! La oscuridad que se acerca está cargada de odio hacia nosotros, y el odio que os tiene no es menor. El Gran Mar no será obstáculo para sus alas, si seguimos permitiéndole que crezca.

Manwë os mantenga al abrigo del Único y envíe buenos vientos a vuestros velámenes.

Meneldur dejó que el pergamino le cayera sobre las rodillas. Unas grandes nubes arrastradas por un viento del Este habían precipitado el atardecer, y las altas candelas de su mesa parecían menguar en la penumbra que llenaba la cámara.

—¡Quiera Eru llevarme antes de que ese tiempo llegue! —exclamó. Luego se dijo a sí mismo: —¡Ay!, qué desgracia que su orgullo y mi frialdad nos hayan mantenido apartados tanto tiempo. Pero será atinado cederle el Cetro antes de lo que yo había pensado. Porque estas cosas están fuera de mi alcance.

»Cuando los Valar nos dieron la Tierra del Don, no nos dejaron allí como delegados: nos dieron el Reino de Númenor, no el del mundo. Ellos son los Señores. Aquí íbamos a apartarnos del odio y la guerra; porque la guerra había terminado, y Morgoth había sido expulsado de Arda. Así lo creí y así se me enseñó.

»No obstante, si el mundo se oscurece otra vez, los Señores deben saberlo; y no me han enviado ninguna señal. A menos que esto lo sea. Y entonces, ¿qué? Nuestros padres fueron recompensados por haber contribuido a la derrota de la Gran Sombra. ¿Se mantendrán sus hijos apartados si el Mal encuentra un nuevo liderazgo?

»Tengo demasiadas dudas para gobernar bien. ¿Nos prepararemos, o dejaremos que las cosas ocurran? Si nos preparamos para una guerra que por ahora es sólo una conjetura, ¿tendremos que sacar a artesanos y labradores de sus pacíficos trabajos y enseñarles a derramar sangre en el combate? ¿Habrá que poner hierros en manos de capitanes codiciosos, que no aman otra cosa que la conquista y piensan que los caídos en la batalla es para mayor gloria? ¿Y le dirán a Eru: «Al menos vuestros enemigos estaban entre ellos?» ¿O nos cruzaremos de brazos mientras los amigos mueren injustamente? ¿Permitiremos que los hombres vivan ciegos y en paz hasta que el expoliador esté a la puerta? ¿Qué harán entonces: oponer las manos desnudas al hierro y morir en vano, o huir dejando detrás los gritos de las mujeres? ¿Le dirán a Eru: «Al menos no he derramado ni una gota de sangre?»

»Cuando una u otra vía conducen al mal, ¿de qué sirve elegir? ¡Gobiernen los Valar bajo la égida de Eru! Cederé el Cetro a Aldarion. Sin embargo, también esto es una elección, porque bien sé qué camino tomará. A no ser que Erendis...

Entonces Meneldur pensó con inquietud en Erendis en Emerië. «Pero poca es la esperanza allí (si puede llamársela esperanza). Él no cederá en asuntos tan graves. Y sé bien lo que ella decidiría..., aun suponiendo que consintiera en escuchar, tanto como para poder entender. Porque su corazón no tiene alas que la lleven más allá de Númenor, y no sospecha lo que eso costaría. Si su decisisión lo llevara cara a cara con la muerte, moriría valientemente. Pero ¿qué hará con la vida y la voluntad de otros? Todavía nos falta descubrirlo, a los Valar, y a mí mismo.»

Aldarion volvió a Rómenna el cuarto día después de regresar el *Hirilondë* a puerto. Estaba sucio por el polvo del camino y fatigado, y fue enseguida a bordo del *Eämbar,* donde pensaba instalarse. Comprobó con amargura que ya corrían muchos rumores por la ciudad. Al día siguiente reunió a unos hombres en Rómenna y los llevó a Armenelos. Allí ordenó a algunos que derribaran todos los árboles de su jardín, excepto uno, y los llevaran a los astilleros; a otros, que echaran la casa abajo. Sólo conservó con vida el árbol blanco de los Elfos; y cuando los leñadores hubieron partido, lo miró allí en pie en medio de la desolación y vio por primera vez que era hermoso en sí mismo. En su lento crecimiento élfico no tenía aún sino doce pies de altura, y era recto, esbelto, juvenil, cargado ahora de flores invernales en las ramas erguidas que apuntaban al cielo. Le recordó a su hija, y dijo:

—También a ti te llamaré Ancalimë. ¡Que los dos os mantengáis así por mucho tiempo, erguidos ante los vientos y otras voluntades, con todas las ramas intactas!

Al tercer día de su regreso de Emerië, Aldarion fue en busca del Rey. Tar-Meneldur lo aguardaba sentado, inmóvil en su silla. Al mirar a su hijo, tuvo miedo; porque Aldarion estaba cambiado: la cara se le había vuelto gris, fría y hostil, como el mar cuando una nube opaca vela de pronto la luz del sol. Erguido ante su padre habló lentamente en un tono que parecía más de desprecio que de cólera.

—Tu sabrás mejor que nadie cuál ha sido tu parte en todo esto —dijo—. Pero un Rey ha de tener en cuenta lo que un hombre es capaz de soportar, aunque sea un súbdito, aunque sea su hijo. Si querías sujetarme a esta Isla, escogiste mal las cadenas. No me queda ni esposa, ni amor por este país. Me iré de esta malhadada isla de sueños, donde la insolencia de las mujeres pretende humillar a los hombres. Dedicaré mis días a algún fin en otra parte, donde no se me desprecie y me reciban con honra. Que encuentres otro Heredero más adecuado como sirviente doméstico. De mi heredad sólo te pido el barco *Hirilondë* y tantos hombres como puedan caber en él. También a mi hija me llevaría si fuera mayor; pero se la encomiendo a mi madre. A no ser que tengas predilección por las ovejas, no lo impedirás, y no toleraré que la niña crezca entre mujeres prácticamente mudas, despreciando y malqueriendo a los suyos. Pertenece a la Línea de Elros, y ningún otro descendiente tendrás por mediación de tu hijo. He cumplido. Me voy ahora a emprender negocios de mayor provecho.

Hasta entonces Meneldur había permanecido pacientemente sentado, con la mirada gacha, sin hacer signo alguno. Pero suspiró ahora y levantó la mirada:

—Aldarion, hijo mío —dijo con tristeza—, el Rey podría decir que tú también muestras insolencia y desprecio por los tuyos, y que condenas a otros sin haberlos escuchado; pero tu padre, que te ama y se apena por ti, lo pasará por alto. No es sólo mía la culpa de no haber comprendido antes tus propósitos. Pero de cuanto tú has sufrido, y de lo que, ¡ay!, muchos hablan ahora, soy inocente. A Erendis la he amado, y como nuestros corazones tienen inclinaciones parecidas, he llegado a pensar que ha tenido que soportar muchas dificultades. Tus propósitos ahora se me han vuelto claros, aunque si estás dispuesto a escuchar otra cosa que alabanzas, diría que en un principio también te guio tu propio placer. Y quizá las cosas habrían sido distintas si hubieras hablado más abiertamente mucho tiempo atrás.

—¡Puede que al Rey le haya provocado cierta tristeza —exclamó Aldarion, ahora más enardecido—, pero no esa de

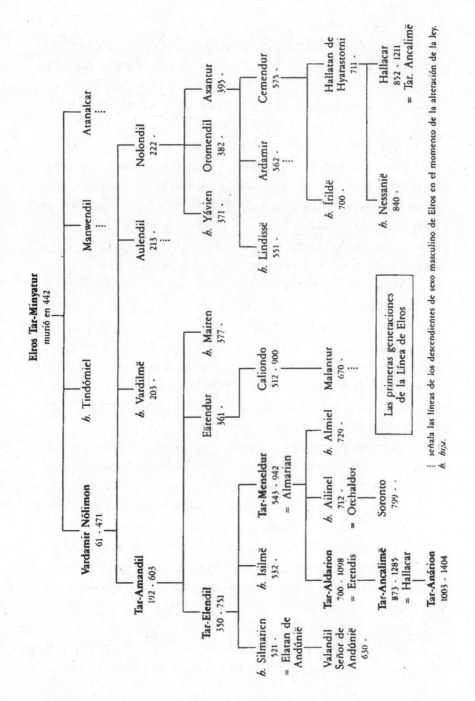

Las primeras generaciones
de la Línea de Elros

Elros Tar-Minyatur
murió en 442

Vardamir Nólimon
61 - 471

b. Tindómiel   Manwendil   Atanalcar

Tar-Amandil   b. Vardilmë   Aulendil   Nolondil
192 - 603   203 -   213 -   222 -
                                      ⋮

Tar-Elendil   Eärendur   b. Mairen   b. Yávien   Oromendil   Axantur
350 - 751   361 -   377 -   371 -   382 -   395 -

b. Silmarien   b. Isilmë   Tar-Meneldur   Caliondo   b. Lindissë   Ardamir   Cemendur
521 -   532 -   543 - 942   512 - 900   551 -   562 -   575 -
= Elatan de   = Almarian   ⋮
Andúnië

Valandil   Tar-Aldarion   b. Ailinel   b. Almiel   Malantur   b. frildë   Hallatan de
Señor de   700 - 1098   712 -   729 -   670 -   700 -   Hyarastorni
Andúnië   = Erendis   = Orchaldor   ⋮   711 -
630 -

               Tar-Ancalimë   Soronto   b. Nessanië   Hallacar
               873 - 1285   799 - .   840 -   852 - 1211
               = Hallacar   = Tar. Ancalimë

               Tar-Anárion
               1003 - 1404

⋮ señala las líneas de los descendientes de sexo masculino de Elros en el momento de la alteración de la ley.

b. hija.

que hablas! ¡A ella, cuando menos, le hablé largamente y a menudo: hablé a oídos fríos y sordos! ¡Yo me sentía como un niño que quiere trepar a un árbol y se lo dice a una niñera que sólo piensa en ropas desgarradas y horas de comidas! La amo, o no me importaría tanto. Al pasado lo guardaré en el corazón; el futuro está muerto. Ella no me ama, ni ama ninguna otra cosa. Sólo se ama a sí misma, con Númenor por decorado, y yo como perro doméstico que dormita junto al hogar hasta que ella tenga ganas de dar un paseo por sus propias tierras. Aunque ahora hasta los perros le parecen groseros, y pretende que Ancalimë trine en una jaula. Pero, basta. ¿Tengo autorización del Rey para partir? ¿O alguna orden?

—El Rey —respondió Tar-Meneldur— ha reflexionado mucho acerca de estos asuntos desde la última vez que estuviste en Armenelos, hace sólo unos días, que ahora parecen tan largos. Ha leído la carta de Gil-galad que es seria y grave de tono. Por desdicha, a su ruego y a tus deseos el Rey de Númenor ha de responder no. No puede hacer otra cosa teniendo en cuenta los peligros inherentes a una u otra medida: prepararse para la guerra o no prepararse.

Aldarion se encogió de hombros y dio un paso como para partir. Pero Meneldur alzó la mano ordenando atención, y continuó:

—No obstante, el Rey, aunque viene gobernando Númenor desde hace ciento cuarenta y dos años, no está seguro de que su comprensión de un asunto de tanta importancia y peligro baste para adoptar una decisión justa. —Hizo una pausa y cogiendo un pergamino escrito de su propia mano, leyó con voz clara:

Por tanto: primero, en honor de su hijo bienamado, y segundo, para el mejor gobierno del reino en circunstancias que su hijo entiende mejor, el Rey resuelve: ceder sin más demora el Cetro a su hijo, que en adelante se llamará Tar-Aldarion, el Rey.

»Esto —dijo Meneldur—, cuando se proclame, explicará a todos lo que pienso sobre los presentes sucesos. Te librará de humillaciones y te dará nuevos poderes, de modo que otras pérdidas parecerán más fáciles de soportar. La carta de Gil-galad, cuando seas Rey, la contestarás como le parezca adecuado al portador del Cetro.

Aldarion permaneció un momento inmóvil, asombrado. Estaba preparado para enfrentarse a la cólera del Rey, que intencionadamente había tratado de encender. Ahora se sentía confundido. Entonces, como quien es arrebatado de pronto por un viento repentino, cayó de rodillas ante su padre; pero al cabo de un momento levantó la cabeza inclinada y rio, como hacía siempre cuando se enteraba de un hecho cualquiera de gran generosidad, porque le alegraba el corazón.

—Padre —dijo—, pídele al Rey que perdone mi insolencia. Porque es un gran Rey y su humildad lo pone muy por encima de mi orgullo. Estoy vencido: me entrego por entero. Es inconcebible que un Rey semejante haya de renunciar a su Cetro cuando es todavía vigoroso y sabio.

—No obstante, así está decidido —dijo Meneldur—. El Consejo será convocado sin demora.

Cuando el Consejo se reunió al cabo de siete días, Tar-Meneldur les dijo lo que había resuelto y puso el pergamino ante ellos. Entonces todos se asombraron, pues no conocían todavía las circunstancias de las que hablaba el Rey; y todos pusieron reparos rogándole que postergara su decisión, salvo Hallatan de Hyarastorni. Porque estimaba mucho a Aldarion, su pariente, aunque tenían costumbres y gustos muy distintos; y juzgaba que la resolución del Rey era noble y, si por fuerza la había tomado, también probablemente oportuna.

Pero a los otros que objetaban esto o aquello contra su resolución, Meneldur respondió:

—No sin meditación lo he decidido, y en mis meditaciones he considerado todas las razones que con tanto tino defendéis. Ahora, y no más tarde, es el momento adecuado para que se haga pública mi voluntad, por razones que todos sospechan sin duda, aunque nadie las haya mencionado aquí. Que este decreto, pues, sea proclamado cuanto antes. Pero si queréis, no entrará en vigor hasta el tiempo de la *Erukyermë*, en primavera. Mientras, conservaré el Cetro.

Cuando la nueva de la proclamación del decreto llegó a Emerië, Erendis se sintió consternada; porque creyó ver en él una censura del Rey, en cuyo favor había confiado. En esto veía con verdad, pero que hubiera algo oculto de mayor importancia, no podía concebirlo. Poco después llegó un mensaje de Tar-Meneldur, una orden en verdad, aunque diplomáticamente redactada. Se la instaba a que fuera a Armenelos y que llevara con ella a la señora Ancalimë, para que viviera allí por lo menos hasta la *Erukyermë* y la proclamación del nuevo Rey.

«Es rápido para asestar el golpe —pensó—. Debí haberlo previsto. Me despojará de todo. Pero a mí no ha de mandarme, ni aun en nombre del Rey.»

Por tanto, envió esta respuesta a Tar-Meneldur: «Rey y Padre, mi hija Ancalimë acudirá a Armenelos, si vos lo ordenáis. Ruego que tengáis en cuenta sus pocos años y que le busquéis un alojamiento tranquilo. En cuanto a mí, os ruego que me excuséis. Me dicen que mi casa de Armenelos ha sido destruida; y no querría en este momento ser huésped, menos que en ningún otro sitio, en una casa montada en un barco, entre marineros.

Permitidme, pues, que permanezca aquí en mi soledad, a menos que sea también voluntad del Rey recuperar esta casa».

Esta carta leyó Meneldur con aire preocupado, pero no le tocó el corazón. Se la mostró a Aldarion, a quien parecía principalmente dirigida. Aldarion leyó la carta; y el Rey, que estaba observándolo, dijo entonces:

—Sin duda estás apenado. Pero ¿qué otra cosa esperabas?

—No esto, cuando menos —dijo Aldarion—. Está muy por debajo de lo que esperaba de ella. Ha quedado disminuida; y si ésta es mi obra, negra es entonces mi culpa. Pero ¿se reducen los grandes en la adversidad? ¡No era éste el modo, ni siquiera por odio o venganza! Debió haber exigido que se le preparara una casa grande, adecuada para la escolta de una Reina, y regresar a Armenelos toda engalanada, con la estrella en la frente; de ese modo hubiera ganado a casi todos en la Isla de Númenor, y en mí verían a un loco y un palurdo. Los Valar me sean testigos, lo habría preferido así: antes una hermosa Reina que me frustrara y escarneciera, que libertad para gobernar mientras la Señora Elestirnë languidece en su propio crepúsculo.

Entonces, riendo con amargura, devolvió la carta al Rey.

—Bien, que así sea —dijo—. Pero si a alguien le disgusta vivir en un barco entre marineros, puede disculpársele a otro que no le guste vivir en una granja de ovejas, entre sirvientas. Pero no permitiré que mi hija se eduque de ese modo. Cuando menos, ella elegirá a conciencia. —Se puso de pie, y pidió permiso para retirarse.

La continuación de la historia

A partir del punto en que Aldarion lee la carta de Erendis, que se niega a acudir a Armenelos, el relato no es más que una breve colección de notas y apuntes: y estos fragmentos no llegan nunca a constituir una trama coherente, pues fueron escritos en distintas épocas y se contradicen a menudo.

Según parece, cuando Aldarion recibió el Cetro de Númenor en el año 883, decidió volver a la Tierra Media sin dilación, y partió hacia Mithlond ese mismo año o al año siguiente. Queda registrado que en la proa del *Hirilondë* no había puesto una rama de *oiolairë*, sino la imagen de un águila con pico de oro y ojos de brillantes, regalo de Círdan.

Estaba allí puesta por arte de su hacedor, como si fuera a remontar vuelo directamente hacia una meta que hubiera divisado.
—Este signo nos llevará a destino —dijo—. Que los Valar cuiden de nuestro retorno... si no les disgusta lo que hacemos.

También se dice que «no queda constancia escrita de los últimos viajes emprendidos por Aldarion»; pero que «se sabe que viajó mucho por tierra, tanto como por mar, y remontó el curso del Río Gwathló hasta Tharbad, y allí se encontró con Galadriel». No hay mención de este encuentro en ningún otro sitio; pero por ese entonces Galadriel y Celeborn vivían en Eregion, a no mucha distancia de Tharbad. (pág. 370)

Pero todas las obras de Aldarion fueron desbaratadas. Los trabajos que empezó otra vez en Vinyalondë nunca se terminaron, y el mar los fue comiendo.[25] No obstante, puso los cimientos de la obra que Tar-Minastir concluiría muchos años después, durante la primera guerra contra Sauron, y si no hubiera sido por estos trabajos, las flotas de Númenor no podrían haber llegado a tiempo al lugar oportuno, como él lo había previsto. Ya la hostilidad crecía y hombres oscuros de las montañas invadían Enedwaith. Pero en los días de Aldarion, los Númenóreanos aún no buscaban nuevas tierras, y sus Aventureros seguían siendo un pueblo pequeño, admirado, pero apenas emulado.

No hay mención de que se llevara adelante la alianza con Gil-galad o que se enviara la ayuda que éste había solicitado en la carta a Tar-Meneldur; en verdad, se dice que

Aldarion llegó demasiado tarde o demasiado temprano. Demasiado tarde: porque el poder que odiaba a Númenor ya había despertado. Demasiado temprano: porque el tiempo no estaba maduro todavía como para que Númenor manifestara su poder o interviniera en la batalla por el mundo.

Hubo cierta agitación en Númenor cuando Tar-Aldarion decidió volver a la Tierra Media en 883 u 884, pues ningún Rey había abandonado antes la Isla. Se dice que se le ofreció la regencia a Meneldur, pero que éste la rechazó, y que el regente fue Hallatan de Hyarastorni, designado por el Consejo o por el mismo Tar-Aldarion.

De la historia de Ancalimë adolescente no hay datos ciertos. Hay menos dudas en lo que concierne a su carácter algo ambiguo y a la influencia que su madre ejerció sobre ella. Era menos recatada que Erendis y le gustó desde un principio la ostentación, las joyas, la música, la admiración y la deferencia; pero sólo cuando le convenía, y nunca de un modo constante, y a menudo escapaba con la excusa de ir a ver a su madre y la casa blanca de Emerië. Aprobaba, por así decir, tanto la manera en que Erendis había tratado a Aldarion tras su último regreso, como también la cólera y el orgullo impenitente de Aldarion, y su definitiva ruptura con Erendis, a quien había arrancado de su corazón y sus pensamientos. Sentía profundo disgusto por el matrimonio obligatorio y por cualquier cosa que constriñera su voluntad. Su madre siempre le había hablado mal de los hombres, y en verdad se conserva un notable ejemplo de las enseñanzas de Erendis en este respecto:

Los hombres de Númenor son medio Elfos (decía Erendis), en especial los encumbrados, pero en verdad no son ni una cosa ni otra. La larga vida que se les concedió los engaña, y se huelgan en el mundo con una mentalidad infantil, hasta que los alcanza la vejez... y entonces muchos de ellos abandonan los juegos al aire libre para seguir jugando dentro de sus casas. De los asuntos importantes hacen un juego, y del juego un asunto importante. Quisieran ser artesanos y maestros de la ciencia y héroes a la vez; y para ellos las mujeres son como el fuego del hogar, cuyo cuidado incumbe a otros, hasta que regresan por la noche, hartos de juegos. Todo ha sido hecho para servirlos: las montañas para minas, los ríos para sacar agua o hacer girar ruedas, los árboles para tablas, las mujeres para las necesidades corporales, y si son bellas para adorno de la mesa o el hogar; y los niños para bromear con ellos cuando no hay otra cosa que hacer... Pero lo mismo les daría jugar con una camada de perros. Con todos se muestran amables y bondadosos, alegres como la alondra en la mañana (si brilla el sol); porque nunca se enfadan si pueden evitarlo. Los hombres tienen que ser alegres, afirman, generosos como los ricos, repartiendo lo que les sobra. El enojo aparece sólo cuando advierten de pronto que hay otras voluntades en el mundo además de la de ellos. Entonces se vuelven tan despiadados como los vientos de los mares si algo se atreve a oponérseles.

Así es, Ancalimë, y no podemos cambiarlo. Porque los hombres hicieron Númenor: los hombres, esos héroes de antaño de los que cantan tantas hazañas... De sus mujeres no oímos tanto, salvo que lloraban cuando los hombres morían en combate. Númenor iba a haber sido un descanso después de la guerra. Pero si se cansan del descanso y de los juegos de la paz, vuelven otra vez al gran juego: la matanza de hombres, la guerra. Así es, y nosotras estamos entre ellos. Pero no tenemos que consentir. Si también amamos Númenor, disfrutemos de ella antes de que la arruinen. También nosotras somos hijas de los grandes, y tenemos voluntad y coraje propios. Por tanto, no te doblegues, Ancalimë. Si permites que te doblegue un poco, te han de doblegar más todavía, hasta que te echen por tierra. ¡Echa raíces en la roca y da cara al viento aunque todas tus hojas vuelen!

Además, y con mayor contundencia, Erendis había acostumbrado a Ancalimë a la sociedad femenina: la serena, tranquila, complaciente vida de Emerië, sin interrupciones ni alarmas. Los niños, como Îbal, gritaban. Los hombres cabalgaban soplando cuernos a horas intempestivas y comían con gran ruido. Engendraban niños y los dejaban al cuidado de las mujeres cuando los encontraban molestos. Y aunque los partos no fueran tan dolorosos y peligrosos como en otras partes, Númenor no era un «paraíso terrenal», y no se evitaban las fatigas del trabajo y de todo lo que hubiere que hacer.

Ancalimë, como Aldarion, nunca se echaba atrás una vez que se había decidido; era terca como él, y a veces hacía lo contrario de lo que le aconsejaban. Tenía algo de la frialdad de su madre; y en lo profundo del corazón, casi pero no del todo olvidada, sentía aún la firmeza con que Aldarion le había soltado la mano y la había dejado en el suelo cuando tuvo prisa por partir. Amaba profundamente los prados de su patria, y nunca (como dijo una vez) pudo dormir en paz lejos del balido de las ovejas. Pero no rechazó la Heredad, y decidió convertirse en una poderosa Soberana, cuando llegara el momento; y cuando así fuese, vivir como y donde le placiera.

Parece que durante unos dieciocho años, después de recibir el Cetro de Númenor, Aldarion se ausentaba con frecuencia de Númenor; y durante ese tiempo Ancalimë pasaba sus días tanto en Emerië como en Armenelos, porque la Reina Almarian le había cobrado un gran cariño, y la consentía como había consentido a Aldarion en su juventud. En Armenelos todos la trataban con deferencia, y Aldarion el que más; y aunque al principio no se sentía a sus anchas y extrañaba los extensos horizontes de su país, con el tiempo dejó de sentirse abatida y advirtió que los hombres miraban asombrados su belleza, que ya había alcanzado su plenitud. A medida que crecía fue mostrándose cada vez más obstinada, y le resultaba fastidiosa la compañía de Erendis, que se comportaba como una viuda y no quería ser Reina; pero siguió volviendo a Emerië, tanto con el propósito de escapar de Armenelos como por el deseo de irritar a Aldarion. Era inteligente y maliciosa, y esperaba sacar algún provecho de la batalla que libraban sus padres.

Ahora bien, en el año 892, cuando Ancalimë tenía diecinueve años, fue proclamada Heredera del Rey (a una edad mucho más temprana que en el caso precedente); y en esa ocasión Tar-Aldarion hizo cambiar la ley de sucesión de Númenor. Se dijo específicamente que las razones de Tar-Aldarion eran «de índole privada más que política» y motivadas «por el viejo deseo de triunfar sobre Erendis». Este cambio de la ley se menciona en *El Señor de los Anillos,* Apéndice A (I, i):

El sexto Rey [Tar-Aldarion] tuvo sólo una hija. Fue la primera Reina [esto es, Reina Regente]; pues fue entonces cuando se promulgó una ley de la casa real: el mayor de los hijos del Rey, cualquiera que fuera su sexo, recibiría el cetro.

Pero en otras partes la nueva ley se formula de manera diferente. La redacción más cabal y clara afirma en primer lugar que la «vieja ley», como se la llamó luego, no era en realidad una «ley» númenóreana, sino una costumbre heredada que las circunstancias aún no habían cuestionado; y de acuerdo con dicha costumbre, el hijo mayor del Regente heredaba el Cetro. Se entendía que si no había hijo, el pariente más cercano de ascendencia masculina de Elros Tar-Minyatur sería el Heredero. Así, si Tar-Meneldur no hubiera tenido un hijo, el Heredero no habría sido Valandil, su sobrino (hijo de su hermana Silmarien), sino Malantur, su primo (nieto de Eärendur, hermano menor de Tar-Elendil). Pero de acuerdo con la «nueva ley», la hija (mayor) del Regente heredaba el Cetro en caso de no tener un hijo (esto, por supuesto, contradice lo que se cuenta en *El Señor de los Anillos*). Por sugerencia del Consejo, se añadía que ella era libre de rechazarlo.[26] En tal caso, de acuerdo con la «nueva ley», el heredero de la Regencia sería el pariente de sexo masculino más cercano, fuera de ascendencia masculina o femenina. Así, pues, si Ancalimë hubiera rechazado el Cetro, el heredero de Tar-Aldarion habría sido Soronto, el hijo de su hermana Ailinel; y si Ancalimë hubiera renunciado al Cetro o hubiera muerto sin hijos, Soronto igualmente habría sido su heredero.

También se estableció a instancias del Consejo que la heredera tenía que renunciar si permanecía soltera al cabo de cierto tiempo; y a estas provisiones Tar-Aldarion añadió que el Heredero del Rey no debía casarse sino con alguien de la Línea de Elros, y quien así no lo hiciera ya no tendría derecho a recibir la Heredad. Se dice que esta ordenanza tuvo su origen directamente en el desastroso matrimonio de Aldarion con Erendis, y a las conclusiones a las que él había llegado, porque ella no pertenecía a la Línea de Elros, y tenía menor esperanza de vida, y él creía que de ahí venía el origen de todos sus problemas.

Sin duda estas provisiones de la «nueva ley» se registraron con tanto detalle porque tenían estrecha relación con la historia posterior de estos reinos; pero, desdichadamente, muy poco puede decirse de ellas.

En una fecha posterior, Tar-Aldarion abrogó la ley según la cual la Reina Regente tenía que renunciar o casarse (y esto fue por cierto consecuencia del rechazo de Ancalimë a ambas cosas); pero el matrimonio del presunto Heredero con otro miembro de la Línea de Elros fue desde entonces la costumbre aceptada.[27]

De cualquier modo, los pretendientes de la mano de Ancalimë no tardaron en aparecer en Emerië, y no sólo porque la posición de ella hubiese cambiado, sino también por lo que se decía de su belleza, de su altivez y desdén, y de la singularidad de su educación. En ese tiempo la gente empezó a llamarla Emerwen Aranel, la Princesa Pastora. Para escapar de los inoportunos, Ancalimë, con ayuda de la vieja Zamîn, fue a esconderse en una granja en los lindes de las tierras de Hallatan de Hyarastorni, donde llevó un tiempo la vida de una pastora. Los apresurados apuntes que se han conservado cuentan de distinto modo las reacciones de los padres. Según uno de ellos, Erendis sabía dónde se encontraba Ancalimë, y aprobaba que hubiese huido, mientras que Aldarion impidió que el Consejo la buscara, pues consideraba que su hija debía actuar con independencia. Según otro apunte, sin embargo, Erendis estaba preocupada por la huida de Ancalimë, y Aldarion, furioso; y en esta oportunidad Erendis intentó reconciliarse con él, al menos en lo que concernía a Ancalimë. Pero Aldarion se mantuvo inflexible, declarando que el Rey no tenía esposa, pero que tenía una hija y heredera; y que él no creía que Erendis ignorara el lugar donde se escondía Ancalimë.

Lo que sí es cierto es que Ancalimë se encontró con un pastor que cuidaba rebaños en la región; y este hombre le dijo que se llamaba

Mámandil. Ancalimë no estaba acostumbrada a esa clase de compañía y le deleitaba oírle cantar, y él le cantó viejas historias de días remotos cuando los rebaños de los Edain pastaban en Eriador mucho tiempo atrás, incluso antes de que los Edain se encontrasen con los Eldar. Ancalimë y Mámandil se veían en los pastizales cada vez más a menudo, y él cambiaba las canciones de los amantes de antaño e incorporaba en ellas los nombres de Emerwen y Mámandil; y Ancalimë fingía no entender esos juegos de palabras. Pero por fin él le declaró abiertamente su amor, y ella se echó atrás y lo rechazó diciendo que el destino los separaba, pues ella era la Heredera del Rey. Pero Mámandil no se amilanó, y rio y le dijo que su verdadero nombre era Hallacar, hijo de Hallatan de Hyarastorni, de la Línea de Elros Tar-Minyatur.

—¿Y de qué otra manera habría de acercársete un pretendiente? —dijo.

Entonces Ancalimë se enfadó porque la había engañado sabiendo desde un principio quién era ella; pero él respondió:

—Eso es verdad sólo en parte. Es cierto que intenté conocer a la Señora, cuya personalidad era tan singular que quise saber más de ella. Pero entonces me enamoré de Emerwen, y no me importa ahora quién es ella. No creas que aspiro a la alta posición que ocupas; porque con mucho preferiría que fueras sencillamente Emerwen. Sólo me alegro de esto: también yo pertenezco a la Línea de Elros, porque de otro modo, creo, no podríamos casarnos.

—Podríamos —dijo Ancalimë—, si tuviera intención de abrazar ese estado. Podría renunciar a mi realeza y quedar en libertad. Pero si así lo hiciera, también podría casarme con quien quisiese; y ése sería Úner (que significa «Nadie»), a quien preferiría por sobre todos los demás.

No obstante, fue con Hallacar con quien se casó Ancalimë finalmente. De acuerdo con una versión, parece que la persistencia del cortejo de Hallacar, a pesar de haber sido rechazado, y la insistencia del Consejo en que ella eligiera un marido para tranquilidad del Reino, fueron causa de que se casaran no muchos años después de encontrarse por vez primera entre los rebaños en Emerië. Pero en otro sitio se dice que permaneció soltera tanto tiempo, que su primo Soronto, apoyándose en la provisión de la nueva ley, le exigió que cediera la Heredad, y que ella entonces se casó con Hallacar para cortar así las ambiciones de Soronto. En otro breve apunte se da a entender que se casó con Hallacar después de que Aldarion abrogara la ley, para poner fin a las pretensiones de Soronto de ser Rey si Ancalimë moría sin haber tenido hijos.

Sea como fuere, resulta claro que Ancalimë no tenía deseos de amor, ni tampoco de tener un hijo, y decía:

—¿Tengo que volverme como la Reina Almarian y reírle las gracias? —La vida en común con Hallacar fue desdichada, y estaba resentida por causa de Anárion, el hijo que tuvo de él, y hubo guerra entre ambos en adelante. Ella intentó someterlo sosteniendo que era la dueña de las tierras de él y prohibiéndole habitar allí, pues no quería, dijo, que su marido fuera el Senescal de una granja. De este tiempo proviene la última historia que habla de estos desdichados asuntos. Porque Ancalimë no permitía que ninguna de sus mujeres se casara, y aunque por temor de ella, casi todas le obedecieron, procedían de los campos de alrededor y tenían amantes con quienes deseaban casarse. Pero Hallacar dispuso en secreto el casamiento de todas ellas; y declaró que se celebraría una última fiesta en su propia casa antes de abandonarla. A esta fiesta invitó a Ancalimë, diciendo que era la casa de sus padres y que la cortesía obligaba a dar una fiesta de despedida.

Ancalimë asistió con todas sus mujeres, pues no quería un séquito de hombres. Encontró la casa toda iluminada y dispuesta como para una gran fiesta, y los hombres enguirnaldados como para la celebración de un matrimonio, todos con una guirnalda en la mano, destinada a una novia.

—¡Venid! —exclamó Hallacar—. Los matrimonios están preparados y prontas las cámaras nupciales. Pero como no es concebible que le pida a la Señora Ancalimë, la Heredera del Rey, que yazga con el Senescal de una granja, ¡ay!, por desdicha esta noche tendrá que dormir sola. —Y Ancalimë fue obligada a quedarse allí, porque estaban muy lejos para volver sola cabalgando y no quiso ir sola. Ni los hombres ni las mujeres pudieron disimular una sonrisa; y Ancalimë no asistió a la fiesta, y se quedó en cama escuchando a lo lejos las risas que creía destinadas a ella. Al día siguiente partió a caballo, animada por una cólera fría, y Hallacar envió tres hombres para que le sirvieran de escolta. Así se vengó él, pues ella no volvió jamás a Emerië, donde hasta las ovejas parecían burlarse de ella. Pero desde entonces no dejó de perseguir con odio a Hallacar.

De los años posteriores de Tar-Aldarion nada puede decirse ahora, salvo que parece haber continuado viajando a la Tierra Media, y que más de una vez dejó a Ancalimë como regente. Se hizo a la mar por última vez hacia el fin del primer milenio de la Segunda Edad; y en el año 1075 Ancalimë se convirtió en la primera Reina Regente de Númenor. Se dice que después de la muerte de Tar-Aldarion en 1098, Tar-Ancalimë abandonó las empresas de su padre y ya no siguió ayudando a Gil-galad en Lindon. Su hijo Anárion, que fue luego el octavo Gobernante de Númenor, tuvo pronto dos hijas. Éstas odiaban y temían a la Reina y rechazaron la Heredad, permaneciendo solteras, pues la Reina, en venganza, no les permitió casarse.[28] Súrion, el hijo, fue el último de los vástagos de Anárion y el noveno Gobernante de Númenor.

Se dice de Erendis que cuando le llegó la vejez, abandonada por Ancalimë, cayó en una amarga soledad, y echó de menos una vez más a Aldarion; y al enterarse de que había abandonado Númenor en el que sería su último viaje, aunque se esperaba que regresara pronto, partió de Emerië y viajó de incógnito al puerto de Rómenna. Allí, según parece, encontró su destino; pero sólo las palabras «Erendis pereció en el agua en el año 985» sugieren qué pudo ocurrirle.

NOTAS

Cronología

Anardil (Aldarion) nació en el año 700 de la Segunda Edad, y emprendió su primer viaje a la Tierra Media en 725-727. Meneldur, su padre, recibió el Cetro de Númenor en 740. El Gremio de los Aventureros se fundó en 750 y Aldarion fue proclamado Heredero del Rey en 800. Erendis nació en 771. El viaje de siete años de Aldarion abarcó los años 806-813, el primer viaje del *Palarran,* los años 816-820; el viaje de siete navíos emprendido como desafío a Tar-Meneldur, los años 824-829, y el viaje de catorce años que siguió inmediatamente a este último, los años 829-843.

Aldarion y Erendis se comprometieron en 858; los años del viaje emprendido por Aldarion después de su compromiso fueron 863-869, y la boda se celebró en 870. Ancalimë nació en la primavera de 873. El *Hirilondë* se hizo a la mar en la primavera de 877, y el regreso de Aldarion, seguido de la ruptura con Erendis, ocurrió en 882; Aldarion recibió el Cetro de Númenor en 883.

1. En «Una descripción de la Isla de Númenor» se lo llama Tar-Meneldur Elentirmo (Observador de las Estrellas). Véase también la entrada dedicada a él en «La Línea de Elros».
2. El papel que le cabía a Soronto en la historia está apenas esbozado.
3. Como se dice en «Una descripción de la Isla de Númenor», Vëantur fue el primero que consiguió llegar a la Tierra Media en el año 600 de la Segunda Edad (nació en el 451). En «La Cuenta de los Años» del Apéndice B de *El Señor de los Anillos,* los anales del año 600 dicen: «Los primeros barcos de los Númenóreanos aparecen en las costas».

   En un ensayo filológico posterior hay una descripción del primer encuentro de los Númenóreanos con los Hombres de Eriador por ese entonces: «Habían transcurrido seiscientos

años desde la partida de los sobrevivientes de los Atani [Edain]
por mar hacia Númenor, cuando un barco vino otra vez del
Oeste a la Tierra Media y recorrió el Golfo de Lhûn. El capitán y los marineros fueron bien recibidos por Gil-galad; y así
empezó la amistad y la alianza entre Númenor y los Eldar de
Lindon. La noticia cundió deprisa y los Hombres de Eriador
se asombraron. Aunque en la Primera Edad habían vivido en
el Este, habían oído rumores de la terrible guerra "más allá de
las Montañas del Oeste" [es decir, Ered Luin]; pero en las tradiciones de Eriador no se conservó una clara historia de estos
acontecimientos, y creían que todos los Hombres que vivían
en las tierras de más allá habían sido destruidos o se habían
ahogado en los grandes tumultos del fuego y la invasión de los
mares. Pero como se decía todavía entre ellos que en un pasado
inmemorial habían estado emparentados con esos Hombres,
enviaron mensajeros a Gil-galad pidiendo autorización para
ver a los marineros "que habían retornado de la muerte en las
profundidades del Mar". Así fue que hubo un encuentro entre
ellos en las Colinas de la Torre; y a ese encuentro con los Númenóreanos sólo doce asistieron de los Hombres de Eriador,
hombres de elevado corazón y coraje, pues la mayor parte
de su pueblo temía que los recién llegados fueran peligrosos
espíritus de los Muertos. Pero cuando vieron a los marineros,
ya no tuvieron miedo, aunque por un momento guardaron un
silencio reverente; porque aunque ellos mismos eran considerados hombres fuertes y poderosos, los marineros parecían más
señores élficos que Hombres mortales en porte y atuendo. No
obstante, no tuvieron duda alguna acerca de su antiguo parentesco; y de igual modo, los marineros contemplaron con complacida sorpresa a los Hombres de la Tierra Media, porque se
creía en Númenor que los Hombres dejados atrás descendían
de los malvados que Morgoth había convocado desde el Este
en los últimos días de la guerra. Pero en cambio contemplaban
caras libres de la Sombra, y Hombres que podrían haberse pa-
seado en Númenor sin que nadie los creyera forasteros, salvo

por sus ropas y sus armas. Entonces, súbitamente, rompiendo el silencio, tanto los Númenóreanos como los Hombres de Eriador se saludaron con palabras de homenaje y bienvenida en sus propias lenguas, como si les hablaran a amigos y parientes después de una larga separación. En un principio se sintieron desilusionados pues ninguna de las partes podía entender a la otra; pero cuando se unieron en amistad, descubrieron que compartían muchas palabras todavía claramente inteligibles, y otras que era posible comprender si prestaban atención, y lograron mantener conversaciones vacilantes sobre asuntos sencillos». En otra parte del ensayo se explica que estos Hombres vivían alrededor del Lago del Atardecer, en las Colinas del Norte y las Colinas del Tiempo, y en las tierras intermedias hasta el Brandivino, y aunque a menudo lo cruzaban hacia el oeste, no vivían allí. Tenían relaciones amistosas con los Elfos, aunque sentían por ellos un respeto venerable; y temían al Mar y no querían mirarlo. Parece que en sus orígenes eran Hombres de la misma cepa de los Pueblos de Bëor y Hador, pero que no habían franqueado las Montañas Azules para ir a Beleriand durante la Primera Edad.

4. El hijo del Heredero del Rey: Aldarion, hijo de Meneldur. Tar-Elendil no cedió el Cetro a Meneldur hasta después de transcurridos otros quince años.

5. *Eruhantalë:* «Acción de Gracias a Eru», la fiesta de otoño en Númenor; véase «Una descripción de la Isla de Númenor».

6. (Sîr) Angren era el nombre élfico del río Isen. Ras Morthil, nombre que no se encuentra en ningún otro sitio, debe de ser el gran promontorio en el extremo del brazo septentrional de la Bahía de Belfalas, que se llamaba también Andrast (Cabo Largo).

La referencia al «país de Amroth donde viven todavía los Elfos Nandor» ha de entenderse en el sentido de que la Historia de Aldarion y Erendis se puso por escrito en Gondor antes de la partida del último barco desde el puerto de los Elfos Silvanos cerca de Dol Amroth en el año 1981 de la Tercera Edad. Véase la conclusión de «La historia de Galadriel y Celeborn».

7. Para Uinen, la esposa de Ossë (Maiar del Mar), véase *El Silmarillion*: «Valaquenta». Se dice allí que «los Númenóreanos vivieron largo tiempo bajo la protección de Uinen, y la tuvieron en igual reverencia que a los Valar».

8. Se dice que la sede del Gremio de los Aventureros «fue confiscada por los Reyes y trasladada al puerto oeste de Andúnië; todos sus documentos quedaron destruidos» (es decir, en la Caída), entre ellos, todas las minuciosas cartas de navegación de Númenor. Pero no se dice cuándo ocurrió esa confiscación de *Eämbar*.

9. El río se llamó después Gwathló o Aguada Gris, y el puerto, Lond Daer; véase Apéndice D.

10. Cf. *El Silmarillion*: «Los Hombres de esa Casa [es decir, de la de Bëor] tenían cabellos oscuros o castaños y ojos grises». De acuerdo con el cuadro genealógico de la Casa de Bëor, Erendis descendía de Bereth, hermana de Baragund y Belegund y, por tanto, tía de Morwen, madre de Túrin Turambar, y de Rían, la madre de Tuor.

11. Sobre la diferencia de la duración máxima de la vida de los Númenóreanos, véase la nota 1 de «La Línea de Elros».

12. Sobre el árbol *oiolairë,* véase «Una descripción de la Isla de Númenor».

13. Esto debe entenderse como un portento.

14. Cf. la *Akallabêth (El Silmarillion),* donde se dice que en los días de Ar-Pharazôn «de vez en cuando una gran nave de los Númenóreanos naufragaba y no volvía a puerto, aunque semejante desgracia no había ocurrido hasta entonces desde el levantamiento de la Estrella».

15. Valandil era primo de Aldarion, pues era hijo de Silmarien, hija de Tar-Elendir y hermana de Tar-Meneldur. Valandil, primero de los Señores de Andúnië, era antecesor de Elendil el Alto, padre de Isildur y Anárion.

16. *Erukyermë*: «Plegaria a Eru», la fiesta de la Primavera en Númenor; véase «Una descripción de la Isla de Númenor».

17. Se dice en la *Akallabêth (El Silmarillion)* que «en ocasiones, cuando el aire estaba claro y el sol en el este, miraban y avistaban allá lejos al oeste el blanco resplandor de una ciudad

en una costa distante, y un gran puerto y una torre. Porque en aquellos días los Númenóreanos tenían la vista aguda; y aun así sólo los de ojos más penetrantes podían contemplar esta visión, desde el Meneltarma, o desde algún barco de alta arboladura que estuviese anclado tan lejos hacia el oeste como les estaba permitido. Porque no se atrevían a desobedecer la Prohibición de los Señores del Oeste. Pero los más sabios de ellos sabían que esa tierra distante no era en verdad el Reino Bendecido de Valinor, sino Avallónë, el puerto de los Eldar en Eressëa, el extremo oriental de las Tierras Imperecederas.»

18. Se dice que así empezó la costumbre de los Reyes y las Reinas de llevar en adelante como una estrella, una joya blanca, sobre la frente, y ninguna corona [nota del autor].

19. Los encumbrados y los de baja estirpe en las Tierras Occidentales y en Andúnië hablaban la lengua élfica [sindarin]. En esa lengua fue criada Erendis; pero Aldarion hablaba el idioma númenóreano, aunque como todos los de alto linaje de Númenor, conocía también la lengua de Beleriand [nota del autor].

En otro sitio, en una nota sobre las lenguas de Númenor, se dice que el empleo común del sindarin en el noroeste de la Isla era consecuencia de que esas regiones habían sido colonizadas por pueblos de estirpe «beöriana»; y el Pueblo de Beör había abandonado tempranamente en Beleriand su propia lengua, y había adoptado el sindarin. (Esto no se menciona en *El Silmarillion,* aunque se dice allí que en Dor-lómin, en los días de Fingolfin, el pueblo de Hador no había olvidado su propia lengua, «y de ella provino la lengua común de Númenor».) En otras regiones de Númenor, la lengua nativa del pueblo era el adûnaico, aunque casi todos tenían cierto conocimiento del sindarin; y en la casa real y en la mayor parte de las casas de los nobles o los instruidos, normalmente el sindarin era la lengua nativa hasta después de los días de Tar-Atanamir. (Se dice más adelante en el curso de esta narración, que Aldarion prefería en realidad la lengua númenóreana; puede que en esto fuera excepcional.) Esta nota afirma además que, aunque el sindarin, tal como fue empleado durante un largo período por los Hombres mortales, tendió a diferenciarse y a volverse dialectal, este proceso se interrumpió en gran medida en Númenor, al menos entre los nobles y los instruidos, a causa de su contacto con los Eldar de Eressëa y Lindon. El quenya no era una lengua hablada en Númenor. Sólo lo conocían los instruidos y las familias de alta estirpe, que lo aprendían en la primera adolescencia. Se empleaba en los documentos oficiales que querían preservar, tales como las Leyes y el Pergamino y los Anales de los Reyes (cf. la *Akallabêth,* «en el Pergamino de los Reyes el nombre Herunúmen se inscribió en alto élfico») y a menudo en obras eruditas más abstrusas. También lo utilizaba en abundancia en las nomenclaturas: los nombres oficiales de todos los lugares, regiones y accidentes geográficos de la tierra eran de origen quenya (aunque habitualmente también tenían nombres locales, por lo general con el mismo significado, en sindarin o adûnaico). Los nombres personales, y en especial los nombres oficiales y públicos, de todos los miembros de la casa real, y en general de la Línea de Elros, se daban en quenya.

En una referencia a estos asuntos en *El Señor de los Anillos,* Apéndice F, I (sección «De los Hombres»), se tiene una impresión algo diferente de la posición que tenía el sindarin entre las lenguas de Númenor: «Sólo los Dúnedain entre todas las razas de los Hombres conocían y hablaban la lengua élfica; sus antepasados habían aprendido el sindarin, y la transmitieron a sus hijos junto con todo lo que sabían, y cambió muy poco con el paso de los años».

20. *Elanor* era una pequeña flor dorada con forma de estrella; crecía también sobre el túmulo de Cerin Amroth en Lothlórien (*La Comunidad del Anillo,* II, 6). Sam Gamyi llamó así a su hija por sugerencia de Frodo (*El Retorno del Rey,* VI, 9).

21. Véase la nota 10 para la descendencia de Erendis de Bereth, la hermana de Baragund, padre de Morwen.

22. Se dice que los Númenóreanos, como los Eldar, evitaban tener hijos si se preveía la separación del marido y la mujer desde el tiempo de la concepción hasta por lo menos los primeros años

del vástago. Aldarion permaneció en su casa muy poco tiempo después del nacimiento de su hija, de acuerdo con la idea númenóreana de lo que era conveniente.

23. En una nota sobre el «Consejo del Cetro» en este tiempo de la historia de Númenor, se dice que no tenía poder para doblegar la voluntad del Rey, excepto por persuasión y hasta entonces a nadie se le había ocurrido que fuera a ser necesario hacerlo. Los miembros del Consejo procedían de cada una de las regiones de Númenor; pero el Heredero del Rey era también miembro de pleno derecho, para que así pudiera aprender a gobernar; y también a otros podía convocar el Rey, o pedir que fueran elegidos, si tenían algún conocimiento que pudiera ser de utilidad en cualquier instancia del debate. En este momento, sólo había dos miembros del Consejo (además de Aldarion) que pertenecían a la Línea de Elros: Valandil de Andúnië, por la Andustar, y Hallatan de Hyarastorni, por las Mittalmar; pero no estaban en el Consejo por descendencia ni riqueza, sino por la estima y el amor que se les tenía (en la *Akallabêth* se dice que «el Señor de Andúnië se contaba siempre entre los principales consejeros del Cetro»).

24. Queda constancia de que a Ereinion se le dio el nombre de Gil-galad, «Estrella Radiante», «por causa del yelmo y la cota de malla y el escudo, todos revestidos de plata y adornados con piedras como estrellas blancas, que brillaban desde lejos como una estrella a la luz del sol o de la luna, y los ojos de los Elfos podían verlas desde gran distancia, desde alguna elevación del terreno».

25. Véase más adelante «La Elessar».

26. Un heredero legítimo de sexo masculino, en cambio, no podía negarse; pero como un Rey tenía el derecho de renunciar al Cetro, de hecho el Heredero podía cederlo inmediatamente a su heredero natural. Se consideraba entonces que había reinado al menos un año; y éste fue el caso (el único) de Vardamir, el hijo de Elros, que no ascendió al trono, sino que dio el Cetro a su hijo Amandil.

27. En otro sitio se dice que esta regla del «matrimonio real» no fue nunca una ley, sino una cuestión de orgullo sancionado

por la costumbre: «un síntoma del crecimiento de la Sombra, pues la norma sólo se volvió rígida cuando la distinción entre la Línea de Elros y otras familias, en cuanto a la duración de la vida, vigor o habilidad, había disminuido o aun desaparecido por completo».

28. Esto es extraño porque Anárion fue el Heredero en vida de Ancalimë. En «La Línea de Elros» se dice que sólo las hijas de Anárion «rechazaron el Cetro».

3

LA LÍNEA DE ELROS:
REYES DE NÚMENOR

DESDE LA FUNDACIÓN DE LA CIUDAD
DE ARMENELOS HASTA LA CAÍDA

Se dice que el Reino de Númenor se inició en el año treinta y dos de la Segunda Edad, cuando Elros, hijo de Eärendil, ascendió al trono en la Ciudad de Armenelos cuando tenía noventa años. En adelante se lo conoció en el Pergamino de los Reyes con el nombre de Tar-Minyatur; pues era costumbre de los Reyes tomar sus títulos de la lengua quenya o del alto élfico, por ser ésta la más noble de las lenguas del mundo, y esa costumbre se mantuvo hasta los días de Ar-Adûnakhôr (Tar-Herunúmen). Elros Tar-Minyatur gobernó a los Númenóreanos durante cuatrocientos diez años, porque a los Númenóreanos se les había otorgado una larga vida y se mantenían en pleno vigor durante tres veces la duración de la vida de los Hombres mortales de la Tierra Media; pero al hijo de Eärendil se le concedió la vida más larga nunca concedida a hombre alguno, y a sus descendientes una duración menor, aunque más prolongada que a los otros, aun entre los Númenóreanos; y así fue hasta la llegada de la Sombra, cuando los años de los Númenóreanos empezaron a menguar.[1]

I. *Elros Tar-Minyatur*

Nació cincuenta y ocho años antes de empezar la Segunda Edad:
conservó todo su vigor hasta los quinientos años y dejó la vida en
el año 442, después de haber reinado cuatrocientos diez años.

II. *Vardamir Nólimon*

Nació en el año 61 de la Segunda Edad y murió en el 471. Se le
dio el nombre de Nólimon porque sobre todas las cosas amaba
las historias antiguas que recogía de Elfos y de Hombres.
Cuando Elros partió, él tenía 381 años, y no ocupó el trono, y
cedió el cetro a su hijo. Se lo considera no obstante el segundo
de los Reyes, como si hubiera reinado un año.[2] Fue costumbre
en adelante hasta los días de Tar-Atanamir que el Rey pudiese
ceder el cetro a su sucesor antes de morir; y los Reyes morían
voluntariamente, todavía en pleno vigor mental.

III. *Tar-Amandil*

Era el hijo de Vardamir Nólimon y nació el año 192. Gobernó 148 años[3] y cedió el cetro en 590; murió en el año 603.

IV. *Tar-Elendil*

Fue hijo de Tar-Amandil y nació en el año 350. Gobernó
ciento cincuenta años y cedió el cetro en 740; murió en 751.
Se lo llamó también Parmaitë, pues de su propia mano compuso muchos libros y leyendas con las historias recogidas por
su abuelo. Se casó a edad avanzada, y su vástago mayor fue
una niña, Silmarien, nacida en el año 521,[4] cuyo hijo fue Valandil. De Valandil provinieron los Señores de Andúnië, de
los cuales el último fue Amandil, padre de Elendil el Alto,
que fue a la Tierra Media después de la Caída. Durante el
reinado de Tar-Elendil los barcos de los Númenóreanos llegaron por primera vez a la Tierra Media.

V. *Tar-Meneldur*

Fue el único varón y el tercer hijo de Tar-Elendil, y nació en el año 543. Gobernó durante ciento cuarenta y tres años y cedió el cetro en 883; murió en 942. Su «verdadero nombre» era Írimon; tomó el título de Meneldur a causa del amor que sentía por la ciencia de las estrellas. Se casó con Almarian, hija de Vëantur; Capitán de Naves bajo la égida de Tar-Elendil. Era sabio, pero moderado y paciente. Cedió el cetro a su hijo, de súbito y mucho antes del tiempo debido, por razones políticas, cuando las preocupaciones de Gil-galad en Lindon perturbaron a Númenor, y comprendió por primera vez que un espíritu maligno, hostil a los Eldar y los Dúnedain, despertaba en la Tierra Media.

VI. *Tar-Aldarion*

Era el hijo mayor y único varón de Tar-Meneldur, y nació en el año 700. Gobernó durante ciento noventa y dos años y cedió el cetro a su hija en 1075; murió en 1098. Su «verdadero nombre» era Anardil; pero se lo conoció tempranamente como Aldarion, por lo mucho que le interesaron los árboles, y plantó grandes bosques con el fin de proveer de madera a sus astilleros. Fue un gran marino y carpintero de barcos; y a menudo navegó a la Tierra Media, donde se convirtió en amigo y consejero de Gil-galad. Por causa de sus largas ausencias en el extranjero, su esposa Erendis se enfadó con él, y se separaron en el año 882. Su único descendiente fue una niña, muy hermosa, Ancalimë. En su favor Aldarion cambió la ley de sucesión para que la hija (mayor) de un Rey pudiera sucederle si no tenía hijos varones. Este cambio desagradó a los descendientes de Elros y especialmente a quien hubiera sido el heredero según la vieja ley, Soronto, sobrino de Aldarion, hijo de su hermana mayor Ailinel.[5]

VII. *Tar-Ancalimë*

Fue la única hija de Tar-Aldarion, y la primera Reina Regente de Númenor. Nació en el año 873 y reinó durante doscientos cinco años, más que ningún otro Rey después de Elros; cedió el cetro en 1280 y murió en 1285. Permaneció largo tiempo soltera; pero cuando Soronto le instó a ceder el cetro, por no darle ese gusto se casó en el año 1000 con Hallacar, hijo de Hallatan, descendiente de Vardamir.[6] Después del nacimiento de su hijo Anárion, hubo muchas disputas entre Ancalimë y Hallacar. Ella era orgullosa y obstinada. Después de la muerte de Aldarion, interrumpió todas sus políticas, y ya no prestó ninguna ayuda a Gil-galad.

VIII. *Tar-Anárion*

Era hijo de Tar-Ancalimë y nació el año 1003. Gobernó durante ciento catorce años y cedió el cetro en 1394; murió en 1404.

IX. *Tar-Súrion*

Fue el tercer hijo de Tar-Anárion; sus hermanas rechazaron el cetro.[7] Nació en el año 1174 y gobernó durante ciento sesenta y dos años; cedió el cetro en el año 1556 y murió en 1574.

X. *Tar-Telperien*

Fue la segunda Reina Regente de Númenor. Vivió largo tiempo (porque las mujeres de los Númenóreanos eran más longevas o se resistían a abandonar la vida) y no quiso casarse. Por tanto, cuando murió, el cetro pasó a Minastir; era hijo de Isilmo, el segundo hijo de Tar-Súrion.[8] Tar-Telperien nació en el año 1320; gobernó durante ciento setenta y cinco años, hasta 1731, y murió el mismo año.[9]

XI. *Tar-Minastir*

Tenía este nombre porque levantó una alta torre sobre la colina de Oromet, cerca de Andúnië y las costas occidentales, y allí pasaba largo tiempo contemplando el Oeste. Porque la nostalgia había crecido en el corazón de los Númenóreanos. Amaba a los Eldar, pero los envidiaba. Él fue quien envió una gran flota para ayudar a Gil-galad en la primera guerra contra Sauron. Nació en el año 1474 y gobernó durante ciento treinta y ocho años; cedió el cetro en 1869 y murió en 1873.

XII. *Tar-Ciryatan*

Nació en el año 1634 y gobernó durante ciento sesenta años; cedió el cetro en 2029 y murió en 2035. Fue un Rey poderoso, pero ávido de riquezas; hizo construir una gran flota de barcos reales, y sus sirvientes le trajeron grandes cantidades de metales y de piedras preciosas, y oprimieron a los hombres de la Tierra Media. Despreció las nostalgias de su padre, y calmó su propia inquietud emprendiendo viajes hacia el este, el norte y el sur, hasta que obtuvo el cetro. Se dice que obligó a su padre a cedérselo antes de que él lo considerara oportuno. Y de este modo (se dice) apareció la primera manifestación de la Sombra en la dicha de Númenor.

XIII. *Tar-Atanamir el Grande*

Nació en el año 1800 y gobernó durante ciento noventa y dos años, hasta 2221, en que murió. Mucho se dice de este Rey en los Anales que sobrevivieron a la Caída. Porque era, como su padre, orgulloso y sediento de riquezas, y los númenóreanos que lo servían exigieron alto tributo a los hombres de las costas de la Tierra Media. En sus días la Sombra descendió sobre Númenor; y el Rey, y otros que lo seguían, criticaban abiertamente la prohibición de los Valar, y se volvieron contra los Valar y los

Eldar; pero mantenían cierta prudencia, pues temían a los Señores del Oeste y no los desafiaron. Atanamir fue también llamado el Renuente, por ser el primero de los Reyes que rehusó a dejar la vida o renunciar al cetro; y vivió hasta que la muerte se lo llevó por la fuerza en plena decrepitud.[10]

XIV.   *Tar-Ancalimon*

Nació en el año 1986 y gobernó durante ciento sesenta y cinco años, hasta su muerte en 2386. En ese tiempo, la brecha entre los Hombres del Rey (la mayoría) y los que mantenían la vieja amistad con los Elfos se abrió aún más profundamente. Muchos de los Hombres del Rey empezaron a dejar de hablar las lenguas élficas y ya no se las enseñaron a sus hijos. Pero los títulos reales seguían todavía designándose en quenya, más por costumbre que por amor, ya que temían que el quebrantamiento de un viejo hábito acarreara desgracia.

XV.   *Tar-Telemmaitë*

Nació en el año 2136 y gobernó durante ciento cuarenta años, hasta su muerte en 2526. Desde entonces los Reyes gobernaron nominalmente, desde la muerte del padre hasta su propia muerte, aunque el poder real pasara con frecuencia a sus hijos o a los consejeros; y los días de los descendientes de Elros menguaron bajo la Sombra. Este Rey se llamó así a causa del amor que tenía por la plata, y ordenaba a sus servidores que le trajeran *mithril*.

XVI.   *Tar-Vanimeldë*

Fue la tercera Reina Regente; nació en el año 2277 y gobernó durante ciento once años, hasta su muerte en 2637. Prestó escasa atención a las medidas de gobierno, y amaba sobre todo la música y la danza; y el poder lo ejercía su marido Herucalmo, más joven que ella, pero descendiente en el mismo grado de Tar-Atanamir. Herucalmo tomó el cetro a la muerte de su esposa y se dio a sí mismo el nombre de Tar-Anducal, negando el cetro a su hijo Alcarin; sin embargo, algunos no lo cuentan en la Línea de los Reyes como el decimoséptimo, y pasan directamente a Alcarin. Tar-Anducal nació en el año 2286 y murió en 2657.

XVII.   *Tar-Alcarin*
Nació en el año 2406 y gobernó durante ochenta años, hasta su muerte en 2737, siendo el Rey legítimo durante cien años.

XVIII.   *Tar-Calmacil*
Nació en el año 2516 y gobernó durante ochenta y ocho años, hasta su muerte en 2825. Se dio ese nombre porque en su juventud fue un gran capitán y conquistó vastas tierras a lo largo de las costas de la Tierra Media. De este modo avivó el odio de Sauron, quien no obstante se retiró y estableció su poder en el Este, lejos de las costas, en espera de su oportunidad. En los días de Tar-Calmacil el nombre del Rey se pronunció por primera vez en adûnaico; y los Hombres del Rey lo llamaron Ar-Belzagar.

XIX.   *Tar-Ardamin*
Nació en el año 2618 y gobernó durante setenta y cuatro años, hasta su muerte en 2899. Su nombre en adûnaico fue Ar-Abattârik.[11]

XX.   *Ar-Adûnakhôr (Tar-Herunúmen)*
Nació en el año 2709 y gobernó durante sesenta y tres años, hasta su muerte en 2962. Fue el primero en acceder al cetro con un título en adûnaico; aunque por miedo (como ya se ha dicho) en el Pergamino de los Reyes se escribió un nombre

quenya. Pero los Fieles consideraron blasfemos esos títulos, pues significaban «Señor del Oeste», y con ese nombre sólo se designaba a uno de los grandes Valar, en especial a Manwë. En este reinado dejaron de ser usadas las lenguas élficas y se prohibió que se las enseñara, pero los Fieles las hablaron en secreto; y a partir de entonces los barcos de Eressëa visitaron las costas occidentales de Númenor con menos frecuencia y en secreto.

XXI.   *Ar-Zimrathôn (Tar-Hostamir)*

Nació en el año 2798 y gobernó durante setenta y un años, hasta su muerte en 3033.

XXII.   *Ar-Sakalthôr (Tar-Falassion)*

Nació en el año 2876 y gobernó durante sesenta y nueve años, hasta su muerte en 3102.

XXIII.   *Ar-Gimilzôr (Tar-Telemnar)*

Nació en el año 2960 y gobernó durante setenta y cinco años, hasta su muerte en 3177. Nunca habían tenido los Fieles enemigo más encarnizado; prohibió totalmente el empleo de las lenguas eldarin y prohibió a todos los Eldar ir a Númenor y castigó a quienes los recibían. No reverenciaba nada y jamás subía al Sagrario de Eru. Se casó con Inzilbêth, una señora que descendía de Tar-Calmacil;[12] pero ella pertenecía a los Fieles en secreto porque su madre era Lindórië, de la Casa de los Señores de Andúnië; y había poco amor entre ellos; y hubo desavenencia entre los hijos. Porque Inziladûn,[13] el mayor, era el preferido de la madre y de la misma disposición que ella; pero Gimilkhâd, el menor, era el hijo de su padre, y Ar-Gimilzôr de buena gana lo habría designado Heredero si las leyes lo hubieran permitido. Gimilkhâd nació en el año 3044 y murió en 3243.[14]

XXIV.   *Tar-Palantir (Ar-Inziladûn)*

Nació en el año 3035 y gobernó durante setenta y ocho años, hasta su muerte en 3255. Tar-Palantir lamentó la conducta de los Reyes que lo antecedieron y hubiera querido recobrar la amistad de los Eldar y los Señores del Oeste. Inziladûn recibió este nombre porque tenía una mirada y una mente penetrantes, y aun quienes lo odiaban temían sus palabras, pues hablaba como un verdadero vidente. Gran parte del tiempo lo pasaba en Andúnië, ya que Lindórië, la madre de su madre, era pariente de los Señores, hermana en verdad de Eärendur, el decimoquinto Señor y abuelo de Númendil, que fuera Señor de Andúnië en los días de Tar-Palantir, su primo; y Tar-Palantir subía a menudo a la antigua torre del Rey Minastir y contemplaba el Oeste con nostalgia, esperando ver, quizá, una vela que provenía de Eressëa. Pero nunca un navío vino otra vez desde el Oeste a causa de la insolencia de los Reyes y porque el corazón de la mayor parte de los Númenóreanos estaba todavía endurecido. Pues Gimilkhâd imitó la conducta de Ar-Gimilzôr y llegó a encabezar el Partido del Rey, y se oponía a la voluntad de Tar-Palantir tan abiertamente como se atrevía y aún más en secreto. Pero por un tiempo los Fieles tuvieron paz; y el Rey subía siempre en las fechas requeridas al Sagrario sobre el Meneltarma, y el Árbol Blanco recibió otra vez cuidados y honores. Pues Tar-Palantir había profetizado que cuando el Árbol se marchitara, también la línea de los Reyes perecería.

Tar-Palantir se casó tarde y no tuvo hijos varones y a su hija le dio un nombre élfico y la llamó Míriel. Pero cuando el Rey murió, Pharazôn, hijo de Gimilkhâd (quien también había muerto), la desposó en contra de la voluntad de ella, y también quebrando la ley de Númenor, pues ella era hija del hermano de su padre. Entonces le arrebató el cetro y adoptó el título de Ar-Pharazôn (Tar-Calion); y Míriel fue llamada Ar-Zimraphel.[15]

XXV.   *Ar-Pharazôn (Tar-Calion)*

El más poderoso y último Rey de Númenor. Nació en el año 3118 y gobernó sesenta y cuatro años, y murió durante la Caída en el año 3319, usurpando el cetro de

Tar-Míriel (Ar-Zimraphel)

Nació en el año 3117 y murió en la Caída.

Los hechos de Ar-Pharazôn, su gloria y su locura, se cuentan en la historia de la Caída de Númenor que Elendil escribió, y que se preservó en Gondor.[16]

NOTAS

1. Hay varias referencias a la duración de la vida de los descendientes de Elros, más larga que la de los demás Númenóreanos, además de las que se incluyen en la historia de Aldarion y Erendis. Así, en la *Akallabêth (El Silmarillion)* se dice que toda la Línea de Elros tenía «una larga vida, aun en relación con lo que era la norma para los Númenóreanos»; y esta diferencia de longevidad se precisa en una nota aislada: el «fin del vigor» para los descendientes de Elros (antes de que la longevidad de los Númenóreanos declinara) llegaba al cabo de cuatro siglos o algo antes, y para los que no pertenecían a este linaje, al cabo de los dos siglos o algo después. Importa subrayar que casi todos los Reyes, desde Vardamir hasta Tar-Ancalimon, vivieron hasta los cuatrocientos años o un poco más, y tres murieron uno o dos años antes.

   Pero en los últimos escritos sobre este tema (que datan, sin embargo, del tiempo de las versiones tardías de la historia de Aldarion y Erendis) las diferencias de longevidad decrecen

mucho. Al pueblo Númenóreano en general se le atribuye una
duración máxima de vida unas cinco veces más larga que la de
los otros Hombres (aunque esto contradice lo que se afirma en
El Señor de los Anillos, Apéndice A [I, i], esto es, que a los Númenóreanos se les concedió una duración máxima de vida «en
un principio tres veces más larga que la de los Hombres menores», afirmación que se repite en el prefacio del presente texto);
y en este aspecto, la Línea de Elros se diferencia de las demás
menos por peculiaridades y atributos distintivos que por una
simple tendencia a una mayor longevidad. Aunque se mencionan el caso de Erendis y el de las vidas algo más breves de los
«Bëoreanos» del Oeste, no se sugiere aquí, como es el caso en
la historia de Aldarion y Erendis, que esas diferencias sean muy
grandes e inherentes al destino de cada cual, y así reconocidas.

De acuerdo con este relato, sólo a Elros se le concedió una
longevidad peculiar, y se dice aquí que él y su hermano Elrond
no eran muy diferentes en cuanto a potencial de vida física, pero
como Elros eligió habitar entre los Hombres, conservó la característica principal de los Hombres en relación con los Quendi: la
«búsqueda de un más allá», como la llamaron los Eldar, el «cansancio» o el deseo de abandonar el mundo. Se dice además que
la longevidad de los Númenóreanos era una consecuencia de la
asimilación del modo de vida de los Eldar, aunque se les advirtió
expresamente que no se habían convertido en Eldar, sino que
seguían siendo Hombres mortales, y que sólo se les había concedido una prolongación del período en que el hombre se encuentra en pleno vigor, mental y físico. Así (como los Eldar) crecían
casi al mismo ritmo que los otros Hombres, pero cuando habían
alcanzado el «pleno desarrollo», envejecían o «declinaban» mucho más lentamente. Los primeros síntomas del «cansancio del
mundo» eran en efecto para ellos un signo de que el período
de vigor concluía. Si persistían entonces en seguir viviendo, el
deterioro proseguía, como había sucedido con el crecimiento, no
más lento que entre los otros Hombres. Así, un Númenóreano
pasaría rápidamente, en el término de diez años quizá, de la

salud y el vigor de la mente, a la decrepitud y la senilidad. En las primeras generaciones no «se aferraban a la vida», y renunciaban a ella voluntariamente. «Aferrarse a la vida», y morir por fuerza e involuntariamente, fue uno de los cambios provocados por la llegada de la Sombra y la rebelión de los Númenóreanos; y a esto acompañó una vida más corta.

2. Véase la nota 26 a «Aldarion y Erendis».

3. La cifra 148 (y no 147) seguramente representa los años en que Amandil reinó realmente, sin tener en cuenta el año imaginario del reino de Vardamir.

4. No cabe duda de que Silmarien fue la hija mayor de Tar-Elendil, y la fecha de su nacimiento se indica repetidamente como el año 521 de la Segunda Edad, mientras que su hermano Tar-Meneldur habría nacido en el año 543. En «La Cuenta de los Años» (Apéndice B de *El Señor de los Anillos*), sin embargo, la fecha de nacimiento de Silmarien es el año 548; fecha que se encuentra también en los primeros borradores. Parece muy probable que estos textos hayan sido revisados sin que se advirtiera la contradicción.

5. Esto no concuerda con lo que se ha dicho anteriormente de las primeras leyes de sucesión y de las posteriores. Soronto sólo se convertía en heredero de Ancalimë (si ella moría sin haber tenido hijos) en virtud de la nueva ley, pues era descendiente por línea materna. «Su hermana mayor» sin duda significa «la mayor de sus dos hermanas».

6. Véase «Aldarion y Erendis».

7. Véase nota 28 a «Aldarion y Erendis».

8. Es curioso que el cetro pasara a Tar-Telperien cuando Tar-Súrion tenía un hijo, Isilmo. Bien puede que aquí la sucesión dependiera de la formulación de la nueva ley de la que se habla en *El Señor de los Anillos,* simple primogenitura sin tener en cuenta el sexo, y no que la hija heredara el cetro sólo si el Regente no tuviera hijos varones.

9. Curiosamente, la fecha de 1731 que se da aquí como el fin del gobierno de Tar-Telperien y el acceso al trono de Tar-Minas-

tir no concuerda con la fecha, fijada en múltiples referencias, de la primera guerra contra Sauron; porque la gran flota númenóreana enviada por Tar-Minastir llegó a la Tierra Media en el año 1700. No encuentro explicación posible de esta discrepancia.

10. En «La Cuenta de los Años» (Apéndice B de *El Señor de los Anillos*) se da el siguiente detalle: «2251 Tar-Atanamir recibe el cetro. Rebelión y división de los Númenóreanos». Esto no concuerda con el presente texto, según el cual Tar-Atanamir muere en 2221. Esta fecha, empero, es una corrección de 2251. Así, el mismo año aparece en diferentes textos como la fecha de su acceso al poder y la fecha de su muerte; y toda la estructura de la cronología muestra claramente que el error está en la primera versión. Además, en la *Akallabêth (El Silmarillion)* se dice que fue en tiempos de Ancalimon, hijo de Atanamir, cuando el pueblo de Númenor se dividió. Estoy casi seguro de que la lectura correcta en «La Cuenta de los Años» tendría que ser: «2251 Muerte de Tar-Atanamir. Tar-Ancalimon recibe el cetro. Comienzo de la rebelión y división de los Númenoreanos». Pero si es así, resulta extraño que la fecha de la muerte de Atanamir haya sido modificada en «La Línea de Elros», pues había sido fijada en «La Cuenta de los Años».

11. En la lista de los Reyes y Reinas de Númenor del Apéndice A (I, i) de *El Señor de los Anillos*, el gobernante que sigue a Tar-Calmacil (el decimoctavo) era Ar-Adûnakhôr (el decimonoveno). En «La Cuenta de los Años», del Apéndice B, se dice que Ar-Adûnakhôr recibió el cetro en 2899; y basándose en esta indicación el señor Robert Foster, en *Guía completa de la Tierra Media,* da como fecha de la muerte de Tar-Calmacil el año 2899. Por otra parte, en la lista de los gobernantes de Númenor que aparece en el Apéndice A, se dice que Ar-Adûnakhôr fue el vigésimo Rey; y en 1964 mi padre contestó a alguien que le había escrito al respecto: «Tal y como se ha compuesto la genealogía, tendría que considerarse a Ar-Adûnakhôr el decimosexto rey y el decimonoveno gobernante. Tendría que

leerse posiblemente decimonoveno en lugar de vigésimo; pero también es posible que se haya saltado un nombre». Explicaba que no le era posible asegurarlo porque en el momento de escribir la carta no tenía acceso a sus notas sobre el tema.

Cuando estaba preparando el texto de la *Akallabêth* cambié la versión: «Y el vigésimo rey recibió el cetro de sus padres y ascendió al trono con el nombre de Adûnakhôr» por «Y el decimonoveno...» *(El Silmarillion)* e igualmente «veinticuatro» por «veintitrés». En ese tiempo no había observado que en «La Línea de Elros» el gobernante que seguía a Tar-Calmacil no era Ar-Adûnakhôr, sino Tar-Ardamin; pero ahora parece perfectamente claro, pues la fecha de la muerte de Tar-Ardamin que se da aquí es 2899, que fue omitido por error de la lista de *El Señor de los Anillos.*

Por otra parte, la tradición es categórica (como se lee en el Apéndice A, en la *Akallabêth* y en «La Línea de Elros»): Ar-Adûnakhôr fue el primer Rey que accedió al cetro con un nombre en adûnaico. Suponiendo que Tar-Ardamin haya desaparecido de la lista del Apéndice A por mero descuido, es sorprendente que el cambio de estilo en los nombres reales se atribuyera allí al primer gobernante después de Tar-Calmacil. Es probable que un problema textual más complejo pudiera explicar el pasaje y no simplemente un error de omisión.

12. En dos cuadros genealógicos se señala a su padre como Gimilzagar, el segundo hijo (nacido en 2630) de Tar-Calmacil, pero esto es evidentemente imposible: la descendencia de Inzilbêth de Tar-Calmacil tuvo que haber sido más indirecta.

13. Hay un dibujo floral de mi padre altamente estilizado, semejante en estilo al que aparece en *Pinturas y dibujos de J.R.R. Tolkien* (1979) n.º 45, al pie y a la derecha, que lleva el título de *Inziladûn,* y debajo tiene escrito en el alfabeto fëanoriano, y transliterado, *Númellótë* («Flor del Oeste»).

14. De acuerdo con la *Akallabêth (El Silmarillion),* Gimilkhâd «murió dos años antes de cumplir los doscientos (muerte temprana para alguien del linaje de Elros, incluso en su decadencia)».

15. Como se señala en el Apéndice A de *El Señor de los Anillos*, Míriel debió haber sido la cuarta Reina Regente.

Una última discrepancia entre «La Línea de Elros» y «La Cuenta de los Años» aparece en las fechas de Tar-Palantir. Se dice en la *Akallabêth* que «cuando Inziladûn accedió al cetro, se dio un título en lengua élfica como antaño, y se llamó Tar-Palantir»; y en «La Cuenta de los Años» se lee: «3175 Arrepentimiento de Tar-Palantir. Guerra civil en Númenor». Parecería casi indudable, fundándose en estas afirmaciones, que 3175 fue el año del acceso de Inziladûn al poder; y esto se confirma por el hecho de que en «La Línea de Elros» la fecha de muerte de Ar-Gimilzôr, su padre, era originalmente 3175, y sólo más tarde se corrigió por la de 3177. Como en el caso de la fecha de la muerte de Tar-Atanamir (nota 10) es difícil comprender por qué se hizo este cambio mínimo que contradice «La Cuenta de los Años».

16. Sólo aquí se dice que Elendil fue el autor de la *Akallabêth*. En otra parte se afirma también que la historia de Aldarion y Erendis, «una de las pocas historias detalladas que se conservan de Númenor», debió su preservación al hecho de que le interesaba a Elendil.

4

LA HISTORIA DE GALADRIEL Y CELEBORN

Y DE AMROTH, REY DE LÓRIEN

En ninguna parte de la historia de la Tierra Media hay más dificultades y problemas que en la historia de Galadriel y Celeborn, y es preciso admitir que graves incoherencias «impregnan las tradiciones»; o, para examinar la cuestión desde otro punto de vista, que el papel desempeñado por Galadriel y su importancia sólo fueron emergiendo lentamente, y que su historia se fue rehaciendo de continuo.

Así, en un comienzo, de acuerdo con la concepción inicial, resulta claro que Galadriel fue sola al este atravesando las montañas de Beleriand, antes del fin de la Primera Edad, y que se encontró con Celeborn en Lórien, la tierra de él; esto se dice explícitamente en un texto inédito, y la misma idea se encuentra en las palabras que Galadriel dirige a Frodo en *La Comunidad del Anillo*, II, 7, donde dice de Celeborn que «ha residido en el Oeste desde los tiempos del alba, y yo he vivido con él innumerables años; pues crucé las montañas antes de la caída de Nargothrond o de Gondolin, y juntos hemos combatido durante siglos la larga derrota». De acuerdo con esta concepción, es muy probable que Celeborn fuera un elfo nandorin (es decir, uno de los Teleri que se negaron a cruzar las Montañas Nubladas en el Gran Viaje de Cuiviénen).

Por otra parte, en el Apéndice B de *El Señor de los Anillos* aparece otra versión posterior de la historia; porque se dice allí que al principio de la Tercera Edad, «En Lindon, al sur del Lune, vivió por un tiempo Celeborn, pariente de Thingol; su esposa era Galadriel, la más renombrada de las elfas». Y en las notas de *The Road Goes Ever On* (1968), se dice que Galadriel «atravesó las Montañas de Eredluin con su marido Celeborn (uno de los Sindar) y fue a Eregion».

En *El Silmarillion* se menciona el encuentro de Galadriel y Celeborn en Doriath, y el parentesco de éste con Thingol; y se dice que se encontraban entre los Eldar que permanecieron en la Tierra Media después del fin de la Primera Edad.

Las razones y los motivos que explican que Galadriel se quedara en la Tierra Media son de diverso orden. El pasaje que acabamos de citar de *The Road Goes Ever On* dice explícitamente: «Después de la derrota de Morgoth al cabo de la Primera Edad, se le prohibió volver, y ella replicó con orgullo que no lo deseaba». No hay declaración explícita sobre esto en *El Señor de los Anillos*; pero en una carta escrita en 1967 mi padre decía:

A los Exiliados se les permitió volver, excepto a unos pocos de los principales responsables de la rebelión, entre los que sólo quedaba Galadriel en tiempos de *El Señor de los Anillos*. En el momento de su Lamento en Lórien, creía que esto sería permanente, mientras la Tierra durara. De ahí que el lamento concluyera con la expresión de un deseo o una plegaria para que a Frodo se le concediera como gracia especial una permanencia expiatoria (aunque no punitiva) en Eressëa, la isla solitaria a la vista de Aman, aunque para ella el camino estuviera cerrado. Su ruego fue escuchado, pero también a ella le fue levantada la prohibición, como recompensa por sus servicios en la lucha contra Sauron, y sobre todo por no haber caído en la tentación de aceptar el Anillo cuando se lo ofrecieron. De este modo la vemos al fin subir a un navío y hacerse a la mar.

Este pasaje, muy positivo en sí mismo, no demuestra sin embargo que la idea de que a Galadriel se le hubiera prohibido volver al Oeste estuviera presente cuando se compuso el capítulo «Adiós a Lórien», muchos años antes; y me inclino a pensar que no lo estaba (véase más adelante: «De Galadriel y Celeborn»).

En un ensayo muy posterior y principalmente filológico, ciertamente escrito después de la publicación de *The Road Goes Ever On,* la historia se presenta de modo muy distinto:

Galadriel y su hermano Finrod eran los hijos de Finarfin, el segundo hijo de Indis. Finarfin se parecía a la familia de su madre en mente y cuerpo, pues tenía los cabellos dorados de los Vanyar, un temperamento noble y moderado, y amaba a los Valar. En la medida de lo posible, se mantenía por encima de las contiendas de sus hermanos y de su alejamiento de los Valar, y a menudo intentaba apaciguar a los Teleri, cuya lengua aprendió. Se casó con Eärwen, la hija del Rey Olwë de Alqualondë, y sus hijos fueron, pues, parientes del Rey Elu Thingol de Doriath en Beleriand, porque él era hermano de Olwë; y este parentesco influyó en su decisión de unirse a los Exiliados, y fue de gran importancia luego en Beleriand. Finrod se parecía a su padre por su hermosa cara y por el dorado de sus cabellos, y también por la nobleza y la generosidad de su corazón, pero tenía también el coraje de los Noldor y, cuando era joven, su impaciencia e inquietud; y tenía también de su madre Telerin el amor por el mar y soñaba con tierras lejanas que nunca había visto. Galadriel fue la más grande de los Noldor, excepto Fëanor quizá, aunque era más sabia que él, y su sabiduría creció en el curso de sus largos años.

Su nombre materno era Nerwen («doncella-hombre»),[1] y llegó a ser más alta aún que las mujeres de los Noldor;

era fuerte de cuerpo, de mente y de voluntad, digna rival, en los días de su juventud, tanto de los sabios como de los atletas de los Eldar. Aun entre los Eldar se la encontraba hermosa, y sus cabellos se consideraban una maravilla sin par. Eran dorados como los de su padre y los de su antecesora Indis, pero más espesos y esplendorosos, porque en su oro había un matiz que recordaba la plata estelar de su madre; y los Eldar decían que la luz de los Dos Árboles, Laurelin y Telperion, había quedado enredada entre sus trenzas. Muchos consideraron que estas palabras hicieron pensar a Fëanor por primera vez en la posibilidad de capturar y mezclar la luz de los Árboles, lo que más tarde cobró forma en sus manos como los Silmarils. Porque Fëanor contemplaba los cabellos de Galadriel con asombro y deleite. Tres veces le pidió una trenza, pero Galadriel no quiso darle ni siquiera un cabello. Estos dos parientes, los más grandes de entre los Eldar de Valinor, nunca fueron amigos.

Galadriel nació en los tiempos felices de Valinor, pero no pasaron muchos años, según los cómputos del Reino Bendecido, antes de que esa felicidad empezara a menguar; y en adelante ya no tuvo paz. Porque en esos tiempos de prueba, en medio de las contiendas de los Noldor, era arrastrada de un lado a otro. Era orgullosa, fuerte y resuelta, como todos los descendientes de Finwë, salvo Finarfin; y como su hermano Finrod, de todos sus parientes el que estaba más cerca de su corazón, soñaba con tierras lejanas y dominios donde pudiera obrar como quisiera sin estar atada a ninguna autoridad. Sin embargo, y aún más profundamente, vivía en ella el espíritu noble y generoso de los Vanyar, y un temor reverente por los Valar, a quienes no podía olvidar. Desde sus más tempranos años tuvo el maravilloso don de penetrar en la mente de otros, pero juzgaba a todos con clemencia y comprensión, y a nadie negaba su buena voluntad, salvo a Fëanor. Advertía en él una oscuridad que odiaba y temía, aunque no alcanzó a ver que la sombra del mismo mal cubría las mentes de todos los Noldor, y también la suya propia.

Así fue que cuando la luz de Valinor se apagó, para siempre, como lo pensaron los Noldor, se unió a la rebelión contra los Valar, que ordenaban que nadie se fuera; y una vez que hubo echado a andar por el camino del exilio ya no cedió, y rechazó el último mensaje de los Valar, y la alcanzó la Maldición de Mandos. Aun después del implacable ataque a los Teleri y el robo de sus navíos, aunque luchó fieramente contra Fëanor en defensa de los parientes de su madre, no retrocedió. El orgullo le impedía volver como derrotada suplicando perdón; pero ahora ardía en deseos de seguir a Fëanor a cualquier sitio adonde pudiera ir, para contrariar y frustrar sus designios en todo lo posible. El orgullo la movió también cuando al final de los Días Antiguos, después de la derrota de Morgoth, rechazó el perdón de los Valar para todos los que hubieran luchado contra él, y se quedó en la Tierra Media. Pero cuando hubieron transcurrido otras dos largas edades, y tuvo por fin todo lo que había deseado de joven, el Anillo de Poder y el dominio de la Tierra Media con el que había soñado, también había obtenido plena sabiduría y lo rechazó todo, y pasada la última prueba, abandonó la Tierra Media para siempre.

Esta última frase se relaciona estrechamente con la escena en Lothlórien cuando Frodo ofrece el Anillo Único a Galadriel (*La Comunidad del Anillo,* II, 7): «Y ahora al fin llega. ¡Me darás libremente el Anillo! En lugar de un Señor Oscuro, instalarás a una Reina».

En *El Silmarillion* se dice que en el tiempo de la rebelión de los Noldor en Valinor, Galadriel

estaba ansiosa por partir. No pronunció ningún juramento, pero las palabras de Fëanor sobre la Tierra Media le habían encendido el corazón, y anhelaba ver las amplias tierras desprotegidas y gobernar allí un reino a su propia voluntad.

Hay aquí sin embargo varios elementos que no se encuentran en las páginas de *El Silmarillion*: el parentesco de los hijos de Finarfin con Thingol como factor que influye en la decisión de ellos de unirse a la rebelión de Fëanor; el peculiar desagrado y desconfianza que experimenta Galadriel por Fëanor desde un principio, y el efecto que ella tuvo sobre él; y la lucha en Alqualondë entre los mismos Noldor. Angrod sólo dijo a Thingol en Menegroth que los parientes de Finarfin eran inocentes de la matanza de los Teleri *(El Silmarillion)*. Más notable sin embargo en el pasaje que acabamos de citar es la afirmación explícita de que Galadriel rechazó el perdón de los Valar al fin de la Primera Edad.

Más adelante en este ensayo se dice que aunque su madre la llamaba Nerwen y su padre Artanis («mujer noble»), el nombre que ella escogió como nombre en sindarin fue Galadriel, «porque era el más bello de los nombres, y le había sido dado por su enamorado, Teleporno de los Teleri, con quien se casó más tarde en Beleriand». Teleporno es Celeborn, al que se atribuye aquí una historia diferente, como se lo expone más adelante; sobre el nombre en sí mismo, véase el Apéndice E.

En una nota muy posterior y en parte ilegible, aparece, bosquejada, pero no desarrollada, una versión totalmente diferente de la conducta de Galadriel en los tiempos de la rebelión de los Noldor: el último texto de mi padre sobre el tema de Galadriel y Celeborn, y probablemente también sobre la Tierra Media y Valinor, escrito en el último

mes de su vida. Aquí subraya el formidable carácter de Galadriel,
ya manifiesto en Valinor, igual al de Fëanor, aunque de diferentes
cualidades; y se dice que, lejos de unirse a la rebelión de Fëanor, se le
oponía en todo. Deseaba en verdad abandonar Valinor e ir al vasto
mundo de la Tierra Media, con el propósito de ejercer allí libremente
sus talentos; pues «como era brillante de mente y rápida en la acción,
había absorbido todo lo que era capaz de las enseñanzas que los Valar consideraban atinado impartir a los Eldar», y se sentía confinada
bajo el tutelaje de Aman. Este deseo de Galadriel, según parece, era
conocido de Manwë, y no se lo había prohibido; pero tampoco le había dado autorización formal para partir. Reflexionando sobre lo que
podría hacer, los pensamientos de Galadriel se volcaron en los barcos
de los Teleri, y fue por un tiempo a vivir con los parientes de su madre en Alqualondë. Allí conoció a Celeborn, que en este texto es otra
vez un príncipe telerin, nieto de Olwë de Alqualondë, y por tanto un
pariente cercano. Juntos planearon construir una nave y partir en ella
a la Tierra Media; y estaba por pedir la licencia de los Valar, cuando
Melkor huyó de Valmar, y retornando con Ungoliant, destruyó la
luz de los Árboles. En la rebelión de Fëanor que siguió al Oscurecimiento de Valinor, Galadriel no tuvo parte: en verdad, junto con
Celeborn, luchó heroicamente en defensa de Alqualondë, y el barco
de Celeborn quedó a salvo del ataque de los Noldor. Galadriel, quien
había perdido la esperanza en Valinor, horrorizada por la violencia y
la crueldad de Fëanor, se hizo a la vela en la oscuridad sin esperar la
autorización de Manwë, que sin duda no se la habría concedido en ese
momento, aunque el deseo de Galadriel fuera legítimo. Ocurrió así
que quedó sometida a la prohibición impuesta a toda partida, y desde
entonces el regreso a Valinor estuvo cerrado para ella. Pero junto con
Celeborn llegó a la Tierra Media algo antes que Fëanor, y navegó
hasta el puerto donde Círdan era señor. Allí se le recibió con alegría
como pariente de Elwë (Thingol). En los años que siguieron no se
unieron a la guerra contra Angband, que juzgaban perdida ahora bajo
la prohibición, y sin poder contar con la ayuda de los Valar; y su designio era retirarse de Beleriand y fortalecerse en el este (de donde te-

mían que Morgoth buscara refuerzos) haciendo amistad con los Elfos Oscuros y los Hombres de esas regiones, ofreciéndoles instrucción. Pero como una política semejante no tenía ninguna posibilidad de ser aceptada entre los Elfos de Beleriand, Galadriel y Celeborn atravesaron Ered Lindon antes del fin de la Primera Edad; y cuando tuvieron autorización de los Valar para regresar al Oeste, la rechazaron.

Esta historia, que elimina toda asociación de Galadriel con la rebelión de Fëanor, al punto que ella parte por separado (con Celeborn) de Aman, está en profundo desacuerdo con todo lo que se dice en otros sitios. Se trata de una versión que procede sin duda de consideraciones «filosóficas» (más que «históricas») sobre la naturaleza precisa de la desobediencia de Galadriel en Valinor, por una parte, y de su jerarquía y poder en la Tierra Media, por la otra. Es evidente que habría exigido no pocas alteraciones en la narración de *El Silmarillion*; pero ésa era sin duda la intención de mi padre. Vale la pena mencionar que Galadriel no aparecía en la historia original de la rebelión, y de la huida de los Noldor; y también, claro está, que después de su intervención en los relatos de la Primera Edad, la historia de Galadriel hubiera podido modificarse de manera radical, pues *El Silmarillion* no se había publicado. Pero el libro publicado estaba compuesto de narraciones acabadas, y no podía tener en cuenta revisiones que eran sólo un esbozo.

Por otra parte, convertir a Celeborn en un elfo telerin de Aman contradice no sólo lo que se cuenta en *El Silmarillion,* sino también lo que ya se ha citado de *The Road Goes Ever On* y del Apéndice B de *El Señor de los Anillos*, donde Celeborn es un elfo sindarin de Beleriand. En cuanto a la causa de esta fundamental alteración de la historia, podría responderse que surgió de un nuevo elemento narrativo: la partida de Galadriel, que deja el país de Aman independientemente de las huestes rebeldes de los Noldor; pero Celeborn ya se ha transformado en un elfo telerin en el texto citado más arriba, donde Galadriel participa de la rebelión de Fëanor y abandona Valinor, y donde no hay indicación de cómo llegó Celeborn a la Tierra Media.

La primera historia (aparte de la cuestión de la prohibición y el perdón), a la que se refieren *El Silmarillion, The Road Goes Ever On* y el Apéndice B de *El Señor de los Anillos,* resulta bastante clara: Galadriel, que llega a la Tierra Media encabezando la segunda hueste de los Noldor, encuentra a Celeborn en Doriath, y luego se casa con él; era nieto de Elmo, hermano de Thingol: un personaje apenas esbozado, de quien se dice tan sólo que era el hermano menor de Elwë (Thingol) y Olwë, y «amado de Elwë, con quien se quedó». (El hijo de Elmo se llamaba Galadhon y sus hijos fueron Celeborn y Galathil; Galathil fue el padre de Nimloth, que se casó con Dior, Heredero de Thingol, y fue madre de Elwing. De acuerdo con esta genealogía, Celeborn era pariente de Galadriel, bisnieta de Olwë de Alqualondë, pero no tan cercano como en esa otra genealogía en la que aparece como bisnieto de Olwë.) Puede suponerse que Celeborn y Galadriel estuvieran presentes en la ruina de Doriath (se dice en un pasaje que Celeborn «escapó al saqueo de Doriath») y quizá ayudaron a huir a Elwing a los Puertos del Sirion con el Silmaril, pero esto no se menciona en ningún sitio. En el Apéndice B de *El Señor de los Anillos,* se dice que Celeborn vivió por un tiempo en Lindon al sur del Lune;[2] pero a principios de la Segunda Edad cruzaron las Montañas y penetraron en Eriador. La historia subsiguiente en la misma fase (por así llamarla) de los escritos de mi padre, se cuenta en la breve narración que sigue.

De Galadriel y Celeborn

El texto que lleva este título es un esbozo breve y apresurado, en estado muy primitivo de composición, que, sin embargo, constituye casi la única fuente narrativa que permite reconstruir los acontecimientos del Oeste de la Tierra Media, hasta la derrota y expulsión de Sauron de Eriador, en el año 1701 de la Segunda Edad. Aparte de esto, apenas hay nada más que los breves e infrecuentes detalles de «La Cuenta de los Años» y el texto mucho más general y selectivo titulado «De los Anillos de Poder y la Tercera Edad» (en *El Silmarillion*). No cabe duda de que ese texto se compuso después de la publicación de *El Señor de los Anillos,* pues hay en él una referencia al libro, y se dice que Galadriel era hija de Finarfin y hermana de Finrod Felagund (nombres atribuidos tardíamente a estos príncipes e introducidos en la edición revisada). El texto está muy corregido, y no siempre es posible diferenciar entre lo que pertenece al tiempo de la composición y lo que se añadió en algún momento posterior. Éste es el caso de las referencias a Amroth, que lo convierten en hijo de Galadriel y Celeborn; pero aun así, parece evidente que fue una concepción nueva, posterior a la escritura de *El Señor de los Anillos*. Si en ese entonces Amroth hubiera sido considerado hijo de Galadriel y Celeborn, es casi seguro que el hecho habría sido mencionado.

Es muy notable que el texto no mencione la prohibición de volver al Oeste impuesta a Galadriel, pero de acuerdo con un pasaje del principio de la narración, parece que la idea ni siquiera había sido concebida; mientras que más adelante la permanencia de Galadriel en la Tierra Media, después de la derrota de Sauron en Eriador, se atribuye a que ella consideraba que no debía irse en tanto Sauron no estuviera definitivamente vencido. Éste es el argumento principal en apoyo del (vacilante) punto de vista expresado arriba, según el cual la historia de la prohibición fue posterior a la escritura de *El Señor de los Anillos*; cf. también un pasaje en la historia de «La Elessar».

He aquí este texto, con la inclusión de algunos comentarios entre corchetes.

Galadriel era hija de Finarfin y hermana de Finrod Felagund. Fue bien recibida en Doriath porque su madre Eärwen, hija de Olwë, era Telerin y sobrina de Thingol, y porque el pueblo de Finarfin no había tenido parte en la Matanza de los Parientes en Alqualondë; y se hizo amiga de Melian. En Doriath conoció a Celeborn, nieto de Elmo, el hermano de Thingol. Por amor a Celeborn, que no quería abandonar la Tierra Media [y quizá por cierto orgullo personal, pues ella había estado entre aquellos que habían querido habitar en la Tierra Media], no volvió al Oeste después de la Caída de Melkor, y cruzó Ered Lindon con Celeborn y llegó a Eriador. Cuando se internaron en esa región, había muchos Noldor con ellos, y también Elfos Grises y Elfos

Verdes; y por un tiempo habitaron a orillas del lago Nenuial (Lago del Atardecer, al norte de la Comarca). Celeborn y Galadriel llegaron a ser considerados el Señor y la Señora de los Eldar en Eriador, y también de los grupos errantes de origen nandorin que nunca habían ido al oeste de Ered Lindon y descendieron a Ossiriand [véase *El Silmarillion*]. Durante su estancia, cerca de Nenuial, nació Amroth, en fecha incierta, entre los años 350 y 400. [No se precisa el tiempo ni el lugar del nacimiento de Celebrían, aquí o más tarde en Eregion, o aun más tarde en Lórien.]

Pero finalmente Galadriel se dio cuenta de que habían vuelto a olvidarse de Sauron, como en los viejos días del cautiverio de Melkor [véase *El Silmarillion*]. O, más bien, como Sauron no tenía todavía un nombre singular, y no se había advertido que sus acciones procedieran de un único espíritu maligno, sirviente primordial de Melkor, Galadriel comprendió que cierta voluntad maléfica obraba en el mundo, y que parecía proceder de una fuente lejana del Este, más allá de Eriador y las Montañas Nubladas.

Celeborn y Galadriel, por tanto, se dirigieron hacia el este en el año 700 aproximadamente, y fundaron el principal (pero en absoluto el único) reino noldorin de Eregion. Puede que Galadriel escogiera este sitio porque sabía de los Enanos de Khazad-dûm (Moria). En la ladera oriental de Ered Lindon[3] habían vivido y vivían aún algunos Enanos; allí se habían levantado las muy antiguas mansiones de Nogrod y Belegost, no lejos del Nenuial; pero la mayoría de ellos se había trasladado a Khazad-dûm. Celeborn no sentía simpatía por los Enanos de raza alguna (como se lo mostró a Gimli en Lothlórien), y nunca les perdonó la parte que les cupo en la destrucción de Doriath; pero sólo el ejército de Nogrod había intervenido en aquel ataque, y había sido destruido en la batalla de Sarn Athrad [*El Silmarillion*]. Los Enanos de Belegost se sintieron consternados ante esta calamidad, y temían sus consecuencias, y se apresuraron así en marchar hacia el este para llegar a Khazad-dûm.[4] De este modo, es posible suponer que los Enanos de Moria fueron inocentes de la ruina de Doriath, y que no eran hostiles a los Elfos. De cualquier modo, Galadriel fue más previsora en esto que Celeborn; y advirtió desde un comienzo que la Tierra Media no podía quedar a salvo del «residuo de mal» que Morgoth había dejado, a no ser que se unieran todos los pueblos, cada uno a su manera y en función de sus capacidades, para oponérsele. Miraba también a los Enanos con ojos de militar, y veía en ellos a los mejores soldados para oponerse a los Orcos. Además, Galadriel era una noldo, y sentía una natural simpatía por las mentes de los Enanos y por la pasión con que se dedicaban a distintas artesanías; una simpatía mucho más profunda que la que se daba en muchos de los Eldar: los Enanos eran «los Hijos de Aulë», y Galadriel, como muchos de entre los Noldor, había sido discípula de Aulë y Yavanna en Valinor.

Galadriel y Celeborn tenían en su compañía a un artesano noldorin llamado Celebrimbor. [Se dice aquí que era uno de los supervivientes de Gondolin, y que se había contado entre los más grandes artífices de Turgon; pero el texto se modificó para convertirlo en descendiente de Fëanor, como se menciona en el Apéndice B de *El Señor de los Anillos* (edición revisada), y, con mayor detalle, en *El Silmarillion*, donde se dice que fue hijo de Curufin, quinto hijo de Fëanor, que se separó de su padre y permaneció en Nargothrond cuando Celeborn y Curufin fueron expulsados.] Celebrimbor tenía «por las artesanías una obsesión casi propia de los Enanos»; y pronto se convirtió en el principal artífice de Eregion, manteniendo una estrecha relación con los Enanos de Khazad-dûm, entre los cuales su mejor amigo fue Narvi. [En la inscripción sobre la puerta occidental de Moria, Gandalf leyó las palabras: *Im Narvi hain echant: Celebrimbor o Eregion teithant i thiw hin:* «Yo, Narvi, construí estas puertas. Celebrimbor de Acebeda grabó estos signos». *La Comunidad del Anillo*, II, 4.] Tanto los Elfos como los Enanos obtuvieron gran provecho de esta asociación: de modo que Eregion se volvió mucho más fuerte y Khazad-dûm mucho más hermosa que lo que hubieran llegado a ser por sí mismas.

[Esta explicación del origen de Eregion concuerda con la que se da en «De los Anillos de Poder» *(El Silmarillion),* pero ni allí ni en las breves referencias que aparecen en el Apéndice B de *El Señor de los Anillos* hay mención alguna de la presencia de Galadriel y Celeborn;

de hecho, en este último (una vez más, sólo en la edición revisada) se llama a Celebrimbor el Señor de Eregion.]

La construcción de la ciudad principal de Eregion, Ost-in-Edhil, comenzó aproximadamente en el año 750 de la Segunda Edad [la fecha que «La Cuenta de los Años» asigna a la fundación de Eregion por los Noldor]. Estas nuevas llegaron pronto a oídos de Sauron, y el temor que le inspiraba la venida de los Númenóreanos a Lindon y las costas más hacia el sur, y la amistad que los unía a Gil-galad crecieron todavía más; y oyó también hablar de Aldarion, hijo de Tar-Meneldur, Rey de Númenor, ahora convertido en un gran carpintero de barcos, que llevaba sus navíos a puerto, muy al sur, aun hasta el Harad. Por tanto, Sauron dejó a Eriador en paz por un tiempo, y eligió la tierra de Mordor, como se la llamó luego, para instalar allí una fortaleza que contrarrestara la amenaza del desembarco de los Númenóreanos [este episodio tiene por fecha aproximada el año mil en «La Cuenta de los Años»]. Cuando se sintió seguro, envió emisarios a Eriador, y finalmente, alrededor del año 1200, se presentó allí él mismo, investido con la forma más agradable que fue capaz de adoptar.

Pero entretanto el poder de Galadriel y Celeborn había crecido, y Galadriel, asistida por la amistad que la unía a los Enanos de Moria, había tenido contacto con el país Nandorin de Lórinand al otro lado de las Montañas Nubladas.[5] Éste estaba poblado por los Elfos que habían abandonado a los Eldar de Cuiviénen en el Gran Viaje, instalándose en los bosques del Valle del Anduin *[El Silmarillion]*; y se extendía hacia las zonas boscosas a ambos lados del Río Grande, e incluía a la región donde se levantó después Dol Guldur. Estos Elfos no tenían príncipes ni gobernantes y vivían libres de cuidados mientras el poder de Morgoth se concentraba en el noroeste de la Tierra Media;[6] «pero muchos Sindar y Noldor fueron a vivir entre ellos, y así empezó el proceso de "sindarización" bajo la influencia de la cultura beleriándica». [No está claro cuándo se iniciaron estas migraciones hacia Lórinand; es posible que vinieran desde Eregion por el camino de Khazad-dûm y bajo los auspicios de Galadriel.] Galadriel, que intentaba contrarrestar las maquinaciones de Sauron, tuvo éxito en Lórinand; mientras que en Lindon, Gil-galad expulsó a los emisarios de Sauron y aun a éste mismo [como se cuenta más ampliamente en «De los Anillos de Poder» *(El Silmarillion)*]. Pero Sauron tuvo mejor fortuna con los Noldor de Eregion, y en especial con Celebrimbor, que en su corazón deseaba alcanzar la habilidad y la fama de Fëanor. [El engaño de los herreros de Eregion por parte de Sauron, haciéndose pasar por Annatar, Señor de los Dones, se describe en «De los Anillos de Poder», texto que sin embargo no menciona a Galadriel.]

En Eregion, Sauron se presentó como emisario de los Valar, enviado a la Tierra Media («anticipándose así a los Istari») con la orden de permanecer allí para dar ayuda a los Elfos. Advirtió enseguida que Galadriel sería su principal adversario y obstáculo, e intentó aplacarla soportando el desdén que ella le mostraba con un exterior de paciencia y cortesía. [En este rápido esbozo no se explica por qué Galadriel despreciaba a Sauron, a no ser que viera por debajo de su disfraz, ni por qué, si adivinaba su verdadera naturaleza, le permitía permanecer en Eregion.][7] Sauron recurrió a todas sus artes con Celebrimbor y los demás herreros, que habían constituido una sociedad o hermandad muy poderosa en Eregion, los Gwaith-i-Mírdain; pero trabajó en secreto sin que Galadriel y Celeborn se enteraran. Antes de no mucho tiempo, Sauron se había ganado la confianza de los Gwaith-i-Mírdain, pues en un principio habían sacado gran provecho de lo que él les enseñara sobre los secretos de su oficio.[8] Tanto fue su poder sobre los Mírdain, que por fin los convenció de que se rebelaran contra Galadriel y Celeborn y les arrebataran el mando en Eregion; y eso sucedió en un tiempo incierto entre 1350 y 1400 de la Segunda Edad. Galadriel entonces abandonó Eregion y pasó por Khazad-dûm a Lórinand, llevando consigo a Amroth y a Celebrían; pero Celeborn no quiso entrar en las mansiones de los Enanos y se quedó atrás en Eregion, sin ser tenido en cuenta por Celebrimbor. En Lórinand, Galadriel tomó el mando y organizó la defensa contra Sauron.

Sauron, por su parte, abandonó Eregion alrededor del año 1500, cuando los Mírdain habían empezado a forjar los Anillos de Poder. Ahora bien, Celebrimbor era leal de corazón, y había aceptado a Sauron como lo que decía que era; y cuando por fin descubrió la existencia del Anillo Único, se rebeló contra Sauron y fue a Lórinand para que Galadriel le aconsejara. Tenían que haber destruido todos los Anillos de Poder en esa oportunidad, pero no eran lo suficientemente fuertes para hacerlo. Galadriel le aconsejó que ocultara los Tres Anillos de los Elfos en lugares diferentes, lejos de Eregion, donde Sauron podía buscarlos, y que no se usaran nunca. Fue entonces cuando Celebrimbor le dio Nenya, el Anillo Blanco, y por el poder de este anillo el país de Lórinand se fortaleció y embelleció; pero la influencia que tuvo sobre ella fue grande también e imprevista, porque le acrecentó el deseo de hacerse a la Mar y de volver al Oeste, de modo que ya no se sintió tan feliz en la Tierra Media.[9] Celebrimbor, siguiendo el consejo de Galadriel, envió el Anillo de Aire y el Anillo de Fuego lejos de Eregion; y los confió a Gil-galad en Lindon. (Se dice aquí que por ese entonces Gil-galad dio Narya, el Anillo Rojo, a Círdan, Señor de los Puertos, pero más adelante una nota marginal indica que lo guardó consigo hasta que partió a la Guerra de la Última Alianza.)

Cuando Sauron se enteró del arrepentimiento y la rebelión de Celebrimbor, se quitó la máscara y mostró abiertamente su ira; y reuniendo grandes fuerzas avanzó sobre Calenardhon (Rohan) para invadir Eriador, en el año 1695. Cuando Gil-galad se enteró, envió una fuerza al mando de Elrond Medio Elfo; pero Elrond estaba lejos, y Sauron se volvió hacia el norte y marchó hacia Eregion. Los exploradores y la vanguardia del ejército de Sauron ya estaban cerca, cuando Celeborn hizo una salida y los rechazó; pero, aunque llegó a unirse a las fuerzas de Elrond, no les fue posible volver a Eregion, pues las huestes de Sauron eran mucho más numerosas, suficientes tanto para mantenerlos a distancia como para cercar Eregion. Por fin los atacantes irrumpieron en Eregion destruyendo y devastando, y se apoderaron del principal objetivo del ataque de Sauron: la Casa de los Mírdain, donde se encontraban las herrerías y sus tesoros. Celebrimbor, desesperado, resistió personalmente a Sauron en la escalinata frente a las grandes puertas de los Mírdain; pero lo atraparon y lo llevaron cautivo, y la casa fue saqueada. Allí Sauron se apoderó de los Nueve Anillos y algunos otros trabajos de los Mírdain; pero los Siete y los Tres, no pudo encontrarlos. Entonces Celebrimbor fue sometido a tormento, y Sauron averiguó por él dónde habían sido guardados los Siete. Esto lo reveló Celebrimbor porque para él ni los Siete ni los Nueve valían tanto como los Tres; los Siete y los Nueve habían sido creados con la ayuda de Sauron, mientras que los Tres los había hecho él solo, con un poder y un propósito diferentes. [No se dice aquí explícitamente que Sauron se hubiera apoderado entonces de los Siete Anillos, aunque esa implicación parece evidente. En el Apéndice A (III) de *El Señor de los Anillos* se cuenta que entre los Enanos del Pueblo de Durin se creía que quienes habían dado el Anillo a Durin III, Rey de Khazad-dûm, habían sido los herreros Elfos, y no Sauron; pero nada se dice en ese texto de cómo los Siete Anillos llegaron a manos de los Enanos.] Sobre los Tres Anillos, Sauron no pudo arrancarle nada a Celebrimbor; e hizo que lo mataran. Pero alcanzó a adivinar la verdad, que los Tres habían sido puestos al cuidado de guardianes elfos: y que éstos, por fuerza, no podían ser otros que Galadriel y Gil-galad.

Arrastrado por una cólera negra, volvió a la batalla; y llevando como estandarte el cadáver de Celebrimbor colgado de una pértiga, atravesado de las flechas de los orcos, se volvió sobre las fuerzas de Elrond. Elrond había reunido a los pocos Elfos de Eregion que habían conseguido escapar, pero no bastaban para resistir el ataque. Hubiera sido aplastado sin duda si el ejército de Sauron no hubiera sido atacado por la retaguardia; porque Durin había enviado una fuerza de Enanos desde Khazad-dûm, y con ellos vinieron los Elfos de Lórinand conducidos por Amroth. Elrond logró librarse del ataque, pero tuvo que alejarse hacia el norte, y fue en ese tiempo [el año 1697 de acuerdo con «La Cuenta de los Años»] cuando construyó un refugio fortificado en Imladris (Rivendel). Sauron abandonó la persecución de Elrond, y se volvió contra los Enanos y los Elfos de Lórinand, a quienes obligó a retroceder; pero las Puertas de Moria se cerraron y no consiguió entrar. Desde entonces Sauron odió siempre a Moria, y los Orcos tuvieron orden de hostilizar a los Enanos cada vez que pudieran.

Fue así que Sauron intentó conquistar Eriador: Lórinand podía esperar. Pero mientras él devastaba las tierras, matando o expulsando a todos los Hombres, que vivían allí en pequeños grupos, y persiguiendo a los Elfos que aún no se habían ido, muchos huyeron a engrosar las filas del ejército de Elrond en el norte. Ahora bien, el propósito inmediato de Sauron era apoderarse de Lindon, donde, según creía, parecía más probable que pudiera apoderarse de uno o más de los Tres Anillos; y por tanto convocó allí a sus fuerzas y marchó hacia el oeste, a la tierra de Gil-galad, asolando todo lo que encontraba. Pero sus fuerzas habían menguado, pues había tenido que dejar atrás un fuerte destacamento para contener a Elrond e impedirle que cayera sobre su retaguardia.

Ahora bien, durante largos años los Númenóreanos habían llevado sus barcos a los Puertos Grises, y eran allí bienvenidos. No bien Gil-galad empezó a temer que las tropas de Sauron avanzarían en guerra abierta sobre Eriador, envió mensajes a Númenor; y en las costas de Lindon los Númenóreanos prepararon un ejército y juntaron pertrechos de guerra. En 1695, cuando Sauron invadió Eriador, Gil-galad solicitó la ayuda de Númenor. Entonces Tar-Minastir, el Rey, envió una gran flota; pero el viaje se retrasó, y los barcos no llegaron a las costas de Tierra Media hasta 1700. Para entonces, Sauron dominaba todo Eriador, salvo sólo la sitiada Imladris, y había llegado al Río Lhûn. Había convocado otras fuerzas, que se aproximaban desde el sureste, y que estaban ya en Enedwaith en el Cruce de Tharbad, apenas defendido. Gil-galad y los Númenóreanos guardaban el Lhûn, en un intento desesperado de defender los Puertos Grises, cuando las grandes fuerzas de Tar-Minastir llegaron justo a tiempo; y las huestes de Sauron fueron derrotadas por completo y rechazadas. El almirante númenóreano Ciryatur envió parte de sus navíos a un punto de desembarco más hacia el sur.

Sauron fue rechazado hacia el sureste al cabo de una gran matanza en el Vado de Sarn (el cruce del Baranduin); y aunque otras tropas se le unieron en Tharbad, se encontró otra vez con un ejército númenóreano en la retaguardia, pues Ciryatur había desembarcado una gran fuerza en la desembocadura del Gwathló (Aguada Gris), «donde había un pequeño puerto númenóreano». [Éste era Vinyalondë de Tar-Aldarion, llamado después Lond Daer; véase el Apéndice D.] En la Batalla del Gwathló, la derrota de Sauron fue completa, y él mismo apenas logró escapar. Las escasas fuerzas que le quedaban fueron atacadas en el este de Calenardhon, y él, acompañado únicamente por su guardia personal, huyó a la región llamada después Dagorlad (Llanura de la Batalla), y de allí, quebrantado y humillado, regresó a Mordor, y juró venganza contra Númenor. El ejército que sitiaba a Imladris, atrapado ente Elrond y Gil-galad, fue completamente destruido. Ya no quedaban más enemigos en Eriador, pero la mayor parte de la tierra había quedado destrozada y arruinada.

Por este tiempo se celebró el primer Concilio,[10] y se decidió en él que se mantendría una fortaleza élfica al este de Eriador, antes en Imladris que en Eregion. Por ese tiempo también, Gil-galad dio Vilya, el Anillo Azul, a Elrond, y lo designó como vicerregente de Eriador; pero el Anillo Rojo lo conservó, hasta que se lo dio a Círdan cuando partió de Lindon en los días de la Última Alianza.[11] Durante muchos años las Tierras del Oeste tuvieron paz y tiempo para curar sus heridas; pero los Númenóreanos habían conocido el placer del poder en la Tierra Media, y desde entonces en adelante establecieron colonias permanentes en las costas occidentales [la fecha aproximada de esto es 1800 de «La Cuenta de los Años»], y se hicieron allí poderosos, y Sauron no intentó avanzar hacia el oeste de Mordor durante largo tiempo.

En un último pasaje, la narración vuelve a Galadriel, y nos cuenta que sentía ahora tanta nostalgia por el mar (aunque pensaba que debía permanecer en la Tierra Media en tanto que Sauron no estuviera definitivamente vencido), que decidió abandonar Lórinand e ir a vivir cerca del mar. Dejó Lórinand a cargo de Amroth, y pasando nuevamente por Moria con Celebrían, llegó a Imladris en busca de Celeborn. Allí, según parece, lo encontró, y allí vivieron juntos largo tiempo; y fue entonces cuando Elrond vio por primera vez a Celebrían y se enamoró de ella, aunque no dijo nada. Y mientras Galadriel se encontraba en Imladris, se celebró el Concilio ya mencionado. Pero

algo después [no hay indicación de fecha] Galadriel y Celeborn, junto
con Celebrían, abandonaron Imladris y se dirigieron a las tierras poco
habitadas que se extienden entre la desembocadura del Gwathló y
Ethir Anduin. Allí vivieron en Belfalas, en el lugar que se llamó después Dol Amroth; allí a veces los visitó Amroth, su hijo, y los Elfos
nandorin de Lórinand engrosaron sus filas. Galadriel no volvió allí
hasta muy avanzada la Tercera Edad (cuando Amroth se perdió, y el
peligro amenazó a Lórinand), en el año 1981. Aquí concluye el texto
«De Galadriel y Celeborn».

Puede anotarse aquí que la ausencia de toda indicación con-
traria en *El Señor de los Anillos* ha llevado a los comentadores
a suponer que Galadriel y Celeborn habían pasado la segunda
mitad de la Segunda Edad y toda la Tercera en Lothlórien;
pero en verdad no fue así, aunque la historia que se cuenta en
«De Galadriel y Celeborn» fue muy modificada más tarde,
como se verá enseguida.

Amroth y Nimrodel

He dicho ya que si cuando se escribió *El Señor de los Anillos* Amroth
hubiera sido concebido como el hijo de Galadriel y Celeborn, algo tan
importante no habría dejado de mencionarse. Pero lo fuera o no, este
parentesco fue luego dejado de lado. Presento a continuación un breve cuento (que data de 1969 o más tarde) titulado «Parte de la leyenda
de Amroth y Nimrodel, brevemente contada».

Amroth fue Rey de Lórien después de que su padre, Amdír, fuera muerto en la Batalla de Dagorlad [en el año
3434 de la Segunda Edad]. La tierra de Lórien tuvo paz
largos años después de la derrota de Sauron. Aunque de
ascendencia sindarin, Amroth vivió según la costumbre

de los Elfos Silvanos y se albergó en los altos árboles de un gran montículo verde que desde entonces se llamó Cerin Amroth. Esto hizo a causa del amor que sentía por Nimrodel. La había amado durante muchos años, y no había tomado esposa, pues ella no quería casarse con él. Lo amaba en verdad, pues era hermoso aun entre los Elfos, y valiente y sabio; pero ella era de los Elfos Silvanos, y lamentaba la llegada de los Elfos del Oeste, que (como ella decía) habían traído consigo la guerra y habían destruido la paz de antaño. Sólo quería hablar la lengua silvana, aun cuando ya no se usaba en Lórien;[12] y vivía sola junto a las cascadas del río Nimrodel, al que dio su nombre. Pero cuando el terror llegó de Moria, y los Enanos fueron expulsados y reemplazados luego por los Orcos, huyó angustiada y sola hacia el sur por tierras solitarias [en el año 1981 de la Tercera Edad]. Amroth la siguió y la encontró por fin en los lindes de Fangorn, que en aquellos días estaban más cerca de Lórien.[13] No se atrevía a internarse en el bosque porque, decía, los árboles la amenazaban, y algunos se movían para interceptarle el camino.

Allí sostuvieron Amroth y Nimrodel una larga conversación, y por fin se comprometieron.

—Seré fiel a mi promesa —dijo ella— y nos casaremos cuando me lleves a una tierra de paz.

Amroth le juró que por ella abandonaría a su pueblo, aun en aquella hora de necesidad, y que juntos buscarían una tierra semejante.

—Pero no la hay ahora en la Tierra Media —dijo él— y no la habrá ya nunca para el pueblo de los Elfos. Hemos de intentar abrir un camino por el Gran Mar hacia el antiguo Oeste. —Entonces le habló del puerto en el sur, adonde muchos de los suyos habían ido hacía ya tiempo.— Son ahora pocos, pues la mayoría se ha hecho a la mar hacia el Oeste; pero el resto todavía construye barcos y ayudan a cruzar la mar a cualquiera de su linaje que acuda a ellos cansado de la Tierra Media. Se dice que la gracia que nos otorgaron los Valar autorizándonos a cruzar el mar, se otorga también ahora a todos los que emprendan el Gran Viaje, aun a aquellos que no habían llegado en edades pasadas a las costas, y que todavía no habían visto la Tierra Bendecida.

No hay aquí lugar para contar el viaje que emprendieron a la tierra de Gondor. Reinaba entonces Eärnil II, el penúltimo de los Reyes del Reino del Sur, y eran tiempos perturbados. [Eärnil II reinó en Gondor desde 1945 a 2043.] Se cuenta en otro sitio [pero no en los escritos existentes] cómo llegaron a separarse y cómo Amroth, después de buscarla en vano, fue al puerto élfico y comprobó que sólo unos pocos se demoraban allí todavía. Eran menos que los que podían llenar un barco; y sólo tenían un navío en condiciones de hacerse a la mar. Estaban preparándose para partir en él y abandonar la Tierra Media. Dieron la bienvenida a Amroth, contentos porque reforzaba la pequeña compañía; pero no estaban dispuestos a aguardar a Nimrodel, de cuya llegada ya no tenían esperanzas.

—Si viniera por las tierras habitadas de Gondor —dijeron—, no sería molestada, y quizá podría recibir ayuda; porque los Hombres de Gondor son buenos y están gobernados por los descendientes de los Amigos de los Elfos de antaño, que en cierto modo aún saben hablar nuestra lengua; pero en las montañas hay muchos Hombres hostiles y muchas criaturas malignas.

El año se desvanecía en el otoño y antes de no mucho se esperaban vientos contrarios y peligrosos aun para los barcos élficos mientras estuvieran cerca de la Tierra Media. Pero tan grande era el dolor de Amroth, que aun así retrasaron la partida muchas semanas; y vivían en el barco, porque las casas de las costas estaban despojadas y vacías. Entonces en el otoño hubo una gran tormenta, una de las más feroces en los anales de Gondor. Venía de los fríos Yermos del Norte y bajó por Eriador hasta las tierras de Gondor, rugiendo y haciendo grandes estragos; las Montañas Blancas no alcanzaron a protegerlos, y muchos de los navíos de los Hombres fueron barridos hacia la Bahía de Belfalas, y allí se perdieron. La ligera barca élfica rompió sus amarras, y fue arrastrada por aguas frenéticas hacia las costas de Umbar. Ya nada más se supo de ella en la Tierra Media; pero las naves élficas construidas para este viaje no naufragaban, y sin duda la barca abandonó los Círculos del Mundo y llegó por fin a Eressëa. Pero no llevó allí a Amroth. La tormenta se desataba sobre las costas de Gondor en el momento en que el alba asomaba entre las nubes oscuras; pero cuando Amroth despertó, la barca ya estaba lejos de tierra. Gritando a grandes voces *¡Nimrodel!,* se arrojó al mar y nadó hacia la costa visible apenas en el horizonte. Los marineros, con su vista élfica, pudieron verlo durante mucho tiempo luchando con las olas, hasta que el sol naciente resplandeció entre las nubes, y le encendió a lo lejos los brillantes cabellos, como una chispa de oro. Ni ojos de Elfos ni de Hombres volvieron a verlo ya en la Tierra Media. De lo que le acaeció a Nimrodel, nada se dice aquí, aunque hubo muchas leyendas acerca de su destino.

La narración precedente se compuso en realidad como continuación de una discusión etimológica a propósito de los nombres de ciertos ríos de la Tierra Media, en este caso, el Gilrain, un río de Lebennin en Gondor, que desembocaba en la Bahía de Belfalas al oeste de Ethir Anduin; y otra faceta de la leyenda de Nimrodel surge de la discusión del elemento *rain,* derivado probable de la raíz *ran:* «errar, extraviarse, seguir un curso incierto» (como en *Mithrandir,* y en el nombre *Rána* de la Luna).

Esto no parecería adecuarse a todos los ríos de Gondor; pero los nombres de los ríos a menudo sólo se aplican a parte del curso, al curso entero, a los tramos inferiores o a algún otro accidente que llamara la atención de los exploradores que les dieron nombre. En este caso, sin embargo, los fragmentos de la leyenda de Amroth y Nimrodel nos dan una explicación. El Gilrain se precipitaba rápidamente desde las montañas, como los otros ríos de esa región; pero al llegar a las últimas estribaciones de Ered Nimrais, que lo separaban del Celos [véase el mapa que acompaña el volumen III de *El Señor de los Anillos*], fluía por una ancha depresión poco profunda. Por ella se perdía un trecho en los meandros y formaba una pequeña laguna en el extremo sur antes de abrirse paso a través de una loma y precipitarse de nuevo rápidamente hasta unirse al Serni. Se dice que cuando Nimrodel huyó de Lórien en busca del mar, se perdió en las Montañas Blancas hasta que al fin (no se dice por qué camino o pasaje) llegó a una corriente que le recordó su propio río de Lórien. Se le aligeró el corazón, y se sentó junto a una laguna contemplando las estrellas reflejadas en las aguas oscuras, y escuchando las cascadas por las que el río reanudaba su curso hacia el mar. Allí cayó en un sueño profundo, pues estaba muy fatigada, y tanto durmió, que no llegó a Belfalas hasta después de que el barco de Amroth hubiera sido arrastrado mar adentro, y Amroth se perdió tratando de volver a nado a Belfalas. La leyenda se conocía muy bien en la Dor-en-Ernil (la Tierra del Príncipe),[14] y no cabe duda de que éste es el origen del nombre.

El ensayo continúa con una breve explicación sobre las relaciones entre Amroth, como Rey de Lórien, y el gobierno de Celeborn y Galadriel:

El pueblo de Lórien era aún entonces [i.e., en el tiempo en que Amroth se perdió] como lo había sido a fines de la Tercera Edad: de origen silvano, pero regido por príncipes de ascendencia sindarin (como lo era el reino de Thranduil en las partes septentrionales del Bosque Negro; aunque no se sabe ahora si Thranduil y Amroth eran parientes).[15] No obstante, estaban muy mezclados con los Noldor (de lengua sindarin) que habían cruzado Moria después de que Sauron destruyera Eregion en el año 1697 de la Segunda Edad. En ese tiempo Elrond marchó hacia el oeste [sic; quizá quiera decir simplemente que no cruzó las Montañas Nubladas] y fundó el refugio de Imladris; pero Celeborn fue al principio a Lórien y lo fortificó para impedir que Sauron volviera a intentar el cruce del Anduin. Sin embargo, cuando Sauron se retiró a Mordor y (se dice) no pensó en otra cosa que en la conquista del Este, Celeborn se unió a Galadriel en Lindon.

Lórien tuvo largos años de paz y oscuridad bajo el gobierno de su propio Rey Amdír, hasta la Caída de Númenor y el brusco retorno de Sauron a la Tierra Media. Amdír respondió a la llamada de Gil-galad y se unió a la Última Alianza con la fuerza más grande que pudo reunir, pero fue herido de muerte en la Batalla de Dagorlad, y

con él sucumbió la mayor parte de quienes lo habían seguido. Amroth, su hijo, fue entonces el Rey.

Este relato, por supuesto, difiere bastante de lo que se cuenta en «De
Galadriel y Celeborn». Amroth ya no es hijo de Galadriel y Celeborn,
sino de Amdír, príncipe sindarin. La historia sobre la relación de Galadriel y Celeborn con Eregion y Lórien parece haber sido modificada
muchas veces, en aspectos importantes, pero no es posible determinar
qué es lo que se habría conservado en una narración acabada. La relación de Celeborn con Lórien se remonta ahora a un tiempo muy
anterior (porque en «De Galadriel y Celeborn», no fue nunca a Lórien
durante la Segunda Edad); y nos enteramos de que muchos Elfos noldorin pasaron por Moria para llegar a Lórien después de la destrucción
de Eregion. En el relato anterior no hay nada parecido, y la migración
de los Elfos «beleriándicos» a Lórien había ocurrido en condiciones
pacíficas muchos años antes. El extracto que acabamos de dar implica
que después de la caída de Eregion, Celeborn encabezó la migración a
Lórien mientras Galadriel se unía a Gil-galad en Lindon; pero en otro
lugar, en un texto contemporáneo, se dice explícitamente que en ese
momento los dos «pasaron por Moria seguidos de muchos exiliados
noldorin y vivieron muchos años en Lórien». En estos escritos tardíos
nada confirma ni niega que Galadriel (o Celeborn) tuviera relaciones
con Lórien antes de 1697, y no hay otra referencia fuera de «De Galadriel y Celeborn» a la rebelión de Celebrimbor (en cierto momento entre 1350 y 1400) contra su gobierno en Eregion, ni tampoco a la partida por ese tiempo de Galadriel a Lórien y al poder que ella tendría
allí, mientras Celeborn permanecía en Eregion. No queda claro en
escritos posteriores dónde pasaron Galadriel y Celeborn los largos años
de la Segunda Edad, después de la derrota de Sauron en Eriador; de
cualquier modo, la larga estadía en Belfalas no vuelve a mencionarse.

La narración de Amroth continúa:

Pero durante la Tercera Edad, los presagios abrumaron
a Galadriel, y viajó con Celeborn a Lórien, y se quedó allí

largo tiempo con Amroth, dedicada sobre todo a enterarse de todas las nuevas y rumores acerca de la sombra que crecía en el Bosque Negro, y la oscura fortaleza de Dol Guldur. Pero el pueblo estaba contento con Amroth; era valiente y sabio, y en el pequeño reino había todavía prosperidad y belleza. Por tanto, después de muchas jornadas de búsqueda en Rhovanion, desde Gondor y las fronteras de Mordor hasta Thranduil en el norte, Celeborn y Galadriel cruzaron las montañas para llegar a Imladris, y allí vivieron por muchos años; porque Elrond era pariente de ellos, pues a principios de la Tercera Edad [en el año 109, de acuerdo con «La Cuenta de los Años»] se había casado con Celebrían.

Después del desastre de Moria [en el año 1980] y las penurias de Lórien, que había quedado sin gobernante (pues Amroth se había ahogado en el mar en la Bahía de Belfalas sin dejar heredero), Celeborn y Galadriel volvieron a Lórien y el pueblo los recibió de buen grado. Allí vivieron mientras duró la Tercera Edad, pero no tomaron el título de Rey o de Reina; porque decían que eran sólo los guardianes del pequeño reino, tan hermoso, la última avanzada de los Elfos en las tierras del este.

En otro sitio hay una nueva referencia a los movimientos de Celeborn y Galadriel durante esos años:

Celeborn y Galadriel volvieron dos veces a Lórien antes de la Última Alianza y el fin de la Segunda Edad; y en la Tercera Edad, cuando la sombra de Sauron volvió a levantarse, vivieron allí otra vez largo tiempo. En su sabiduría, Galadriel vio que Lórien sería una fortaleza y un punto de apoyo para impedir que la Sombra cruzara el Anduin en la guerra inevitable que sobrevendría, antes de que la derrotaran otra vez (si eso fuera posible); pero que para eso se necesitaba un gobierno de mayor fuerza y sabiduría que el del pueblo silvano. No obstante, sólo después del desastre de Moria, cuando por medios que Galadriel no había podido prever, las tropas de Sauron cruzaron al fin el Anduin y Lórien estuvo en gran peligro —perdido el rey, desbandado el pueblo, el país en peligro de caer en manos de los Orcos—, Galadriel y Celeborn se instalaron al fin en Lórien y tomaron el gobierno. Pero no se dieron el título de Rey o de Reina, y fueron los guardianes que mantuvieron a salvo el país mientras duró la Guerra del Anillo.

En otro análisis etimológico del mismo período, el nombre de Amroth se explica como un mote, debido a que el Rey había morado en un alto *talan* o *flet*, las plataformas de madera sostenidas en lo alto de los árboles de Lothlórien en las que vivían los Galadhrim (véase *La Comunidad del Anillo* II, 6). Amroth significaba «trepador», el que «trepa a lo alto».[16] Se dice aquí que el hábito de vivir en los árboles no era costumbre de los Elfos Silvanos en general, sino que se desarrolló en Lórien por la naturaleza y disposición del terreno: un país llano sin piedras de calidad, salvo la que pudiera extraerse de las montañas del oeste, y sólo con dificultad podría ser transportada por el Cauce de Plata. La riqueza principal era los árboles, un resto de los grandes bosques de los Días Antiguos. Pero vivir en los árboles no era una costumbre común ni siquiera en Lórien, y al principio los *telain* o *flets* eran lugares de refugio en caso de ataque, o, más a menudo (sobre todo en la cima de los grandes árboles), puestos de observación desde donde la mirada de los Elfos podía vigilar la tierra y sus fronteras, porque Lórien, cuando acabó el primer milenio de la Tercera Edad, se convirtió en una tierra peligrosa, y desde que Dol Guldur se estableciera en el Bosque Negro, Amroth tuvo que haber sentido una inquietud creciente.

Un puesto de observación semejante, utilizado por los guardianes de las fronteras del norte, fue el *flet* donde Frodo pasó la noche. La vivienda de Celeborn en Caras Galadhon era también del mismo origen: el más alto de sus *flets,* que la Comunidad del Anillo no llegó a ver, era el más alto punto de la tierra. Anteriormente, el *flet* de Amroth, en la cima del montículo o colina de Cerin Amroth, levantado por obra de muchas manos, había sido el más alto, y tenía por principal objetivo vigilar Dol Guldur más allá del Anduin. La conversión de estos *telain* en moradas permanentes ocurriría más tarde, y estas viviendas sólo abundarían en Caras Galadhon. Pero Caras Galadhon era en verdad una fortaleza, y sólo una pequeña parte de los Galadhrim vivía dentro. Vivir en esas moradas fue sin duda considerado en un principio una costumbre singular, y Amroth probablemente fue el primero en hacerlo. Y así es probable que su nombre —el único que recordó luego la leyenda— derivara del hecho de que viviera en un alto *talan.*

Una nota a las palabras «y Amroth probablemente fue el primero en hacerlo» dice:

A no ser que fuera Nimrodel. Tenía otros motivos. Ella amaba las aguas rápidas y las cascadas del Nimrodel y no podía estar mucho tiempo separada de ellas; pero cuando los tiempos fueron oscureciéndose, se pensó que la corriente estaba demasiado cerca de las fronteras del norte, y que ahora vivían allí sólo unos pocos galadhrim. Quizá ella fue quien le dio a Amroth la idea de habitar en un alto *flet.*[17]

Volviendo a la leyenda de Amroth y Nimrodel referida arriba, ¿cuál era el «puerto del sur» en que Amroth esperaba a Nimrodel, a donde (como él le dijo) «muchos de los suyos habían ido hacía ya tiempo»? Dos pasajes de *El Señor de los Anillos* se refieren a esta cuestión. Uno pertenece a *La Comunidad del Anillo*, II, 6, donde Legolas, después de cantar la canción de Amroth y Nimrodel, habla de «la Bahía de Belfalas, donde los Elfos de Lórien se hicieron a la mar». El otro aparece en *El Retorno del Rey*, V, 9, donde Legolas, al mirar al Príncipe Imrahil de Dol Amroth, vio que era «alguien que tenía sangre élfica en las venas» y le dijo: «Hace ya mucho tiempo que el pueblo de Nimrodel abandonó los bosques de Lórien, pero se puede ver que no todos dejaron el puerto de Amroth y navegaron rumbo al Oeste». A lo cual el Príncipe Imrahil replicó: «Así lo dicen las tradiciones de mi tierra».

Otras notas posteriores y fragmentarias explican algunos elementos de estas referencias. Así, en un análisis de las interrelaciones políticas y lingüísticas en la Tierra Media (de 1969 o posterior) se alude al hecho de que en los tiempos de las primeras colonias númenóreanas, las costas de la Bahía de Belfalas estaban todavía prácticamente desiertas, «salvo un puerto y un pequeño poblado de Elfos al sur de la confluencia del Morthond y el Ringló» (es decir, justo al norte de Dol Amroth).

Este poblado, según las creencias de Dol Amroth, había sido fundado por los navegantes sindar que habían huido de los puertos occidentales de Beleriand en tres pequeñas embarcaciones, cuando el poder de Morgoth abrumó a los Eldar y los Atani; pero la población creció luego con la presencia de elfos silvanos que se aventuraban en busca del mar, bajando por el Anduin.

Los Elfos Silvanos (se señala aquí) «no estuvieron nunca del todo libres de la inquietud y de la nostalgia del Mar, que a veces impulsaba a algunos de ellos a dejar sus hogares y marcharse lejos». Para relacionar la historia de las «tres pequeñas embarcaciones» con las tradiciones registradas en *El Silmarillion*, tendríamos que suponer que estos elfos escaparon probablemente de Brithombar o Eglarest (los puertos de las Falas en la costa occidental de Beleriand), cuando fueron destruidos en el año que siguió a la Nirnaeth Arnoediad *(El Silmarillion);* pero que mientras Círdan y Gil-galad se refugiaron en la Isla de Balar, las tripulaciones de estos tres navíos bordearon las costas hacia el sur, hasta Belfalas.

Sin embargo, en un bosquejo inconcluso sobre el origen del nombre de *Belfalas,* se da otra explicación, muy distinta, según la cual este puerto habría sido fundado mucho más tarde. Se dice aquí que aunque el elemento *Bel* deriva de un nombre prenúmenóreano, es en realidad de origen sindarin. La nota pierde el hilo aquí y no explica más detalles sobre Bel, pero su origen sindarin se explica porque «había en Gondor un elemento pequeño pero importante, de una naturaleza muy excepcional: una colonia eldarin». Después de la caída de Thangorodrim, los Elfos de Beleriand que no navegaron por el Gran Mar o se quedaron en Lindon, erraron a la ventura más allá de las Montañas Azules, y se internaron en Eriador; pero parece, no obstante, que un grupo de elfos sindar se dirigió hacia el sur en el principio de la Segunda Edad. Eran un resto del pueblo de Doriath, que aún guardaban rencor a los Noldor; y después de haber permanecido un tiempo en los Puertos Grises, donde aprendieron el arte de la construcción de barcos, «con el paso de los años fueron en busca de un lugar para vivir por cuenta propia, y por fin se establecieron en la desembocadura del Morthond. Había allí ya un puerto primitivo de pescadores, pero éstos, temerosos de los Eldar, huyeron a las montañas».[18]

En una nota escrita en diciembre de 1972, o aun después, y entre los últimos escritos de mi padre acerca de la Tierra Media, hay un comentario sobre la ascendencia élfica de los Hombres: se la advertía en hombres de aspecto lampiño (no tener barba era una característica de todos los Elfos); y se precisa aquí, a propósito de la casa principesca de Dol Amroth, que «esta línea tenía una ascendencia élfica especial, de acuerdo con sus propias leyendas» (con una referencia a las palabras intercambiadas entre Legolas e Imrahil en *El Retorno del Rey,* V, 9, antes mencionadas).

Tal y como muestra la mención que Legolas hace de Nimrodel, había un antiguo puerto élfico cerca de Dol Amroth, y una pequeña colonia de elfos silvanos, originarios de Lórien. Según la leyenda sobre el linaje del príncipe, uno de sus primeros antepasados se había casado con una doncella elfa: en algunas versiones se dice (con harta improbabilidad) que era en verdad la misma Nimrodel. En otros cuentos, con mayor verosimilitud, la joven habría sido una de las compañeras de Nimrodel, perdida en el alto valle de las montañas.

Esta última versión de la leyenda aparece en forma más detallada en una nota que sirve de apéndice a una genealogía inédita de la Línea de Dol Amroth de Angelimar, el vigésimo príncipe, padre de Adrahil, padre de Imrahil, príncipe de Dol Amroth en los tiempos de la Guerra del Anillo:

De acuerdo con la tradición de esta casa, Angelimar fue el vigésimo príncipe de Galador, en descendencia ininterrumpida, primer Señor de Dol Amroth (c. Tercera Edad 2004-2129). Según las mismas tradiciones, Galador era hijo de Imrazôr el Númenóreano, que vivió en Belfalas, y de la dama élfica Mithrellas. Ella era una de las compañeras de Nimrodel, entre los muchos elfos que huyeron a la costa alrededor del año 1980 de la Tercera Edad, cuando el mal asomó en Moria; y Nimrodel y sus doncellas se internaron en las colinas boscosas y se extraviaron. Pero en este cuento se dice que Imrazôr albergó a Mithrellas y la tomó por esposa. Pero cuando le hubo dado un hijo, Galador, y una hija, Gilmith, huyó a escondidas una noche, y él no volvió a verla. Pero aunque Mithrellas pertenecía a la raza silvana menor (y no a la de los Altos Elfos o los Elfos

Grises), se sostuvo siempre que la casa y el linaje de los Señores de Dol Amroth eran de sangre noble, y que todos ellos tenían rostros y personalidades hermosos.

La Elessar

Entre los escritos inéditos apenas hay más referencias a la historia de Celeborn y Galadriel, excepto en un manuscrito muy rudimentario de cuatro páginas titulado «La Elessar». Se trata sólo de un primer borrador, pero tiene unas pocas correcciones hechas con lápiz; no hay otras versiones. Ligeramente revisada y corregida, cuenta lo siguiente:

Había en Gondolin un orfebre llamado Enerdhil, el más grande entre los Noldor en esa artesanía desde la muerte de Fëanor. Enerdhil amaba todas las cosas verdes que crecían, y su mayor alegría era ver la luz del sol a través de las hojas de los árboles. Y resolvió en su corazón hacer una joya que aprisionase la clara luz del sol, pero la joya tenía que ser verde como las hojas. E hizo esa joya, y aun los Noldor se maravillaron al verla. Porque se dice que, observadas a través de esta piedra, las cosas marchitas o quemadas se erguían otra vez, o recuperaban la gracia de la juventud, y que las manos de quien la sostuviera eran capaces de curar cualquier herida. Esta gema dio Enerdhil a Idril, la hija del Rey, y ella la llevaba sobre el pecho; y así se salvó del incendio de Gondolin. Y antes de hacerse a la mar, Idril dijo a Eärendil, su hijo:

—Te dejo la Elessar, porque hay grandes males en la Tierra Media que quizá podrás curar. Pero no se la confiarás a ningún otro. —Y en el Puerto de Sirion había muchas heridas que curar, tanto en los Elfos como en los Hombres, y en los animales que huían del horror del Norte; y mientras Eärendil vivió allí, curaron y prosperaron, y por un tiempo todas las criaturas estuvieron verdes y hermosas. Pero cuando Eärendil emprendió sus grandes viajes por el Mar, llevaba la Elessar sobre el pecho, porque en todas sus búsquedas siempre tenía un pensamiento: que quizá encontrara a Idril otra vez; y su primer recuerdo de la Tierra Media era la piedra verde sobre el pecho de Idril mientras le cantaba inclinándose sobre la cuna, cuando Gondolin estaba todavía en flor. Así fue que la Elessar se perdió, pues Eärendil nunca regresó a la Tierra Media.

En edades posteriores hubo otra vez una Elessar, y de ésta se dicen dos cosas, aunque la verdad sólo la conocen los Sabios, y ahora ya han partido. Porque algunos dicen que la segunda piedra era en verdad la primera, recuperada por gracia de los Valar; y que Olórin (que se conoce en la Tierra Media como Mithrandir) la había traído con él desde el Oeste. Y en una ocasión Olórin fue al encuentro de Galadriel, que vivía entonces bajo los árboles del Gran Bosque Verde, y tuvieron una larga conversación. Porque los años de exilio empezaban a pesar en la Señora de los Noldor, y deseaba tener noticias de sus parientes, y echaba de menos la tierra bendecida que la había visto nacer, aunque no estaba dispuesta a abandonar la Tierra Media [esta oración se alteró de la manera siguiente: «pero aún no se le permitía abandonar la Tierra Media»]. Y cuando Olórin le hubo contado muchas cosas, ella suspiró y dijo:

—Me duelo por la Tierra Media, porque sus hojas caen y sus flores se marchitan; y en mi corazón hay nostalgia por los árboles y hierbas que no mueren. Me gustaría tenerlos en mi hogar.

Entonces Olórin dijo:

—¿Querrías entonces la Elessar?

Y Galadriel dijo:

—¿Dónde está ahora la Piedra de Eärendil? Y Enerdhil, que la hizo, se ha ido lejos.

—¿Quién sabe? —dijo Olórin.

—Sin duda —dijo Galadriel— la piedra ha cruzado el Mar, como casi toda cosa bella, por otra parte. ¿Y la Tierra Media ha de marchitarse entonces y perecer para siempre?

—Ése es su destino —dijo Olórin—. Sin embargo, eso podría remediarse, por un tiempo al menos, si la Elessar regresara. Por un tiempo, hasta la llegada de la Edad de los Hombres.

—Sí, pero ¿cómo? —dijo Galadriel—. Porque los Valar se han trasladado a otra parte, y ya no piensan en la Tierra Media, y todos lo que se aferran a ella están bajo una sombra.

—No es así —dijo Olórin—. No tienen ahora ojos menos penetrantes, o corazones más duros. Como prueba, ¡mira esto! —Y alzó ante ella la Elessar, y ella la miró y se maravilló. Y Olórin dijo:— Esto te envía Yavanna. Utilízala como puedas, y por un tiempo la tierra de tu morada será el lugar más bello de la Tierra Media. Pero no es para que tú te quedes con ella. La pondrás en otras manos cuando llegue el momento. Porque antes de que te canses y abandones por fin la Tierra Media, llegará alguien a quien tendrás que dársela, y su nombre será el de la piedra: se llamará Elessar.[19]

El otro cuento dice así: Mucho tiempo atrás, antes de que Sauron engañara a los herreros de Eregion, Galadriel fue a ver a Celebrimbor, el principal de los herreros élficos, y le dijo:

—Estoy triste en la Tierra Media, porque se caen las hojas y las flores que tanto amo se marchitan, de modo que la tierra de mi morada está llena de una pena que ninguna primavera consigue curar.

—¿Cómo puede ser de otro modo para los Eldar, si se aferran a la Tierra Media? —dijo Celebrimbor—. ¿Quieres, pues, cruzar el Mar?

—No —dijo ella—. Angrod se ha ido y Aegnor se ha ido y ya no existe Felagund. De los hijos de Finarfin, yo soy la última.[20] Pero mi corazón es todavía orgulloso. ¿Qué mal hizo la dorada casa de Finarfin para que yo deba pedir el perdón de los Valar, o me contente en una isla cuando mi tierra nativa fue Aman la Bendecida? Aquí soy más poderosa.

—Pues entonces, ¿qué quieres? —preguntó Celebrimbor.

—Querría a mi alrededor árboles y hierbas que no muriesen... aquí, en esta tierra que es mía —respondió ella—. ¿Qué ha sido de la habilidad de los Eldar? —Y Celebrimbor dijo:— ¿Dónde está ahora la Piedra de Eärendil? Y Enerdhil, que la hizo, se ha ido.

—Han cruzado el Mar —le respondió Galadriel— como casi todas las cosas bellas. Pero ¿entonces la Tierra Media ha de marchitarse y perecer para siempre?

—Ésa es su suerte, según creo —dijo Celebrimbor—. Pero sabes que te amo (aunque preferiste a Celeborn de los Árboles), y por ese amor haré lo que pueda, si mi arte es capaz de amenguar tu dolor. —Pero no dijo a Galadriel que él mismo había vivido en Gondolin, mucho tiempo atrás, y que había sido amigo de Enerdhil, aunque Enerdhil lo superaba en casi todas las cosas. No obstante, si entonces Enerdhil no hubiera estado allí, Celebrimbor habría tenido más renombre. Por tanto, se puso a pensar, y comenzó un largo y delicado trabajo, y así, por Galadriel, hizo la mayor de sus obras (excepto sólo los Tres Anillos).

Y se dice que la gema verde que él hizo era más sutil y clara que la de Enerdhil, aunque su luz tenía menos poder. Porque mientras que la de Enerdhil estaba iluminada por el sol todavía joven, ya habían transcurrido muchos años cuando Celebrimbor comenzó su trabajo, y ya en ningún lugar de la Tierra Media era la luz tan clara como antes; porque aunque Morgoth había sido expulsado al Vacío, y no le era posible volver, su larga sombra aún cubría la región. Radiante, sin embargo, era la Elessar de Celebrimbor; y la engarzó en un gran broche de plata con la forma de un águila que se eleva en el cielo con las alas extendidas.[21] Merced a la Elessar, todas las cosas se volvieron bellas en torno a Galadriel, hasta que la Sombra llegó al Bosque. Pero después, cuando Celebrimbor le envió el anillo llamado Nenya, el principal de los Tres,[22] pensó que ya no necesitaba la piedra y se la dio a Celebrían, su hija, y así llegó a manos de Arwen y a Aragorn, que fue llamado Elessar.

Al final aparece escrito:

La Elessar fue hecha en Gondolin por Celebrimbor, y así llegó a Idril, y luego a Eärendil. Pero esta piedra desapareció. La segunda Elessar fue hecha también por Celebrimbor en Eregion, por petición de la Señora Galadriel (a la que amaba), y no estaba bajo el poder del Único, pues había sido hecha antes de que Sauron se levantara otra vez.

En ciertos aspectos, esta narración acompaña a «De Galadriel y Celeborn», y probablemente fue escrita en el mismo período, o algo antes. Celebrimbor es aquí una vez más un orfebre de Gondolin antes que un fëanoreano; y se habla de Galadriel como si no estuviera dispuesta a abandonar la Tierra Media, aunque el texto se modificó luego, y se introdujo la idea de la prohibición; y en un pasaje posterior de la historia ella habla del perdón de los Valar.

Enerdhil no aparece en ningún otro escrito; y la conclusión muestra que Celebrimbor iba a desplazarlo como hacedor de la Elessar en Gondolin. Del amor de Celebrimbor por Galadriel no hay rastros en ninguna otra parte. En «De Galadriel y Celeborn» parece que él fue a Eregion junto con ellos; pero en ese texto, como en *El Silmarillion,* Galadriel conocía a Celeborn en Doriath, y resulta difícil entender las palabras de Celebrimbor «aunque preferiste a Celeborn de los Árboles». Oscura resulta también la referencia a que Galadriel viviera «bajo los árboles del Gran Bosque Verde». Podría considerársela una expresión vaga (no empleada en ningún otro sitio) que incluía los bosques de Lórien al otro lado del Anduin; pero «la llegada de la Sombra al Bosque» indudablemente se refiere al despertar de Sauron en Dol Guldur, que en el Apéndice A (III) de *El Señor de los Anillos* recibe el nombre de «la Sombra del Bosque». La implicación puede ser que en un tiempo el poder de Galadriel se extendía hasta el sur del Gran Bosque Verde; en apoyo de esta interpretación, puede citarse «De Galadriel y Celeborn», donde se dice que el reino de Lórinand (Lórien) «se extendía hacia las zonas boscosas a ambos lados del Río Grande, e incluía a la región donde se levantó después Dol Guldur». Es posible también que la misma concepción esté presente en lo que se dice en el Apéndice B de *El Señor de los Anillos,* en la nota del encabezamiento de «La Cuenta de los Años» de la Segunda Edad, tal como apareció en la primera edición: «muchos de los Sindar se encaminaron al este y fundaron reinos en los bosques lejanos. Los principales fueron Thranduil en el norte del Gran Bosque Verde, y Celeborn en el sur del bosque». En la edición revisada, esta observación acerca de Celeborn fue suprimida, y en cambio se dice que vivió en Lindon.

Por último, puede mencionarse que el poder de curación que se le concede aquí a la Elessar en los Puertos del Sirion, se atribuye en *El Silmarillion* al Silmaril.

NOTAS

1. Veáse el Apéndice E.

2. En una nota a un texto inédito se dice que los Elfos de Har-
lindon o Lindon al sur del Lune eran en su mayoría de origen
sindarin, y que la región era un feudo sometido a Celeborn. Es
natural asociar esto con lo que se dice en el Apéndice B; pero
es posible que la referencia apunte a un período posterior, pues
los movimientos de Celeborn y Galadriel y los sitios en que
moraron, después de la caída de Eregion en 1697, son extremadamente oscuros.

3. Cf. *La Comunidad del Anillo*, I, 2: «El antiguo Camino Este-Oeste atravesaba la Comarca hasta los Puertos Grises, y los
Enanos habían tomado siempre esa ruta para llegar a las minas
de las Montañas Azules».

4. Se dice en el Apéndice A (III) de *El Señor de los Anillos* que las
antiguas ciudades de Nogrod y Belegost quedaron en ruinas
tras el quebrantamiento de Thangorodrim; pero en «La Cuenta de los Años» del Apéndice B se lee: «*c.* 40 Muchos enanos
abandonan las viejas ciudades de Ered Luin y se dirigen a Moria y aumentan la población de ese reino».

5. En una nota al texto se explica que *Lórinand* era el nombre
nandorin de esta región (después llamada *Lórien* y *Lothlórien*), y
que contenía la palabra élfica que significaba «luz dorada»: «valle
de oro». La forma quenya sería *Laurenandë*; la sindarin, *Glor-
nan* o *Nan Laur*. Tanto aquí como en otros sitios el significado
del nombre se explica en relación con los *mellyrn*, los árboles
dorados de Lothlórien; pero fueron llevados allí por Galadriel
(para la historia del origen de los *mellyrn* veáse «Una descripción
de la Isla de Númenor»), y en otra nota posterior se dice que el
nombre *Lórinand* es una transformación, después de la aparición
de los *mellyrn*, de otro más antiguo, *Lindórinand,* «Valle de la

Tierra de los Cantores». Dado que los Elfos de esta región eran de origen teleri, no cabe aquí ninguna duda, pues los Teleri se llamaban a sí mismos los *Lindar,* «los Cantores». A partir de muchas otras disquisiciones sobre los nombres de Lothlórien, a veces contradictorias, se desprende que muy probablemente son creación de la propia Galadriel, que combinó distintos elementos: *laurë,* «oro»; *nan(d),* «valle»; *ndor,* «tierra»; *lin,* «cantar»; y en *Laurelindórinan,* «Valle del Oro que Canta» (según dijo Bárbol a los hobbits, éste era el nombre antiguo), hay un eco deliberado del Árbol Dorado que crecía en Valinor, «por el que, es obvio, la nostalgia de Galadriel aumentaba año a año, hasta que al fin se convirtió en una tristeza insondable».

Lórien fue originalmente el nombre quenya de una región de Valinor, y a menudo se utilizaba como nombre del Vala (Irmo) al que pertenecía: «un lugar de reposo con frondosos árboles y fuentes, un retiro alejado de cuidados y penas». El cambio posterior de *Lórinand* («Valle de Oro») a Lórien, «bien pudo ser obra de la misma Galadriel», pues «la semejanza no puede ser accidental. Había intentado hacer de Lórien un refugio y una isla de paz y belleza, en memoria de los días pasados, pero ahora estaba llena de arrepentimiento y malos presagios, pues sabía que el sueño dorado se precipitaba a un gris despertar. Nótese que Bárbol interpretaba Lothlórien como "Flor del Sueño"».

En «De Galadriel y Celeborn» he conservado el nombre *Lórinand* a lo largo de todo el relato, aunque cuando fue escrito, Lórinand tenía que ser el nombre original y antiguo de esa región, y la historia de la introducción de los *mellyrn* por Galadriel aún no había sido inventada.

6. Ésta es una corrección posterior; en el texto original se decía que Lórinand era gobernada por príncipes nativos.

7. En una nota aislada a la que es imposible atribuir una fecha, se dice que, aunque *Sauron* ha sido nombrado anteriormente en «La Cuenta de los Años», el nombre mismo, que lo identifica como el gran teniente de Morgoth en *El Silmarillion,* no se

conoció hasta aproximadamente el año 1600 de la Segunda Edad, en la época de la forja del Anillo Único. El misterioso poder, enemigo de los Elfos y de los Hombres, se advirtió poco después del año 500, y, entre los Númenóreanos, fue Aldarion el primero en darse cuenta, hacia fines del siglo octavo (en los tiempos en que fundó el puerto de Vinyalondë, véase «Aldarion y Erendis». Pero no se sabía de dónde venía el mal. Sauron trataba de mantener separados sus dos aspectos: el *enemigo* y el *tentador.* Cuando se mezclaba con los Noldor, adoptaba una engañosa apariencia de belleza (una especie de anticipación simulada de los posteriores Istari) y un hermoso nombre: *Artano,* «Alto Herrero», o *Aulendil,* que significa alguien consagrado al servicio del Vala Aulë. (En «De los Anillos de Poder», el nombre que Sauron se dio a sí mismo en esa ocasión fue *Annatar,* el Señor de los Dones; pero ese nombre no se menciona aquí.) La nota prosigue diciendo que Galadriel no se dejó engañar, y afirmó que ese tal *Aulendil* no estaba en el séquito de Aulë en Valinor; «pero el argumento no era decisivo, pues Aulë existía desde antes de la "Construcción de Arda", y era probable que Sauron fuera en realidad uno de los Maiar Aulëanos, corrompido por Melkor "antes de que Arda empezara"». Compárese esto con las frases con que se inicia «De los Anillos de Poder»: «Antaño era Sauron el Maia. [...] En el principio de Arda, Melkor lo sedujo para convertirlo en aliado».

8. En una carta escrita en septiembre de 1954, mi padre decía: «En el principio de la Segunda Edad [Sauron] era todavía hermoso o aún podía tomar una bella apariencia... Y no era en realidad enteramente malvado, a no ser que todos los "reformadores" que quieren apresurar la "reconstrucción" y la "reorganización" sean totalmente malvados, antes de que los devore el orgullo y el deseo de ejercer su poder. La rama particular de los Eldar en cuestión, los Noldor o los Amos de la Ciencia, fueron siempre vulnerables a lo que podríamos llamar la "ciencia" y la "tecnología": deseaban el conocimiento que Sauron realmente

poseía, y los de Eregion rechazaron las advertencias de Gil-galad y de Elrond. El "deseo" particular de los Elfos de Eregion —una "alegoría", por llamarlo de otro modo, del amor por las máquinas y los recursos técnicos— está simbolizado también en la amistad especial que los unió a los Enanos de Moria».

9. Galadriel no puede haber recurrido a los poderes de Nenya hasta un tiempo muy posterior, después de la pérdida del Anillo Regente; pero ha de admitirse que el texto no lo sugiere de ningún modo (aunque algo antes se dice que había aconsejado a Celebrimbor no utilizar jamás los Anillos Élficos).

10. El texto se corrigió para que dijera «el primer Concilio Blanco». En «La Cuenta de los Años» la fecha que se atribuye a la formación del Concilio Blanco es el año 2463 de la Tercera Edad; pero es posible que el nombre del Concilio de la Tercera Edad fuera un eco deliberado de este Concilio celebrado mucho tiempo antes, sobre todo porque varios de los principales participantes habían estado también en el primero.

11. En esta misma narración se dice antes que Gil-galad dio Narya, el Anillo Rojo, a Círdan, y que él mismo lo recibiera de Celebrimbor, y esto concuerda con lo que se dice en el Apéndice B de *El Señor de los Anillos* y en «De los Anillos de Poder»; es decir, que Círdan lo tuvo desde un principio. Esta contradicción fue añadida al margen del texto.

12. Sobre los Elfos Silvanos y su lengua, veáse el Apéndice A.

13. Sobre los límites de Lórien, véase el Apéndice C.

14. En ninguna parte se menciona el origen del nombre Dor-en-Ernil; por lo demás, sólo aparece en el gran mapa de Rohan, Gondor y Mordor en *El Señor de los Anillos*. En ese mapa está situado al otro lado de las montañas con respecto a Dol Amroth, pero su presencia en el presente contexto parece sugerir que *Ernil* era el Príncipe de Dol Amroth (como en todo caso podría suponerse).

15. Sobre los príncipes sindarin de los Elfos Silvanos, véase el Apéndice B.

16. Según esta explicación, el primer elemento del nombre *Amroth* es la misma palabra élfica que la quenya *amba,* «arriba», que se encuentra también en el sindarin *amon,* una colina o montaña de laderas escarpadas; mientras que el segundo elemento es un derivado de la raíz *rath,* que significa «trepar» (de ahí también el nombre *rath* que en el sindarin númenóreano utilizado en Gondor para denominar lugares y personas se aplicaba a los caminos y calles de Minas Tirith, casi todos empinados: de ahí Rath Dínen, la Calle Silenciosa, que bajaba de la ciudadela a las Tumbas de los Reyes).

17. En la «Breve Narración» de la leyenda de Amroth y Nimrodel se dice que Amroth vivía en los árboles de Cerin Amroth «a causa del amor que sentía por Nimrodel».

18. El sitio del puerto élfico en Belfalas se señala con el nombre *Edhellond* («Puerto élfico», véase el Apéndice de *El Silmarillion* bajo los vocablos *edhel* y *lond*), en el mapa ilustrado de la Tierra Media que dibujó Pauline Baynes; pero no he visto este nombre en ningún otro lugar. Véase el Apéndice D. Cf. *Las aventuras de Tom Bombadil* (1962): «En Playa Larga y Dol Amroth había muchas tradiciones a propósito de las antiguas viviendas élficas y del puerto en la desembocadura del Morthond, desde el que habían zarpado "barcos hacia el oeste", ya en tiempos de la caída de Eregion en la Segunda Edad».

19. Esto concuerda con el pasaje de *La Comunidad del Anillo,* II, 8, donde Galadriel, al dar la piedra verde a Aragorn, dice: «En esta hora toma el nombre que se previó para ti; ¡Elessar, la Piedra de Elfo de la casa de Elendil!».

20. El texto aquí e inmediatamente después dice *Finrod,* que he cambiado por *Finarfin* para evitar confusiones. Antes de que la edición revisada de *El Señor de los Anillos* se publicara en 1966, mi padre cambió Finrod por Finarfin, mientras que su hijo Felagund, anteriormente llamado Inglor Felagund, se convirtió en Finrod Felagund. Dos pasajes en los Apéndices B y F se corrigieron en este sentido para la edición revisada. Cabe

destacar que Galadriel no menciona aquí entre sus hermanos a Orodreth, Rey de Nargothrond después de Finrod Felagund. Por una razón que desconozco, mi padre desplazó al segundo Rey de Nargothrond y lo convirtió en miembro de la misma familia en la generación siguiente; pero este cambio genealógico y otros asociados a él no se incorporaron a las narraciones de *El Silmarillion*.

21. Compárese con la descripción de la Piedra Élfica en *La Comunidad del Anillo*, II, 8: «[Galadriel] alzó entonces una piedra de color verde transparente que tenía en el regazo, montada en un broche de plata que imitaba un águila con las alas extendidas, y mientras ella lo sostenía en lo alto la piedra refulgía como el sol que se filtra entre las hojas de la primavera».

22. Pero en *El Retorno del Rey*, VI, 9, donde el Anillo Azul aparece en el dedo de Elrond, se lo llama «Vilya, el más poderoso de los Tres».

APÉNDICES

APÉNDICE A
LOS ELFOS SILVANOS Y SU LENGUA

De acuerdo con *El Silmarillion,* algunos de los Nandor, los Elfos telerin que abandonaron la marcha de los Eldar hacia la vertiente oriental de las Montañas Nubladas, «vivieron durante siglos en los bosques del Valle del Río Grande» (mientras que otros, se dice, descendieron por el Anduin hasta la desembocadura, y otros, en fin, penetraron en Eriador: a este último grupo pertenecen los Elfos Verdes de Ossiriand).

En una exposición etimológica posterior de los nombres Galadriel, Celeborn y Lórien, se declara específicamente que los elfos silvanos del Bosque Negro y de Lórien descendían de los Elfos teleri que permanecieron en el Valle del Anduin:

Los Elfos Silvanos *(Tawarwaith)* eran de origen teleri, y, por tanto, parientes lejanos de los Sindar, aunque separados de ellos desde hacía más tiempo que los Teleri de Valinor. Descendían de los Teleri que en el curso del Gran Viaje se intimidaron ante las Montañas Nubladas y se demoraron en el Valle del Anduin, y de ese modo no llegaron nunca a Beleriand o el Mar. Estaban, pues, más estrechamente emparentados con los Nandor (llamados también los Elfos Verdes) de Ossiriand, que con el tiempo cruzaron las montañas y llegaron por fin a Beleriand.

Los Elfos Silvanos se escondieron al abrigo de los bosques más allá de las Montañas Nubladas, y se convirtieron en un pueblo reducido y desperdigado, que apenas se distinguían de los Avari:

Pero recordaban todavía que eran de origen Eldar, miembros del Tercer Clan, y recibían de buen grado a los Noldor, y especialmente a los Sindar, que no cruzaron el Mar, sino que emigraron hacia el este (es decir, al comienzo de la Segunda Edad). Bajo la autoridad de los Sindar se convirtieron de nuevo en un pueblo ordenado, y ganaron en sabiduría. Thranduil, padre de Legolas de los Nueve Caminantes, era sindarin, y en su casa se hablaba esa lengua, aunque no lo hacían todos los elfos de su pueblo.

En Lórien, donde gran parte de la gente era de origen sindarin o noldor, supervivientes de Eregion (véase «Amroth y Nimrodel»), el sindarin se había convertido en la lengua común. No se sabe, por supuesto, en qué se diferenciaba este sindarin hablado de las formas de Beleriand —véase *La Comunidad del Anillo,* II, 6, donde Frodo observa que el lenguaje del pueblo silvano que utilizaban entre ellos era distinto del que se usaba en el Oeste—. Es probable que las diferencias se refirieran sobre todo a lo que hoy llamaríamos «acento»: diferencias entre los sonidos vocálicos y las entonaciones, en cantidad suficiente como para confundir a alguien como Frodo, que no estaba bien familiarizado con las formas más puras del sindarin. También puede haber habido, claro está, algunos localismos y otros elementos imputables en última instancia a la antigua lengua silvana. Lórien había estado durante muchos años aislada del mundo exterior. Sin duda algunos nombres propios preservados del pasado, como *Amroth* y *Nimrodel,* no pueden explicarse enteramente como nombres sindarin, a pesar de las similitudes formales. *Caras* parece ser una vieja palabra, con la que se designaba una fortaleza circundada por un foso, que no se encuentra en el sindarin. *Lórien* es probablemente una alteración de un nombre más antiguo, ahora perdido [aunque antes se dijo que el nombre original silvano o nandorin había sido *Lórinand,* véase p. 399, la nota 5].

Con respecto a estos comentarios sobre nombres propios silvanos, véase el Apéndice F (I) de *El Señor de los Anillos,* la sección «De los Elfos», nota al pie de página (que aparece sólo en la edición revisada).

Otra consideración más general acerca del élfico silvano aparece en un pasaje de carácter histórico-lingüístico que data del mismo período tardío que el que acabamos de citar.

Cuando los Elfos Silvanos volvieron a encontrarse con sus parientes, de quienes habían estado distanciados durante mucho tiempo, sus dialectos divergían tanto del sindarin que eran casi ininteligibles, pero bastó un estudio sumario para comprobar que estaban emparentados con otras lenguas eldarin. Aunque la historia comparativa de los dialectos silvanos interesó sobremanera a los maestros de ciencia, especialmente a los de origen noldorin, poco se sabe ahora del élfico silvano. Los Elfos Silvanos no habían inventado ninguna forma de escritura, y los que aprendieron ese arte de los Sindar escribieron en sindarin lo mejor que pudieron. A fines de la Tercera Edad las lenguas silvanas ya no se hablaban probablemente en las dos regiones que tuvieron más importancia en los tiempos de la Guerra del Anillo: Lórien y el reino de Thranduil, al norte del Bosque Negro. La evidencia escrita que quedaba de estas lenguas se reducía a unas pocas palabras y algunos nombres de personas y lugares.

APÉNDICE B
LOS PRÍNCIPES SINDARIN DE LOS ELFOS SILVANOS

En el Apéndice B de *El Señor de los Anillos,* en la nota que encabeza
«La Cuenta de los Años» de la Segunda Edad, se dice que «antes de
la construcción de Barad-dûr, muchos de los Sindar se encaminaron
al este, y algunos reinaron en los bosques distantes, sobre gentes que
eran casi todas Elfos Silvanos. Thranduil, rey en el norte del Gran
Bosque Verde era uno de ellos».

En los últimos escritos filológicos de mi padre hay un poco más
de información sobre la historia de estos príncipes sindarin de los
Elfos Silvanos. Así, en un ensayo se dice que el reino de Thranduil se

extendía hasta los bosques que rodean la Montaña Solitaria y que
crecían a lo largo de las orillas occidentales del Lago Largo antes
de la llegada de los Enanos exiliados de Moria y la invasión del
Dragón. El pueblo élfico de ese reino había emigrado del sur, y
eran parientes y vecinos de los Elfos de Lórien; pero habían vivido
en el Gran Bosque Verde al este del Anduin. En la Segunda Edad,
su rey, Oropher [padre de Thranduil, padre de Legolas], se había
retirado hacia el norte, más allá de los Campos Gladios. Esto hizo
para librarse del poder y la intrusión de los Enanos de Moria, que
habían crecido hasta convertirse en la más grande de las mansiones de los Enanos de las que queda constancia histórica; y también
lo ofendían las intrusiones de Celeborn y Galadriel en Lórien.
Pero por el momento había poco que temer entre el Bosque Verde
y las Montañas, y el pueblo tenía constante contacto con sus parientes del otro lado del Río, y así fue hasta la Guerra de la Última
Alianza.

A pesar de que los Elfos Silvanos deseaban mezclarse lo menos
posible en los asuntos de los Noldor y los Sindar, o de cualquier
otro pueblo de Enanos, Hombres u Orcos, Oropher tuvo la sabiduría de prever que nunca habría paz si Sauron no era derrotado.
Por tanto, reunió un gran ejército de su ya numeroso propio pue-

blo y, uniéndose al ejército menor del Rey Malgalad de Lórien, condujo las huestes de los Elfos Silvanos a la guerra. Los Elfos Silvanos eran robustos y valientes, pero estaban mal equipados en armaduras y armas, comparados con los Elfos del Oeste; también eran independientes, y no estaban dispuestos a someterse al mando supremo de Gil-galad. Las pérdidas que tuvieron fueron así más numerosas de lo necesario, aun en esa guerra terrible. Malgalad y más de la mitad de los suyos perecieron en la gran Batalla de Dagorlad, habiendo quedado separados del grueso del ejército y empujados hacia la Ciénaga de los Muertos. Oropher murió en el primer ataque a Mordor, avanzando a la cabeza de sus más bravos guerreros, antes de que Gil-galad alcanzara a dar la señal de ataque. Thranduil, su hijo, sobrevivió, pero cuando la guerra terminó y Sauron murió al fin (como parecía), volvió a su patria con apenas la tercera parte del ejército que había partido a la guerra.

Malgalad de Lórien no aparece en ninguna otra parte, y no se dice aquí que fuera el padre de Amroth. En cuanto a Amdír, padre de Amroth, se dice dos veces que había muerto en la Batalla de Dagorlad, y por tanto puede pensarse que Malgalad y Amdír eran la misma persona. Pero no sabría decir qué nombre reemplazó al otro. Este ensayo continúa:

Siguió una larga paz en la que la población de los Elfos Silvanos volvió a crecer; pero estaban intranquilos y ansiosos, presintiendo que el mundo iba a cambiar en esta Tercera Edad. La población de los Hombres también creció en número y en poder. El dominio de los reyes númenóreanos de Gondor se extendía hacia el norte, cerca de las fronteras de Lórien y el Bosque Verde. Los Hombres Libres del Norte (así llamados por los Elfos porque no reconocían la autoridad de los Dúnedain, y en su mayor parte no se habían sometido a Sauron ni a sus servidores) se extendían hacia el sur: la mayoría al este del Bosque Verde, aunque algunos se establecieron al borde del bosque y en los llanos herbosos de los Valles del Anduin. Más ominosos eran los rumores que llegaban del extremo Oriente: los Hombres Salvajes estaban inquietos. Eran exsirvientes y adoradores de Sauron que se habían liberado ahora de su tiranía, pero no del mal y la oscuridad que éste había puesto en sus corazones. Libraban entre ellos guerras crueles, de las cuales algunos se apartaban hacia el oeste con la mente llena de odio y consideraban a todos los que vivían en el Oeste enemigos a los que había que matar y saquear. Pero en el corazón de Thranduil había una sombra más negra todavía. Había visto el horror de Mordor y no podía olvidarlo. Si miraba hacia el Sur, los recuerdos le oscurecían la luz del sol, y aunque sabía que esas tierras estaban ahora desoladas y desiertas y vigiladas por los Reyes de los Hombres, el miedo le encogía el corazón y le decía que el Mal no había sido vencido para siempre: volvería a levantarse.

En otro pasaje escrito en la misma época que el precedente se dice que cuando mil años de la Tercera Edad hubieron pasado, y la Sombra cubrió el Bosque Verde, los Elfos Silvanos regidos por Thranduil

se retiraron ante ella a medida que iba extendiéndose hacia el norte, hasta que por fin Thranduil se estableció en el nordeste del bosque y excavó allí una fortaleza y amplias estancias subterráneas. Oropher era de origen sindarin y su hijo Thranduil sin duda estaba siguiendo el ejemplo del Rey Thingol mucho antes en Doriath; aunque sus salas no podían compararse con Menegroth. No contaba ni con artes ni riqueza, y tampoco tenía la ayuda de los Enanos; y comparado con los elfos de Doriath, el pueblo silvano era rudo y rústico. Oropher había llegado entre ellos sólo con un puñado de Sindar, y no tardaron en mezclarse con los Elfos silvanos adoptando su lengua, y tomando nombres de forma y estilo silvanos. Esto hicieron deliberadamente; porque ellos (al igual que otros aventureros similares olvidados en las leyendas o apenas mencionados) venían de Doriath tras su destrucción y no deseaban abandonar la Tierra Media, ni mezclarse con los otros Sindar

de Beleriand, dominados por los Elfos noldorin, por quienes el
pueblo de Doriath no sentía mucho amor. Deseaban en verdad
convertirse en gentes de los bosques y volver, como decían, a la
vida natural y sencilla que habían tenido los Elfos antes de que la
invitación de los Valar la perturbase.

En ninguna parte (creo) se explica qué relación guarda esta descripción de cómo los sindarin que gobernaban a los Elfos Silvanos del
Bosque Negro adoptaron la lengua silvana en la pág. 405 a efectos de
que a fines de la Tercera Edad el élfico silvano había dejado de hablarse en el reino de Thranduil.

Véase además la nota 14 a «El desastre de los Campos Gladios»
(Parte tercera: La Tercera Edad).

APÉNDICE C
LOS LÍMITES DE LÓRIEN

En el Apéndice A (I, iv) de *El Señor de los Anillos* se dice que el reino
de Gondor, en el apogeo de su poder en los días del Rey Hyarmen-
dacil I (Tercera Edad 1015-1149), se extendió «hacia el norte hasta
Celebrant y los bordes australes del Bosque Negro». Mi padre dijo
repetidamente que esto era un error; debía decir en cambio: «hasta el
Campo de Celebrant». He aquí lo que escribió posteriormente sobre
las interrelaciones de las lenguas de la Tierra Media:

El río Celebrant (Cauce de Plata) estaba dentro de los límites del
reino de Lórien, y la frontera real del reino de Gondor al norte (al
oeste del Anduin) era el río Limclaro. Todos los pastizales entre el
Cauce de Plata y el Limclaro, hacia los que el bosque de Lórien se
extendían en otro tiempo por el sur, recibían en Lórien el nombre
de Parth Celebrant (es decir, el campo o el pastizal cercado del
Cauce de Plata) y se los consideraba parte del reino, aunque ningún

pueblo élfico los habitaba más allá de los lindes del bosque. En días posteriores, Gondor levantó un puente sobre el curso superior del Limclaro, y a menudo ocupó el estrecho territorio entre el curso inferior del Limclaro y el Anduin como parte de sus defensas orientales, pues en los vastos meandros del Anduin (donde se precipitaba en su paso junto a Lórien, y penetraba en las bajas tierras llanas antes de descender otra vez por la garganta de las Emyn Muil) había muchos vados y anchos bancos de arena por los que un enemigo decidido y bien equipado hubiera podido aventurarse, ayudándose con balsas o pontones, especialmente en los dos meandros hacia el oeste, conocidos como Bajíos del Norte y Bajíos del Sur. Era a esta tierra a la que se daba en Gondor el nombre de Parth Celebrant; de ahí su empleo para definir los viejos límites septentrionales. En el tiempo de la Guerra del Anillo, cuando toda la tierra al norte de las Montañas Blancas (salvo Anórien) hasta el Limclaro se habían convertido en parte del Reino de Rohan, el nombre Parth (Campo de) Celebrant sólo era usado para referirse a la gran batalla en la que Eorl el Joven destruyó a los invasores de Gondor.

En otro ensayo, mi padre observaba que mientras que al este y al oeste la tierra de Lórien limitaba con el Anduin y con las montañas (y nada dice acerca de la extensión del reino de Lórien más allá del Anduin, véase «La Elessar»), no tenía límites claramente definidos al norte ni al sur.

Antaño los Galadhrim habían pretendido dominar las tierras boscosas hasta las cataratas del Cauce de Plata, donde Frodo se bañó; hacia el sur se había extendido mucho más allá del Cauce de Plata, hasta una región boscosa de árboles pequeños que se mezclaba con el bosque de Fangorn, aunque el corazón del reino había estado siempre en el ángulo formado por el Cauce de Plata y el Anduin, donde se encontraba Caras Galadhon. No había límites visibles entre Lórien y Fangorn, pero ni los Ents ni los Galadhrim los cruzaban nunca. Porque decía la leyenda que el mismo Fangorn se había encontrado en otro tiempo con el Rey de los Galadhrim y Fangorn había dicho:

—Sé lo que es mío y tú conoces lo tuyo; que ninguna parte moleste lo que pertenece a la otra. Pero si un Elfo desea andar por mi tierra para su deleite, será bienvenido; y si un Ent es visto alguna vez en tu tierra, no temas ningún mal. —Largos años pasaron sin embargo antes de que un Ent o un Elfo pusiera el pie en la otra tierra.

APÉNDICE D
EL PUERTO DE LOND DAER

Se dice en «De Galadriel y Celeborn» que en la guerra contra Sauron librada en Eriador a fines del siglo diecisiete de la Segunda Edad, el almirante númenóreano Ciryatur desembarcó una poderosa fuerza en la desembocadura del Gwathló (Fontegrís), donde había «un pequeño puerto númenóreano». Ésta parece ser la primera referencia a ese puerto, del que mucho se habla en escritos posteriores.

El comentario más amplio es un ensayo filológico sobre los nombres de los ríos que se ha citado ya en relación con la leyenda de Amroth y Nimrodel. En este ensayo, el nombre *Gwathló* se explica de esta manera:

El río Gwathló se traduce como «Fontegrís». Pero *gwath* es una palabra sindarin que significa «sombra», en el sentido de una luz oscurecida por nubes o nieblas, o en un valle profundo. Éste no parece concordar con la geografía conocida. Las amplias tierras divididas por el Gwathló en las regiones llamadas por los Númenóreanos Minhiriath («Entre los Ríos», Baranduin y Gwathló) y Enedwaith («Pueblo Medio») eran en su mayoría llanuras abiertas y sin montañas. En el punto de confluencia del Glanduin y el Mitheithel [Fontegrís] la tierra era casi plana y las aguas se movían lentamente y tendían a extenderse en marjales.* Pero a unas cien millas por debajo de Tharbad, la pendiente se acentuaba. El Gwathló, sin embargo, nunca corría precipitado, y los barcos de poco calado podían navegar sin dificultad con velas o remos hasta Tharbad.

El origen del nombre Gwathló ha de buscarse en la historia. En tiempos de la Guerra del Anillo, las tierras estaban todavía cubiertas de bosques en algunos lugares, especialmente en Minhiriath y al sureste de Enedwaith; pero la mayor parte de las llanuras se extendían en vastas praderas. Desde la Gran Peste del año 1636 de la Tercera Edad, Minhiriath había quedado casi desierta, aunque unos pocos cazadores furtivos vivían en los bosques. En Enedwaith un resto de los Dunlendinos habitaba en el este, al pie de las Montañas Nubladas; y un pueblo de pescadores bastante numeroso, pero bárbaro, vivía entre las desembocaduras del Gwathló y el Angren (Isen).

Pero en los días antiguos, en tiempo de las primeras exploraciones de los Númenóreanos, la situación era muy diferente. Minhiriath y Enedwaith estaban cubiertas por vastos bosques prácticamente ininterrumpidos salvo en la región central de los Grandes Marjales. Los cambios que siguieron fueron en gran medida consecuencia de las operaciones llevadas a cabo por Tar-Aldarion, el Rey Marinero, que se unió en amistad y alianza con Gil-galad. Aldarion tenía gran necesidad de madera, pues deseaba hacer de Númenor una gran potencia naval; la tala de árboles que

---

* El Glanduin («río fronterizo») bajaba de las Montañas Nubladas, al sur de Moria, y se unía al Mitheithel por encima de Tharbad. En el mapa original de *El Señor de los Anillos* el nombre no aparecía (sólo aparece una sola vez en el libro, en el Apéndice A [I, III]). Parece que en 1969 mi padre comunicó a la señorita Pauline Baynes algunos nombres adicionales que ella tenía que incluir en el mapa ilustrado de la Tierra Media: «Edhellond» (al que nos referimos antes), «Andrast», «Drúwaith Iaur» (Vieja Tierra-Púkel), «Lond Daer» (ruinas), «Eeryn Vorn», «R. Adorn», «Estero de los Cisnes» y «R. Glanduin». Estos últimos tres nombres estaban escritos en el mapa original que acompaña al libro, pero no me fue posible descubrir por qué; y aunque «R. Adorn» está situado correctamente, «Estero de los Cisnes» y «Río Glandin» *[sic]* están descuidadamente escritos junto al curso superior del Isen. Para la correcta interpretación de la relación de los nombres *Glanduin* y *Estero de los Cisnes*, véase más adelante.

había realizado en Númenor había sido causa de muchas disensiones. En los viajes a lo largo de las costas se había maravillado al ver los grandes bosques, y escogió el estuario del Gwathló como lugar para un nuevo puerto, enteramente dominado por los Númenóreanos (Gondor, por supuesto, no existía aún). Allí empezó grandes obras, que se continuaron y se extendieron después de él. Este acceso a Eriador resultó posteriormente de gran importancia en la guerra librada contra Sauron (Segunda Edad 1693-1701); pero fue en un principio un puerto maderero con un astillero destinado a la construcción de navíos. El pueblo nativo era bastante numeroso y aguerrido, pero habitaba en los bosques en comunidades aisladas, sin un liderazgo centralizado. Sentían un respetuoso temor por los Númenóreanos, pero no se mostraron hostiles hasta que la tala de árboles se hizo devastadora. Entonces atacaron a los númenóreanos, y les tendían emboscadas cada vez que podían, y los númenóreanos los trataban como a enemigos, y se volvieron implacables en sus talas, sin tener en cuenta la administración de los recursos, y no replantaron los árboles. La tala en un principio se llevó a cabo a ambos márgenes del Gwathló, y los troncos descendían corriente abajo hasta el puerto (Lond Daer); pero luego los Númenóreanos abrieron rutas y caminos en los bosques hacia el norte y hacia el sur del Gwathló, y lo que quedaba del pueblo nativo huyó de Minhiriath hacia los bosques oscuros del gran Cabo de Eryn Vorn, al sur de la desembocadura del Baranduin, que no se atrevieron a cruzar, aunque hubiera sido posible, por temor a los Elfos. Los de Enedwaith se refugiaron en las montañas orientales, que más tarde formaron parte de las Tierras Brunas; no cruzaron el Isen ni se refugiaron en el gran promontorio entre el Isen y el Lefnui que formaba el brazo septentrional de la Bahía de Belfalas [Ras Morthil o Andrast, ver pág. 341, nota 6] por causa de los «Hombres Púkel» [...] (para la continuación de este pasaje ver pág. 594-595).

La devastación producida por los Númenóreanos era incalculable. Durante largos años esas tierras fueron una inagotable fuente de madera, no sólo para los astilleros de Lond Daer y otros sitios, sino también para la misma Númenor. Innumerables cargamentos se dirigían por el mar hacia el oeste. La tala aumentó durante la guerra en Eriador; porque los exiliados nativos dieron la bienvenida a Sauron y esperaban que triunfara sobre los Hombres del Mar. Sauron conocía la importancia del Gran Puerto para sus enemigos, y utilizó a estas gentes como espías y guías en sus incursiones. No tenía suficientes fuerzas para asaltar los fuertes del Puerto ni a quienes defendían las orillas del Gwathló, pero sus incursiones hacían muchos estragos en los lindes de los bosques, e incendiaban los árboles y quemaban muchos de los grandes almacenes de madera de los Númenóreanos.

Cuando Sauron fue por fin derrotado y expulsado hacia el este de Eriador, la mayor parte de los bosques había sido destruida. El Gwathló corría entre orillas desiertas, sin árboles ni cultivos. No era así cuando recibió su nombre de los osados exploradores de la nave de Tar-Aldarion, que se aventuraron a remontar el río en pequeñas barcas. Cuando el aire salino y los fuertes vientos quedaban atrás, el bosque avanzaba hasta las orillas del río, y aunque las aguas eran anchas, los árboles enormes arrojaban grandes sombras, bajo las cuales las barcas de los exploradores se deslizaban en silencio hacia una tierra desconocida. Así, pues, el primer nombre que le dieron fue «Río de Sombra», *Gwathhîr, Gwathir*. Pero después penetraron más al norte, hasta los confines de las vastas tierras cenagosas; aunque aún transcurrió mucho tiempo antes de que tuvieran los hombres suficientes para llevar a cabo las grandes obras de drenaje y de construcción de diques que constituyeron el gran puerto en el sitio donde se encontraba Tharbad, en los días de los Dos Reinos. La palabra sindarin que utilizaron para denominar los pantanos fue *lô*, anteriormente *loga* [de una raíz *log* que significa «húmedo, empapado, cenagoso»]; y creyeron en un principio que ésa era la fuente del río del bosque, pues no conocían todavía el Mitheithel, que descendía de las montañas del norte y que, recogiendo las aguas del Bruinen [Sonorona] y el Glanduin, las vertía por la llanura. El nombre *Gwathir*, pues, se cambió por el de *Gwathló*, el río sombrío de las ciénagas.

El Gwathló fue uno de los pocos nombres geográficos que llegó a ser generalmente conocido por muchas gentes, además de los marinos de Númenor, y tuvo una traducción adûnaica. Ésta fue *Agathurush*.

La historia de Lond Daer y Tharbad se menciona también en este mismo ensayo y en relación con el nombre *Glanduin:*

Glanduin significa «río fronterizo». Fue el primer nombre que se le dio (en la Segunda Edad), pues el río constituía la frontera austral de Eregion, y más allá vivían pueblos prenúmenóreanos y en general hostiles, como los antecesores de los Dunlendinos. Más adelante, con el Gwathló y su confluencia con el Mitheithel, fue la frontera austral del Reino del Norte. La tierra de más allá, entre el Gwathló y el Isen (Sîr Angren) se llamó Enedwaith («Pueblo Medio»); no pertenecía a ninguno de los reinos y no hubo en ella colonias permanentes de hombres de origen númenóreano. Pero el Gran Camino Norte-Sur, la principal ruta de comunicación entre los Dos Reinos salvo el mar, la atravesaba desde Tharbad hasta los Vados del Isen (Ethraid Engrin). Antes de la decadencia del Reino del Norte y los desastres que ocurrieron a Gondor, en verdad hasta la Gran Peste en 1636 de la Tercera Edad, ambos reinos compartían intereses en esta región, y juntos construyeron y mantuvieron el Puente de Tharbad y las largas calzadas elevadas a cada lado del Gwathló y el Mitheithel por las que el camino cruzaba los pantanos de las llanuras de Minhiriath y Enedwaith.*

---

* En los primeros días de los dos reinos, la ruta más rápida desde uno a otro (excepto para los grandes convoyes de armamentos) era la vía del mar hasta el viejo puerto en el estuario del Gwathló y de allí hasta el puerto fluvial de Tharbad, y luego por el Camino. El antiguo puerto marítimo y los grandes muelles estaban en ruinas, pero con esfuerzo y trabajo se construyó otro puerto, capaz de recibir navíos en Tharbad, y allí se levantó un fuerte, sobre grandes terraplenes a ambos lados del río, para guardar el otrora famoso Puente de Tharbad. El antiguo puerto era una de los más antiguos de los Númenóreanos, fundado por el renombrado Rey Marinero Tar-Aldarion, y más tarde agrandado y fortificado. Fue llamado Lond Daer Enedh, el Gran Puerto Medio (por estar entre Lindon en el norte y Pelargir sobre el Anduin). [Nota del autor.]

Una importante guarnición de soldados, marineros y carpinteros se mantuvo allí hasta el siglo XVII de la Tercera Edad. Pero a partir de esa fecha la región declinó rápidamente; y mucho antes del tiempo de *El Señor de los Anillos* volvió a convertirse en pantanos. Cuando Boromir hizo su gran viaje desde Gondor a Rivendel —el coraje y la resistencia física requeridos no se reconocen plenamente en la narración—, el Camino Norte-Sur ya no existía, salvo unos restos desmoronados de las calzadas elevadas, por las que era posible aventurarse hasta Tharbad, sólo para encontrar un montón de ruinas en tierras desmoronadas y un peligroso vado formado por las ruinas del puente, infranqueable si el río no hubiera sido allí poco profundo y lento, aunque ancho.

Quizás el nombre de Glanduin llegó a conservarse un tiempo, pero únicamente en Rivendel; y en ese caso sólo se aplicaría al curso superior del río, donde todavía corría rápidamente para perderse pronto en las llanuras y desaparecer en los pantanos: una red de marjales, estanques e islotes cuyos únicos habitantes eran los cisnes y muchas otras aves acuáticas. Si el río tenía algún nombre, era en la lengua de los Dunlendinos. En *El Retorno del Rey*, VI, 6, se lo llama el río del Estero de los Cisnes y no el Río, simplemente porque descendía a Nîn-in-Eilph, «las Tierras Acuosas de los Cisnes».*

En un mapa revisado de *El Señor de los Anillos* era intención de mi padre incluir *Glanduin* como nombre del curso superior del río, y señalar los marjales con el nombre de *Nîn-in-Eilph* (o Estero de los Cisnes). Pero su intención fue mal entendida, porque en el mapa de Pauline Baynes sobre el curso inferior se lee «R. Estero de los Cisnes», mientras que en el mapa del libro, como ya se observó, los ríos tienen nombres equivocados.

---

* En sindarin *alph*, cisne; plural, *eilph*. En quenya *alqua*, como en *Alqualondë*. La rama telerin del eldarin cambió el grupo original *kw* por *p* (pero la *p* original permanece inalterada). En el muy cambiado sindarin de la Tierra Media las consonantes oclusivas se hicieron fricativas después de *l* y *r*. Así, el original *alkwa* se convirtió en *alpa* en telerin, y *alf* (transcrito *alph*) en sindarin.

Cabe observar que Tharbad se llama «una ciudad en ruinas» en *La Comunidad del Anillo,* II, 3, y que Boromir dijo en Lothlórien que había perdido el caballo en Tharbad, mientras vadeaba el Fontegrís (*ibid*, II, 8). En «La Cuenta de los Años» la ruina y el abandono de Tharbad llevan por fecha el año 2912 de la Tercera Edad, cuando grandes inundaciones devastaron Enedwaith y Minhinriath.

Por estas exposiciones puede concluirse que la concepción del puerto númenóreano en la desembocadura del Gwathló se había ampliado en el tiempo en que se escribió «De Galadriel y Celeborn», desde «un pequeño puerto númenóreano» a Lond Daer, «el Gran Puerto». Es por supuesto el Vinyalondë o Puerto Nuevo de «Aldarion y Erendis», aunque ese nombre no aparezca en las discusiones que acabamos de citar. Se dice en «Aldarion y Erendis» que las obras que Aldarion retomó en Vinyalondë después de ser nombrado Rey, «nunca se terminaron». Esto probablemente sólo significa que nunca fueron terminadas por él; porque la historia posterior de Lond Daer presupone que el puerto había sido por fin restaurado y preparado para resistir ataques por mar; además, el mismo pasaje de «Aldarion y Erendis» continúa diciendo que Aldarion «puso los cimientos de la obra que Tar-Minastir concluiría muchos años después, durante la primera guerra contra Sauron, y si no hubiera sido por estos trabajos, las flotas de Númenor no podrían haber llegado a tiempo al lugar oportuno, como él lo había previsto».

La afirmación en este texto acerca del nombre *Glanduin,* a efectos de que el puerto se llamó Lond Daer Enedh, «el Gran Puerto Medio», por encontrarse entre los puertos de Lindon en el Norte y Pelargir sobre el Anduin debe de referirse a un tiempo muy posterior a la intervención númenóreana en la guerra contra Sauron; porque de acuerdo con «La Cuenta de los Años», Pelargir no se construyó hasta el año 2350 de la Segunda Edad, y llegó a ser el principal de los puertos de los Númenóreanos Fieles.

APÉNDICE E
LOS NOMBRES DE CELEBORN Y GALADRIEL

En un ensayo que trata de cómo se otorgaban los nombres entre los Eldar de Valinor, se dice que era costumbre tener dos «primeros nombres» *(essi)*; uno lo daba el padre al nacer el hijo; comúnmente recordaba el propio nombre del padre, por la forma o el significado, y aun podía ser el mismo, al que posteriormente, al final de la infancia, se le podría añadir un prefijo distintivo. El segundo se daba más tarde, a veces mucho más tarde, pero en otras ocasiones poco después del nacimiento; y éste lo daba la madre; estos nombres maternos tenían gran importancia, pues las madres de los Eldar entendían el carácter y la habilidad de sus hijos, y muchas tenían el don de la previsión profética. Además, cualquiera de los Eldar podía adquirir un *epessë* («segundo nombre»), que no provenía necesariamente de la familia, un sobrenombre otorgado generalmente como título de admiración y honor; y el *epessë* podía llegar a convertirse en el nombre reconocido posteriormente en cantos e historias (como fue el caso, por ejemplo, de Ereinion, siempre conocido por su *epessë* Gil-galad).

Así, el nombre *Alatáriel,* que, de acuerdo con la última versión de la historia de su relación, Celeborn le dio a Galadriel en Aman, era un *epessë* (véase la etimología en el Apéndice de *El Silmarillion,* bajo el encabezamiento *kal-*) que ella decidió usar en la Tierra Media adaptado a la forma sindarin, *Galadriel,* prefiriéndolo al «nombre paterno» *Artanis,* o al «nombre materno» *Nerwen.*

Sólo en la última versión aparece Celeborn con un nombre alto élfico, *Teleporno,* en lugar de un nombre sindarin. Se dice que en realidad ésta es una forma telerin; la raíz antigua de la palabra élfica que significaba «plata» era *kyelep-, celeb* en sindarin, *telep-, telpe* en telerin, y *tyelep-, tyelpe* en quenya. Pero en quenya la forma *telpe* fue de uso común por influencia del telerin; porque los Teleri apreciaban la plata más que el oro, y su habilidad como orfebres era estimada aun por los Noldor. Así, *Telperion* era más común que *Tyelperion* como nombre del Árbol Blanco de Valinor. (*Alatáriel* era también telerin; la forma quenya era *Altáriel*.)

Cuando se concibió por primera vez, el significado intencionado del nombre Celeborn era «Árbol de Plata»; éste era también el nombre del Árbol de Tol Eressëa *(El Silmarillion)*. Los parientes cercanos de Celeborn tenían «nombres de árbol»: Galadhon, su padre; Galathil, su hermano, y Nimloth, su sobrina, que llevaba el mismo nombre que el Árbol Blanco de Númenor. En los últimos escritos filológicos de mi padre, sin embargo, el significado «Árbol de Plata» fue abandonado: el segundo elemento de *Celeborn* (como nombre de persona) derivaba de la antigua forma adjetiva *ornā*, «erguido, alto», más que del sustantivo emparentado *ornē*, «árbol». (*Ornē* se aplicaba originalmente a los árboles más rectos y esbeltos, como los abedules, mientras que los más corpulentos y de ramas más voluminosas, como los robles y las hayas, se llamaban en lengua antigua *galadā*, «gran crecimiento»; pero esta distinción no se observó siempre en quenya y desapareció en sindarin, donde todos los árboles llegaron a llamarse *galadh*, y *orn* cayó en desuso, sobreviviendo sólo en los versos y los cantos, y en muchos nombres, tanto de árboles como de personas.) Que Celeborn era alto se menciona más tarde en una nota en el análisis de las medidas de longitud númenóreanas.

Sobre la ocasional confusión del nombre de Galadriel con la palabra *galadh*, mi padre escribió:

Cuando Celeborn y Galadriel se convirtieron en gobernantes de los Elfos de Lórien (que eran en su mayoría Elfos silvanos de origen, y se llamaban a sí mismos los Galadhrim), el nombre de Galadriel se asoció con los árboles, asociación a la que contribuyó el nombre de su marido, que también parecía tener nombre de árbol; de modo que fuera de Lórien, entre aquellos que ya no recordaban claramente los días antiguos y la historia de Galadriel, su nombre fue a menudo Galadhriel. Aunque no en Lórien.

Cabe mencionar aquí que *Galadhrim* es la ortografía correcta del nombre de los Elfos de Lórien, y lo mismo en lo que se refiere a Caras

Galadhon. Al principio, mi padre cambió la forma sonora *th* (como en el inglés moderno *then*) en los nombres élficos por *d*, pues (escribió) el grupo consonántico *dh* no se utiliza en inglés y resulta extraño. Luego cambió de opinión, pero *Galadrim* y *Caras Galadon* quedaron sin corregir hasta que se publicó la edición revisada de *El Señor de los Anillos* (las ediciones recientes tienen en cuenta esta corrección). En el Apéndice de *El Silmarillion,* bajo el encabezamiento *alda*, esos nombres están mal escritos.

TERCERA PARTE

LA TERCERA EDAD

I
EL DESASTRE DE
LOS CAMPOS GLADIOS

Después de la caída de Sauron, Isildur, hijo y heredero de Elendil, volvió a Gondor. Allí recibió la Elendilmir[1] como Rey de Arnor, y proclamó su señorío soberano sobre todos los Dúnedain del Norte y del Sur; porque era hombre de gran orgullo y vigor. Permaneció un año en Gondor restaurando el orden y definiendo los límites de la región;[2] pero la mayor parte del ejército de Arnor regresó a Eriador por el camino númenóreano que va de los Vados del Isen a Fornost.

Cuando por fin se sintió en libertad de retornar a su propio reino, tuvo prisa y deseaba ir primero a Imladris; porque allí había dejado a su esposa y a su hijo menor,[3] y tenía además la urgente necesidad de escuchar el consejo de Elrond. Por tanto decidió dirigirse hacia el norte por los Valles del Anduin a Cirith Forn en Andrath, el elevado paso del norte que conducía a Imladris.[4] Conocía bien esa tierra por haber viajado allí a menudo antes de la Guerra de la Alianza, y había ido a la guerra por ese camino con hombres del Arnor oriental en compañía de Elrond.[5]

Era un largo viaje, pero el único otro camino, hacia el oeste y luego hacia el norte hasta el cruce de caminos de Arnor y luego hacia el este a Imladris, era mucho más largo[6] todavía. Tan rápido, quizá, para hombres montados, pero Isildur no tenía caballos adecuados;[7] más seguro, quizá, en los días antiguos, pero Sauron había sido vencido y el pueblo de los Valles había sido aliado de Isildur en la victoria. No tenía miedo, excepto de los azares del clima y la fatiga, problemas ineludibles para los hombres a quienes la necesidad empuja a viajar lejos por la Tierra Media.[8]

Así fue, como se cuenta en las leyendas de días posteriores, que menguaba ya el segundo año de la Tercera Edad, cuando Isildur se puso en camino desde Osgiliath a principios de Ivanneth,[9] con la esperanza de llegar a Imladris en cuarenta días, a mediados de Narbeleth, antes de que el invierno se acercara al Norte. Junto a la Puerta Oriental del Puente, una brillante mañana, Meneldil[10] lo despidió.

—Ve ahora deprisa, y que el sol de tu partida no deje de iluminarte el camino.

Con Isildur iban sus tres hijos: Elendur, Aratan y Ciryon,[11] y una guardia de doscientos caballeros y soldados, hombres duros de Arnor y endurecidos en la guerra. De este viaje nada se cuenta hasta que hubieron pasado la Dagorlad y marcharan luego hacia el norte rumbo a las vastas tierras vacías al sur del Gran Bosque Verde. El vigésimo día, al divisar a lo lejos el bosque que corona los terrenos elevados y el distante resplandor rojo y dorado de Ivanneth, el cielo se cubrió de pronto y un viento oscuro sopló desde el Mar de Rhûn cargado de lluvia. Llovió cuatro días, de modo que cuando llegaron a la entrada de los Valles, entre Lórien y Amon Lanc,[12] Isildur se alejó del Anduin, crecido y de aguas rápidas, y ascendió las empinadas cuestas del lado oriental en pos de los senderos de los Elfos Silvanos que pasaban cerca de las lindes del Bosque.

Así fue como, avanzada la tarde de la trigésima jornada, pasaban por las fronteras septentrionales de los Campos Gladios,[13] marchando por un sendero que conducía al reino de Thranduil,[14] tal como era entonces. El hermoso día ya menguaba; por encima de las montañas distantes se agrupaban unas nubes, enrojecidas por un sol neblinoso que descendía hacia ellas; una sombra gris ya cubría las profundidades del valle. Los Dúnedain iban cantando porque la marcha del día estaba concluyendo, y tres cuartas partes del largo camino hacia Imladris quedaban detrás. A la derecha el Bosque se alzaba sobre ellos en lo alto de unas cuestas empinadas que llegaban al sendero; más allá, el descenso al fondo del valle era menos empinado.

De pronto, cuando el sol se sumergió en las nubes, oyeron los espantosos gritos de los orcos, y los vieron salir del Bosque y descender por la cuesta lanzando gritos de guerra.[15] En la penumbra reinante, sólo era posible sospechar cuántos eran, pero superaban claramente en número a los Dúnedain, hasta diez veces. Isildur ordenó que se levantara un *thangail*,[16] un muro de defensa de dos filas unidas que podían retroceder en ambos extremos si eran flanqueadas, y si era necesario, convertirse en un anillo cerrado. Si el terreno hubiera sido plano o la cuesta hubiera favorecido a Isildur, habría formado a los suyos en un *dírnaith*,[16] atacando a los orcos con la esperanza de que la gran fuerza de los Dúnedain les abriera un camino entre ellos y los pusiera en fuga; pero eso no era entonces posible. Un sombrío presagio le ganó el corazón.

—La venganza de Sauron sigue todavía viva, aunque él esté muerto —le dijo a Elendur, que estaba junto a él—. ¡Aquí hay astucia y propósito! No tenemos esperanza de ayuda: Moria y Lórien han quedado muy atrás, y Thranduil está a cuatro días de marcha.

—Y llevamos una carga de un valor inestimable —dijo entonces Elendur; porque contaba con la confianza de su padre.

Los orcos estaban acercándose. Isildur se volvió hacia su escudero:

—Ohtar[17] —dijo—, pongo esto ahora a tu cuidado. —Y le entregó la gran vaina y los fragmentos de Narsil, la espada de Elendil.— Evita que te la quiten por cualquier medio de que dispongas, y a toda costa; aun a costa de ser tenido por un cobarde que me ha abandonado. ¡Llévate a tu compañero contigo y huye! ¡Ve! ¡Te lo ordeno! —Entonces Ohtar se arrodilló y le besó la mano y los dos jóvenes huyeron por el oscuro valle.[18]

Puede que la huida no pasara inadvertida a la aguda vista de los orcos, pero no le hicieron caso. Se detuvieron brevemente para preparar el ataque. Primero dispararon una lluvia de flechas, y luego, repentinamente, con gran estruendo de voces, hicieron lo que Isildur habría hecho, y lanzaron la gran masa de sus principales guerreros cuesta abajo con la esperanza de quebrantar la línea de defensa de los Dúnedain. Pero éstos se mantuvieron firmes. Las flechas de nada habían servido contra las armaduras númenóreanas. Los grandes Hombres sobrepasaban con creces a los más altos orcos, y sus espadas y sus lanzas tenían mayor alcance que las armas de sus enemigos. Los atacantes vacilaron, cediendo su ímpetu, y retrocedieron dejando a los defensores apenas dañados e incólumes tras los montones de orcos caídos.

Le pareció a Isildur que el enemigo se retiraba hacia el Bosque. Miró atrás. El borde rojo del sol refulgía desde las nubes al hundirse tras las montañas; pronto caería la noche. Dio orden de reanudar la marcha de inmediato, pero torciendo el curso hacia el terreno más bajo y llano, donde la ventaja de los orcos sería menor.[19] Quizá creyera que después del costoso rechazo sufrido no reincidirían, aunque sus exploradores podrían seguirlos en la noche y vigilar el campamento. Ésa era la costumbre de los orcos, que solían desanimarse cuando la presa era capaz de volverse y morder.

Pero estaba equivocado. No había sólo astucia en el ataque, sino ferocidad y odio implacable. Los orcos de las Montañas eran tropas disciplinadas, comandadas por crueles sirvientes de Barad-dûr, enviados mucho antes para vigilar los caminos,[20] y aunque no lo sabían, el Anillo, que había sido cortado de su mano negra hacía ya dos años, estaba aún cargado con la mala voluntad de Sauron y clamaba por la ayuda de todos sus servidores. Los Dúnedain habían andado apenas una milla cuando los orcos se pusieron otra vez en movimiento. Esta vez no atacaron, pero utilizaron todas sus fuerzas. Descendieron formando un amplio frente curvado en cuarto creciente y pronto constituyeron un anillo ininterrumpido en torno a los Dúnedain. Estaban silenciosos y se mantenían a distancia, fuera del alcance de los temibles arcos de acero de Númenor,[21] aunque la luz disminuía deprisa, y en esta necesidad[22] eran insuficientes los arqueros de que disponía Isildur. Se detuvo.

Hubo una pausa, aunque los Dúnedain de vista más aguda decían que los orcos avanzaban furtivamente paso a paso. Elendur fue al encuentro de su padre, que estaba sombrío y solo, como sumido en sus pensamientos.

—*Atarinya* —dijo—, ¿qué es del poder que podría acobardar a estas inmundas criaturas y ponerlas a tu mando? ¿Acaso no sirve de nada?

—De nada, ¡ay!, *senya*. No puedo utilizarlo. Temo el dolor de su contacto.[23] Y no he encontrado aún la fuerza de doblegarlo a mi voluntad. Necesita de otro que posea más grandeza de la que ahora soy consciente de tener. Mi orgullo está por tierra. Debería dárselo a los Guardianes de los Tres.

En ese momento hubo un clamoroso resonar de cuernos y los orcos avanzaron por todas partes lanzándose sobre los Dúnedain con ferocidad temeraria. La noche había llegado y se desvanecía la esperanza. Los Hombres caían abatidos; los orcos de mayor talla saltaban juntos, en parejas, y vivos o muertos, derribaban a un Dúnadan con el peso de sus cuerpos, para que otras fuertes garras pudieran arrastrarlo y darle muerte. Los orcos quizá pagaran cinco por uno en este intercambio, pero no era caro el precio. Ciryon fue muerto de este modo y Aratan mortalmente herido cuando intentó rescatarlo.

Elendur, aún ileso, fue en busca de Isildur, que estaba animando a sus hombres en el flanco oriental, donde el ataque era más intenso, porque los orcos todavía temían la Elendilmir que llevaba en la frente y lo evitaban. Elendur le tocó el hombro, e Isildur se volvió furioso creyendo que un orco se le había deslizado por detrás.

—Mi Rey —dijo Elendur—, Ciryon ha muerto y Aratan agoniza. Tu último consejero debe aconsejarte, aun mandarte, como tú mandaste a Ohtar, y decirte: ¡Vete! Coge tu carga y a toda costa llévala a los Guardianes: ¡aun a costa de abandonarme junto con tus hombres!

—Hijo del Rey —dijo Isildur—, sabía que tenía que hacerlo; pero le tenía miedo al dolor. Tampoco podía irme sin tu permiso. Perdóname y perdona mi orgullo, que te ha arrastrado a esta suerte.[24]

Elendur lo besó.

—¡Vete! ¡Vete ahora! —dijo.

Isildur se volvió hacia el oeste, y cogiendo el Anillo que, prendido de una fina cadena, le colgaba del cuello metido en una pequeña bolsa, se lo puso en el dedo con un grito de dolor, y nunca los ojos de nadie volvieron a verlo en la Tierra Media. Pero la Elendilmir del Oeste no podía apagarse y de pronto refulgió roja e iracunda como una estrella ardiente. Los Hombres y los orcos se hicieron a un lado temerosos; e Isildur, cubriéndose la cabeza con una capucha, se desvaneció en la noche.[25]

De lo que después les ocurrió a los Dúnedain, sólo esto se sabe: que al poco tiempo yacían todos muertos, salvo uno, un joven escudero aturdido y sepultado bajo los cadáveres. Así murió Elendur, que estaba destinado a ser Rey, y en su fuerza y su sabiduría, en su majestad sin orgullo, uno de los más grandes, el mejor de la estirpe de Elendil, el más semejante a su antecesor, como pronosticaban todos los que lo conocían.[26]

De Isildur se cuenta que el dolor y la angustia de su corazón eran grandes, pero al principio corrió como un gamo perseguido por perros, hasta que llegó al fondo del valle. Allí se detuvo para asegurarse de que no lo perseguían; porque los orcos podían seguir el rastro de un fugitivo en la oscuridad por el olor, sin depender de la vista. Luego prosiguió más precavido, porque vastas llanuras se abrían por delante en la penumbra, ásperas y sin senderos, llenas de trampas para los pies errantes.

Así fue que llegó por fin a las orillas del Anduin en lo más profundo de la noche, y estaba cansado; porque había hecho un viaje que los Dúnedain en semejante terreno no habrían podido hacer más rápidamente, aun sin detenerse y a la luz del día.[27] El río estaba remolineando oscuro y veloz ante él. Se quedó allí un rato desesperado y solo. Luego, deprisa, se despojó de la armadura y las armas, salvo una corta espada que llevaba sujeta al cinturón,[28] y se sumergió en el agua. Era hombre vigoroso, de una resistencia que pocos Dúnedain de su edad podían igualar, pero tenía escasas esperanzas de alcanzar la otra orilla. Antes de haber avanzado mucho, se vio forzado a volverse casi hacia el norte en contra de la corriente; y por más que luchaba era de continuo barrido hacia el laberinto de los Campos Gladios. Estaban más cerca de lo que él había pensado,[29] y cuando por fin sintió que la corriente disminuía, y cuando había casi logrado cruzar, se encontró luchando con altos juncos y algas adherentes. Allí advirtió de pronto que había perdido el Anillo. Por azar, o por un azar bien utilizado, se le había desprendido de la mano en un sitio donde jamás podría encontrarlo. En un principio el sentimiento de la pérdida fue tan abrumador que dejó de luchar y pensó en dejarse hundir y ahogarse. Pero este estado de ánimo se disipó tan deprisa como se le había presentado. Ya no sentía dolor. Se le había quitado un gran peso de encima. Sus pies encontraron el lecho del río, y saliendo del barro, avanzó forcejeando entre los juncos hasta llegar a una islita cenagosa cerca de la orilla occidental. Allí emergió del agua: era sólo un hombre mortal, una criatura insignificante perdida y abandonada en las tierras salvajes de la Tierra Media. Pero ante la vista nocturna de los orcos que allí atisbaban vigilantes, surgía como una monstruosa sombra de espanto con un ojo penetrante como una estrella. Dispararon sobre ella sus flechas envenenadas y huyeron. Innecesariamente, porque Isildur, inerme, cayó sin un grito con la garganta y el corazón atravesados, de espaldas al agua. Ni rastros de su cuerpo encontraron nunca los Elfos ni los Hombres. Así murió la primera víctima de la malicia del Anillo sin amo: Isildur, segundo Rey de todos los Dúnedain, señor de Arnor y Gondor, y el último en esa edad del Mundo.

Las fuentes de la leyenda de la muerte de Isildur

Hubo testigos oculares del acontecimiento. Ohtar y su compañero huyeron llevando consigo los fragmentos de Narsil. La historia menciona a un joven que sobrevivió a la matanza: era el escudero de Elendur, llamado Estelmo, y fue uno de los últimos en caer, pero estaba aturdido por un golpe de maza, no muerto, y fue encontrado vivo bajo el cuerpo de Elendur. Escuchó las palabras que Isildur y Elendur intercambiaron al despedirse. Hubo quienes acudieron demasiado tarde al rescate, pero a tiempo para ahuyentar a los orcos e impedir la mutilación de los cuerpos: porque hubo ciertos Hombres del Bosque que llevaron la noticia a Thranduil por mensajeros, y también ellos reunieron una fuerza para tender una emboscada a los orcos, pero éstos la olfatearon y se dispersaron, porque, aunque victoriosos, sus pérdidas habían sido muy grandes, y casi todos los orcos corpulentos habían caído; no intentaron otro ataque semejante hasta después de transcurridos muchos años.

La historia de las últimas horas de Isildur y de su muerte procede de una conjetura, pero está bien fundada. La leyenda en su forma final no se compuso hasta el reinado de Elessar en la Cuarta Edad, cuando se descubrieron otros datos. Hasta entonces se había sabido, primero, que Isildur tenía el Anillo y había huido hacia el Río; segundo, que su cota de malla, su yelmo, su escudo y su gran espada (pero nada más) se habían encontrado en la orilla no muy lejos de los Campos Gladios; tercero, que los orcos habían dejado en la orilla occidental una guardia de arqueros para impedir que nadie escapara de la batalla y huyera al Río (porque se encontraron huellas de sus campamentos, uno cerca de los bordes de los Campos Gladios); y, cuarto, que Isildur y el Anillo, juntos o separadamente, debieron de haberse perdido en el Río, porque si Isildur hubiera alcanzado la orilla occidental portando el Anillo, habría esquivado la guardia, y un hombre tan intrépido y resistente no habría dejado de ir entonces a Lórien o Moria antes de sucumbir. Porque, aunque era un largo viaje, cada uno de los Dúnedain llevaba en un bolsillo sellado que le colgaba del cinturón un pequeño frasco de cordial y unas galletas de pan del camino que lo habrían sostenido con vida durante muchos días. No eran en verdad el *miruvor*[30] o el *lembas* de los Eldar, aunque algo semejante, pues la medicina y otras artes de Númenor eran potentes y no se habían olvidado. Entre las cosas que había dejado Isildur no había cinturones ni bolsos.

Mucho después, cuando la Tercera Edad del Mundo Élfico quedó atrás y la Guerra del Anillo se aproximaba, se le reveló al Concilio de Elrond que se había encontrado el Anillo, hundido cerca del borde de los Campos Gladios y junto a la orilla occidental; aunque no se descubrió nunca rastro alguno del cuerpo de Isildur. Tenían también conocimiento de que Saruman había llevado a cabo en secreto una búsqueda en la misma región; pero aunque no había encontrado el Anillo (que ya mucho antes había sido retirado de allí), no sabían si había descubierto alguna otra cosa.

Pero el Rey Elessar, cuando fue coronado en Gondor, inició la reorganización del reino, y una de sus primeras tareas fue la restauración de Orthanc, donde se proponía guardar otra vez la *palantír* recuperada de Saruman. Entonces se registraron todos los secretos de la torre. Se encontraron muchas cosas de valor, joyas y reliquias de familia de Eorl, hurtadas a Edoras por Lengua de Serpiente durante los años de declive del Rey Théoden, y otras cosas semejantes, más antiguas y bellas, recogidas en túmulos y tumbas de todas partes. Saruman, en su degradación, no se había convertido en un dragón, sino en una corneja. Por último, tras una puerta escondida que no podrían haber encontrado ni abierto si no hubiera contado Elessar con la ayuda de Gimli el Enano, se reveló un gabinete de acero. Quizá lo habían preparado para recibir el Anillo; pero estaba casi vacío.

En un cofrecillo sobre un alto estante había dos cosas guardadas. Una era una cajita de oro sujeta a una fina cadena; estaba vacía y no tenía letra ni signo alguno, pero sin duda había guardado el Anillo en torno al cuello de Isildur. Junto a ella había un tesoro sin precio, largo tiempo lamentado como si se hubiera perdido para siempre: la misma Elendilmir, la blanca estrella de cristal élfico sobre una redecilla de *mithril*,[31] que había pasado de Silmarien a Elendil, y que éste había escogido como símbolo de la realeza del Reino del Norte.[32] Cada rey y los capitanes que los habían seguido en Arnor habían llevado la Elendilmir, hasta el mismo Elessar; pero aunque era una joya de gran belleza, hecha por los orfebres élficos en Imladris para Valandil, hijo de Isildur, no tenía la antigüedad ni el poder de la que se había perdido cuando Isildur se internó en la oscuridad para no volver nunca más.

Elessar la cogió con reverencia, y cuando volvió al Norte y tuvo otra vez plena autoridad real sobre Arnor, Arwen se la ciñó en la frente y los hombres guardaron asombrado silencio al ver cómo resplandecía. Pero Elessar no quiso correr ningún riesgo y sólo la llevaba en días señalados en el Reino del Norte. Por otra parte, cuando vestido con sus galas reales llevaba la Elendilmir que había recibido en herencia, decía:

—Y ésta también es cosa digna de ser reverenciada, y está por encima de mi mérito; cuarenta cabezas la han llevado antes que la mía.[33]

Cuando las gentes reflexionaron más detenidamente sobre este tesoro secreto, se afligieron. Porque les pareció que estas cosas, y con seguridad la Elendilmir, no podían haberse encontrado a no ser que Isildur las llevara encima cuando se hundió en el agua; pero si ello hubiera sucedido en aguas profundas de fuertes corrientes, éstas las habrían arrastrado con el tiempo hasta lugares muy lejanos. Por tanto, Isildur debió de haber caído no en la corriente profunda sino en aguas de la orilla, no más altas que un hombre. ¿Por qué, entonces, aunque había transcurrido una Edad, no había ni rastro de sus huesos? ¿Los habría encontrado Saruman y los habría deshonrado quemándolos en uno de sus hornos? Si así había sido, era un hecho vergonzoso; pero no el peor que hubiera cometido.

NOTAS

1. Se la llama Elendilmir en una nota al pie de página perteneciente al Apéndice A (I, iii) de *El Señor de los Anillos:* los Reyes de Arnor no llevaban corona, «sino una única gema blanca, la Elendilmir, la Estrella de Elendil, sujeta a la frente con una redecilla de plata». Esta nota contiene referencias a otras menciones de la Estrella de Elendil en el curso de la narración. De hecho, no había una, sino dos gemas de este nombre.

2. Como se relata en el cuento «Cirion y Eorl y la amistad de Gondor y Rohan», basado en historias más antiguas ahora en su mayoría perdidas; se da cuenta de los acontecimientos que culminaron en el Juramento de Eorl y la alianza de Gondor con los Rohirrim. [Nota del autor.]

3. El hijo más joven de Isildur era Valandil, tercer Rey de Arnor: véase «De los Anillos de Poder» en *El Silmarillion*. En el Apéndice A (I, ii) de *El Señor de los Anillos* se dice que había nacido en Imladris.

4. Este paso sólo aquí recibe un nombre élfico. En Rivendel mucho después de que Gimli el Enano se refiriera a él como el Paso Alto: «Si no fuera por los Beórnidas, ir de Valle a Rivendel hubiese sido imposible desde hace mucho tiempo. Son hombres valientes, y mantienen abiertos el Paso Alto y el Vado de la Carroca» (*La Comunidad del Anillo*, II, 1). Fue en este

paso donde los Orcos capturaron a Thorin Escudo de Roble y a su compañía (*El Hobbit,* cap. 4). *Andrath* sin duda significa «largo ascenso»; véase nota 16 de «La historia de Galadriel y Celeborn».

5. Cf. «De los Anillos de Poder» en *El Silmarillion*: «[Isildur] marchó de Gondor hacia el norte por el camino por donde Elendil había venido».

6. Trescientas leguas y aún más [es decir, por la ruta que Isildur se proponía emprender] y, en su mayor parte, desprovista de caminos; en aquellos días los únicos caminos númenóreanos existentes eran el Gran Camino que unía a Gondor y Arnor primero a través de Calenardhon, luego hacia el norte cruzando el Gwathló en Tharbad y, por último, a Fornost; y el Camino Este-Oeste desde los Puertos Grises a Imladris. Estos caminos se cruzaban en un punto [Bree] al oeste de Amon Sûl (La Cima de los Vientos), de acuerdo con el sistema de medición númenóreano de las rutas, trescientas noventa y dos leguas desde Osgiliath, y luego hacia el este a Imladris, otras ciento dieciséis: quinientas ocho leguas en total. [Nota del autor.] Véase el Apéndice de «El desastre de los Campos Gladios» sobre el sistema de medidas de longitud númenóreano.

7. Los númenóreanos en su propia tierra tenían caballos a los que estimaban [véase «Una descripción de la Isla de Númenor»]. Pero no los utilizaban en la guerra; porque todas sus guerras se libraban en ultramar. También eran de gran estatura y tenían mucha fuerza, y sus soldados plenamente equipados estaban acostumbrados a llevar pesadas armaduras y armas. En sus asentamientos en las costas de la Tierra Media adquirieron y criaron caballos, pero apenas los utilizaban para cabalgar, salvo por deporte o deleite. En las guerras sólo los utilizaban los correos y los cuerpos de arqueros con armas ligeras (a menudo no pertenecientes a la raza númenóreana). En la Guerra de la Alianza los caballos que utilizaron sufrieron graves pérdidas y en Osgiliath quedaban pocos. [Nota del autor.]

8. Necesitaban algo de equipaje y provisiones en las tierras inhóspitas; porque no esperaban encontrar moradas de Elfos ni de Hombres hasta llegar al reino de Thranduil, casi al término del viaje. En la marcha cada soldado llevaba provisiones para dos días (además del «bolsillo con lo imprescindible» que se menciona en «El desastre de los Campos Gladios»); lo demás y el equipaje restante se transportaba a lomos de pequeños caballos robustos, de una especie que, según se decía, vivía salvaje y libre en las vastas llanuras al sur y al este del Bosque Verde. Habían sido domesticados; pero aunque transportaban cargas pesadas (a paso lento), no toleraban que hombre alguno los montara. De éstos tenían sólo diez. [Nota del autor.]

9. El 5 de *Yavannië,* de acuerdo con el «Cómputo de los Reyes» númenóreano, mantenido todavía con poco cambio en el Calendario de la Comarca. *Yavannië (Ivanneth)* corresponde pues a *Halimath,* nuestro septiembre; y *Narbeleth* a nuestro octubre. Cuarenta días (hasta el 15 de *Narbeleth*) bastaban si todo iba bien. El viaje requeriría cuando menos trescientas ocho leguas de marcha; pero los soldados de los Dúnedain, hombres altos de gran fuerza y resistencia, estaban acostumbrados a avanzar plenamente armados ocho leguas por día «con facilidad» cuando lo hacían en ocho tandas de una legua, con breves descansos al cabo de cada legua (*lár,* sindarin *daur,* significaba originalmente detención o pausa) y una hora alrededor del mediodía. Esto constituía una «marcha» de unas diez horas y media, en la que andaban ocho horas. Podían mantener este ritmo por largos períodos con las provisiones adecuadas. Cuando llevaban prisa podían avanzar mucho más rápido, unas doce leguas por día (o en casos de mucha necesidad, todavía más), pero por períodos más cortos. En el día del desastre, en la latitud de Imladris (a la que se aproximaban) había por lo menos once horas de luz diurna en el campo abierto; pero en pleno invierno, menos de ocho. Sin embargo, en el norte no se emprendían largos viajes entre los comienzos de *Hithui* (*Hísimë,* noviembre) y fines de *Nínui* (*Nénimë,* febrero) en tiempos de paz. [Nota del autor.] En el Apén-

dice D de *El Señor de los Anillos* se da una detallada descripción de los calendarios en uso en la Tierra Media.

10. Meneldil era sobrino de Isildur, hijo de su hermano menor Anárion, muerto en el sitio de Barad-dûr. Isildur había establecido a Meneldil como Rey de Gondor. Era hombre cortés, pero de gran previsión, y no revelaba sus pensamientos. En verdad lo complacía la partida de Isildur y sus hijos, y esperaba que sus asuntos en el norte los mantuvieran mucho tiempo ocupados. [Nota del autor.] Se dice en anales inéditos sobre los Herederos de Elendil que Meneldil era el cuarto hijo de Anárion, que había nacido en el año 3318 de la Segunda Edad y que fue el último hombre que nació en Númenor. La nota que acaba de citarse es la única referencia a su carácter.

11. Los tres habían luchado en la Guerra de la Alianza, pero Aratan y Ciryon no habían estado en la invasión de Mordor y el sitio de Barad-dûr, porque Isildur los había mandado a proteger su fortaleza de Minas Ithil, por temor de que Sauron escapara de Gil-galad y Elendil e intentara abrirse camino por Cirith Dúar (más tarde llamada Cirith Ungol) y se vengara de los Dúnedain antes de ser vencido. Elendur, heredero de Isildur y muy querido por él, había acompañado a su padre durante toda la guerra (salvo en el último desafío a Orodruin) y gozaba de la plena confianza de Isildur. [Nota del autor.] Se dice en los anales mencionados en la nota precedente que el hijo mayor de Isildur nació en Númenor en el año 3299 de la Segunda Edad (Isildur había nacido en 3209).

12. *Amon Lanc*, «Colina Desnuda», era el punto más elevado de las tierras altas del ángulo suroeste del Bosque Verde, y recibía este nombre porque en su cima no crecían árboles. En días posteriores fue Dol Guldur, la primera fortaleza de Sauron después de su despertar. [Nota del autor.]

13. Los Campos Gladios *(Loeg Ningloron)*. En los Días Antiguos, cuando los Elfos silvanos se asentaron allí por primera vez, constituían un lago formado en una profunda depresión en la que el Anduin vertía sus aguas desde el Norte, tras un largo

descenso de unas setenta millas que constituía la parte más rápida de su curso, y se mezclaba allí con el torrente del Río Gladio *(Sîr Ninglor)*, que se precipitaba desde las Montañas. El lago había sido más ancho al oeste del Anduin, porque el lado oriental del valle era más empinado; pero hacia el este probablemente llegaba hasta el pie de las largas cuestas que descendían desde el Bosque (entonces todavía arbolado); sus bordes cubiertos de juncos mostraban un declive más suave, por debajo del sendero que Isildur seguía. El lago se había convertido en un gran marjal por el que el río erraba en medio de múltiples islillas y macizos de juncos y pléyades de lirios amarillos que alcanzaban mayor altura que un hombre y daban su nombre a toda la región y al río que bajaba de la Montaña, en torno a cuyo curso inferior crecían con suma densidad. Pero el marjal había retrocedido hacia el este, y al pie de las cuestas inferiores había extensiones planas cubiertas de hierbas y juncos bajos sobre las que era posible andar. [Nota del autor.]

14. Mucho antes de la Guerra de la Alianza, Oropher, Rey de los Elfos silvanos al este del Anduin, alarmado por los rumores del creciente poder de Sauron, abandonó sus antiguas moradas en torno a la Amon Lanc, más allá del río de sus parientes de Lórien. Tres veces se había trasladado hacia el norte, y a fines de la Segunda Edad vivió en los valles occidentales de las Emyn Duir, y su numeroso pueblo vivió en los bosques y los valles y anduvo errante por aquellas tierras en dirección oeste hasta el Anduin, al norte del antiguo Camino de los Enanos *(Men-i-Naugrim)*. Se había unido a la Alianza, pero fue muerto en el ataque a las Puertas de Mordor. Thranduil, su hijo, había vuelto con lo que quedaba del ejército de Elfos silvanos el año anterior al de la marcha de Isildur.

Las Emyn Duir (Montañas Oscuras) eran un grupo de altas colinas en el nordeste del Bosque, y se llamaban así porque sus laderas estaban cubiertas de densos pinos, pero no tenían todavía mala reputación. En días posteriores, cuando la sombra de Sauron se extendió por el Gran Bosque Verde y su nombre cambió de Eryn Galen a Taur-nu-Fuin (que se traduce como Bosque Negro), las Emyn Duir fueron frecuentadas por muchas de sus más malignas criaturas, y pasaron a llamarse Emyn-nu-Fuin, las Montañas del Bosque Negro. [Nota del autor.] Para Oropher, véase el Apéndice B de «La historia de Galadriel y Celeborn»; en uno de los pasajes allí citados la retirada hacia el norte de Oropher en el Bosque Verde se atribuye al deseo de ponerse fuera del alcance de los Enanos de Khazad-dûm y de Celeborn y Galadriel en Lórien.

Los nombres élficos de las Montañas del Bosque Negro no se encuentran en ningún otro sitio. En el Apéndice F (II) de *El Señor de los Anillos* el nombre élfico del Bosque Negro es Taur-e-Ndaedelos, «bosque del gran terror»; el nombre dado aquí, Taur-nu-Fuin, «bosque bajo la noche», era el nombre posterior de Dorthonion, la tierra alta boscosa de las fronteras septentrionales de Beleriand en los Días Antiguos. La aplicación del mismo nombre, Taur-nu-Fuin, al Bosque Negro y a Dorthonion resulta notable a la luz de la estrecha relación que había entre ellos en la imaginación visual de mi padre: véase *Pinturas y dibujos de J. R. R. Tolkien,* 1979, nota al n.º 37. Después del fin de la Guerra del Anillo, Thranduil y Celeborn dieron un nuevo nombre al Bosque Negro: Eryn Lasgalen, el Bosque de las Hojas Verdes (Apéndice B de *El Señor de los Anillos*).

Men-i-Naugrim, el Camino de los Enanos, es el Viejo Camino del Bosque que se describe en *El Hobbit,* cap. 7. En el borrador anterior de esta parte de la presente narración hay una nota referente al «antiguo Camino del Bosque que bajaba desde el Paso de Imladris y cruzaba el Anduin por un puente (que se había ensanchado y reforzado para permitir el paso de los ejércitos de la Alianza), seguía por el valle oriental hasta adentrarse en el Bosque Verde. No era posible construir puentes sobre el Anduin en puntos más bajos de su curso; durante unas pocas millas por debajo del Camino del Bosque el terreno sufría un pronunciado desnivel y el río se precipitaba veloz, hasta remansarse en la amplia cuenca de los Campos Gladios.

Más allá de los Campos volvía a precipitarse, y se convertía entonces en una caudalosa corriente alimentada por múltiples afluentes cuyos nombres se han olvidado salvo los de los más grandes: el Gladio (Sîr Ninglor), el Cauce de Plata (Celebrant) y el Limclaro (Limlaith)». En *El Hobbit* el Camino del Bosque atravesaba el gran río por el Viejo Vado, y no hay mención allí de que hubiera habido nunca un puente en el cruce.

15. En el breve resumen que figura en «De los Anillos de Poder» *(El Silmarillion)* se recoge otra versión del acontecimiento: «Isildur fue abrumado por una hueste de orcos que acechaba en las Montañas Nubladas; y sin que él lo notara, cayeron sobre el campamento entre el Bosque Verde y el Río Grande, cerca de Loeg Ningloron, los Campos Gladios, porque era descuidado y no había montado guardia alguna, creyendo derrotados a todos los enemigos».

16. *Thangail,* «muro de escudos», era el nombre de esta formación en sindarin, la lengua hablada normalmente por el pueblo de Elendil; su nombre «oficial» en quenya era *sandastan,* «barrera de escudos», derivado de las primitivas palabras *thandā,* «escudo», y *stama-,* «franquear, excluir». La palabra sindarin utilizaba un segundo elemento distinto: *cail,* un cerco o empalizada de estacas y palos de punta afilada. Éste, en su forma primitiva *keglē,* se derivaba de una raíz *keg-,* «púa», que aparece también en la palabra primitiva *kegyā,* «cerco», de donde surge el sindarin *cai* (cf. el *Morgai* en Mordor).

La *dírnaith,* en quenya *nemehta,* «punta de lanza humana», era una formación en cuña, que se lanzaba desde una corta distancia sobre un grupo enemigo agrupado pero aún no preparado para batalla o contra una formación defensiva en campo abierto. El quenya *nehte* o el sindarin *naith* se aplicaba a cualquier formación o proyección terminada en punta: una punta de lanza, un cuchillo, una cuña, un estrecho promontorio (raíz *nek,* «angosto»); cf. el Naith de Lórien, la tierra en el ángulo formado por el Celebrant y el Anduin, que en la unión de los ríos era más estrecha y más puntiaguda que lo que puede mostrarse en un mapa a escala reducida. [Nota del autor.]

17. *Ohtar* es el único nombre utilizado en las leyendas; pero fue probablemente el título con el que se le dirigió Isildur en este trágico momento, ocultando sus sentimientos bajo la formalidad. *Ohtar*, «guerrero, soldado», era el título de todos los que, aunque estuvieran plenamente preparados y experimentados, no habían sido todavía admitidos al rango de *roquen,* «caballero». Pero Ohtar era querido por Isildur y de su propio linaje. [Nota del autor.]

18. En el borrador anterior Isildur ordenaba a Ohtar que llevara a dos compañeros consigo. En «De los Anillos de Poder» *(El Silmarillion)* y en *La Comunidad del Anillo,* II, 2, se dice que «sólo tres de los suyos volvieron por encima de las montañas». De acuerdo con el texto que aquí se ofrece, el tercero resulta ser Estelmo, el escudero de Elendur, que sobrevivió a la batalla.

19. Habían atravesado la profunda depresión de los Campos Gladios, más allá de la cual el terreno del lado oriental del Anduin (que fluía por un canal profundo) era más firme y seco, pues la topografía de la tierra cambiaba. Empezaba a ascender hacia el norte hasta que, al acercarse al Camino del Bosque y el país de Thranduil, alcanzaba casi el nivel de las lindes del Bosque Verde. Isildur lo sabía perfectamente. [Nota del autor.]

20. No puede haber duda de que Sauron, enterado de la Alianza, había enviado las tropas de orcos del Ojo Rojo de que pudo disponer, para que hicieran lo que pudieran para acosar a cualquier fuerza que intentara acortar el camino cruzando las Montañas. Resultó que las principales fuerzas de Gil-galad, junto con Isildur y parte de los Hombres de Arnor, habían cruzado los Pasos de Imladris y Caradhras, y los orcos, acongojados, se escondieron. Pero permanecieron en estado de alerta y vigilantes, decididos a atacar a cualquier compañía de Elfos o de Hombres que fuera inferior en número. A Thranduil lo dejaron pasar, pues aun sus fuerzas disminuidas les superaban con creces; pero esperaron su oportunidad, la mayor parte escondidos en el Bosque, mientras que otros acechaban a lo largo de las orillas del río. Era improbable que hubieran tenido noticias de la derrota de Sauron, porque había sido estrictamente sitiado en Mordor y todas sus fuerzas habían

sido destruidas. Y si unos pocos habían escapado, habían huido hacia el Este con los Espectros del Anillo. Este pequeño destacamento en el Norte, sin importancia alguna, había quedado olvidado. Probablemente creían que Sauron había resultado victorioso y que el ejército de Thranduil, maltrecho por la guerra, se retiraba para ocultarse deprisa en el Bosque. Así, sin duda, estarían envalentonados y ansiosos por ganarse las alabanzas de su amo, aunque no hubieran estado en la principal batalla. Pero no habrían sido alabanzas lo que hubieran ganado, si alguno hubiera vivido lo bastante para ver su resurrección. Ninguna tortura habría satisfecho su enojo con estos necios chapuceros que habían dejado escapar la presa mayor de la Tierra Media; aun cuando no pudieran saber nada del Anillo Único que, salvo el mismo Sauron, nadie conocía, salvo los Nueve Espectros del Anillo, sus esclavos. No obstante, muchos pensaron que la ferocidad y la decisión con que atacaron a Isildur eran en parte debidas al Anillo. Hacía poco más de dos años que faltaba de la mano de Sauron y, aunque se enfriaba rápidamente, todavía pesaba en él su voluntad maligna, y por todo medio intentaba volver a su señor (al igual que sucedió cuando Sauron se recuperó y asumió una nueva forma física). De este modo, aunque los orcos no lo entendían, se cree que los colmaba un feroz deseo de destruir a los Dúnedain y de capturar a su jefe. No obstante, se comprobó en ese caso que la Guerra del Anillo se perdió en el Desastre de los Campos Gladios. [Nota del autor.]

21. Sobre los arcos de los númenóreanos, véase «Una descripción de la Isla de Númenor».

22. No más de veinte, se dice; pues no se había previsto semejante necesidad. [Nota del autor.]

23. Compárese con las palabras del pergamino que Isildur escribió acerca del Anillo antes de emprender desde Gondor su último viaje, y que Gandalf recitó al Concilio de Elrond en Rivendel: «Estaba caliente cuando lo tomé, caliente como una brasa, y me quemé la mano, tanto que dudo que pueda librarme de ese dolor. Sin embargo se ha enfriado mientras escribo, y parece que se encogiera...» (*La Comunidad del Anillo*, II, 2).

24. El orgullo que lo llevó a guardar el Anillo en contra del consejo de Elrond y Círdan, que le dijeron que debía ser destruido en los fuegos de Orodruin [*La Comunidad del Anillo,* II, 2, y «De los Anillos de Poder» *(El Silmarillion)*].

25. El significado, suficientemente reseñable, de este pasaje parece ser que la luz de la Elendilmir era inmune a la invisibilidad conferida por el Anillo Único, y que esta luz era visible cuando no se llevaba el Anillo; pero cuando Isildur se cubrió la cabeza con una capucha, la luz se extinguió.

26. Se dice que, en días posteriores, a aquellos que lo recordaban (como Elrond) les llamaba la atención la gran semejanza que tenía en cuerpo y mente con el Rey Elessar, el gran vencedor de la Guerra del Anillo, en la que tanto el Anillo como Sauron fueron aniquilados para siempre. Según los documentos de los Dúnedain, Elessar era descendiente en trigésimo octavo grado de Valandil, hermano de Elendur. Todo este tiempo transcurrió antes de que fuera vengado. [Nota del autor.]

27. Siete leguas o más desde el lugar de la batalla. La noche había caído cuando huyó; llegó al Anduin a medianoche, más o menos. [Nota del autor.]

28. Era de la especie llamada *eket,* un puñal corto de hoja ancha, en punta y de doble filo, de un pie a un pie y medio de largo. [Nota del autor.]

29. El sitio de la batalla final se encontraba a una milla o más al otro lado de su límite septentrional, pero quizá en la oscuridad la pendiente del terreno había torcido su curso algo hacia el sur. [Nota del autor.]

30. Elrond dio a Gandalf un frasco de *miruvor,* el «cordial de Imladris», cuando la compañía se puso en camino desde Rivendel (*La Comunidad del Anillo,* II, 3).

31. Porque ese metal se encontraba en Númenor. [Nota del autor.] En «La Línea de Elros: Reyes de Númenor» se dice que Tar-Telemmaitë, el decimoquinto Gobernante de Númenor, se llamó así (esto es, «mano de plata») por el amor que le profesaba a ese metal, «y ordenaba a sus sirvientes que buscaran *mithril*». Pero

Gandalf dijo que el *mithril* se encontraba sólo en Moria de cuantos sitios hay en el mundo (*La Comunidad del Anillo*, II, 4).

32. Se dice en «Aldarion y Erendis» que «[Aldarion] vio que [Erendis] había engarzado la gema blanca en una redecilla de plata, como una estrella; y cuando ella se lo pidió, él se la sujetó en la frente». Por esta razón se la conoció como Tar-Elestirnë, la Señora de la Frente Estrellada; y «se dice que así empezó la costumbre de los Reyes y las Reinas de llevar en adelante como una estrella, una joya blanca, sobre la frente, y ninguna corona» (nota 18). Esta tradición no puede estar desvinculada de la de la Elendilmir, una gema en forma de estrella llevada en la frente como señal de realeza en Arnor; pero la Elendilmir original, puesto que pertenecía a Silmarien, ya estaba en Númenor (fuera cual fuese su origen) antes de que Aldarion llevara la joya de Erendis de la Tierra Media, y no puede ser la misma.

33. El verdadero número era treinta y ocho, pues la segunda Elendilmir había sido hecha para Valandil (cf. la nota 26 precedente). En «La Cuenta de los Años» en el Apéndice B de *El Señor de los Anillos*, en la entrada correspondiente al año 16 de la Cuarta Edad (en el Cómputo de la Comarca el año 1436), se afirma que cuando el Rey Elessar llegó al Puente del Brandivino para saludar a sus amigos, dio la Estrella de los Dúnedain al Señor Samsagaz, y convirtió a su hija Elanor en doncella de honor de la Reina Arwen. Basándose en esta información, Robert Foster dice en *Guía completa a la Tierra Media*: «Los Reyes del Reino del Norte llevaron la Estrella [de Elendil] en la frente hasta que Elessar se la concedió a Sam Gamyi en 16 de la Cuarta Edad». De este pasaje se desprende claramente que el Rey Elessar retuvo indefinidamente la Elendilmir hecha para Valandil; y en cualquier caso me resulta inconcebible que se la hubiera regalado al Alcalde de la Comarca, por mucho que lo estimase. La Elendilmir recibió múltiples nombres: la Estrella de Elendil, la Estrella del Norte, la Estrella del Reino del Norte; y la Estrella de los Dúnedain (que sólo se menciona en la citada entrada de «La Cuenta de los Años») se considera otra diferente tanto en la Guía de Robert Foster como en *Tolkien Com-*

panion, de J. E. A. Tyler. No he encontrado otra referencia a ella; pero estoy prácticamente seguro de que no lo era, y que el Señor Samsagaz recibió una distinción diferente (y más adecuada).

APÉNDICE
MEDIDAS DE LONGITUD NÚMENÓREANAS

Una nota relacionada con el pasaje de «El desastre de los Campos Gladios» sobre las diferentes rutas desde Osgiliath a Imladris dice lo siguiente:

Las medidas de longitud se convierten con la mayor aproximación posible en medidas modernas. Se utiliza «legua» porque era la más larga medida de distancia: en el cálculo Númenóreano (que era decimal), cinco mil *rangar* (pasos largos) constituían un *lár*, aproximadamente tres de nuestras millas. *Lár* significaba «pausa», porque, salvo en las marchas forzadas, normalmente se hacía un breve alto tras cubrir esa distancia [véase la nota 9 precedente]. El *ranga* númenóreano era algo más largo que nuestra yarda, aproximadamente treinta y ocho pulgadas, por ser mayor la estatura de aquellos seres. Por tanto, cinco mil *rangar* serían casi el equivalente exacto de 5280 yardas, nuestra «legua»: 5277 yardas, dos pies y cuatro pulgadas, suponiendo que la equivalencia sea exacta. Esto no puede determinarse, pues se basa en las longitudes dadas en las historias de varias cosas y distancias que pueden compararse con las de nuestro tiempo. Deben tenerse en cuenta tanto la gran estatura de los Númenóreanos (puesto que manos, pies, dedos y pasos están probablemente en el origen de los nombres de las unidades de longitud) como las variaciones respecto de los promedios o normas en el proceso de fijación y organización de un sistema de medidas utilizable en la vida cotidiana y a la vez para cálculos de precisión. Así, dos *rangar* se llamaban a veces «talla-de-hombre», que, a treinta y ocho pulgadas, da una talla promedio de seis pies y cuatro pulgadas; pero esto fue en una fecha posterior, cuando la talla de los Dúnedain parece haber disminuido, y no pretende tampoco ser una apreciación exacta de la talla promedio observada en los varones, sino una longitud aproximada, expresada en la bien conocida unidad *ranga*. (Se dijo a menudo que el *ranga* era la longitud del paso desde el talón postrero al dedo gordo delantero de un hombre adulto que camina deprisa pero con tranquilidad; un paso completo «bien podría tener cerca de un *ranga* y medio».) Se dice, sin embargo, de los grandes hombres del pasado que medían más de una «talla-de-hombre». Se dice que Elendil «superaba la talla-de-hombre en más de medio *ranga»;* pero era considerado el más alto de los númenóreanos que escaparon de la Caída [y se le conocía de hecho como Elendil el Alto]. Los Eldar de los Días Antiguos eran también de elevada estatura. Se decía de Galadriel, «la más alta de las mujeres de los Eldar de que nos hablan las historias», que tenía talla-de-hombre, pero, se especifica «de acuerdo con las medidas de los Dúnedain y los hombres de antaño», con lo que se indica una altura de unos seis pies y cuatro pulgadas.

Los Rohirrim eran en general más bajos, pues sus antepasados lejanos se habían mezclado con hombres de constitución más ancha y pesada. Se dice que Éomer era alto, de una altura semejante a la de Aragorn; pero él, como otros descendientes del Rey Thengel, superaban la talla media de Rohan, pues heredaban esta característica (y también la del cabello moreno en algunos casos) de Morwen, la esposa de Thengel, una señora de Gondor de alto linaje númenóreano.

Una nota al texto precedente añade un poco de información acerca de Morwen a la que se da en *El Señor de los Anillos* [Apéndice A (II), «Los Reyes de la Marca»]:

Se la conocía como Morwen de Lossarnach, pues allí vivía; pero no pertenecía a la gente de esa tierra. Su padre se había trasladado allí desde Belfalas por amor de sus valles florecientes; él era descendiente de un Príncipe de ese feudo y, por tanto, pariente del Príncipe Imrahil. Éste reconocía su parentesco, aunque distante, con Éomer de Rohan, y nació entre ellos una estrecha amistad. Éomer se casó con la hija de Imrahil [Lothíriel], y el hijo de ambos, Elfwine el Hermoso, tenía un sorprendente parecido con el padre de su madre.

En otra nota se observa que Celeborn era «un Linda de Valinor» (esto es, uno de los Teleri que se llamaban a sí mismos Lindar, los Cantores) y que

era considerado por ellos alto, como su nombre indica («plata alta»), aunque los Teleri en general eran de corpulencia y estatura algo menores que las de los Noldor.

Ésta es la última versión de la historia del origen de Celeborn y de la significación de su nombre.

En otro sitio mi padre escribió acerca de la estatura de los Hobbits en relación con la de los Númenóreanos, y del origen del nombre Medianos:

Las observaciones [acerca de la estatura de los Hobbits] en el Prólogo de *El Señor de los Anillos* son innecesariamente vagas y complicadas por causa de la inclusión de referencias a los supervivientes de la raza en tiempos posteriores; pero en lo que a *El Señor de los Anillos* concierne, pueden reducirse a lo siguiente: los hobbits de la Comarca medían de tres a cuatro pies, nunca menos y rara vez más. Por supuesto, ellos no se daban a sí mismos el nombre de Medianos; así los llamaban los Númenóreanos. Evidentemente, la denominación se refería a su talla en comparación con la de ellos, y fue aproximadamente exacta cuando se la otorgaron. Se aplicó primero a los Pelosos, que fueron conocidos de los gobernantes de Arnor en el siglo XI [cf. el renglón del año 1050 en «La Cuenta de los Años»] y luego también a los Albos y a los Fuertes. Los Reinos del Norte y del Sur mantenían estrechas comunicaciones por entonces y, en verdad, también mucho después, y cada cual estaba perfectamente informado de todo lo que acaecía en la otra región, especialmente de la migración de los pueblos de toda especie. Así, aunque ningún «Mediano», que se sepa, había aparecido nunca en Gondor antes de Peregrin Tuk, la existencia de su pueblo en el reino de Arthedain era conocida en Gondor, y se les dio el nombre de Medianos o, en sindarin, *perian*. No bien se llamó la atención de Boromir sobre Frodo [en el Concilio de Elrond], lo reconoció como miembro de esta raza. Probablemente hasta entonces los había considerado criaturas de lo que nosotros llamaríamos cuentos de hadas o folklore. Parece evidente, por la recepción que tuvo Pippin en Gondor, que de hecho se recordaba allí a los «Medianos».

En otra versión de esta nota se dice más acerca de la disminución de la estatura tanto de los Medianos como de los Númenóreanos:

La mengua de los Dúnedain no era una tendencia normal compartida por los pueblos cuya patria fuera la Tierra Media; sino una consecuencia de la pérdida de su vieja tierra en el lejano Oeste, la más cercana de todas las mortales al Reino Imperecedero. La mengua muy posterior de los hobbits debió de ser consecuencia de un cambio de estado y de estilo de vida; se convirtieron en gentes huidizas y furtivas, obligadas (a medida que los Hombres, el Pueblo Grande, cada vez más numerosos, usurpaban las tierras más fértiles y habitables) a refugiarse en los bosques y las tierras salvajes: un pueblo errante y pobre, olvidado de sus artes, de individuos que vivían una vida precaria dedicados sólo a la búsqueda de alimentos y temerosos de ser vistos.

2

CIRION Y EORL Y LA AMISTAD DE GONDOR Y ROHAN

(i)
Los Hombres del Norte y los Aurigas

La Crónica de Cirion y Eorl[1] sólo empieza con el primer encuentro de Cirion, Senescal de Gondor, y Eorl, Señor de los Éothéod, tras el fin de la Batalla del Campo de Celebrant, una vez destruidos los invasores de Gondor. Pero hubo baladas y leyendas de la gran expedición de los Rohirrim desde el norte tanto en Rohan como en Gondor, de las cuales procede lo que se cuenta en Crónicas posteriores,[2] junto con muchas otras informaciones acerca de los Éothéod. Todo esto se pone aquí por escrito brevemente en forma de crónica.

Los Éothéod fueron conocidos por primera vez con ese nombre en los días del Rey Calimehtar de Gondor (que murió en el año 1936 de la Tercera Edad); eran en ese tiempo un pueblo pequeño que vivía en los Valles del Anduin entre la Carroca y los Campos Gladios, en su mayoría sobre la orilla occidental del río. Eran un resto de los Hombres del Norte, que habían constituido anteriormente una confederación numerosa y poderosa de los pueblos que moraban en las vastas llanuras que se extienden entre el Bosque Negro y el Río Rápido, grandes criadores de caballos y jinetes renombrados por su habilidad y resistencia, aunque sus casas estaban en las orillas del Bosque, y especialmente en el Entrante Oriental, en gran parte abierto por ellos con la tala de árboles.[3]

Estos Hombres del Norte eran descendientes de la misma raza de los que en la Primera Edad pasaron al Oeste de la Tierra Media y fueron aliados de los Eldar en las guerras contra Morgoth.[4] Eran por tanto desde tiempos remotos parientes de los Dúnedain o Númenóreanos, y hubo estrecha amistad entre ellos y el pueblo de Gondor. Constituían de hecho un baluarte de Gondor que defendía las fronteras septentrionales y orientales de la invasión; aunque los Reyes no se dieron plena cuenta hasta que este baluarte se debilitó y fue finalmente destruido. La caída de los Hombres del Norte de Rhovanion empezó con la Gran Peste, que apareció allí durante el invierno del año 1635 y pronto se diseminó por Gondor. En Gondor la mortandad fue grande, especialmente entre los que vivían en las ciudades. Fue más grande en Rhovanion, pues aunque sus gentes vivían casi en su totalidad al aire libre y no tenían grandes ciudades, la Peste llegó en un crudo invierno en que los caballos y los hombres tuvieron que refugiarse bajo techo y las casas de madera y los establos estaban atestados; además, eran poco hábiles en las artes de la curación y la medicina, de las que mucho se conocía todavía en Gondor, preservadas de la sabiduría de Númenor. Cuando la Peste cesó, se dice que más de la mitad de la población de Rhovanion había muerto, y también la mitad de sus caballos.

Fueron lentos en recuperarse; pero durante mucho tiempo nadie puso a prueba esta debilidad. Sin duda los pueblos del Este habían sido igualmente afectados, de modo que los enemigos de Gondor provenían sobre todo del sur o de ultramar.

Pero cuando empezaron las invasiones de los Aurigas e involucraron a Gondor en guerras que se prolongaron durante casi cien años, los Hombres del Norte tuvieron que soportar el peso de los primeros ataques. El Rey Narmacil II condujo a un gran ejército hacia el norte, a las llanuras que se extienden al sur del Bosque Negro, y entre los dispersos Hombres del Norte reunió a todos los supervivientes que pudo encontrar; pero fue derrotado, y él mismo cayó en la batalla. Los restos de su ejército se retiraron por la Dagorlad a Ithilien, y Gondor abandonó todas las tierras al este del Anduin, salvo Ithilien.[5]

En cuanto a los Hombres del Norte, se dice que unos pocos huyeron cruzando el Celduin (Río Rápido) y se mezclaron con el pueblo de Valle, bajo Erebor (de quienes eran parientes), algunos se refugiaron en Gondor, y otros fueron reunidos por Marhwini, hijo de Marhari (que cayó defendiendo la retaguardia después de la Batalla de los Llanos).[6] Dirigiéndose hacia el norte entre el Bosque Negro y el Anduin, se asentaron en los Valles del Anduin, donde se les unieron muchos fugitivos que venían del Bosque. Éste fue el origen de los Éothéod,[7] aunque nada se supo de ellos en Gondor por muchos años. La mayor parte de los Hombres del Norte habían sido reducidos a la servidumbre, y todas sus viejas tierras quedaron ocupadas por los Aurigas.[8]

Pero por fin, el Rey Calimehtar, hijo de Narmacil II, libre de otros peligros,[9] decidió vengar la derrota de la Batalla de los Llanos. Le llegaron mensajeros de Marhwini que le advirtieron que los Aurigas se proponían atacar Calenardhon cruzando los Bajíos;[10] pero dijeron también que estaba preparándose una rebelión de los Hombres del Norte sometidos a esclavitud, y que estallaría si los Aurigas hacían la guerra. Calimehtar, por tanto, partió en cuanto pudo con un ejército de Ithilien, cuidando de que su movimiento fuera perfectamente advertido por el enemigo. Los Aurigas avanzaron con toda la fuerza de que disponían, y Calimehtar cedió ante ellos alejándolos de sus casas. Por fin la batalla se libró en la Dagorlad y el resultado estuvo largo tiempo indeciso. Pero en el momento crítico, los jinetes que Calimehtar había enviado a los Bajíos (que el enemigo había dejado sin custodia) se juntaron en un gran *éored*[11] conducido por Marhwini y atacaron a los Aurigas por el flanco y la retaguardia.

La victoria de Gondor fue abrumadora, aunque en aquel momento no decisiva. Cuando los enemigos, quebrantados, huyeron desordenadamente hacia el norte, hacia sus casas, Calimehtar decidió atinadamente que no los perseguiría. Habían dejado casi la tercera parte de sus huestes muertas en la Dagorlad, para que se pudrieran entre los huesos de otras más nobles batallas del pasado. Pero los jinetes de Marhwini hostilizaron a los fugitivos y les infligieron muchas bajas mientras escapaban en desorden por las llanuras. Al fin los jinetes divisaron a lo lejos el Bosque Negro. Allí dejaron a los Aurigas, mofándose:

—¡Huid hacia el este y no hacia el norte, pueblo de Sauron! ¡Mirad! ¡Las casas que robasteis están todas en llamas! —En efecto, se alzaba una gran humareda en la lejanía.

La rebelión planeada y ayudada por Marhwini había efectivamente estallado; los esclavos se habían alzado incitados por los proscritos que salían desesperados del Bosque, y juntos habían logrado incendiar muchas casas de los Aurigas, y sus almacenes, y los campamentos fortificados donde guardaban los carros. Pero la mayor parte de ellos habían muerto en el intento; porque estaban mal armados y el enemigo no había dejado sus casas indefensas: los niños y los ancianos recibieron la ayuda de las mujeres más jóvenes, que en ese pueblo estaban también ejercitadas en las armas, y lucharon fieramente en defensa de sus hogares y de sus hijos. Así, al final, Marhwi-

ni se vio obligado a retirarse de nuevo a su tierra junto al Anduin, y los Hombres del Norte nunca regresaron a sus
antiguos hogares. Calimehtar se retiró a Gondor, que gozó
por un tiempo (desde 1899 a 1944) de un respiro en la guerra,
antes del gran ataque en que la dinastía de los Reyes de Gondor estuvo a punto de perecer.

No obstante, la alianza entre Calimehtar y Marhwini no
había sido en vano. Si la fuerza de los Aurigas de Rhovanion
no hubiese sido quebrantada, ese ataque se habría producido
antes y con mucha mayor fuerza, y el reino de Gondor podría
haber sido destruido. Pero el efecto principal de esa alianza se
revelaría en un futuro que nadie podía prever entonces: las
dos grandes expediciones de los Rohirrim que acudieron a
salvar a Gondor, la llegada de Eorl al Campo de Celebrant y
los cuernos del Rey Théoden en el Pelennor, sin los cuales el
retorno del Rey habría sido en vano.[12]

Entretanto, los Aurigas se lamían las heridas y planeaban
el momento de la venganza. Más allá del alcance de las armas
de Gondor, en tierras al este del Mar de Rhûn desde donde
no llegaban nuevas a los Reyes, el pueblo de los Aurigas se
extendió y multiplicó, ansioso de conquistas y botines, e in-
flamado de odio por Gondor, que se le interponía en el camino. Transcurrió mucho tiempo, sin embargo, antes de que se
pusieran en movimiento. Por una parte, temían el poder de
Gondor, y como nada sabían de lo que pasaba al oeste del
Anduin, suponían que el Reino era más grande y populoso de
lo que era en realidad por aquel entonces. Por otra parte, los
Aurigas del este habían estado expandiéndose hacia el sur,
más allá de Mordor, y estaban en guerra con los pueblos de
Khand y sus vecinos del sur. Al final se acordó una paz y una
alianza entre estos enemigos de Gondor, y se preparó un ataque simultáneo desde el norte y el sur.

Poco o nada, claro está, se sabía de estos designios y movimientos en Gondor. Lo que aquí se dice lo dedujeron mucho después los historiadores, que llegaron también a comprender con claridad que el odio hacia Gondor y la alianza de sus enemigos en acción concertada (para la cual ellos mismos no tenían ni el tino ni la voluntad suficientes) habían sido consecuencia de las maquinaciones de Sauron. Forthwini, hijo de Marhwini, advirtió en verdad al Rey Ondoher (que sucedió a su padre Calimehtar en el año 1936) que los Aurigas de Rhovanion se estaban reponiendo de su debilidad y su temor, y que sospechaba que estaban recibiendo refuerzos desde el Este, pues lo inquietaban mucho las incursiones llevadas a cabo en los territorios meridionales, y que venían río arriba o a través de los Estrechos del Bosque.[13] Mientras tanto, Gondor no podía hacer otra cosa que tratar de reunir e instruir un ejército de suficiente envergadura. Así, cuando el ataque se produjo finalmente, no sorprendió a Gondor desprevenido, aunque no disponía de todas las fuerzas que hubiera necesitado.

Ondoher sabía que sus enemigos del sur estaban preparándose para la guerra, y tuvo el tino de dividir sus fuerzas destinando un ejército al norte y otro al sur. Este último era más pequeño, porque el peligro allí se estimaba menor.[14] Estaba al mando de Eärnil, miembro de la Casa Real, un descendiente del Rey Telumehtar, padre de Narmacil II. La base de este ejército se encontraba en Pelargir. El ejército del norte estaba al mando del mismo Rey Ondoher. Había sido siempre la costumbre en Gondor que el Rey, si así lo quería, estuviera al mando del ejército en una batalla importante, con tal de que un heredero con derecho indiscutible al trono estuviera dispuesto para sustituirlo. Ondoher provenía de un linaje guerrero, y era amado y estimado por sus soldados, y tenía dos hijos, ambos en edad de portar armas: Artamir era unos tres años mayor que Faramir.

La noticia de la aproximación del enemigo llegó a Pelargir el noveno día de Cermië del año 1944. Eärnil ya había adoptado medidas: había cruzado el Anduin con la mitad de sus fuerzas, y dejando indefensos intencionadamente los Vados de Poros, acampó a unas cuarenta millas al norte, en Ithilien del Sur. El Rey Ondoher se había propuesto conducir a su ejército hacia el norte a través de Ithilien y desplegarlo por la Dagorlad, terreno de malos augurios para los enemigos de Gondor. (En ese tiempo los fuertes que había construido Narmacil I a lo largo del curso del Anduin, al norte de Sarn Gebir, estaban todavía en buen estado y contaban con hombres suficientes como para impedir cualquier intento enemigo de cruzar el río por los Bajíos.) Pero la noticia del ataque del norte no le llegó a Ondoher hasta la mañana del duodécimo día de Cermië, ya cuando se acercaba el enemigo, mientras el ejército de Gondor se acercaba más lentamente de lo que habría hecho si Ondoher hubiera sido avisado antes, y la vanguardia no había llegado todavía a las Puertas de Mordor. La fuerza principal iba por delante con el Rey y su Guardia, seguida por los soldados del Ala Derecha y el Ala Izquierda que ocuparían sus lugares después de dejar atrás Ithilien y al aproximarse a la Dagorlad. Esperaban allí que el ataque llegara del norte o el nordeste, como había ocurrido antes en la Batalla de los Llanos y en la ocasión de la victoria de Calimehtar en la Dagorlad.

Pero no fue así. Los Aurigas habían reunido una gran hueste en las costas meridionales del mar interior de Rhûn, fortalecida por gentes de Rhovanion, emparentadas con ellos, y por los nuevos aliados de Khand. Cuando todo estuvo preparado, se pusieron en camino hacia Gondor desde el este, trasladándose deprisa a lo largo de la línea de las Ered Lithui, donde se los descubrió demasiado tarde. Así fue que cuando la delantera del ejército de Gondor sólo había llegado a las

Puertas de Mordor (el Morannon), una gran polvareda llevada por un viento del Este anunció la llegada de la vanguardia
del enemigo.[15] Ésta se componía no sólo de los carros de guerra de los Aurigas, sino también de una fuerza de caballería
mucho mayor de lo esperado. Ondoher sólo tuvo tiempo de
volverse y hacer frente al ataque con su flanco derecho cerca
del Morannon, y enviar la orden a Minohtar, Capitán del Ala
Derecha en la retaguardia, de que cubriera el flanco izquierdo
tan deprisa como le fuera posible, cuando los carros y los jinetes chocaron con los desordenados defensores. De la confusión del desastre que siguió, pocas noticias claras llegaron
alguna vez a Gondor.

Ondoher no estaba en absoluto preparado para salir al encuentro de una carga de jinetes y carros de gran peso. Acompañado por la Guardia y llevando el estandarte había
ascendido deprisa a una pequeña loma, pero esto de nada sirvió.[16] Lo más pesado de la carga se dirigió contra su estandarte, que le fue arrebatado; la Guardia fue casi por completo
aniquilada, y él mismo fue muerto junto a su hijo Artamir.
Los cuerpos nunca se recuperaron. El ataque del enemigo
pasó por encima de ellos y a ambos lados de la loma, y penetró profundamente entre las filas desordenadas de Gondor,
haciéndolas retroceder sobre los que estaban detrás en medio
de una gran confusión y dispersando y persiguiendo a muchos otros hasta la Ciénaga de los Muertos.

Minohtar tomó el mando. Era un hombre a la vez valiente
y diestro en la guerra. El primer furor del ataque se había extinguido con menos bajas y mucho más éxito de lo que el
enemigo había esperado. La caballería y los carros se habían
retirado, porque se aproximaba el grueso de las fuerzas de los
Aurigas. Aprovechando el poco tiempo a su disposición, Minohtar, levantando su propio estandarte, reunió a los hombres

restantes del Centro y a los suyos propios que estaban allí. Inmediatamente envió mensajeros a Adrahil de Dol Amroth,[17] el Capitán del Ala Izquierda, ordenándole que se retirara a la mayor brevedad posible, tanto con los que tenía a su mando, como con la retaguardia del Ala Derecha que no había entrado todavía en acción. Con esas fuerzas debía ocupar una posición defensiva entre Cair Andros (donde había fuerzas armadas) y las montañas de Ephel Dúath, donde a causa del gran meandro del Anduin hacia el este, el terreno era muy estrecho, y cubrir tanto tiempo como le fuera posible los accesos a Minas Tirith. Minohtar, por su parte, para dar tiempo a esta retirada, recompondría la retaguardia e intentaría impedir el avance enemigo. Adrahil debía enviar sin dilación mensajeros que informaran a Eärnil, si les era posible encontrarlo, del desastre del Morannon y de la posición del ejército del norte en retirada.

Cuando el grueso del ejército de los Aurigas avanzó con intención de ataque, eran las dos de la tarde, y Minohtar había hecho retirar su línea al extremo del Gran Camino del Norte de Ithilien, a media milla del punto en que doblaba al este hacia las Torres de Vigilancia del Morannon. El triunfo inicial de los Aurigas fue el comienzo de su ruina. Ignorando el número y la disposición del ejército de defensa, habían lanzado un primer ataque demasiado pronto, antes de que la mayor parte de ese ejército hubiera abandonado la estrecha tierra de Ithilien, y el éxito de la carga de los carros y la caballería había resultado más rápido y abrumador de lo esperado. A continuación, el ataque principal se retrasó demasiado, y ya no pudieron valerse con plena eficacia de la superioridad numérica de acuerdo con la táctica que habían adoptado, pues estaban más acostumbrados a guerrear en campo abierto. Bien es posible suponer que, estimulados por la caída del Rey y la desordenada huida de una gran parte del Centro opositor, creyeran haber vencido ya a las fuerzas defensivas, y que su propio ejército no tenía más que invadir y ocupar Gondor. Si era así, estaban engañados.

Los Aurigas avanzaron con escaso orden, todavía exultantes y cantando cantos de victoria, sin ver aún signos de defensa alguna que les saliera al encuentro, hasta que descubrieron que el camino a Gondor doblaba al sur hacia una estrecha arboleda bajo la oscura sombra de las Ephel Dúath, donde un ejército sólo podía marchar o cabalgar ordenadamente por un ancho camino. Ante ellos avanzaba por una profunda hendedura...

Aquí el texto queda abruptamente interrumpido, y las notas y borradores para una posible continuación son en su mayor parte ilegibles. Es posible concluir, sin embargo, que los hombres de Éothéod lucharon junto con Ondoher; y también que se le ordenó al segundo hijo de Ondoher, Faramir, que permaneciera en Minas Tirith como regente, pues la ley no permitía que sus dos hijos intervinieran en la batalla al mismo tiempo (una observación parecida aparece en un momento anterior de la narración). Pero Faramir no lo hizo; fue a la guerra disfrazado y allí lo mataron. La escritura es aquí casi imposible de descifrar, pero parece que Faramir se unió a los Éothéod y fue atrapado con un grupo de ellos mientras retrocedían hacia la Ciénaga de los Muertos. El jefe de los Éothéod (cuyo nombre es indescifrable después del primer elemento *Marh-*) acudió a rescatarlos, pero Faramir murió en sus brazos, y sólo cuando le registró el cuerpo descubrió señales que indicaban que se trataba del Príncipe. El jefe de los Éothéod fue entonces a reunirse en el extremo del Camino del Norte, en Ithilien, con Minohtar, quien, en ese preciso momento, daba órdenes de que se llevara un mensaje al Príncipe en Minas Tirith, en el que se le comunicaba que era ahora Rey. Fue entonces cuando el jefe de los Éothéod le dio la noticia de que el Príncipe había ido disfrazado a la batalla y allí había muerto.

La presencia de los Éothéod y el papel que representa su jefe pueden explicar que en esta narración, que constituye ostensiblemente una crónica del comienzo de la amistad entre Gondor y los Rohirrim, se incluyera esta elaborada historia de la batalla del ejército de Gondor con los Aurigas.

El pasaje final del texto conservado da la impresión de que la exaltación y el júbilo del ejército de los Aurigas, mientras descendían por el camino a la profunda hendedura, duraría muy poco, pero las notas finales muestran que no iban a ser contenidos durante mucho tiempo por la defensa de retaguardia de Minohtar. «Los Aurigas penetraron implacablemente en Ithilien» y «al atardecer del decimotercer día de Cermië aplastaron a Minohtar», que fue muerto por una flecha. Se dice aquí que éste era hijo de la hermana del Rey Ondoher. «Sus hombres lo retiraron de la refriega y lo que quedaba de la retaguardia huyó hacia el sur a reunirse con Adrahil.» El comandante principal de los Aurigas ordenó entonces detener el avance y celebró una fiesta. Nada más puede descifrarse; pero una breve crónica que figura en el Apéndice A de *El Señor de los Anillos* cuenta cómo Eärnil vino del sur y los expulsó:

En 1944, el Rey Ondoher y sus dos hijos Artamir y Faramir cayeron en la batalla al norte del Morannon, y el enemigo penetró en Ithilien. Pero Eärnil, Capitán del Ejército del Sur, obtuvo una gran victoria en Ithilien del Sur y destruyó al ejército de Harad que había cruzado el Río Poros. Yendo deprisa hacia el norte, reunió a todos los que pudo del Ejército del Norte en retirada y avanzó sobre el principal campamento de los Aurigas mientras éstos estaban entregados a la diversión y a la juerga creyendo que Gondor había sido vencida y que nada quedaba por hacer, excepto recoger el botín. Eärnil irrumpió entonces en el campamento y prendió fuego a los carros, y expulsó de Ithilien al enemigo, que huyó en desbandada. Muchos de los que escaparon delante de él perecieron en la Ciénaga de los Muertos.

En «La Cuenta de los Años» la victoria de Eärnil recibe el nombre de la Batalla del Campamento. Después de la muerte de Ondoher y sus dos hijos en el Morannon, Arvedui, el último rey del reino del norte, reclamó la corona de Gondor; pero no fue escuchado, y en el año que siguió a la Batalla del Campamento, Eärnil recibió la corona. Su hijo fue Eärnur, que murió en Minas Morgul después de aceptar el reto del Señor de los Nazgûl, y fue el último de los Reyes del reino del sur.

(ii)
La expedición de Eorl

Mientras los Éothéod vivían todavía en su vieja patria,[18] eran conocidos en Gondor como un pueblo en el que se podía confiar, y recibían noticias de todo cuanto pasaba en esa región. Eran un resto de los Hombres del Norte, considerados parientes en remotos tiempos de los Dúnedain, y en los días de los grandes Reyes habían sido sus aliados y habían aumentado el pueblo de Gondor con su sangre. Por tanto, a los gondorianos les preocupaba mucho que los Éothéod se trasladaran al Norte lejano en los días de Eärnil II, el penúltimo Rey del reino del sur.[19]

La nueva tierra de los Éothéod estaba al norte del Bosque Negro, entre las Montañas Nubladas al oeste y el Río del Bosque al este. Hacia el sur se extendía hasta la confluencia de los dos cortos ríos que ellos llamaron Grislin y Fuente Larga. El Grislin nacía en las Ered Mithrin, las Montañas Grises, pero el Fuente Larga descendía de las Montañas Nubladas, y llevaba ese nombre porque era allí donde nacía el Anduin, que, a partir de su unión con el Grislin, llamaban Crecida Larga.[20]

Todavía había intercambio de mensajeros entre Gondor y los Éothéod después de que éstos hubieran partido; pero había unas cuatrocientas cincuenta de nuestras millas en línea directa a vuelo de pájaro, entre la confluencia del Grislin y el Fuente Larga (donde se encontraba su único *burgo* fortificado) y la del Limclaro y el Anduin, y mucho más para los que viajaban por tierra; y de igual modo había unas ochocientas millas hasta Minas Tirith.

La crónica de Cirion y Eorl no informa de acontecimiento alguno antes de la Batalla del Campo de Celebrant; pero a partir de otras fuentes puede suponerse lo siguiente.

Las extensas tierras al sur del Bosque Negro, desde las Tierras Pardas hasta el Mar de Rhûn, que no ofrecían obstáculo a los invasores venidos del Este hasta llegar al Anduin, eran motivo de preocupación e inquietud para los gobernantes de Gondor. Pero durante la Paz Vigilante,[21] los fuertes a lo largo del Anduin, especialmente los de la orilla occidental de los Bajíos, habían quedado abandonados y descuidados.[22] A partir de entonces, Gondor fue atacada a la vez por orcos de Mordor (que durante mucho tiempo no se había vigilado) y por los Corsarios de Umbar, y no se tenían hombres ni hubo oportunidad para apostar a gente armada a lo largo de la línea del Anduin al norte de las Emyn Muil.

Cirion se convirtió en Senescal de Gondor en el año 2489. La amenaza del Norte le preocupaba de continuo y conforme disminuía el poder de Gondor, reflexionaba sin cesar sobre las medidas que podían tomarse ante la amenaza de una invasión desde esa región. Instaló a unos pocos hombres en los viejos fuertes para que vigilaran los Bajíos y envió exploradores y espías a las tierras que se extendían entre el Bosque Negro y Dagorlad. De este modo no tardó en enterarse de que nuevos y peligrosos enemigos venidos del este se estaban infiltrando

sin pausa desde más allá del Mar de Rhûn. A los Hombres del
Norte supervivientes, amigos de Gondor que todavía vivían al
este del Bosque Negro, los mataban y los rechazaban hacia el
Norte, a lo largo del Río Rápido, y hacia el Bosque.[23] Pero
nada podía hacer para ayudarlos, y se hizo cada vez más peligroso recoger noticias; fueron demasiados los exploradores
suyos que no volvieron nunca.

De este modo, sólo una vez pasado el invierno del año
2509 se enteró Cirion de que se preparaba un gran movimiento contra Gondor: huestes de hombres se reunían a lo
largo de las lindes meridionales del Bosque Negro. Contaban
sólo con armas rudimentarias y no disponían de muchos caballos para cabalgar, pues los utilizaban sobre todo como
animales de tiro ya que tenían muchos grandes carros, al
igual que los Aurigas (con quienes sin duda estaban emparentados) que atacaron a Gondor durante los últimos días de los
Reyes. Pero lo que les faltaba en pertrechos de guerra lo com-
pensaban en número, según podía conjeturarse.

Ante este peligro, Cirion, desesperado, finalmente pensó
en los Éothéod y decidió enviarles mensajeros. Pero tendrían
que atravesar Calenardhon y cruzar los Bajíos y luego recorrer
tierras ya vigiladas y patrulladas por los Balchoth[24] antes de
llegar a los Valles del Anduin. Esto significaría una cabalgada
de unas cuatrocientas cincuenta millas hasta los Bajíos, y
más de quinientas desde allí hasta los Éothéod, y desde los
Bajíos se verían obligados a avanzar con cautela y sobre todo
de noche hasta dejar atrás la sombra de Dol Guldur. Cirion
tenía escasas esperanzas de que alguno pudiera hacerlo. Pidió
voluntarios, y escogiendo a seis jinetes de gran valentía y resistencia, los envió por pares y con un día de intervalo entre
ellos. Cada cual llevaba un mensaje aprendido de memoria y
también una pequeña piedra con la inscripción del sello de los

Senescales,[25] para que los entregase al Señor de los Éothéod en persona si lograba llegar a esa tierra. El mensaje estaba dirigido a Eorl, hijo de Léod, porque Cirion sabía que había sucedido a su padre unos años antes, cuando no era sino un joven de dieciséis, y aunque ahora sólo tenía veinticinco, era alabado en todas las nuevas que llegaban a Gondor como hombre de gran valentía y con una sabiduría propia de una edad más avanzada. No obstante, Cirion tenía pocas esperanzas de que aun en el caso de que el mensaje llegara a su destino, tendría respuesta. Sólo la vieja amistad que unía a los Éothéod con Gondor podría motivarles a acudir desde tan lejos con fuerzas suficientes para servir de ayuda. Si no las conocía ya, las nuevas de que los Balchoth estaban destruyendo a los últimos miembros de su linaje en el sur podrían dar peso a su llamada, si los mismos Éothéod no estaban amenazados de ataque. Cirion no dijo nada más,[26] y ordenó a las fuerzas disponibles que hicieran frente a la tormenta. Reunió las mayores fuerzas que pudo, y poniéndose él mismo al mando, se preparó para conducirlas hacia el norte, a Calenardhon, lo más deprisa posible. Dejó al mando a Hallas, su hijo, en Minas Tirith.

El primer par de mensajeros partió el décimo día de Súlimë; y al final fue uno de esos dos, entre todos los seis, quien logró llegar hasta los Éothéod. Era Borondir, un gran jinete perteneciente a una familia que afirmaba descender de un capitán de los Hombres del Norte al servicio de los Reyes de antaño.[27] De los otros nunca se supo nada, salvo del compañero de Borondir. Fue muerto a flechazos en una emboscada al pasar cerca de Dol Guldur, de la que escapó Borondir por fortuna y gracias a la rapidez de su caballo. Fue perseguido hacia el norte hasta los Campos Gladios, y a menudo importunado por hombres que salían del Bosque y lo obligaban a alejarse del camino directo. Llegó por fin ante los Éothéod al cabo de quince días y sin alimento los dos últimos; y estaba tan agotado que apenas pudo pronunciar su mensaje ante Eorl.

Era entonces el vigésimo quinto día de Súlimë. Eorl deliberó consigo mismo en silencio; pero no por mucho tiempo. Al cabo de un rato se puso en pie y dijo:

—Iré. Si Mundburgo cae, ¿hacia dónde huiremos de la Oscuridad? —Entonces estrechó la mano de Borondir como signo de su promesa.

Eorl enseguida convocó a su Consejo de Ancianos, y empezó a prepararse para la gran expedición. Pero esto le llevó varios días porque el ejército tenía que ser reunido, y había que tomar disposiciones con miras a la organización de la población y a la defensa de la tierra. En ese tiempo los Éothéod estaban en paz y no tenían miedo de la guerra, aunque quizás esto podía cambiar cuando se enteraran de que su señor se había ido a batallar lejos en el sur. No obstante, Eorl advertía perfectamente que nada lograría si no movilizaba todas sus fuerzas, y debía arriesgarlo todo o echarse atrás y romper su promesa.

Por fin todo el ejército fue reunido; y sólo unos pocos centenares quedaron atrás para dar apoyo a los hombres que por su excesiva juventud o por su vejez eran inadecuados para tan desesperada aventura. Corría el sexto día del mes de Víressë. Ese día, en silencio, la gran *éoherë* se puso en camino dejando el miedo atrás y llevando consigo escasas esperanzas; porque no sabían qué tenían por delante, ni a lo largo del camino ni al llegar a destino. Se dice que Eorl condujo a unos siete mil jinetes plenamente armados y unos centenares de arqueros montados. A su derecha cabalgaba Borondir para que le sirviera de guía en la medida de sus capacidades, pues hacía poco había atravesado esas tierras. Pero su gran ejército no fue amenazado ni atacado durante la larga travesía por los Valles del Anduin. Todas las gentes, buenas o malas, al verlos aproximarse, huían a su paso por miedo a su poderío y esplendor. Mientras avanzaban hacia el sur y pasaban por la parte meridional del Bosque Negro (bajo el gran Entrante Oriental), que estaba entonces infestado por la presencia de los Balchoth, no hallaron, sin embargo, señales de hombres, ni reunidos en ejércitos ni en partidas de exploración, que se interpusieran en su camino o espiaran sus movimientos. En parte esto era consecuencia de acontecimientos que les eran desconocidos, ocurridos después de la partida de Borondir; pero otros poderes obraban además. Porque cuando por fin el ejército se acercó a Dol Guldur, Eorl se desvió hacia el oeste por temor de la sombra oscura y de la nube que de allí salían, y luego prosiguió la marcha sin perder de vista el Anduin. Muchos jinetes dirigieron hacia allí sus miradas, a medias con el temor y a medias con la esperanza de divisar a lo lejos las luces de Dwimordene, la peligrosa tierra que, según las leyendas de su pueblo, brilla como el oro en primavera. Pero ahora parecía amortajada en una niebla de suave resplandor; y para su consternación la niebla cruzó el río y se extendió por encima de la tierra ante ellos.

Eorl no se detuvo.

—¡Seguid cabalgando! —ordenó—. Es el único camino. ¿Nos apartará de la guerra la niebla de un río después de haber recorrido camino tan largo?

Al acercarse vieron que la niebla blanca hacía retroceder la lobreguez de Dol Guldur, y pronto penetraron en ella, cabalgando lentamente en un principio, y cautelosos; pero bajo el dosel de la niebla todas las cosas aparecían iluminadas de una luz clara y sin sombras, mientras que a derecha e izquierda estaban protegidos como por unos blancos muros de secreto.

—La Señora del Bosque Dorado está de nuestra parte, según parece —dijo Borondir.

—Quizá —dijo Eorl—. Pero por lo menos he de confiar en la sabiduría de Felaróf.[28] No huele mal alguno. Su corazón está animado y se le han curado las fatigas: está ansioso de que le suelte la rienda. ¡Así sea! Porque nunca he estado más necesitado de velocidad y secreto.

Entonces Felaróf avanzó de un salto y el ejército los siguió como un viento poderoso pero envuelto en un silencio extraño, como si los cascos no dieran contra el suelo. Así siguieron cabalgando durante ese día y el próximo, tan frescos y ansiosos como en la mañana de la partida; pero al amanecer del tercer día despertaron de su descanso, y súbitamente la niebla había desaparecido, y vieron que habían avanzado mucho en campo abierto. A la derecha el Anduin estaba cerca, pero habían casi pasado su amplio meandro oriental,[29] y los Bajíos estaban a la vista. Era la mañana del decimoquinto día de Víressë, y habían llegado con una rapidez inesperada.[30]

Aquí termina el texto, con una nota que anuncia que iba a seguir una descripción de la Batalla del Campo de Celebrant. El Apéndice A (II) de *El Señor de los Anillos* incluye una breve crónica de la guerra:

Un gran ejército de hombres salvajes venidos del nordeste atravesó Rhovanion, y bajando desde las Tierras Pardas, cruzó el Anduin en balsas de madera. Al mismo tiempo, por casualidad o designio, los Orcos (que en ese tiempo, antes de la guerra librada contra los Enanos, estaban en la plenitud de sus fuerzas) bajaron de las montañas. Los invasores penetraron en Calenardhon, y Cirion, Senescal de Gondor, envió mensajeros al norte en busca de ayuda...

Cuando Eorl y sus Jinetes llegaron al Campo de Celebrant,

el ejército del norte de Gondor se encontraba en peligro. Derrotado en el Páramo y aislado del sur, había sido obligado a retroceder cruzando el Limclaro y fue entonces repentinamente atacado por el ejército de Orcos que lo empujó hacia el Anduin. Ya no había esperanzas cuando, inesperadamente, llegaron los Jinetes del Norte e irrumpieron sobre la retaguardia del enemigo. Entonces la suerte de la batalla se invirtió, y el enemigo retrocedió cruzando el Limclaro y sufriendo grandes pérdidas. Eorl se lanzó a la persecución con sus hombres y tan grande fue el miedo que cundió ante los Jinetes del Norte, que el pánico dominó a los invasores del Páramo, y los Jinetes les dieron caza en las llanuras de Calenardhon.

En el Apéndice A (I, iv) se ofrece una crónica similar y más breve. En ninguna de las dos versiones resulta del todo claro el curso de la batalla, pero parece seguro que los Jinetes, después de haber cruzado los Bajíos, atravesaron el Limclaro (véase nota 29, págs. 491) y cayeron sobre la retaguardia del enemigo en el Campo de Celebrant; y que «el enemigo retrocedió cruzando el Limclaro y sufriendo grandes pérdidas» significa que los Balchoth fueron rechazados hacia el sur por el Páramo.

(iii) Cirion y Eorl

Una nota sobre el Halifirien, la almenara más occidental de Gondor a lo largo de la línea marcada por las Ered Nimrais, precede la historia.

Halifirien[31] era la más alta de las almenaras y, como Eilenach, la que le seguía en altura, parecía destacarse en solitario por encima de un gran bosque; porque detrás de él había una profunda grieta, el oscuro valle de Firien, abierto en la prolongada estribación del norte de las Ered Nimrais, de la que era el punto más alto. Desde esa grieta se levantaba como un muro escarpado, pero sus cuestas exteriores, especialmente hacia el norte, eran prolongadas y nunca empinadas, y sobre ellas crecían árboles casi hasta la cima. A medida que descendían, los árboles crecían más densos, especialmente a lo largo de la Corriente Mering (que nacía en la grieta) y hacia el norte en la llanura por donde la Corriente fluía hacia el Entaguas. El Gran Camino del Norte avanzaba por una prolongada apertura despejada en el bosque para evitar las tierras húmedas más allá de sus lindes septentrionales; pero este camino había sido hecho en días antiguos,[32] y, después de la partida de Isildur, nadie derribó nunca un árbol en el Bosque de Firien, salvo los centinelas de las almenaras, cuya misión consistía en mantener despejado el Gran Camino y también el sendero que llevaba a la cima de la colina. Este sendero salía del Camino cerca de la entrada en el Bosque y ascendía serpenteante hasta el punto donde terminaban los árboles, más allá del cual había una antigua escalinata de piedra que conducía al sitio de la almenara, un amplio círculo nivelado por quienes habían construido la escalinata. Los centinelas de la almenara eran los únicos habitantes del Bosque, con la única excepción de los animales salvajes; moraban en cabañas construidas en los árboles cerca de la cima, pero no permanecían allí mucho tiempo a no ser que el mal tiempo los obligara, e iban y venían por turnos en el desempeño de su tarea. Casi todos se alegraban de volver a sus hogares. No por el peligro de los animales salvajes ni porque alguna sombra maligna de los días oscuros cayera sobre el Bosque; sino porque por debajo del ruido del viento y de los pájaros y los animales o, a veces, el de los jinetes que pasaban deprisa por el Camino, había un silencio; y los hombres se sorprendían hablando a sus compañeros en un susurro, como si esperasen oír el eco de una gran voz que clamara desde un lugar lejano en el tiempo y en el espacio.

El nombre Halifirien significaba en la lengua de los Rohirrim «montaña sagrada».[33] Antes de su llegada se la llamaba en sindarin Amon Anwar, «Montaña del Temor Reverente», pero nadie en Gondor sabía por qué, salvo sólo (como se comprobó después) el Rey o el Senescal regente. Para los pocos hombres que se aventuraban a abandonar el Camino y a errar entre los árboles, el Bosque de por sí era ya motivo suficiente: en la lengua común se lo llamaba «el Bosque Susurrante». En los días del apogeo de Gondor, no se levantaba almenara alguna en la colina mientras las *palantíri* mantenían comunicación entre Osgiliath y las tres torres del reino[34] sin necesidad de recurrir a mensajeros o señales. En días posteriores, poca era la ayuda que podía esperarse del Norte a medida que el pueblo de Calenardhon iba declinando, ni se enviaban allí fuerzas, ya que a los hombres de Minas Tirith les costaba cada vez más mantener la línea del Anduin y proteger sus costas meridionales. En Anórien habitaban todavía muchos que tenían por misión proteger los accesos septentrionales, fuera por Calenardhon o en el otro lado del Anduin en Cair Andros. Para comunicarse con ellos se levantaron y conservaron[35] las tres almenaras más viejas (Amon Dîn, Eilenach y Min-Rimmon), pero aunque se fortificó el curso de la Corriente Mering (entre los marjales inaccesibles de su confluencia con el Entaguas y el puente por el que el Camino llevaba hacia el oeste saliendo del Bosque Firien), no estaba permitido que se levantara fuerte o almenara alguna sobre Amon Anwar.

En los días de Cirion el Senescal, los Balchoth se aliaron con los Orcos, cruzaron el Anduin, penetraron en el Páramo e iniciaron la conquista de Calenardhon. De este peligro mortal, que habría provocado la ruina de Gondor, se salvó el reino por la intervención de Eorl el Joven y los Rohirrim.

Cuando la guerra terminó, los hombres se preguntaron cómo el Senescal honraría y recompensaría a Eorl, y esperaban que se celebrara una gran fiesta en Minas Tirith, donde esas cosas se revelarían. Pero Cirion era hombre que se atenía a sus propias decisiones. Mientras el reducido ejército de Gondor se dirigía hacia el sur, venía acompañado por Eorl y un *éored*[36] de Jinetes del Norte. Cuando llegaron a la Corriente Mering, Cirion se volvió a Eorl y dijo para asombro de los hombres:

—Ahora, adiós, Eorl, hijo de Léod. Volveré a mi patria, donde hay que poner en orden muchas cosas. Entrego Calenardhon a tu cuidado por el momento, si no tienes prisa en regresar a tu reino. En el término de tres meses volveré a encontrarte aquí y entonces intercambiaremos opiniones.

—Vendré —respondió Eorl; y así se separaron.

No bien llegó Cirion a Minas Titith, convocó a algunos de sus más fieles servidores.

—Id al Bosque Susurrante —dijo—. Allí debéis abrir de nuevo el viejo sendero a Amon Anwar. Hace ya mucho que lo cubren las malezas; pero una piedra erguida junto al Camino señala todavía su entrada, en el punto en que la región septentrional del Bosque se cierra sobre ella. El sendero gira de un lado a otro, pero a cada recodo hay una piedra erguida. Siguiéndolas, tras una larga subida llegaréis al límite de los árboles y os encontraréis al pie de una escalinata de piedra. Os ordeno que no sigáis más allá de ese punto. Haced este trabajo tan deprisa como podáis y luego volved a mí. No derribéis árboles; sólo despejad el terreno, para que unos pocos hombres de a pie puedan ascender fácilmente. Dejad la entrada junto al Camino todavía cubierta, de modo que nadie que transite por allí tenga la tentación de coger el sendero antes de que yo mismo lo haga. No digáis a nadie a dónde os dirigís o lo que habéis hecho. Si alguien os lo pregunta, decid sólo que el Señor Senescal desea que se disponga un sitio para su encuentro con el Señor de los Jinetes.

Llegado el momento, Cirion se puso en camino junto con Hallas, su hijo, y el Señor de Dol Amroth y otros dos miembros de su Consejo; y se encontró con Eorl en el cruce de la Corriente Mering. Con Eorl estaban tres de sus principales capitanes.

—Vayamos ahora al sitio que tengo preparado —dijo Cirion. Entonces apostaron una guardia en el puente y volvieron al Camino que estaba bajo la sombra de los árboles y llegaron a la piedra erguida. Allí desmontaron, y dejaron otra fuerte guardia de soldados de Gondor; y Cirion, de pie junto a la piedra, habló a sus compañeros—: Voy ahora a la Montaña del Temor Reverente. Seguidme si queréis. Conmigo irá un escudero y otro con Eorl para que carguen nuestras armas; todos los demás irán desarmados como testigos de nuestras palabras y nuestras acciones en ese alto lugar. He mandado preparar el sendero, aunque nadie lo ha transitado desde que vine aquí con mi padre.

Entonces Cirion guio a Eorl entre los árboles y los demás siguieron en orden; y cuando hubieron dejado atrás la primera de las piedras interiores, sus voces fueron calladas, y avanzaron cautelosos como si temieran hacer el menor ruido. Así llegaron a las cuestas superiores de la colina y atravesaron un cinturón de abedules blancos y vieron la escalinata de piedra que ascendía a la cima. Cuando salieron de la sombra del Bosque, el sol les parecía cálido y brillante, porque corría el mes de Úrimë; no obstante, la cumbre de la Colina estaba verde como si fuera todavía Lótessë.

Al pie de la escalinata había una pequeña terraza abovedada tallada en la ladera de la colina, con muros bajos de turba. Allí la compañía reposó un rato hasta que Cirion se puso en pie y tomó de su escudero el cetro blanco y la capa blanca de los Senescales de Gondor. Entonces, en pie en el primer escalón de la escalinata, rompió el silencio diciendo en voz baja, pero clara:

—Declararé ahora lo que con la autoridad de los Senescales de los Reyes he resuelto ofrecer a Eorl, hijo de Léod, Señor de los Éothéod, en reconocimiento del valor de su pueblo y de la ayuda que dispensó a Gondor en momentos de extrema necesidad, cuando ya no quedaban esperanzas. A Eorl daré, como libre don, toda la gran tierra de Calenardhon desde el Anduin hasta el Isen. Allí reinará, si así lo desea, y sus herederos después de él, y su pueblo vivirá en libertad mientras dure la autoridad de los Senescales, hasta el retorno del Gran Rey.[37] Nada los obligará, salvo sus propias leyes y su voluntad, con esta excepción solamente: estarán unidos en perpetua amistad con Gondor, y los enemigos de Gondor serán sus enemigos, mientras ambos reinos perduren. Pero a esto mismo estará obligado también el pueblo de Gondor.

Entonces Eorl se puso de pie, pero permaneció por algún tiempo en silencio. Porque estaba asombrado ante la gran generosidad de la dádiva y los nobles términos en que le había sido ofrecida; y vio la sabiduría con que se conducía Cirion a la vez en relación consigo mismo como gobernante de Gondor, buscando proteger lo que quedaba de su reino, y como amigo de los Éothéod, de cuyas necesidades tenía conciencia. Porque eran ahora un pueblo excesivamente numeroso para habitar en la tierra del Norte y anhelaban volver a sus antiguos hogares en el sur, aunque los detenía el temor de Dol Guldur. Pero en Calenardhon tendrían más espacio de lo que hubieran podido soñar, y al mismo tiempo estarían lejos de las sombras del Bosque Negro.

No obstante, aparte del tino y la política, tanto Cirion como Eorl estaban motivados por la gran amistad que unía a sus respectivos pueblos y el amor que había entre ellos como hombres de palabra. De parte de Cirion el amor era el de un padre juicioso, que conocía bien los dolores del mundo, por un hijo en la flor de la fuerza y la esperanza de la juventud; mientras que Eorl veía en Cirion al hombre más encumbrado y noble que hubiera conocido, y al más sabio, en quien se asentaba la majestad de los Reyes de los Hombres de mucho tiempo atrás.

Por fin, cuando Eorl hubo examinado todo esto deprisa en su pensamiento, habló diciendo:

—Señor Senescal del Gran Rey, acepto para mí y mi pueblo el regalo que ofrecéis. Excede con mucho cualquier recompensa que nuestras acciones hayan podido merecer, si no hubieran sido a su vez un libre don de la amistad. Pero ahora sellaré esta amistad con un juramento que no será olvidado.

—Entonces, subamos a lo alto de la colina —dijo Cirion—, y ante estos testigos hagamos los votos que creamos adecuados.

Entonces Cirion ascendió la escalinata con Eorl, y los demás les siguieron; y cuando llegaron a la cima, vieron un amplio espacio ovalado cubierto de hierba, sin cercar, pero en su extremo oriental se alzaba un montículo bajo donde crecían las blancas flores del *alfirin*,[38] y el sol que se ponía les daba un toque de oro. Entonces, el Señor de Dol Amroth, principal de los de la compañía de Cirion, avanzó hacia el montículo y vio, sobre la hierba que crecía frente a él sin que las brezas o la intemperie la hubieran deteriorado, una piedra negra; y sobre ella había grabadas tres letras. Entonces le dijo a Cirion:

—¿Es esto una tumba? Y en este caso, ¿qué gran hombre de antaño yace aquí?

—¿No has leído las letras? —preguntó Cirion.

—Lo hice —dijo el Príncipe—,[39] y por ello me asombro; porque las letras son *lambe, ando, lambe,* pero no existe la tumba de Elendil, ni nadie se ha atrevido nunca desde sus días a llevar ese nombre.[40]

—No obstante, ésa es su tumba —dijo Cirion— y de ella proviene el reverente temor que reina en esta colina y en los bosques que la rodean. Desde Isildur, que la levantó, hasta Meneldil, que lo sucedió, y así sucesivamente, a lo largo del linaje de los Reyes y del linaje de los Senescales hasta mí mismo, esta tumba se ha mantenido en secreto por orden de Isildur. Porque dijo: «Aquí se encuentra el punto medio del Reino del Sur,[41] y aquí se guardará la memoria de Elendil el Fiel bajo la protección de los Valar mientras el Reino perdure. Esta colina será un santuario y que nadie perturbe su paz ni su silencio, a no ser que sea heredero de Elendil». Os he traído aquí esperando que los votos que se hagan tengan la máxima solemnidad para nosotros y para los herederos de ambas partes.

Entonces todos los allí presentes se quedaron un rato de pie, en silencio, con la cabeza gacha, hasta que Cirion dijo a Eorl:

—Si estás dispuesto, haz ahora tu voto como te parezca conveniente y de acuerdo con las costumbres de tu pueblo.

Eorl avanzó entonces y, tomando su espada del escudero, la colocó erguida sobre la tierra. Luego la desenvainó y la arrojó al aire; la espada resplandeció con la luz del sol, y Eorl, atrapándola otra vez, se adelantó y puso su hoja sobre el montículo, pero con la mano todavía en torno a la empuñadura. Entonces pronunció en voz alta el Juramento de Eorl. Esto dijo en la lengua de los Éothéod, y que en lengua común se interpreta así:[42]

> Escuchad ahora, todos los pueblos que no os inclináis ante la Sombra del Este, por dádiva del Señor de Mundburgo vendremos a habitar en la tierra que él llama Calenardhon y, por tanto, juro en mi propio nombre y en el de los Éothéod del Norte que entre nosotros y el Gran Pueblo del Oeste habrá eterna amistad: sus enemigos serán los nuestros, su necesidad será la nuestra, y cualesquiera males o amenazas o ataques que sufran, los ayudaremos con el máximo de nuestras fuerzas. Este juramento será vinculante para mis herederos, tantos como me sigan en esta nuestra nueva tierra: que lo mantengan sin quebrantarlo, no sea que la Sombra los cubra y sean maldecidos.

Entonces Eorl envainó su espada y se inclinó y volvió junto a sus capitanes.

Cirion respondió entonces. Irguiéndose con toda su estatura, puso su mano sobre la tumba y en la mano derecha sostuvo el cetro blanco de los Senescales y pronunció palabras que produjeron un respeto reverente en quienes las escucharon. Porque mientras estaba así de pie, el sol descendía en llamas al Oeste y su blanco traje parecía encendido; y después de haber jurado que Gondor estaría obligado por un igual vínculo de amistad en toda necesidad, alzó la voz y dijo en quenya:

> *Vanda sina termaruva Elenna·nóreo alcar enyalien ar Elendil Vorondo voronwë. Nai tiruvantes i hárar mahalmassen mi Númen ar i Eru i or ilyë mahalmar eä tennoio.*[43]

Y nuevamente dijo en la lengua común:

Este juramento se mantendrá en memoria de la gloria de la
Tierra de la Estrella y de la fe de Elendil el Fiel, en custodia de
aquellos que se sientan en los tronos del Oeste y de Aquel que
está para siempre por encima de todos los tronos.

Semejante juramento no se había oído nunca en la Tierra
Media desde que el mismo Elendil juró alianza con Gil-galad,
Rey de los Eldar.[44]

Cuando todo hubo terminado y caían las sombras de la
noche, Cirion y Eorl con su compañía descendieron en silencio por el Bosque oscurecido, y volvieron al campamento junto
a la Corriente Mering, donde se habían preparado tiendas para
ellos. Y después de que hubieron comido, Cirion y Eorl, con el
Príncipe de Dol Amroth y Éomund, el capitán principal de los
Éothéod, se sentaron juntos y definieron los límites de la autoridad del Rey de los Éothéod y del Senescal de Gondor.

Los límites del reino de Eorl serían: al oeste, el río Angren
desde su unión con el Adorn, y desde allí hacia el norte hasta
los cercos exteriores de Angrenost, y desde allí hacia el oeste y
hacia el norte a lo largo de las lindes del Bosque de Fangorn
hasta el río Limclaro; y ese río era el límite septentrional, pues
la tierra de más allá nunca había sido reclamada por Gondor.[45] Al este sus límites serían el Anduin y el risco occidental
de las Emyn Muil hasta los marjales de las Bocas del Onodló,
y más allá de ese río, la corriente del Glanhír, que fluía a través del Bosque de Anwar para unirse al Onodló; y al sur sus
límites serían las Ered Nimrais hasta el extremo de su brazo
septentrional, pero todos esos valles y espacios abiertos que se
abrían hacia el norte pertenecerían a los Éothéod, como también la tierra al sur de las Hithaeglir entre los ríos Angren y
Adorn.[46]

En todas esas regiones Gondor únicamente conservaba bajo su mando la fortaleza de Angrenost, dentro de la cual se levantaba la tercera Torre de Gondor, la inexpugnable Orthanc, donde se guardaba la cuarta de las *palantíri* del reino del sur. En los días de Cirion, Angrenost estaba todavía ocupada por una guardia de gondoreanos, pero éstos se habían convertido en un pequeño pueblo asentado gobernado por una capitanía hereditaria, y las llaves de Orthanc estaban al cuidado del Senescal de Gondor. Los «cercos exteriores» nombrados en la descripción de los límites del reino de Eorl eran un muro y un dique que se prolongaban unas dos millas al sur de las puertas de Angrenost, entre las colinas donde terminaban las Montañas Nubladas; más allá se extendían las tierras cultivadas de los habitantes de la fortaleza.

Se acordó también que el Gran Camino que anteriormente recorría Anórien y Calenardhon hasta Athrad Angren (los Vados del Isen),[47] y de allí hacia el norte a Arnor, debía estar abierto al tránsito de ambos pueblos sin impedimentos en tiempos de paz, y desde la Corriente Mering hasta los Vados del Isen su mantenimiento estaría a cargo de los Éothéod.

Por este pacto sólo una pequeña parte del Bosque de Anwar, el oeste de la Corriente Mering, quedaba incluida en el reino de Eorl; pero Cirion declaró que la Colina de Anwar pasaba a ser un lugar sagrado para ambos pueblos, y los Eórlingas y los Senescales en adelante compartirían su custodia y mantenimiento. En días posteriores, sin embargo, cuando los Rohirrim crecieron en número y poderío mientras Gondor declinaba y estaba por siempre amenazada desde el Este y el mar, los guardianes de Anwar fueron exclusivamente hombres del Folde Este, y el Bosque se volvió por costumbre parte del dominio real de los Reyes de la Marca. A la Colina la llamaron Halifirien, y al Bosque, el Firienholt.[48]

En épocas posteriores, el día del Juramento se consideró el primero del nuevo reino, cuando se le dio a Eorl el título de Rey de la Marca de los Jinetes. Pero en realidad transcurrió algún tiempo antes de que los Rohirrim tomaran posesión de la tierra, y en vida Eorl fue conocido como Señor de los Éothéod y Rey de Calenardhon. El término *Marca* significaba frontera, especialmente la que sirve como defensa de las tierras interiores de un reino. Fue Hallas, hijo y sucesor de Cirion, quien utilizó por primera vez los nombres sindarin «Rohan» para la Marca y «Rohirrim» para el pueblo, pero después fueron utilizados a menudo no sólo en Gondor, sino por los mismos Éothéod.[49]

Al día siguiente del Juramento, Cirion y Eorl se abrazaron y se despidieron con pesar. Porque Eorl dijo:

—Señor Senescal, tengo mucho por hacer y deprisa. Esta tierra está ahora libre de enemigos; pero no están destruidos de raíz, y más allá del Anduin y en las lindes del Bosque Negro aún no sabemos qué peligros acechan. Envié anoche a tres mensajeros al norte, hombres bravos y expertos jinetes, con la esperanza de que uno llegue por lo menos antes que yo a mi patria. Porque ahora he de retornar y con alguna fuerza; mi tierra quedó con pocos hombres, los que son aún demasiado jóvenes y los muy ancianos; y si han de emprender tan largo viaje, nuestras mujeres e hijos, junto con aquellos pertrechos que nos resulten imprescindibles, deben recibir protección; y sólo seguirán al Señor de los Éothéod en persona. Dejaré tras de mí a todas las fuerzas que pueda, casi la mitad del ejército que se encuentra ahora en Calenardhon. Habrá algunas compañías de arqueros montados para que acudan a donde la necesidad lo exija, si alguna banda del enemigo todavía ronda por la región; pero el grueso de la fuerza permanecerá en el nordeste para que monte guardia en el sitio donde los Balchoth cruzaron el Anduin desde las Tierras Pardas; porque ahí está todavía el más grande peligro, y ahí está también mi más grande esperanza, si regreso, de conducir a mi pueblo a su nueva tierra con tan poca aflicción y pérdida como sea posible. Si regreso, digo; pero tened por seguro que lo haré para mantener el juramento, a no ser que nos advenga un desastre y perezca con mi pueblo en el largo recorrido. Porque éste por fuerza habrá de hacerse al este del Anduin incluso bajo la amenaza del Bosque Negro, y en el tramo final deberá pasar por el valle oscurecido por la sombra de la colina que llamáis Dol Guldur. En el margen occidental no hay camino para jinetes ni para una gran hueste de gente y carros, aun cuando las Montañas no estuvieran infestadas de Orcos; y nadie alcanza a pasar, sean muchos o pocos, por el Dwimordene, donde habita la Dama Blanca que teje redes de las que ningún mortal puede escapar.[50] Por la ruta del este iré, como vine a Celebrant; y que los que hemos invocado como testigos de nuestros juramentos nos tengan en su custodia. ¡Despidámonos con esperanzas! ¿Tengo vuestra venia?

—Por supuesto que la tenéis —dijo Cirion—, pues veo ahora que no puede ser de otro modo. Me doy cuenta de que estando nosotros expuestos a grandes riesgos, no he prestado suficiente atención a los peligros que habéis enfrentado y en la maravilla de que hayáis logrado llegar, contra toda esperanza, tras haber recorrido tantísimas leguas desde el Norte. La recompensa que ofrecí con alegría y plenitud de corazón tras haber sido salvados parece ahora pequeña. Pero creo que las palabras de mi juramento, pronunciadas sin haberlas pensado antes, no fueron puestas en mi boca en vano. Despidámonos, pues, con esperanzas.

Debido al estilo de las Crónicas, sin duda, gran parte de lo que aquí se pone en boca de Eorl y Cirion en ocasión de su despedida, ya se habría dicho y debatido en la noche anterior; pero es cierto que Cirion dijo al despedirse lo que aquí se le atribuye acerca de la inspiración de su juramento, porque era hombre de escaso orgullo y gran coraje y generosidad de corazón, el más noble de los Senescales de Gondor.

(iv)
La tradición de Isildur

Se dice que cuando Isildur volvió de la Guerra de la Última Alianza, permaneció un tiempo en Gondor poniendo orden en el reino y dando instrucciones a Meneldil, su sobrino, antes de partir a hacerse cargo del reinado de Arnor. Con Meneldil y un grupo de amigos de confianza hizo un viaje por las fronteras de todas las tierras que Gondor reivindicaba; y cuando volvían de la frontera septentrional a Anórien, se acercaron a la alta colina que se llamaba entonces Eilenaer, pero que se llamó después Amon Anwar, «Montaña del Temor Reverente».[51] Se encontraba cerca del punto central de las tierras de Gondor. Trazaron un sendero a través de los densos bosques que crecían sobre sus laderas septentrionales, y así llegaron a su cima, que era verde y despojada de árboles. Allí nivelaron un espacio y en su extremo oriental levantaron un montículo; en su interior Isildur puso un ataúd que llevaba con él. Entonces dijo:

—Ésta es la tumba y el túmulo en memoria de Elendil el Fiel. Aquí se levantará, en el punto medio del Reino del Sur bajo la protección de los Valar mientras el Reino perdure; y este lugar será un santuario que nadie profanará. Que nadie perturbe su paz ni su silencio a no ser que sea heredero de Elendil.

Construyeron una escalinata de piedra desde el margen del bosque hasta la cima de la colina; e Isildur dijo:

—Por esta escalera nadie subirá, salvo el Rey y los que él traiga con él si los invita a seguirlo. —Entonces todos los allí presentes juraron mantener el secreto; pero Isildur dio este consejo a Meneldil: que el Rey debería visitar el santuario de vez en cuando, especialmente cuando sintiera necesidad de sabio consejo en días de peligro y aflicción; allí también debería llevar a su heredero cuando alcanzara éste la plena virilidad, y contarle la creación del santuario y revelarle los secretos del reino y otros asuntos de los que el heredero debiera tener conocimiento.

Meneldil siguió el consejo de Isildur, y todos los Reyes que vinieron después de él, hasta Rómendacil I (el quinto después de Meneldil). En su tiempo Gondor fue atacada por primera vez por los Orientales;[52] y por temor de que la tradición se interrumpiera por causa de la guerra o súbita muerte o algún otro infortunio, hizo que la «Tradición de Isildur» se pusiera por escrito en un pergamino sellado, junto con otras cosas que todo nuevo Rey debía saber; y este pergamino entregaba el Senescal al Rey antes de su coronación.[53] Esta entrega en adelante se llevó siempre a cabo, aunque la costumbre de visitar el santuario de Amon Anwar en compañía del heredero la mantuvieron casi todos los Reyes de Gondor.

Cuando los días de los Reyes llegaron a su término, y Gondor fue gobernada por los Senescales descendientes de Húrin, el Senescal del Rey Minardil, se estableció que todos los derechos y deberes les pertenecían «hasta el retorno del Gran Rey». Pero en lo referente a la «Tradición de Isildur», ellos solos eran los jueces, pues sólo ellos la conocían. Entendían que con las palabras «un heredero de Elendil», Isildur había querido referirse a uno del linaje real descendiente de Elendil que hubiese heredado el trono; pero que no había previsto el gobierno de los Senescales. Si entonces Mardil había

ejercido la autoridad del Rey en su ausencia,[54] los herederos de
Mardil que habían heredado la Senescalía tenían los mismos
derechos y deberes hasta el retorno de un Rey; cada Senescal,
por tanto, tenía derecho a visitar el santuario cuando quisiera
y a permitirles el acceso a quienes lo acompañaban, elegidos a
su criterio. En cuanto a las palabras «mientras el Reino perdure», decían que Gondor seguía siendo un «reino» gobernado
por un vicerregente, y que las palabras debían entenderse «en
tanto el país de Gondor perdure».

No obstante, los Senescales, en parte por veneración, en
parte por los cuidados que el gobierno les exigía, rara vez iban
al santuario de la Colina de Anwar, excepto cuando llevaban
a él a sus herederos, de acuerdo con la costumbre de los Reyes. A veces pasaban años sin que nadie lo visitara, y como
Isildur lo había querido, estaba bajo la custodia de los Valar;
porque aunque en los bosques abundaran las malezas y los
hombres los evitaran a causa del silencio, de modo que el sendero ascendente se había perdido, no obstante, cuando el camino volvía a abrirse, se descubría que el santuario no había
sido desgastado por el tiempo ni profanado, y estaba siempre
verde y en paz bajo el cielo, hasta que el Reino de Gondor
cambió.

Porque sucedió que a Cirion, el duodécimo de los Senescales Gobernantes, le sobrevino un nuevo y grave peligro: invasores amenazaban con la conquista de todas las tierras de
Gondor al norte de las Montañas Blancas, y si esto sucedía,
no tardaría en producirse la caída y la destrucción de todo el
reino. Tal y como cuentan las historias, este peligro se evitó
sólo gracias a la ayuda de los Rohirrim, y a ellos Cirion, con
gran sabiduría, les concedió todas las tierras septentrionales,
salvo Anórien, para que gobernaran en ellas, aunque en alianza perpetua con Gondor. Ya no había hombres suficientes en

el reino para poblar la región septentrional, ni siquiera para mantener en funcionamiento la línea de fuertes a lo largo del Anduin que había protegido sus fronteras orientales. Cirion lo pensó mucho antes de ceder Calenardhon a los Jinetes del Norte; y juzgó que esta cesión debía alterar por entero la «Tradición de Isildur» en relación con el santuario de Amon Anwar. A ese sitio llevó al Señor de los Rohirrim, y allí, junto al túmulo de Elendil, con la mayor solemnidad, escuchó el Juramento de Eorl, que fue contestado con el Juramento de Cirion, confirmando para siempre la alianza entre los Reinos de los Rohirrim y Gondor. Pero cuando esto se hizo y Eorl hubo regresado al Norte para conducir a su pueblo a su nueva morada, Cirion trasladó la tumba de Elendil. Porque juzgó que la «Tradición de Isildur» había quedado invalidada. El santuario no estaba ya «en el punto medio del Reino del Sur», sino en los límites de otro reino; y además las palabras «mientras el Reino perdure» se referían al Reino tal como era en los días en que Isildur hablaba, después de examinar sus límites y definirlos. Es cierto que otras partes del Reino se habían perdido desde entonces: Minas Ithil estaba en manos de los Nazgûl, e Ithilien, en estado de abandono; pero Gondor no había renunciado al derecho que tenía sobre estos lugares. Calenardhon había sido cedida para siempre mediante un voto. Por tanto, el ataúd que Isildur había guardado en el interior del montículo lo llevó Cirion al Santuario de Minas Tirith; pero el montículo verde subsistió como memoria de una memoria. No obstante, aun cuando se había convertido en el sitio de una almenara, la Colina de Anwar siguió siendo un lugar de reverencia para Gondor y los Rohirrim, que lo llamaron en su propia lengua Halifirien, el Monte Sagrado.

NOTAS

1. No se ha conservado escrito alguno con ese título, pero sin duda la narración que se ofrece en esta sección («Cirion y Eorl y la amistad de Gondor y Rohan») representa una parte de él.

2. Como el Libro de los Reyes. [Nota del autor.] Se dice de esta obra en el pasaje inicial del Apéndice A de *El Señor de los Anillos* que (junto con *El Libro de los Senescales* y la *Akallabêth*) estaba entre los documentos de Gondor que el Rey Elessar reveló a Frodo y Peregrin; pero en la edición revisada se eliminó esta referencia.

3. El Entrante del Este, en ningún otro sitio mencionado, era la gran apertura despejada en el borde oriental del Bosque Negro que se ve en el mapa de *El Señor de los Anillos*.

4. Los Hombres del Norte parecen haber estado muy estrechamente emparentados con el tercer pueblo, el más grande, de los Amigos de los Elfos, regido por la Casa de Hador. [Nota del autor.]

5. La salvación del ejército de Gondor de una destrucción total fue en parte consecuencia del coraje y la fidelidad de los jinetes de los Hombres del Norte conducidos bajo el mando de Marhari (descendiente de Vidugavia «Rey de Rhovanion»), que formaban la retaguardia. Pero las fuerzas de Gondor habían hecho tales estragos entre los Aurigas, que éstos no contaban con fuerzas suficientes como para seguir con la invasión en tanto no recibieran refuerzos del Este, y por el momento se contentaron con acabar la conquista de Rhovanion. [Nota del autor.] Se dice en el Apéndice A (I, iv) de *El Señor de los Anillos* que Vidugavia, que se llamaba a sí mismo Rey de Rhovanion, era el más poderoso de los príncipes de los Hombres del Norte; fue honrado por Rómendacil II, Rey de Gondor (muerto en 1366), a quien había ayudado en la guerra contra los Orientales, y el matrimonio de Valacar, hijo de Rómendacil, con Vidumavi,

hija de Vidugavia, tuvo por efecto la destructiva Lucha entre Parientes en Gondor en el siglo xv.

6. Es un hecho interesante, según creo no mencionado nunca en ninguno de los escritos de mi padre, que los nombres de los primeros reyes y príncipes de los Hombres del Norte y los Éothéod tienen forma gótica, no inglesa antigua (anglosajona) como en el caso de Léod, Eorl y los Rohirrim posteriores. La escritura de *Vidugavia* ha sido latinizada y representa el nombre gótico *Widugauja* («habitante del bosque»), un nombre gótico del que queda constancia escrita, al igual que *Vidumavi* por el gótico *Widumawi* («doncella del bosque»). *Marhwini* y *Marhari* contienen la palabra gótica *marh*, «caballo», que corresponde al inglés antiguo *mearh*, plural *mearas*, la palabra utilizada en *El Señor de los Anillos* para designar a los caballos de Rohan; *wini*, «amigo», corresponde al inglés antiguo *winë*, que aparece en los nombres de varios de los Reyes de la Marca. Dado que, como se explica en el Apéndice F (II), a la lengua de Rohan «se le dio semejanza con el inglés antiguo», a los nombres de los antecesores de los Rohirrim se les ha dado la forma de la lengua germánica más antigua de que se tiene noticia.

7. Ésta es la forma que adoptó el nombre posteriormente. [Nota del autor.] Esto es, en inglés antiguo, «pueblo de los caballos»; véase nota 36.

8. La narración precedente no contradice lo que se cuenta en el Apéndice A (I, IV, y II) de *El Señor de los Anillos*, aunque es mucho más breve. Nada se dice aquí de la guerra librada contra los Orientales en el siglo xiii por Minalcar (que adoptó el nombre de Rómendacil II), de la inclusión de muchos Hombres del Norte en los ejércitos de Gondor por ese rey o del matrimonio de su hijo Valacar con una princesa de los Hombres del Norte y la Lucha entre Parientes de Gondor que fue su consecuencia; pero añade ciertos rasgos no mencionados en *El Señor de los Anillos*: que el declive de los Hombres del Norte de Rhovanion fue consecuencia de la Gran Peste; que la batalla en la que el Rey Narmacil II fue muerto en el año 1856, que, según se dice

en el Apéndice A, se libró «más allá del Anduin», tuvo lugar en las extensas tierras al sur del Bosque Negro y se conoció como la Batalla de los Llanos, y que su gran ejército se salvó de ser totalmente aniquilado por los Aurigas gracias a la defensa de retaguardia de Marhari, descendiente de Vidugavia. Además se explica mejor aquí que fue después de la Batalla de los Llanos cuando los Éothéod, un resto de los Hombres del Norte, se convirtieron en un pueblo distinto que vivía en los Valles del Anduin entre la Carroca y los Campos Gladios.

9. Su abuelo Telumehtar había conquistado Umbar y quebrantado el poderío de los Corsarios, y los pueblos de Harad en este período estaban empeñados en sus propias guerras y disputas. [Nota del autor.] La toma del Umbar por Telumehtar Umbardacil se produjo en el año 1810.

10. Los grandes Bajíos hacia el oeste del Anduin al este del Bosque de Fangorn; véase la primera mención en el Apéndice C de «La historia de Galadriel y Celeborn».

11. Sobre la palabra *éored*, véase nota 36.

12. Esta historia está mucho más acabada que la crónica resumida que se da de ella en el Apéndice A (I, iv) de *El Señor de los Anillos:* «Calimehtar, hijo de Narmacil II, ayudado por una rebelión en Rhovanion, vengó a su padre con una gran victoria sobre los Orientales en Dagorlad en 1899, y por algún tiempo el peligro quedó eliminado».

13. Los Estrechos del Bosque deben de ser la estrecha «cintura» del Bosque Negro en el sur, provocada por la apertura del Entrante del Este (véase nota 3).

14. Con acierto. Porque un ataque que se produjera desde el Cercano Harad —a no ser que recibiera ayuda de Umbar, imposible en ese tiempo— podía ser resistido y contenido con mayor facilidad. No podría atravesar el Anduin y, al dirigirse al norte, tendría que pasar por un terreno estrecho entre el río y las montañas. [Nota del autor.]

15. En una nota aislada relacionada con el texto se observa que en este período el Morannon estaba todavía dominado por Gon-

dor, y las dos Torres de Vigilancia que se levantaban al este y al oeste de ellas (las Torres de los Dientes) contaban todavía con guardianes. El camino que atravesaba Ithilien estaba aún en perfecto estado hasta el Morannon; y allí se encontraba con un camino que iba hacia el norte a la Dagorlad, y con otro hacia el este a lo largo de la línea de las Ered Lithui. [Ninguno de esos dos caminos está señalado en los mapas de *El Señor de los Anillos*.] El camino hacia el este llegaba a un punto situado al norte de Barad-dûr; nunca se acabó de construir, ni siquiera más adelante, y lo que de él había, hacía ya mucho que estaba descuidado. No obstante, sus primeras cincuenta millas, cuya construcción otrora se había completado, facilitaron mucho el acercamiento de los Aurigas.

16. Los historiadores conjeturaron que se trataba de la misma colina en cuya cima el Rey Elessar estableció su puesto de mando en la última batalla contra Sauron con que termina la Tercera Edad. Pero de ser así, no era todavía más que una loma natural que no constituía un gran obstáculo para los jinetes y los Orcos todavía no la habían reforzado con obras defensivas. [Nota del autor.] Los pasajes de *El retorno del Rey* (V, 10) aquí aludidos dicen que «Aragorn alineó el ejército del mejor modo posible, sobre dos grandes colinas hechas de piedra quebrada y tierra que los Orcos habían amontonado durante años de labor» y que Aragorn con Gandalf estaban en una de ellas, mientras que los estandartes de Rohan y Dol Amroth se izaron en la otra.

17. Sobre la presencia de Adrahil de Dol Amroth, véase nota 39.

18. Su antigua patria: en los Valles del Anduin entre la Carroca y los Campos Gladios.

19. En el Apéndice A (II) de *El Señor de los Anillos* se explica la causa de la emigración al norte de los Éothéod: «[Los antepasados de Eorl] amaban sobre todo las llanuras y eran aficionados a los caballos y todas las proezas relacionadas con el manejo de caballos; pero había muchos hombres en los valles centrales del Anduin en aquellos días y, además, la sombra de Dol Guldur estaba alargándose, de modo que cuando supieron de la de-

rrota del Rey Brujo [en el año 1975], buscaron otras tierras en el Norte, y expulsaron al resto del pueblo de Angmar al lado oriental de las Montañas. Pero en los días de Léod, padre de Eorl, habían llegado a ser un pueblo numeroso y se sentían otra vez algo bastante apretados en su tierra natal». El conductor de la emigración de los Éothéod se llamaba Frumgar; y la fecha que se da en «La Cuenta de los Años» es 1977.

20. Estos ríos, sin nombre, aparecen señalados en el mapa de *El Señor de los Anillos*. El Grislin aparece allí con dos afluentes.

21. La Paz Vigilante duró desde el año 2063 hasta el 2460, mientras Sauron estuvo ausente de Dol Guldur.

22. Para los fuertes a lo largo del Anduin, véase «Cirion y Eorl y la amistad de Gondor y Rohan», y para los Bajíos, «La historia de Galadriel y Celeborn».

23. En un pasaje anterior de este texto, se tiene la impresión de que no quedaban Hombres del Norte en las tierras al este del Bosque Negro después de la victoria obtenida por Calimehtar sobre los Aurigas en la Dagorlad en el año 1899.

24. Así se llamaba a este pueblo en Gondor en aquella época: una palabra mixta del lenguaje popular, del oestron *balc,* «horrible», y el sindarin *hoth,* «horda», aplicada a pueblos como el de los Orcos. [Nota del autor.] Véase la entrada relativa a *hoth* en el Apéndice de *El Silmarillion.*

25. Las letras R· ND ·R, coronadas de tres estrellas, significaban *arandur* (servidor del rey), senescal. [Nota del autor.]

26. No expresó con palabras otra idea que también tenía en mente: que, según él había llegado a saber, los Éothéod se sentían intranquilos porque sus tierras septentrionales estaban resultando estrechas y poco productivas para contener y dar sustento a toda su gente, cuyo número había crecido mucho. [Nota del autor.]

27. Su nombre se recordó largo tiempo en el canto de *Rochon Methestel* (Jinete de la Última Esperanza) como Borondir Udalraph (Borondir el Sin Estribos), porque volvió cabalgando con la *éoherë* a mano derecha de Eorl, y fue el primero en cruzar el Limclaro y abrir un camino para acudir en ayuda de

Cirion. Cayó por fin en el Campo de Celebrant defendiendo a su señor, para gran dolor de Gondor y los Éothéod, y fue luego sepultado en el Santuario de Minas Tirith. [Nota del autor.]

28. El caballo de Eorl. En el Apéndice A (II) de *El Señor de los Anillos* se dice que Léod, padre de Eorl, domador de caballos salvajes, fue arrojado a tierra por Felaróf cuando se atrevió a montarlo, y así encontró la muerte. Después Eorl le exigió al caballo que sometiera su libertad hasta el fin de su vida como reparación por la muerte de su padre; y Felaróf se sometió, aunque sólo permitía que lo montara Eorl. Entendía todo lo que los hombres decían y era tan longevo como ellos, al igual que sus descendientes, los *mearas,* «que no soportaban a nadie salvo al Rey de la Marca o a sus hijos, hasta el tiempo de Sombragrís». *Felaróf* es una palabra del vocabulario poético anglosajón, aunque no queda constancia de ella en la poesía conservada: «muy valiente, muy fuerte».

29. Entre la afluencia del Limclaro y los Bajíos. [Nota del autor.] Esto, desde luego, parece contradecir lo que se dice en el Apéndice C de «La historia de Galadriel y Celeborn», donde «los Bajíos Norte y Sur» son dos curvaturas hacia el oeste del Anduin en la primera de las cuales desembocaba el Limclaro.

30. En nueve días habían cubierto más de quinientas millas en línea recta, probablemente más de seiscientas de cabalgada. Aunque no había grandes obstáculos naturales sobre el margen oriental del Anduin, gran parte de la tierra estaba entonces desolada, y los caminos y senderos para cabalgar se habían perdido o eran poco transitados; sólo durante breves períodos les era posible cabalgar deprisa, y les era preciso economizar sus propias fuerzas además de las de los caballos, pues tendrían que librar batalla en cuanto llegaran a los Bajíos. [Nota del autor.]

31. El Halifirien se menciona dos veces en *El Señor de los Anillos.* En *El Retorno del Rey,* I, 1, cuando Pippin, montando a Sombragrís, se dirige a Minas Tirith y grita que ve fuegos, Gandalf le contesta: «Gondor ha encendido las almenaras pidiendo ayuda. La guerra ha comenzado. Mira, hay fuego sobre las crestas

del Amon Dîn y llamas en el Eilenach; y avanzan veloces hacia el oeste: hacia el Nardol, el Erelas, Min-Rimmon, Calenhad y el Halifirien en los confines de Rohan». En V, 3, los Jinetes de Rohan camino de Minas Tirith pasaron a través de la Frontera de los Pantanos «mientras a la derecha grandes bosques de robles trepaban por las laderas de las colinas a la sombra del oscuro Halifirien, en los confines de Gondor». Véase el mapa en gran escala de Gondor y Rohan en *El Señor de los Anillos*.

32. Era el gran camino númenóreano que unía los Dos Reinos, cruzaba el Isen por los Vados del Isen y el Aguada Gris por Tharbad y seguía luego hacia el norte hasta Fornost; en otros sitios se lo llama el Camino Norte-Sur. Véase Apéndice D de «La historia de Galadriel y Celeborn».

33. Ésta es la ortografía moderna de la palabra anglosajona *hálig-firgen;* de igual modo, Firien-dale [valle de Firien] por *firgen-dæl;* Firien Wood [bosque de Firien] por *firgen-wudu.* [Nota del autor.] La *g* en la palabra anglosajona *firgen,* «montaña», llegó a pronunciarse como una *y* del inglés moderno.

34. Minas Ithil, Minas Anor y Orthanc.

35. Se dice en otro sitio, en una nota acerca del nombre de las almenaras, que «el sistema de las almenaras en su conjunto, que todavía estaba en funcionamiento durante la Guerra del Anillo, no podía ser más antiguo que el asentamiento de los Rohirrim en Calenardhon unos quinientos años antes; pues su principal misión consistía en anunciar a los Rohirrim que Gondor se encontraba en peligro o (más raramente) a la inversa».

36. De acuerdo con una nota acerca de la ordenación de los Rohirrim, el *éored* «no tenía un número fijo preciso, pero en Rohan se aplicaba sólo a los Jinetes bien entrenados para la guerra: hombres que servían durante un período o, en algunos casos, permanentemente en el Ejército del Rey. Todo conjunto numeroso de tales hombres cabalgando como una unidad en ejercicios de entrenamiento o para la prestación de servicio se llamaba *éored*. Pero después de la recuperación de los Rohirrim y la reorganización de sus fuerzas en los días del Rey Folcwine, cien años

antes de la Guerra del Anillo, un «*éored* completo» en orden de batalla no comprendía menos de 120 hombres (con inclusión del Capitán) y constituía la centésima parte de la Nómina Completa de los Jinetes de la Marca con exclusión de los de la Casa del Rey. [El *éored* con que Éomer persiguió a los orcos —véase *Las Dos Torres,* III, 2— comprendía 120 Jinetes: Legolas contó 105 cuando ya se había alejado, y Éomer dijo que quince hombres habían caído luchando con los orcos.] Por supuesto, jamás se había visto reunido ningún ejército semejante que marchara cabalgando a hacer la guerra más allá de la Marca; pero sin duda se justificaba que Théoden pretendiera que ante semejante peligro podía conducir una expedición de diez mil Jinetes (*El Retorno del Rey,* V, 3). El número de los Rohirrim había aumentado desde los días de Folcwine, y antes de los ataques de Saruman, una Nómina Completa probablemente podría procurar bastante más de doce mil Jinetes con el fin de que Rohan no estuviera completamente desprovista de una defensa adecuada. En este caso, como consecuencia de las pérdidas habidas en la guerra del oeste, el apresuramiento de la leva y la amenaza del Norte y el Este, Théoden condujo sólo un ejército de unas seis mil lanzas, aunque ésta fue la mayor expedición montada de los Rohirrim que llegó a registrarse desde la venida de Eorl.»

La Nómina Completa de la caballería se llamaba *éoherë* (véase nota 49). Estas palabras, y también Éothéod, tienen por supuesto forma anglosajona, pues la verdadera lengua de Rohan se traduce de este modo siempre (véase la nota 6 que precede): contienen como primer elemento *eoh*, «caballo». *Éored, éorod* es una palabra anglosajona documentada; su segundo elemento deriva de *rád*, «cabalgar»; en *éoherë* el segundo elemento es *herë*, «hueste, ejército». *Éothéod* incluye *théod*, «pueblo» o «tierra», y se aplica a los Jinetes mismos y a su país. (La palabra anglosajona *eorl,* en el nombre Eorl el Joven, no tiene la menor relación.)

37. Esto se decía siempre en los días de los Senescales en todo pronunciamiento solemne, aunque en tiempos de Cirion (el duo-

décimo Senescal Regente) se había convertido en una fórmula para algo que pocos creían que pudiera llegar a pasar. [Nota del autor.]

38. *Alfirin:* la *simbelmynë* de los túmulos de los Reyes bajo Edoras, y el *uilos* que Tuor vio en el gran desfiladero de Gondolin en los Días Antiguos; véase «De Tuor y su llegada a Gondolin», nota 27. El nombre *alfirin* figura en un verso que Legolas cantó en Minas Tirith, aunque aparentemente para designar otra flor (*El Retorno del Rey,* V, 9): «Y las campánulas doradas caen de mallos y alfirin / En los prados verdes de Lebennin».

39. El Señor de Dol Amroth tenía este título. Elendil lo concedió a sus antecesores, de los que era pariente. Eran una familia perteneciente a los Fieles que había partido de Númenor antes de la Caída, y se había instalado en la tierra de Belfalas, entre las desembocaduras del Ringló y el Gilrain, con una fortaleza en el alto promontorio de Dol Amroth (al que se le dio el nombre del último Rey de Lórien). [Nota del autor.] En otro lugar («La historia de Galadriel y Celeborn») se dice que de acuerdo con la tradición de su casa, el primer Señor de Dol Amroth fue Galador (*c.* Tercera Edad 2004-2129), hijo de Imrazôr el Númenóreano, que vivía en Belfalas, y la elfa Mithrellas, una de las compañeras de Nimrodel. La nota que acabamos de mencionar parece sugerir que esta familia de los Fieles se asentó en Belfalas, estableciendo una fortaleza en Dol Amroth, antes de la Caída de Númenor; y, si esto es así, ambas cosas sólo pueden reconciliarse suponiendo que la línea de los Príncipes y la ubicación de su morada se remontaban más de dos mil años antes de los días de Galador, y que Galador se llamó primer Señor de Dol Amroth porque sólo en sus días (después de morir ahogado Amroth en el año 1981) recibió Dol Amroth ese nombre. Otra dificultad es la presencia de un tal Adrahil de Dol Amroth (evidentemente un antecesor de Adrahil, el padre de Imrahil, Señor de Dol Amroth en tiempos de la Guerra del Anillo) como comandante de las fuerzas de Gondor en la batalla librada contra los Aurigas en el año 1944 (véase «Cirion y Eorl y la amistad de Gondor y Rohan»); pero

es posible suponer que en este tiempo este primer Adrahil no se llamara «de Dol Amroth».

Aunque no sean imposibles, estas explicaciones para salvaguardar la coherencia me parecen menos probables que la de que se trate de dos «tradiciones» distintas e independientes sobre el origen de los Señores de Dol Amroth.

40. Las letras eran ᚳ ᛈ ᚳ (L · ND · L): el nombre de Elendil sin los signos vocálicos, que él utilizaba como insignia y como sello. [Nota del autor.]

41. Amon Anwar era de hecho el sitio elevado más próximo al centro de una línea trazada desde la afluencia del Limclaro hasta el cabo meridional de Tol Falas; y la distancia desde éste hasta los Vados del Isen era igual a su distancia desde Minas Tirith. [Nota del autor.]

42. Aunque imperfectamente; porque estaba expresado en términos antiguos y compuesto en formas de versificación y lengua culta utilizadas por los Rohirrim, en las que Eorl era muy hábil. [Nota del autor.] No parece quedar otra versión del Juramento de Eorl aparte de la de la lengua común que aparece en el texto.

43. *Vanda*: juramento, voto, promesa solemne. *Ter-maruva: ter,* «mediante», *mar-,* «perdurar, quedar asentado o fijo»; tiempo futuro. *Elenna·nóreo:* caso genitivo que depende de *alcar,* de *Elenna·nórë,* «la tierra llamada Hacia las Estrellas». *Alcar:* «gloria». *Enyalien: en-,* «otra vez»; *yal-,* «convocar» en infinitivo (o gerundio) *en-yalië,* aquí en dativo, «para la rememoración», aunque rige un complemento directo, *alcar,* así, «para rememorar o "conmemorar" la gloria». *Vorondo:* genitivo de *voronda,* «firme en la alianza, en el cumplimiento de una promesa o juramento, fiel»; los adjetivos utilizados como «título» o los frecuentemente utilizados como atributos de un nombre se ponen después del nombre y, como es frecuente en quenya, cuando hay dos nombres declinables en aposición, sólo el último se declina. [Otra lectura posible es el adjetivo *vórimo,* genitivo de *vórima,* con el mismo significado que *voronda.*] *Voronwë:* «firmeza, lealtad, fidelidad», el complemento directo de *enyalien.*

Nai: «así sea, ojalá»; *Nai tiruvantes:* «que sea posible que lo mantengan», i.e., «que lo mantengan» (*-nte,* flexión de la tercera persona del plural cuando ningún sujeto se menciona previamente). *I hárar:* «los que se asientan en». *Mahalmassen:* locativo plural de *mahalma,* «trono». *Mi:* «en el». *Númen:* «Oeste». *I Eru i:* «el Único que». *Eä:* «es». *Tennoio: tenna,* «hasta»; *oio,* «un período infinito»; *tennoio,* «por siempre». [Notas del autor.]

44. Y no fue otra vez utilizado hasta que el Rey Elessar volvió y renovó el juramento en el mismo sitio con el Rey de los Rohirrim, Éomer, el decimoctavo descendiente a partir de Eorl. Se había considerado que tan sólo el Rey de Númenor podía solicitar legítimamente el testimonio de Eru, y exclusivamente en las ocasiones de más grave solemnidad. La descendencia de los Reyes había llegado a su término con Ar-Pharazôn, que pereció en la Caída; pero Elendil Voronda descendía de Tar-Elendil, el cuarto Rey, y era considerado el legítimo señor de los Fieles, que no habían participado en la rebelión de los Reyes y habían sido protegidos de la destrucción. Cirion era el Senescal de los Reyes que descendían de Elendil y, en lo que a Gondor concernía, tenía como regente todos sus poderes... hasta que el Rey retornara. No obstante, su juramento dejó atónitos a los que lo escucharon, y les produjo respetuoso temor y bastó por sí solo (sobre la tumba venerable) para santificar el sitio donde se pronunció. [Nota del autor.] El nombre dado a Elendil, Voronda, «el Fiel», que aparece también en el Juramento de Cirion, se escribió en esta nota al principio Voronwë, que en el juramento es un sustantivo, «fidelidad, firmeza». Pero en el Apéndice A (I, ii) de *El Señor de los Anillos,* se llama a Mardil, el Primer Senescal Regente de Gondor, «Mardil Voronwë "el Firme"»; y en la Primera Edad el elfo de Gondolin que guio a Tuor desde Vinyamar recibió el nombre de Voronwë, que en el Índice de *El Silmarillion* traduzco igualmente como «el Firme».

45. Véase la primera mención en el Apéndice C, de «La historia de Galadriel y Celeborn».

46. Estos nombres se dan en sindarin, de acuerdo con la usanza de Gondor; pero muchos de ellos recibieron nuevos nombres de los Éothéod, quienes alteraron los viejos nombres para adecuarlos a su propia lengua, o los tradujeron, o inventaron otros nuevos. En la narración de *El Señor de los Anillos* se utilizan sobre todo nombres en la lengua de los Rohirrim. Así, Angren = Isen; Angrenost = Isengard; Fangorn (que también se utiliza) = Bosque de los Ents; Onodló = Entaguas; Glanhír = Corriente Mering (ambos significaban «corriente de la frontera»). [Nota del autor.] El nombre del río Limclaro es desconcertante. Hay dos diferentes versiones del texto y la nota al respecto; por una de ellas parece que el nombre sindarin era *Limlich,* adaptado a la lengua de Rohan como *Limliht* («modernizado» como *Limlight*). En la otra versión (posterior) *Limlich,* desconcertantemente, se corrige por *Limliht* en el texto, de modo que ésta se convierte en la forma sindarin. En otro sitio («El desastre de los Campos Gladios», nota 14) se dice que el nombre sindarin del río es *Limlaith.* Dada esta vacilación, he puesto *Limlight* [Limclaro] en el texto. Sea cual sea el nombre sindarin original, es al menos evidente que la forma de Rohan era una alteración y no una traducción, y que su significado era desconocido (aunque en una nota escrita mucho antes que ninguna de las precedentes se dice que el nombre *Limlight* es una traducción parcial del élfico *Limlint,* «luz veloz»). Los nombres sindarin de Entaguas y Corriente Mering sólo aparecen aquí; con Onodló, compárese *Onodrim, Enyd,* los Ents (*El Señor de los Anillos,* Apéndice F, «De otras razas»).

47. *Athrad Angren*: véase el Apéndice D de «La historia de Galadriel y Celeborn», donde el nombre sindarin que corresponde a los Vados del Isen es Ethraid Engrin. Parece, pues, que existían tanto la forma singular como la plural para designar el(los) Vado(s).

48. En otras partes el bosque se llama siempre Firien (abreviación de Halifirien). Firienholt —una palabra que figura en la poesía anglosajona *(firgenholt)*— significa lo mismo: «bosque de montaña». Véase nota 33.

49. Su forma adecuada era *Rochand* y *Rochír-rim*; y se escribían *Rochand* o *Rochan* y *Rochirrim* en los anales de Gondor. Contienen la raíz sindarin *roch*, «caballo», que traduce la *éo-* en Éothéod y en muchos nombres personales de los Rohirrim [véase nota 36]. En *Rochand* se añade la terminación sindarin *-nd (-and, -end, -ond)*; se utilizaba comúnmente en los nombres de regiones o países, pero por lo corriente la *-d* no se pronunciaba en el lenguaje hablado, especialmente en el caso de los nombres largos como *Calenardhon, Ithilien, Lamedon*, etcétera. *Rochirrim* se modeló sobre *éo-herë*, el término empleado por los Éothéod para designar la totalidad de su caballería en tiempos de guerra; se construía combinando *roch* + *hîr*, en sindarin, «señor, amo» (sin ninguna conexión con [la palabra anglosajona] *herë*). En los nombres de los pueblos la raíz sindarin *rim*, «gran número, hueste» (en quenya *rimbë*) se utilizaba comúnmente para formar plurales colectivos, como en *Eledhrim (Edhelrim)*, «todos los Elfos», *Onodrim*, «el pueblo de los Ents», *Nogothrim*, «todos los Enanos, el pueblo de los Enanos». La lengua de los Rohirrim contenía el sonido que aquí se representa por *ch* (una fricativa palatal como la *ch* galesa) y, aunque su uso no era frecuente en medio de las palabras entre vocales, no les presentaba dificultad alguna. Pero la lengua común no lo poseía, y al pronunciar el sindarin (en que era muy frecuente) el pueblo de Gondor, a no ser que fuera cultivado, lo pronunciaba como *h* aspirada en medio de las palabras, y como *k* al final de ellas (donde su pronunciación quedaba más marcada en correcto sindarin). Así surgieron los nombres de *Rohan* y *Rohirrim* tal y como figuran en *El Señor de los Anillos*. [Nota del autor.]

50. La señal de la Dama Blanca no parece haber convencido a Eorl de su buena voluntad; véase «Cirion y Eorl y la amistad de Gondor y Rohan».

51. *Eilenaer* era un nombre de origen prenúmenóreano, evidentemente relacionado con *Eilenach*. [Nota del autor.] De acuerdo con una nota sobre las almenaras, Eilenach era «probablemente

un nombre foráneo, ni sindarin, ni númenóreano, ni de la lengua común. [...] Tanto Eilenach como Eilenaer ocupaban lugares destacados. Eilenach era el sitio más alto del Bosque de Drúadan. Podía vérselo desde lejos al Oeste, y su función en los días de las almenaras consistía en transmitir la advertencia de Amon Dîn; pero no era un lugar adecuado para una gran hoguera de almenara, pues no había mucho espacio en su aguda cima. De ahí el nombre de la siguiente almenara hacia el oeste, que se llamaba Nardol, "Cima de fuego"; estaba en el extremo de un alto risco, originalmente parte del Bosque de Drúadan, pero desde hacía ya mucho tiempo despojado de árboles por albañiles y canteros que venían al Valle del Carro de Piedras. En Nardol había una guardia que protegía también las canteras; estaba bien provisto de leña y, cuando hacía falta, se podía encender una gran hoguera que fuera visible en una noche clara aun desde la última almenara (Halifirien) a unas ciento veinte millas al oeste». En la misma nota se dice que «Amon Dîn, "la colina silenciosa", era probablemente la almenara más antigua, y tenía por función original la de servir como un puesto de avanzada fortificado para Minas Tirith, desde donde podía verse su almenara, para vigilar el paso al Norte de Ithilien desde Dagorlad y detectar cualquier intento de un enemigo de cruzar el Anduin a la altura de Cair Andros o en sus inmediaciones. No queda constancia de por qué se le dio ese nombre. Probablemente porque se destacaba como colina rocosa y yerma que se elevaba aislada entre las colinas densamente arboladas del Bosque de Drúadan (Tawar-in-Drúedain), y era poco visitada por los hombres, las bestias o los pájaros».

52. De acuerdo con el Apéndice A (I, iv) de *El Señor de los Anillos* fue en los días de Ostoher, el cuarto rey después de Meneldil, cuando Gondor fue atacado por primera vez por hombres salvajes venidos del Este; «pero Tarostar, su hijo, los derrotó y los expulsó, y recibió el nombre de Rómendacil, "el vencedor del Este"».

53. Fue también Rómendacil I quien estableció el cargo de Senescal (*Arandur*, «servidor del rey»), cuyos titulares serían elegidos

por los Reyes por ser hombres de gran confianza y sabiduría, habitualmente de edad avanzada, pues no se les permitía ir a la guerra ni abandonar el reino. No eran nunca miembros de la Casa Real. [Nota del autor.]

54. Mardil fue el primer Senescal Regente de Gondor. Era el Senescal de Eärnur, el último Rey, que desapareció en Minas Morgul en el año 2050. «Se creía en Gondor que el desleal enemigo había tendido una trampa al Rey, y que éste había muerto en tormento en Minas Morgul; pero como no había testigos de esa muerte, Mardil el Buen Senescal rigió Gondor en nombre de Eärnur por muchos años» [*El Señor de los Anillos,* Apéndice A (I, iv)].

3

LA AVENTURA DE EREBOR

La plena comprensión de esta historia requiere conocer lo que se cuenta en el Apéndice A (III, *El Pueblo de Durin*) de *El Señor de los Anillos*. Sigue a continuación un breve resumen:

Los Enanos Thrór y su hijo Thráin (junto con Thorin, hijo de Thráin, más tarde llamado Escudo de Roble) escaparon de la Montaña Solitaria (Erebor) por una puerta secreta cuando el dragón Smaug descendió sobre la puerta. Thrór regresó a Moria después de dar a Thráin el último de los Siete Anillos de los Enanos, y fue muerto allí por el Orco Azog, que marcó su nombre en la frente de Thrór. Fue ésta la causa de la Guerra entre los Enanos y los Orcos, que terminó con la gran Batalla de Azanulbizar (Nanduhirion) ante la gran Puerta Oriental de Moria en el año 2799. Después Thráin y Thorin Escudo de Roble vivieron en las Ered Luin, pero en el año 2841 Thráin partió de allí para regresar a la Montaña Solitaria. Mientras erraba por las tierras al este del Anduin, fue capturado y hecho prisionero en Dol Guldur, donde le fue quitado el anillo. En 2850 Gandalf penetró en Dol Guldur y descubrió que el amo y señor del lugar era en verdad Sauron, y allí encontró a Thráin antes de que éste muriera.

Existe más de una versión de «La aventura de Erebor», como se explica en un Apéndice que sigue al texto, donde también se reproducen extensos extractos de una versión anterior.

No he encontrado escrito alguno que preceda a las palabras iniciales del presente texto («Ese día ya no siguió hablando»). El sujeto de «no siguió», en la oración inicial, es Gandalf; el de «volvimos» en la segunda oración, son Frodo, Peregrin, Meriadoc y Gimli; finalmente, el de «no recuerdo», en la tercera oración, es Frodo, que es quien relata la conversación; la escena es una casa de Minas Tirith, después de la coronación del Rey Elessar (véase el Apéndice de «La aventura de Erebor»).

Ese día ya no siguió hablando, pero más tarde volvimos sobre el tema, y nos contó toda la extraña historia; cómo preparó el viaje a Erebor, por qué pensó en Bilbo, y cómo convenció al orgulloso Thorin Escudo de Roble de que lo llevara con él. No recuerdo ahora toda la historia, pero entendimos que, para empezar, Gandalf pensaba sólo en la defensa del Oeste contra la Sombra.

—Estaba muy inquieto por ese entonces —dijo—, porque Saruman obstaculizaba todos mis planes. Sabía que Sauron se había alzado de nuevo y que pronto haría una declaración, y sabía también que se preparaba para librar una gran guerra. ¿Cómo empezaría? ¿Intentaría primero ocupar de nuevo Mordor o atacaría antes las principales fortalezas de sus enemigos? Pensaba entonces, y hoy me parece fuera de toda duda, que su plan original era atacar Lórien y Rivendel en cuanto contara con fuerzas suficientes. Sería para él un plan mucho mejor, y mucho peor para nosotros.

»Quizá penséis que Rivendel estaba fuera de su alcance, pero yo no lo creo así. La situación en el Norte era muy mala. El Reino bajo la Montaña y los fuertes Hombres de Valle ya no existían. Para resistir cualquier fuerza que Sauron pudiera enviar para recuperar los pasos septentrionales de las montañas y las viejas tierras de Angmar, sólo estaban los Enanos de las Montañas de Hierro, y detrás de ellos no había más que desolación y un Dragón. Sauron podía recurrir al Dragón con terribles consecuencias. Muchas veces me decía a mí mismo: "He de encontrar algún medio para vérmelas con Smaug. Pero es aún más necesario asestar un golpe certero sobre Dol Guldur. Tenemos que desbaratar los planes de Sauron. He de conseguir que el Concilio lo tome en consideración".

»Ésos eran mis sombríos pensamientos mientras avanzaba a trote corto por el camino. Estaba cansado y me dirigía a la Comarca para tomarme un breve descanso después de no haber vuelto allí durante más de veinte años. Pensaba que, si apartaba de mi mente las preocupaciones por un tiempo, quizá encontraría una manera de darles solución. Y así fue, en verdad, aunque no pude quitármelas de la cabeza.

»Porque justo cuando me aproximaba a Bree fui alcanzado por Thorin Escudo de Roble,[1] que vivía por entonces en el exilio más allá de las fronteras noroccidentales de la Comarca. Para mi sorpresa, me dirigió la palabra; y fue en ese preciso momento cuando el curso de los acontecimientos empezó a cambiar.

»Él estaba preocupado también, tanto que se decidió a pedirme consejo. De modo que lo acompañé a sus estancias en las Montañas Azules, y allí escuché la larga historia que tenía que contarme. Advertí enseguida que el corazón le ardía de tanto pensar en sus males y en la pérdida del tesoro de sus antepasados, y que también le pesaba el deber que había heredado de vengarse de Smaug. Los Enanos se toman muy en serio este tipo de deberes.

»Le prometí ayudarlo si podía. Estaba yo tan ansioso como él por ver sucumbir a Smaug, pero Thorin no pensaba en otra cosa que en planes de batalla y guerra, como si fuera

realmente el Rey Thorin II, y yo no veía ninguna esperanza
en todo ello. De modo que lo dejé y fui a la Comarca, y cogí
el hilo de las noticias. Era un asunto extraño. No hice más
que dejarme llevar por el "azar" y cometí muchos errores en el
camino.

»De algún modo me había sentido atraído por Bilbo desde
mucho antes, cuando no era sino un niño y un joven hobbit:
no había llegado apenas a la mayoría de edad cuando lo había
visto por última vez. Se me había quedado grabado en la
mente desde entonces; recordaba su entusiasmo, sus ojos brillantes, su amor por los cuentos y sus preguntas acerca del
ancho mundo más allá de la Comarca. No bien entré en la
Comarca, tuve noticias de él. Había conseguido que se hablara
de él, según parecía. Sus padres habían muerto poco más o
menos a los ochenta años, es decir jóvenes, si se tiene en cuenta lo que era habitual entre los habitantes de la Comarca; y él
nunca se había casado. Ya se estaba volviendo algo raro, decían, y se pasaba largos días solo. Era posible verlo hablar con
forasteros, incluso con Enanos.

»"¡Incluso con Enanos!" De pronto, estas tres cosas se aso-
ciaron en mi mente: el Gran Dragón, codicioso, y de oído y
olfato penetrantes; los tenaces Enanos de rudas botas con su
antiguo rencor ardiente y el veloz Hobbit con paso sigiloso,
anhelante (me parecía adivinar) por ver el ancho mundo. Me
reí a solas; pero me apresuré enseguida a ver a Bilbo: quería
comprobar qué efecto había tenido sobre él el paso de veinte
años y si era tan prometedor como lo aseguraban los chismo-
rreos. Pero no se encontraba en casa. Sacudieron la cabeza en
Hobbiton cuando pregunté por él. "Ha partido otra vez —
dijo un hobbit. Era Cavada, el jardinero, creo—.[2] Ha partido
otra vez. Va a reventar un día de éstos si no se anda con cuidado. Bueno, pues, le pregunté que a dónde iba y cuándo

volvería, y me dijo "No lo sé"; y luego me miró de un modo curioso. "Depende de si me encuentro con alguno, Cavada", me dijo. "¡Mañana es el Año Nuevo de los Elfos!"[3] Una lástima, y siendo tan buena persona. No se encuentra a nadie mejor desde las Quebradas hasta el Río".

»"¡Mejor que mejor! —pensé—. Creo que correré el riesgo". El tiempo pasaba deprisa. Tenía que estar en el Concilio Blanco en agosto a más tardar; de lo contrario Saruman se saldría con la suya y no se haría nada. Y sin entrar a considerar asuntos de mayor importancia, eso podría resultar fatal para la búsqueda: el poder de Dol Guldur no dejaría de obstaculizar cualquier intento de aproximarse a Erebor, a no ser que tuviera algo más importante que hacer.

»De modo que cabalgué presto al encuentro de Thorin para afrontar la difícil tarea de convencerlo de que abandonara sus altivos planes y fuera en secreto, y de que se llevara a Bilbo con él; sin yo haber visto a Bilbo antes. Fue un error y resultó casi desastroso, porque Bilbo había cambiado, por supuesto. Cuando menos, se había vuelto bastante glotón y gordo, y sus viejos deseos se habían reducido hasta convertirse en una especie de sueño íntimo. ¡Nada podría haberle causado más consternación que la posibilidad de que este sueño se convirtiera en realidad! Bilbo estaba completamente desconcertado e hizo el ridículo. Thorin se habría ido furioso de no haber mediado un extraño azar que dentro de unos momentos mencionaré.

»Pero ya sabéis cómo fueron las cosas, al menos desde el punto de vista de Bilbo. La historia sonaría bastante distinta si yo la hubiera escrito. Para empezar, no advirtió cuán necio lo consideraban los Enanos, ni tampoco hasta qué punto se habían enfadado conmigo. No se dio cuenta de que Thorin estaba muy indignado y que hablaba en un tono mucho más

despectivo. Se mostró en verdad desdeñoso desde un principio, y pensó que yo lo había planeado todo sencillamente para
mofarme de él. Sólo el mapa y la llave salvaron la situación.

»Pero no había pensado en estos durante años. Sólo cuando llegué a la Comarca y tuve tiempo de reflexionar sobre la
historia de Thorin recordé de pronto el extraño azar que me
los había puesto en las manos; y entonces empezó a parecer-
me menos casual. Recordé un peligroso viaje que había emprendido hacía noventa y un años, cuando entré en Dol
Guldur disfrazado y encontré allí a un desdichado Enano que
agonizaba en las mazmorras. No sabía quién era. Tenía un
mapa, que había pertenecido al pueblo de Durin en Moria, y
una llave que parecía tener alguna relación con éste, aunque el
Enano estaba demasiado grave como para explicármelo. Y
dijo que había poseído un gran Anillo.

»Casi todos sus devaneos se centraban en eso. "El último de
los Siete", repetía una y otra vez. Aunque estas cosas podrían
haber llegado a sus manos de muchas maneras. Podría haber
sido un mensajero capturado mientras huía o incluso un ladrón
atrapado por otro ladrón mayor; pero me dio el mapa y la llave.
"Para mi hijo", dijo; y luego murió, y poco después, yo mismo
escapé. Guardé las cosas y, por algo que el corazón me advertía,
las llevé siempre conmigo, en lugar seguro, aunque pronto dejé
de pensar en ellas. Tenía otro asunto en Dol Guldur más importante y peligroso que todo el tesoro de Erebor.

»Entonces lo recordé todo otra vez, y era evidente que yo
había escuchado las últimas palabras de Thráin II,[4] aunque en
ese momento no había dicho su nombre ni el de su hijo; y Thorin, por supuesto, no sabía qué había sido de su padre, ni mencionó nunca "el último de los Siete Anillos". Yo tenía el plano y
la llave de la entrada secreta a Erebor por la que habían huido
Thrór y Thráin, de acuerdo con la historia de Thorin. Y los

había guardado, aunque sin albergar ningún plan al respecto, hasta el momento en que resultaron de suma utilidad.

»Afortunadamente, no cometí error alguno en el uso que les di. Me los guardé en la manga, como decís en la Comarca, hasta que el asunto se volvió poco esperanzador. No bien los vio Thorin, decidió seguir mi plan, cuando menos en lo que concernía a la expedición secreta. Sea lo que fuere lo que pensaba de Bilbo, él mismo se habría puesto en camino. La existencia de una puerta oculta, que sólo los Enanos son capaces de descubrir, apuntaba a la posibilidad de tener alguna noticia de las andanzas del Dragón, y quizás aun recuperar algo de oro, o alguna valiosa herencia que apaciguara los anhelos de su corazón.

»Pero esto no me bastaba. En mi corazón sabía que Bilbo tenía que acompañarlo; de lo contrario toda la empresa fracasaría, o, como diría ahora, los acontecimientos más importantes no llegarían a ocurrir. De modo que todavía tenía que persuadir a Thorin de que lo llevara con él. Después, hubo muchas dificultades en el camino, pero para mí ésa fue la parte más difícil de todo el asunto, y aunque discutí con él hasta muy entrada la noche después de que Bilbo se retirara, sólo a la mañana siguiente quedó zanjada la cuestión.

»Thorin sentía por él desprecio y desconfianza.

»—Es blando —dijo con un bufido—. Blando como el lodo de su Comarca y tonto. Su madre murió demasiado pronto. Me está jugando una mala pasada, señor Gandalf. Estoy seguro de que ayudarme no es el único propósito que tiene usted.

»—Tiene toda la razón —le dije—. Si no tuviera ningún otro propósito, no lo ayudaría en absoluto. Aunque sus propios asuntos le parezcan a usted muy importantes, no son sino la minúscula hebra de una gran trama. Yo me intereso por múltiples hebras. Pero eso debería darle a mi consejo mayor peso y no menos. —Hablé al final con mucha vehemencia.— ¡Escúcheme, Thorin Escudo de Roble! —dije—. Si este hobbit va con usted, se saldrá con la suya, de lo contrario, fracasará. Tengo un presentimiento y le estoy advirtiendo.

»—Conozco su fama —respondió Thorin—. Espero que sea merecida. Pero esta tonta insistencia en ese hobbit suyo me hace dudar de que tenga realmente un presentimiento y me hace sospechar que quizá sea usted un loco antes que un vidente. Las muchas preocupaciones pueden haberle alterado el juicio.

»—Ciertamente, han sido suficientes como para que así sea —dije—. Y entre ellas la más exasperante es toparme con un Enano orgulloso que pide mi consejo (sin que nada le dé derecho a hacerlo, que yo sepa), y luego me recompensa con la insolencia. Haga lo que usted quiera, Thorin Escudo de Roble, pero si desdeña mi consejo, el desastre será inevitable y no volverá a recibir consejo ni ayuda de mí hasta que la Sombra lo alcance. Y refrene su orgullo y su codicia o fracasará en cualquier camino que emprenda, aunque tenga las manos repletas de oro.

»Vaciló un poco entonces; pero sus ojos llamearon.

»—¡No me amenace! —exclamó—. Seguiré mi propio juicio en este asunto como en todo lo que me concierne.

»—¡Hágalo, pues! —dije—. No puedo añadir nada más, excepto esto: no concedo mi amor o mi confianza a la ligera, Thorin; pero aprecio a este hobbit y deseo su bienestar. Trátelo bien y contará usted con mi amistad hasta el fin de sus días.

»Dije eso sin esperanzas de persuadirlo; pero no podría haber dicho nada mejor. Los Enanos comprenden la devoción a los amigos y la gratitud a los que los ayudan.

»—Muy bien —dijo Thorin por fin, tras unos momentos de silencio—. Formará parte de mi compañía si se atreve (cosa que dudo). Pero si insiste en cargarme con ese peso, ha de venir usted también, y cuidar del tesoro.

»—¡Bien! —respondí—. Iré también y los acompañaré mientras pueda: por lo menos hasta que usted haya descubierto lo que vale este hobbit. —Resultó bien al final, pero en ese momento estaba preocupado, pues tenía entre manos el urgente asunto del Concilio Blanco.

»Así se inició la aventura de Erebor. No creo que cuando empezó tuviera Thorin verdaderas esperanzas de destruir a Smaug. No había la menor esperanza. Sin embargo, sucedió. Pero ¡ay!, Thorin no vivió para gozar de su triunfo ni de su tesoro. El orgullo y la codicia pudieron más que él, a pesar de mi advertencia.

—Pero sin duda habría caído en la batalla de un modo u otro —dije yo—. Los Orcos lo habrían atacado, por generoso que hubiera sido Thorin con su tesoro.

—Eso es cierto —dijo Gandalf—. ¡Pobre Thorin! Fue un gran Enano de una gran casa aun a pesar de sus defectos; y aunque pereció al final del viaje, fue en gran medida gracias a él que el Reino bajo la Montaña quedara restaurado como yo deseaba. Pero Dáin Pie de Hierro fue un digno sucesor. Y ahora nos enteramos de que murió luchando una vez más ante Erebor, mientras nosotros luchábamos aquí. Diría que es una pérdida lamentable, pero sobre todo estoy asombrado de que a su avanzada edad[5] pudiera todavía esgrimir el hacha con tanta fuerza como dicen que lo hizo, de pie junto al cuerpo del Rey Brand ante las Puertas de Erebor, hasta la caída de la noche.

»En verdad, todo podría haber sucedido de modo muy distinto. El ataque principal se desvió hacia el sur, es cierto; y, sin embargo, con su larga mano diestra Sauron podría haber hecho estragos en el norte mientras nosotros defendíamos

Gondor, si el Rey Brand y el Rey Dáin no se hubieran interpuesto en su camino. Cuando penséis en la gran Batalla del Pelennor, no olvidéis la Batalla de Valle. Pensad en lo que podría haber sucedido. ¡Fuego de Dragones y espadas atroces en Eriador! Podría no haber Reina en Gondor. Podríamos ahora no tener otra esperanza que retornar desde la victoria lograda aquí a la ruina y la ceniza. Pero eso se ha evitado: porque me encontré con Thorin Escudo de Roble una noche a comienzos de la primavera no lejos de Bree. Un encuentro casual, como decimos en la Tierra Media.

NOTAS

1. El encuentro de Gandalf con Thorin se relata también en el Apéndice A (III) de *El Señor de los Anillos,* y allí se da la fecha del acontecimiento: el 15 de marzo de 2941. Hay una ligera diferencia entre ambos relatos: en el Apéndice A el encuentro se produce en una posada de Bree y no en el camino. Gandalf había visitado por última vez la Comarca veinte años antes, en 2921, cuando Bilbo tenía treinta y uno; Gandalf dice más tarde que no había llegado todavía a la mayoría de edad [a los treinta y tres] cuando lo vio por última vez.

2. Cavada el jardinero: Cavada Mano Verde, de quien era aprendiz Hamfast Gamyi (el padre de Sam, el Tío): *La Comunidad del Anillo,* I, 1, y Apéndice C.

3. El año solar élfico *(loa)* empezaba con un día llamado *yestarë,* que precedía al primer día de *tuilë* (primavera); y en el Calendario de Imladris *yestarë* «correspondía poco más o menos al 6 de abril de la Comarca» (*El Señor de los Anillos,* Apéndice D).

4. Thráin II: Thráin I, lejano antepasado de Thorin, había escapado de Moria en el año 1981 y se convirtió en el primer Rey bajo la Montaña (*El Señor de los Anillos,* Apéndice A [III]).

5. Dáin II Pie de Hierro nació en el año 2767; en la Batalla de
   Azanulbizar (Nanduhirion), en 2799, mató ante la Puerta Oriental de Moria al gran Orco Azog, vengando así a Thrór, el abuelo
   de Thorin. Murió en la Batalla de Valle en 3019 (*El Señor de
   los Anillos,* Apéndices A [III] y B). Frodo se enteró por Glóin en
   Rivendel de que «Dáin reinaba todavía bajo la Montaña, que era
   viejo (habiendo cumplido ya doscientos cincuenta años), venerable
   y fabulosamente rico» (*La Comunidad del Anillo,* II, i).

APÉNDICE

Nota sobre los textos de «La aventura de Erebor»

La situación del texto de esta obra es compleja y difícil de poner en
claro. La primera versión constituye un manuscrito completo, pero
en borrador y muy corregido, que llamaré aquí A; lleva por título «La
historia de las relaciones de Gandalf con Thráin y Thorin Escudo de
Roble». A partir de ésta, se hizo una transcripción mecanografiada B,
con muchas más correcciones todavía, aunque en su mayoría de importancia menor. Ésta se titula «La aventura de Erebor» y también «El
relato de Gandalf sobre cómo preparó la expedición a Erebor y envió
a Bilbo con los Enanos». Algunos extractos extensos de esta copia mecanografiada se ofrecen más adelante.

Además de A y B («la primera versión») existe otro manuscrito, C,
sin título, que cuenta la historia de manera más concisa y hermética,
en el que se omite gran parte de la primera versión y se incorporan
unos pocos nuevos elementos, pero también (particularmente en la
última parte) se conserva en gran parte la redacción original. Me parece casi indudable que C es posterior a B; C es la versión que aparece
más arriba, aunque aparentemente se perdió parte del principio, que
establecía la escena de los recuerdos de Gandalf en Minas Tirith.

Los párrafos iniciales de B (que aparecen a continuación) son casi
idénticos a un pasaje del Apéndice A (III, *El Pueblo de Durin*) de *El*

Señor de los Anillos, y evidentemente depende de la narración acerca de Thrór y Thráin que los precede en el Apéndice A; mientras que el final de «La aventura de Erebor» también se encuentra casi exactamente con las mismas palabras en el Apéndice A (III), de nuevo aquí en boca de Gandalf, que se dirige a Frodo y Gimli en Minas Tirith. Por la carta citada en la Introducción resulta claro que mi padre escribió «La aventura de Erebor» con el propósito de que formara parte de la narración de *El Pueblo de Durin* que aparece en el Apéndice A.

Extractos de la primera versión

La copia manuscrita B de la primera versión empieza de este modo:

Así, Thorin Escudo de Roble se convirtió en el Heredero de Durin, pero heredero sin esperanzas. Cuando el saqueo de Erebor aún era demasiado joven para portar armas, pero en Azanulbizar había luchado en la vanguardia del ataque; y cuando Thráin se perdió, ya tenía noventa y cinco años y era un gran Enano de porte orgulloso. No tenía Anillo alguno y (por esa razón quizá) pareció contento de quedarse en Eriador. Allí trabajó largo tiempo y acumuló tantas riquezas como pudo; y a su gente se sumaron muchos de los Enanos errantes de Durin que habían oído hablar de su morada y que a él acudieron. Ahora tenían hermosas salas en las montañas, con acaudalados bienes, y sus días no resultaban tan duros, aunque en sus cantos hablaban siempre de la Montaña Solitaria a lo lejos, del tesoro y la dicha de la Gran Sala a la luz de la Piedra del Arca.

Los años se extendieron. Los rescoldos del corazón de Thorin se reavivaron mientras meditaba sobre los males de su Casa y la venganza contra el Dragón que había recibido como legado. Pensaba en armas y en ejércitos y en alianzas mientras su gran martillo resonaba en la fragua; pero los ejércitos estaban dispersos, las alianzas rotas y las hachas de su pueblo eran pocas; una gran cólera sin esperanzas le ardía en el pecho mientras golpeaba el hierro rojo sobre el yunque.

Gandalf no había desempeñado aún papel alguno en los destinos de la Casa de Durin. No había tenido mucho trato con los Enanos; aunque era amigo de los de buena voluntad y le gustaban los exiliados del Pueblo de Durin que vivían en el Oeste. Pero en una ocasión, mientras viajaba por Eriador (yendo a la Comarca, que no había visitado desde hacía varios años) se encontró por casualidad con Thorin Escudo de Roble, y conversaron en el camino y reposaron durante la noche en Bree.

Por la mañana, Thorin dijo a Gandalf:

—Tengo muchas cosas en mente, y dicen que es usted sabio y que sabe más que la mayoría de lo que acaece en el mundo. ¿Vendrá usted conmigo a mi casa a escucharme y darme su consejo?

A esto consintió Gandalf y cuando llegaron a la sala de Thorin se sentó largo rato con él y escuchó toda la historia de sus males.

A este encuentro le sucedieron numerosas hazañas y acontecimientos de gran importancia: el hallazgo del Anillo Único y su llegada a la Comarca y la elección del Portador del Anillo. Muchos, por esta razón, han supuesto que Gandalf previó todas estas cosas y escogió el momento para su encuentro con Thorin. Pero nosotros no creemos que fuera así. Porque en la narración de la Guerra del Anillo, Frodo, el Portador del Anillo, dejó una mención de las palabras de Gandalf sobre este punto precisamente. Esto es lo que escribió:

En lugar de las palabras «Esto es lo que escribió», A, el primer manuscrito, dice: «Ese pasaje se eliminó del relato, pues pareció muy largo; pero la mayor parte queda ahora incorporada aquí».

Después de la coronación, nos alojamos en una bella casa en Minas Tirith con Gandalf, y él estaba muy alegre, y aunque le

hicimos muchas preguntas acerca de todo cuanto se nos pasaba
por la cabeza, su paciencia parecía tan inagotable como su conocimiento. No recuerdo ahora la mayor parte de las cosas que
nos dijo; a menudo no las comprendíamos, pero recuerdo muy
claramente esta conversación. Gimli estaba con nosotros y le dijo
a Peregrin:

—Hay una cosa que debo hacer un día de éstos: tengo que
visitar esa Comarca vuestra.* ¡No para ver más hobbits! pues dudo
de que pueda aprender algo acerca de ellos que ya no sepa. Pero
ningún Enano de la Casa de Durin podría dejar de contemplar
con maravilla esa tierra. ¿Acaso no empezaron allí la recuperación
del Reino bajo la Montaña y la caída de Smaug? Por no mencionar
el fin de Barad-dûr, aunque ambas cosas estaban extrañamente
entretejidas. Extrañamente, muy extrañamente —dijo, e hizo una
pausa.

Luego, mirando fijamente a Gandalf, continuó diciendo:

—Pero ¿quién tejió la trama? No creo haber considerado jamás esta cuestión. Entonces, ¿usted planeó todo esto, Gandalf? Si
no, ¿por qué condujo a Thorin Escudo de Roble a una puerta tan
singular? Para encontrar el Anillo y llevarlo lejos al Oeste a escon-
derlo, y luego elegir al Portador del Anillo... y de paso recobrar el
Reino de la Montaña como si nada: ¿no fue ése su designio?

Gandalf no respondió enseguida. Se puso en pie y miró por la
ventana hacia el oeste, en dirección al mar; el sol se ponía y en su
cara había un resplandor. Estuvo largo rato en silencio. Pero por
fin se volvió hacia Gimli y dijo:

—No conozco la respuesta. Porque he cambiado desde aquellos días y no me estorba ya la carga de la Tierra Media como
entonces. En aquellos días habría respondido con palabras como
las que dirigí a Frodo el año pasado en primavera. ¡Sólo el año
pasado! Pero semejantes medidas no tienen sentido. En ese tiempo
lejano le dije a un pequeño hobbit asustado: Bilbo estaba *destinado*

* Gimli debió de haber estado en la Comarca, por lo menos de paso, con motivo de
viajes desde su tierra natal en las Montañas Azules.

a encontrar el Anillo y *no* por voluntad de su hacedor, y tú, por tanto, estabas destinado a transportarlo. Y podría haber añadido: y yo estaba destinado a guiaros a ambos a este fin.

»Para lograrlo utilicé en mi vigilia sólo los medios que me estaban permitidos, haciendo lo que me era posible de acuerdo con las razones que tenía. Pero lo que yo sabía en mi corazón, o lo que sabía antes de pisar estas costas grises, eso era otra cuestión. Era yo Olórin en el Oeste que nadie recuerda, y sólo con los que allí se encuentran hablaré sin reservas.

A dice en cambio «y sólo con los que allí se encuentran (o, quizá, con los que allí vuelvan conmigo) hablaré sin reservas».

Entonces, dije:

—Ahora lo comprendo mejor, Gandalf. Aunque supongo que destinado o no, Bilbo podría haberse negado a abandonar su patria, y también yo. Usted no podía obligarnos. Ni siquiera se le permitió que lo intentara. Pero siento todavía curiosidad por saber por qué hizo lo que hizo, siendo como era entonces, y como parecía, un viejo canoso.

Entonces Gandalf les explicó que en aquel tiempo nunca había estado seguro de cuál sería el primer movimiento de Sauron, y les habló de su temor por Lórien y Rivendel. En esta versión, después de decir que asestar un golpe directo contra Sauron era una cuestión más importante que la de Smaug, prosiguió diciendo:

—Por esta razón, para avanzar hacia delante, es por lo que partí, no bien la expedición contra Smaug estuvo ya en marcha, y persuadí al Concilio de que atacáramos Dol Guldur antes de que él atacara Lórien. Así lo hicimos, y Sauron huyó. Pero siempre se nos adelantaba en sus planes. He de confesar que realmente creí que se había retirado, y que quizá tuviéramos otro período de paz vigilante. Pero no duró mucho tiempo. Sauron decidió que le tocaba dar el siguiente paso. Volvió enseguida a Mordor, y a los diez años proclamó sus intenciones.

»Entonces todo se oscureció. Y, sin embargo, ése no era su plan original; y en última instancia resultó ser un error. La resistencia tenía todavía dónde deliberar fuera del alcance de la Sombra. ¿Cómo podría haber escapado el Portador del Anillo si no hubiera existido Lórien o Rivendel? Y esos lugares habrían caído, pienso, si Sauron hubiera volcado primero todo su poder contra ellos en lugar de consumir más de la mitad de sus fuerzas contra Gondor.

»Bien, pues ahí está. Ésa era mi razón principal. Pero una cosa es ver lo que es necesario hacer, y otra muy distinta, encontrar los medios. Empezaba a preocuparme seriamente la situación en el Norte cuando un día me encontré con Thorin Escudo de Roble: a mediados de marzo de 2941, creo. Escuché toda su historia y pensé: Pues bien, ¡éste sí que es un enemigo de Smaug! Y es digno de recibir ayuda. He de hacer lo que pueda. Debí haber pensado antes en los Enanos.

»Y además estaba el pueblo de la Comarca. Empecé a albergar hacia ellos un lugar de afecto en mi corazón en el Largo Invierno, que ninguno de vosotros puede recordar.* Lo pasaron muy mal entonces. Fue uno de los más grandes apuros en los que jamás se habían encontrado: morían de frío y de hambre en el terrible período de escasez que siguió al invierno. Pero fue ésa una ocasión excepcional para ver su coraje y su mutua compasión. Fue por su solidaridad tanto como por su firme y resignado valor por lo que sobrevivieron; y yo quería que siguieran sobreviviendo, pero veía que a las Tierras del Oeste les aguardaba tarde o temprano otra muy dura época, aunque de una clase del todo distinta: la guerra sin clemencia. Para salir con buen fin de ella, les era preciso contar con algo más que lo que ahora tenían. No era fácil decir el qué. Bien, quizá les fuera preciso saber algo más, comprender algo más

---

* En el Apéndice A (II) de *El Señor de los Anillos* se cuenta cómo el Largo Invierno de 2758-2759 afectó a Rohan; y bajo el epígrafe de «La Cuenta de los Años» se menciona que «Gandalf acudió en ayuda del pueblo de la Comarca».

claramente lo que los aguardaba y la situación en la que se encontraban.

»Habían empezado a olvidar: a olvidar sus propios orígenes y leyendas, y a olvidar lo poco que sabían de la grandeza del mundo. La memoria de lo excelso y lo osado no se había aún desvanecido, pero había empezado a quedar sepultada. Pero no es posible enseñarle eso rápido a todo la gente. No había tiempo. Y, de cualquier manera, es necesario empezar en algún punto con alguien. Me atrevo a afirmar que había sido "elegido", y yo sólo era el elegido para elegirlo a él; así que escogí a Bilbo.

—Pues eso es precisamente lo que me interesa saber —dijo Peregrin—. ¿Por qué lo hizo?

—¿Cómo seleccionaría a un Hobbit para un fin semejante? —respondió Gandalf—. No tenía tiempo de examinarlos a todos; pero conocía la Comarca bastante bien por entonces, aunque cuando encontré a Thorin había estado ausente de ella más de veinte años, dedicado a asuntos menos placenteros. De modo que, naturalmente, al pensar en los Hobbits que conocía, me dije: «Quiero una pizca de los Tuk (sólo una pizca, Señor Peregrin) y quiero un buen cimiento de un linaje más sólido, un Bolsón, quizá». Eso señalaba sin vacilaciones a Bilbo. Lo había conocido antes muy bien, cuando había llegado casi a la mayoría de edad, mejor de lo que él me conocía a mí. Me gustaba entonces. Y ahora descubría que «carecía de compromisos» que le impidieran volver a la acción; esto, por supuesto, no lo supe hasta llegar a la Comarca. Me enteré de que no se había casado. Me pareció extraño, aunque adiviné el motivo; y el motivo que adiviné no era el que la mayoría de los Hobbits me dieron: que se había quedado a edad temprana en una buena situación y enteramente dueño y señor de sí mismo. No, adiviné que quería permanecer «libre de compromisos» por alguna razón profunda que él mismo no comprendía, o que no reconocía porque lo alarmaba. No obstante, quería estar libre para partir cuando la oportunidad le llegara o hubiera reunido el valor suficiente. Recordaba cómo me importunaba con preguntas,

cuando era un jovenzuelo, acerca de los Hobbits que ocasionalmente «se habían esfumado», como se decía en la Comarca. Por lo
menos, dos de sus tíos de la rama Tuk lo habían hecho.

Estos tíos eran Hildifons Tuk, que «partió de viaje y no regresó», e
Isengar Tuk (el menor de los doce hijos del Viejo Tuk), de quien «se
dice que se hizo a la mar» cuando joven (*El Señor de los Anillos,* Apéndice C, Árbol genealógico de los Tuk de Grandes Smials).
  Cuando Gandalf aceptó la invitación de Thorin de acompañarlo
a su casa en las Montañas Azules

—... pasamos por la Comarca, aunque Thorin no quiso demorarse
allí lo suficiente como para que ello nos fuera de utilidad. A decir
verdad, creo que el fastidio que me producía su altivo desdén por
los Hobbits fue lo que por primera vez me dio la idea de involu-
crarlo con ellos. Para él no eran sino cultivadores de alimentos
que labraban las tierras a ambos lados del camino ancestral de los
Enanos que lleva a las Montañas.

En esta primera versión, Gandalf contaba por extenso cómo,
después de su visita a la Comarca, volvía al encuentro de Thorin con
el fin de «persuadirlo de que abandonara sus altivos planes y fuera en
secreto, y de que se llevara a Bilbo con él». Esta oración es todo lo que
se incluye en la versión posterior («La aventura de Erebor»).

—Al fin me decidí y fui al encuentro de Thorin. Lo encontré en
cónclave con algunos de sus parientes. Estaban allí Balin y Glóin
y algunos otros.
  »—Bien, ¿qué tiene que decirme? —me preguntó Thorin no
bien me vio.
  »—Esto en primer lugar —le respondí—: sus ideas son las de
un rey, Thorin Escudo de Roble, pero su reino ha desaparecido. Si
se va a restaurar, cosa que dudo, debe hacerse empezando por pequeños pasos. Aquí, desde tan lejos, me pregunto si es plenamente

consciente de la fuerza del gran Dragón. Pero eso no es todo: hay en el mundo una Sombra que crece deprisa y que es mucho más terrible. Se prestarán ayuda mutua. —Y sin duda así habría sido, si yo no hubiera atacado Dol Guldur al mismo tiempo.— La guerra abierta resultaría del todo inútil; y de cualquier manera no podría prepararla. Tendrá que intentar algo más sencillo, y sin embargo más audaz; a decir verdad, algo desesperado.

»—Es usted a la vez vago e inquietante —me dijo Thorin—. Hable con más claridad.

»—Bien, para empezar —dije—, tendrá que iniciar usted mismo esta aventura, y tendrá que hacerlo en secreto. No habrá a su disposición mensajeros, heraldos o desafíos, Thorin Escudo de Roble. A lo sumo podrá llevar con usted unos pocos parientes o seguidores fieles. Pero le hará falta algo más, algo inesperado.

»—¡Nómbrelo! —dijo Thorin.

»—¡Un momento! —dije—. Espera enfrentarse con un Dragón; que no sólo es muy grande, sino viejo y muy astuto. Desde el comienzo de su aventura, debe tener esto en cuenta: su memoria y su sentido del olfato.

»—Naturalmente —me dijo Thorin—. Los Enanos hemos tenido más trato con Dragones que nadie; no está enseñándole a un ignorante.

»—Muy bien —respondí—; pero no me pareció que sus planes tomaran en consideración este punto. Mi plan es un plan de sigilo.* Smaug no duerme sin sueños en ese caro lecho en el que está tendido, Thorin Escudo de Roble. ¡Sueña con Enanos! Puede estar seguro de que explora su estancia día tras día, noche tras noche, hasta estar seguro de que no hay en el aire ni el más ligero olor a Enano antes de retirarse a dormir: un duermevela de oído atento a las pisadas de... los Enanos.

---

* En este punto, en el manuscrito A se omitió una oración quizá sin intención, dado que más adelante Gandalf señala que Smaug nunca había olido a los Hobbits: «También un olor imposible de identificar, al menos para Smaug, el enemigo de los Enanos».

»—Con sus palabras logra usted que ese sigilo suyo parezca algo tan difícil y desesperanzado como un ataque abierto —dijo Balin—. Algo tan difícil que no permite tener ninguna esperanza.

»—Sí, es difícil —respondí—. Pero no tan difícil que no permita tener ninguna esperanza, o no estaría aquí perdiendo el tiempo. Diría yo que es absurdamente difícil. De modo que sugeriré una solución absurda al problema. ¡Llevad a un Hobbit con vosotros! Smaug probablemente nunca ha oído hablar de los Hobbits y es seguro que nunca los ha olido.

»—¿Cómo? —exclamó Glóin—. ¿Uno de esos simplones de la Comarca? ¿De qué puede servir en esta tierra o debajo de la tierra? Cualquiera que fuese su olor, jamás se arriesgaría a que lo olfateara el más desnudo de los dragonzuelos, aun uno recién salido del cascarón.

»—¡Vamos, vamos! —dije yo—, eso no es justo. No sabe demasiado del pueblo de la Comarca, Glóin. Supongo que los considera simples porque son generosos y no regatean; y los cree tímidos porque nunca les vende armas. Está equivocado. De cualquier modo, tengo uno escogido para que lo acompañe, Thorin. Es diestro e inteligente, aunque astuto y nada temerario. Y creo que es valiente, muy valiente, de acuerdo con el estilo de los Hobbits. Son, podría decirse, "bravos en caso de apuro". Tiene que ponerlos en un aprieto antes de saber de qué son capaces.

»—No es posible ponerlos a prueba —respondió Thorin—. Según he observado, hacen todo lo posible por evitar las situaciones de apuro.

»—Eso es muy cierto —dije—. Son un pueblo muy juicioso. Pero este Hobbit es bastante inusitado. Creo que podríamos convencerlo de que se enfrentara a una situación de apuro. Creo que en su corazón desea realmente... tener, como él diría, una aventura.

»—¡No a mis expensas! —dijo Thorin furioso, poniéndose en pie y dando zancadas a uno y otro lado—. Esto no es un consejo. ¡Es una tontería! No me es posible ver qué podría hacer un Hobbit, malo o bueno, por compensar un solo día de retraso, aun cuando fuera posible persuadirlo de que se pusiera en camino.

»—¡No lo podría ver! ¡No lo podría oír, probablemente! —respondí—. Los Hobbits se desplazan sin esfuerzo en silencio, como jamás lo lograría un Enano, ni siquiera en peligro de muerte. Son, creo, las criaturas de pisada más suave de cuantas hay en este mundo. No parece haber observado, Thorin Escudo de Roble, que cuando atravesó la Comarca hizo un ruido (puedo afirmarlo) que los habitantes oyeron a una milla de distancia. Cuando dije que le hacía falta sigilo, lo dije muy en serio: sigilo profesional.

»—¿Sigilo profesional? —exclamó Balin, interpretando mis palabras en un sentido muy distinto al que yo quería darles—. ¿Quiere decir un buscador de tesoros entrenado? ¿Es posible encontrarlos todavía?

»Vacilé. Éste era un nuevo giro y no sabía cómo tomarlo. —Así lo creo —dije por fin—. A cambio de una recompensa van a donde uno no se atreve a ir, o al menos a donde uno no puede ir, para coger lo que uno quiera.

»Los ojos de Thorin refulgieron al despertársele recuerdos de tesoros perdidos, pero al instante dijo con desprecio:

—Un ladrón pagado. Habría que considerarlo si no fuera muy alta la recompensa exigida. Pero ¿qué tiene todo esto que ver con esos aldeanos? Beben en vasos de arcilla y no distinguen una gema de una cuenta de vidrio.

»—Desearía que no siempre hablara con tanta seguridad sin verdadero conocimiento —dije con aspereza—. Esos aldeanos han vivido en la Comarca unos mil cuatrocientos años, y en ese tiempo han aprendido muchas cosas. Han tenido trato con los Elfos y con los Enanos mil años antes de que Smaug llegara a Erebor. Ninguno de ellos posee lo que vuestros antepasados considerarían riquezas, pero encontraréis en sus moradas cosas mucho más hermosas que nada de lo que aquí podríais jactaros, Thorin. El Hobbit que tengo en mente tiene ornamentos de oro, y come en vajilla de plata y bebe vino en copas de cristal finamente tallado.

»—¡Ah! ¡Ya veo a dónde quiere ir! —dijo Balin—. ¿Es un ladrón entonces? ¿Por eso lo recomienda?

»Me temo que de pronto perdí la paciencia y la cautela. Esta presunción de los Enanos de que nadie puede tener o hacer algo "de valor" salvo ellos y que todas las cosas bellas en manos ajenas tienen que haber sido adquiridas, si no robadas, de los Enanos, en uno u otro momento, era más de lo que yo podía soportar entonces.

—¿Un ladrón? —dije riendo—. ¡Pues claro, sí, un ladrón profesional! ¿Cómo, si no, puede un Hobbit tener una cuchara de plata? Pondré el signo de los ladrones en su puerta y lo encontraréis. —Entonces, enfadado, me puse en pie, y dije con un acaloramiento que me sorprendió a mí mismo:— ¡Debe buscar esa puerta, Thorin Escudo de Roble! Hablo en serio. —Y de pronto advertí, en efecto, que lo hacía con mortal seriedad. Esta extravagante idea mía no era una broma, era cierta. Era desesperadamente imprescindible que se llevara a cabo. Era preciso que los Enanos doblegaran sus tiesos pescuezos.

»—¡Escuchadme, pueblo de Durin! —exclamé—. Si persuadís a este Hobbit de que os acompañe, vuestra misión tendrá éxito. De lo contrario, fracasaréis. Si hasta rehusáis intentarlo, he terminado con vosotros. ¡Ya no tendréis consejo ni ayuda de mí hasta que la Sombra os alcance!

»Thorin se volvió hacia mí y me miró con asombro, como debía ser.

—»¡Duras palabras! —dijo—. Muy bien, lo intentaré. Tiene que haber en usted cierto poder de previsión, a no ser que sencillamente esté loco.

»—De acuerdo —dije—. Pero ha de hacerlo con buena fe, y no con la mera esperanza de probar que soy un necio. Ha de ser paciente y no desanimarse con facilidad si la valentía o el deseo de aventura de los que hablo no son fáciles de detectar a primera vista. Él no admitirá tenerlos. Intentará negarse a continuar, pero usted no debe permitírselo.

»—Regatear de nada le valdrá, si a eso se refiere —dijo Thorin—. Le ofreceré una justa recompensa por cada cosa que recobre y no más.

»No era a eso a lo que me refería, pero me pareció inútil decirlo.

»—Hay algo más todavía —proseguí—; tenga listos de antemano todos sus planes y preparativos. ¡Téngalo todo listo! Una vez que él esté persuadido, es preciso que no tenga tiempo de volver a pensárselo. Deberán partir de la Comarca sin demora hacia el este en cumplimiento de su misión.

»—Parece una extraña criatura ese ladronzuelo suyo —dijo un joven enano llamado Fili (sobrino de Thorin, como lo supe más tarde)—. ¿Cuál es su nombre o el nombre que usa?

»—Los Hobbits usan sus verdaderos nombres —dije—. El único que tiene es Bilbo Bolsón.

»—¡Vaya nombre! —dijo Fili, y se echó a reír.

»—Él lo considera muy respetable —dije—; y se le adecua perfectamente; porque es un soltero de edad madura y ya algo fofo y gordo. La comida es en la actualidad lo que más le interesa. Tiene una excelente despensa, según me han dicho, y quizá hasta más de una. Cuando menos, seréis bien recibidos.

»—Ya basta —dijo Thorin—. Si no hubiera dado mi palabra, ahora decidiría no ir. No estoy dispuesto a que se me tome el pelo. Porque yo también soy serio. Mortalmente serio, y el corazón me arde de cólera.

»No le hice ningún caso.

»—Preste atención, Thorin —dije—. Abril acaba y ya está aquí la primavera. Tenga todo listo tan deprisa como pueda. Tengo cierto asunto que atender, pero estaré de regreso en una semana. Cuando vuelva, si todo está en orden, me adelantaré para preparar el terreno. Entonces, lo visitaremos juntos al día siguiente.

»Y con eso me despedí, pues no deseaba que Thorin tuviera más que Bilbo la oportunidad de pensarse el asunto dos veces. El resto de la historia os es bien conocida... desde el punto de vista de Bilbo. Si yo la hubiera escrito, sonaría bastante diferente. Él no estaba enterado de todo lo que ocurría: tuve cuidado, por ejemplo, de que no supiera demasiado pronto que un grupo numeroso de Enanos se acercaba a Delagua, lejos del camino principal y las rondas habituales de los Enanos.

»Fue la mañana del martes 25 de abril de 2941 cuando visité a Bilbo; y aunque sabía poco más o menos a qué atenerme, debo confesar que mi confianza sufrió una buena sacudida. Vi que las cosas serían más difíciles de lo que me había figurado. Pero perseveré. Al día siguiente, el miércoles 26 de abril, llevé a Thorin y a sus compañeros a Bolsón Cerrado; con gran dificultad en lo que a Thorin concernía; al fin cedió con renuencia. Y, por supuesto, Bilbo estaba enteramente atónito y se comportó de manera ridícula. De hecho, desde un principio todo fue mal para mí; y la desdichada idea del "ladrón profesional" que los Enanos tenían metida en la cabeza no mejoró las cosas. Me felicitaba por haberle dicho a Thorin que deberíamos pasar la noche en Bolsón Cerrado, pues necesitábamos tiempo para discutir medios y planes. Eso me daba una última oportunidad. Si Thorin se hubiera ido de Bolsón Cerrado antes de que yo pudiera verlo a solas, mi plan se habría echado a perder.

Se verá que algunos elementos de esta discusión se incorporaron en la versión posterior a la discusión sostenida por Gandalf y Thorin en Bolsón Cerrado. A partir de este punto, la narración en la última versión sigue a la primera muy de cerca, y por tanto no se la incluye aquí, salvo un pasaje del final. En la anterior, Frodo observa que cuando Gandalf dejó de hablar, Gimli se echó a reír.

—Sigue sonando absurdo —dijo— aun ahora, después de ver que todo ha salido bien. Yo conocía a Thorin, por supuesto; y me habría gustado haber estado allí, pero estaba ausente en ocasión de vuestra primera visita. Y no se me permitió participar en la misión: demasiado joven, dijeron, aunque a los sesenta y dos años, me consideraba apto para cualquier cosa. Bien, me alegro de haber escuchado todo el cuento. Si es eso todo. No creo realmente que ni siquiera ahora nos esté diciendo todo lo que sabe.

—Claro que no —dijo Gandalf.

Y después de esto Meriadoc siguió formulándole preguntas a Gandalf acerca del mapa y la llave de Thráin; y en el curso de su réplica (la mayor parte de la cual se conserva en la versión posterior en otro punto de la narración). Gandalf dijo:

—Encontré a Thráin nueve años después de que hubiera abandonado a su pueblo, y había estado en las mazmorras de Dol Guldur cuando menos cinco años. No sé cómo resistió tanto ni cómo se las ingenió para mantener esas cosas ocultas en medio de todos sus tormentos. Creo que el Poder Oscuro no quería nada de él, salvo el Anillo, y cuando se lo hubo quitado, ya no le exigió nada y arrojó al prisionero quebrantado a las mazmorras para que delirara hasta la muerte. Un pequeño descuido; pero resultó fatal. Los pequeños descuidos suelen ser fatales.

4
LA BÚSQUEDA DEL ANILLO

(i)
Del viaje de los Jinetes Negros según lo contó Gandalf a Frodo

Gollum fue capturado en Mordor en el año 3017 y llevado a Barad-dûr, donde fue interrogado y torturado. Cuando hubo averiguado lo que pudo sonsacarle, Sauron lo dejó libre. No confiaba en Gollum, pues adivinaba algo indomable en él que no era posible someter, ni siquiera por la Sombra del Miedo, salvo destruyéndolo. Pero Sauron percibió la profundidad del odio que abrigaba Gollum contra los que le habían «robado», y sospechando que iría en busca de ellos para vengarse, esperaba que los espías de Barad-dûr serían guiados de este modo hacia el Anillo.

Pero no transcurrió mucho antes de que Aragorn capturara a Gollum y lo llevara al norte del Bosque Negro; y aunque los espías de Sauron lo siguieron, no pudieron rescatarlo antes de quedar bajo custodia. Ahora bien, Sauron nunca había hecho caso de los «medianos», aunque había oído hablar de ellos, y aún no sabía dónde se encontraba su tierra. De Gollum, incluso bajo tormento, no había podido obtener ninguna descripción clara, tanto porque el propio Gollum no tenía en verdad ningún conocimiento certero, como porque falseaba siempre lo poco que sabía. Era imposible doblegarlo, salvo por la muerte, tal como Sauron había adivinado, a la vez por causa de su naturaleza mediana y por otra cosa que Sauron, consumido por la codicia del Anillo, no comprendía del todo. Entonces, concibió hacia Sauron un odio aun mayor que el miedo que le provocaba, pues veía en él realmente a su mayor enemigo y rival.

Así fue que se atrevió a fingir que creía que los Medianos habitaban cerca de los sitios donde él había vivido una vez, en los márgenes del Gladio.

Ahora bien, al enterarse Sauron de la captura de Gollum por los jefes de sus enemigos, tuvo prisa y sintió miedo. Sin embargo, los espías y emisarios habituales no pudieron llevarle ninguna nueva. Y esto era en gran parte debido a la vigilancia de los Dúnedain y a la traición de Saruman, cuyos propios servidores estorbaban a los de Sauron o los llevaban por un camino errado. De esto tenía conciencia Sauron, pero su brazo no era todavía lo bastante largo como para alcanzar a Saruman en Isengard. Por tanto, veló el conocimiento que tenía del doble juego de Saruman y ocultó su rabia a la espera del momento oportuno, y se preparó para una gran guerra con la que pretendía barrer a todos sus enemigos hasta precipitarlos en el mar occidental. Por último, resolvió que nadie le serviría en este caso, salvo sus más poderosos servidores, los Espectros del Anillo, que no tenían otra voluntad que la suya, pues todos ellos estaban por entero sometidos al anillo que los había esclavizado, y que se encontraba en manos de Sauron.

Ahora bien, pocos podían oponerse a una de esas feroces criaturas y (creía Sauron) nadie podía resistir ante todas ellas reunidas al mando de su terrible capitán, el Señor de Morgul.

No obstante, tenían este inconveniente para el objetivo actual de Sauron: tan grande era el terror que los precedía (aun invisibles y desnudos) que les era posible a los Sabios advertir que se acercaban y adivinar la misión que traían.

Así fue como Sauron preparó dos ataques, en los que muchos vieron después la iniciación de la Guerra del Anillo. Los desencadenó ambos a un tiempo. Los Orcos atacaron el reino de Thranduil con la orden de atrapar a Gollum; y el Señor de Morgul fue enviado abiertamente a presentar batalla contra Gondor. Estas cosas se hicieron a fines de junio de 3018. Así Sauron puso a prueba la fortaleza y el estado de alerta de Denethor y vio que ambos eran mayores de lo que esperaba. Pero eso lo preocupó poco, pues utilizó escasas fuerzas en el ataque, y su principal propósito era que la salida de los Nazgûl pareciera sólo parte de su política de guerra contra Gondor.

Por tanto, cuando Osgiliath fue tomada y destruido el puente, Sauron detuvo el ataque, y se les ordenó a los Nazgûl que empezaran la búsqueda del Anillo. Pero Sauron no desestimaba los poderes y la vigilancia de los Sabios, y se les ordenó a los Nazgûl que actuaran con tanto secreto como les fuera posible. Ahora bien, por aquel entonces el Capitán de los Espectros del Anillo vivía en Minas Morgul con seis compañeros, mientras que el Segundo Jefe, Khamûl la Sombra del Este, vivía en Dol Guldur como teniente de Sauron, junto con otro Espectro que le servía de mensajero.[1]

El Señor de Morgul, por tanto, condujo a sus compañeros al otro lado del Anduin, desnudo y sin montura e invisible a la mirada, y no obstante provocando el terror de cuanta criatura viviente tuvieran cerca. Fue, quizás, el primer día de julio cuando se pusieron en camino. Avanzaban lentamente y con sigilo por Anórien y cruzando el Vado del Ent, y así llegaron al Páramo, y el rumor de la oscuridad y el temor de los hombres cundieron sin que se supiera por qué. Llegaron a los márgenes occidentales del Anduin algo al norte de Sarn Gebir, donde tenían cita; y allí recibieron caballos y vestidos que habían sido transportados secretamente por el Río. Esto sucedió (se cree) el 17 de julio. Luego se dirigieron al norte en busca de la Comarca, la tierra de los Medianos.

El 22 de julio, poco más o menos, se encontraron con sus compañeros, los Nazgûl de Dol Guldur, en el Campo de Celebrant. Allí se enteraron de que Gollum había eludido a la vez a los Orcos que lo habían capturado de nuevo y a los Elfos que los perseguían, y que había desaparecido.[2] Les dijo también Khamûl que no se habían descubierto moradas de los Medianos en los Valles del Anduin, y que las aldeas de los Fuertes junto al Gladio hacía ya mucho que habían sido abandonadas. Pero el Señor de Morgul, por falta de un mejor designio, decidió seguir la búsqueda por el norte con la esperanza de que quizá se toparan con Gollum y encontraran la Comarca. Que ésta no estaba lejos de la odiada tierra de Lórien no le parecía improbable, si no se encontraba incluso dentro de los cercados de Galadriel. Pero no estaba dispuesto a desafiar el poder del Anillo Blanco ni a entrar en Lórien todavía. Pasando por tanto entre Lórien y las Montañas, los Nueve siguieron cabalgando hacia el norte; y el terror los precedía y permanecía detrás de ellos, pero no encontraron lo que buscaban ni se enteraron de nada que les sirviera.

Por fin retornaron; pero el verano estaba muy avanzado y la cólera y el miedo de Sauron aumentaban. Cuando volvieron al Páramo era ya septiembre; y allí encontraron mensajeros de Barad-dûr con amenazas de su Amo que los llenaron de consternación, aun al Señor de Morgul. Porque Sauron se había enterado ahora de las palabras proféticas escuchadas en Gondor, de la partida de Boromir, de los hechos de Saruman y de la captura de Gandalf. De todas estas cosas concluyó que ni Saruman ni ninguno de los Sabios estaba todavía en posesión del Anillo, pero que Saruman cuando menos sabía dónde podría estar oculto. Sólo la rapidez valdría ahora y no era momento de secretos.

Se ordenó por tanto a los Espectros del Anillo que fueran directamente a Isengard. Cabalgaron velozmente a través de Rohan y el terror de su paso fue tan grande que muchos abandonaron la tierra y se esparcieron en desorden por el norte y el oeste, convencidos de que la guerra del Este venía tras los talones de los caballos negros.

Dos días después de que Gandalf hubiera partido de Orthanc, el Señor de Morgul se detuvo frente a las Puertas de Isengard. Entonces Saruman, a quien la huida de Gandalf llenaba de cólera y miedo, comprendió el peligro de encontrarse entre enemigos, tachado de traidor por ambos. Tuvo mucho miedo, porque la esperanza de engañar a Sauron, o al menos de recibir su favor en la victoria, se había desvanecido para siempre. Ahora él mismo debía obtener el Anillo, o estaba condenado a la ruina y el tormento. Pero todavía era cauteloso y astuto, y había tomado disposiciones en Isengard para el día en que tuviera que enfrentar tan desdichada circunstancia. El Círculo de Isengard era demasiado resistente como para que incluso el Señor de Morgul y sus compañeros pudieran atacarlo sin la ayuda de grandes fuerzas bélicas. Por tanto, el desafío y las exigencias del Señor sólo recibieron la respuesta de la voz de Saruman, que por algún arte de encantamiento parecía salir de la puerta misma.

—No es una tierra lo que buscáis —decía—. Sé lo que buscáis, aunque no lo nombréis. No lo tengo, aunque sin duda vuestros servidores lo saben sin que yo lo diga; porque si lo tuviera, os inclinaríais ante mí y me llamaríais Señor. Y si yo supiera dónde está eso escondido, no me encontraría aquí, sino que hace ya mucho que me habría ido antes de que vosotros lo pudierais coger. Sólo hay uno, adivino, que tenga ese conocimiento: Mithrandir, enemigo de Sauron. Y como hace sólo dos días que abandonó Isengard, buscadlo en las cercanías.

Tal era todavía el poder de la voz de Saruman, que ni siquiera el Señor de los Nazgûl puso en duda lo que decía, aunque fuera falso o disimulara la plena verdad; sin más demora se alejó cabalgando y buscó a Gandalf por las tierras de Rohan. Así fue que al atardecer del segundo día los Jinetes Negros se encontraron con Gríma Lengua de Serpiente cuando iba éste apresurado a comunicarle a Saruman que Gandalf había llegado a Edoras y había advertido al Rey Théoden contra los traicioneros designios de Isengard. En ese momento, Lengua de Serpiente estuvo a punto de morir de miedo; pero, acostumbrado a la traición, habría dicho todo cuanto sabía al menor atisbo de amenaza.

—Sí, sí, lo sé, de veras, Señor —dijo—. Pude oír lo que hablaban en Isengard. La tierra de los Medianos: desde allí vino Gandalf, y allí quiere volver. Sólo necesita ahora un caballo.

»¡Perdonadme! Hablo tan deprisa como puedo. Hacia el oeste a través del Paso de Rohan, y luego hacia el norte y algo hacia el oeste hasta llegar al próximo gran río que bloquea el camino; el Cauce Gris se llama. Desde allí, a partir del cruce de Tharbad, el viejo camino os llevará a sus fronteras. La llaman "la Comarca".

»Sí, es verdad, Saruman la conoce. Desde allí le llegaron mercancías por el camino. ¡Perdonadme, Señor! A nadie le diré nada de nuestro encuentro.

El Señor de los Nazgûl perdonó la vida de Lengua de Serpiente, no por piedad, sino porque vio que tenía tanto miedo que jamás se atrevería a hablar de este encuentro (como así fue, en verdad), y se dio cuenta de que la criatura era maligna, y que probablemente le haría todavía mucho mal a Saruman, si no moría demasiado pronto. De modo que lo dejó tendido en el suelo y siguió adelante y no se cuidó de volver a Isengard. La venganza de Sauron podía esperar.

Entonces dividió su compañía en cuatro pares y cabalgaron por separado, pero él se adelantó con el par de jinetes más veloz. Así, abandonaron Rohan por el oeste, y exploraron la desolación de Enedwaith y llegaron por fin a Tharbad. De allí atravesaron Minhiriath, y aunque aún no cabalgaban todos juntos, un rumor de miedo cundía alrededor de ellos, y las criaturas de las tierras salvajes se escondían y los hombres solitarios escapaban.

Pero a algunos fugitivos los capturaron en el camino; y para deleite del Capitán, dos resultaron ser espías y sirvientes de Saruman. Uno de ellos había tomado parte a menudo en el comercio entre Isengard y la Comarca, y aunque él mismo jamás había estado más allá de la Cuaderna del Sur, tenía mapas trazados por Saruman que describían con toda claridad la Comarca. Los Nazgûl se los quitaron y luego lo enviaron a Bree para que siguiera con sus actividades de espía, pero le advirtieron que estaba ahora al servicio de Mordor y que lo torturarían y lo matarían si alguna vez intentaba volver a Isengard.

La noche ya acababa el vigésimo segundo día de septiembre cuando, de nuevo reunidos, llegaron al Vado de Sarn y las fronteras más meridionales de la Comarca. Las encontraron vigiladas, porque los Montaraces les interceptaron el camino. Pero era ésta una tarea que superaba la capacidad de los Dúnedain; y quizá aun habría sido así si su capitán, Aragorn, hubiera estado con ellos. Pero se encontraba éste ausente en el norte, en el camino del Este cerca de Bree; y hasta los corazones de los Dúnedain flaquearon. Algunos huyeron hacia el norte con la esperanza de llevarle la nueva a Aragorn, pero fueron perseguidos o muertos o dispersados por las tierras yermas.

Algunos todavía se atrevieron a defender el vado, y resistieron mientras duró la luz del día, pero por la noche el Señor de Morgul los barrió y los Jinetes Negros penetraron en la Comarca; y antes de que los gallos cantaran en la madrugada del vigésimo tercer día de septiembre, algunos cabalgaban hacia el norte por el país, mientras Gandalf, montado en Sombragrís, cabalgaba muy atrás por Rohan.

(ii)
Otras versiones de la historia

He decidido reproducir la versión que precede por ser la más acabada como narración; pero hay muchos otros escritos relacionados con estos acontecimientos, que añaden cosas o modifican la historia en detalles importantes. Estos manuscritos resultan confusos y sus relaciones son oscuras, aunque todos sin duda provienen del mismo período, y basta señalar la existencia de otras dos versiones fundamentales además de la aquí impresa (que llamaremos, por comodidad, «A»). Una segunda versión («B») concuerda en gran parte con A en cuanto a su estructura narrativa, pero una tercera («C»), redactada como un esbozo argumental, que comienza en un momento posterior de la historia, introduce algunas diferencias sustanciales, y me inclino a creer que su composición es posterior. Además, existe cierto material («D») que se ocupa más particularmente del papel que Gollum desempeña en los acontecimientos, y varias otras notas relacionadas con este aspecto de la historia.

En D se dice lo que Gollum le reveló a Sauron acerca del Anillo, y el sitio del hallazgo bastó para revelarle a Sauron que se trataba en verdad del Único, pero de su presente paradero sólo pudo averiguar que había sido robado por una criatura llamada *Bolsón* en las Montañas Nubladas, y que ese *Bolsón* provenía de una tierra llamada *Comarca*. Los temores de Sauron se aquietaron cuando entendió, por lo que Gollum le dijo, que *Bolsón* debía de ser una criatura de la misma especie.

Gollum no utilizó la palabra «Hobbit», pues era local y no una palabra universal oestron. Tampoco probablemente «Mediano», pues él mismo lo era y a los Hobbits les desagradaba el nombre. Ésa es la razón por la cual los Jinetes Negros no tenían sino dos datos para su orientación: *Comarca* y *Bolsón*.

Por toda la información reunida resulta claro que Gollum sabía, cuando menos, en qué dirección se encontraba la Comarca; pero aunque sin duda se le habría podido arrancar más con el tormento, era evidente que Sauron no sospechaba que Bolsón proviniera de una región muy distante de las Montañas Nubladas, o que Gollum supiera dónde estaban esas tierras, y supuso que sería posible encontrarlo en los Valles del Anduin, en el mismo sitio donde el propio Gollum había vivido una vez.

Éste era un pequeño error, y muy natural..., pero posiblemente el más importante que cometió Sauron en relación con todo ese asunto. Si no hubiera sido por él, los Jinetes Negros habrían llegado a la Comarca semanas antes.

En el texto B se cuenta algo más acerca del viaje de Aragorn con Gollum cautivo hacia el norte, al reino de Thranduil, y se consideran con mayor detalle las dudas de Sauron acerca de la conveniencia de recurrir a los Espectros del Anillo con el fin de buscar el Anillo.

[Después de ser liberado de Mordor] Gollum no tardó en desaparecer en la Ciénaga de los Muertos, donde los emisarios de Sauron no podían seguirlo o no estaban dispuestos a hacerlo. Ningún otro espía de Sauron podía llevarle noticias. (El poder de Sauron en Eriador era probablemente muy escaso, y tenía allí pocos agentes; y los que enviaba eran a menudo obstaculizados o confundidos por los sirvientes de Saruman). Por tanto, finalmente decidió recurrir a los Espectros del Anillo. No había estado dispuesto a hacerlo antes, hasta que no supiera con precisión dónde se encontraba el Anillo, por varias razones. Eran, con mucho, los más poderosos de sus sirvientes, y los más adecuados para semejante misión, pues estaban esclavizados a los Nueve Anillos, que ahora él mismo guardaba en su poder. Jamás actuaban en contra de la voluntad de Sauron, y si uno de ellos, aunque fuera el Rey Brujo su capitán, se hubiera apoderado del Anillo Único, lo habría llevado a Sauron sin más demora. Pero tenían desventajas en tanto no empezara la guerra abierta (para la cual Sauron no estaba todavía preparado). Todos, excepto el Rey Brujo, eran capaces de perderse a la luz del día si iban solos; y todos, excepto una vez más el Rey Brujo, tenían miedo del agua, y salvo en casos de extrema necesidad, les repugnaba entrar en ella o cruzar una corriente a no ser que pudieran hacerlo por un puente que los mantuviera secos.[3] Además, su arma principal era el terror. Éste era en verdad mayor cuando estaban desnudos, invisibles; y era mayor también cuando se encontraban juntos. De modo que cualquier misión que emprendieran difícilmente podía mantenerse en secreto; y el cruce del Anduin y de otros ríos representaba un obstáculo. Por esas razones Sauron vaciló largo tiempo, pues no quería que sus principales enemigos se enteraran del propósito de sus servidores. Puede suponerse que Sauron no sabía al principio que nadie, salvo Gollum y «el ladrón Bolsón», supiera algo del Anillo. Hasta que apareció Gandalf y lo interrogó,[4] Gollum no sabía que Gandalf tuviera alguna relación con Bilbo, ni siquiera sabía de la existencia de Gandalf.

Pero cuando Sauron se enteró de que sus enemigos habían capturado a Gollum, la situación sufrió un cambio drástico. Cuándo y cómo sucedió, por supuesto, no puede saberse con certeza. Probablemente, mucho después del acontecimiento en cuestión. De acuerdo con Aragorn, Gollum fue apresado al caer la noche del primer día de febrero. Con la esperanza de que ninguno de los espías de Sauron lo advirtiera, Aragorn llevó a Gollum por el extremo norte de las Emyn Muil y cruzó el Anduin justo por encima de Sarn Gebir. A menudo allí se arrojaban montones de leños desde el margen oriental, y atando a Gollum a un tronco, cruzó el río a nado con él, y siguió la marcha hacia el norte por senderos tan hacia el oeste como le fue posible encontrarlos a lo largo de la linde de Fangorn, y así hasta cruzar el Limclaro, luego el Nimrodel y el Cauce de Plata a través del bosque de Lórien,[5] y siguió adelante, evitando Moria y el Valle del Arroyo Sombrío, y cruzó el Gladio hasta que llegó cerca de la Carroca. Allí volvió a cruzar el Anduin con ayuda de los Beórnidas, y entró en el Bosque. Todo el trayecto del viaje, a pie, tuvo aproximadamente novecientas millas, y lo cubrió Aragorn con fatiga en cincuenta días, llegando a Thranduil el 21 de marzo.[6]

Lo más probable es, pues, que los sirvientes de Dol Guldur tuvieran por primera vez noticias de Gollum después de penetrar Aragorn en el Bosque; porque, aunque se suponía que el poder de Dol Guldur llegaba a su término en el Camino del Bosque Viejo, eran muchos los espías que allí había. Evidentemente las noticias tardaron algún tiempo en llegar al jefe Nazgûl de Dol Guldur, y es probable que éste no informara a Barad-dûr en tanto no supiera con mayor precisión el paradero de Gollum. Por tanto, sin duda, abril estaría ya avanzado cuando supo Sauron que Gollum había sido visto otra vez, aparentemente cautivo en manos de un Hombre.

Esto podía significar bien poco. Ni Sauron ni ninguno de sus sirvientes sabían nada de Aragorn todavía, ni de quién era. Pero evidentemente más tarde (pues las tierras de Thranduil estaban estrechamente vigiladas ahora), quizá al cabo de un mes, Sauron oyó la inquietante noticia de que los Sabios tenían conocimiento de Gollum, y de que el mismo Gandalf había ido al reino de Thranduil.

Sauron tuvo que haber sentido entonces cólera y alarma. Decidió recurrir a los Espectros del Anillo no bien pudiera, porque la rapidez y no el sigilo era ahora lo importante. Esperando alarmar al enemigo y perturbar sus designios con el temor de la guerra (que por ahora no intentaba emprender), atacó Thranduil y Gondor casi al mismo tiempo.[7] Tenía estos dos objetivos adicionales: capturar o dar muerte a Gollum o, cuando menos, arrebatárselo a sus enemigos, y forzar el paso del puente de Osgiliath, de modo que los Nazgûl pudieran cruzarlo, y, al mismo tiempo, poner a prueba las fuerzas de Gondor.

En esa ocasión Gollum escapó. Pero el paso del puente fue forzado. Las fuerzas allí utilizadas fueron probablemente mucho menores de lo que creyeron los hombres de Gondor. En el pánico del primer ataque, cuando al Rey Brujo se le permitió revelarse un breve tiempo en todo su terror,[8] los Nazgûl cruzaron el puente por la noche y se dispersaron hacia el norte. Sin desdeñar el valor de Gondor, que, a decir verdad, Sauron encontró mayor de lo esperado, resulta claro que Boromir y Faramir lograron rechazar al enemigo y destruir el puente sólo porque el ataque había tenido éxito en lo que más importaba.

En ninguna parte explica mi padre el temor que los Espectros del Anillo sentían por el agua. En lo que acaba de relatarse, constituye uno de los principales motivos del ataque de Sauron contra Osgiliath, y reaparece en notas detalladas sobre los movimientos de los Jinetes

Negros en la Comarca: así, del Jinete (que era de hecho Khamûl de Dol Guldur, véase nota i), que aparece en el extremo opuesto de la Balsadera de Gamoburgo cuando los Hobbits acababan de cruzar (*La Comunidad del Anillo*, I, 5), se dice que «era perfectamente consciente de que el Anillo había cruzado el río; pero el río era una barrera que impedía darse cuenta de la dirección que había tomado», y el Nazgûl de ningún modo tocaría las aguas «élficas» del Baranduin. Pero no se aclara cómo cruzaron otros ríos que por fuerza tuvieron que encontrarse en el camino, por ejemplo, el Aguada Gris, donde había sólo «un peligroso vado formado por las ruinas del puente» (Apéndice D, «La historia de Galadriel y Celeborn»). Mi padre, por cierto, advirtió que esta idea no era fácil de sostener.

La narración del vano viaje de los Nazgûl por los Valles del Anduin en la versión B es casi igual a la que aquí se ofrece por entero (A), con la diferencia de que en B los asentamientos de los Fuertes no estaban aún totalmente abandonados; y los que allí vivían todavía fueron muertos o expulsados por los Nazgûl.[9] En todos los textos las fechas precisas discrepan ligeramente y también discrepan de las que se dan en «La Cuenta de los Años»; estas diferencias no se han tenido en cuenta aquí.

En D se relata la suerte de Gollum después de escapar de los Orcos de Dol Guldur y antes de que la Comunidad penetrara por las Puertas Occidentales de Moria. Este texto es un borrador y fueron necesarias ciertas correcciones de edición.

Parece claro que Gollum, perseguido a la vez por Elfos y Orcos, cruzó el Anduin posiblemente a nado, y de este modo eludió la persecución de Sauron; pero perseguido todavía por los Elfos, y no atreviéndose a pasar cerca de Lórien (sólo la seducción del Anillo mismo hizo que se atreviera un tiempo después), se escondió en Moria.[10] Eso ocurrió probablemente en el otoño; luego su rastro se perdió definitivamente.

Qué fue de Gollum, por supuesto, no puede saberse con certeza. Era singularmente apto para sobrevivir a apuros semejantes, aunque al precio de grandes sufrimientos; pero corría el peligro de que lo descubrieran los sirvientes de Sauron que acechaban en Moria,[11] especialmente porque sólo robando con gran riesgo podía satisfacer su necesidad básica de comida. Sin duda había tenido la intención de utilizar Moria simplemente como pasaje secreto hacia el oeste, pues su propósito era encontrar él mismo la «Comarca» tan pronto como pudiera; pero se perdió, y tardó largo tiempo en orientarse. Así, pues, parece probable que se hubiera puesto en camino hacia la Puerta Occidental poco antes de que los Nueve Caminantes llegaran. Por supuesto, nada sabía acerca del funcionamiento de las puertas. A él debieron de parecerle enormes e inamovibles; y aunque no tenían cerradura ni tranca y se abrían hacia fuera de un empellón, no lo descubrió. De cualquier modo, se encontraba entonces lejos de toda fuente de alimentos, pues los Orcos rondaban principalmente por el extremo este de Moria, y estaba débil y desesperado, de modo que aun cuando lo hubiera sabido todo sobre las puertas, no las habría podido abrir.[12] Gollum tuvo, pues, la suerte de que los Nueve Caminantes llegaran en el momento preciso.

La historia de la llegada de los Jinetes Negros a Isengard en septiembre de 3018 y la captura de Gríma Lengua de Serpiente tal como se cuenta en A y B, está muy alterada en la versión C, donde la narración empieza sólo cuando los Jinetes vuelven hacia el sur cruzando el Limclaro. En A y B los Nazgûl llegaban a Isengard dos días después de que Gandalf huyera de Orthanc; Saruman les decía que Gandalf se había ido y negaba todo conocimiento acerca de la Comarca,[13] pero era traicionado por Gríma, a quien capturaban al día siguiente mientras iba éste deprisa a Isengard con la noticia de la llegada de Gandalf a Edoras. En C, en cambio, los Jinetes Negros llegaban a las Puertas de Isengard mientras Gandalf estaba todavía prisionero en la torre. En esta narración, Saruman, lleno de miedo y desesperación al comprender de verdad el horror de servir a Mordor, resolvía de pronto ceder ante Gandalf y pedirle perdón y ayuda. Tratando de dar largas ante las puertas, admitía que Gandalf estaba adentro y decía que iría a verlo para averiguar lo que sabía; si no le era posible, les entregaría a Gandalf. Entonces Saruman subía precipitadamente a lo alto de Orthanc... y descubría que Gandalf había desaparecido. A lo lejos, hacia el sur, recortada sobre la luna poniente, vio a una gran Águila que se dirigía a Edoras.

La situación de Saruman era ahora peor. Si Gandalf había escapado quedaba todavía la posibilidad de que Sauron no consiguiera el Anillo y fuera derrotado. En su corazón, Saruman reconocía el gran poder de Gandalf y la extraña «buena fortuna» que lo acompañaba. Pero ahora se encontraba solo para enfrentarse con los Nueve. Su estado de ánimo cambió y su orgullo se reafirmó con la ira provocada por la huida de Gandalf de la inexpugnable Isengard y con la furia de la envidia. Volvió a las Puertas y mintió diciendo que había hecho confesar a Gandalf. No admitió que su conocimiento no procedía de Gandalf, y no se daba cuenta de cuánto sabía Sauron de lo que él pensaba y sentía.[14]

—Yo mismo comunicaré esto al Señor de Barad-dûr —dijo altivo—, con quien hablo desde lejos sobre los grandes asuntos de nuestra incumbencia. Pero todo lo que necesitáis saber sobre la misión que os ha encomendado es dónde se encuentra «la Comarca». Se encuentra, dice Mithrandir, al noroeste de aquí, a unas seiscientas millas, sobre las fronteras del país marino de los Elfos. —Para su deleite, vio Saruman que esto no gustaba ni siquiera al Rey Brujo.— Tenéis que cruzar el Isen por los Vados y luego, rodeando las montañas, dirigíos a Tharbad junto al Cauce Gris. Id deprisa y comunicaré a vuestro amo que así lo habéis hecho.

Estas astutas palabras convencieron incluso al Rey Brujo, por el momento, de que Saruman era un aliado fiel, uno de los de más confianza de Sauron. Enseguida los Jinetes abandonaron las Puertas y cabalgaron deprisa hacia los Vados del Isen. Tras ellos Saruman envió lobos y Orcos en una vana persecución de Gandalf; pero en esto tenía también otros propósitos: mostrar su poder a los Nazgûl, quizá también evitar que permanecieran en las cercanías; y en su enfado quiso causar daño a Rohan y acrecentar el miedo que Lengua de Serpiente estaba levantando en el corazón de Théoden. Lengua de Serpiente había estado en Isengard no mucho antes y estaba entonces regresando hacia Edoras; entre los perseguidores había algunos que le llevaban mensajes.

Cuando se hubo desembarazado de los Jinetes, Saruman se retiró a Orthanc sumido en graves y terribles pensamientos. Parece que decidió dar largas todavía con esperanzas de obtener el Anillo para sí. Pensaba que el rumbo de los Jinetes a la Comarca podría antes estorbarlos que beneficiarlos, porque conocía la guardia de los Montaraces, y creía también (pues sabía de las palabras oníricas oraculares y de la misión de Boromir) que el Anillo estaba ya camino de Rivendel. Sin demora envió a Eriador a todos los espías, pájaros espías y agentes que pudo reunir.

En esta versión, pues, la captura de Gríma por los Espectros del Anillo y la traición de aquél a Saruman no figuran; porque, por supuesto, no hay en este caso tiempo bastante para que Gandalf llegue a Edoras e intente prevenir al Rey Théoden, y para que Gríma parta hacia Isengard a prevenir a Saruman, antes de que los Jinetes Negros hubieran dejado Rohan.[15] La revelación de que Saruman les había mentido la tuvieron del hombre que habían hecho prisionero y que llevaba consigo mapas de la Comarca, y se dicen algunas cosas más de este hombre y de la relación de Saruman con la Comarca.

Cuando los Jinetes Negros estaban más allá del Enedwaith y se acercaban ya por fin a Tharbad, tuvieron lo que era para ellos un buen golpe de fortuna, pero desastroso para Saruman[16] y mortalmente peligroso para Frodo.

Saruman hacía ya mucho que se interesaba por la Comarca: porque también le interesaba a Gandalf, y sospechaba de él; y porque (también en esto imitaba secretamente a Gandalf) se había acostumbrado a la «hoja de los Medianos» y necesitaba aprovisionamiento, pero por orgullo (pues en una ocasión se había burlado de Gandalf por consumir éste la hierba) lo mantenía tan en secreto como le era posible. Más tarde se añadieron otros motivos. Le gustaba extender su poder, especialmente por las provincias de Gandalf, y comprobó que el dinero que podía procurar para la adquisición de la «hoja» le estaba otorgando poder y estaba corrompiendo a algunos de los Hobbits, en especial a los Ciñatiesa, que eran propietarios de muchas plantaciones, y también a los Sacovilla-Bolsón.[17] Pero también había empezado a sentir la certidumbre de que la Comarca estaba relacionada de algún modo con el Anillo en la mente de Gandalf. ¿Por qué montar una guardia tan severa ante ella? Por tanto, empezó a informarse minuciosamente acerca de la Comarca, sus principales personas y familias, sus caminos y otros asuntos. Para esto recurría a Hobbits que vivían en la Comarca, pagados por los Ciñatiesa y los Sacovilla-Bolsón, pero sus agentes eran Hombres de origen dunlendino. Cuando Gandalf rehusó tratar con él, Saruman redobló sus esfuerzos. Los Montaraces tenían sus sospechas, pero no negaron la entrada a los servidores de Saruman, pues Gandalf no estaba en libertad de prevenirlos, y cuando Saruman se fue a Isengard, era todavía considerado un aliado.

Un tiempo atrás, uno de los servidores de Saruman que gozaba de mayor confianza (y que, no obstante, era un bellaco, un proscrito salido de las Tierras Brunas, donde muchos decían que tenía sangre de Orcos) había vuelto de las fronteras de la Comarca, donde había estado negociando la adquisición de «hojas» y otras provisiones. Saruman estaba almacenando materiales en Isengard para abastecerse en caso de guerra. Este hombre volvía ahora para proseguir los negocios y disponer del transporte de muchos artículos antes de que terminara el otoño.[18] Tenía órdenes de entrar también en la Comarca si le era posible, y averiguar si recientemente había abandonado el lugar alguna persona conocida. Estaba bien provisto de mapas, listas de nombres y notas acerca de la Comarca.

Varios Jinetes Negros capturaron a este dunlendino cuando se aproximaba al cruce de Tharbad. Ganado por el pánico, fue arrastrado ante el Rey Brujo e interrogado. Salvó la vida traicionando a Saruman. El Rey Brujo se enteró así de que Saruman había sabido en todo momento dónde se encontraba la Comarca, y que conocía mucho acerca de ella, y que podría y debería haber comunicado estas noticias a los servidores de Sauron, si hubiera sido un verdadero aliado. El Rey Brujo obtuvo también muchos informes, incluyendo alguno sobre el único nombre que le interesaba: *Bolsón.* Fue por este motivo que se escogió Hobbiton como uno de los puntos para una inmediata visita e indagación.

El Rey Brujo tenía ahora una comprensión más clara del asunto. Había sabido algo del país mucho tiempo atrás, en sus guerras con los Dúnedain y, especialmente, de los Tyrn Gorthad de Cardolan, ahora las Quebradas de los Túmulos, cuyas malignas criaturas habían sido enviadas allí por él mismo.[19] Al ver que su Amo sospechaba cierto movimiento entre la Comarca y Rivendel, vio también que Bree (cuya situación conocía) era al menos un punto importante para obtener información.[20] Por tanto, puso la Sombra de Terror sobre el dunlendino y lo envió a Bree como agente. Era el sureño bizco de la Posada.[21]

En la versión B se observa que el Capitán Negro no sabía si el Anillo se encontraba aún en la Comarca; tenía que averiguarlo. La Comarca era demasiado grande para someterla a un ataque violento como el que había llevado a cabo contra los Fuertes; debía utilizar tanto sigilo y tan poco terror como le fuera posible, pero también vigilar las fronteras orientales. Por tanto, envió a algunos de los Jinetes a la Comarca con órdenes de dispersarse mientras la atravesaban; y, de éstos, Khamûl era el que encontraría Hobbiton (véase nota 1), donde vivía *Bolsón,* de acuerdo con los documentos de Saruman. Pero el Capitán Negro estableció un campamento en Andrath, donde el Camino Verde pasaba por un desfiladero entre las Quebradas de los Túmulos y las Quebradas del Sur;[22] y desde allí algunos otros fueron enviados a vigilar y explorar los confines orientales, mientras él visitaba las Quebradas de los Túmulos. En algunas notas acerca de los movimientos de los Jinetes Negros por aquel entonces, se dice que el Capitán Negro se demoró allí unos días, y las criaturas de los Túmu-

los se despertaron y todos los seres de mal espíritu hostiles a los Elfos
y a los Hombres montaron una guardia maligna en el Bosque Viejo y
en las Quebradas de los Túmulos.

(iii)
De Gandalf, Saruman y la Comarca

Otro conjunto de papeles del mismo período comprende un gran
número de narraciones inconclusas acerca de anteriores tratos de Saruman con la Comarca, especialmente en lo que concierne a la «hoja
de los Medianos», tema que también se menciona en relación con el
«sureño bizco» (véase «La búsqueda del Anillo», ii). El texto que sigue
es una versión entre muchas, pero, aunque más breve que la mayoría,
es la más acabada.

Saruman no tardó en sentir envidia de Gandalf, y esta rivali-
dad por fin se convirtió en odio, tanto más profundo cuanto
más disimulado, y también en amargura, porque Saruman
sabía en su corazón que el Caminante Gris tenía mayor influencia que él sobre los habitantes de la Tierra Media, aunque ocultaba sus poderes y no deseaba inspirar reverencia ni
temor. Saruman no lo reverenciaba, pero llegó a temerlo, pues
no sabía con certeza hasta qué punto percibía Gandalf sus íntimos pensamientos, más perturbados por los silencios que
por las palabras del mago. Así fue que abiertamente trató a
Gandalf con menos respeto que a los otros Sabios, y estaba
siempre dispuesto a contradecirlo o hacer poco caso de sus
consejos; mientras que en secreto observaba y ponderaba minuciosamente todo lo que decía, y vigilaba todos sus movimientos en la medida de su capacidad.

Así fue como Saruman empezó a ocuparse de los Medianos y de la Comarca, que de otro modo habría considerado

indignos de su interés. No pensó en un principio que el interés de su rival por este pueblo tuviera relación alguna con las grandes preocupaciones del Concilio y menos aún con los Anillos de Poder. Pues, realmente, al comienzo no había existido esa relación, y se debió luego tan sólo al amor de Gandalf por el Pequeño Pueblo, a no ser que tuviera en el corazón cierta premonición profunda, que escapaba a su vivaz inteligencia. Durante muchos años visitó abiertamente la Comarca, y hablaba de sus gentes a quien quisiera escucharlo; y Saruman se sonreía como si escuchara un cuento ocioso de un viejo vagabundo, pero, no obstante, le prestaba atención.

Al ver entonces que Gandalf consideraba la Comarca digna de ser visitada, él mismo la visitó, pero disfrazado y con sumo secreto, hasta que hubo explorado y observado todos sus caminos y sus tierras, y pensó que había aprendido sobre ella todo lo que había que saber. Y cuando ya no le pareció atinado ni provechoso permanecer allí personalmente, envió espías y sirvientes para que vigilaran las fronteras. Porque aún tenía sospechas. Él mismo había caído tan bajo, que creía que todos los demás miembros del Concilio tenían cada cual objetivos ocultos y de largo alcance para su propio provecho a los que subordinaban todas sus acciones. De modo que cuando mucho después se enteró del hallazgo por el Mediano del Anillo de Gollum, sólo pudo creer que Gandalf lo había sabido desde un principio; y ésta fue su mayor aflicción, pues todo lo que se relacionaba con los Anillos lo consideraba de su ámbito particular. Que la desconfianza que inspiraba a Gandalf fuera merecida y justificada, de ningún modo disminuía su enfado.

La verdad es que en un principio el espionaje y la desmesurada afición al secreto de Saruman no tenían malas intenciones; eran más bien una extravagancia nacida del orgullo.

Los pequeños detalles, aunque parezcan indignos de ser mencionados, pueden sin embargo resultar de gran importancia a la larga. Pero, a decir verdad, al reparar en el amor que Gandalf profesaba a la planta que él llamaba «hierba de pipa» (por la cual, aun a falta de otros motivos, el Pequeño Pueblo, debería ser reverenciado, decía), Saruman había fingido burlarse de ella, pero en secreto la probó y empezó a consumirla; y por esa razón la Comarca siguió teniendo importancia para él. No obstante, temía que esto se descubriera y sus propias burlas se volvieran contra él, y que se rieran de él por imitar a Gandalf y lo despreciaran por hacerlo con disimulo. Ésta era pues la razón de la gran reserva de todos sus tratos con la Comarca, incluso desde un principio, antes de que la menor sombra de duda hubiera caído sobre ella, y cuando aún estaba poco vigilada, abierta libremente para todos los que quisieran entrar en ella. Por esta razón también, Saruman dejó de ir él mismo allí; porque llegó a su conocimiento que no había pasado del todo inadvertido a la aguda mirada de los Medianos, y que algunos, al ver una figura semejante a la de un anciano vestido de gris o de bermejo que andaba sigiloso por los bosques o se internaba en el crepúsculo, lo habían tomado por Gandalf. Después de eso Saruman ya no fue a la Comarca por temor de que tales cuentos pudieran difundirse y llegaran a oídos de Gandalf. Pero Gandalf sabía de estas visitas, y adivinó su motivo, y rio, considerando que éste era el menos peligroso de los secretos de Saruman; pero no se lo dijo a nadie, pues no era de su agrado que nadie fuera sometido a vergüenza. No obstante, no se sintió insatisfecho cuando las visitas de Saruman cesaron, pues ya sospechaba de él, aunque no le era posible prever aún que llegaría el día en que el conocimiento que tenía Saruman de la Comarca sería peligroso y de la mayor utilidad para el Enemigo, poniéndole la victoria casi al alcance de la mano.

En otra versión hay una descripción de la ocasión en que Saruman se burla abiertamente de Gandalf por consumir la «hierba de pipa»:

Ahora bien, por causa del disgusto y el temor que le provocaba, en los últimos días Saruman evitaba a Gandalf y rara vez se encontraban, salvo en las asambleas del Concilio Blanco. Fue en el gran Concilio celebrado en 2851 cuando se habló por primera vez de la «hoja de los Medianos», y el asunto se consideró divertido en ese momento, aunque luego se recordó bajo una luz diferente. El Concilio se reunió en Rivendel, y Gandalf estaba sentado aparte, silencioso, pero fumando prodigiosamente (algo que nunca había hecho antes en tales ocasiones) mientras Saruman hablaba en su contra y sostenía con insistencia que, en oposición al consejo de Gandalf, Dol Guldur no debía ser atacada todavía. Tanto el silencio como el humo parecían molestar mucho a Saruman, y antes de que el Concilio se dispersara, le dijo a Gandalf:

—Cuando se debaten asuntos de peso, Mithrandir, me asombra un poco que juguéis con vuestros juguetes de humo y fuego mientras los demás hablan con seriedad.

Pero Gandalf se echó a reír y replicó:

—No os asombraríais si vos mismo consumierais esta hierba. Descubriríais que el humo librado despeja la mente de las sombras interiores. De cualquier modo, proporciona la paciencia de escuchar errores sin enfado. Pero no es uno de mis juguetes. Es un arte del Pequeño Pueblo del Oeste: alegre y digno pueblo, aunque no de mucho interés, quizá, para vuestros altos designios políticos.

No se sintió Saruman muy apaciguado con esta respuesta (pues odiaba las burlas, aunque fueran benignas) y dijo entonces fríamente:

—Os mofáis, Señor Mithrandir, como es vuestra costumbre. Sé perfectamente que os habéis convertido en un explorador de lo pequeño: hierbas, animalitos salvajes y un pueblecito infantil. Sois libre de disponer de vuestro tiempo como gustéis, si no tenéis nada mejor que hacer; y podéis escoger vuestros amigos donde queráis. Pero para mí los días son demasiado oscuros como para prestar oídos a cuentos de viajeros, y no tengo tiempo para simplezas de campesinos.

Gandalf no rio esta vez; y no respondió, sino que, mirando de manera penetrante a Saruman, inhaló su pipa y exhaló un gran anillo de humo al que siguieron otros varios más pequeños. Entonces levantó la mano como para cogerlos, y se desvanecieron en el aire. Luego se puso en pie y abandonó a Saruman sin añadir una palabra; pero Saruman se quedó un momento en silencio y se le ensombreció la cara de duda y disgusto.

Esta historia aparece en media docena de manuscritos diferentes, y en uno de ellos se dice que Saruman se había vuelto suspicaz,

pues dudaba de si había interpretado correctamente la intención de Gandalf al exhalar anillos de humo (sobre todo, si mostraba alguna conexión entre los Medianos y el importante asunto de los Anillos de Poder, por improbable que esto pudiera parecer); y dudaba de que alguien tan eminente se interesara por un pueblo tan insignificante como el de los Medianos sin otro motivo que el propio valor atribuido a este pueblo.

En otro (tachado) se explica la intención de Gandalf:

Era extraño que Gandalf, enfadado por la insolencia de Saruman, escogiera esta manera de señalarle que sospechaba que el deseo de poseerlos había empezado a incorporarse a su política y a su estudio de la historia de los Anillos; y de advertirle que se le interpondría en el camino. Porque no cabe duda de que Gandalf no había pensado hasta entonces que los Medianos (y aún menos los que fumaban) tuvieran nada que ver con los Anillos.[23] No obstante, cuando más tarde los Medianos quedaron realmente involucrados en tan importante asunto, Saruman sólo pudo pensar que Gandalf lo había sabido o previsto, y que se lo había ocultado a él y al Concilio; y que su propósito era el único que Saruman podía concebir: conseguir el Anillo y excluirlo a él.

En «La Cuenta de los Años» el epígrafe correspondiente a 2851 se refiere a la celebración del Concilio Blanco en ese año, en el que Gandalf insistió en el ataque contra Dol Guldur, y la opinión de Saruman prevaleció sobre la suya; y una nota al pie del epígrafe dice: «Fue luego evidente que Saruman había empezado por entonces a desear la posesión del Anillo Único, y tenía esperanzas de que se revelara de por sí y buscara a su amo, si se dejaba a Sauron en paz por algún tiempo». La historia que precede muestra que Gandalf mismo sospechaba esto de Saruman en el tiempo del Concilio de 2851; aunque mi padre comentó después que, según la historia que contó Gandalf al Concilio de Elrond acerca de su encuentro con Radagast, no sospechó seriamente de la traición de Saruman (o de sus deseos de posesión del Anillo) hasta haber sido hecho prisionero en Orthanc.

NOTAS

1. De acuerdo con el epígrafe correspondiente al año 2951 en «La Cuenta de los Años», Sauron envió a tres de los Nazgûl, y

no a dos, para volver a ocupar Dol Guldur. Ambas versiones pueden conciliarse suponiendo que uno de los Espectros del Anillo hubiera vuelto después a Minas Morgul, aunque creo más probable que la formulación del presente texto quedara suplantada cuando se compiló «La Cuenta de los Años»; y es posible mencionar que en una versión abandonada del presente pasaje había sólo un Nazgûl en Dol Guldur [que no recibe el nombre de Khamûl, sino que se lo menciona como «el Segundo Jefe (el Negro Oriental)»], mientras que otro se quedaba con Sauron para servirle de mensajero principal. De algunas notas en las que se cuentan con detalle los movimientos de los Jinetes Negros en la Comarca, se desprende que era Khamûl el que fue a Hobbiton y habló con el Tío Gamyi, el que siguió a los Hobbits por el camino a Cepeda y el que casi los atrapa en la Balsadera de Gamoburgo [véase «La búsqueda del Anillo» (ii)]. El Jinete que lo acompañaba, al que convocó a gritos en la loma que se cierne sobre Casa del Bosque y con quien visitó al Granjero Maggot, era «su compañero de Dol Guldur». De Khamûl se dice aquí que de todos los Nazgûl era, después del mismo Capitán Negro, el que con más facilidad percibía la presencia del Anillo, pero también aquél cuyo poder más confundido y disminuido quedaba a la luz del día.

2. El terror que le provocaban los Nazgûl hizo que se atreviera a esconderse en Moria. [Nota del autor.]

3. En el Vado del Bruinen, sólo el Rey Brujo y otros dos, directamente seducidos por el Anillo que tenían delante, se atrevieron a internarse en el río; los otros fueron empujados hacia él por Glorfindel y Aragorn. [Nota del autor.]

4. Gandalf, como él mismo contó al Concilio de Elrond, interrogó a Gollum mientras los Elfos de Thranduil lo tenían prisionero.

5. Gandalf contó al Concilio de Elrond que, después de abandonar Minas Tirith, «me llegaron mensajes de Lórien en los que se me decía que Aragorn había ido por ese camino y que había encontrado a la criatura llamada Gollum».

6. Gandalf llegó dos días después, y partió el 29 de marzo temprano por la mañana. Después de la Carroca, obtuvo un caballo, pero tenía que cruzar el Paso Alto por encima de las Montañas. Recibió un caballo descansado en Rivendel y, con toda la prisa de que fue capaz, llegó a Hobbiton el 12 de abril muy tarde, después de un viaje de casi ochocientas millas. [Nota del autor.]

7. Tanto aquí como en «La Cuenta de los Años» la fecha del ataque a Osgiliath es el 20 de junio.

8. Esta afirmación sin duda se relaciona con la historia que cuenta Boromir al Concilio de Elrond acerca de la batalla de Osgiliath: «Un poder había allí que no habíamos sentido antes. Algunos decían que era posible verlo, que era como un gran jinete negro, una sombra oscura bajo la luna».

9. En una carta escrita en 1959, mi padre decía: «Entre 2463 [cuando Déagol el Fuerte encontró el Anillo Único de acuerdo con "La Cuenta de los Años"] y el comienzo de las indagaciones especiales de Gandalf acerca del Anillo (casi 500 años más tarde), [los Fuertes] parecían en verdad haberse extinguido por completo (excepto, por supuesto, Sméagol); o haber huido de la sombra de Dol Guldur».

10. De acuerdo con la nota del autor que precede (nota 2), Gollum huyó a Moria debido al terror que le infundían los Nazgûl; cf. también la sugerencia al principio de esta sección, según la cual uno de los propósitos del Señor de Morgul en su cabalgada al norte más allá de los Gladios era la esperanza de encontrar a Gollum.

11. No eran, de hecho, muy numerosos, según parecía; pero lo bastante como para mantener alejados a cualesquiera intrusos, si no iban mejor armados o equipados que la compañía de Balin y si no eran muy numerosos. [Nota del autor.]

12. De acuerdo con los Enanos, para esto hacía falta que dos empujaran; sólo un Enano muy fuerte podía abrirlas solo. Antes del abandono de Moria, dos centinelas se apostaban dentro de la Puerta Occidental, y uno cuando menos permanecía siempre allí. De este modo una persona sola (y, por tanto, cualquier

intruso o persona que intentara escapar) no podía salir sin permiso. [Nota del autor.]

13. En A, Saruman negaba conocer dónde estaba oculto el Anillo; en B «negaba todo conocimiento de la tierra que buscaban». Pero probablemente esto no es más que una diferencia de redacción.

14. Antes, en esta misma versión, se dice que Sauron había empezado en este tiempo, por medio de las *palantíri,* a intimidar a Saruman, y que, de cualquier modo, le era posible leer sus pensamientos cuando pretendía ocultarle información. De este modo Sauron sabía que Saruman tenía cierta idea del lugar donde se encontraba el Anillo; y Saruman, de hecho, reveló que tenía prisionero a Gandalf, que era el que más sabía.

15. En el epígrafe correspondiente al 18 de septiembre de 3018 en «La Cuenta de los Años» se lee: «Gandalf escapa de Orthanc al amanecer. Los Jinetes Negros cruzan los Vados del Isen». Aunque este detalle es lacónico y no da indicios de que los Jinetes visitaran Isengard, parece basarse en la historia contada en la versión C.

16. En ninguno de estos textos se da indicio alguno de lo que llegó a acaecer entre Sauron y Saruman como consecuencia de haber sido este último desenmascarado.

17. Lobelia Ciñatiesa se casó con Otho Sacovilla-Bolsón; su hijo era Lotho, que se hizo con el mando de la Comarca en tiempos de la Guerra del Anillo, durante la cual fue conocido como «el Jefe». En una conversación con Frodo, Coto el Granjero se refirió a las plantaciones de hierba en las propiedades de Lotho en la Cuaderna del Sur (*El Retorno del Rey,* VI, 8).

18. La ruta habitual era cruzar de Tharbad a las Tierras Brunas (en lugar de dirigirse a Isengard), de donde los productos podían enviarse con mayor disimulo a Saruman. [Nota del autor.]

19. Cf. *El Señor de los Anillos,* Apéndice A (I, iii, *El Reino del Norte y los Dúnedain*): «El fin de los Dúnedain de Cardolan ocurrió en este tiempo [durante la Gran Peste que se desencadenó en Gondor en 1636], y los malos espíritus salidos de Angmar y

Rhudaur entraron en los túmulos desiertos y se instalaron allí».

20. Dado que el Capitán Negro sabía tanto, es quizás extraño que tuviera tan poca idea de dónde se encontraba la Comarca, la tierra de los Medianos; de acuerdo con «La Cuenta de los Años», había ya Hobbits asentados en Bree a principios del siglo xiv de la Tercera Edad, cuando el Rey Brujo fue al norte de Angmar.

21. Véase *La Comunidad del Anillo,* I, 9. Cuando Trancos y los Hobbits abandonaron Bree (*ibid.,* I, 11), Frodo vio un atisbo del dunlendino («una cara cetrina con taimados ojos oblicuos») en la casa de Bill Helechal en los suburbios de Bree, y pensó: «Se parece muchísimo a un trasgo».

22. Cf. las palabras que dirige Gandalf al Concilio de Elrond: «Su capitán permaneció en secreto al sur de Bree».

23. Como la oración final de esta cita lo señala, la significación es: «Gandalf hasta entonces no había pensado que los Medianos en el futuro tendrían alguna conexión con los Anillos». La celebración del Concilio Blanco en 2851 tuvo lugar noventa años antes de que Bilbo encontrara el Anillo.

LAS BATALLAS DE LOS VADOS DEL ISEN

Los principales obstáculos con los que se topaba Saruman para la fácil conquista de Rohan los constituían Théodred y Éomer: eran hombres vigorosos y devotos al Rey, que los tenía en muy alta estima por ser respectivamente su único hijo y el hijo de su hermana; e hicieron todo lo posible por frustrar la influencia que ganó Gríma sobre el monarca cuando su salud había empezado a flaquear. Esto ocurrió a principios del año 3014, cuando Théoden tenía sesenta y seis años; su enfermedad pudo, pues, ser consecuencia de causas naturales, aunque los Rohirrim por lo general vivían hasta los ochenta años y aún más. Aunque pudo haber sido inducida o agravada por venenos sutiles administrados por Gríma. De cualquier modo, la sensación de debilidad y la dependencia que tenía de Gríma eran en gran parte consecuencia de la astucia y la habilidad mostradas por este perverso consejero. La política de Gríma consistía en desacreditar a sus principales opositores ante Théoden y, si le era posible, en desembarazarse de ellos. Le fue imposible, sin embargo, hacerlos disputar entre sí: Théoden, antes de su «enfermedad», había sido muy amado por todos sus parientes y su pueblo, y la lealtad de Théodred y

Éomer permaneció inalterable, aun en su estado de aparente ancianidad. Éomer tampoco era un hombre ambicioso, y el amor y el respeto que sentía por Théodred (trece años mayor que él) sólo eran superados por el amor que sentía hacia su padre adoptivo.[1] Por eso Gríma intentó oponerlos entre sí a los ojos del Rey, pintando a Éomer como un hombre ansioso por acrecentar su autoridad, que actuaba sin consultar al Rey o su Heredero. En este sentido, obtuvo cierto éxito, que dio fruto cuando Saruman logró por fin la muerte de Théodred.

Se vio claramente en Rohan, cuando se conoció la verdad acerca de las batallas de los Vados, que Saruman había dado órdenes especiales de que Théodred debía ser matado a toda costa. En la primera batalla todos sus guerreros más feroces atacaron implacables a Théodred y a su custodia sin consideración alguna por otros acontecimientos de la batalla que, de otra manera, podría haber tenido por resultado una mucho más dañina derrota para los Rohirrim. Cuando Théodred fue muerto por fin, el comandante de Saruman (que sin duda obedecía órdenes) pareció satisfecho por el momento y Saruman cometió el error, fatal como luego se comprobó, de no hacer intervenir más fuerzas de inmediato y luego proceder a la invasión masiva del Folde Oeste;[2] aunque el valor de Grimbold y Elfhelm contribuyó a su demora. Si la invasión del Folde Oeste hubiera empezado cinco días antes, no cabe duda de que los refuerzos venidos de Edoras no habrían llegado al Abismo de Helm, sino que habrían sido derrotados y aplastados en la llanura abierta; y esto suponiendo que Edoras misma no hubiera sido atacada y tomada antes de la llegada de Gandalf.[3]

Se dijo que el valor de Grimbold y Elfhelm contribuyeron a la demora de Saruman, que resultó desastrosa para éste. La crónica que precede quizá subestime su importancia.

El Isen descendía velozmente desde sus fuentes en Isengard, pero en la llanura del Paso se volvía lento hasta que su curso giraba hacia el oeste; luego fluía a través del campo descendiendo por prolongadas cuestas hasta las bajas tierras costeras de los confines de Gondor y Enedwaith, donde se volvía profundo y rápido. Justo encima de esta curva hacia el oeste se encontraban los Vados del Isen. Allí el río era ancho y poco profundo y se abría en dos brazos en torno a un islote sobre un lecho arenoso cubierto de piedras y guijarros arrastrados desde el norte.

Al sur de Isengard, aquél era el único punto por donde podía cruzar el río un gran ejército, sobre todo si iba bien pertrechado y cabalgado. Saruman tenía, pues, esta ventaja: podía enviar a sus tropas a cada lado del Isen y atacar los Vados, si le oponían resistencia, desde ambos extremos. Cualquier fuerza del lado oeste del Isen podía retirarse a Isengard en caso de necesidad. Por otra parte, Théodred podría enviar hombres a través de los Vados, o bien en cantidad suficiente para desencadenar un ataque contra las tropas de Saruman o con intención de defender la cabeza de puente del lado oeste; pero si eran derrotados, no tenían retirada posible, salvo retroceder nuevamente por los Vados con el enemigo en los talones y, posiblemente, esperándolos también en la orilla oriental. Al sur y al oeste, a lo largo del Isen, no tenían modo de volver a su tierra,[4] a no ser que estuvieran provistos para un largo viaje a Gondor Occidental.

El ataque de Saruman no era imprevisto, pero se produjo antes de lo esperado. Los exploradores de Théodred le habían advertido de una reunión de tropas ante las Puertas de Isengard, sobre todo (según parecía) al lado oeste del Isen. Por tanto, montó guardia al este y al oeste en los accesos a los Vados recurriendo a hombres fornidos de a pie reclutados en el

Folde Oeste. Dejando tres compañías de Jinetes junto con manadas de caballos y monturas de reserva, cruzó con el grueso de su caballería: ocho compañías y una compañía de arqueros, cuya tarea era desbaratar el ejército de Saruman antes de que estuviera plenamente preparado.

Pero Saruman no había revelado sus intenciones ni el alcance de sus fuerzas. Estaban ya en marcha cuando Théodred se puso en camino. A unas veinte millas de los Vados, Théodred se topó con su vanguardia y la dispersó con pérdidas. Pero cuando avanzó cabalgando para atacar al grueso del ejército, la resistencia se endureció. El enemigo, de hecho, estaba en posiciones preparadas para el acontecimiento, tras trincheras con hombres armados de picas, y Théodred, en el *éored* de vanguardia, fue detenido en su avance y casi derrotado, porque nuevas fuerzas que venían presurosas de Isengard lo flanqueaban desde el oeste.

Lo libró de la dificultad el ataque de las compañías que venían en pos de él; pero miró hacia el este y quedó consternado. Había sido una mañana poco soleada y con nieblas; pero las nieblas retrocedían ahora por el Paso llevadas por una brisa que soplaba desde el oeste, y a lo lejos, al este del río, divisó otras fuerzas que venían presurosas hacia los Vados, aunque no alcanzaba a ver si eran numerosas. Sin vacilar ordenó una retirada que los Jinetes, bien entrenados en la maniobra, llevaron a cabo en orden y con escasas pérdidas más; pero no se desembarazaron del enemigo ni se distanciaron mucho de él, porque la retirada fue a menudo entorpecida y la retaguardia mandada por Grimbold tuvo que volverse para mantener a raya a los más ansiosos de sus perseguidores.

Cuando Théodred ganó los Vados, el día ya declinaba. Puso a Grimbold al mando de la guarnición de la orilla del oeste, reforzada con cincuenta Jinetes desmontados. Al resto

de los Jinetes y a todos los caballos los hizo cruzar el río, pero
él y su propia compañía montaron guardia en el islote para
cubrir la retirada de Grimbold, si era éste obligado a retroceder. Casi enseguida sobrevino el desastre. Las fuerzas del este
de Saruman llegaron con una velocidad inesperada; eran mucho menos numerosas que las del oeste, pero más peligrosas.
En la vanguardia había algunos jinetes dunlendinos y una
gran manada de seres órquicos montados en lobos, muy temidos por los caballos.[5] Tras ellos venían dos batallones de feroces Uruks, fuertemente armados pero adiestrados para
desplazarse a gran velocidad en trayectos de muchas millas.
Los jinetes y las criaturas montadas en lobos cayeron sobre los
grupos de caballos, dándoles lanzadas, matándolos y disper-
sándolos. La guarnición de la orilla izquierda, sorprendida por
el súbito ataque de los Uruks formados en prietas filas, fue
barrida, y atacaron a los jinetes que acababan de cruzar desde
la orilla oeste antes de que pudieran reagruparse, y aunque lucharon desesperadamente, fueron rechazados de los Vados a lo
largo de la línea del Isen, y perseguidos por los Uruks.

No bien se hubo apoderado el enemigo del extremo oriental de los Vados, apareció una compañía de hombres u hom-
bres-orco (evidentemente preparados para la ocasión), feroces,
vestidos con cota de malla y armados de hachas. Se precipitaron sobre el islote y lo atacaron desde ambos lados. Al mismo
tiempo Grimbold, en la orilla oeste, fue atacado por las fuerzas de Saruman que había en esa orilla del Isen. Al mirar hacia el este, afligido por el estruendo de la batalla y los
espantosos gritos de victoria lanzados por los Orcos, vio a los
hombres armados de hachas que rechazaban a las fuerzas de
Théodred de las orillas del islote hacia la loma no muy alta
que había en su centro, y oyó la fuerte voz de Théodred que
gritaba: ¡A mí, Eórlingas! Casi enseguida Grimbold, llevando

consigo unos pocos hombres que estaban cerca, volvió corriendo al islote. Grimbold, hombre de gran fuerza y estatura, lanzó un ataque tan feroz contra la retaguardia del enemigo, que se abrió camino con otros dos, hasta que llegó a Théodred, acorralado en la loma. Demasiado tarde. Cuando llegó a su lado, Théodred cayó herido por un hombre-orco. Grimbold dio muerte al hombre-orco y se irguió sobre el cuerpo de Théodred creyéndolo muerto; y allí habría muerto también él si no hubiera sido por la llegada de Elfhelm.

Elfhelm había venido cabalgando deprisa por el camino de Edoras conduciendo a cuatro compañías en respuesta a la llamada de Théodred; esperaba la batalla, aunque no antes de unos cuantos días. Pero cerca de la unión del camino con la ruta que venía del Desfiladero,[6] su escolta de la derecha comunicó que habían sido avistados dos individuos a lomos de lobos en los campos. Advirtiendo que no iban bien las cosas, no torció el camino para dirigirse al Abismo de Helm con el fin de pasar la noche, como había planeado, sino que siguió cabalgando a toda velocidad hacia los Vados. El camino para cabalgaduras torcía al noroeste después de unirse con el camino que bajaba del desfiladero, pero una vez más giraba pronunciadamente hacia el oeste al alcanzar la altura de los Vados, a los que se llegaba por un estrecho sendero de unas dos millas de longitud. Elfhelm, pues, no vio ni oyó nada de la lucha entre la guarnición en retirada y los Uruks al sur de los Vados. El sol se había puesto y la luz disminuía cuando se acercó a la última curva del camino, y allí encontró algunos caballos que corrían desbocados y unos pocos fugitivos que le contaron del desastre. Aunque sus hombres y sus caballos estaban ya fatigados, cabalgó tan deprisa como pudo a lo largo del estrecho sendero, y cuando llegó a divisar la orilla del este, ordenó a sus compañías que cargaran.

Esta vez fueron los isengardeanos los sorprendidos. Oyeron el trueno de los cascos y vieron venir, como negras sombras, recortadas sobre el este en penumbra, un gran ejército (tal parecía) con Elfhelm a la cabeza, y junto a él, un estandarte blanco llevado como guía de aquellos que lo seguían. Pocos se quedaron en su puesto. La mayoría huyó hacia el norte, perseguidos por dos de las compañías de Elfhelm. A las otras las hizo desmontar para guardar la orilla del este, pero sin dilación, y con los hombres de su propia compañía, se precipitó hacia el islote. Los portadores de hachas se vieron atrapados entonces entre los defensores supervivientes y el ataque de Elfhelm, con las dos orillas todavía en posesión de los Rohirrim. Siguieron luchando, pero antes de acabar el día fue muerto hasta el último hombre. Elfhelm saltó hacia la loma y allí encontró a Grimbold luchando con dos altos portadores de hachas por la posesión del cuerpo de Théodred. A uno de ellos mató Elfhelm sin demora, y el otro cayó ante Grimbold.

Se agacharon entonces para levantar el cuerpo y vieron que Théodred respiraba todavía; pero vivió sólo lo suficiente para pronunciar sus últimas palabras: «¡Dejadme yacer aquí... para mantener los Vados hasta que llegue Éomer!» Cayó la noche. Se oyó sonar un cuerno penetrante, y un silencio cayó sobre la tierra. El ataque contra la orilla del oeste cesó de pronto, y el enemigo se desvaneció en la oscuridad. Los Rohirrim conservaron los Vados del Isen; pero sus bajas fueron cuantiosas y perdieron también muchos caballos; el hijo del Rey había muerto y ya no tenían jefe, y no sabían qué podría ocurrir aún.

Cuando después de una fría noche sin dormir volvió la luz gris, no había signo de los isengardeanos, salvo los muchos caídos abandonados en el campo. A lo lejos aullaban los lobos, esperando a que los supervivientes se fueran. Muchos

de los hombres dispersados por el súbito ataque de los isengardeanos empezaron a volver, algunos montados todavía,
otros trayendo caballos recobrados. Más tarde, por la mañana, la mayor parte de los Jinetes de Théodred que habían
sido rechazados hacia el sur y río abajo por un batallón de
negros Uruks, volvieron fatigados de la batalla, pero en buen
estado. Lo que tenían que contar era parecido. Se detuvieron
en una colina baja y se aprestaron a defenderla. Aunque habían rechazado a una parte de las fuerzas atacantes de Isengard, la retirada hacia el sur sin provisiones no tenía a la larga
esperanza alguna. Los Uruks habían impedido todo intento
de irrumpir hacia el este y los estaban empujando hacia el
país hostil de la «frontera occidental» de los Dunlendinos.
Pero al prepararse los Jinetes para resistir el ataque, aunque
era entonces plena noche, sonó un cuerno; y pronto descubrieron que el enemigo había partido. Tenían muy pocos caballos para intentar una persecución o aun para actuar como
exploradores, si de algo servía hacerlo por la noche. Al cabo
de un tiempo empezaron, precavidos, a avanzar hacia el norte otra vez, pero no hallaron oposición. Pensaron que los
Uruks habían vuelto para reforzar su dominio de los Vados y
esperaban emprender la batalla allí nuevamente, y se asombraron mucho al comprobar que los Rohirrim dominaban la
situación. Sólo más tarde descubrieron a dónde habían ido
los Uruks.

Así terminó la Primera Batalla de los Vados del Isen. De la
Segunda Batalla no se hizo nunca una crónica tan clara por
causa de los acontecimientos mucho más importantes que
ocurrieron justo después. Erkenbrand del Folde Oeste asumió
el mando de la Marca del Oeste cuando la nueva de la caída
de Théodred le llegó al día siguiente en Cuernavilla. Envió
jinetes mensajeros a Edoras para anunciarlo y para llevar a

Théoden las últimas palabras de su hijo, rogando además que mandaran a Éomer sin demora con toda la ayuda de que pudiera disponerse.[7]

—Que la defensa de Edoras se haga aquí mismo, en el Oeste —decía—, y no se espere a que sea sitiada. —Pero Gríma aprovechó el laconismo de este consejo para favorecer su propia política dilatoria. Sólo después de la derrota a manos de Gandalf se tomó alguna medida. Los refuerzos con Éomer y el mismo Rey se pusieron en camino la tarde del 2 de marzo, pero esa noche se libró y se perdió la Segunda Batalla de los Vados y empezó la invasión de Rohan.

Erkenbrand no acudió él mismo enseguida al campo de batalla. Todo era confusión. No sabía qué fuerzas podría reunir deprisa; tampoco le era posible todavía estimar con exactitud las pérdidas de las tropas de Théodred. Juzgó sin equivocarse que la invasión era inminente, pero que Saruman no se atrevería a avanzar hacia el este para atacar Edoras en tanto la fortaleza de Cuernavilla no quedara reducida, pues contaba con hombres y estaba bien guardada. En esta empresa y el reclutamiento de tantos hombres del Folde Oeste como pudiera encontrar, estuvo ocupado durante tres días. El mando en el campo lo dio a Grimbold hasta que él mismo acudiera; pero no asumió el mando sobre Elfhelm y sus jinetes, que pertenecían a la Nómina de Edoras. Los dos comandantes eran, sin embargo, amigos, y ambos hombres leales y juiciosos, y no había desacuerdo entre ellos; el ordenamiento de las fuerzas fue un compromiso entre opiniones divergentes. Elfhelm sostenía que los Vados no tenían ya importancia, y que en verdad eran una trampa en la que podían caer hombres que hubieran estado mejor apostados en otro sitio, pues evidentemente no le sería difícil a Saruman enviar fuerzas a ambas orillas del Isen cuando le pareciera oportuno; y su propósito inmediato sería sin duda invadir el Folde Oeste y sitiar Cuernavilla antes de que pudiera llegar de Edoras una ayuda efectiva. Por tanto, su ejército o la mayor parte de él bajaría a lo largo de la orilla este del Isen; porque, aunque por allí, siendo un terreno áspero y desprovisto de caminos, el avance sería más lento, no tendría que abrirse paso por los Vados. Aconsejó por tanto Elfhelm que los Vados se abandonaran; todos los hombres disponibles de a pie serían apostados sobre el lado del este y situados de modo tal que pudieran interceptar el avance del enemigo: una prolongada línea de terreno ascendente que iba de oeste a este a unas pocas millas al norte de los Vados; pero la caballería tenía que ser trasladada hacia el este hasta un punto desde el cual, cuando el avance del enemigo se topara con la defensa, se pudiera atacar con la máxima eficacia el flanco derecho, y así, empujarlos al río.

—¡Que el Isen sea una trampa para ellos y no para nosotros!

Grimbold, en cambio, no estaba dispuesto a abandonar los Vados. Esto era en parte una consecuencia de la tradición del Folde Oeste en la que él y Erkenbrand habían sido criados, pero no dejaba de tener en parte razón.

—No sabemos —dijo— las fuerzas que Saruman manda todavía. Pero si es en verdad su propósito asolar el Folde Oeste y empujar a sus defensores al Abismo de Helm para hacerlos allí prisioneros, tienen que ser muy grandes. Es improbable que las despliegue a todas de una vez. No bien adivine o descubra cómo hemos dispuesto a nuestra defensa, sin duda enviará grandes fuerzas a toda velocidad desde Isengard, y después de cruzar los Vados sin defensa, nos atacará por la retaguardia, si estamos todos reunidos en el norte.

Por fin Grimbold apostó hombres en el extremo occidental de los Vados, la mayor parte de sus soldados de a pie; ocupaban una fuerte posición en las fortalezas que protegían las vías de acceso. Él permaneció con el resto de sus hombres, incluidos los que le quedaban de la caballería de Théodred, en la orilla este. El islote fue dejado vacío.[8] Elfhelm se retiró con sus Jinetes y tomó posiciones sobre la línea donde había deseado que se apostara el grueso de la defensa; su propósito era divisar tan pronto como fuera posible cualquier ataque que viniera del este del río, y desbaratar a las fuerzas atacantes antes de que pudieran llegar a los Vados.

Todo fue mal, como muy probablemente habría sucedido en cualquier caso: las fuerzas de Saruman eran excesivas. Empezó su ataque de día, y antes del mediodía del 2 de marzo, un fuerte batallón de sus mejores guerreros, avanzando por el camino de Isengard, atacó los fuertes al oeste de los Vados. Esta tropa, de hecho, no era sino una pequeña parte de las fuerzas con que contaba entonces, no más que lo que consideró suficiente para eliminar la defensa debilitada. La guarnición de los Vados, aunque vastamente superada en número, resistió, no obstante, con firmeza. Pero por fin, cuando en los dos fuertes se libraba encarnizada lucha, una tropa de Uruks se abrió camino entre ellos y empezó a cruzar los Vados. Grimbold, que confiaba en que Elfhelm rechazaría el ataque sobre el lado este, avanzó con todos los hombres que le quedaban y los obligó a retroceder... por un tiempo. Pero el comandante enemigo hizo intervenir a un batallón inactivo hasta el momento y quebrantó las defensas. Grimbold tuvo que retirarse cruzando el Isen. No faltaba mucho para que el sol se pusiera. Había sufrido grandes pérdidas, pero se las había infligido aún mayores al enemigo (Orcos en su mayoría) y retenía todavía con firmeza la posesión de la orilla este. El enemigo no intentó cruzar los Vados y abrirse camino luchando por las empinadas cuestas; mejor dicho, no lo intentó todavía.

Elfhelm no había podido tomar parte en esta acción. En el crepúsculo reunió a sus compañías y se retiró hacia el campamento de Grimbold colocando a sus hombres en grupos a cierta distancia de él para que sirvieran de pantalla de protección contra los ataques venidos del norte y del este. Del sur no esperaban mal alguno y tenían esperanzas de que desde allí les llegara socorro. Después de retirarse cruzando los Vados, se habían despachado sin demora mensajeros montados a Erkenbrand y a Edoras que llevarían las noticias de su apuro. Temiendo o, mejor, sabiendo que todavía sufrirían mayores males en breve plazo a no ser que les llegara deprisa una ayuda inesperada, los defensores se preparaban para impedir de cualquier modo el avance de Saruman antes de ser desbordados por él.[9] La mayor parte veló las armas, y sólo unos pocos, por turnos, intentaron descansar y dormir brevemente. Grimbold y Elfhelm permanecieron insomnes a la espera del alba y temiendo lo que ésta pudiera depararles.

No tuvieron que esperar demasiado. No era todavía medianoche, cuando desde el norte se vieron puntos de luz roja que se acercaban al oeste del río. Era la vanguardia de todo el resto de las fuerzas de Saruman que se disponía a batallar ahora por la conquista del Folde Oeste.[10] Venía a gran velocidad, y de pronto todas las huestes parecieron estallar en llamas. Se encendieron centenares de antorchas con las que portaban los conductores de las tropas, y uniéndose a la corriente de las fuerzas que ya estaban apostadas en la orilla oeste, cruzaron los Vados como un río de fuego con gran estrépito de odio. Una gran compañía de arqueros podría haber logrado que el enemigo lamentara la luz de las antorchas, pero Grimbold tenía sólo un puñado de ellos. No le era posible retener la orilla este y se retiró formando un gran escudo en torno al campamento. Pronto fue rodeado y los atacantes arrojaron antorchas entre ellos, y algunas las hicieron volar muy altas por sobre las cabezas de los muros del escudo con la esperanza de prender fuego a los almacenes de provisiones y aterrar a los pocos caballos que todavía le quedaban a Grimbold. Pero el escudo resistió; pues, como los Orcos no resultaban tan eficaces en este tipo de lucha por su escasa estatura, se arrojaron contra él feroces compañías de Dunlendinos, los hombres de las colinas. Pero a pesar del odio que les profesaban, los Dunlendinos todavía temían a los Rohirrim si se topaban con ellos cara a cara y eran además menos hábiles en las artes de la guerra, y no estaban tan bien armados.[11] El escudo todavía resistió.

En vano esperaba Grimbold que le viniera ayuda de Elfhelm. No le llegó. Por fin decidió llevar a cabo el plan que ya se había trazado en caso de encontrarse en posición tan desesperada. Había terminado por reconocer el tino de Elfhelm y comprendía que, aunque sus hombres siguieran luchando hasta que el último pereciera, y así lo harían si se les ordenaba, semejante valor de nada le valdría a Erkenbrand: cualquier hombre que pudiera liberarse del cerco y huir hacia el sur resultaría más útil, aunque pareciera menos glorioso.

Hasta entonces el cielo nocturno había estado nublado y oscuro, pero la luna creciente empezó a resplandecer entre nubes errantes. Un viento soplaba desde el este, anunciando la gran tormenta que pasaría sobre Rohan y estallaría en el Abismo de Helm a la noche siguiente. Grimbold cobró conciencia de pronto de que la mayor parte de las antorchas se habían extinguido y de que la furia del ataque había menguado.[12] Por tanto, sin demora hizo montar a los pocos Jinetes que disponían de caballo todavía, no más de medio *éored*, y los puso al mando de Dúnhere.[13] El escudo se abrió por el lado del este y los Jinetes lo atravesaron rechazando en esa parte a los atacantes; luego, dividiéndose y girando, cargaron contra el enemigo por el norte y el sur del campamento. La súbita maniobra por un momento tuvo buenos resultados. El enemigo quedó confundido y consternado; muchos creyeron en un principio que una gran fuerza de Jinetes había venido desde el este. Grimbold, por su parte, quedó de a pie con una retaguardia de hombres escogidos de antemano, y cubiertos durante un rato por estos hombres y los Jinetes mandados por Dúnhere, los demás se retiraron tan deprisa como pudieron. Pero el comandante de Saruman no tardó en advertir que el escudo estaba roto y que los defensores huían. Afortunadamente la luna había sido alcanzada por las nubes y todo estaba a oscuras otra vez, y él tenía prisa. No permitió que sus tropas se adelantaran demasiado en la oscuridad en persecución de los fugitivos ahora que los Vados estaban en su poder. Reunió a sus tropas en las mejores condiciones que pudo y se dirigió hacia el Camino del Sur. Así fue que la mayor parte de los hombres de Grimbold sobrevivieron. Se dispersaron en la noche, pero, como él había ordenado, se alejaron del Camino al este de la gran curva donde gira en dirección oeste hacia el Isen. Sintieron alivio y también asombro al no toparse con enemigo alguno, pues no sabían que un gran ejército se había puesto en marcha hacia el sur ya hacía algunas horas y que Isengard no tenía apenas otra protección que la resistencia de sus muros y puertas.[14]

Por esta razón no le había llegado ayuda de Elfhelm. Más de la mitad de las fuerzas de Saruman habían sido enviadas hacia el este del Isen. Avanzaban más lentamente que la división occidental, porque el terreno era más agreste y no tenía camino; y no portaban luces. Pero delante de ellos, veloces y en silencio, avanzaban varias tropas de los temidos jinetes de lobos. Antes de que Elfhelm tuviera noticias de la aproximación de los enemigos por el lado del río que él ocupaba, los jinetes de lobos se interponían entre él y el campamento de Grimbold; y estaban también intentando rodear a cada uno de los pequeños grupos de Jinetes. La oscuridad era grande y todas sus fuerzas estaban en desorden. Reunió a todos los que pudo en un cuerpo cerrado de hombres a caballo, pero fue obligado a retirarse hacia el este. No pudo llegar a Grimbold, aunque sabía que se encontraba en apuros, y estaba por acudir en su ayuda cuando los jinetes de lobos lo atacaron. Pero presintió también con acierto que los jinetes de lobos no eran sino la avanzadilla de una fuerza demasiado grande, y él no podría impedir que avanzaran hacia el Camino del Sur. La noche se agotaba; no tenía otra cosa que hacer sino aguardar el alba.

Lo que siguió resulta menos claro, pues sólo Gandalf conoció toda la verdad. Sólo recibió noticias del desastre estando muy avanzada la tarde del 31 de marzo.[15] El Rey estaba en un punto no muy lejano hacia el este de la unión del camino con el ramal que iba a Cuernavilla. Desde allí sólo había unas noventa millas en línea directa hasta Isengard y Gandalf tuvo que haberse lanzado a la carrera montado en Sombragrís. Llegó a Isengard al caer la noche[16] y partió otra vez en no más de veinte minutos. Tanto en el viaje de ida, cuando el camino directo tuvo que haberlo llevado cerca de los Vados, como en el de regreso hacia el sur para reunirse con Erkenbrand, debió de encontrarse con Grimbold y Elfhelm. Éstos se convencieron de que actuaba en nombre del Rey, no sólo por aparecer montado en Sombragrís, sino también porque conocía el nombre del mensajero Ceorl y el mensaje que éste portaba; y consideraron una orden el consejo que les dio.[17] A los hombres de Grimbold los envió hacia el sur para que se unieran a Erkenbrand...

NOTAS

1. Éomer era hijo de Théodwyn, hermano de Théoden, y de Éomund del Folde Este, el principal Mariscal de la Marca. Los Orcos mataron a Éomund en 3002, y Théodwyn murió poco después; sus hijos Éomer y Éowyn fueron recogidos en casa del Rey Théoden, para que vivieran con Théodred, el único hijo del Rey. (*El Señor de los Anillos,* Apéndice A, II.)

2. Los Ents no fueron aquí tenidos en cuenta, como nadie los tenía en cuenta, salvo Gandalf. Pero a no ser que éste hubiera logrado el levantamiento de los Ents varios días antes (como a juzgar por la narración era evidentemente imposible), Rohan no se habría salvado. Los Ents podrían haber destruido Isengard y aun capturado a Saruman (si después de la victoria no hubiera éste seguido a su ejército). Los Ents y los Ucornos, con la ayuda de los Jinetes de la Marca del Este todavía no comprometidos, podrían haber destruido las fuerzas de Saruman en Rohan, pero la Marca habría quedado en ruinas y sin conducción. Aun si la Flecha Roja hubiera hallado a alguien con autoridad para hacerse cargo de ella, la llamada de Gondor no se habría escuchado, o, en el mejor de los casos, unas pocas compañías de hombres cansados habrían llegado a Minas Tirith, demasiado tarde, salvo para perecer junto con ella. [Nota del autor.] En relación con la Flecha Roja, véase *El Retorno del Rey,* I, 3; le fue llevada a Théoden por un mensajero montado de Gondor como señal del apuro en que se encontraba Minas Tirith.

3. La primera batalla de los Vados del Isen, en la que Théodred fue muerto, se libró el 25 de febrero; Gandalf llegó a Edoras siete días después, el 2 de marzo (*El Señor de los Anillos,* Apéndice B, año 3019). Véase nota 7.

4. Más allá del Paso, la tierra entre el Isen y el Adorn formaba nominalmente parte del reino de Rohan; pero aunque Folcwi-

ne la había recuperado expulsando a los Dunlendinos que la habían ocupado, el pueblo que allí quedaba era en su mayoría de sangre mezclada, y no era muy firme su lealtad a Edoras: se recordaba todavía que el Rey Helm había dado muerte a su señor, Freca. A decir verdad, por este tiempo estaban más dispuestos a ponerse del lado de Saruman, y muchos de sus guerreros se habían sumado a sus fuerzas. De cualquier modo, no había manera de entrar en sus tierras desde el oeste, salvo que se fuera un audaz nadador. [Nota del autor.] La región entre el Isen y el Adorn se declaró parte del reino de Eorl en tiempos del Juramento de Cirion y Eorl: véase «Cirion y Eorl y la amistad de Gondor y Rohan» (iii).

En el año 2754, Helm Mano de Martillo, Rey de la Marca, mató con el puño a su arrogante vasallo Freca, señor de las tierras del otro lado del Adorn; véase *El Señor de los Anillos*, Apéndice A (II).

5. Eran muy rápidos y hábiles para evitar a los hombres formados en disposición de batalla y se dedicaban sobre todo a destruir grupos aislados o a perseguir fugitivos; pero en caso de necesidad pasaban con implacable ferocidad a través de toda brecha en medio de compañías de caballería, abriendo el vientre de los caballos. [Nota del autor.]

6. [El Desfiladero, el Bajo, *Deeping* en inglés.] Mi padre observó en otra parte que el *Deeping-coomb* (Valle del Bajo) y el *Deeping-stream* (Corriente del Bajo) debían escribirse preferentemente así, «pues *Deeping* no es una forma verbal, e indica una relación: el *coomb* o valle profundo que pertenece al *Deep* (*Helm's Deep* o Abismo de Helm) al que conducía». (Véanse las notas sobre la Nomenclatura para asistencia de los traductores en *A Tolkien Compass*, preparado por Jared Lobdell, 1975.)

7. Los mensajes no llegaron a Edoras hasta el mediodía del 27 de febrero. Gandalf llegó allí temprano por la mañana el 2 de marzo (¡febrero tenía 30 días!): de modo que no habían transcurrido cinco días completos como dijo Gríma, cuando la noticia le llegó al Rey. [Nota del autor.] Se hace referencia a *Las Dos Torres*, III, 6.

8. Se dice que levantó estacas en torno al islote en las que estaban clavadas las cabezas de los portadores de hachas que habían sido muertos allí, pero sobre el montículo de Théodred, levantado apresuradamente, en el medio, puso su estandarte.

—Ésa será defensa suficiente —dijo. [Nota del autor.]

9. Esto, se dijo, fue resolución de Grimbold. Elfhelm no lo abandonó entonces, pero si él hubiera estado al mando habría dejado atrás los Vados al abrigo de la noche y se hubiera retirado hacia el sur al encuentro de Erkenbrand con el propósito de sumarse a las fuerzas todavía disponibles para la defensa del Valle del Bajo y de Cuernavilla. [Nota del autor.]

10. Ésta era la gran horda que Meriadoc vio partir de Isengard, como se lo contó más tarde a Aragorn, Legolas y Gimli (*Las Dos Torres,* III, 9): «Yo vi partir al enemigo: filas interminables de Orcos en marcha; y tropas de Orcos montados sobre grandes lobos. Y también batallones de Hombres. Muchos llevaban antorchas y pude verles las caras a la luz... Tardaron una hora en franquear las puertas. Algunos bajaron por la carretera hacia los Vados, y otros se desviaron por un canal muy profundo. Habían construido un puente».

11. No llevaban armadura; sólo algunos usaban una cota, obtenida en robos o saqueos. Los Rohirrim tenían la ventaja de haber sido pertrechados por los herreros de Gondor. En Isengard todavía no había sino las mallas pesadas y torpes de los Orcos, hechas para sus propios usos. [Nota del autor.]

12. Parece que la valiente defensa de Grimbold no había sido del todo inútil. Había sido inesperada y el comandante de Saruman llegó tarde: se había demorado algunas horas cuando la intención había sido que barriera los Vados, dispersara las débiles defensas, y sin perder tiempo en perseguirlas, se diera prisa en llegar al camino y seguir luego hacia el sur para sumarse a las fuerzas que atacarían el Desfiladero. Ahora dudaba. Esperaba, quizás, alguna señal del otro ejército que había sido enviado al lado este del Isen. [Nota del autor.]

13. Un valiente capitán, sobrino de Erkenbrand. Gracias a su coraje y habilidad sobrevivió al desastre de los Vados, pero cayó en la batalla del Pelennor para gran dolor del Folde Oeste. [Nota del autor.] Dúnhere era Señor del Valle Sagrado (*El Retorno del Rey*, V, 3).

14. La oración no resulta muy clara, pero por lo que sigue, parece referirse a esa parte del gran ejército de Isengard que avanzó por la orilla este del Isen.

15. La noticia fue llevada por el Jinete Ceorl, quien, al volver de los Vados, se encontró con Gandalf, Théoden y Éomer, que cabalgaban hacia el oeste con refuerzos de Edoras: *Las Dos Torres*, III, 7.

16. Como la narración lo sugiere, Gandalf debía de haber tenido ya contacto con Bárbol y sabía que la paciencia de los Ents se había agotado; y había leído también la significación de las palabras de Legolas (*Las Dos Torres*, III, 7, al principio del capítulo): Isengard estaba velada por una sombra impenetrable, los Ents ya la habían rodeado. [Nota del autor.]

17. Cuando Gandalf llegó con Théoden y Éomer a los Vados del Isen después de la batalla de Cuernavilla, les explicó: «A algunos [hombres] les envié con Grimbold del Folde Oeste y les ordené que se unieran a Erkenbrand; a otros les encomendé la tarea de hacer esta tumba. En estos momentos siguen a su mariscal, Elfhelm. Le he enviado con muchos Jinetes a Edoras» (*Las Dos Torres*, III, 8). El presente texto termina en medio de la frase siguiente.

APÉNDICE

(i)

En algunos escritos relacionados con el presente texto se dan otros detalles sobre los Mariscales de la Marca en el año 3019 y después del fin de la Guerra del Anillo:

Mariscal de la Marca era el más alto rango militar y el título de los lugartenientes del Rey (originalmente tres), comandantes de las fuerzas reales de Jinetes plenamente equipados y entrenados. La sede del Primer Mariscal era la capital, Edoras, y las Tierras del Rey adyacentes (con inclusión del Valle). Comandaba a los Jinetes de las Filas de Edoras, reclutados en este sitio y en ciertas partes de las Marcas deOeste y Este,* por lo que Edoras era el lugar más adecuado para celebrar asambleas. Al Segundo y al Tercer Mariscales se les asignaban mandos de acuerdo con las necesidades del momento. A principios del año 3019, Saruman era una grave amenaza, y el Segundo Mariscal, Théodred, el hijo del Rey, tenía a su mando la Marca del Oeste, en el Abismo de Helm; el Tercer Mariscal, Éomer, el sobrino del Rey, tenía su sede en la Marca del Este en su lugar de nacimiento, Aldburgo, en el Folde.**

En los días de Théoden no había nadie asignado para el cargo de Primer Mariscal. Cuando accedió al trono era muy joven (tenía treinta y dos años), vigoroso y de espíritu marcial y gran jinete. En caso de guerra, le correspondía a él mismo comandar las Filas de Edoras; pero en su reino hubo paz durante muchos años, y cabalgaba con sus caballeros y sus hombres sólo para ejercitarse y hacer desfiles; no obstante, la sombra de Mordor, otra vez despierta, creció más y más desde su infancia hasta su vejez. Durante esta paz, los Jinetes y otros hombres armados de la guarnición de Edoras estaban gobernados por un oficial con rango de mariscal (en los años 3012-3019 éste fue el cargo que tuvo Elfhelm). Cuando Théoden envejeció prematuramente, según parece, esta situación siguió inalterada, y no había mando central efectivo: un estado de cosas estimulado por su consejero Gríma. El Rey, que se había

---

* Éstos eran términos sólo utilizados en la organización militar. Sus confines eran el río Nevado hasta unirse con el Entaguas y, desde allí, hacia el norte a lo largo del Entaguas. [Nota del autor.]

** Aquí tenía Eorl su casa; despúes de que Brego, hijo de Eorl, se trasladó a Edoras, pasó a manos de Eofor, tercer hijo de Brego, del que Éomund, padre de Éomer, decía descender. El Folde formaba parte de las Tierras del Rey, pero Aldburgo se mantuvo como la base más conveniente para las Filas de la Marca del Este. [Nota del autor.]

vuelto decrépito y rara vez abandonaba su casa, tomó la costumbre de impartir órdenes a Háma, Capitán de la Real Casa, a Elfhelm y aun a los Mariscales de la Marca, por boca de Gríma Lengua de Serpiente. Esto no era del gusto de nadie, pero las órdenes se obedecían, por lo menos, en Edoras. En lo que concierne a la lucha, cuando empezó la guerra con Saruman, Théodred, sin que mediaran órdenes, asumió el mando general. Reunió a los efectivos que había en Edoras y puso una gran parte de los Jinetes al mando de Elfhelm para reforzar las Filas del Folde Oeste y ayudarlas a resistir la invasión.

En tiempos de guerra o de desorden cada Mariscal de la Marca tenía a sus órdenes inmediatas, como parte de su «casa» (es decir, acuartelados en su residencia), un *éored* pronto para la batalla, al que podía recurrir en casos de urgencia de acuerdo con su propio criterio. Esto es lo que en realidad había hecho Éomer;* pero se le acusó, por inspiración de Gríma, de que el Rey en este caso le había prohibido disponer de las fuerzas aún sin compromiso de la Marca del Este para sacarlas de Edoras; de que sabía del desastre de los Vados y de la muerte de Théodred antes de perseguir a los Orcos por el remoto Páramo, y también de que, en contra de órdenes generales, había dejado ir en libertad a extranjeros y aun les había prestado caballos.

Después de la caída de Théodred, el mando de la Marca del Oeste (una vez más sin que mediaran órdenes de Edoras) fue asumido por Erkenbrand, Señor del Valle del Bajo, y de otras tierras del Folde Oeste. En su juventud, como muchos señores, había sido oficial de los Jinetes del Rey, pero ya no lo era. Se lo consideraba, sin embargo, el principal señor de la Marca del Oeste, y como su pueblo corría peligro, era su deber y su derecho reunir a todos los que pudieran portar armas y oponer resistencia a la invasión.

* Es decir, cuando Éomer persiguió a los Orcos, que habían hecho prisioneros a Meriadoc y Peregrin y descendieron a Rohan desde las Emyn Muil. Las palabras de Éomer a Aragorn fueron: «Me puse a la cabeza de mis *éoreds*, hombres de mi propia Casa» (*Las Dos Torres*, III, 2).

Tomó, pues, el mando de los Jinetes de las Filas Occidentales; pero Elfhelm conservó el mando independiente de los Jinetes de las Filas de Edoras que Théodred había convocado con el fin de asistirlo.

Después de que Gandalf curó a Théoden, la situación cambió. El Rey tomó otra vez el mando. Éomer fue restituido y se convirtió en Primer Mariscal, pronto para asumir el mando si el Rey sucumbía o le flaqueaban las fuerzas; pero no se utilizó el título, y en presencia del Rey en armas sólo podía aconsejar y no impartir órdenes. El papel que en realidad desempeñaba era muy semejante al de Aragorn: un campeón temible entre los compañeros del Rey.*

Cuando se reunieron todos los efectivos en Valle Sagrado, y se examinaron, y se determinaron, en la medida de lo posible, la «línea de acción» y el orden de la batalla,** Éomer permaneció en esta posición, cabalgando con el Rey (como comandante del *éored* principal, la Compañía del Rey) y actuando como su principal consejero. Elfhelm se convirtió en Mariscal de la Marca y tenía a su mando el primer *éored* de las Filas de la Marca del Este. Grimbold (no mencionado antes en la narración) tenía la función, aunque no el título, de Tercer Mariscal, y comandaba las Filas de la Marca del Oeste.*** Grimbold cayó en la Batalla de los Campos del Pelennor, y Elfhelm se convirtió en el lugarteniente de Éomer

---

* Los que en la corte no conocían los acontecimientos, supusieron que los refuerzos estaban al mando de Éomer, el único Mariscal de la Marca que quedaba. [Nota del autor.] Se refiere aquí a las palabras de Ceorl, el Jinete que se encontró con los refuerzos que venían de Edoras y les contó lo que había sucedido en la Segunda Batalla de los Vados del Isen (*Las Dos Torres*, III, 7).

** Théoden convocó un concilio de «los mariscales y los capitanes» enseguida, y antes comió; pero no queda descrito, pues Meriadoc no estaba presente («Me pregunto de qué estarán hablando») [Nota del autor.] Se refiere a *El Retorno del Rey*, V, 3.

*** Grimbold era un mariscal de menor graduación de los Jinetes de la Marca del Oeste al mando de Théodred, y se le concedió este rango, como hombre que demostró valor en las dos batallas de los Vados, porque Erkenbrand era un hombre mayor, y el Rey experimentaba la necesidad de alguien que tuviera dignidad y autoridad para dejar al mando de las fuerzas con que pudiera contarse para la defensa de Rohan. [Nota del autor.] Grimbold no se menciona en la narración de *El Señor de los Anillos* hasta el ordenamiento final de los Rohirrim ante Minas Tirith (*El Retorno del Rey*, V, 5).

como Rey; quedó al mando de todos los Rohirrim en Gondor cuando Éomer fue a las Puertas Negras y puso en fuga al ejército hostil que había invadido Anórien (*El Retorno del Rey*, V, 9 y 10). Se lo menciona como uno de los principales testigos de la coronación de Aragorn (*ibid.*, VI, 5).

Hay constancia documental de que después del funeral de Théoden, cuando Éomer reorganizó el reino, Erkenbrand fue designado Mariscal de la Marca del Oeste, y Elfhelm, Mariscal de la Marca del Este, y ésos fueron los títulos que se mantuvieron en lugar de Segundo y Tercer Mariscal, sin que ninguno predominara sobre el otro. En tiempos de guerra se designaba el cargo especial de Virrey: el que lo desempeñaba o bien gobernaba el reino en ausencia del Rey, cuando éste se ponía al frente del ejército, o asumía el mando en el campo de batalla si por algún motivo el Rey permanecía en su casa. En tiempos de paz el cargo sólo se desempeñaba cuando el Rey, por causa de enfermedad o vejez, delegaba su autoridad; el que lo ejercía era naturalmente el Heredero del Trono, si era hombre de edad suficiente. Pero en tiempos de guerra el Consejo se oponía a que un viejo Rey enviara a su hijo Heredero al campo de batalla lejos del reino, a no ser que tuviera cuando menos otro hijo.

(ii)

Se ofrece aquí una larga nota al texto que corresponde al pasaje donde se exponen los diferentes puntos de vista de los comandantes acerca de la importancia de los Vados del Isen. La primera parte repite en gran medida la historia que aparece en otro lugar de este libro.

En otros tiempos el Aguada Gris constituía el límite meridional y oriental del Reino del Norte, y el Isen, el límite occidental del Reino del Sur. Los Númenóreanos visitaban con poca frecuencia la tierra intermedia (la Enedwaith o «región media»), y ninguno se asentó nunca allí. En los días de los Reyes formó parte del reino de Gondor,* pero los monarcas no se interesaban mucho por ella, salvo para la patrulla y la vigilancia del Gran Camino Real. Éste iba desde Osgiliath y Minas Tirith a Fornost en el Norte lejano, cruzaba los Vados del Isen y pasaba por Enedwaith ascendiendo a las tierras altas en el centro y el nordeste hasta que tenía que descender a las tierras occidentales en torno al curso inferior del Aguada Gris, que cruzaba por una calzada elevada que conducía a un gran puente en Tharbad. En aquellos días la región estaba poco poblada. En las tierras pantanosas de las desembocaduras del Aguada Gris y el Isen vivían unas pocas tribus de «Hombres Salvajes», pescadores y cazadores de aves, pero emparentados por la raza y la lengua con los Drúedain de los bosques de Anórien.** Al pie de las colinas del lado occidental de las Montañas Nubladas vivían restos del pueblo que los Rohirrim llamaron más tarde los Dunlendinos: un pueblo hosco, emparentado con los antiguos habitantes de los valles de la Montaña Blanca que Isildur maldijo.***

* La afirmación de que Enedwaith en los días de los Reyes formaba parte del reino de Gondor parece contradecir lo que precede inmediatamente, que los «límites occidentales del Reino del Sur estaban constituidos por el Isen». En otra parte se dice (véase Apéndice D de «La historia de Galadriel y Celeborn») que Enedwaith «no pertenecía a ninguno de los reinos».

** En el Apéndice D de «La historia de Galadriel y Celeborn», donde se dice que «un pueblo de pescadores bastante numeroso, pero bárbaro, vivía entre las desembocaduras del Gwathló y el Angren (Isen)». No se menciona aquí que hubiera conexión entre estas gentes y los Drúedain, aunque de estos últimos se dice que vivieron (y que sobrevivieron hasta la Tercera Edad) en el promontorio de Andrast, al sur de la desembocadura del Isen («Los Drúedain» y nota 13).

*** Cf. *El Señor de los Anillos*, Apéndice F, «De los Hombres»: «[Los Dunlendinos] eran un resto de los pueblos que habían habitado en los valles de las Montañas Blancas en eras pasadas. Los Hombres Muertos del Sagrario pertenecían a ese clan. Pero en los Años Oscuros otros se habían trasladado a los valles australes de las Montañas Nubladas, y desde allí algunos fueron a las tierras desiertas adentrándose hacia el norte hasta las Quebradas de los Túmulos. De ellos provenían los Hombres de Bree; pero se habían sometido mucho antes al Reino Septentrional de Arnor y habían adoptado la lengua Oestron. Sólo en las Tierras Brunas los Hombres de esta raza conservaron su propia lengua y costumbres, era éste un pueblo poco comunicativo, estaba enemistado con los Dúnedain, y odiaba a los Rohirrim».

No sentían mucho afecto por Gondor, pero aunque eran bastante osados y audaces, eran muy pocos y sentían demasiado respeto por el poder de los Reyes como para perturbarlos o apartar sus miradas del Este, desde donde los amenazaban los más grandes peligros con que tenían que enfrentarse. Los Dunlendinos, como todos los pueblos de Arnor y Gondor, sufrieron los estragos de la Gran Peste de los años 1636-1637 de la Tercera Edad, pero menos que la mayoría, pues vivían apartados y tenían escaso trato con los demás hombres. Cuando los días de los Reyes terminaron (1975-2050) y empezó la decadencia de Gondor, dejaron en la práctica de ser sus súbditos; el Camino Real no estaba vigilado en Enedwaith, y el Puente de Tharbad, en ruinas, fue reemplazado sólo por un peligroso vado. Los límites de Gondor eran el Isen y la Cavada de Calenardhon (como se llamaba entonces). La Cavada era vigilada desde las fortalezas de Aglarond (Cuernavilla) y Angrenost (Isengard), y los Vados del Isen, el único acceso a Gondor, estaban siempre protegidos contra cualquier incursión de las «Tierras Salvajes».

Pero durante la Paz Vigilante (desde 2063 a 2460) el pueblo de Calenardhon decayó: los más vigorosos, año tras año, iban hacia el este para defender la línea del Anduin; los que se quedaron se volvieron rudos y se desentendieron de lo que concernía a Minas Tirith. Las guarniciones de los fuertes no se renovaron y fueron dejadas al cuidado de capitanes hereditarios locales, cuyos súbditos eran de sangre cada vez más mezclada. Porque los Dunlendinos cruzaban el Isen de continuo y sin trabas. Ésta era la situación cuando los ataques contra Gondor desde el Este se renovaron, y Orcos y Orientales invadieron Calenardhon y sitiaron los fuertes, que no habrían podido resistir mucho tiempo. Entonces llegaron los Rohirrim y, después de la victoria de Eorl en el Campo de Celebrant en el año 2510, su numeroso y aguerrido pueblo, con gran dotación de caballos, entró en Calenardhon y expulsó o destruyó a los invasores del Este. Cirion el Senescal les dio posesión de Calenardhon, que se llamó en adelante la Marca de los

Jinetes o, en Gondor, Rochand (más tarde Rohan). Los Rohirrim empezaron sin demora a asentarse en esta región, aunque durante el reinado de Eorl sus fronteras orientales a lo largo de las Emyn Muil y el Anduin eran todavía atacadas a menudo. Pero durante el reinado de Brego y Aldor los Dunlendinos fueron desalojados otra vez y expulsados más allá del Isen, y se estableció una defensa en los Vados del Isen. Así los Rohirrim se ganaron el odio de los Dunlendinos, que no se apaciguó hasta el retorno del Rey, en un futuro muy distante. Toda vez que los Rohirrim estaban debilitados o en dificultades, los Dunlendinos renovaban sus ataques.

Jamás alianza entre pueblos se ha mantenido tan fielmente por ambas partes como la que se estableció entre Gondor y Rohan en virtud del Juramento de Cirion y Eorl; tampoco hubo nunca guardianes de las amplias planicies herbosas de Rohan más adecuados a su tierra que los Jinetes de la Marca. No obstante, su situación padecía un grave inconveniente, como se puso en evidencia en los días de la Guerra del Anillo, cuando casi se produjo la ruina de Rohan y Gondor. Esto fue consecuencia de varias cosas. Sobre todo, las miradas de Gondor siempre se habían dirigido hacia el este, de donde le venían todos los peligros; la enemistad de los «salvajes» Dunlendinos no parecía preocupar demasiado a los Senescales. Otro detalle consistía en que los Senescales conservaban en su poder la Torre de Orthanc y el Anillo de Isengard (Angrenost); las llaves de Orthanc se llevaron a Minas Tirith, la Torre se cerró, y el Anillo de Isengard sólo quedó bajo la custodia de un capitán gondoreano hereditario y su pequeño pueblo, al que se sumaron los viejos guardianes hereditarios de Aglarond. La fortaleza que allí había se reparó con ayuda de albañiles de Gondor y luego fue dada a los Rohirrim.* De allí provenían los guardianes de los Vados. En su mayoría sus viviendas estaban al pie de las Montañas

---

* Que la llamaron *Glêmscrafu*, pero la fortaleza tuvo el nombre de Súthburgo, y después de los días del Rey Helm, Cuernavilla. [Nota del autor]. *Glêmscrafu* (en la que *sc* se pronuncia como *sh* en inglés) es palabra anglosajona: «cuevas de irradiación», con el mismo significado que *Aglarond*.

Blancas y en los valles del sur. A las fronteras septentrionales del Folde Oeste iban rara vez y sólo en caso de necesidad, contemplando con temor las orillas de Fangorn (el Bosque de los Ents) y los adustos muros de Isengard. Tenían muy poco trato con el «Señor de Isengard» y su pueblo secreto, a quienes creían versados en magia negra. Y a Isengard los emisarios de Minas Tirith iban cada vez con menor frecuencia, hasta que dejaron de hacerlo por completo; parecía que en medio de sus preocupaciones los Senescales habían olvidado la Torre, aunque conservaban las llaves.

Sin embargo, la frontera occidental y la línea del Isen estaban naturalmente bajo el dominio de Isengard y esto, evidentemente, los Reyes de Gondor lo comprendían muy bien. El Isen descendía desde sus fuentes en la pared oriental del Anillo, y al avanzar hacia el sur era todavía un río joven que no oponía un gran obstáculo a los invasores, aunque sus aguas eran todavía rápidas y extrañamente frías. Pero las Grandes Puertas de Angrenost se abrían al oeste del Isen, y si las fortalezas estaban bien dotadas de tropas, los enemigos del oeste tendrían que contar con grandes fuerzas si pretendían invadir el Folde Oeste. Además, Angrenost estaba a menos de la mitad de la distancia entre Aglarond y los Vados, que estaban comunicados con las Puertas por una amplia ruta para cabalgaduras cuyo recorrido era casi en todo momento llano. El temor que rodeaba la gran Torre y el miedo de la lobreguez de Fangorn, que estaba detrás de ella, podrían servirle de protección por algún tiempo, pero si se la privaba de guarnición y se la descuidaba, como sucedió durante los últimos días de los Senescales, esa protección no le había de valer por mucho tiempo.

Así fue en efecto. Durante el reinado de Déor (de 2699 a 2718), los Rohirrim comprobaron que mantener los Vados bajo vigilancia no bastaba. Como ni Rohan ni Gondor hacían caso de este lejano rincón del reino, sólo muy tarde se supo lo que allí había ocurrido. La descendencia de capitanes gondoreanos de Angrenost se interrumpió y el mando de la fortaleza pasó a manos de una familia del pueblo. Las gentes del pueblo, como se dijo, tenían la sangre desde hacía ya mucho mezclada, y estaban ahora más amistosamente dispuestos hacia los Dunlendinos que hacia los «salvajes Hombres del Norte», que habían usurpado la tierra; Minas Tirith, que se encontraba lejos, ya no les interesaba. Después de la muerte del Rey Aldor, que había expulsado a los últimos Dunlendinos y había lanzado incluso incursiones por sus tierras en Enedwaith a modo de represalia, los Dunlendinos, inadvertidos por Rohan, pero con la connivencia de Isengard, empezaron a infiltrarse otra vez en el norte del Folde Oeste, instalándose en los vallecitos de la montaña al oeste y al este de Isengard, y aun en las orillas meridionales de Fangorn. Durante el reinado de Déor se mostraron abiertamente hostiles, haciendo incursiones con el fin de robar los rebaños y las caballadas de los Rohirrim en el Folde Oeste. No tardó en serles evidente a los Rohirrim que estos atacantes no habían cruzado el Isen por los Vados ni por punto alguno lejos al sur de Isengard, pues los Vados estaban protegidos.* Déor, por tanto, condujo una expedición hacia el norte y se topó con una hueste de Dunlendinos. A éstos los venció; pero sintióse preocupado al darse cuenta de que también Isengard le era hostil. Creyendo que había liberado a Isengard de un sitio al que lo sometían los Dunlendinos, envió mensajeros a sus Puertas con palabras de buena voluntad, pero las Puertas se cerraron ante ellos, y la única respuesta que recibieron fue el disparo de una flecha. Como se supo más tarde, los Dunlendinos, después de haber sido admitidos allí como amigos, se apoderaron del Anillo de Isengard, matando a los pocos supervivientes que no estaban dispuestos (como lo estaba la mayoría) a mezclarse con el pueblo dunlendino. Déor envió la noticia sin demora al Senescal en Minas Tirith (por ese entonces, en el año 2710, Egalmoth), pero no le fue posible a éste enviar ayuda, y los Dunlendinos siguieron ocupando Isengard hasta que, reducidos por la gran hambruna del Largo Invierno

---

* Con frecuencia se producían ataques contra la guarnición de la orilla occidental, pero sin continuidad: sólo se llevaban a cabo para distraer la atención de los Rohirrim del Norte. [Nota del autor.]

(2758-2759), debieron ceder para no morir de inanición y capitularon con Fréaláf (luego el primer Rey de la Segunda Línea). Pero Déor carecía de poder suficiente para atacar o sitiar Isengard, y durante muchos años los Rohirrim tuvieron que mantener una gran fuerza de Jinetes en el norte del Folde Oeste; y ésta se mantuvo hasta las grandes invasiones de 2758.*

Es, pues, perfectamente comprensible que cuando Saruman ofreció hacerse cargo de Isengard y repararlo y reorganizarlo como parte de las defensas del Oeste, fuera bien acogido tanto por el Rey Fréaláf como por Beren el Senescal. De modo que cuando Saruman hizo de Isengard su lugar de morada y Beren le dio las llaves de Orthanc, los Rohirrim volvieron a su política de defender los Vados del Isen, el punto más vulnerable de las fronteras occidentales.

Apenas cabe duda de que Saruman hizo su ofrecimiento de buena fe o, cuando menos, con buena voluntad hacia la defensa del Oeste, siempre que él fuera la principal persona en dicha defensa y la cabeza del concilio. Era listo, y percibía claramente que Isengard tenía gran importancia por su ubicación geográfica y por su gran fortaleza, debida a factores naturales, pero también a la mano del hombre. La línea del Isen, entre las pinzas de Isengard y Cuernavilla, era un baluarte contra las invasiones venidas del este (tanto si era Sauron quien las promovía o las lanzaba como si tenían otro origen), con el propósito de cercar Gondor o de invadir Eriador. Pero al final se volcó hacia el mal y se convirtió en un enemigo; los Rohirrim, sin embargo, aunque se les había advertido de la creciente animadversión que abrigaba contra ellos, siguieron disponiendo el grueso de sus fuerzas al oeste de los Vados, hasta que Saruman, en abierta batalla, les demostró que los Vados eran una débil protección sin Isengard, y más todavía si la tenían como enemiga.

---

* En *El Señor de los Anillos*, Apéndice A (I, iv, y II) se relatan estas invasiones a Gondor y Rohan.

CUARTA PARTE

LOS DRÚEDAIN, LOS ISTARI, LAS *PALANTÍRI*

I

LOS DRÚEDAIN

El Pueblo de Haleth, que hablaba una lengua extranjera, les era extraño a los demás Atani; y aunque se unió en alianza con los Eldar, siguió siendo un pueblo aparte. Entre ellos mantuvieron su propia lengua, y aunque por fuerza tuvieron que aprender el sindarin para comunicarse con los Eldar y los demás Atani, muchos lo hablaban de manera entrecortada, y los que rara vez iban más allá de las fronteras de sus propias tierras boscosas, no lo empleaban en absoluto. No adoptaban de buen grado nuevas cosas o costumbres y conservaban numerosas prácticas que parecían extrañas a los Eldar y a los demás Atani, con quienes tenían escaso trato, salvo en la guerra. No obstante, se los estimaba como aliados leales y temibles guerreros, aunque las compañías que enviaban para guerrear más allá de sus fronteras eran pequeñas. Porque se trataba, y así continuó siendo hasta el fin, de un pueblo reducido, interesado sobre todo en proteger sus propias tierras boscosas, y que sobresalía en las batallas libradas en los bosques. A decir verdad, durante mucho tiempo ni siquiera los orcos especialmente entrenados para este tipo de lucha se atrevían a poner el pie cerca de sus fronteras. Una de las comentadas rarezas de los Haladin consistía en que muchos de sus guerreros eran mujeres, aunque pocas se trasladaban al extranjero a luchar en las grandes batallas. Esta costumbre era evidentemente antigua;[1] la capitana Haleth era una afamada amazona que contaba con una selecta escolta de mujeres.[2]

La más extraña de todas las costumbres del Pueblo de Haleth era la presencia entre ellos de gente de una especie del todo diferente;[3] ni los Eldar de Beleriand ni los demás Atani habían visto nunca a nadie que se les asemejara. No eran muchos, unos pocos centenares quizá, que vivían apartados en familias o pequeñas tribus, pero amistosamente, como miembros de la misma comunidad.[4] El Pueblo de Haleth les daba el nombre de *drûg*, palabra de su propia lengua. A los ojos de los Elfos y los demás Hombres resultaban de aspecto desagradable: eran bajos (algunos de poco más de una vara), pero muy anchos, con nalgas pesadas y cortas piernas gruesas; las caras anchas tenían ojos hundidos, con cejas gruesas y narices chatas; no les crecía barba, salvo a unos pocos hombres (orgullosos por la distinción) que llevaban en medio de la barbilla un mechoncito de pelo negro. Las facciones parecían de ordinario impasibles, y lo más móvil que tenían eran las grandes bocas; y uno no podía observar el movimiento de sus ojos cautelosos salvo que estuviera muy cerca, porque eran tan negros que no se les veían las pupilas, aunque se les enrojecían cuando estaban furiosos. Tenían la voz profunda y gutural, pero la risa era una sorpresa, rica y vibrante, y todos los que la oían, Elfos u Hombres, se echaban a reír también, contagiados de esa pura alegría sin mácula de desprecio o malicia.[5] En tiempos de paz reían a menudo mientras trabajaban o jugaban, cuando otros Hombres habrían cantado. Pero podían ser enemigos implacables, y una vez inflamados de cólera, eran muy lentos en enfriarse, aunque el único signo visible fuera el resplandor de la mirada; luchaban en silencio y no se alborozaban en la victoria, ni siquiera la conseguida sobre los Orcos, hacia quienes abrigaban un odio implacable.

Los Eldar los llamaban Drúedain y los admitían en la jerarquía de los Atani,[6] pues fueron muy amados mientras duraron. No tenían ¡ay! una vida muy larga, y nunca llegaron a ser numerosos, y perdieron a muchos en su lucha contra los Orcos, que también los odiaban y se deleitaban en capturarlos y torturarlos. En el tiempo en que las victorias de Morgoth destruyeron todos los reinos y las fortalezas de los Elfos y los Hombres en Beleriand, se dice que habían quedado reducidos a unas pocas familias compuestas sobre todo de mujeres y niños, algunas de las cuales llegaron por fin a los refugios de las Bocas del Sirion.[7]

En sus primeros días habían sido de gran provecho para aquellos entre quienes vivían, y eran muy buscados; aunque pocos abandonaban la tierra del Pueblo de Haleth.[8] Tenían una maravillosa capacidad para rastrear a cualquier criatura viviente, y enseñaban a sus amigos lo que podían de este arte; pero sus discípulos no los igualaban, porque los Drúedain usaban el olfato, como los sabuesos, con la peculiaridad de que además tenían una vista muy aguda. Se jactaban de que con viento favorable eran capaces de olfatear a un Orco que se encontraba todavía demasiado lejos para que los demás Hombres pudieran verlo, y de seguir el olor durante semanas, salvo a través de aguas corrientes. El conocimiento que tenían de toda criatura que creciera casi igualaba al que tenían los Elfos (aunque éstos no se lo hubieran enseñado); y se dice que, si se trasladaban a una nueva región, en poco tiempo conocían a todas las criaturas que en ella crecían, grandes o minúsculas, y daban nombre a las que eran nuevas para ellos, distinguiendo a las venenosas de las comestibles.[9]

Los Drúedain, como también los demás Atani, carecieron de escritura hasta que se encontraron con los Eldar; pero nunca aprendieron a escribir con runas ni letras. La escritura que ellos mismos inventaron no eran más que unos cuantos signos, en su mayoría simples, para señalar huellas o dar información y advertencia. Parece que en un pasado remoto tuvieron ya pequeños utensilios de pedernal para raspar y cortar, y todavía los utilizaban, porque si bien los Atani tenían conocimiento de los metales y empleaban hasta cierto punto el arte de la herrería antes de llegar a Beleriand,[10] los metales eran difíciles de encontrar y las armas y las herramientas forjadas resultaban muy costosas. Pero cuando en Beleriand, por la asociación con los Elfos y el comercio con los Enanos de Ered Lindon, estas cosas se volvieron más comunes, los Drúedain demostraron un gran talento para la talla en madera o piedra. Tenían ya un conocimiento de los pigmentos, derivados sobre todo de las plantas; y trazaban figuras y formas sobre madera o superficies planas de piedra; y a veces tallaban los nudos de la madera para convertirlos en caras que pudieran pintarse. Pero con herramientas más afiladas y fuertes se deleitaban en tallar figuras de hombres y bestias, ya fueran juguetes y ornamentos o grandes imágenes, a las que los más hábiles de entre ellos daban una animada apariencia de vida. A veces estas imágenes eran extrañas y fantásticas, o aun terribles: entre las lúgubres bromas en las que ponían toda su habilidad, se contaba la hechura de figuras de orcos que colocaban en las fronteras del país, modeladas como si huyeran chillando de miedo. Hacían también imágenes de sí mismos y las colocaban a la entrada de los caminos o las curvas de los senderos de los bosques. A éstas llamaban «piedras de vigilancia»; las más notables estaban emplazadas en las cercanías de los Cruces del Teiglin, y cada una de ellas representaba un Drúadan de mayor tamaño que el natural acuclillado pesadamente sobre un orco muerto. Es-

tas figuras no servían sólo de insulto al enemigo, pues los
Orcos las temían y creían que estaban llenas de la malevolen-
cia de los *Oghor-hai* (así es como llamaban a los Drúedain) y
que podían comunicarse con ellos. Por tanto, rara vez se atrevían a tocarlas o a tratar de destruirlas, y a no ser que fueran
en gran número, se detenían al ver una «piedra de vigilancia»,
y ya no seguían avanzando.

Pero entre las capacidades de este extraño pueblo quizá la
más notable fuera la de mantenerse quietos y en silencio, lo
que soportaban a veces durante días enteros, sentados con las
piernas cruzadas, las manos en las rodillas o el regazo, y los
ojos cerrados o fijos en el suelo. Sobre esto, se contaba un
cuento entre el Pueblo de Haleth:

Una vez, uno de los Drûgs más hábiles en la talla de la
piedra hizo una imagen de su padre, que había muerto; y
la colocó junto a un sendero cerca de su casa. Luego se le
sentó al lado y se sumió en un silencio profundo y reflexi-
vo. Sucedió que no mucho después un forastero pasó por
allí camino de una aldea distante, y al ver dos Drûgs, les
hizo una inclinación de cabeza y les deseó los buenos días.
Pero no recibió respuesta, y se detuvo por un momento,
sorprendido, mirándolos de cerca. Luego siguió caminando, y diciendo entre dientes:

—Grande es su habilidad para la talla de la piedra,
pero nunca había visto nada tan real. —Tres días después
volvió, y como estaba muy fatigado, se sentó y apoyó la
espalda en una de las figuras. Sobre los hombros de esta
figura puso la capa, para que se secase, pues había estado
lloviendo, y en aquel momento brillaba el sol. Allí se quedó dormido; pero al cabo de un tiempo lo despertó la voz
de la figura que estaba tras él.

—Espero que haya descansado —dijo la figura—, pero si desea seguir durmiendo, le ruego que se traslade a la otra. A ella nunca le hará falta volver a estirar las piernas; y a mí esta capa me da demasiado calor en un día de sol como hoy.

Se dice que los Drúedain a menudo se quedaban así sentados en momentos de dolor o de duelo, pero a veces lo hacían por el placer de pensar o para trazar un plan. También solían recurrir a esta quietud en momentos de cautela; y entonces se sentaban o permanecían de pie, escondidos en la sombra, y aunque sus ojos parecieran estar cerrados o mirar el vacío, nada pasaba ni se acercaba que no fuera advertido y recordado. Tan intensa era esta vigilancia invisible, que podía ser percibida como una amenaza hostil por los intrusos, que se retiraban amedrentados antes de que se les hiciera advertencia alguna; y si alguna criatura maligna se acercaba, emitían un agudo silbido que resultaba doloroso tanto si se oía de cerca como de muy lejos. El servicio de vigilancia que prestaban los Drúedain era muy apreciado por el Pueblo de Haleth en tiempos de peligro; y si no se contaba con esa vigilancia, se colocaban figuras talladas parecidas a ellos (hechas con ese propósito por los Drúedain mismos) en las cercanías de las casas en la creencia de que estas figuras transmitían en parte la amenaza de los hombres vivientes.

La verdad es que muchos del Pueblo de Haleth, aunque amaban a los Drúedain y les tenían confianza, los creían dotados de poderes mágicos y extraños; y entre sus cuentos de maravillas había no pocos que hablaban de esas cosas. Uno de ellos se recoge a continuación.

La piedra fiel

Había una vez un Drûg llamado Aghan, muy conocido como curandero. Tenía gran amistad con Barach, un guardabosque del Pueblo, que vivía en una casa en los bosques a dos millas o más de la aldea más próxima. Las moradas de la familia de Aghan se encontraban más cerca, y él pasaba la mayor parte del tiempo con Barach y su esposa, y era muy querido de sus hijos. Llegaron tiempos difíciles cuando muchos orcos atrevidos entraron secretamente en los bosques de las cercanías y andaban por ellos esparcidos en parejas o tríos asaltando a los que se aventuraban solos por parajes apartados y atacando por la noche las casas de la vecindad. Los de la casa de Barach no estaban muy atemorizados, porque Aghan se quedaba con ellos por la noche y montaba guardia fuera. Pero una mañana Aghan fue al encuentro de Barach y le dijo:

—Amigo, tengo malas nuevas de los míos y me temo que tenga que dejaros por un tiempo. Han herido a mi hermano, que yace en el lecho con mucho dolor y me llama, pues sé curar las heridas que causan los orcos. Volveré tan pronto como pueda. —Barach estaba muy preocupado y su esposa y sus hijos lloraron, pero Aghan dijo: —Haré lo que esté de mi parte. He hecho traer una piedra de vigilancia y la he apostado cerca de tu casa. —Barach salió con Aghan y miró la piedra. Era grande y pesada y estaba asentada bajo unos arbustos no lejos de las puertas. Aghan puso su mano sobre ella y al cabo de un silencio dijo:— He dejado en ella algunos de mis poderes. ¡Ojalá puedan librarte del mal!

Nada adverso sucedió durante dos noches, pero a la tercera Barach oyó la llamada de advertencia de los Drûgs... o soñó que la había oído, porque a nadie más despertó. Abandonando la cama cogió el arco de la pared y se acercó a una ventana angosta, y vio a dos orcos que ponían combustible contra la casa y se disponían a prenderle fuego. Entonces Barach tembló de miedo porque los Orcos que por allí merodeaban llevaban consigo azufre o alguna otra materia diabólica que ardía rápidamente y era imposible apagarla con agua. Recuperándose, tendió el arco, pero en ese momento, justo al surgir las llamas, vio a un Drûg que venía corriendo por detrás de los orcos. A uno de ellos lo tumbó de un puñetazo, y el otro huyó; luego el Drûg se internó descalzo en el fuego, dispersando el combustible ardiente y pisando las llamas órquicas que se extendían por los lados. Barach se encaminó a la puerta, pero cuando hubo terminado de desatrancarla, el Drûg había desaparecido. No había ni rastro del orco lastimado. El fuego se había extinguido y sólo quedaba humo y cierto hedor.

Barach volvió a su casa para tranquilizar a su familia, a la que el ruido y las emanaciones ardientes habían despertado; pero cuando fue de día salió otra vez y lo examinó todo. Descubrió que la piedra de vigilancia había desaparecido, pero no hizo ningún comentario. «Esta noche tendré que ser yo el guardián», pensó; pero ese mismo día regresó Aghan y fue recibido con alegría. Llevaba botas altas como las que suelen llevar los Drûgs en la dura intemperie, cuando caminan entre abrojos y piedras, y estaba fatigado. Pero sonreía y parecía complacido; y dijo:

—Traigo buenas noticias. Mi hermano ya no tiene dolores y no morirá, porque llegué a tiempo para detener el efecto del veneno. Y me he enterado de que los merodeadores han sido muertos o han huido. ¿Cómo os ha ido a vosotros?

—Estamos todavía con vida —dijo Barach—. Pero ven ahora conmigo y te mostraré y diré algo más. —Entonces condujo a Aghan al sitio del fuego y le contó lo del ataque nocturno.— La piedra de vigilancia ha desaparecido... Obra de orcos, supongo. ¿Qué dices tú?

—Hablaré cuando haya mirado y pensado más tiempo —dijo Aghan; y luego fue de aquí para allá examinando el terreno, seguido de Barach. Por fin Aghan se acercó a un matorral que había al borde del claro donde se levantaba la casa. Allí estaba la piedra de vigilancia, sentada sobre un orco muerto, pero tenía las piernas ennegrecidas y agrietadas, y le habían arrancado un pie, que estaba suelto a un lado; Aghan pareció apenarse, pero dijo—: ¡Pues bien! Hizo lo que pudo. Y es mejor que hayan sido sus pies los que pisaron el fuego del Orco y no los míos.

Entonces se aflojó las botas y Barach vio que debajo tenía las piernas cubiertas de vendas. Aghan se las quitó.

—Ya se me están curando —dijo—. Velé junto a mi hermano durante dos noches, y anoche dormí. Me desperté dolorido antes del amanecer, y descubrí mis piernas cubiertas de ampollas. Entonces adiviné lo que había sucedido. ¡Ay! Si algún poder se transmite desde tu persona a una obra de tus manos, has de compartir sus dolores.[11]

Más notas acerca de los Drúedain

Mi padre se preocupó por poner de relieve la diferencia radical que había entre los Drúedain y los Hobbits. Eran de forma física y apariencia totalmente distintas. Los Drúedain eran más altos y de constitución más pesada y fuerte. Tenían rasgos faciales desagradables (juzgados de acuerdo con las normas humanas); y mientras que los cabellos de los Hobbits eran abundantes (aunque cortos y rizados), los Drúedain los tenían escasos y lacios, y ningún vello en las piernas ni los pies. Se sentían a veces dichosos y alegres, como los Hobbits, pero tenían un lado más airado en su naturaleza, y podían mostrarse sarcásticos e implacables; y tenían, o se les atribuía, poderes extraños o mágicos. Eran además un pueblo más frugal: comían con moderación incluso en tiempos de abundancia y sólo bebían agua. En ciertos aspectos se asemejaban más bien a los Enanos: en la constitución y la estatura, y también en la resistencia; en la habilidad para la talla de la piedra; en el aspecto ceñudo de sus naturalezas y en sus extraños poderes. Pero la capacidad «mágica» que se atribuía a los Enanos era del todo diferente; y los Enanos tenían un carácter airado y también gozaban de larga vida, mientras que los Drúedain eran de vida corta en comparación con otras especies de Hombres.

Sólo una vez en una nota aislada se dice algo explícito acerca de la relación entre los Drúedain de Beleriand durante la Primera Edad, que guardaban las casas del Pueblo de Haleth en el Bosque de Brethil, y los remotos antecesores de Ghân-buri-Ghân, que guio a los Rohirrim por el paso del Pedregal de las Carreteras camino de Minas Tirith (*El Retorno del Rey*, V, 5), o los hacedores de las imágenes que se encuentran en el camino a las Quebradas de los Túmulos (*ibid.*, V, 3).[12] Esta nota dice:

Una rama emigrante de los Drúedain acompañó al Pueblo de Haleth a finales de la Primera Edad, y vivió en el Bosque [de Brethil] con ellos. Pero la mayoría se quedaron en las Montañas Blancas pese a ser perseguidos por unos hombres, llegados más tarde, que reincidieron poniéndose al servicio de la Oscuridad.

Se dice también aquí que la semejanza de las estatuas de las Quebradas de los Túmulos con los restos de los Drúath (percibida por Meriadoc Brandigamo cuando vio por primera vez a Ghân-buri-Ghân) fue originalmente reconocida en Gondor, aunque en la época en que Isildur estableció el reino númenóreano, sólo sobrevivían en el Bosque Drúadan y en el Drúwaith Iaur (véase más adelante).

Así pues, si lo deseamos, nos es posible completar la antigua leyenda de la llegada de los Edain en *El Silmarillion* con el descenso de los Drúedain de Ered Lindon, que llegaron a Ossiriand junto con los Haladin (el Pueblo de Haleth). Otra nota afirma que los historiadores de Gondor creían que los primeros hombres en cruzar el Anduin fueron en verdad los Drúedain. Venían (según se creía) de tierras al sur de Mordor, pero antes de llegar a las costas de Haradwaith, giraron al norte hacia Ithilien, y encontrando por fin un punto por donde cruzar el Anduin (probablemente cerca de Cair Andros), se asentaron en los valles de las Montañas Blancas y en las tierras boscosas del borde septentrional. «Eran un pueblo furtivo que desconfiaba de toda otra especie de Hombres, pues, por mucho que se remontaran en el tiempo, siempre recordaban haber sido objeto de acoso y persecución, y se habían dirigido hacia el oeste en busca de una tierra donde esconderse para vivir en paz». Pero nada más se dice, ni aquí ni en ningún otro sitio, acerca de la historia de su asociación con el Pueblo de Haleth.

En un texto ya citado acerca de los nombres de los ríos de la Tierra Media, hay una breve referencia a los Drúedain en la Segunda Edad. Se dice aquí (véase Apéndice D de «La historia de Galadriel y Celeborn») que el pueblo nativo de Enedwaith, huyendo de las devastaciones de los Númenóreanos a lo largo del curso del Gwathló,

no cruzó el Isen ni se refugió en el gran promontorio entre el Isen y el Lefnui, que formaban el brazo septentrional de la Bahía de Belfalas, porque los «Hombres Púkel», que eran un pueblo furtivo y fiero, infatigables y silenciosos cazadores, utilizaban dardos envenenados. Decían que siempre habían estado allí y que anteriormente habían vivido también en las Montañas Blancas. En edades pasadas no hicieron ningún caso del Gran Oscuro (Morgoth), ni tampoco se aliaron más tarde con Sauron, porque odiaban a todos los invasores del Este. Del Este, decían, habían venido los Hombres altos que los habían expulsado de las Montañas Blancas y que tenían maligno el corazón. Quizás incluso en tiempos de la Guerra del Anillo parte del pueblo Drû permaneció en las montañas de Andrast, las estribaciones occidentales de las Montañas Blancas, pero sólo los restantes miembros de este pueblo, que estaban en los bosques de Anórien, eran conocidos del pueblo de Gondor.

Esta región entre el Isen y el Lefnui era el Drúwaith Iaur, y otra nota en un trozo de papel sobre el mismo tema dice que la palabra *Iaur*, «viejo», en este nombre no significa «original», sino «anterior».

Durante la Primera Edad los «Hombres Púkel» ocupaban las Montañas Blancas (a ambos lados). Cuando en la Segunda Edad los Númenóreanos empezaron la ocupación de las costas, sobrevivieron en las montañas del promontorio [de Andrast] que los Númenóreanos nunca ocuparon. Otro resto sobrevivió en el extremo oriental de la cordillera [en Anórien]. A finales de la Tercera Edad, se creyó que éstos eran los últimos supervivientes; de ahí que la región se llamara «el Viejo Yermo Púkel» (Drúwaith Iaur). Siguió siendo un «yermo» y los Hombres de Gondor y de Rohan nunca lo habitaron y rara vez penetraban en él; pero los Hombres de Anfalas creían que algunos de los antiguos «Hombres Salvajes» todavía vivían allí en secreto.[13]

Pero en Rohan no se reconoció la semejanza de las estatuas de las Quebradas de los Túmulos llamadas «Hombres Púkel» con los «Hombres Salvajes» del Bosque Drúadan, como tampoco se reconoció su «humanidad»: de ahí que Ghân-buri-Ghân se refiriera a la persecución de los «Hombres Salvajes» por los Rohirrim en el pasado [«dejad a los Hombres Salvajes tranquilos en los bosques y no los persigáis ya como bestias»]. Como Ghân-buri-Ghân intentaba emplear la lengua común, llamaba a su pueblo «Hombres Salvajes» (no sin ironía); pero, por supuesto, no es éste el nombre que ellos mismos se daban.[14]

NOTAS

1. No como consecuencia de su situación especial en Beleriand y quizá más bien como causa que como resultado de su escaso número. Su número crecía mucho más lentamente que el de los demás Atani, apenas más que el suficiente para reemplazar las pérdidas de guerra; no obstante, muchas de sus mujeres (que eran menos que los hombres) permanecían solteras. [Nota del autor.]

2. En *El Silmarillion,* Bëor describe a los Haladin (llamados después el Pueblo de Haleth) a Felagund como «un pueblo del que estamos divididos por la lengua». Se dice también que «permanecieron en Thargelion» y que eran de menor estatura que los hombres de la Casa de Bëor; «utilizaban pocas palabras y no se sentían atraídos por las grandes aglomeraciones de hombres; y muchos de entre ellos se deleitaban en la soledad y erraban libres por los bosques verdes mientras la maravilla de la tierra de los Eldar era todavía una novedad para ellos». Nada se dice en *El Silmarillion* acerca del elemento amazónico de esta sociedad, salvo que Haleth era una guerrera y ejercía la jefatura sobre su pueblo; tampoco se dice que se apegaran a su lengua propia en Beleriand.

3. Aunque hablaban la misma lengua (a su manera). No obstante, conservaron algunas palabras propias. [Nota del autor.]

4. Según el modo en que durante la Tercera Edad los hombres y los hobbits de Bree vivieron juntos; aunque no había parentesco entre el pueblo Drûg y los Hobbits. [Nota del autor.]

5. A alguien que, con talante no amistoso y no conociéndolos bien, declaró que Morgoth debió de haber criado a los Orcos a partir de una cepa semejante, los Eldar respondieron:

   —Sin duda, Morgoth, que no puede crear nada vivo, crio a los Orcos a partir de varias especies de Hombres, pero los Drúedain deben de haber escapado de su sombra; porque su risa y la risa de los Orcos difieren tanto como la Luz de Aman y la oscuridad de Angband. —Algunos pensaban, no obstante, que había habido un remoto parentesco que daba cuenta de la especial enemistad que se tenían. Orcos y Drûgs se consideraban unos a otros como renegados. [Nota del autor.] En *El Silmarillion* se dice que los Orcos fueron criados por Melkor a partir de Elfos capturados en el principio de sus días; pero ésta no era sino una entre muchas otras especulaciones acerca del origen de los Orcos. Cabe mencionar que en *El Retorno del Rey*, V, 5, se describe la risa de Ghân-buri-Ghân: «soltó un extraño gorgoteo, que bien podía parecer una carcajada». El personaje es descrito con escasa barba, «como manojos de musgo seco en el mentón protuberante», y ojos oscuros inexpresivos.

6. Se dice en notas aisladas que el nombre que se daban a sí mismos eran *Drughu* (en la que *gh* representa un sonido fricativo). Este nombre adaptado al sindarin en Beleriand se convirtió en *Drû* (plurales *Drúin* y *Drúath*); pero cuando los Eldar descubrieron que el Pueblo Drû era decidido enemigo de Morgoth y, sobre todo, de los Orcos, se añadió el «título» *adan,* y fueron llamados *Drúedain* (singular, *Drúadan*) para señalar tanto su humanidad como la amistad que los unía a los Eldar, y su diferencia racial del pueblo de las Tres Casas de los Edain. *Drû* se usaba entonces sólo en nombres compuestos tales como *Drúnos,* «una familia del Pueblo Drû»; *Drúwaith,* «el yermo del Pueblo Drû». En quenya, *Drughu* se convirtió en *Rú,* y *Rúatan,* plural *Rúatani.* Para los otros nombres que recibieron en tiempos posteriores (Hombres Salvajes, Woses, Hombres Púkel), véase «Más notas acerca de los Drúedain» en este capítulo y la nota 14.

7. Se dice en los anales de Númenor que se permitió a estos supervivientes navegar por el mar con los Atani, y que en la paz de la nueva tierra medró y aumentó nuevamente su progenie, pero ya no tuvieron parte en la guerra, pues temían el mar. Lo que les sucedió más tarde sólo está registrado en una de las pocas leyendas que sobrevivieron a la Caída, la historia de los primeros viajes de los númenóreanos de vuelta a la Tierra Media, conocida como *La esposa del marinero*. En una copia escrita y preservada en Gondor figura una nota del escriba acerca de un pasaje en que se mencionan los Drúedain de la casa del Rey Aldarion el Marinero: relata que los Drúedain, siempre considerados por su extraña capacidad adivinatoria, sintiéronse turbados al enterarse de sus viajes, pues preveían que nada bueno resultaría de ellos, y le rogaron que no siguiera haciéndolos. Pero nada lograron, pues ni su padre ni su esposa siquiera pudieron convencerlo de torcer sus designios, y los Drúedain volvieron afligidos. En adelante los Drúedain de Númenor se inquietaron y, a pesar del temor que el mar les inspiraba, de uno en uno o en grupos de dos o de tres, pidieron pasaje en los grandes barcos que partían a las costas noroccidentales de la Tierra Media. Si se les preguntaba: «¿Por qué queréis partir y hacia dónde?», contestaban: «Ya no sentimos segura la Gran Isla bajo nuestros pies, y deseamos volver a las tierras desde donde vinimos». De este modo su número menguó lentamente a lo largo de muchos años, y ya no quedaba ninguno cuando Elendil escapó de la Caída: el último había huido de la tierra cuando Sauron fue llevado a ella. [Nota del autor.] No hay huellas, ni en los materiales relacionados con la historia de Aldarion y Erendis ni en ningún otro sitio, de la presencia de Drúedain en Númenor aparte de lo que precede, salvo una nota suelta que dice que «los Edain que al término de la Guerra de las Joyas viajaron por mar a Númenor llevaban consigo unos escasos restos del Pueblo de Haleth y los muy pocos Drúedain que los acompañaban murieron mucho antes de la Caída».

8. Unos pocos vivían en la morada de Húrin de la Casa de Hador porque él había vivido con el Pueblo de Haleth en su juventud y era pariente de su señor. [Nota del autor.] Sobre la relación de Húrin con el Pueblo de Haleth, véase *El Silmarillion*. Era intención de mi padre en última instancia convertir a Sador, el viejo sirviente de la casa de Húrin en Dor-lómin, en un Drûg.

9. Tenían una ley que proscribía el empleo de todo tipo de veneno para daño de cualquier criatura viviente, incluso para aquélla que los hubiera perjudicado, con la sola excepción de los Orcos, cuyos dardos envenenados contrarrestaban con otros aún más mortales. [Nota del autor.] Elfhelm dijo a Meriadoc Brandigamo que los Hombres Salvajes utilizaban flechas envenenadas (*El Retorno del Anillo,* V, 5), y lo mismo creían los habitantes de Enedwaith en la Segunda Edad («Más notas acerca de los Drúedain», en este capítulo). Un poco más adelante en este ensayo se dice algo de las moradas de los Drúedain que conviene citar aquí. Como vivían con el Pueblo de Haleth, que eran habitantes de los bosques, «se contentaban con vivir en tiendas o resguardos de construcción ligera en torno a los troncos de los grandes árboles, porque eran una raza resistente. En sus antiguas moradas, de acuerdo con las historias que ellos mismos contaban, se habían albergado en cuevas de las montañas, pero las utilizaban sobre todo como lugares de almacenaje, y sólo como morada y dormitorio en el más crudo invierno. Tenían refugios similares en Beleriand a los cuales casi todos, salvo los más resistentes, se retiraban en invierno o en medio de las tormentas; pero estos lugares estaban vigilados y no estaba bien visto el acceso a ellos ni siquiera de sus amigos más íntimos del Pueblo de Haleth».

10. Que, de acuerdo con sus leyendas, habían adquirido de los Enanos. [Nota del autor.]

11. Acerca de este cuento mi padre observó: «Los cuentos como *La piedra fiel,* que tratan de la transferencia parcial de sus "poderes" a sus artefactos, recuerdan en pequeña escala la transferencia del poder de Sauron a los cimientos de Barad-dûr y al Anillo Regente».

12. «En cada curva del camino había grandes piedras erguidas talladas a imagen de hombres, enormes y de torpes miembros, en cuclillas, con las piernas cruzadas y los gruesos brazos sobre el vientre. Algunas con el desgaste de los años habían perdido todos los rasgos salvo los oscuros agujeros que tenían por ojos, que miraban todavía con triste fijeza a los viajeros en su camino.»

13. El nombre *Drúwaith Iaur* (Vieja Tierra de Púkel) aparece, en el mapa ilustrado de la Tierra Media de la señorita Pauline Baynes, muy al norte de las montañas del promontorio de Andrast. Mi padre declaró sin embargo que ese nombre había sido insertado por él y que estaba correctamente situado. Un apunte marginal afirma que después de las Batallas de los Vados del Isen se comprobó que muchos Drúedain sobrevivieron en el Drúwaith Iaur, porque salieron de las cuevas en que vivían para atacar al resto de las fuerzas de Saruman que habían sido expulsadas hacia el sur. En un pasaje citado en el Apéndice (ii) de «Las batallas de los Vados del Isen» hay una referencia a tribus de «Hombres Salvajes», pescadores y cazadores de aves, en las costas de Enedwaith, emparentados por raza y lengua con los Drúedain de Anórien.

14. El término «Woses» se utiliza una vez en *El Señor de los Anillos,* cuando Elfhelm dice a Meriadoc: «Oyes a los Woses, los Hombres Salvajes de los Bosques». *Wose* es una modernización (en este caso, la forma que la palabra tendría ahora si todavía existiera en la lengua inglesa) de una palabra anglosajona, *wása,* que en realidad se encuentra sólo en el compuesto *wudu-wása,* «hombre salvaje de los bosques». (Saeros, el Elfo de Doriath, llamó a Túrin un «hombre salvaje de los bosques» *(woodwose),* «Narn i Hîn Húrin». La palabra sobrevivió largo tiempo en inglés hasta que terminó por convertirse en la forma corrupta «*woodhouse*» [casa del bosque]). Se menciona una vez la palabra que en concreto empleaban los Rohirrim (de la que «Wose» es una traducción, de acuerdo con el método utilizado de continuo): *róg,* plural *rógin.*

Parece que el término «Hombres Púkel» (también una traducción: representa la palabra anglosajona *púcel,* «diablillo, demonio», pariente de la palabra *púca,* de la que derivó *Puck*) se utilizaba en Rohan sólo para designar las estatuas de las Quebradas de los Túmulos.

2

LOS ISTARI

La descripción más completa de los Istari, según parece, se escribió en 1954 (para una explicación de su origen, véase la Introducción). La incluyo aquí entera, y me referiré a ella luego como «El ensayo sobre los Istari».

Mago [Wizard] es una traducción de la palabra quenya *istar* (en sindarin, *ithron*): uno de los miembros de una «orden» (como ellos la llamaban) que afirmaba poseer —y exhibía— un amplio conocimiento de la historia y la naturaleza del Mundo. La traducción (aunque adecuada en cuanto se relaciona con «sabio» *[wise]* y otras palabras antiguas con que se designa lo referido al conocimiento, como ocurre con *istar* en quenya), no es quizá acertada, pues la *Heren Istarion* u «Orden de los Magos» era algo muy distinto de los «magos» y «hechiceros» de la leyenda posterior; pertenecieron a la Tercera Edad exclusivamente y luego partieron, y nadie, salvo quizá Elrond, Círdan y Galadriel descubrieron su especie o de dónde venían.

Entre los Hombres, los que tuvieron trato con ellos, se creyó (en un principio) que eran Hombres que habían aprendido las ciencias y las artes mediante un prolongado estudio secreto. Aparecieron por primera vez en la Tierra Media aproximadamente en el año 1000 de la Tercera Edad, pero durante largo tiempo vivieron de manera sencilla como si fueran Hombres ya avanzados en años, pero de cuerpo sano, viajeros y errantes que adquirían conocimiento de la Tierra Media y de todo lo que allí vivía, pero que a nadie revelaban sus poderes y sus propósitos. En ese tiempo los Hombres los veían rara vez y les hacían poco caso. Pero cuando la sombra de Sauron empezó a crecer y a cobrar forma otra vez, se volvieron más activos e intentaron de continuo entorpecer el crecimiento de la Sombra y lograr que Elfos y Hombres se precavieran del peligro. Entonces en todas partes cundió ostensiblemente entre los Hombres el rumor de las idas y venidas de la Sombra y de sus intervenciones en múltiples asuntos; y los Hombres advirtieron que no morían y que no cambiaban (aunque envejecían algo en apariencia), mientras que los padres y los hijos de los Hombres morían todos. Los Hombres, por tanto, los temieron, aun cuando los amaran, y los consideraron de la raza élfica (con la que, en efecto, tenían trato frecuente).

Sin embargo, no era así. Porque venían de ultramar desde el Más Extremo Oeste; aunque durante mucho tiempo esto lo supo solamente Círdan, el Guardián del Tercer Anillo, el Señor de los Puertos Grises, que fue testigo del desembarco de los Istari en las costas occidentales. Eran emisarios de los Señores del Oeste, los Valar, que todavía se reunían para el gobierno de la Tierra Media, y cuando la sombra de Sauron empezó a agitarse otra vez, adoptaron medidas para oponerle resistencia. Con el consentimiento de Eru enviaron a miembros de su elevada orden, pero investidos en el cuerpo de Hombres, reales y no fingidos, sujetos a los temores y los dolores y las fatigas de la tierra, vulnerables al hambre, la sed y la muerte; aunque a causa de sus nobles espíritus no morían,

y sólo envejecían por las ocupaciones y los trabajos de los largos
años. Y esto hicieron los Valar con el deseo de poner remedio a
los errores de antaño, en especial el de haber intentado guardar
y recluir a los Eldar por obra de su propio poder y gloria a plena
luz; mientras que ahora sus emisarios tenían prohibido mostrarse con una forma majestuosa, o tratar de gobernar la voluntad de los Hombres y de los Elfos por despliegues manifiestos
de poder, y se les ordenó que, asumiendo una forma débil y
humilde, orientaran hacia el bien con consejo y persuasión a los
Hombres y a los Elfos, e intentaran unir en amor y comprensión a todos aquellos a los que Sauron, si volvía, trataría de dominar y corromper.

De esta Orden el número de miembros no se conoce; pero
de los que fueron al Norte de la Tierra Media, donde eran
mayores las esperanzas (por causa del resto de los Dúnedain y
Eldar que allí vivían), los principales eran cinco. El primero
en llegar fue uno de rostro noble y buen porte, de cabellos
negros y brillantes y una bella voz, e iba vestido de blanco;
gran habilidad tenía para las obras de las manos, y era considerado casi por todos, incluidos los Eldar, como el principal
de la Orden.[1] Otros había también: dos vestidos de azul marino y uno de color pardo como la tierra; y un último llegó que
parecía el menos importante, menos alto que los demás, de
aspecto más envejecido, de cabellos y vestido grises y apoyado
en un cayado. Pero Círdan, desde el primer encuentro en los
Puertos Grises, descubrió en él el espíritu más grande y sabio;
y le dio la bienvenida con reverencia, y le entregó en custodia
el Tercer Anillo, Narya el Rojo.

—Porque —dijo— grandes trabajos y peligros os aguar-
dan, y por temor de que vuestra misión no sea excesiva y fatigosa, tomad este Anillo para ayuda y consuelo. Me fue
confiado sólo para guardar el secreto y aquí en las costas occi-

dentales permanece ocioso; pero me parece que en días que no tardarán en llegar debe estar en manos más nobles que las mías, que puedan emplearlo para dar coraje a todos los corazones.[2] —Y el Mensajero Gris cogió el Anillo y lo guardó en secreto; no obstante, el Mensajero Blanco (muy hábil en el descubrimiento de todo lo secreto) supo al cabo de un tiempo de este regalo, y se resintió por esta causa, y ése fue el principio de la animadversión oculta que sintió por el Gris, que luego se hizo manifiesta.

Ahora bien, en días posteriores el Mensajero Blanco fue conocido entre los Elfos con el nombre de Curunír, el Hombre Hábil, o Saruman, en la lengua de los Hombres del Norte, pero eso fue después de sus muchos viajes, cuando volvió al reino de Gondor y se estableció allí. De los Azules poco se supo en el Oeste, y no tuvieron más nombre que *Ithryn Luin,* «los Magos Azules»; porque fueron al Este con Curunír, pero luego nunca retornaron, y no se sabe si se quedaron en el Este en cumplimiento de la misión que les fuera encomendada o perecieron o fueron capturados por Sauron, como sostuvieron algunos, y convertidos en sus sirvientes.[3] Pero ninguna de estas contingencias era imposible; porque, aunque parezca extraño, los Istari, encarnados en cuerpos de la Tierra Media, como los Hombres y los Elfos, podían tomar caminos desviados y abrazar el mal, olvidados del bien y buscando el poder para llevar el mal a la práctica.

Un pasaje separado escrito en el margen, sin duda corresponde a este contexto:

Porque se dice en efecto que, al estar encarnados, los Istari tenían que aprender muchas cosas de nuevo por la lenta experiencia, y aunque sabían de dónde venían, el recuerdo del

Reino Bendecido era para ellos una visión lejana por la que sentían (en tanto permanecieran fieles a su misión) una nostalgia intensa. Así, soportando por libre voluntad las angustias del exilio y los engaños de Sauron, podrían poner remedio a los males de ese tiempo.

En verdad, de todos los Istari, sólo uno permaneció fiel, y ése fue el último en llegar. Porque Radagast, el cuarto, se enamoró de muchas bestias y pájaros que moraban en la Tierra Media, y abandonó a los Elfos y a los Hombres, y pasó sus días entre las criaturas silvestres. Así adquirió su nombre (en la lengua de Númenor de antaño significa, según se dice, «cuidador de bestias»).[4] Y Curunír 'Lân, Saruman el Blanco, tomó un camino errado, y volviéndose orgulloso e impaciente y enamorado del poder, intentó imponer su voluntad por la fuerza y suplantar a Sauron, pero cayó en la trampa de ese espíritu oscuro, más poderoso que él.

Pero el último en llegar fue llamado entre los Elfos Mithrandir, el Peregrino Gris, porque no moraba en sitio alguno y no acumulaba riquezas ni tenía seguidores, sino que iba siempre de aquí para allá en las Tierras del Oeste, de Gondor a Angmar, y de Lindon a Lórien, trabando amistad con todos los pueblos en tiempos de necesidad. Cálido y vivaz era su espíritu (e intensificado por el anillo Narya), porque era el Enemigo de Sauron, oponiendo al fuego que devora y marchita, el fuego que anima y socorre en la desesperanza y la aflicción; pero su alegría y su rápida ira se ocultaban tras hábitos grises como la ceniza, de modo que sólo los que lo conocían bien alcanzaban a percibir la llama interior. Solía mostrarse alegre y bondadoso con los jóvenes y los simples, pero también era rápido para la respuesta mordaz y la reprensión de los desatinos, pero no era orgulloso y no buscaba el poder ni la alabanza, y así, en todas partes lo querían todos los que a su vez no eran orgullosos. Casi siempre viajaba infatigable a pie, apoyándose en un cayado; y por ello era llamado entre los Hombres del Norte, Gandalf, «el Elfo de la Vara». Pues lo creían (erróneamente, como ya se dijo) de la especie élfica, porque obraba a veces maravillas, y estaba enamorado en especial de la belleza del fuego y, sin embargo, estas maravillas las obraba sobre todo por alegría y deleite, y no deseaba que nadie le tuviera un temor reverente o siguiera su consejo por miedo.

En otro sitio se cuenta cómo, cuando Sauron despertó otra vez, también él despertó, y en parte reveló el poder que tenía, y convirtiéndose en el principal instigador de la resistencia a Sauron, resultó al final victorioso, y con vigilancia y trabajo lo condujo todo hacia el fin designado por los Valar bajo la égida del Único que está por encima de ellos. No obstante, se dice que al culminar la tarea para la cual había venido, sufrió grandemente, y fue muerto, y devuelto de la muerte por un breve tiempo, anduvo vestido de blanco y se convirtió en una llama radiante (aunque invisible todavía, salvo en casos de gran necesidad). Y cuando todo hubo acabado y la Sombra de Sauron se hubo extinguido, se fue por el mar para siempre. Mientras que Curunír fue abatido y humillado por completo, y pereció finalmente en manos de un esclavo oprimido; y su espíritu fue a todos los lugares a donde estaba condenado a ir, y a la Tierra Media, con o sin cuerpo, jamás regresó.

En *El Señor de los Anillos* la única afirmación general acerca de los Istari aparece en una nota de encabezamiento en «La Cuenta de los Años» de la Tercera Edad, en el Apéndice B.

Cuando quizá mil años hubieron transcurrido y la primera sombra hubo caído sobre el Gran Bosque Verde, los *Istari* o

Magos aparecieron en la Tierra Media. Se dijo después que
venían del Lejano Oeste y que eran mensajeros enviados para
contrarrestar el poder de Sauron y unir a todos los que tenían
la voluntad de oponerle resistencia; pero les estaba prohibido
enfrentarse a su poder con poder, o intentar dominar a Elfos
u Hombres por la fuerza o el miedo.

Vinieron por tanto en forma de Hombres, aunque nunca
fueron jóvenes y sólo envejecían muy lentamente; y tenían
múltiples poderes, mentales y manuales. Revelaron sus verdaderos nombres a muy pocos, y utilizaban los nombres que les
daban. Los dos más elevados de esta orden (de los que se dice
que eran cinco) fueron llamados por los Eldar, Curunír, «el
Hombre Hábil», y Mithrandir, «el Peregrino Gris», pero los
Hombres del Norte los llamaron Saruman y Gandalf. Curunír viajó a menudo al Este, pero vivió por fin en Isengard.
Mithrandir era el que más estrecha amistad tenía con los Eldar, y erraba sobre todo por el Oeste, y nunca tuvo morada
duradera.

Sigue un comentario acerca de la custodia de los Tres Anillos de los
Elfos en el que se dice que Círdan dio el Anillo Rojo a Gandalf cuando éste llegó del Mar por primera vez («porque Círdan veía más lejos
y con mayor profundidad que nadie en la Tierra Media»).

El texto sobre los Istari que acabamos de citar, pues, cuenta muchas cosas acerca de ellos y sus orígenes que no aparece en *El Señor de
los Anillos* (y también contiene algunas observaciones incidentales de
gran interés sobre los Valar, su continuo interés por la Tierra Media
y el reconocimiento de haber cometido un error que no puede co-
mentarse aquí). Sumamente notables son la descripción de los Istari
«como miembros de su propia elevada orden» (la orden de los Valar)
y las afirmaciones acerca de su encarnación física.[5] Pero cabe también
observar algunas cosas más: la llegada de los Istari a la Tierra Media

en diversas ocasiones; cómo Círdan advirtió que Gandalf era el más grande de ellos; que Saruman sabía que Gandalf tenía el Anillo Rojo y sintió celos; que Radagast no se mantuvo fiel a su misión; que los otros dos «Magos Azules», sin nombre, fueron con Saruman al Este, pero, a diferencia de Saruman, nunca volvieron a las Tierras del Oeste; el número de los miembros de la orden de los Istari (ignorado, se dice aquí, aunque «los principales» de los que fueron al Norte de la Tierra Media eran cinco); la explicación de los nombres de Gandalf y Radagast, y la palabra sindarin *ithron,* plural *ithryn.*

El pasaje sobre los Istari en «De los Anillos de Poder» (en *El Silmarillion*) está sin duda estrechamente relacionado con lo que se dice en el Apéndice B de *El Señor de los Anillos* que acaba de citarse, incluso en la redacción; pero incluye esta afirmación, que concuerda con «El ensayo sobre los Istari»:

Curunír era el mayor y fue el primero en llegar, y después de él vinieron Mithrandir y Radagast, y otros de los Istari que fueron al Este de la Tierra Media y que no tienen cabida en estas historias.

La mayor parte de los escritos restantes acerca de los Istari (como grupo) por desgracia no son más que notas apresuradas, a menudo ilegibles. De gran interés es, sin embargo, un esbozo muy breve y rápido de una narración donde se cuenta un concilio de los Valar, convocado, parece, por Manwë («¿quizás acudió a Eru en busca de consejo?»), en el que se decidió enviar a tres emisarios a la Tierra Media.

—¿Quiénes irán? Porque han de ser poderosos, pares de Sauron, pero no han de ejercitar ningún poder, y vestirse de carne para tratar así con igualdad a Elfos y Hombres y ganarse la confianza de todos. Pero esto los haría peligrar, pues disminuirían en sabiduría y en conocimiento, y los confundirían los temores, los cuidados y las fatigas de la carne. —Sólo dos se adelantaron: Curumo, que fue elegido por Aulë, y Alatar, que fue enviado por Oromë. Entonces Manwë preguntó dónde se encontraba Olórin. Y Olórin, que estaba vestido de gris, y recién llegado de un viaje se había sentado en el extremo del concilio, preguntó qué quería Manwë de él. Manwë contestó que deseaba que Olórin fuera como tercer mensajero a la Tierra Media (y se observa entre paréntesis que «Olórin era un enamorado de los Eldar que quedaban», aparentemente para explicar la elección de Manwë). Pero Olórin se declaró demasiado débil para la misión, y afirmó que temía a Sauron. Entonces Manwë dijo que ésa era la razón justamente por la que debía ir y ordenó a Olórin (siguen palabras ininteligibles que parecen contener la palabra «tercero»). Pero entonces Varda levantó la cabeza y dijo:

—No como el tercero. —Y Curumo lo recordó.

La nota termina con la afirmación de que Curumo [Saruman] se llevó a Aiwendil [Radagast] porque Yavanna se lo pidió, y que Alatar escogió a Pallando como amigo.[6]

En otra página con apuntes que claramente pertenecen al mismo período se dice que «Curumo debió llevar consigo a Aiwendil para complacer a Yavanna, esposa de Aulë». Hay también allí unos cuadros esbozados que relacionan el nombre de los Istari con el de los Valar: Olórin con Manwë y Varda, Curumo con Aulë, Aiwendil con Yavanna, Alatar con Oromë y Pallando también con Oromë (esto sustituye la correspondencia de Pallando con Mandos y Nienna).

La significación de estas relaciones entre los Istari y los Valar es, claramente, a la luz de la breve narración que se acaba de citar, que cada Istar fue escogido por cada Vala por sus características innatas, quizás incluso por pertenecer a la «gente» de ese Vala, en el mismo sentido en que se dice de Sauron en el *Valaquenta (El Silmarillion)* que «se le contó al principio entre los Maiar de Aulë, y fue siempre una figura poderosa en las tradiciones de ese pueblo». Es, pues, muy notable que Aulë escogiera a Curumo (Saruman). No hay ni atisbo de explicación de por qué el evidente deseo de Yavanna de que se incluyera entre los Istari a uno que amara particularmente sus creaciones, sólo pudiera satisfacerse imponiendo la compañía de Radagast a Saruman; mientras que lo sugerido en el texto sobre los Istari, esto es, que su enamoramiento de las criaturas silvestres de la Tierra Media fue la causa de que descuidara la misión para la que había sido enviado, no concuerda quizá perfectamente con la idea de haber sido el escogido de Yavanna. Además, tanto según el borrador sobre los Istari como según *De los Anillos de Poder,* Saruman fue el primero en llegar, y llegó solo. Por otra parte, es posible ver una sugerencia de la historia de la compañía impuesta de Radagast en el extremo desprecio que le manifiesta Saruman, tal como lo relata Gandalf en el Concilio de Elrond:

«—¡Radagast el Pardo! —rio Saruman, y ya no siguió ocultando su desprecio—. ¡Radagast el Domador de Pájaros! ¡Radagast el Simple! ¡Radagast el Necio! Aunque tuvo bastante tino para desempeñar el papel que yo le marqué.»

Mientras que en el texto sobre los Istari se dice que los dos que fueron al Este no tenían más nombre que *Ithryn Luin,* «los Magos Azules» (queriendo decir, claro está, que no tenían nombre en la Tierra Media), aquí se los llama Alatar y Pallando y se los asocia con Oromë, aunque no hay ningún indicio del porqué de esta relación. Podría ser quizás (aunque esto no es más que mera conjetura) que, de entre los Valar, Oromë fuera el que mejor conocía las regiones más apartadas de la Tierra Media, y que los Magos Azules tuvieran por destino ir a ellas y en ellas quedarse.

Más allá del hecho de que estas notas sobre la elección de los Istari datan de una época posterior a la redacción final de *El Señor de los Anillos,* no encuentro prueba alguna de su relación, en cuanto al tiempo en que fue escrito, con el texto sobre los Istari.[7]

No sé de otros escritos acerca de los Istari, salvo algunas notas muy en borrador y en parte ininteligibles que, por cierto, son muy posteriores a todo lo que precede y que quizá daten de 1972:

Debemos suponer que [los Istari] eran todos Maiar, es decir, personas de orden «angélico», aunque no necesariamente de la misma jerarquía. Los Maiar eran «espíritus», pero capaces de autoencarnarse, y podían adoptar formas «humanas» (especialmente élficas). Se dijo de Saruman (el mismo Gandalf lo hizo) que era el principal de los Istari, esto es, de estatura valinóreana más elevada que la de los demás. Gandalf era evidentemente el que lo seguía. A Radagast se lo presenta como persona de mucho menos poder y conocimiento. De los otros dos nada se dice en la obra publicada, salvo la referencia a los Cinco Magos en el altercado entre Gandalf y Saruman [*Las Dos Torres,* III, 10]. Ahora bien, estos Maiar fueron enviados por los Valar en un momento crucial de la historia de la Tierra Media para apoyar la resistencia de los Elfos del Oeste, cuyo poder se desvanecía, y de los Hombres incorruptos del Oeste, mucho menos numerosos que los del Este y el Sur. Puede verse que cada cual era libre de hacer lo que le pareciera adecuado en la misión; que no recibían órdenes ni debían actuar juntos como un pequeño núcleo de poder y sabiduría; y que cada cual tenía diferentes poderes e inclinaciones y que los Valar los escogieron teniendo esto en cuenta.

Otros escritos se refieren exclusivamente a Gandalf (Olórin, Mithrandir). En el reverso de la página aislada que contiene la narración de la elección de los Istari por los Valar, aparece la siguiente y muy notable nota:

Elendil y Gil-galad eran compañeros; pero ésta fue «la Última Alianza» entre Elfos y Hombres. En la derrota final de Sauron los Elfos no intervinieron efectivamente en el sitio de la acción. Legolas fue quizás el que hizo menos cosas de los Nueve Caminantes. Galadriel, la más grande de los Eldar que sobrevivían en la Tierra Media, era poderosa sobre todo en sabiduría y bondad, como directora o consejera en la lucha, invencible en resistencia (especialmente de mente y espíritu), pero incapaz de acción punitiva. En su escala se había vuelto como Manwë en relación con la acción total general. Manwë, sin embargo, aun después de la Caída de Númenor y el quebrantamiento del viejo mundo, incluso en la Tercera Edad, cuando el Reino Bendecido había sido retirado de los «Círculos del Mundo», no fue aun entonces un mero observador. Era evidentemente de Valinor de donde venían los emisarios llamados los Istari (o Magos), y entre ellos, Gandalf que fue el director y el coordinador tanto del ataque como de la defensa.

¿Quién era «Gandalf»? Se dijo en tiempos posteriores (cuando otra vez una sombra maligna despertó en el Reino) que muchos de los «fieles» de esa época creían que «Gandalf» era la última manifestación del mismo Manwë, antes de que se retirara para siempre a la torre de vigilancia de Taniquetil. (Que Gandalf dijera que su nombre «en el Oeste» había sido Olórin equivalía, de acuerdo con esta creencia, a reconocer que su identidad ficticia era un mero nombre supuesto.) Yo (claro está) no conozco la verdad, pero si la conociera, sería un error mostrarme más explícito que el mismo Gandalf. Pero no creo que fuera así. Manwë no descenderá de la Montaña hasta la Dagor Dagorath y la llegada del Fin, cuando Melkor retorne.[8] Para eliminar a Morgoth envió a su heraldo Eönwë. Para derrotar a Sauron, ¿no enviaría entonces a un espíritu menor (aunque poderoso) del pueblo angélico, un coevo e igual de Sauron, sin duda, en sus orígenes, pero nada más? Olórin era su nombre. Pero de Olórin nunca sabremos más que lo revelado en Gandalf.

A esto siguen dieciséis líneas de un poema en versos aliterados:

¿Saber la historia deseas / largo tiempo secreta

de los Cinco venidos / de un lejano país?
Sólo uno regresó. / Los otros, jamás de nuevo
bajo el dominio del Hombre / la Tierra Media buscarán
hasta que la Dagor Dagorath sobrevenga / y el Día del
Juicio Final.
¿Oís bien? / ¿Concilio oculto
de Señores del Oeste / en la tierra de Aman?
Perdidos quedan los largos senderos / que allí guiaban,
y a los mortales Hombres / Manwë no habla.
Desde el Oeste-que-fue / lo portó un viento
a oídos del durmiente / en los silencios
bajo la sombra nocturna / cuando llegan las nuevas
de tierras calladas / y edades perdidas
sobre océanos de años / al pensamiento que indaga.
No a todos ha olvidado / el Rey Mayor.
A Sauron vio / como una lenta amenaza...

Hay mucho en estas líneas que se relaciona con el tema más general de la preocupación de Manwë y los Valar por el destino de la Tierra Media después de la Caída de Númenor, lo que por fuerza ha de quedar fuera de los límites de este libro.

Tras las palabras «Pero de Olórin nunca sabremos más que lo revelado en Gandalf», mi padre agregó un tiempo después:

salvo que Olórin es un nombre alto élfico y, por tanto, debieron dárselo los Eldar en Valinor o es una «traducción» que resultaba significativa para ellos. En cualquiera de los casos, tanto si es un nombre dado por otros o asumido por su propio portador, ¿cuál es su significado? *Olor* es una palabra que a menudo se traduce como «sueño», pero no se refiere a los llamados «sueños» humanos, o a la gran mayoría de éstos, y ciertamente no a los sueños que se tienen mientras se duerme.

Para los Eldar designaba también las imágenes vívidas de la *memoria* y de la *imaginación*: se refería, de hecho, a la *visión clara,* en la mente, de cosas no físicamente presentes en relación con el cuerpo. Y no sólo a ideas, sino a su plasmación plena con formas y detalles particulares.

Una nota etimológica aislada explica la significación de manera similar:

olo-s: visión, «fantasía»: nombre élfico común para designar una «construcción de la mente» que no (pre)existe realmente en Eä al margen del proceso de construcción, y que sólo es atribuible a los Eldar susceptibles de ser convertidos por el Arte *(Karmë)* en seres visibles y sensibles. *Olos* se aplica a las bellas construcciones que tienen exclusivamente un fin artístico (esto es, que no tienen por fin el engaño ni la adquisición de poder).

Se mencionan palabras derivadas de esta raíz: quenya *olos,* «sueño, visión», plural, *olozi/olori; ōla-* (impersonal), «soñar»; *olosta,* «soñador». Luego se hace una referencia a *Olofantur,* que fue antes el «verdadero» nombre de Lórien, el Vala que era «el amo de las visiones y los sueños» antes de que se cambiara en *Irmo* en *El Simarillion* (como *Nurufantur* se transformó en *Námo* (Mandos): aunque el plural *Fëanturi* con que se designó a estos dos «hermanos» se conservó en el *Valaquenta.* Estas observaciones sobre *olos, olor* se relacionan claramente con el pasaje del *Valaquenta (El Silmarillion)* donde se dice que Olórin vivía en Lórien, en Valinor, y que

aunque amaba a los Elfos, andaba invisible entre ellos o adoptaba su forma, y no sabían de dónde les venían las bellas visiones que tenían o los impulsos de sabiduría que él ponía en sus corazones.

En una versión anterior de este pasaje se decía que Olórin era «consejero de Irmo» y que en el corazón de los que lo escuchaban despertaba pensamientos «de bellas cosas que no habían sido todavía, pero que podrían ser hechas para enriquecimiento de Arda».

Hay una larga nota para dilucidar el pasaje de *Las Dos Torres,* IV, 5, donde Faramir contó en Henneth Annûn que Gandalf había dicho:

Muchos son mis nombres en numerosos países. Mithrandir entre los Elfos, Tharkûn para los Enanos; Olórin era en mi juventud en el Oeste que nadie recuerda,[9] Incánus en el Sur, Gandalf en el Norte; al Este nunca voy.

Esta nota es anterior a la publicación de la segunda edición de *El Señor de los Anillos* en 1966, y dice lo siguiente:

La fecha de la llegada de Gandalf es incierta. Vino de más allá del Mar, aparentemente hacia la misma época en que se advirtieron los primeros signos del resurgimiento de «la Sombra»: la reaparición y la multiplicación de cosas malignas. Pero rara vez se le menciona en los anales o las crónicas durante el segundo milenio de la Tercera Edad. Probablemente erró largo tiempo (con diversas apariencias), empeñado no en hechos ni acontecimientos, sino en la exploración de los corazones de los Elfos y de los Hombres que habían opuesto resistencia a Sauron y de quienes aún podía esperarse que lo siguieran haciendo. Se conserva una declaración suya (o una versión de ella, en todo caso no plenamente comprendida) de que su nombre en su juventud fue Olórin en el Oeste, pero que los Elfos lo llamaban Mithrandir (Peregrino Gris), los Enanos, Tharkûn (que significa «Hombre del Cayado», según se ha dicho), Incánus en el Sur y Gandalf en el Norte, pero «al Este nunca voy».

«El Oeste» significa aquí claramente el Lejano Oeste más allá del Mar y no una parte de la Tierra Media; el nombre Olórin tiene forma alto-élfica. «El Norte» debe de referirse a las regiones noroccidentales de la Tierra Media, donde la mayoría de los habitantes o pueblos parlantes no fueron nunca corrompidos por Morgoth ni Sauron. En esas regiones se opondría una firme resistencia contra los males dejados tras de sí por el Enemigo o por Sauron, su servidor, si éste reapareciera. Los límites de esta región eran naturalmente difusos; la frontera oriental era aproximadamente el Río Carnen, donde se une con el Celduin (el Río Rápido), y así hasta Núrnen, y desde allí hacia el sur hasta los antiguos confines de Gondor del Sur. (Originalmente no excluía Mordor, que, aunque se encontraba fuera de los reinos originales de Sauron «en el Este», fue ocupado por él, como amenaza deliberada contra el Oeste y los Númenóreanos.) «El Norte», pues, incluye toda esta vasta superficie: aproximadamente de Oeste a Este desde el Golfo de Lune hasta Núrnen, y de Norte a Sur desde Carn Dûm hasta las fronteras meridionales de la vieja Gondor, entre ella y el Cercano Harad. Gandalf nunca había ido más allá de Núrnen.

Este pasaje es el único testimonio conservado de que prolongara sus viajes más hacia el Sur. Aragorn declara haber penetrado en «las lejanas [llanuras] de Rhûn y Harad, donde las estrellas son extrañas» (*La Comunidad del Anillo*, II, 2).[10] No hay por qué suponer que también lo hiciera Gandalf. Estas leyendas tienen casi todas el Norte como escenario porque se acepta como hecho histórico que la lucha contra Morgoth y sus sirvientes tuvo lugar sobre todo en el Norte, especialmente el noroeste de la Tierra Media, y que ello fue así porque el movimiento de los Elfos y de los Hombres que querían escapar de Morgoth se produjo inevitablemente hacia el oeste, en dirección al Reino Bendecido, y hacia el noroeste, porque en ese punto las costas de la Tierra Media estaban más cerca de Aman que cualquier otro punto. *Harad,* «Sur», es, pues, un término vago, y aunque antes de su caída los Hombres de Númenor habían explorado las costas de la Tierra Media hasta muy al sur, las colonias más allá de Umbar habían sido absorbidas, o bien eran colonias fundadas por hombres que Sauron había ya corrompido en Númenor, y que se habían vuelto hostiles y formaban parte del dominio de Sauron. Pero las regiones meridionales en contacto con Gondor (y llamadas por los hombres de Gondor simplemente Harad, «Sur», Cercano o Lejano) eran probablemente más propicias a la «Resistencia», habiendo sido tierras en las que Sauron se había mostrado muy activo en la Tercera Edad, pues eran una fuente de potencial humano que podía utilizarse fácilmente en contra de Gondor. Es muy posible que Gandalf penetrara hasta estas regiones en los primeros días de sus trabajos.

Pero su provincia principal era «el Norte» y, allí, sobre todo el Noroeste, Lindon, Eriador y los Valles del Anduin. Estaba aliado fundamentalmente con Elrond y con los Dúnedain septentrionales (Montaraces). Le eran peculiares el amor que sentía por los Medianos y el conocimiento que tenía de ellos, porque en su sabiduría presagiaba la importancia que en última instancia iban a tener, y, al mismo tiempo, percibía el valor intrínseco de estas gentes. Gondor atrajo menos su atención por el mismo motivo que provocó en Saruman un interés mayor; era un centro de conocimiento y poder. Sus gobernantes, por razones ancestrales y por todas sus tradiciones, eran enemigos irrevocables de Sauron, especialmente desde un punto de vista político: este reino se presentaba como una amenaza para él, y siguió existiendo sólo mientras la amenaza que Sauron constituía para ellos pudo ser contenida por la fuerza de las armas. Gandalf poco podía hacer para guiar a estos orgullosos gobernantes o impartirles instrucción, y sólo en la decadencia de su poder, cuando se ennoblecieron con el coraje y la firmeza que manifestaron en lo que parecía una causa perdida, empezó a interesarse seriamente por ellos.

El nombre *Incánus* es aparentemente «extranjero», no es oestron ni élfico (sindarin o quenya), y no tiene ninguna relación con las lenguas supervivientes de los Hombres del Norte. Una nota en el Libro de Thain dice que es una forma adaptada al quenya de una palabra en la lengua de los Haradrim, y que significa simplemente «espía del Norte» *(Inkā + nūs).*[11]

Gandalf es un nombre cambiado en la narración inglesa, de acuerdo con el mismo tratamiento que se aplicó a los nombres de Hobbits y Enanos. Es en realidad un nombre noruego (aplicado a un Enano en el *Völuspá*)[12] que utilizó porque parece contener *gandr,* vara, especialmente de las que se utilizan en «magia», y podría suponerse que significa «ser élfico con una vara (mágica)». Gandalf no era un Elfo, pero no parece difícil que los Hombres lo asociaran con ellos, pues la amistad que les profesaba era perfectamente conocida. Puesto que el nombre se atribuye al «Norte» en general, debe suponerse que Gandalf representa un nombre oestron, aunque constituido de elementos que no derivan de lenguas élficas.

En una nota escrita en 1967 se adopta un punto de vista enteramente distinto acerca de las palabras de Gandalf «Incánus en el Sur»:

No es nada claro lo que quiso decir con «en el Sur». Gandalf afirmó no haber visitado nunca «el Este», sino que parece haber limitado sus viajes y su guardia a las tierras occidentales habitadas por Elfos y pueblos en general hostiles a Sauron. De cualquier manera, parece improbable que viajara por el Harad (¡o Lejano Harad!) o que permaneciera allí lo bastante como para que se le diera un nombre especial en una de las lenguas de esas regiones tan poco conocidas. El Sur debería, pues, referirse a Gondor (o, cuando menos, a esas tierras bajo el protectorado de Gondor en la cumbre de su poder). Sin embargo, en el tiempo en que transcurre esta historia, vemos que a Gandalf lo llaman siempre Mithrandir en Gondor (así lo llaman los Hombres de alcurnia o de origen númenóreano, como Denethor, Faramir, etc.). Éste es un nombre sindarin, y se menciona como el utilizado por los Elfos; pero los Hombres de alcurnia de Gondor conocían y empleaban esa lengua. El nombre «popular» en lengua oestron o común significaba evidentemente «Manto Gris», pero como se había inventado hacía ya mucho, tenía entonces una forma arcaica. Esto tal vez venga ilustrado con el *Greyhame* utilizado por Éomer en Rohan.

Mi padre concluía aquí que «en el Sur» sí se refería a Gondor, y que Incánus era (como Olórin) un nombre quenya, aunque inventado en Gondor en tiempos antiguos, cuando los eruditos empleaban todavía mucho esa lengua, que era la de muchos documentos históricos, como lo había sido en Númenor.

Gandalf, se dice en «La Cuenta de los Años», apareció en el Oeste a principios del siglo XI de la Tercera Edad. Si suponemos que al principio visitó Gondor a menudo y por un tiempo lo bastante prolongado como para tener allí uno o varios nombres —por ejemplo, en el reino del Atanatar Alcarin, alrededor de 1.800 años antes de la Guerra del Anillo—, sería posible considerar Incánus un nombre quenya inventado para él, que luego se volvió anticuado y fue recordado sólo por los eruditos.

De acuerdo con esta suposición, se propone una etimología compuesta por los elementos quenya *in(id)-*, «mente», y *kan-*, «gobernador», especialmente en *cano, cánu*, «gobernador, regente, capitán» (este último constituye el segundo elemento en los nombres *Turgon* y *Fingon*). En esta nota mi padre se refería a la palabra latina *incánus*, «canoso», sugiriendo que ése era el origen de este nombre de Gandalf cuando *El Señor de los Anillos* estaba en proceso de composición, lo cual sería muy sorprendente si fuera verdad; y al final de la exposición observaba que la coincidencia de forma entre el nombre quenya y la palabra latina debe considerarse un «accidente», como lo es la palabra sindarin *Orthanc*, «altura hendida», y la anglosajona *orpanc*, «artefacto ingenioso», que es la traducción del nombre en la lengua de los Rohirrim.

NOTAS

1. En *Las Dos Torres,* III, 8, se dice que a Saruman «muchos lo consideraban el Mago de los Magos» y en el Concilio de Elrond (*La Comunidad del Anillo,* II, 2) Gandalf explícitamente afirma: «Saruman el Blanco es el más grande de mi orden».

2. En *De los Anillos de Poder (El Silmarillion)* se da otra versión de las palabras que Círdan dirige a Gandalf cuando le da el Anillo de Fuego en los Puertos Grises, y, con una redacción muy semejante, también en el Apéndice B de *El Señor de los Anillos* (nota de encabezamiento de «La Cuenta de los Años» de la Tercera Edad).

3. En una carta escrita en 1958 mi padre decía que no tenía conocimiento claro de «los otros dos», pues no intervenían en la historia del Noroeste de la Tierra Media. «Creo —escribió— que fueron como emisarios a regiones distantes, al Este y al Sur, lejos del alcance de los Númenóreanos: misioneros en tierras ocupadas por el enemigo, quizá. En qué grado salieron triunfantes, lo ignoro; pero me temo que fracasaron, como Saruman

fracasó, aunque indudablemente de manera diferente; y sospecho que fueron los fundadores o iniciadores de cultos secretos y tradiciones "mágicas" que sobrevivieron a la caída de Sauron».

4. En una nota muy tardía sobre los nombres de los Istari se dice que Radagast era un nombre derivado de los Hombres de los Valles del Anduin «que ya no resulta claramente interpretable». Se dice que Rhosgobel, llamado «el viejo hogar de Radagast» en *La Comunidad del Anillo*, II, 3, se encontraba «en los límites boscosos entre la Carroca y el Camino del Bosque Viejo».

5. Parece realmente, por la mención de Olórin que se hace en el *Valaquenta (El Silmarillion)*, que los Istari eran Maiar; porque Olórin era Gandalf.

6. *Curumo* parecería ser el nombre de Saruman en quenya, y no consta en ningún otro sitio; *Curunír* era la forma sindarin. *Saruman*, el nombre con que lo conocían los Hombres del Norte, contiene la palabra anglosajona *searu, saru*, «habilidad, astucia, recurso astuto». *Aiwendil* debe de significar «amante de los pájaros»; cf. *Linaewen*, «lago de los pájaros» en Nevrast [véase el Apéndice de *El Silmarillion*, voz *lin (I)*]. Para la significación de *Radagast*, véase «Los Istari» y la nota 4. *Pallando*, a pesar de su escritura, quizá contiene *palan*, «lejos», como en *palantír* y en *Palarran*, «Errante Lejano», el nombre del barco de Aldarion.

7. En una carta escrita en 1956, mi padre decía que «apenas hay referencias en *El Señor de los Anillos* a cosas que no existan realmente en su propio plano (el de una realidad secundaria o subcreativa)» y agregaba en una nota al pie sobre esto: «Los gatos de la Reina Berúthiel y los nombres de los otros dos magos (cinco menos Saruman, Gandalf y Radagast) son todo lo que recuerdo». [En Moria, Aragorn decía de Gandalf: «Estoy seguro de que en una noche cerrada encontraría el camino de vuelta a casa más fácilmente que los gatos de la Reina Berúthiel». (*La Comunidad del Anillo*, II, 4)].

No obstante, incluso la historia de la Reina Berúthiel existe, aunque sólo en un esbozo muy «primitivo» en parte ilegible. Era la perversa, solitaria, fría esposa de Tarannon, el duodéci-

mo Rey de Gondor (Tercera Edad, 985-1086) y el primero de
los «Reyes de los Navíos», que fue coronado con el nombre de
Falastur, «Señor de las Costas», y fue el primer rey que no tuvo
hijos (*El Señor de los Anillos,* Apéndice A, I, ii y iv). Berúthiel vivía en la Casa del Rey en Osgiliath, llena de odio por los sonidos
y los olores del mar y la casa que Tarannon levantó bajo Pelargir
«sobre arcos cuyos pies se hundían profundamente en las amplias aguas de Ethir Anduin»; detestaba toda elaboración, todo
color y adorno, y sólo vestía de negro y de plata y vivía en habitaciones desnudas, y los jardines de la casa de Osgiliath estaban
llenos de atormentadas esculturas bajo los cipreses y los tejos.
Tenía nueve gatos negros y uno blanco, sus esclavos, con quienes
conversaba o leía sus memorias, y les encomendaba el descubrimiento de todos los oscuros secretos de Gondor, de modo que se
enteraba de todas esas cosas «que los hombres quieren mantener
ocultas», y hacía que el gato blanco espiara a los negros, y los
atormentaba. Ningún hombre en Gondor se atrevía a tocarlos;
todos les tenían miedo y maldecían al verlos pasar. Lo que sigue
es casi ilegible en el único manuscrito, salvo el final, en el que se
dice que su nombre fue borrado del Libro de los Reyes («pero la
memoria de los hombres no se encierra enteramente en los libros,
y los gatos de la Reina Berúthiel nunca desaparecieron del todo
de boca de los hombres») y que el Rey Tarannon la hizo embar-
car sola con los gatos y la hizo viajar a la deriva por el mar a favor
de un viento del norte. El barco fue visto por última vez frente
a Umbar bajo la hoz de la luna, con un gato en el palo mayor y
otro como mascarón de proa.

8. Ésta es una referencia a «la Segunda Profecía de Mandos»,
   que no figura en *El Silmarillion*; no es posible intentar aquí su
   dilucidación, pues sería necesario contar con la crónica de la
   historia de la mitología en relación con la versión publicada.

9. Gandalf dijo otra vez «Era yo Olórin en el Oeste que nadie
   recuerda» cuando habló con los Hobbits y Gimli en Minas Tirith después de la coronación del Rey Elessar; véase «La aventura de Erebor».

10. Las «estrellas extrañas» corresponden exclusivamente al Harad y esto debe de significar que Aragorn llegó en sus viajes al hemisferio sur. [Nota del autor.]

11. Una marca sobre la última letra de *Inkā-nūs* parece indicar que la última consonante era *sh*.

12. Uno de los poemas de la colección de poesía noruega muy antigua conocida como la «Edda Poética» o «Edda Mayor».

3

LAS *PALANTÍRI*

Las *palantíri*, sin la menor duda, no fueron nunca objeto de utilización o conocimiento corrientes, ni siquiera en Númenor. En la Tierra Media se conservaron en habitaciones custodiadas en muy altas torres; sólo los reyes y los gobernantes y los guardianes por ellos designados tenían acceso a las piedras y nunca se consultaron ni se exhibieron en público. Pero hasta el fin de los Reyes no constituyeron un secreto siniestro. No había peligro en su empleo, y ni el Rey ni ninguna otra persona autorizada a examinarlas habría vacilado en revelar la fuente de su conocimiento de los hechos o las opiniones de los gobernantes distantes, si éste había sido obtenido mediante la consulta de las Piedras.[1]

Después de terminada la época de los Reyes y de la pérdida de Minas Ithil, ya no se hace mención de su utilización manifiesta y oficial. No quedaba en el Norte Piedra que respondiera después del naufragio de Arvedui, el último Rey, en el año 1975.[2] En 2002 se perdió la Piedra Ithil. Sólo quedaron entonces la Piedra de Anor en Minas Tirith y la Piedra de Orthanc.[3]

Dos cosas contribuyeron entonces al descuido de las Piedras y su desaparición de la memoria colectiva del pueblo. La primera era la ignorancia de lo que le había ocurrido a la Piedra de Ithil: se supuso, no sin tino, que los defensores de Minas Ithil la destruyeron antes de la toma y el saqueo;[4] pero era evidentemente posible que hubiera sido arrebatada y que hubiera pasado a manos de Sauron, y algunos de los más sabios y más previsores deben de haber considerado esta eventualidad. Parece que así fue en efecto, y que se dieron cuenta de que la Piedra de poco le habría servido para daño de Gondor, a no ser que hiciera contacto con otra piedra que estuviera en acuerdo con ella.[5] Es posible suponer que fue por esta razón que la Piedra de Anor, sobre la que todos los documentos de los Senescales guardan silencio hasta la Guerra del Anillo, se mantuvo en un secreto celosamente guardado, sólo accesible a los Senescales Regentes, y ninguno de ellos la utilizó (según parece) hasta Denethor II.

La segunda razón fue la decadencia de Gondor y la mengua del interés por la historia antigua o su conocimiento entre todos los hombres de elevado rango del reino, con escasas excepciones, salvo por lo que en ella concernía a sus genealogías: sus antepasados y su linaje. Gondor, después de los Reyes, declinó hasta retroceder a una «Edad Media», con conocimientos menguantes y técnicas más sencillas. Las comunicaciones pasaron a depender de mensajeros y emisarios a caballo, o en momentos de urgencia de señales de luces, y si las Piedras de Anor y Orthanc se guardaban todavía como tesoros del pasado, sólo conocidas por muy pocos, las Siete Piedras de antaño estaban en general olvidadas por el pueblo, y los versos de las crónicas que hablaban de ellas, si se conservaban en la memoria, ya no eran comprendidos; el recuerdo de sus virtudes y operaciones fue transformado por la leyenda en los poderes élficos de los antiguos reyes de ojos penetrantes y los espíritus veloces como pájaros que los servían llevándoles nuevas o transportando sus mensajes.

Durante este tiempo la Piedra de Orthanc, al parecer, fue descuidada por los Senescales: ya de nada les servía y estaba segura en una torre inexpugnable. Aun cuando ella no hubiera sido también afectada por la duda que ensombreció la Piedra de Ithil, se encontraba en una región con la que Gondor tenía relaciones cada vez más indirectas. Calenardhon, que nunca estuvo muy densamente poblada, había sido diezmada por la Peste Oscura de 1636 y en adelante fue despoblándose de habitantes de origen númenóreano por causa de la emigración a Ithilien y a tierras más cercanas del Anduin. Isengard siguió siendo una posesión personal de los Senescales, pero Orthanc quedó desierta, y finalmente se cerró y sus llaves fueron llevadas a Minas Tirith. Si Beren el Senescal tuvo en cuenta la Piedra cuando se la dio a Saruman, probablemente pensó que en ninguna otra parte estaría más segura que en manos de quien encabezaba el Concilio enemigo de Sauron.

Sin duda las investigaciones emprendidas por Saruman[6] le habían procurado un conocimiento especial de las Piedras, objetos que por fuerza atrajeron su atención, y se convenció de que la Piedra de Orthanc se encontraba todavía intacta en su torre. Obtuvo las llaves de Orthanc en 2759, nominalmente como guardián de la torre y lugarteniente del Senescal de Gondor. Por ese tiempo la Piedra de Orthanc apenas habría despertado el interés del Concilio Blanco. Sólo Saruman, habiéndose ganado el favor de los Senescales, había estudiado lo bastante las crónicas de Gondor como para entender la importancia de las *palantíri* y los posibles usos de las que sobrevivían; pero de esto nada dijo a sus colegas. Los celos y el odio que Saruman sentía por Gandalf fueron causa de que dejara aquél de colaborar con el Concilio, que se reunió por última vez en 2953. Sin que mediara declaración formal alguna, Saruman estableció en Isengard su dominio y ya no hizo ningún caso de Gondor. El Concilio sin duda no aprobó esto; pero Saruman era un agente libre y tenía derecho, si así lo deseaba, a actuar independientemente de acuerdo con su propia política para resistir a Sauron.[7]

El Concilio en general, por vías independientes, debió de haber tenido conocimiento de las Piedras y sus antiguas propiedades; pero no las consideraron de gran importancia para los tiempos presentes: eran cosas que pertenecían a la historia de los Reinos de los Dúnedain, maravillosas y admirables, pero en su mayoría ahora perdidas o de escasa utilidad. Debe recordarse que las Piedras eran originalmente «inocentes» y no servían para fines malvados. Fue Sauron el que las hizo siniestras, e instrumentos de dominación y engaño.

Aunque (prevenido por Gandalf) el Concilio pudo haber empezado a desconfiar de los designios de Saruman en relación con los Anillos, ni siquiera Gandalf sabía que aquél se había convertido en aliado o sirviente de Sauron. Esto lo descubrió Gandalf sólo en julio de 3018. Pero, aunque en años posteriores Gandalf amplió sus conocimientos y los del Concilio acerca de la historia de Gondor mediante el estudio de sus documentos, lo que todavía concernía más a todos era el Anillo: nadie advertía las posibilidades latentes en las Piedras. Es evidente que sólo poco antes de la Guerra del Anillo el Concilio había advertido que sabían muy poco acerca del destino de la Piedra de Ithil, y no entendió su significado (lo que es justificable aun en individuos como Elrond, Galadriel y Gandalf, abrumados por el peso de sus preocupaciones) ni consideró cuál podría ser el resultado si Sauron se apoderaba de una de las Piedras. Fue necesaria la demostración en Dol Baran de los efectos de la Piedra de Orthanc sobre Peregrin

para que se pusiera de inmediato en evidencia que el «vínculo» entre Isengard y Barad-dûr (obvio después de descubrirse
que las fuerzas de Isengard se habían unido a otras dirigidas
por Sauron en el ataque contra la Comunidad) era de hecho
la Piedra de Orthanc... y alguna otra *palantír*.

El objeto inmediato de Gandalf en la conversación que
sostuvo con Peregrin mientras iban montados en Sombragrís
desde Dol Baran era dar al hobbit alguna idea sobre la historia de las *palantíri* para que pudiera empezar a darse cuenta
de la antigüedad, la dignidad y el poder de las cosas con las
que se estaba entrometiendo. No le interesaba exhibir su propio proceso de descubrimiento y deducción, excepto con este
fin: explicar cómo Sauron llegó a tener dominio de ellas, de
modo que utilizarlas era peligroso para cualquiera, por más
sabio que fuese. Pero al mismo tiempo la mente de Gandalf
estaba afanosamente ocupada en las Piedras, y reflexionaba
sobre las consecuencias de la revelación de Dol Baran sobre
muchas cosas que había observado y pensado: tales como el
conocimiento que tenía Denethor de acontecimientos distantes, y la prematura vejez de su aspecto, notable por primera
vez cuando apenas había superado los sesenta años, aunque
pertenecía a una raza y una familia que aún tenían normalmente una vida más larga que la de los otros hombres. Sin
duda, la prisa de Gandalf por llegar a Minas Tirith, además
de obedecer a la urgencia de la situación y a la inminencia de
la guerra, estaba acuciada por el súbito temor de que Denethor hubiera recurrido a una *palantír,* la Piedra de Anor, y
por el deseo de juzgar qué efecto había tenido esto sobre él: si
en la prueba crucial de la guerra desesperada no resultaría él
(como Saruman) indigno de confianza, y si no sería capaz de
ceder ante Mordor. El trato que tuvo Gandalf con Denethor
al llegar a Minas Tirith y en los días siguientes, y todo lo

que, según las noticias conservadas del encuentro se dijeron, deben considerarse a la luz de la duda que albergaba la mente de Gandalf.[8]

La importancia que cobró la *palantír* de Minas Tirith en sus pensamientos arranca, pues, de la experiencia de Peregrin en Dol Baran. Pero el conocimiento o la conjetura que tuvo de su existencia, por supuesto, eran muy anteriores. Poco se sabe de la historia de Gandalf hasta el fin de la Paz Vigilante (2460) y la formación del Concilio Blanco (2463), y su interés especial por Gondor sólo parece haberse manifestado después de que Bilbo encontrara el Anillo (2941) y del evidente regreso de Sauron a Mordor (2951).[9] Su atención se centró entonces (como la de Saruman) en el Anillo de Isildur; pero mientras leía los archivos de Minas Tirith, seguramente aprendió mucho acerca de las *palantíri* de Gondor, aunque con menor apreciación inmediata de su posible significado que la que mostró Saruman, cuya mente, a diferencia de la de Gandalf, siempre se sentía más atraída por los artilugios y los instrumentos de poder que por las personas. Sin embargo, ya probablemente en aquel tiempo tenía Gandalf un mayor conocimiento que Saruman acerca de la naturaleza y el origen de las *palantíri,* pues todo lo que se refería al antiguo reino de Arnor y la historia posterior de esas regiones constituía su ámbito particular, y él mantenía una estrecha alianza con Elrond.

Pero la Piedra de Anor se había vuelto un secreto: ninguna mención de su destino después de la caída de Minas Ithil aparece en los anales o las crónicas de los Senescales. La historia aclararía que ni Orthanc ni la Torre Blanca de Minas Tirith habían sido nunca tomadas o saqueadas por los enemigos, y por tanto podía suponerse que las piedras seguían intactas en sus antiguos sitios; pero no era seguro que los Senescales no las hubieran retirado, y quizá «sepultado profundamente»[10] en alguna cámara de tesoros secreta, tal vez incluso en algunos de los últimos refugios escondidos en las montañas, comparables a las Quebradas de los Túmulos.

Gandalf, según se afirmó, dijo que no creía que Denethor se hubiera atrevido a usarla, a menos que le fallara el tino.[11] No podía afirmarlo como un hecho establecido, porque el hecho de que Denethor osara utilizar la Piedra, y cuándo y por qué, era y sigue siendo objeto de conjetura. Bien podía pensar Gandalf lo que pensaba sobre el asunto, pero es probable, teniendo en cuenta lo que se dice de Denethor, que empezara a utilizar la Piedra de Anor muchos años antes de 3019, y antes de que Saruman se aventurara a utilizar la Piedra de Orthanc o creyera útil hacerlo. Denethor accedió a la Senescalía en 2984, a los cincuenta y cuatro años: un hombre dominante, sabio y erudito muy por encima de lo corriente en aquellos días, y de fuerte voluntad, confiado en sus propios poderes y osado. Su «lobreguez» fue por primera vez evidente para los demás después de morir su esposa Finduilas en 2988, pero parece bastante probable que hubiera recurrido a la Piedra no bien tuvo acceso al poder, pues había estudiado durante largo tiempo el tema de las *palantíri,* y las tradiciones sobre ellas y sus usos preservados en los archivos especiales de los Senescales, asequibles sólo al Senescal Regente y a su heredero. Durante el final del gobierno de su padre, Ecthelion II, tuvo que haber tenido grandes deseos de consultar la Piedra mientras la ansiedad crecía en Gondor y su propia posición se debilitaba por causa de la fama de «Thorongil»[12] y el favor que le dispensaba su padre. Uno de sus motivos, cuando menos, pudo haber sido los celos que sentía por Thorongil y la hostilidad hacia Gandalf, a quien, cuando Thorongil era influyente, su padre concedía gran atención; Denethor quería sobrepasar a estos «usurpadores» en conocimiento e información y también, de ser posible, mantenerlos vigilados mientras estaban lejos.

La fuerte ansiedad de Denethor cuando tuvo que hacer frente a Sauron ha de distinguirse de la ansiedad provocada por la Piedra.[13] Esta última le pareció a Denethor que podía soportarla (y no sin razón); el enfrentamiento con Sauron casi con seguridad no ocurriría aún por muchos años, y probablemente Denethor no lo previo en un principio. Para los usos de las *palantíri* y la distinción entre la posibilidad de «ver» a lo lejos y de comunicarse con otra Piedra afín y la persona «responsable» de ella (en este capítulo). Al cabo de un tiempo, a Denethor le fue posible enterarse de muchas cosas sobre acontecimientos distantes mediante el empleo de la Piedra de Anor únicamente, y aun después de que Sauron supo de sus operaciones, pudo seguir haciéndolo, en la medida en que conservara las fuerzas para ajustar la piedra a sus propios fines, a pesar de que Sauron intentara siempre «tirar fuerte» de la Piedra de Anor hacia sí. Es preciso también tener en cuenta que las Piedras no eran sino un pequeño detalle entre los vastos designios y operaciones de Sauron: un medio de dominar y despistar a dos de sus oponentes, pero no estaba dispuesto a tener la Piedra de Ithil en perpetua observación (ni le era posible hacerlo). No era su costumbre dar semejantes instrumentos a sus subordinados; tampoco tenía entre sus sirvientes a nadie cuyos poderes mentales fueran superiores a los de Saruman o aún a los Denethor.

En el caso de Denethor, la posición del Senescal estaba reforzada, incluso contra el mismo Sauron, por el hecho de que las Piedras se adaptaban mucho a las necesidades de sus legítimos usuarios: sobre todo de los verdaderos «Herederos de Elendil» (como Aragorn), pero también a las de una autoridad heredada (como Denethor), en contraposición a Saruman o Sauron. Hay que observar que los efectos fueron diferentes. Saruman cayó bajo el dominio de Sauron y deseó su victoria o ya no se opuso a ella. Denethor siguió firme en su rechazo hacia Sauron, pero creyó que la victoria de éste era inevitable y, por tanto, desesperó. Las razones de esta diferencia fueron sin duda, en primer lugar, que Denethor era un hombre de gran fuerza de voluntad, y mantuvo la integridad de su carácter hasta que su único hijo superviviente recibió la herida (aparentemente) mortal. Era orgulloso, pero no por motivos meramente personales: amaba Gondor y a su pueblo, y se creía designado por el destino para conducirlos en esos tiempos de infortunio. Y en segundo lugar la Piedra de Anor era suya por derecho, y solamente la conveniencia se oponía a su utilización, sumido como estaba en una grave ansiedad. Debió de haber adivinado que la Piedra de Ithil no estaba en buenas manos, y se arriesgó a ponerse en contacto con ella confiando en su fuerza. Su confianza no era del todo injustificada. Sauron no logró dominarlo, y sólo pudo influir en él recurriendo a engaños. Probablemente en un principio no miró hacia Mordor, sino que se contentó con las «perspectivas lejanas» que la Piedra procuraba; de ahí su sorprendente conocimiento de acontecimientos distantes. No se sabe si hizo alguna vez contacto con la Piedra de Orthanc o Saruman; probablemente lo hizo, y con algún provecho. Sauron no podía irrumpir en estas conferencias: sólo al responsable que utilizara la Piedra Maestra de Osgiliath le era posible «escuchar» furtivamente. Mientras las otras dos piedras estuvieran en comunicación, la tercera las encontraría a ambas en blanco.[14]

Debe haber habido abundantes historias acerca de las *palantíri*, conservadas en Gondor por los Reyes y los Senescales, y preservadas aun cuando ya no se utilizaban las piedras. Las *palantíri* eran un don inalienable de Elendil y sus herederos, los únicos a quienes pertenecían por derecho; pero esto no significa que sólo uno de estos «herederos» pudiera utilizarlas adecuadamente. Podían ser usadas con justicia por cualquiera que tuviera autorización del «Heredero de Anárion» o el «Heredero de Isildur», es decir, un Rey legítimo de Gondor o Arnor. En realidad, normalmente tendrían que haberlas utilizado las gentes delegadas. Cada Piedra tenía su propio custodio, uno de cuyos deberes era «examinar la Piedra», a intervalos regulares, o cuando se les ordenaba o en casos de necesidad.

También se designaba a otras personas para que visitaran las piedras, y los ministros de la Corona relacionados con la «inteligencia» las inspeccionaban regularmente, y en casos especiales ofrecían al Rey y al Consejo la información obtenida de esa manera, o en forma privada al Rey, según lo requiriera el asunto. En Gondor últimamente, cuando el cargo de Senescal cobró importancia y se volvió hereditario, a condición de constituir un «sustituto» permanente del Rey y un virrey inmediato en caso de necesidad, el mando y la utilización de las Piedras parecen haber estado principalmente en manos de los Senescales, y las tradiciones sobre su naturaleza y uso parecen haberse guardado y transmitido en la Casa. Como la Senescalía se había vuelto hereditaria, desde 1998 en adelante,[15] la autoridad para usar las Piedras o delegar esta autoridad fue transmitida legalmente a su linaje, y por tanto pertenecía plenamente a Denethor.[16]

Sin embargo, es preciso tener en cuenta, en relación con *El Señor de los Anillos,* que, por esa autoridad delegada, aunque hereditaria, cualquier «Heredero de Elendil» (es decir, cualquier descendiente reconocido que ocupara un trono o un señorío en los reinos númenóreanos en virtud de su ascendencia) tenía derecho a utilizar cualquiera de las *palantíri*. Aragorn, pues, reclamó el derecho a tomar posesión de la Piedra de Orthanc, pues por el momento carecía de dueño o custodio; y también porque era *de jure* el Rey legítimo tanto de Gondor como de Arnor, y podía, si así lo quería, cobrar para sí con justicia todas las concesiones previas.

La «historia de las Piedras» está ahora olvidada y sólo puede ser recuperada en parte por conjeturas y por algunas pocas noticias conservadas en los archivos. Eran esferas perfectas que, cuando estaban en reposo, parecían de vidrio o cristal, y de un profundo color negro. Las más pequeñas tenían un pie poco más o menos de diámetro, pero algunas, como sin duda las Piedras de Osgiliath y Amon Sûl, eran mucho más grandes, y un solo hombre no podía alzarlas. Originalmente, se emplazaron en sitios adecuados a su tamaño y sus funciones específicas, sobre bajas mesas redondas de mármol negro en una copa o depresión central, donde en caso de necesidad podía hacérselas girar con la mano. Eran muy pesadas, pero perfectamente pulidas y no se dañaban si por accidente o mala intención caían y rodaban por el suelo. La violencia del hombre no podía dañarlas, aunque algunos creían que un gran calor, como el de Orodruin, podría llegar a romperlas, y pensaban que ése había sido el destino de la Piedra de Ithil cuando la caída de Barad-dûr.

Aunque sin señal externa alguna, tenían polos permanentes, y estaban originalmente emplazadas de manera tal que se mantenían «erguidas»: los diámetros de polo a polo apuntaban al centro de la Tierra, pero entonces el polo permanente inferior tuvo que haber estado en el fondo. Las caras a lo largo de la circunferencia en esta posición eran las caras receptoras, que recibían visiones de fuera, y las transmitían al ojo de un «custodio» en el extremo lejano. El custodio, por tanto, que quisiera mirar al oeste, tenía que colocarse en el lado este de la Piedra, y si deseaba mirar hacia el norte, tenía que trasladarse a la izquierda, hacia el sur. Pero las piedras menores, las de Orthanc, Ithil y Anor, y probablemente la de Annúminas, tenían también una orientación fija original, de modo que, por ejemplo, la cara oeste sólo miraba al oeste, y girada en cualquier otra dirección no mostraba nada. Si una Piedra quedaba desplazada o perturbada, era posible volverla a su posición original por observación, y resultaba entonces conveniente hacerla girar. Pero cuando se la movía o se caía, como sucedió con la Piedra de Orthanc, no era nada fácil reacomodarla. Así pues, fue «por casualidad» —como los Hombres la llaman (según habría dicho Gandalf)— que Peregrin, mientras tocaba la Piedra, la puso en tierra más o menos «erguida»; y situado al oeste de ella, colocó la cara que miraba al este en la posición adecuada. Las Piedras mayores no dependían tanto de la posición; se podía girar su circunferencia y seguían «viendo» en todas las direcciones.[17]

Pero las *palantíri* sólo eran capaces de «ver»; no transmitían sonido. Sin que una mente directora las gobernara, se descarriaban y sus «visiones» (aparentemente al menos) eran azarosas. Desde un sitio elevado, la cara occidental, por ejemplo, miraría a una gran distancia, la visión se empañaría y se distorsionaría a ambos lados y arriba y abajo, y la escena se iría haciendo menos clara a medida que creciera la distancia. Además, lo que «veían» era gobernado o estorbado por la oscuridad, por la casualidad o por el «amortajamiento» (véase más adelante). La visión de las *palantíri* no era «cegada» o «impedida» por obstáculos físicos, sino sólo por la oscuridad, de modo que podían ver a través de una montaña como a través de una mancha opaca o una sombra, pero nada veían que no recibiera alguna luz. Podían ver a través de las paredes, pero nada veían dentro de habitaciones, cuevas o bóvedas a no ser que hubiera luz en ellas, y no podían de por sí procurar o proyectar luz alguna. Era posible protegerse contra su visión mediante un proceso llamado de «amortajamiento», mediante el cual ciertas cosas o zonas se verían en una Piedra sólo como una sombra o una niebla profunda. Cómo era esto posible (para los que tenían conocimiento de las *palantíri* y la posibilidad de ser vigilados por ellas) es uno de los misterios perdidos de las *palantíri*.[18]

Un observador podía, mediante un esfuerzo de voluntad, hacer que la visión de la Piedra se *concentrara* en algún punto, próximo o directamente delante.[19] Las «visiones» descontroladas eran pequeñas, especialmente las de las Piedras menores, aunque podían agrandarse si el observador se ponía a cierta distancia de la superficie de la *palantír* (unos tres pies era lo más adecuado). Pero dominadas por la voluntad de un observador experimentado y fuerte, cosas más remotas podían ampliarse, acercarse, por así decir, o volverse más nítidas, mientras el fondo quedaba casi suprimido. Así, un hombre a una distancia considerable podía verse como una figura diminuta de media pulgada, difícil de advertir en medio de un paisaje o de otros hombres; pero la concentración podía ampliar y clarificar la visión hasta que apareciera como una figura nítida, aunque reducida, de un pie o más de altura, y era posible que el observador la reconociera. Una gran concentración ampliaría algún detalle que interesara al observador, de modo que podría ver (por ejemplo) si llevaba un anillo en el dedo.

Pero esta «concentración» resultaba muy fatigosa, y podía concluir en un verdadero agotamiento. En consecuencia, sólo se recurría a ella cuando la información era imperiosamente necesaria y la oportunidad (asistida por alguna otra información quizá) hacía posible que el examinador escogiera algún detalle (significativo para él y para sus intereses inmediatos) de entre el tumulto de las visiones de las Piedras. Por ejemplo, Denethor, sentado ante la Piedra de Anor, inquieto por Rohan y pensando en la conveniencia de encender las almenaras y enviar la «flecha», podría situarse en una línea directa orientada hacia el noroeste a través de Rohan, que pasara cerca de Edoras y por los Vados del Isen. En ese momento podría haber movimientos visibles de hombres en esa línea. En tal caso, Denethor podría concentrarse en un grupo (por ejemplo), descubrir que son Jinetes y reconocer una figura: la de Gandalf, por ejemplo, que cabalga con refuerzos al Abismo de Helm, y de pronto se separa y se dirige a la carrera hacia el norte.[20]

Las *palantíri* de por sí no podían examinar la mente de los hombres sin intervención de la conciencia o la voluntad de éstos; porque la transferencia del pensamiento dependía de las voluntades de los usuarios en ambos extremos, y el pensamiento (percibido como lenguaje)[21] sólo podía transmitirse si había concordancia entre las piedras.

NOTAS

1. Sin duda se utilizaron en las consultas entre Arnor y Gondor en el año 1944 en relación con la sucesión de la Corona. Los «mensajes» recibidos en Gondor en 1973, en los que se comunicaban los graves aprietos habidos en el Reino del Norte, fueron probablemente la última utilización que se hizo de ellas hasta que se acercó la época de la Guerra del Anillo. [Nota del autor.]

2. Con Arvedui se perdieron las Piedras de Annúminas y Amon Sûl (Cima de los Vientos). La tercera *palantír* del Norte se en-

contraba en la torre Elostirion sobre las Emyn Beraid, y tenía propiedades especiales (véase nota 16).

3. La Piedra de Osgiliath se había perdido en las aguas del Anduin en 1437, durante la guerra civil de la Lucha entre Parientes.

4. Sobre la destructibilidad de las *palantíri*, véase el párrafo sobre «la historia de las piedras». En el apartado de «La Cuenta de los Años» dedicado al año 2002 y también en el Apéndice A (I, iv) se afirma como hecho establecido que la *palantír* fue arrebatada en la caída de Minas Ithil, pero mi padre observó que estos anales fueron redactados después de la Guerra del Anillo, y que esa afirmación, por cierta que sea, no era sino una deducción. La Piedra de Ithil no volvió a encontrarse jamás, y probablemente se destruyó en la ruina de Barad-dûr.

5. De por sí las Piedras sólo podían ver, y lo que podían ver eran escenas o figuras en sitios distantes o en el pasado. Éstas no tenían explicación; y de cualquier manera a los hombres de épocas posteriores les era difícil escoger qué visiones debían revelarse por la voluntad o el deseo de un observador. Pero cuando otra mente ocupaba una piedra que estuviera en concordancia, el pensamiento podía «transferirse» (recibido como «lenguaje»), y la visión de las cosas en la mente del observador de una Piedra podía ser vista por el otro observador. [Véanse más detalles en la nota 21.] Estos poderes se utilizaron originalmente en consultas con el fin de intercambiar noticias necesarias para el gobierno o para dar consejos o emitir opiniones; menos a menudo en simples manifestaciones de amistad o complacencia o para saludar o enviar condolencias. Sólo Sauron utilizó una Piedra para la transferencia de su voluntad superior, con el fin de dominar al observador más débil, forzarlo a revelar sus pensamientos ocultos y someterlo a sus mandatos. [Nota del autor.]

6. Cf. las observaciones de Gandalf ante el Concilio de Elrond acerca del largo estudio que consagró Saruman a los pergaminos y los libros de Minas Tirith.

7. Isengard estaba bien situada para desarrollar una política más «mundana» de poder y fuerza guerrera, pues era la llave para

el Paso de Rohan. Éste era un punto débil en las defensas del Oeste, especialmente desde la decadencia de Gondor. Por allí podían pasar furtivamente espías y emisarios enemigos, o también, como ocurrió en la Edad anterior, fuerzas de guerra. El Concilio no parece haber tenido conocimiento, pues durante muchos años la torre se mantuvo estrechamente vigilada, de lo que acontecía dentro del círculo de Isengard. El empleo y, probablemente, la cría especial de Orcos se mantuvieron secretos, y no pueden haber empezado mucho antes de 2990. Antes del ataque a Rohan, las tropas de Orcos no parecen haber sido utilizadas más allá del territorio de Isengard. Si el Concilio hubiera tenido conocimiento de esto, por supuesto, habría advertido enseguida que Saruman se había vuelto malvado. [Nota del autor.]

8. Denethor, evidentemente, estaba al corriente de las conjeturas y las sospechas de Gandalf, que le producían enojo, pero a la vez lo divertían sarcásticamente. Téngase en cuenta lo que dijo a Gandalf cuando se encontraron en Minas Tirith (*El Retorno del Rey*, V, 1): «De estas hazañas conozco bastante como para tener mis propias decisiones contra la amenaza del Este», y especialmente las palabras de burla que siguen: «Sí, porque si bien las Piedras, según se dice, se han perdido, sin embargo los Señores de Gondor tienen aún la vista más penetrante que los hombres comunes y captan muchos mensajes». Sin tener para nada en cuenta las *palantíri,* Denethor era hombre de grandes poderes mentales y era capaz de leer con rapidez los pensamientos que se ocultan tras los rostros y las palabras, pero bien pudo ser que captara en la Piedra de Anor visiones de los acontecimientos de Rohan e Isengard. [Nota del autor.]

9. Téngase en cuenta el pasaje de *Las Dos Torres*, IV, 5, en el que Faramir (que nació en 2983) recordaba haber visto a Gandalf en Minas Tirith cuando era niño y luego volvió a verlo dos o tres veces más; y dijo que era el interés por los documentos lo que allí lo atraía. La última vez pudo haber sido en 3017, cuando Gandalf encontró el pergamino de Isildur. [Nota del autor.]

10. Esto es una referencia a las palabras que Gandalf dirigió a Peregrin (*Las Dos Torres,* III, 11): «¿Quién puede saber dónde estarán ahora todas las otras Piedras, rotas o enterradas, o sumergidas en qué mares profundos?».

11. Ésta es una referencia a las palabras que pronunció Gandalf después de la muerte de Denethor en *El Retorno del Rey,* V, 7, al final del capítulo. La alteración que hizo mi padre (basada en la presente exposición), sustituyendo «Denethor no presumía utilizarla» por «Denethor no estaba dispuesto a presumir utilizarla» no se incorporó (aparentemente por mero descuido) en la edición revisada. Véase la «Introducción».

12. Thorongil («Águila de la Estrella») fue el nombre que se le dio a Aragorn cuando sirvió disfrazado a Ecthelion II de Gondor; véase *El Señor de los Anillos,* Apéndice A (I, iv, *Los Senescales*).

13. La utilización de las *palantíri* producía tensión mental, especialmente en los hombres de épocas más tardías no experimentados en la tarea, y esta tensión, además de las preocupaciones que lo atormentaban, contribuyó seguramente a la «lobreguez» de Denethor. Probablemente su esposa la percibió antes que nadie, y esto acrecentó la desdicha que apresuró su muerte. [Nota del autor.]

14. Una nota al margen sin emplazamiento preciso señala que la integridad de Saruman «había quedado minada por el orgullo personal y la ambición de dominio. El estudio de los Anillos fue la causa de esto, porque en su orgullo creyó que podría utilizarlos, o utilizar el Anillo desafiando a cualesquiera otras voluntades. Habiendo perdido toda devoción a otras personas o causas, estaba expuesto al dominio de una voluntad superior, a sus amenazas y a su despliegue de poder». Y además él mismo no tenía derecho alguno a la Piedra de Orthanc.

15. En el año 1998 murió Pelendur, Senescal de Gondor. «Después de los días de Pelendur, la Senescalía se volvió hereditaria igual que el reinado, de padre a hijo o al pariente más próximo», *El Señor de los Anillos,* Apéndice A, I, iv, *Los Senescales.*

16. La situación era diferente en Arnor. La posesión legal de las Piedras correspondía al Rey (que normalmente utilizaba la Piedra de Annúminas); pero el reino se dividió y la primacía sobre los demás monarcas fue objeto de disputa. Los Reyes de Arthedain, que eran evidentemente los que llevaban la razón, mantuvieron una guardia especial en Amon Sûl, cuya piedra se consideraba la principal de las *palantíri* del Norte, pues era la más grande y la más poderosa y con ella se mantenía la comunicación con Gondor. Después de que Angmar destruyera Amon Sûl en 1409, ambas Piedras se emplazaron en Fornost, donde vivía el Rey de Arthedain. Éstas se perdieron en el naufragio de Arvedui, y no quedó ningún delegado con autoridad directa o heredada para hacer uso de las Piedras. Sólo una quedaba en el Norte, la Piedra de Elendil en Emyn Beraid, pero ésta tenía propiedades especiales y no servía para establecer comunicaciones. El derecho heredado a utilizarla sin duda pertenecía aún al «Heredero de Isildur», el capitán reconocido de los Dúnedain y descendiente de Arvedui. Pero no se sabe si alguno de ellos, ni siquiera Aragorn, la miró nunca, deseoso de contemplar el Oeste perdido. Círdan y los Elfos de Lindon custodiaban y mantenían esta Piedra. [Nota del autor.] Se dice en el Apéndice A (I, iii) de *El Señor de los Anillos* que la *palantír* de Emyn Beraid «no era como las otras y que no estaba en concordancia con ellas; miraba sólo al Mar. Elendil la colocó de modo tal que mirando a través veía con "visión directa" Eressëa en el desaparecido Oeste; pero los mares que se curvaron debajo cubrieron Númenor para siempre». También en «De los Anillos de Poder» *(El Silmarillion)* se habla de cómo Elendil contemplaba Eressëa en la *palantír* de Emyn Beraid: «se cree que de este modo a veces alcanzaba a ver aun la Torre de Avallónë sobre Eressëa, donde se hallaba, y todavía se halla, la Piedra Maestra». Es notable que en el presente artículo no se mencione esta Piedra Maestra.

17. Una nota posterior aislada niega que las *palantíri* estuvieran polarizadas u orientadas, pero no da más detalles.

18. La nota posterior a que se hace referencia en la nota 17 trata algunos de los aspectos de las *palantíri* de manera algo diferente; el concepto de «amortajamiento», en particular, parece emplearse de modo distinto. Esta nota, muy apresurada y algo oscura, dice en parte: «Retenían las imágenes recibidas, de modo que cada cual contenía dentro una multiplicidad de imágenes y escenas, algunas provenientes de un remoto pasado. No podían "ver" en la oscuridad; es decir, no registraban las cosas que estuvieran en la oscuridad. Ellas sí podían estar sumidas en la oscuridad y de ordinario lo estaban, pues era mucho más fácil entonces ver las escenas que presentaban, y a medida que transcurrían los siglos, limitar su "hacinamiento". Cómo se las "amortajaba" así, se mantenía en secreto y por tanto ahora se desconoce. Los obstáculos físicos como un muro, una colina o un bosque, no las "cegaban" en tanto los objetos distantes estuvieran a la luz. Comentadores posteriores afirmaron o conjeturaron que, en sus lugares originales, las Piedras se emplazaban en cajas esféricas cerradas con llave para impedir que nadie carente de autorización hiciera mal empleo de ellas; pero ese encierro cumplía también la función de amortajarlas y mantenerlas en reposo. Por tanto, las cajas debieron de haber estado hechas de algún metal u otra sustancia desconocida». Los apuntes marginales relacionados con esta nota son en parte ilegibles, pero puede columbrarse que cuanto más remoto fuera el pasado, más clara la visión, mientras que para la visión a distancia había una «distancia adecuada», que variaba en el caso de cada una de las Piedras, a la cual los objetos alejados resultaban más claros. Las *palantíri* mayores podían ver a mucha mayor distancia que las menores; para las menores la «distancia adecuada» era del orden de las quinientas millas, como entre la Piedra de Orthanc y la de Anor. «Ithil se encontraba demasiado cerca, pero se la utilizaba en amplia medida para [palabras ilegibles], no para establecer contactos personales con Minas Anor.»

19. La orientación, por supuesto, no se dividía en «secciones» separadas, sino que era continua; de modo que la línea directa de

visión de un observador que se encontrara en el sudeste sería el noroeste y así sucesivamente. [Nota del autor.]

20. Véase *Las Dos Torres*, III, 7.

21. En una nota aislada este aspecto se describe más explícitamente: «Dos personas que utilizaran sendas Piedras "en concordancia" podrían conversar entre sí, pero no mediante el sonido, que las Piedras no transmitían. Mirándose la una a la otra, les sería posible intercambiar "pensamientos", no sus pensamientos cabales o verdaderos o sus intenciones, sino "lenguaje silencioso", los pensamientos que desearan transmitir (ya formalizados de manera lingüística en sus mentes o pronunciados en voz alta), que serían recibidos por el interlocutor, y por su puesto inmediatamente transformados en "lenguaje", y sólo transferibles como tal».

ÍNDICE DE NOMBRES

Este índice, como se lo señala en la Introducción, cubre no sólo los textos principales, sino también las Notas y los Apéndices, pues en éstos aparece abundante material original. De ello resulta que muchas referencias son triviales, pero me pareció más útil y, por cierto, más fácil, apuntar a la totalidad. Las únicas excepciones intencionales son muy pocos casos (como *Morgoth, Númenor)* en los que he utilizado la palabra *passim* para abarcar ciertas secciones del libro, y la ausencia de referencias a *Elfos, Hombres, Orcos* y *Tierra Media.* En muchos casos las referencias incluyen páginas en las que se menciona una persona o un lugar, aunque no por el nombre (así, la mención en pág. 368 del «puerto donde Círdan era señor» se incluye bajo *Mithlond).* Se utilizan asteriscos para señalar los nombres, casi la cuarta parte del total, que no han aparecido en la obra publicada de mi padre (de este modo se cotejan también con los nombres que aparecen en la nota al pie de la pág. 413, que figuraron en el mapa de la Tierra Media trazado por la señorita Pauline Baynes. Las breves oraciones definitorias no se limitan a los asuntos mencionados en el libro; y ocasionalmente he añadido notas sobre la significación de nombres hasta ahora no traducidos.

La presentación de este índice no es un modelo de coherencia, pero su deficiencia en este aspecto puede en parte justificarse por la entrelazada ramificación de los nombres (con inclusión de variantes de traducciones, traducciones parciales, nombres que son equivalentes en su referencia, pero no en su significado), que hace la coherencia algo muy difícil, si no del todo imposible: como puede apreciárselo en series como *Eilenaer, Halifirien, Amon Anwar, Anwar, Colina de Anwar, Monte del Temor Reverente, Bosque de Anwar, Firienholt, Bosque de Firien, Bosque Susurrante.* Por regla general he incluido las referencias a las traducciones de los nombres élficos bajo el vocablo en élfico (como *Playa Larga* bajo *Anfalas)* con una referencia recíproca, pero en casos particulares, he abandonado ese método, cuando los nombres «traducidos» (como *Bosque Negro* o *Isengard)* son de empleo corriente y familiar.

Acebeda Véase *Eregion.*

Adanedhel «Hombre-Elfo», nombre que se le dio a Túrin en Nargothrond, 257-258, 260.

Adorn Afluente del Isen, que forma con él los confines occidentales de Rohan. (El nombre tiene «una forma que se adecua al sindarin, pero no es interpretable en esa lengua. Fue presumiblemente de origen númenóreano y adaptado al sindarin»), 478, 569-570.

*Adrahil (1) Comandante de las fuerzas de Gondor en su lucha contra los Aurigas en la Tercera Edad en 1944; llamado «de Dol Amroth» y presumiblemente antepasado de Adrahil (2): véase 392, 459, 461, 489, 494-495.

Adrahil (2) Príncipe de Dol Amroth, padre de Imrahil, 276, 346n39

adûnaico La lengua de Númenor,343n19, 344n19, 353nXIII-XX, 360n11. *Lengua númenóreana,* 343n19.

*aeglos (1) «Espino de las nieves», planta que crecía en Amon Rûdh, 166-167, 244n14 *Aeglos (2)* La lanza de Gil-galad (como formación verbal, la misma que la precedente), 244n14.

Aegnor Príncipe noldorin, el cuarto hijo de Finarfin; muerto en la Dagor Bragollach, 396.

Aelin-uial La región de marjales y estanques donde el río Aros desembocaba en el Sirion, 243n11. Traducido, Lagunas del Crepúsculo, 190.

Aerin Mujer pariente de Húrin en Dor-lómin; la tomó por esposa Brodda, un Oriental; dio ayuda a Morwen después de la Nirnaeth Arnoediad, 118-119, 175-179, 181.

Amon Lanc   «La Colina Desnuda» al sur del Gran Bosque Verde, llamada después *Dol Guldur,* q. v., 426, 439n12, 440n14.

Amon Obel   Una colina en el Bosque de Brethil, sobre la que se levantó Ephel Brandir, 173, 183, 203, 207, 225.

Amon Rûdh   «La Colina Calva», un pico solitario en las tierras al sur de Brethil; morada de Mîm y guarida de la banda de forajidos de Túrin, 19, 165-167, 243n12, 247-253. Véase *Sharbhund.*

Amon Sûl   «Cima de los Vientos», una redonda colina desnuda en el extremo sur de las Colinas de los Vientos en Eriador, 437n6, 636, 639n2, 643n16. Llamada en Bree *Cima de los Vientos,* 437n6.

Amon Uilos   Nombre sindarin de *Oiolossë,* q. v. 96n27.

Amroth   Elfo sindarin, Rey de Lórien, enamorado de Nimrodel; se ahogó en la Bahía de Belfalas, 14, 24, 371-372, 375, 377, 379-390. *El país de Amroth* (costa de Belfalas cerca de Dol Amroth) 282, 341n6, *El Puerto de Amroth,* véase *Edhellond.*

Anach   Paso que desciende de Taur-nu-Fuin (Dorthonion) en el extremo occidental de Ered Gorgoroth, 94n20, 160.

Anar   Nombre quenya del Sol, 44, 53, 56.

Anardil   Nombre que se le dio a Tar-Aldarion, 279, 319, 339, 349; con sufijo de encarecimiento, *Anardilya,* 280. El sexto Rey de Gondor también se llamaba Anardil.

Anárion (1)   Véase *Tar-Anárion.*

Anárion (2)   Hijo menor de Elendil, que con su padre y su hermano Isildur escapó del Hundimiento de Númenor y fundó en la Tierra Media los reinos númenóreanos en el exilio; señor de Minas Anor; muerto en el sitio de Barad-dûr, 346n28, 439n10. *Heredero de Anárion,* 635

Ancalimë   Véase *Tar-Ancalimë.* Este nombre le dio también Aldarion al árbol de Eressëa que él plantó en Armenelos, 304, 307-312, 316-317, 323, 326, 328, 331-339, 346n28, 349-350, 358n5.

Andrast   «Cabo largo», el promontorio montañoso entre los ríos Isen y Lefnui, 341n6, 413-414, 577, 596, 601n13. Véase *Ras Morthil, Drúwaith Iaur.*

Andrath   «Largo Ascenso», desfiladero entre las Quebradas de los Túmulos y las Quebradas del Sur por el que pasaba el Camino Norte-Sur (Camino Verde), 425, 437n4, 543.

Arthedain   Uno de los tres reinos en que se dividió Arnor en el siglo
   IX de la Tercera Edad; limitado por los ríos Baranduin y Lhûn, se
   extendía hacia el este hasta las Colinas de los Viento; su lugar principal era Fornost, 31, 450, 643n16.

*Arthórien   Región entre los ríos Aros y Celon en el este de Doriath, 131.

Arvedui   «Último Rey» de Arthedain, que se ahogó en la Bahía de
   Forochel, 462, 626, 640n2, 643n16.

Arwen   Hija de Elrond y Celebrían; se casó con Aragorn; Reina de
   Gondor, 364, 371, 397, 435, 446n33.

*Ar-Abattârik   Nombre adûnaico de Tar-Ardamin, 353.

Ar-Adûnakhiôr   Vigésimo Gobernador de Númenor; llamado en
   quenya *Tar-Herunúmen,* 347, 353.

*Ar-Belzagar   Nombre adûnaico de Tar-Calmacil, 353.

Ar-Gimilzôr   Vigésimo tercer Gobernador de Númenor; llamado en
   quenya *Tar-Telemnar,* 354-355, 361n15.

Ar-Inziladûn   Nombre adûnaico de Tar-Palantir, 355.

Ar-Pharazôn   Vigésimo quinto y último Gobernador de Númenor,
   que pereció en la Caída; llamado en quenya Tar-Calion, 268,
   342n14, 356, 496n44.

Ar-Sakalthôr   Vigésimo segundo Gobernador de Númenor; llamado
   en quenya Tar-Falassion, 354.

Ar-Zimraphel   Nombre adûnaico de Tar-Míriel, 304, 356.

Ar-Zimrathon   Vigésimo primer Gobernador de Númenor; llamado
   en quenya *Tar-Hostamir,* 354.

*Asgon   Hombre de Dor-lómin que ayudó a Túrin a escapar despúes
   que matara éste a Brodda, 182.

Atanamir   Véase *Tar-Atanamir.*

Atanatar Alcarin   («El Glorioso»), decimosexto Rey de Gondor, 621.

Atani   Los Hombres de las Tres Casas de los Amigos de los Elfos
   (sindarin, *Edain,* q. v.), 340n3, 390, 585-588.

*Athrad Angren   Nombre sindarin (también en forma plural, *Ethraid
   Engrin)* de los Vados del Isen, q. v. 479, 497n47.

Aulë   Uno de los grandes Valar, el herrero y patrono de las artesanías,
   esposo de Yavanna, 373, 401n7, 610-611, adjetivo *aulëano,* 401n7.
   Hijos de Aulë, los Enanos, 373.

Aulendil «Servidor de Aulë», nombre que se dio a sí mismo Sauron en la Segunda Edad, 401n7. Véase *Armatar, Artano.*

Aurigas Un pueblo de Orientales que invadió Gondor en los siglos xix y xx de la Tercera Edad, 12, 451, 453-461, 464, 486n5, 488n8, 489n15, 490n23, 494n39.

Avallónë Puerto de los Eldar en Tol Eressëa, 294, 303, 343n17.

Avari Elfos que se negaron a unirse a la Gran Marcha de Cuiviénen, 405. *Elfos Oscuros*, 369. Véase *Elfos Salvajes.*

Aventureros, Gremio de los La hermandad de marineros creada por Tar-Aldarion, 277, 282, 284, 289, 292, 296, 339, 342n8. Véase *Uinendili.*

Azaghâl Señor de los Enanos de Belegost; hirió a Glaurung en la Nirnaeth Arnoediad, y fue muerto por él, 128, 212, 242n5.

Azanulbizar El valle bajo las Puertas Orientales de Moria donde en la Tercera Edad, en 2799, se libró la gran batalla que puso fin a la Guerra de los Enanos y los Orcos, 501, 511n5, 512. Véase *Nanduhirion.*

Azog Orco de Moria; asesino de Thrór, y él mismo muerto por Dáin Pie de Hierro en la batalla de Azanulbizar, 501, 511n5.

Bahía de Balar Véase *Balar.*

Bahía de Belfalas Véase *Belfalas.*

Bajo, El El Desfiladero, aparentemente, sinónimo de Valle del Bajo, 397n6

Balar, Bahía de La gran bahía al sur de Beleriand en la que desembocaba el río Sirion, 62.

Balar, 85, 87, 92n10, 93n13.

Balar, Isla de Isla en la Bahía de Balar donde Círdan y Gil-galad vivieron después de la Nirnaeth Arnoediad, 61-62, 90n1, 93, 96n28, 391.

Balchoth Un pueblo del Este, pariente de los Aurigas, cuya invasión de Calenardhon en el año 2510 de la Tercera Edad fue rechazada cruentamente en la Batalla del Campo de Celebrant, 464-465, 467, 469, 472.

Balin Enano de la Casa de Durin; compañero de Thorin Escudo de Roble, y luego, por un breve tiempo, Señor de Moria, 518, 520-522, 551n11.

Balrogs Véase *Gothmog*.

Balsadera de Gamoburgo   Transbordador sobre el río Brandivino entre Gamoburgo y los Marjales, 12, 538, 550n1.

Bar-en-Danweth   «Casa del Rescate», nombre que Mîm dio a su morada en Amon Rûdh cuando se la cedió a Túrin, 168, 170, 174. Véase *Echad i Sedryn*.

*Bar-en-Nibin-noeg   «Casa de los Enanos Mezquinos», vivienda de Mîm en Amon Rûdh, 167.

*Bar-erib   Fortaleza en Dor-Cúarthol, no muy lejos hacia el sur de Amon Rûdh, 251.

*Barach   Guardabosque del Pueblo de Haleth en el cuento «La Piedra Fiel», 591-593.

Barad-dûr   «La Torre Oscura» de Sauron en Mordor, 407, 429, 439, 489, 514, 526, 529, 536. *Señor de Barad-dûr*, Sauron, 540.

Barad Eithel   «Torre del Pozo», la fortaleza de los Noldor en Eithel Sirion, 112.

Baragund   Madre de Morwen, la esposa de Húrin; sobrina de Barahir y una de sus nueve compañeros en Dorthonion, 100, 342n10, 344n21.

Barahir   Padre de Beren; rescató a Finrod Felagund en la Dagor Bragollach, y recibió de él su anillo; muerto en Dorthonion, 109. *El Anillo de Barahir*, 277n2.

Baranduin   «El largo río de oro pardo», en Eriador, llamado en la Comarca el Brandivino, 282, 378, 412, 414, 538. *Puente del Brandivino*, 446n13; *el Río*, 407, 417, 433, 505, 523.

Bárbol   Véase *Fangorn*.

Batalla de Azanulbizar   Véase *Azanulbizar*.

Batalla de Cuernavilla   Ataque contra Cuernavilla por el ejército de Saruman en la Guerra del Anillo, 572n17.

Batalla de Dagorlad   Véase *Dagorlad*.

Batalla de la Llanura   Véase *Dagorlad*.

Batalla de los Llanos   Derrota de Narmacil II de Gondor por los Aurigas en las tierras al sur del Bosque Negro en el año 1856 de la Tercera Edad, 453, 457, 488n8.

Batalla del Pelennor (Campos)   Véase *Pelennor*.

Batalla de los Vados del Isen   Dos batallas libradas durante la Guerra

Bëor Conductor de los primeros Hombres que penetraron en Beleriand, progenitor de la Primera Casa de los Edain, 597n2. *Casa de, Pueblo de, Bëor,* 100, 109-110, 243, 264, 277n2, 284, 341n3, 342n10, 343n19, 597n2; *Bëoreano(s),* 357.

Beórnidas Hombres de los Valles del curso superior del Anduin, 12, 436n4, 536.

*Beregar Hombre de las Tierras Occidentales de Númenor, descendiente de la Casa de Bëor; padre de Erendis, 284, 291, 297, 304, 309-310.

Beren (1) Hombre de la Casa de Bëor, que cortó el Silmaril de la Corona de Morgoth y el único de los Hombres mortales que retornó de entre los muertos, 10, 100, 109, 126, 131, 133, 141, 193, 258, 624, 277n2. Llamado después de volver de Angband *Erchamion,* 131, traducido como *Manco,* 100, 277n2, y *Camlost* «Manos Vacías», 264.

Beren (2) Decimonoveno Senescal Regente de Gondor, que dio las llaves de Orthanc a Saruman, 582, 628.

*Bereth Hermana de Baragund y Belegund y antecesora de Erendis, 342n10.

Berúthiel Reina de Tarannon Falastur, decimosegundo Rey de Gondor, 623n7.

Bilbo Bolsón Hobbit de la Comarca que encontró el Anillo Único, 523, 534-535, 543. Véase *Bolsón.*

Bolsón Una familia de Hobbits de la Comarca, 361. Sobre Bilbo Bolsón, 517.

Bolsón Cerrado Vivienda en Hobbiton en la Comarca de Bilbo Bolsón y, más tarde, de Frodo Bolsón y Samsagaz Gamyi, 10, 124.

Boromir Hijo mayor de Denethor II, Senescal de Gondor; uno de los miembros de la Comunidad del Anillo, 417-418, 450, 529, 537, 541, 551n8.

*Borondir Llamado *Udalraph* «el Sin Estribos»; jinete de Minas Tirith que llevó el mensaje de Cirion a Eorl para obtener su ayuda, 465-468, 290n27.

*Bosque de Anwar Véase *Bosque de Firien, Amon Anwar.*

*Bosque de Firien Nombre completo, *Bosque de Halifirien;* en Ered

Nimrais y en torno al arroyo de Mering y sobre las cuestas del Hali-firien, 470. También llamado Firienholt, q. v.; *el Bosque Susurrante,* 471-472, y *el Bosque de Anwar,* 478-479.

Bosque de los Ents Nombre que se dio en Rohan al Bosque de Fangorn, 497n46, 580.

Bosque Dorado Véase *Lórien (2).*

Bosque Drúadan Bosque de Anórien al extremo este de Ered Nimrais, donde un resto de los Drúedain u «Hombres Salvajes» sobrevivían en la Tercera Edad, 28, 595-596. Véase *Tawar-in-Drúedain.*

Bosque Negro El gran bosque al este de las Montañas Nubladas, llamado antes *Eryn Galen, el Gran Bosque Verde,* q. v., 385, 387-388, 404, 406, 4110, 441, 452-454, 462-464, 467, 475, 480-481, 486n3, 488, 490n23, 526. Véase *Taur-nu-Fuin, Taur-e-Ndaedelos, Eryn Lasgales, Montañas del Bosque Negro.*

*Bosque Susurrante Véase *Bosque de Firien.*

Bosque Verde (el Gran) Traducción de Eryn Galen, q. v.; el antiguo nombre de Bosque Negro, 394, 398, 407-409, 426, 438n8, 439n12, 440-443, 608.

Bosque Viejo El antiguo bosque que se extendía hacia el este desde la frontera de Los Gamos, 536, 544, 623n4.

Bragollach Véase *Dagor Bragollach.*

Brand Tercer Rey de Valle, nieto de Bardo el Arquero; muerto en la Batalla de Valle, 509-510.

Brandir Regidor del Pueblo de Haleth en Brethil en la época de la llegada de Túrin Turambar, por quien fue muerto, 183, 186, 203-208, 210-211, 213-214, 217-219, 224-236, 239, 245n21, 246n28. Túrin lo llamó *Pata Coja,* 234-235.

Brandivino Véase *Baranduin.*

Bree La aldea principal de la Tierra de Bree en la encrucijada de los caminos númenóreanos en Eriador, 437n6, 503, 510, 513, 532, 543, 553. *Hobbits de Bree,* 598n4. *Hombres de Bree,* 577.

Brego Segundo Rey de Rohan, hijo de Eorl el Joven, 573, 579.

Bregolas Hermano de Barahir y padre de Baragund y Belegund, 100.

Bregor Padre de Barahir y Bregolas, 109. *El Arco de Bregor* preservado en Númenor, 277n2.

Brethil   Bosque entre los ríos Teiglin y Sirion en Beleriand, lugar de
morada del Pueblo de Haleth, 73, 94, 108-109, 116, 125, 143,
146, 152-153, 173, 182-183, 186-187, 201-202, 204, 206, 208-
211, 213, 216, 219, 221, 225-226, 231, 237, 254n25, 594. *Hombres de, Pueblo de, Brethil,* 99, 151, 184-185, 212, 213, 218 y véase
Hombres del Bosque. Espino Negro de Brethil, véase *Gurthang.*

Brithiach   Vado del Sirion al norte del Bosque de Brethil, 73-75, 94,
153.

Brithon   Río que desemboca en el Gran Mar en Brithombar, 94n22.

Brithombar   El más septentrional de los Puertos de las Falas en la
costa de Beleriand, 61, 90n1, 93n3, 94n22, 391.

Brodda   Oriental en Hithlum después de la Nirnaeth Arnoediad,
que tomó por esposa a Aerin, pariente de Húrin; Túrin le dio muerte, 118-119, 174-176, 178-181. Llamado *el Intruso,* 174.

Bruinen   Río de Eriador, afluente (junto con el Mitheithel) del Gwathló; traducido como *Sonorona,* 415. Vado *de Bruinen,* bajo Rivendel, 550n3.

Cabed-en-Aras   Garganta profunda del río Teiglin donde Túrin mató
a Glaurung y adonde se arrojó Nienor en busca de la muerte, 216-
217, 219, 227-229, 234, 238-239, 245-247. Traducido como *el
Salto del Ciervo,* 231, 247n29. Véase *Cabed Naeramarth.*

Cabed Naeramarth   «Salto del Destino Espantable», nombre dado a
Cabed-en-Aras después que Nienor saltó desde sus alturas, 229,
239, 246n28.

*Cabezas de Paja   Nombre despectivo que daban los Orientales en
Hithlum a los miembros del Pueblo de Hador, 118.

*Cabo Norte   El extremo de Forostar, el promontorio del norte de
Númenor, 270.

Caída (de Númenor),   267, 277n2, 342n8, 348, 351, 356, 385, 448,
494n39, 496n44, 599n7, 614-615.

Cair Andros   Isla del río Anduin al norte de Minas Tirith fortificada
por Gendor para la defensa de Anórien, 459, 471, 499n51, 595.

Calenardhon   «La Provincia Verde», nombre de Rohan cuando era la
parte septentrional de Gondor, 320, 376, 379, 437n6, 453, 464-

no que vinculaba a los Dos Reinos, por Tharbad y los Vados del Isen; llamado *el Camino Norte-Sur,* 416-417, 492n32, y (al este de los Vados del Isen) *el Camino del Norte,* 459-460, 470; también *el Gran Camino,* 32, 479; *el Camino Real,* 577-578; *el Camino Verde* (q. v.), 543. (ii) El camino ramal desde (i) que iba a Cuernavilla, 390, 396. (Véase *Camino del Bajo.)* (iii) El camino númenóreano desde los Puertos Grises a Rivendel a través de la Comarca; llamado *el Camino Este-Oeste,* 399n3, 437n6; *el Camino Este,* 399n3. otras referencias, 362, 366. (iv) El camino que desciende desde el Paso de Imladris, cruza el Anduin en el Vado Viejo *y* atraviesa el Bosque Negro; llamado *el Camino del Bosque Viejo,* 536, 623n4; *el Camino del Bosque,* 441-443, y *Men-i-Naugrim, el Camino de los Enanos,* q. v. (v) Caminos númenóreanos al este del Anduin: el camino que atravesaba Ithilien, 459, 460n, 470, llamado *el Camino del Norte,* 460, 470, camino al este y al norte desde el Morannon, 488n15.

Camlost   Véase *Beren (1).*

Campo de Celebrant   Traducción parcial de Parth Celebrant, q. v. Las tierras herbosas entre los ríos Cauce de Plata (Celebrant) y Limclaro; en el sentido restringido de Gondor, la tierra entre el curso inferior del Limclaro y el Anduin. *Campo de Celebrant* se aplica a menudo a la *Batalla del Campo de Celebrant,* la victoria de Cirion y Eorl sobre los Balchoth en la Tercera Edad, cuyas referencias se incluyen aquí, 410-411, 451, 455, 463, 468-469, 491n27, 529, 578. *(Celebrant),* 410, 442n14, 481

Campos Gladios   Traducción parcial del sindarin *Loeg Ningloron,* q. v.; las vastas extensiones cubiertas de juncos y lirios (gladios) donde el Río Gladio se une al Anduin; véase especialmente, 14, 25-26, 407, 410, 427, 432-434, 347n6, 438n8, 439n13, 441, 442n15, 443n19, 444n20, 447, 451, 465, 488n8, 492n18, 497n46.

Capitán Negro   Véase *Señor de los Nazgûl.*

Caradhras, Paso de   El paso de las Montañas Nubladas llamado «Puerta del Cuerno Rojo», bajo Caradhras (Cuerno Rojo, Barazinbar), una de las Montañas de Moria, 443n20.

Caras Galadhon   «Ciudad de los Árboles» principal morada de los Elfos de Lórien, 389, 411, 421.

Cardolan Uno de los tres reinos en que se dividió Arnor en el siglo ix de la Tercera Edad; limitaba al oeste con el Baranduin y al norte con el Camino del Este, 31, 543, 552n19.

Carn Dûn Principal fortaleza de Angmar, 31.

Carnen «Agua Roja», río que descendía de las Montañas de Hierro para unirse al río Celduin, 31, 618.

Carroca Un islote rocoso en el curso superior del Anduin, 451, 488n8, 489n18, 536, 551, 623n4. Véase *Vado de la Carroca*.

Casa del Bosque Una aldea de la Comarca al pie de las Laderas de Bosque Cerrado, 550n1.

Cavada Mano Verde Hobbit de la Comarca, jardinero de Bilbo Bolsón, 510n26.

Celduin Río que iba de la Montaña Solitaria al Mar de Rhûn, 453, 618. Traducido como Río Rápido, 453, 618.

Celeborn (1) «Árbol de Plata», el Árbol de Tol Eressëa, 420.

Celeborn (2) Pariente de Thingol; se casó con Galadriel; Señor de Lothlórien. (Para la significación del nombre, véase 13-14, 23-25, 330, 341n6, 362-364, 367-376, 379-380, 385-389, 393, 396-400, 404, 407, 412, 418-420, 437n4, 441, 449, 488n10, 490-497, 538, 577, 595. Véase *Teleporno*.

Celebrant Río que nace en la Laguna del Espejo y fluye por Lothlórien hasta desembocar en el Anduin, 410, 442n14, 481. Traducido por vía o *Cauce de Plata*, 388, 410-411, 442n14, 536. Véase *Campo de Celebrant*.

Celebrían Hija de Celeborn y Galadriel, que se casó con Elrond, 372, 375, 379-380, 387, 397.

Celebrimbor «Mano de Plata», el más grande de los orfebres de Eregion, hacedor de los Tres Anillos de los Elfos; Sauron le dio muerte, 24, 373-377, 386, 395-398, 402n11.

Celebros «Espuma de Plata» o «Lluvia de Plata», río de Brethil que desembocaba en el Teiglin cerca de los Cruces, 203, 211, 215, 225.

Celegorm El tercer hijo de Fëanor, 94n21.

Celon Río de Beleriand Oriental que nace en la Colina de Himring, 131.

Celos Uno de los ríos de Lebennin en Gondor; afluente del Sirith. («El nombre debe de derivar de la raíz *kelu-*, "fluir velozmente", unida a la terminación -*sse*, -*ssa*, que aparece en el quenya *kelussë*, "riada, agua que desciende velozmente de una fuente abierta en la roca"»), 384.

Ceorl   Jinete de Rohan que portó noticias de la Segunda Batalla de los Vados del Isen, 568, 572n15, 575.

Cepeda   Una aldea de la Comarca en el extremo norte de Marjala, 550n1.

Cercano Harad   Véase *Harad*.

Cerin Amroth   «Montículo de Amroth» en Lórien, 344n20, 381, 389, 403n17.

Cermië   Nombre quenya del séptimo mes de acuerdo con el calendario númenóreano, que corresponde a julio, 457, 461.

Ciénaga de los Muertos   Vastas ciénagas de aguas estancadas al sureste de Emyn Muil en las que se veía andar a los caídos en la Batalla de Dagorlad, 458, 460-461, 534.

Cima de los Vientos   Véase *Amon Sûl*.

Ciñatiesa   Una familia de Hobbits de la Comarca, 542. *Lobelia Ciñatiesa*, 552n17.

Círdan   Llamado «el Carpintero de Barcos», elfo telerin, «Señor de los Puertos» de las Falas; después de su destrucción en la Nirnaeth Arnoediad escapó con Gil-galad a la Isla de Balar; durante la Segunda y la Tercera Edad guardó los Puertos Grises en el Golfo de Lhûn; al llegar Mithrandir le encomendó Narya, el Anillo de Fuego, 39, 58, 60-63, 90-93, 96n28, 256, 261-262, 264, 276, 280-282, 320-321, 330, 368, 376, 379, 391, 402n11, 445n24, 603-605, 609-610, 622n2, 643, 646.

Cirion   Decimosegundo Senescal Regente de Gondor, que cedió Calenardhon a los Rohirrim después de la Batalla del Campo de Celebrant en el año 2510 de la Tercera Edad, 463-465, 468, 472-485, 493n37, 496n44, 578. *Crónica de, Historia de, Cirion y Eorl*, 13, 25-26, 96n27, 436n2, 451, 463, 469, 486n1, 490n22, 494n39, 498n50. *Juramento de Cirion*, 570, 579.

*Cirith Dúar   «Hendedura de la Sombra», antiguo nombre de Cirith Ungel, q. v., 439n11.

*Cirith Forn en Andrath   «El Alto Paso Ascendente del Norte» sobre las Montañas Nubladas al este de Rivendel, 425. Llamado *el Paso*

Neldoreth y Region, gobernada desde Menegroth sobre el río Esgalduin, 572-73, 90n20, 100, 109, 120-121, 123, 125-127, 129,
131-134, 136, 138-140, 143-144, 146-147, 151, 156, 158-161,
167, 182, 187, 191-192, 194-195, 199-201, 206, 237-238, 240-
243, 250, 254, 258, 277n2, 363-364, 370-372, 391, 398, 409-
410, 601n14. Llamada *el Reino Guardado*, 143 y *el Reino Escondido*, 37, 70, 75-76, 80, 82, 87, 97, 126, 147, 176, 179, 235-237,
261, 263.

Dorlas   Hombre de Brethil; fue con Túrin y Hunthor a atacar a
Glaurung, pero retrocedió atemorizado; muerto por Brandir, 184-185,
187, 206-209, 213, 215-216, 220, 229-230, 245n21. *Esposas de Dorlas,* 218, 234.

Dorthonion   «Tierra de Pinos», las vastas tierras altas y boscosas en
los confines septentrionales de Beleriand, después llamadas Taur-
nu-fuin, q. v., 100, 441n14.

Dor-Cúarthol   «Tierra del Arco y del Yelmo», nombre de la región que
Beleg y Túrin defendían desde su guarida en Amon Rûdh, 250, 253.

Dor-en-Ernil   «Tierra del Príncipe», en Gondor, al oeste del río Gilrain, 385, 402n14.

Dor-lómin   Región al sur de Hithlum, el territorio de Fingon, cedido
como feudo a la Casa de Hador; el hogar de Húrin y Morwen, 35,
38-40, 91n3, 99-100, 102, 114, 116-119, 128, 132, 134-135,
144-146, 160, 174, 180, 187, 201, 237, 241-243, 245n20, 253,
257, 261, 264, 343. *Montañas de Dor-lómin,* la zona de Ered Wethrin que formaba el cercado austral de Hithlum, 69, *Señora de
Dor-lómin,* Morwen, 112, 117, 119, 178-179, 188, *Señor de
Dor-lómin,* Húrin, 37, 112-113, 179, 182, 187, 245n21, 600n8,
Túrin, 67-68, 90-91, 94n20, 99-107, 110-113, 116-188, 192,
197, 208, 224, 228-264, 342n10, 601n14, *Dragón de Dor-lómin,*
véase *Yelmo del Dragón.*

Dos Árboles de Valinor   365. Véase *Laurelin, Telperion*

Dos Reinos   Arnor y Gondor, 415-416, 492n32.

Dragón, El   Véase *Glaurung. Smaug.*

*Dramborleg   El gran hacha de Tuor, preservada en Númenor, 277.

Drengist, Estuario de Drengist   El largo estuario que penetraba en

Ered Lómin entre Lammoth y Nevrast, 45, 47-48, 261, 264.

*Drúath Los Drúedain. (Singular Drû, plural, también Drúin; formas sindarin derivadas del nombre nativo Drughu), 595, 598n6. Véase Róg, Rû.

* Drúedain Nombre sindarin (de Drû + adan, plural edain, véase 417n5, de los «Hombres Salvajes» de Ered Nimrais (y del Bosque de Brethil en la primera Edad), 242n9, 499n51, 577, 587-590, 593-595, 598-601. Llamados Hombres Salvajes, 409, 577, 596-597, 599-601, woses, 599n6, 601n14, y véase Hombres Púkel.

*Drüg(s), Pueblo Drûg(s) Los Drúedain, 589, 591-592, 598, 600.

Drúwaith Iaur «El viejo descampado del Pueblo de Drû» en el promontorio montañoso de Andrast, 413, 595-596, 601n13. Llamado el Viejo Yermo Púkel, 596, y Vieja Tierra Púkel, 413.

Dúnedain (Singular Dúnadan.) «Los Edain del Oeste», los Númenóreanos, 321, 344n19, 349, 408, 425, 427-434, 438-439, 444-446, 448, 450, 452, 462, 527, 532, 543, 552n19, 577, 605, 619, 629, 643. Estrella de los Dúnedain, 446n33.

Dungortheb Por Nan Dungortheb. «Valle de la Muerte Espantable», entre los precipicios de Ered Gorgoroth y la Cintura de Melian, 73.

Dúnhere Jinete de Rohan, Señor de del Valle Sagrado; luchó en los Vados del Isen y en los Campos del Pelennor, donde fue muerto, 566-567, 572n13.

Dunlendinos Habitantes de las Tierras Brunas, restos de una antigua raza de Hombres que otrora vivieron en los valles de Ered Nimrais; parientes de los Hombres Muertos de El Sagrario y de los habitantes de Bree, 413, 416-417, 558, 561, 566, 569n4, 577-581. El Dunlendino, agente de Saruman, «el sureño bizco» de la posada de Bree, 543-544. Adjetivo dunlendino, 542-543, 553n21, 558, 581.

Durin I El mayor de los Siete Padres de los Enanos, Heredero de Durin, Thorin Escudo de Roble, 512. Pueblo de Durin, 377, 501, 506, 511-513, 522, Casa de Durin, 513-514.

Durin III Rey del Pueblo de Durin en Khazad-dûm en tiempos del ataque de Sauron a Eregion, 377.

Dwimordene «Valle Fantasma», nombre que los Rohirrim daban a Lórien, 467, 481.

Eä   El Mundo, el Universo material; *Eä* significa en élfico «Lo que es» o «Sea»; fue la palabra que pronunció Ilúvatar cuando el Mundo empezó su existencia, 278, 496n43, 616.

*Eämbar   Barco construido por Tar-Aldarion como lugar de residencia, en el que se encontraba la sede del Gremio de los Aventureros. (El nombre indudablemente significa «morada del Mar»), 283, 286, 289, 292, 305, 323, 342n8.

Eärendil   Hijo de Tuor e Idril, hija de Turgon, nacido en Gondolin; se casó con Elwing, hija del Heredero de Dior Thingol; padre de Elrond y Elros; navegó con Elwing a Aman y pidió ayuda contra Morgoth; navegó por los cielos en su barca Vingilot llevando el Silmaril de Lúthien *(la Estrella*,55, 342n14, 436n1.

*Eärendur (1)   Hermano menor de Tar-Elendil, nacido en el año 361 de la Segunda Edad, 334.

Eärendur (2)   Decimoquinto Señor de Andúmië, hermano de Lindórië, abuelo de Tar-Palantir, 355.

Eärnil II   Trigésimo segundo Rey de Gondor, obtuvo la victoria contra los Haradrim y los Aurigas en el año 1944 de la Tercera Edad, 382, 462.

Eärnur   Trigésimo tercero y último Rey de Gondor; murió en Minas Morghul, 462, 500n54.

Eärwen   Hija del Rey Olwë de Alqualondë, esposa de Finarfin y madre de Finrod, Orodreth, Angrod, Aegnor y, también, Galadriel, 364, 371.

*Echad i Sedryn   «Campamento de los Fieles», nombre del refugio de Túrin y Beleg en Amon Rûdh, 364, 371.

Echoriath   Las montañas que circundaban Tumladen, la llanura de Gondolin, 75, 77, 84, 94n19. *Ered en Echoriath,* 72; *las Montañas Circundantes,* 72, 94n19, 95n25; *Montañas de Turgon,* 76.

Ecthelion (1)   Elfo de Gondolin, llamado Señor de las Fuentes y Guardián de la Gran Puerta, 87-89, 96n29, 97.

Ecthelion (2)   Vigésimo quinto Senescal Regente de Gondor, el segundo de ese nombre; padre de Denethor II, 632, 642n12.

Edain   (Singular *Adan.*) Los Hombres de las Tres Casas de los Amigos de los Elfos (quenya *Atani,* q. v.), 36, 41, 55, 99, 101-102, 107-108, 112, 119, 131, 144, 255-257, 274-278, 286, 295, 298,

éored   Un cuerpo de los Jinetes de los Éothéod (para una definición detallada de la significación de la palabra en Rohan, véase 454, 472, 488n11, 492-493, 557, 566, 574-575.

Eorl el Joven   Señor de los Éothéod; cabalgó desde su tierra en el Norte lejano para acudir en ayuda de Gondor contra la invasión de los Balchoth; recibió Calenardhon como recompensa de Cirion, Senescal de Gondor; primer Rey de Rohan, 411, 472, 493n36. Llamado *Señor de los Éothéod, Señor de los Jinetes, Señor de los Rohirrim, Rey de Calenardhon, Rey de la Marca de los Jinetes,* 451, 465, 473-474, 480, 485; *Crónica de, Historia de, Cirion y Eorl,* 436n2, 451, 463; *Juramento de Eorl,* 436n2, 477, 485, 495n42.

Eórlingas   El pueblo de Eorl, los Rohirrim, 336, con plural anglosajón, *Eórlingas,* 479, 558.

Éothéod   Nombre del pueblo después llamado los Rohirrim, y también el de su tierra, 451, 453, 460-466, 474, 477-480, 487n6, 488n8, 489-491, 493n36, 497n46, 498n49; *Jinetes, Caballeros, del Norte,*469, 472, 485.

Éowyn   Hermana de Éomer, esposa de Faramir; mató al Señor de los Nazgûl en la Batalla de los Campos del Pelennor, 569n1.

**Epesse*   «Nombre posterior» que se daba a los Eldar después del primero *(essi),* 419.

Ephel Brandir   «El vallado circundante de Brandir», viviendas de los Hombres de Brethil en Amon Obel, 183, 186, 203-205, 208, 210-211, 224. *El Ephel,* 218-219.

Ephel Dúath   «Vallado de la Sombra», la cadena de montañas entre Gondor y Mordor, 459-460.

Erchamion   Véase *Beren (1).*

Erebor   Montaña aislada en el extremo norte del Bosque Negro, donde se encontraba el Reino de los Enanos bajo la Montaña y la guarida de Smaug, 453, 501-502, 505-506, 509, 511-512, 518, 521, 624n9. *La Montaña Solitaria,* 407, 501, 512.

Ered Lindon   «Montañas de Lindon», otro nombre de *Ered Luin,* q. v., 369, 371-372, 588, 595.

Ered Lithui   «Montañas de Ceniza», que formaban la frontera septentrional de Mordor, 457, 489n15.

Ethraid Engrin Nombre sindarin (también en singular *Athrad Angren*) de los Vados del Isen, q. v., 292, 497n47.

Exiliados, Los Los Noldor rebeldes que volvieron a la Tierra Media de Aman, 38, 39, 96n26, 363-364.

Faelivrin Nombre que Gwindor dio a Finduilas, 67, 93n15.

Falas Las costas occidentales de Beleriand al sur de Nevrast, 61-62, 90n1, 391. *Puertos de las Falas,* 391.

Falastur «Señor de las Costas», nombre de Tarannon, decimosegundo Rey de Gondor, 624n7.

Falathrim Elfos telerin de las Falas, cuyo señor era Círdan, 61.

Fangorn (i) El más viejo de los Ents y guardián del Bosque de Fangorn, 412. Traducido como Bárbol, 572n16. (ii) El Bosque de Fangorn al sureste de las Montañas Nubladas en torno al curso superior de los ríos Entaguas y Limclaro, 381, 411-412, 478, 488n10, 497n45, 536, 580-581. Véase *Bosque de los Ents.*

Faramir (i) Hijo menor de Ondoher, Rey de Gondor; muerto en la batalla contra los Aurigas, 456, 460-461.

Faramir (2) Hijo menor de Denethor II, Senescal de Gondor; Capitán de los Montaraces de Ithilien; después de la Guerra del Anillo, Príncipe de Ithilien y Senescal de Gondor, 537, 617, 621, 641n9.

Faroth Véase *Taur-en-Faroth.*

Fëanor Hijo mayor de Finwë, medio hermano de Fingolfin y Finarfin; encabezó a los Noldor en la rebelión contra los Valar; hacedor de los Silmarils y las *palantíri,* 45, 129, 364-369, 375, 393. *Hijos de Fëanor,* 241, 373; *fëanoreanos,* 397. *Lámparas fëanoreanas,* 90n2, 253.

Fëanturi «Amos de los Espíritus», los Valar Námo (Mandos) e Irmo (Lórien), 616. Véase *Nurufantur, Olofantur.*

Felagund Nombre con que se conoció a Finrod después de la fundación de Nargothrond; para referencias, véase *Finrod. Puertas de Felagund,* 146, 187, 193-195, 393, 597n2.

Felaróf El caballo de Eorl el Joven, 468, 491n28.

Fieles, Los (i) Los Númenóreanos que no se apartaron de los Eldar y siguieron reverenciando a los Valar en los días de Tar-Ancalimon y los reyes posteriores, 251, 354-355, 494n39, 496n44.

Fiero Invierno El invierno del año 495 desde que salió la Luna, después de la caída de Nargothrond, 68, 75, 91n5, 187.

Fili Enano de la Casa de Durin; sobrino y compañero de Thorin Escudo de Roble; muerto en la Batalla de los Cinco Ejércitos, 523.

Finarfin Tercer hijo de Finwë, el más joven de los medio hermanos de Fëanor; se quedó en Aman después de la Rebelión de los Noldor y gobernó al resto de su pueblo en Tirion; padre de Finrod, Orodreth, Angrod, Aegnor y Galadriel, 364; se hacen además referencias a la casa, el linaje, el pueblo o los hijos de Finarfin, 41, 90n3, 257, 261, 364-37, 371, 396, 403n20.

Finduilas (1) Hija de Orodreth, amada de Gwindor; capturada en el saqueo de Nargothrond, muerta por los Orcos en los Cruces del Teiglin y sepultada en la Haudh-en-Elleth, 67, 93n15, 180, 183-187, 202, 215, 236, 247n28, 257-260.

Finduilas (2) Hija de Adrahil, Príncipe de Dol Amroth; esposa de Denethor II, Senescal de Gondor, madre de Boromir y Faramir, 632.

Fingolfin Segundo hijo de Finwë, el mayor de los medio hermanos de Fëanor; Alto Rey de los Noldor en Beleriand que vivió en Hithlum; muerto por Morgoth en un combate cuerpo a cuerpo; padre de Fingon, Turgon y Aredhel, 95n25, 99, 103-104, 343. *Casa de, pueblo de, Fingolfin*, 76, 79, 97-98, 100, 117, 257; hijo de Fingolfin, Turgon, 37, 80.

Fingon Hijo mayor de Fingolfin; Alto Rey de los Noldor en Beleriand después de su padre; muerto por Gothmog en la Nirnaeth Arnoediad; padre de Gil-galad, 37, 102, 109, 113, 128, 241n3, 622. *Hijo de Fingon*, Gil-galad, 319.

Finrod Hijo mayor de Finarfin; fundador y Rey de Nargothrond, de ahí su nombre *Felagund*, «excavador de cuevas»; murió en defensa de Beren en las mazmorras de Tol-in-Gairoth, 69, 94n17, 364-365, 403n20. *Finrod Felagund*, 371, 403n20; *Felagund*, 146, 187, 193-195, 396, 403n20, 597n2. Nombre de *Finarfin* rechazado, 403n20.

Finwë Rey de los Noldor en Aman; padre de Fëanor, Fingolfin y Finarfin; muerto por Morgoth en Formenos, 365.

389, 405, 411, 450, 486n2, 502, 511n5, 512-514, 525, 526, 552n17, 55n21.

Frontera de los Pantanos   Región de Rohan al oeste de la Corriente Mering, 492n31.

Frumgar   Conductor de la migración hacia el norte de los Éothéod al abandonar los Valles del Anduin, 490n19.

*Fuente Larga   «Fuente del Crecida Larga», nombre que los Éothéod dieron al río que venía del norte de las Montañas Nubladas y que, después de unirse con el Grislin, llamaban *Crecida Larga* (Anduin), 462-463.

Fuertes   Uno de los tres pueblos en que se dividían los Hobbits. Véase *Albos*, 449, 529, 538, 543, 551n9.

*Galadhon   Padre de Celeborn, 370, 420-421.

Galadhrim   Los Elfos de Lórien, 388-389, 411-412, 420.

*Galador   Primer Señor de Dol Amroth, hijo de Imrazôr el Númenóreano y la Elfa Mithrellas, 392, 494n39.

Galadriel   Hija de Finarfin; una de las conductoras de la rebelión noldorin contra los Valar (véase 258; esposa de Celeborn, con quien se quedó en la Tierra Media después del fin de la Primera Edad; Señora de Lothlórien, 271, 330, 341n6, 362-380, 385-388, 393-405, 407, 412, 418-420, 437n4, 441n14, 448, 490-497, 529, 538, 577, 595, 603, 613, 629. Llamada *Señora de los Noldor*, 394, *Señora del Bosque Dorado*, 468, *la Dama Blanca*, 481, 498n50, véase también *Al(a)táriel, Artanis, Nerwen*.

*Galathil   Hermano de Celeborn y padre de Nimloth, la madre de Elwing, 370, 420.

Galdor   Llamado el *Alto*, hijo de Hador Cabeza de Oro y Señor de Dor-lómin después de él; padre de Húrin y Huor; muerto en Eithel Sirion, 41, 99, 104, 113, 128, 134, 175.

*Gamil Zirack   Llamado *el Viejo;* Enano herrero, maestro de Telchar de Nogrod, 128.

Gamyi   Familia de Hobbits de la Comarca. Véase *Elanor, Hamfast, Samsagaz*.

Gandalf   Uno de los Istari (Magos), miembro de la Hermandad del Anillo. *Gandalf* («Elfo de la Vara») era su nombre entre los Hom-

Glêmscrafu «Cuevas de Irradiación», nombre que se dio en Rohan a *Aglarond,* q. v., 579.

Glamdring Espada de Gandalf, 94n18.

Glamhoth Palabra sindarin con que se designaba a los Orcos, 70, 94n18.

Glanduin «Río de frontera» que corre hacia el oeste desde las Montañas Nubladas; formaba en la Segunda Edad las fronteras australes de Eregion y en la Tercera, parte de la frontera austral de Arnor, 412-418. Véase *Nin-in-Eilph.*

Glanhir «Corriente de frontera», nombre sindarin de la *Corriente Mering,* q. v., 478, 497n46.

Glaurung El primero de los Dragones de Morgoth; en la Dagor Bragollach, la Nirnaeth Arnoediad y el saqueo de Nargothrond; hechizó a Túrin y Nienor, Túrin le dio muerte en Cabed-en-Aras. En muchas referencias se lo llama *el Dragón,* 187, 194, 196, 198, 211-218, 221-240, 245-246, 260, 407, 503, 507, 512, 519. *El (Gran) Dragón,* 504, 519. *Gusano de Morgoth,* 224. *Gran Gusano de Angband,* 67. *Gusano Dorado de Angband,* 128.

Glithui Río que nace en Ered Wethrin, afluente del Teiglin, 68, 93n16, 117.

Glóin Enano de la Casa de Durin, compañero de Thorin Escudo de Roble; padre de Gimli, 511n5, 518, 520.

Gloman Véase *Lórien (2).*

Glóredhel Hija de Hador Cabeza de Oro de Dor-lómin y hermana de Galdor, 99, 116.

Glorfindel Elfo de Rivendel, 550n3.

Golfo de Lhûn Véase *Lhûn.*

Gollum, 244n15, 526-529, 533-539, 545, 550-551. Véase *Sméagol.*

Golug Nombre que daban a los Noldor los Orcos, 154.

Gondolin La ciudad escondida del Rey Turgon destruida por Morgoth, 88, 91-97, 109, 113, 241-242, 277, 303, 362, 373, 393-398, 494n38, 496n44. Llamada la *Ciudad Escondida,* 97, *el Reino Escondido,* 37, 70, 75-76, 80, 82, 87, 97, 126, 147, 176, 179, 235-237, 263.

Gondolindrim El pueblo de Gondolin, 93n13. Llamado el *Pueblo Escondido,* 58-59, 75.

Grislin   Nombre que los Éothéod dieron a un río que nacía en Ered Mithrin y se unía al Anduin cerca de su fuente. (El segundo elemento del nombre debe de ser la palabra anglosajona hynn, «torrente», cuya significación literal era probablemente «el ruidoso»), 462-463, 490n20.

Grithnir   Hombre de la casa de Húrin que junto con Gethron acompañó a Túrin a Doriath, donde murió, 121, 125-126.

Guerra de la (última) Alianza   Véase *Última Alianza.*

Guerra de las Joyas   Las guerras de Beleriand libradas por los Noldor para la recuperación de los Silmarils, 599n7.

Guerra del Anillo   Véase *Anillos de Poder.*

Gurthang   Nombre de la espada Anglachel de Beleg después que Túrin la forjó de nuevo en Nargothrond, y por causa de la cual a él se lo llamó *Mormegil, Espada Negra,* 184, 209, 212, 223-224, 232, 235-236, 239-240. Llamada *la Espina Negra de Brethil,* 213.

Gwaeron   Nombre sindarin del tercer mes «en el cómputo de los Edain». (Con Gwaeron cf. el nombre del águila *Gwaihir,* «Señor de los Vientos»), 107. Véase *Súlimë*

Gwaith-i-Mírdain   «Pueblo de los Orfebres», nombre de la hermandad de artesanos de Eregion, de los cuales el más grande fue Celebrimbor; también simplemente *Mírdain,* 375-377. *Casa de los Mírdain,* 376.

Gwathir   «Río de Sombra», antiguo nombre del Gwathló, 284, 415.

Gwathló   Río formado por la unión del Mitheithel y el Glanduin, límite entre Minhiriath y Enedwaith, 282, 320, 330, 342n9, 379-380, 412-418, 437n6, 577, 595. Llamado en oestron *Aguada Gris,* 538, 576-577. *Cauce Gris,* 531, 540. Véase *Batalla del Gwathló, Gwathir, Agathurush.*

Gwindor   Elfo de Nargothrond; fue hecho esclavo en Angband, pero escapó y ayudó a Beleg en el rescate de Túrin; llevó a Túrin a Nargothrond; amó a Finduilas, hija de Orodreth; murió en la Batalla de Tumhalad, 67, 90n2, 93n15, 253-260.

Habitante de las Profundidades   Véase *Ulmo.*

Hador   Llamado *Cabeza de Oro,* 99; Señor de Dor-lómin, vasallo de Fingolfin, padre de Galdor, padre de Húrin; muerto en Eithel Sirion en la Dagor Bragollach, 99, 104, 117-118, 125, 128, 134,

Hombres del Mar   Véase *Númenóreanos.*

Hombres del Norte   Los jinetes de Rhovanion, aliados de Gondor, ancestralmente relacionados con los Edain; de ellos provinieron los Éothéod, q. v., 99, 132, 451-455, 462-465, 486-488, 490n23, 581, 606, 608-609, 620, 623n6, con referencia a los Rohirrim. *Hombres Libres del Norte,* 408.

Hombres del Rey   Númenóreanos hostiles a los Eldar, 352-353. *Partido del Rey,* 355.

Hombres Libres del Norte   Véase *Hombres del Norte.*

Hombres Muertos del Sagrario   Véase *Sagrario.*

Hombres Púkel   Nombre que se dio en Rohan a las imágenes de piedra junto al camino del Sagrario, pero también utilizado como equivalente de *Drúedain,* q. v., 414, 595-596, 599n6, 602n14. Véase *Vieja Tierra de los Púkel.*

Hombres Salvajes   (i) Los Drúedain, q. v. (ii) Término general con que se designaba a los Orientales de más allá del Anduin, 409, 577, 596-597, 599n6, 600n9, 601.

Hombre Salvaje de los Bosques   Nombre que adoptó Túrin cuando se encontró por primera vez con los Hombres de Brethil, 136, 184.

Hunthor   Hombre de Brethil, compañero de Túrin cuando éste fue a dar muerte a Glaurung en Cabed-en-Aras, 213-215, 218, 220-222, 230.

Huor   Hijo de Galdor de Dor-lómin, esposo de Rían y padre de Tuor; fue con Húrin su hermano a Goldolin; muerto en la Nirnaeth Arnoediad, 35, 37, 99-100, 112, 116, 241n1, 263. *Hijo de Huor,* Tuor, 36-37, 41, 51, 53, 55, 59, 64, 80, 89, 26.

Húrin (1)   Llamado *Thalion,* 108, 113, 255, 260, traducido *el Firme,* 86; hijo de Galdor de Dor-lómin, esposo de Morwen y padre de Túrin y Nienor; Señor de Dor-lómin, vasallo de Fingon; fue con Huor, su hermano, a Gondolin; capturado por Morgoth en la Nirnaeth Arnoediad, pero lo desafió y quedó prisionero en Thangorodrim por muchos años; después de liberado, dio muerte a Mîm en Nargothrond y llevó la Nauglamir al Rey Thingol. Primera Parte § § II *passim* (en muchos casos se lo nombra sólo como padre o pariente). *Historia de los Hijos de Húrin,* 162, 240.

te se lo llamaba en Lórien por el nombre de su morada en Valinor, 400n5, 616-617. Véase *Fëanturi, Olofantur.*

Isen   Río que nacía en las Montañas Nubladas y atravesaba Nan Curunír (el Valle del Mago) y el Paso de Rohan; traducción (para representar el lenguaje de Rohan) del sindarin *Angren,* q. v., 241n6, 341n6, 413-414, 419, 474, 492n32, 497n46, 540, 556, 558, 562-564, 567, 569-570, 571n12, 572, 576-582, 595-596. Véase *Vados del Isen.*

Isengar Tuk   Uno de los tíos de Bilbo Bolsón, 518.

Isengard   Fortaleza númenóreana en el valle llamado después de haber sido ocupado por el Mago Curunír (Saruman), Nan Curunír, en el extremo sur de las Montañas Nubladas; traducción (para representar la lengua de Rohan) del sindarin *Angrenost,* q. v., 497n46, 527, 530-532, 539-542, 552, 556-557, 561, 563-564, 567-572, 578, 580-582, 609, 628-630, 641n7, 647. *Anillo de Isengard,* 579, 581. *Círculo de Isengard,* 579, como se denominaba el gran muro circular que rodeaba la llanura interna en cuyo centro se levantaba Orthanc. *Isengardeanos,* 560-561.

Isildur   Hijo mayor de Elendil que con su padre y su hermano Anárion escapó del Hundimiento de Númenor y fundó en la Tierra Media los reinos númenóreanos en exilio; señor de Minas Ithil; cortó el Anillo Regente de la mano de Sauron; muerto por los Orcos en el Anduin cuando el Anillo se le deslizó del dedo, 342n15, 425-445, 470, 476, 482-485, 577, 595; *Heredero de Isildur,* 439n11, 635, 643n16; *Anillo de Isildur,* 631; *Pergamino de Isildur,* 642n9; «Tradición de Isildur», 483, 485, *esposa de Isildur.*

*Isilmë   Hija de Tar-Elendil, hermana de Silmarien, 278.

*Isilmo   Hijo de Tar-Súrion; padre de Tar-Minastir, 350, 358n8.

Isla de Balar   Véase *Balar.*

Isla de los Reyes, Isla de Oesternesse   Véase *Númenor.*

*Isla Grande   Véase *Númenor.*

Islas Encantadas   Las islas puestas por los Valar en el Gran Mar al este de Tol Eressëa en los tiempos del Ocultamiento de Valinor, 92n9. Véase *Islas Sombrías.*

*Islas Sombrías   Probablemente un nombre de las *Islas Encantadas,* q. v., 56, 92n9.

Istari Los Maiar que fueron enviados de Aman en la Tercera Edad para oponer resistencia a Sauron; sindarin *Ithryn* (véase *Ithryn Luin*), 375, 401n7, 603-614, 623. Traducido como *Magos,* 603, 609, 614. Véase *Heren Istarion.*

*Ithilbor Elfo nandorin, padre de Saeros, 130, 136.

Ithilien Territorio de Gondor al este del Anduin; en un principio fue posesión de Isildur y se lo gobernó desde Minas Ithil, 244n15, 453, 457, 459-461, 485, 489, 498n49, 499n51, 595, 628. *Ithilien septentrional, Ithilien del Sur,* 457, 461.

*Ithryn Luin Los dos Istari que fueron al Este de la Tierra Media y nunca regresaron (singular, *ithron),* 606, 612. Traducido como *Magos Azules,* 606, 610, 612. Véase *Alatar, Pallando.*

Ivanneth Nombre sindarin del noveno mes, 426, 438n9. Véase *Yavannië.*

Ivrin Lago y cascadas bajo Ered Wethrin donde nacía el río Narog, 66-68, 93n15, 174, 245n25.

Jinetes (i) Véase *Éothéod.* (ii) *Jinetes de Rohan,* véase *Rohirrim.* (iii) *Jinetes Negros,* véase *Nazgûl.*

Jinetes de Lobos Orcos o criaturas de su especie que montaban lobos, 567-568.

Jinetes Negros Véase *Nazgûl.*

*Khamûl Nazgûl, segundo del Jefe; vivió en Dol Guldur después de haber sido ocupado nuevamente en el año 2951 de la Tercera Edad, 528-529, 538, 543, 550n1. Llamado *la Sombra del Este,* 477, 528, *el Negro Oriental,* 550n1.

Khand Tierra al sureste de Mordor, 455, 457.

Khazad-dûm Nombre que los Enanos daban a *Moria,* q. v., 372-377, 441.

Khîm Uno de los hijos de Mîm el Enano Mezquino; Andróg le dio muerte, 169.

*kirinki Pajarillo de plumaje escarlata de Númenor, 273.

*Labadal Nombre que dio Túrin a Sador durante su infancia; tradu-

cido como *Paticojo,* 103, 105-106, 110, 121-124, 176-177.

Ladros   Las tierras al noreste de Dorthonion que los Reyes noldorin cedieron a los Hombres de la Casa de Bëor, 119.

Lago del Atardecer   Véase *Nenuial.*

Lago Largo   El lago al sur de Erebor en el que desembocaban los ríos del Bosque y el Rápido y sobre el que se edificó Esgaroth (Ciudad del Lago), 407.

Lagunas del Crepúsculo   Véase *Aelin-uial.*

*lairelossë   «Verano-blanca-nieve», perfumado árbol siempre verde llevado a Númenor por los Eldar de Eressëa, 271.

Lalaith   «Risa», nombre con que se llamó a Urwen, hija de Húrin, por el arroyo que pasaba junto a la casa de éste, 100-106, 242n7, 257. Véase *Nen Lalaith.*

Lamedon   Región en torno al curso superior de los ríos Ciril y Ringló bajo las laderas australes de Ered Nimrais, 498n49.

Lammoth   Región al norte del Estuario de Drengist, entre Ered Lómin y el Mar, 45, 91n4.

*lar   Una legua (casi tres millas), 438n9, 447.

Las Landas   Véase *Gondor.*

Largo Invierno   El invierno de 2758-9 de la Tercera Edad, 516, 581.

*Larnach   Uno de los Hombres del Bosque en las tierras al sur del Teiglin, 148, 152. *Hija de Larnach,* 152.

Laurelin   «Canción de Oro», el más joven de los Dos Árboles de Valinor, 86, 272, 365. Llamado *el Árbol del Sol,* 86, *el Árbol Dorado de Valinor,* 272.

Laurelindórinan   «Valle del Oro que Canta», véase *Lórien* (2).

Laurenandë   Véase *Lórien.*

*laurinquë   Árbol de flores amarillas de la Hyarrostar en Númenor, 272.

Lebennin   «Cinco Ríos» (que eran Erui, Sirith, Celos, Serni y Gilrain), tierra entre Ered Nimrais y Ethir Anduin; uno de los «feudos fieles» de Gondor, 384, 494n38.

Lefnui   Río que desembocaba en el mar y nacía en el extremo oeste de Ered Nimrais. (El nombre significa «quinto», esto es, después de Erui, Sirith, Serni y Morthond, los ríos de Gondor que desembocaban en el Anduin o en la Bahía de Belefalas), 414, 595-596.

Legolas Elfo sindarin del Norte del Bosque Negro, hijo de Thranduil; uno de los miembros de la Comunidad del Anillo, 277n1, 390-392, 405, 407, 493-494, 571n10, 572n16, 613.

Lejano Harad Véase *Harad*.

lembas Nombre sindarin del pan del camino de los Eldar, 243n12, 250, 434.

Lengua de Serpiente Véase *Gríma*.

Lengua común Véase *Oestron*.

Léod Señor de los Éothéod, padre de Eorl el Joven, 465, 472, 474, 487n6, 490n19, 491n28.

Lhûn Río del oeste de Eriador que desembocaba en el Golfo de Lhûn, 378. *Golfo de Lhûn*, 340. Con frecuencia se lo escribe *Lune*, q. v.

Libro de los Senescales Véase *Senescales de Gondor*.

Libro de los Reyes Una de las crónicas de Gondor, 486n2, 624n7.

Libro del Thain Una copia del Libro Rojo de la Frontera del Oeste hecha por pedido del Rey Elessar; se la llevó el Thain Peregrin Tuk cuando se retiró a Gondor; se le añadieron muchas anotaciones después en Minas Tirith, 620.

*Licántropos Véase *Gaurwaith*.

Limclaro Río que fluía del Bosque de Fangorn y desembocaba en el Anduin y formaba el límite del extremo norte de Rohan. (Para el incierto origen del nombre y sus otras formas *(Limlaith, Limlich, Limliht, Limlint)*, 410-411, 442n14, 463, 469, 478, 490n27, 491n29, 495n41, 497n46, 536, 539

Linaewen «Lago de los Pájaros», gran laguna de Nevrast, 47, 623n6.

Lindar «Los Cantores», nombre que se daban a sí mismos los Teleri, 400n5, 449.

Lindon Nombre de Ossiriand en la Primera Edad; después el nombre se conservó para designar a las tierras al oeste de las Montañas Azules *(Ered Lindon)* que todavía permanecían por encima del Mar, 97, 271, 281-282, 319, 338, 340, 344, 349, 362, 369-372, 374-379, 385-386, 391, 398-399, 416, 418, 588, 595, 607, 619, 643. *La tierra de Gil-galad*, 296, 378.

Lindórië Hermana de Eärendur, decimoquinto Señor de Andúnië, madre de Inzilbêth, madre de Tar-Palantir, 354-355.

Lindórinand Véase *Lórien (2)*.

Lisgardh Tierra de juncos en las Bocas del Sirion, 61.

lissuin Flor fragante de Tol Eressëa, 303.

Llanura Guardada Véase *Talath Dirnen*.

Loa El año solar élfico, 510n3.

Loeg Ningloron «Estanques de las flores acuáticas doradas», nombre sindarin de los *Campos Gladios,* q. v., 439n13, 442n15.

Lond Daer Puerto y astillero númenóreano en Eriador en la desembocadura del Gwathló, fundado por Tar-Aldarion, que lo llamó *Vinyalondë,* q. v., 342n9, 379, 413-416, 418. Traducido como *el Gran Puerto,* 415-418, también llamado *Lond Daer Enedh* «el Gran Puerto Medio», 416, 418.

Lorgan Jefe de los Orientales de Hithlum después de la Nirnaeth Arnoediad, que redujo a Tuor a la esclavitud, 38.

Lórien (1) El nombre de la vivienda en Valinor del Vala cuyo nombre era en verdad Irmo, pero que de ordinario se daba a sí mismo el nombre de Lórien.

Lórien (2) La tierra de los Galadhrim entre Celebrant y Anduin, 362-364, 372, 380-392, 398-411, 420, 426-427, 433, 440n14, 441-442, 494n39, 502, 515-516, 529, 536, 538, 550n5, 607, 616. Hay registradas muchas otras formas del nombre: nandorin *Lórinand,* 374-380, 398-400, 406 (quenya *Larenandë,* sindarin *doman, Nan Laur,* 281n5, derivado del antiguo *Lindórinand,* «Valle de la Tierra de Cantores», 399n5; *Laurelindorinan,* «Valle del Oro que Canta», 399n5. Llamado *el Bosque Dorado,* 468, y véase *Dwimordene, Lothlórien*.

Lórinand Véase *Lórien (2)*.

Lossarnach Región del noreste de Lebennin en torno a las fuentes del río Erui. (Se dice que el nombre significa «Arnach Florecido» y es de origen prenúmenóreano), 448.

Lótessë Nombre quenya del quinto mes de acuerdo con el calendario númenóreano, que corresponde a mayo, 474. Véase *Lothron*.

Lothíriel Hija de Imrahil de Dol Amroth; esposa del Rey Éomer de Rohan, madre de Elfwine el Hermoso, 449.

Lothlórien El nombre de Lórien con la palabra sindarin *loth,* «flor», como prefijo, 97, 271, 277n1, 344n20, 366, 372, 380, 388, 399n5, 418.

Lothron   Nombre sindarin del quinto mes, 112. Véase *Lótessë.*

Lune   Distinta ortografía de *Lhûn,* q. v., 362, 370, 399n2, 618.

Lúthien   Hija de Thingol y Melian, que después de culminada la Búsqueda del Silmaril y la muerte de Beren, decidió volverse mortal para compartir el destino de éste, 100, 133, 141, 258. Llamada *Tinúviel,* «Ruiseñor», 100.

Luto   Véase *Nienor.*

Mablung   Llamado *el Cazador,* 136. Elfo de Doriath, capitán primero de Thingol, amigo de Túrin, 1136-139, 142, 158, 189-201, 236-239, 245n25.

Maedhros   Hijo mayor de Fëanor, 101, 128, 242n5.

Maeglin   Hijo de Eöl y Aredhel, hermana de Turgon; llegó a tener poder en Gondolin, a la que traicionó entregándola a Morgoth; Tuor le dio muerte en el saqueo de la ciudad, 86, 94n21, 97n31.

Maggot, Granjero   Hobbit de la Comarca; trabajaba en el Pantano, cerca de la Balsadera de Gamoburgo, 550n1.

Magos   Véase *Istari, Heren Istarion, Orden de los Magos.*

Magos Azules   Véase *Ithryn Luin.*

Maiar   (Singular *Maia.*) Ainur de menor jerarquía que los Valar, 401n7, 611-613, 623n5.

*Malantur   Númenóreano, descendente de Tar-Elendil, 334.

Malduin   Afluente del Teiglin, 68, 93n16, 94n17.

*Malgalad   Rey de Lórien, muerto en la Batalla de Dagorlad; aparentemente es el mismo *Amdír,* q. v., 408.

*malinornë   Forma quenya del sindarin *mallorn,* q. v.

mallorn   Nombre de los grandes árboles de flores doradas llevados de Tol Eressëa a Eldalondë en Númenor, que crecieron después en Lothlórien, 399n5. Quenya *malinornë,* plural *malinorni,* 271, 277n1.

mallos   Flor dorada de Lebennin, 494n38.

*Mámandil   Nombre que se dio a sí mismo Hallacar en sus primeros encuentros con Ancalimë, 336.

Mandos   El nombre de la morada en Aman del Vala llamado en realidad Námo, pero se lo conocía en general como Mandos, 55, 138-

139, 256, 611, 616. *Maldición de Mandos,* 54, 366; *Segunda Profecía de Mandos,* 624n8.

Manto Gris   Nombre que se le dio a Gandalf en Rohan, 621.

Manwë   El principal de los Valar, 95n25, 96n27, 114-115, 256, 269, 273, 321, 354, 368, 610-611, 614-615. Llamado *el Rey Mayor,* 115, 615. Véase *Testigos de Manwë.*

Marca del Este   La mitad oriental de Rohan de acuerdo con la organización militar de los Rohirrim, separada de Marca del Oeste por el Arroyo de las Nieves y el Entaguas, 569n2.

*Marca del Oeste   La mitad occidental de Rohan en la organización militar de los Rohirrin (véase Marca del Este), 561, 573, 576. *Filas de la Marca del Oeste,* 575. *Mariscal de la Marca del Oeste,* 576.

Marca, La   Nombre que los Rohirrim daban a su propio país, 448, 479-480, 487n6, 491n28, 493n36, 569n2, 570, 574-575. *Marca de los Jinetes,* 480, 578. *Mariscales de la Marca,* 572n1, 574, 399-401. Véase *Marca del Este, Marca del Oeste.*

Mardil   Primer Senescal Regente de Gondor, 483-484, 496n44, 500n54. Llamado *Veronwë* «el Firme», 496n44 y *el Buen Senescal,* 500n54.

*Marhari   Conductor de los Hombres del Norte en la Batalla de las Llanuras, donde fue muerto; padre de Marhwini, 453, 486n5, 487n6, 488n8.

*Marhwini   «Amigo de los Caballos», conductor de los Hombres del Norte (Éothéod) que se asentaron en los Valles del Anduin después de la Batalla de las Llanuras y aliado de Gondor contra los Aurigas, 453-456, 487n6.

mearas   Los caballos de Rohan, 487n6, 491n28.

Medianos   Hobbits; traducción del sindarin *periannath,* 449, 450, 527, 544, 546, 548-549, 553n23, 619. *Tierra de los Medianos,* 529, 531, 553n20; *Hoja de los Medianos,* 541, 544, 557. Véase *Perian.*

Melian   Maia, Reina del Rey Thingol de Doriath en torno de la cual puso un cinturón de encantamiento; madre de Lúthien y antecesora de Elrond y Elros, 126-129, 132-134, 139, 142, 183, 188-189, 191, 200, 243n12, 250-251, 258, 371. *Cintura de Melian,* 73, 109, 133, 183, 188-189, 191.

241n3, 254, 264, 303, 342n10, 344n21, 448. Véase *Eledhwen, Señora de Dor-lómin* (bajo el vocablo *Dor-lómin).*

Morwen (2) de Lossarnach Dama de Gondor, pariente del Príncipe Imrahil; esposa del Rey Thengel de Rohan, 448.

Mundburgo «Fortaleza Vigilante», nombre que se dio en Rohan a Minas Tirith, 466.

Naith de Lórien «El Triángulo» o «Gore» de Lórien, tierra en el ángulo formado por Celebrant y el Anduin, 442n16.

Námo Vala comúnmente llamado Mandos por el lugar de su morada, 616. Véase *Fëanturi, Nurufantur.*

*Nan Laur Véase *Lórien (2).*

Nandor Elfos del grupo de los Teleri que rehusaron cruzar las Montañas Nubladas en el Gran Viaje de Cuiviénen, pero de los que, una parte conducida por Denethor, cruzó mucho después las Montañas Azules y vivieron en Ossiriand (los *Elfos Verdes,* q. v.); para los que se quedaron al este de las Montañas Nubladas, véase *Elfos Silvanos,* 282, 341n6, 404-405. Adjetivo *nandorin,* 362, 372, 380, 399n5, 406.

Nanduhirion El valle en torno a la Laguna del Espejo entre los brazos de las Montañas Nubladas al que se abrían las Grandes Puertas de Moria; traducido como *Valle del Arroyo Sombrío,* 536. *La Batalla de Nanduhirion,* 501, 511n5; véase *Azanulbizar.*

Nan-tathren «Valle de los Sauces» donde el río Narog se unía al Sirion, 60, 62-63. Traducido como *Tierra de los Sauces,* 63-64.

Narbeleth Nombre sindarin del décimo mes, 426, 438n9. Véase *Narquelië.*

Nardol «Cima de fuego», tercera de las almenaras de Gondor en Ered Nimrais, 492n31, 499n51.

Nargothrond «La gran fortaleza subterránea sobre el río Narog», fundada por Finrod Felagund y destruida por Glaurung; además el reino de Nargothrond se extendía al este y al oeste del Narog, 48, 61, 67, 69, 72-75, 90-94, 146, 154-155, 167, 174, 180, 182, 184-199, 206, 208-211, 214, 223-224, 237-238, 241-245, 247, 251-254, 258-264, 303, 362, 373, 404n20. Véase *Narog.*

Narmacil I Decimoséptimo Rey de Gondor, 457.

Nénimë Nombre quenya del segundo mes de acuerdo con el calendario númenóreano, que corresponde a febrero, 438n9. Véase *Nínui*.

Nenning Río de Beleriand Oeste en cuya desembocadura se encontraba el Puerto de Eglarest, 93n14.

Nenuial «Lago del Atardecer» entre los brazos de las Colinas del Atardecer *(Emyn Uial)* al norte de la Comarca, junto al cual se levantó la más antigua colonia númenóreana, Annúminas, 372. Traducido como *Atardecer*, 372.

Nenya Uno de los Tres Anillos de los Elfos, custodiado por Galadriel, 376, 397, 402n9. Llamado *el Anillo Blanco*, 376, 529.

*Nerwen Nombre que le dio a Galadriel su madre, 364, 367, 419.

*nessamelda Siempreviva fragante que los Eldar de Eressëa llevaron a Númenor. (El nombre quizá signifique «amado de Nessa», una de las Valier; cf. *vardarianna, yavannamírë)*, 271.

Nevrast Región al suroeste de Dor-lómin donde vivió Turgon antes de partir a Gondolin, 47-48, 56, 59, 61-62, 80, 84-85, 88, 92, 118, 245n20, 623n6.

*Nibin-noeg, Nibin-nogrim Los Enanos Mezquinos, 244n16. *Baren-Nibin-noeg*, 167. *Páramos de los Nibin-noeg*, 244n16. Véase *Noegyth Nibin*.

Nienna Una de las Valier («Reinas de los Valar»), Señora de la piedad y el luto, 611.

Nienor Hija de Húrin y Morwen y hermana de Túrin; hechizada por Glaurung en Nargothrond e ignorante de su pasado, se casó con Túrin en Brethil con el nombre de Níniel, q. v., 124, 127, 130, 132, 177-178, 182, 187-202, 228, 231, 234-235, 238, 240, 245n24. Traducido como *Luto*, 124, 191, 228.

Nimrodel (1) «Señora de la Gruta Blanca», Elfa de Lórien, amada de Amroth, que vivió junto a los saltos de Nimrodel hasta que fue al sur y se perdió en Ered Nimrais, 380-390, 392, 403n17, 405-406, 412, 494n39.

Nimrodel (2) Corriente de montaña que se precipitaba al Celebrant (Cauce de Plata); recibió ese nombre por Nimrodel, la Elfa que vivía junto a la cascada, 381, 383, 392, 536.

Nindamos   Principal sede de pescadores en las costas del sur de Númenor sobre las desembocaduras del Siril, 272.

Níniel   «Doncella de las Lágrimas», el nombre que Túrin, ignorante de los lazos de parentesco que los unían, dio a su hermana Nienor, q. v., 203-210, 214-219, 224-236, 239-240.

Ninloth (1)   «Árbol Blanco», el Árbol de Númenor, 294.

Ninloth (2)   Elfa de Doriath que se casó con Dior, Heredero de Thingol; madre de Elwing.

Nin-in-Eilph   «Tierras Acuosas de los Cisnes», grandes marjales del curso inferior del río llamado en su curso superior *Glanduin*, 417. Traducido como *Estero de los Cisnes*, 413, 417.

Nínui   Nombre sindarin del segundo mes, 438n9. Véase *Nénimë*

Nirnaeth Arnoediad   La Batalla de las «Lágrimas Innumerables» descrita en *El Silmarillion*, cap. 35, llamada también simplemente *la Nirnaeth*, 35, 37, 39, 41, 43, 86, 90n1, 93, 96n29, 100, 113, 143-144, 212, 239, 241n2, 242, 256, 261, 391.

Nísimaldar   Tierra en derredor del Puerto de Eldalondë en el oeste de Númenor; traducido en el texto como *los Árboles Fragantes*, 271 .

Nísinen   Lago en el río Nunduinë al oeste de Númenor, 272 .

Noegyth Nibin   Los Enanos Mezquinos, 2. Véase *Nibin-noeg*.

Nogothrim   Los Enanos, 498n49. (Véase el Apéndice de *El Silmarillion*, el vocablo *naug*.)

Nogrod   Una de las dos ciudades de los Enanos en las Montañas Azules, 127, 372, 499n4.

Noirinan Valle al lado sur del pie del Meneltarma en el que estaban las tumbas de los Reyes y las Reinas de Númenor, 190. Traducido como *Valle de las Tumbas*, 269, 272.

Noldor   (Singular *Noldo.*) Llamados *los Amos de la Ciencia*, 401n8; el segundo de los Tres Linajes de los Eldar en el Gran Viaje de Cuiviénen, cuya historia es el tema principal de *El Silmarillion*, 96n26, 99-100, 154, 256, 275, 305, 364-375, 385-386, 391, 393, 401, 405, 407, 410, 419, 449; *Alto Rey de los Noldor*, 37; *Puerta de los Noldor*, véase *Annon-in-Gelydh*; *alta lengua de los Noldor*, véase *Quenya*; *Señora de los Noldor*, véase *Galadriel*; lámparas de los *Noldor*, 42, y véase *Fëanor*. Adjetivo *noldorin*, 90n2, 372-373, 386, 406, 410.

describe en el Apéndice F de *El Señor de los Anillos,* y se representa con el inglés moderno, 490n24, 534, 620-621. *Lengua común,* 471, 477-478, 495n42, 498n49, 597.

*Oghor-hai	Nombre que los Orcos daban a los Drúedain, 589.

Ohtar	Escudero de Isildur, que llevó los fragmentos de Narsil a Imladris. (Sobre el nombre de *Ohtar,* «guerrero», véase 3428, 430, 432, 443n17).

*oiolairë	«Verano Eterno», árbol siempre verde llevado a Númenor por los Elfos de Eressëa, del que se cortaba la Rama del Retorno que llevaban los barcos númenóreanos. (*Corolairë,* el Montículo Verde de los Árboles en Valinor, se llamaba también *Coron Oiolairë:* Apéndice de *El Silmarillion,* vocablo *coron),* 271, 287, 301-302, 308, 330, 342n12. *Rama (Verde) del Retorno,* 287-288, 308.

Oiolossë	«Siempre Blanca Nieve», la Montaña de Manwë en Aman, 96n27. Véase *Amon Uilos, Taniquetil.*

Ojo Rojo	El emblema de Sauron, 443n20.

*Olofantur	Uno de los *Fëantúri,* q. v.; el viejo «verdadero» nombre de Lórien, antes de que fuera reemplazado por Irmo, 616. Véase *Nurufantur.*

Olórin	Nombre de Gandalf en Valinor, 394-395, 515, 610-618, 621, 623n5, 624n9.

Olwë	Rey de los Teleri de Alqualondë en la costa de Aman, 364, 368, 370-371.

*Ondoesto	Un lugar de las Forostar (Tierras del Norte) de Númenor, probablemente asociado en especial con las canteras de la región.

Ondoher	Trigésimo primer Rey de Gondor, muerto en la batalla con los Aurigas en el año 1944 de la Tercera Edad, 456-458, 460-462.

*Onodló	Nombre sindarin del río Entaguas, q. v., 478, 497n46.

Onodrim	Nombre sindarin de los Ents, 497n46, 498n49. Véase *Enyd.*

*Orchaldor	Númenóreano, marido de Ailinel, la hermana de Tar-Aldarion; padre de Soronto, 279.

Orcos passim;	Hombres-Orco de Isengard, 390.

Orden de los Magos,	603. Véase *Heren Istarion.*

Orfalch Echor	El gran desfiladero de las Montañas Circundantes por el que se tenía acceso a Gondolin; también llamado simplemente *el*

Ossiriand   «Tierra de los Siete Ríos», entre el río Gelion y las Montañas Azules en los Días Antiguos, 131, 372, 404-405, 595. Véase *Lindon*.

Ostoher   Séptimo Rey de Gondor, 499n52.

Ost-in-Edhil   La ciudad de los Elfos en Eregion, 374.

palantíri   (Singular *palantír.*) Las siete Piedras Videntes que llevaron Elendil y sus hijos de Númenor; Fëanor las hizo en Aman, 471, 479, 552n14, 626-644 (en la Cuarta Parte § III con frecuencia se las llama *las Piedras).*

*Palarran   «El que Yerra a lo Lejos», un gran barco que construyó Tar-Aldarion, 286-288, 301, 339, 623n6.

*Pallando   Uno de los Magos Azules *(Ithryn Luin)*, 611-612, 623n6.

Páramo   Una región de Rohan, la parte norte de la Estemnet *(emnet* en anglosajón, «llanura»), 469, 472, 528-529, 574.

*Parmaitë   Nombre que se le dio a Tar-Elendil. (En quenya *pama*, «libro»; el segundo elemento es sin duda *-maite*, «diestro», cf. *Tar-Telemmaitë)*, 348.

Parth Celebrant   «Campo (pastizal) del Cauce de Plata», nombre sindarin que de ordinario se traduce como *Campo de Celebrant,* q. v., 410-411.

Parth Galen   «Hierba Verde», un lugar herboso en las laderas del norte de Amon Hen junto a la costa de Nen Hithoel, 257.

Paso Alto   Véase *Cirith Forn en Andrath.*

Paso de Caradhras   Véase *Caradhras.*

Paso de Imladris   Véase *Cirith Forn en Andrath.*

Paso de Rohan, el Paso   La abertura de unas 20 millas de ancho entre el fin de las Montañas Nubladas y las estribaciones septentrionales de las Montañas Blancas por donde fluye el río Isen, 531, 557, 641n7; *Cavada de Calenardhon,* 587.

Paz Vigilante   El período que duró desde el año 2063 de la Tercera Edad en el que Sauron abandonó Dol Guldur, hasta 2460 en el que volvió, 490n21, 515, 578, 631.

Pelargir   Ciudad y puerto en el delta del Anduin, 416, 418, 456-457, 624n7.

Puertas de Mordor Véase *Morannon.*

Puerto Grande Véase *Lond Daer.*

Puertos Grises Véase *Mithlond.*

Puertos, Los (i) Brithombar y Eglarest en la costa de Beleriand: *Puertos de Círdan,* 58, 60; *Puertos de los Carpinteros de Barcos,* 62; *Puertos de las Falas,* 391; *Puertos Occidentales de Beleriand,* 390. (ii) En las Bocas del Sirion a fines de la Primera Edad: *Puertos del (en el) Sur,* 41; *Puertos del Sirion, Puerto de Sirion,* 241, 370, 393, 398.

Quebradas de los Túmulos Quebradas al este del Bosque Viejo, en las que había muchos túmulos funerarios construidos, según se decía, en la Primera Edad por los antepasados de los Edain antes de penetrar en Beleriand, 543-544, 577, 594-596, 602, 632. Véase *Tyrn Gorthad.*

Quebradas del Sur Colinas de Eriador al sur de Bree, 543.

Quebradas, Las Las Quebradas Blancas de la Cuaderna del Oeste de la Comarca, 505.

Quendi Nombre élfico original con que se designaba a los Elfos, 357n1.

Quenya La antigua lengua, común a todos los Elfos, en la forma que tuvo en Valinor; llevada a la Tierra Media por los exiliados noldorin, pero abandonada como lenguaje cotidiano, salvo en Gondolin (véase 56-57); para su empleo en Númenor, véase 420, 442n16, 477, 495, 498n49, 598n6, 603, 616, 620-623. *Alta lengua de los Noldor,* 778, del Oeste, 96n26, alto élfico, 344n19, 347, 419, 615.

Radagast Uno de los Istari (Magos), 549, 607, 610-613, 623. Véase *Aiwendil.*

Ragnir Un sirviente ciego de la casa de Húrin en Dor-lómin, 121.

Rama del Retorno Véase *Oiolairë.*

Rana «La Errante», un nombre de la Luna, 2384.

ranga Medida númenóreana, un paso pleno, algo más de una yarda.

Rápido, Río Véase *Celduin.*

Ras Morthil Nombre de *Andrast,* q. v., 282, 341n6, 414.

Rath Dínen «La Calle Silenciosa» de Minas Tirith, 403n16.

Region Los densos bosques en la parte sur de Doriath, 190.

después de haber derrotado a los Orientales en el año 1248 de la Tercera Edad, 486n5, 487n8.

Rómenna «Hacia el Este», gran puerto en el este de Númenor, 268, 274, 279, 281, 287, 289-292, 298, 306, 308, 313, 323, 338. *Estuario de Rómenna,* 279; *Bahía de Rómenna,* 283.

*Rú, Rúatan Formas quenya derivadas de la palabra *Drughu,* que corresponden al sindarin *Drû, Drúadan,* 598n6.

Sabios, Los Los Istari y los más grandes Eldar de la Tierra Media, 394, 528, 530, 537, 544. Véase *Concilio Blanco.*

Sacovilla-Bolsón Nombre de una familia de Hobbits de la Comarca, 378. *Otho Sacovilla-Bolsón,* 385n17; *Lotho,* 385n17

*Sador Sirviente de Húrin en Dor-lómin y amigo de Túrin en su infancia, que lo llamaba *Labadal,* q. v., 103-107, 110-112, 118, 121-124, 176-177, 180-181, 600n8; llamado *Paticojo,* 103.

Saeros Elfo nandorin, consejero del Rey Thingol; insultó a Túrin en Menegroth, y éste lo persiguió hasta que se topó aquél con la muerte, 130-131, 134-142, 158, 242n8, 601n14.

Sagrario Refugio fortificado en Ered Nimrais por sobre el Valle Sagrado al que se tenía acceso por un camino ascendente; en cada una de sus curvas se erguía una de las estatuas llamadas Hombres Púkel, 544-555. *Hombres Muertos del Sagrario.* Hombres de Ered Nimrais a los que Isildur había maldecido por quebrantar el juramento de alianza que los unía a él, 4577.

*Salto del Ciervo Véase *Cabed-en-Aras.*

Samsagaz: 446n33. *Gamyi* Hobbit de la Comarca, uno de los miembros de la Comunidad del Anillo, y compañero de Frodo en Mordor, 446n33. *Alcalde Samsagaz,* 446n33.

*Sarch nia Hîn Húrin «Tumba de los Hijos de Húrin» (Brethil), 231.

Sarn Athrad «Vado de Piedras», donde el Camino de los Enanos de Nogrod y Belegost cruzaba en río Gelion, 372.

Sarn Gebir «Espigas de Piedra», nombre de los rápidos del Anduin sobre el Argonath, así llamados por las rocas erguidas como estacas en su comienzo, 457, 529, 536.

seregon «Sangre de la Piedra», una planta de flores de color rojo vivo que crecía en Amon Rûdh, 166, 244n14.

Serni Uno de los ríos de Lebennin en Goldor. (El nombre deriva del sindarin *sern,* «piedra pequeña, pedregullo», equivalente al quenya *sarnië,* «guijarro». «Aunque el Serni era el río más corto, era su nombre el que se imponía hasta el mar después de unirse con el Gilrain. Su desembocadura estaba bloqueada de guijarros y en tiempos posteriores los barcos que se aproximaban al Anduin y se dirigían a Pelargir iban por el lado este de Tol Falas y cogían el paso marino hecho por los Númenóreanos en medio del delta del Anduin»), 384.

*Sharbhund Nombre que daban los Enanos Mezquinos a *Amon Rûdh,* q. v., 165.

Silmarien Hija de Tar-Elendil; madre de Valandir, primer Señor de Andúnië y antecesora de Elendil el Alto, 277n2, 278, 334, 342n15, 348, 358n4, 435, 446n32.

Silmarils Las tres joyas que hizo Fëanor antes de la destrucción de los Dos Árboles de Valinor a las que puso su luz, 91n4, 365. Véase *Guerra de las Joyas.*

simbelmynë Florecilla blanca también llamada *alfirin* y *uilos,* q. v., 96n27, 494n38. Traducida *memoriaviva,* 85, 96n27.

Sindar Los Elfos Grises, nombre aplicado a todos los Elfos de origen Telerin a los que los Noldor al regresar encontraron en Beleriand, salvo a los Elfos Verdes de Ossiriand, 363, 374, 398, 405-409. *Elfos Grises,* 35-36, 42, 62, 117, 157, 168, 172, 241, 371.

Sindarin De los Sindar: 94n18, 96, 129, 244n16, 343n19, 367, 369, 380, 385-386, 391, 399, 402n15, 403n16, 405-412, 415, 417, 419-420, 438, 442n16, 450, 471, 480, 490n24, 497-499, 585, 598n6, 603, 610, 620-623. *Lengua de Beleriand,* 78, 343n19. *Lengua de los Elfos Grises,* 241.

*Sîr Angren Véase *Angren.*

*Sîr Ninglor Nombre sindarin del *Río Gladio,* q. v., 440n13, 442n14.

*Siril El principal río de Númenor que fluía hacia el sur desde el Meneltarma, 272.

Sirion El gran río de Beleriand, 62-63, 69, 72-75, 94-96, 132, 182,

190, 193, 200, 242n10. *Marjales del Sirion,* 243n11; *Puertos del Sirion,* véase *Puertos; Bocas del Sirion,* 39, 61, 90n1, 93n13, 201, 261, 587; *Paso(s) del Sirion,* 37, 183. *Fuentes del Sirion,* 262; *Valle del Sirion,* 53, 69, 77, 125, 161, 166, 182, 243n11, 244n16.

Smaug El gran Dragón de Erebor. En muchas referencias llamado *el Dragón,* 501, 503, 509, 514-516, 519-521.

Sméagol Gollum, 551n9.

Sombragrís El gran caballo de Rohan que cabalgó Gandalf en la Guerra del Anillo, 491, 533, 568, 630.

Sonorona Véase *Bruinen.*

*Sorontil «Cuerno de Águila», una gran altura en la costa del promontorio del Norte de Númenor, 270.

Súlimë Nombre quenya del tercer mes de acuerdo con el calendario númenóreano, que corresponde a marzo, 41, 465-466. Véase *Gwaeron.*

*Súthburgo Nombre anterior de Cuernavilla,579.

talan (Plural, *telain.)* Las plataformas de madera en los árboles de Lothlórien en que vivían los Galadhrim, 388-389. Véase *flet.*

Talath Dirnen La llanura al norte de Nargothrond, llamada *la Planicie Guardada,* 154.

*taniquelassë Árbol siempre verde fragante llevado a Númenor por los Eldar de Eressëa, 271.

Taniquetil La Montaña de Manwë en Aman, 614. Véase *Amon Uilos, Oiolossë.*

Tarannon Decimosegundo Rey de Gondor, 623-624. Véase *Falastur.*

Taras Montaña en un Promontorio de Nevrast, bajo la que se encontraba Vinyamar, la antigua morada de Turgon,49, 51, 61, 64, 73, 94n21.

*Taras-ness El promontorio en que se levantaba el Monte Taras, 52.

*Tarmasundar «Raíces del Pilar», las cinco cadenas que se extendían a partir del Meneltarma, 269.

Tarostar Nombre que se le dio a Rómendacil I, q. v., 499n52.

Tar-Alcarin Decimoséptimo Regente de Númenor, 353.

Tar-Aldarion Sexto Regente de Númenor, el Rey Marinero; llamado

Tar-Míriel   Hija de Tar-Palantir; Ar-Pharazôn la desposó por la fuerza y como reina suya se llamó en adûnaico *Ar-Zimraphel,* 356.

Tar-Palantir   Vigésimo cuarto Regente de Númenor, que se arrepintió de la conducta de los Reyes y se llamó en quenya «El que ve de lejos»; se llamó en adûnaico *(Ar) Inziladûn,* 354-355, 360n13, 361.

Tar-Súrion   Noveno Regente de Númenor, 350, 358n8.

Tar-Telemmaitë   Decimoquinto Regente de Númenor, llamado «Mano de Plata» por el amor que sentía por dicho metal, 352, 445n31.

*Tar-Telemnar   Nombre quenya de Ar-Gimilzôr, 354.

Tar-Telperien   Décima Regente de Númenor y segunda Reina Regente, 350, 358.

Tar-Vanimeldë   Decimosexta Regente de Númenor y tercera Reina Regente, 352.

Taur-en-Faroth   Tierras altas cubiertas de bosques al oeste del río Narog por sobre Nargothrond, 245n23. *Las Faroth,* 198. *Las Altas Faroth,* 194, 245n23.

Taur-e-Ndaedelos   «Bosque del Gran Temor, nombre sindarin del *Bosque Negro,* q. v., 441. Véase *Taur-nu-Fuin.*

Taur-nu-Fuin   «Bosque bajo la Noche». (i) Nombre posterior de *Dorthonion,* q. v., 90n2, 116, 152, 160, 253, 441. (ii) Un nombre del *Bosque Negro,* q. v., 386-388, 404, 406, 410, 441, 452-454, 462-464, 467, 475, 480-481, 486n3, 488, 490, 5264. Véase *Taur-e-Ndaedelos.*

*Tawarwaith   «El Pueblo del Bosque», *los Elfos Silvanos,* q. v., 405.

*Tawar-in-Drúedain   El *Bosque Drúadan,* q. v., 499n51.

Teiglin   Afluente del Sirion que nace en Ered Wethrin y limita con el Bosque de Brethil en el sur, 68, 91n5, 93n16, 132, 143, 146, 141, 183, 185, 199, 202, 204, 208, 210-211, 215, 217, 220, 229, 231, 234, 236, 240, 243n11, 245n25, 250. *Cruces del Teiglin, los Cruces,* donde el camino a Nargothrond cruzaba el río, 94n17, 152-153, 185, 187, 202, 206, 209, 225-226, 236, 247n28, 588.

Telchar   Afamado herrero Enano de Nogrod, 127-128.

*Teleporno   Nombre de *Celeborn (2)* en alto élfico, 367, 419.

Teleri   El tercero de los Tres Linajes de los Eldar en el Gran Viaje de Cuiviénen; a ellos pertenecían los Elfos de Alqualondë en Aman y los Sindar y los Nandor de la Tierra Media, 446, 63-64, 362, 364, 366-368, 400, 405, 419, 449. *El Tercer Clan,* 405. Véase *Lindar.*

Telerin De los Teleri: 364, 371. De la lengua de los Teleri, 368-369, 417, 419-420.

Telperion El mayor de los Dos Árboles, el Árbol Blanco de Valinor, 85, 365, 419. En telerin *Tyelperion,* 419.

Telumehtar Vigésimo octavo Rey de Gondor; llamado *Umbardacil,* «Conquistador de Umbar» después de haber obtenido la victoria contra los Corsarios en el año 1810 de la Tercera Edad, 456, 488n9.

Testigos de Manwë Las águilas del Meneltarma, 269.

Thalion Véase *Húrin.*

thangail «Muro de defensa», una formación de batalla de los Dúnedain, 427, 442n16.

Thangorodrim «Montañas de la Tiranía», levantadas por Morgoth en torno a Angband; destruidas en la Gran Batalla al finalizar la Primera Edad, 37, 76, 95n25, 116, 391, 399n4.

Tharbad Puerto fluvial y ciudad donde el Camino Norte-Sur cruzaba el río Gwathló, arruinado y abandonado en tiempos de la Guerra del Anillo, 330, 378, 413, 415-18, 437n6, 492n32, 531-532, 540-542, 552n18. *Puente de Tharbad,* 416, 577-578.

Tharkûn «Hombre del Cayado», nombre que dieron los Enanos a Gandalf, 617.

Thengel Decimosexto Rey de Rohan, padre de Théoden, 448.

Théoden Decimoséptimo Rey de Rohan, muerto en la Batalla de los Campos del Pelennor, 434, 455, 493, 531, 541, 554, 561, 569, 572-576.

Théodred Hijo de Théoden, Rey de Rohan; muerto en la Primera Batalla de los Vados del Isen, 554-564, 569, 571, 573-575.

Théodwyn Hija de Thengel, Rey de Rohan, madre de Éomer y Éowyn, 569n1.

Thingol «Capa Gris» (en quenya *Singollo),* el nombre con que se conoció en Beleriand a Elwë (en sindarin Elu), conductor, junto con su hermano Olwë, de las huestes de los Teleri de Cuiviénen y luego Rey de Doriath, 96-97, 100, 109, 120-121, 125-134, 139, 142, 151, 157-159, 187-190, 198, 200, 236, 243n12, 245n22, 251,

queo de la ciudad; padre de Idril, madre de Eärendil, 37, 43, 47, 49-62, 66-72, 75-77, 82, 86-97, 109, 113-114, 242n3, 261-263, 373, 622. Llamado *el Rey Escondido,* 59.

Túrin Hijo de Húrin y Morwen, tema principal de la balada *Narn i Hîn Húrin,* passim, 18-20, 67-68, 89n2, 89n3, 89n5. Para sus otros nombres, véase *Neithan, Agarwaen, Thurin, Mormegil, Hombre Salvaje de los Bosques, Turambar.*

*Turuphanto Traducido como *la Ballena de Madera,* nombre que se le dio al barco de Aldarion *Hirilondë* mientras se lo estaba construyendo, 306.

Tyrn Gorthad Nombre sindarin de las *Quebradas de los Túmulos,* q. v., 543.

Ucornos Los «árboles» que fueron a la Batalla de Cuernavilla y atraparon a los Orcos. (El nombre es sin duda sindarin y contiene la palabra *orn,* «árbol». Cf. las palabras de Meriadoc en *Las Dos Torres* III: «Todavía tienen voz y pueden hablar con los Ents y es por eso que se llaman ucornos, según Bárbol»), 569n2.

*Udalraph Véase *Borondir.*

*uilos Florecilla blanca también llamada *alfirin* y *simbelmynië (memoriaviva),* q. v., 85, 96n27, 494n38.

Uinen Maia, la Señora de los Mares, esposa de Ossë, 283, 386-387, 292-293, 342n7.

*Uinendili «Enamorados de Uinen», nombre que se le dio al Gremio de los Aventureros númenóreano, 283.

*Uinéniel «Hija de Uinen», nombre que le dio a Erendis Valandil, Señor de Andúnië, 292.

*Ulbar Númenóreano, pastor al servicio de Hallatan de Hyarastorni y que se convirtió en marinero de Tar-Aldarion, 312, 314-315, 317-318. *Esposa de Ulbar,* 317-318.

Uldor Llamado *el Maldito;* conductor de los Orientales, que murió en la Nirnaeth Arnoediad, 150.

Ulmo Uno de los grandes Valar, Señor de las Aguas, 39, 44, 52-60, 63, 65, 67, 70-74, 77, 80, 89, 90n3, 91n6, 92, 95n23, 97n31, 261, 263-264. Llamado *Habitante de las Profundidades,* 52. *Señor de las Aguas,* 43, 52, 55, 58, 63, 71, 76, 80, 88, 261-262.

*Ulrad Miembro de la banda *(Gaurwaith)* a la que se unió Túrin, 145, 147, 149, 155-156, 172-173.

Última Alianza La liga formada a fines de la Segunda Edad entre Elendil y Gil-galad para derrotar a Sauron; también *la Alianza, la Guerra de la (Última) Alianza,* 376, 379, 385, 387, 407, 482, 613.

Umbar Gran puerto natural y fortaleza de los Númenóreanos al sur de la Bahía de Belfalas; durante casi toda la Tercera Edad estuvo en poder de hombres de diverso origen hostiles a Gondor, conocidos como los *Corsarios de Umbar,* q. v., 383, 463, 488, 619, 624n7.

Umbardacil Véase *Telumehtar.*

*Úner «Nadie»; véase, 336.

Ungoliant La gran Araña que destruyó junto con Melkor los Árboles de Valinor, 791n4, 368.

Uruks Forma anglificada de Uruk-hai en Lengua Negra; una raza de Orcos de gran fuerza y tamaño, 558-561, 564.

*Urwen Nombre que se le dio a Lalaith, hija de Húrin y Morwen que murió en la infancia, 100-101, 103.

Vado de la Carroca Vado del Anduin entre la Carroca y la orilla izquierda del río; pero probablemente se refiere aquí al Vado Viejo donde el Camino del Bosque Viejo cruzaba el Anduin al sur del Vado de la Carroca, 436n4.

Vado de Sarn Traducción parcial de *Sarn Athrad,* «Vado de Piedras», vado del Baranduin en el extremo sur de la Comarca, 378, 532.

Vado Viejo Vado del Anduin en el Camino del Bosque Viejo. Véase *Vado de la Carroca*

Vados de Poros Cruce del río Poros por el Camino de Harad, 457.

Vados del Isen Cruce del Isen por el gran camino númenóreano que unía Gondor y Arnor; llamados en sindarin *Athrad Angren* y *Ethraid Engrin,* q. v., 416, 425, 479, 492n32, 495n41, 540, 552n15, 556, 560, 572n17, 576-579, 582, 639; véase también *Batallas de los Vados del Isen.*

Valacar Vigésimo Rey de Gondor, cuyo matrimonio con Vidumavi de los Hombres del Norte condujo a la guerra civil de la Lucha entre Parientes, 486-487.

Valandil (1)   Hijo de Silmarien; primer Señor de Andúnië, 278, 292, 302, 334, 342n15, 345, 348, 435. *Esposa de Valandil,* 292.

Valandil (2)   Hijo menor de Isildur, tercer Rey de Arnor, 436n3, 445n26, 446n33.

Valar   (Singular *Vala.*) Los poderes regentes de Arda, 56, 64, 68, 80-81, 93n13, 114-115, 255-256, 273, 280, 290, 295, 300, 302, 310, 312, 319, 321-323, 329-330, 342n7, 351, 354, 364-369, 375, 382, 394-398, 410, 476, 482, 484, 604-605, 608-615. *Señores del Oeste,* 54, 62, 107, 255, 264, 286, 313, 343, 352, 355, 604, 615. *Los Poderes,* 108.

Valinor   La tierra de los Valar en Aman, 42, 54, 92n9, 93n13, 129, 256, 272, 343n17, 365-369, 373, 400n5, 401n7, 405, 419-420, 449, 614-616. *El Ocultamiento de Valinor,* 92n9.

Valle   Pueblo de los Bárdidos en torno al pie del Monte Erebor, aliado con el Reino de los Enanos bajo las Montañas, 436n4, 453. Véase *Batalla del Valle.*

Valle del Arroyo Sombrío   Véase *Nanduhirion.*

Valle del Bajo   El valle que conduce al Abismo de Helm, 397n6

Valle de Firien   Grieta en que nacía la Corriente Mering, 470, 492n33.

Valle de las Tumbas   Véase *Noirinan.*

Valle del Carro de Piedras   Valle en el Bosque Drúadan en el extremo este de Ered Nimrais. (El nombre es una traducción de *Imrath Gondraich; imrath* significa «un largo valle estrecho por el que corre a lo largo un camino o un curso de agua»), 499n51.

Valle Sagrado   Valle junto al nacimiento del río Nevado, bajo las paredes de El Sagrario, 572n13.

Valmar   Ciudad de los Valar en Valinor, 368.

Vanyar   El primero de los Tres Linajes de los Eldar en el Gran Viaje de Cuiviénen; todos ellos abandonaron la Tierra Media y permanecieron en Aman, 364-365.

Varda   La más grande de las Valier («Reinas de los Valar»), hacedora de las Estrellas, esposa de Manwë, 614, 611.

Vardamir   Llamado *Nólimon* (q. v.) por su amor a las antiguas ciencias; hijo de Elros Tar-Minyatur; se lo considera el segundo Regente de Númenor aunque no ascendió al trono, 345n26, 348, 350, 356n1, 358n3.

vardarianna Árbol siempre verde aromático llevado a Númenor por los Eldar de Eressëa, 271.

Vëantur Capitán de los Barcos del Rey en tiempos de Tar-Elendil; abuelo de Tar-Aldarion; comandante del primer barco númenóreano que regresó a la Tierra Media, 276-277, 279-282, 339n3, 349.

Vidugavia «Habitante del Bosque», Hombre del Norte, llamado Rey de Rhovanion, 486n5, 487n6, 488n8.

Vidumavi «Doncella del Bosque», hija de Vidugavia; se casó con Valacar, Rey de Gondor, 487.

Vieja Compañía Nombre que se dio en Dor-Cúarthol a los miembros originales de la banda de Túrin, 251.

Viejo País de los Púkel, *Viejo Descampado de los Púkel* Véase *Drúwaith Iaur*.

Viejo Tuk Gerontius Tuk, Hobbit de la Comarca, abuelo de Bilbo Bolsón y bisabuelo de Peregrin Tuk, 518.

Vilya Uno de los Tres Anillos de los Elfos, custodiado por Gil-galad y después por Elrond, 379, 404n22. Llamado *el Anillo de Aire,* 376; *el Anillo Azul,* 379, 404n22.

Vinyalondë «Puerto Nuevo», puerto númenóreano que fundó Tar-Aldarion en la desembocadura del río Gwathló; después llamad284, 284, 288-290, 301, 320, 330, 379, 401, 418.

Vinyamar «Nueva Morada», la casa de Turgon en Nevrast, 49, 53, 81, 88, 91n6, 94n21, 496n44.

Víressë Nombre quenya del cuarto mes de acuerdo con el calendario númenóreano; corresponde a abril, 300, 466, 468.

Virrey (en Rohan), 576.

Voronwë (1) Elfo de Gondolin, el único marinero que sobrevivió de los siete barcos enviados hacia el Oeste después de la Nirnaeth Arnoediad; se encontró con Tuor en Vinyamar y lo guio a Gondolin, 57-61, 64-95, 477, 495-496.

Woses Véase *Drúedain*.

ÍNDICE

SEGUNDA PARTE
LA SEGUNDA EDAD

EL OESTE DE LA
TIERRA MEDIA
AL TÉRMINO DE LA
TERCERA EDAD

Millas

50 100 150 200